BASTEI LÜBBE

Weitere Titel der Autorin:

15857 Amazonentochter

Über die Autorin:

Birgit Fiolka, geboren 1974, hat seit 2001 fünf historische Romane mit dem Schwerpunkt Altes Ägypten veröffentlicht, zuletzt den Roman AMAZONENTOCHTER, mit dem sie ihre Leser in die Welt des sagenhaften Volks der Amazonen entführt. Sie ist Mitbegründerin der Künstlergruppe »Art of KaRa« und arbeitet als freier Make-up-Artist für Film-, TV- und Fotoproduktionen. Birgit Fiolka lebt in Duisburg. Besuchen Sie auch die Homepage der Autorin: www.birgit-fiolka.de.

Birgit Fiolka

Das Vermächtnis der Amazonen

Historischer Roman

BASTEI LÜBBE

BASTEI LÜBBE TASCHENBUCH
Band 16 292

1. Auflage: Juli 2009

Bastei Lübbe Taschenbücher in der Verlagsgruppe Lübbe

Originalausgabe

Lektorat: Stefanie Heinen
Titelillustration: Nadine Littig
Umschlaggestaltung: Nadine Littig
Gestaltung der Karte: Daniela Rutica
Satz: hanseatenSatz-bremen, Bremen
Gesetzt aus der Stempel Garamond PostScript
Druck und Verarbeitung: GGP Media GmbH, Pößneck
Printed in Germany
ISBN 978-3-404-16292-5

Sie finden uns im Internet unter
www.luebbe.de
Bitte beachten Sie auch: www.lesejury.de

Schwarzes Meer
Zalpa
Themiseyra
Hatussa
Arinna
Hatti
Troia
Ephesos
Athen
Korinth
Mykene
Sparta
Rhodos
Zypern
Kreta
Aleppo
Euphrat
Ugarit
Kadesch
Byblos
Sidon
Tyros
Megiddo
Jerusalem
Mittelmeer
Saïs
Piramses
Heliopolis
Memphis
Faijum
Ägypten
Abydos
Theben
Rotes Meer
Nil

Liste der wichtigsten handelnden Personen

Ägypten:

Kamara	Tochter Selinas und Pairys
Selina	Mutter von Kamara, Gemahlin Pairys
Pairy	Gemahl von Selina, Vater von Kamara
Ramses II.	Pharao von Ägypten
Bentanta	Tochtergemahlin Ramses II., Große königliche Gemahlin
Hori	Jugendfreund und Verlobter Kamaras
Kay	Horis bester Freund
Merit	Dienerin Kamaras
Ineksi	Sklavin Horis
Sethi	Kapitän der *Sachmets Zorn*

Mykene

Lisias	Kaufmann und Händler
Amphion	Ziehvater des Eneas, Kamaras Gemahl
Eneas	Ziehsohn des Amphion, Kamaras Geliebter
Nike	Dienerin Kamaras
Jocasta	Hetäre, Geliebte des Hori
Zeno	Kapitän eines Byblosfahrers

Themiskyra und Zalpa

Semele	Prostituierte
Aete	Tochter des Volkes der Großen Mutter
Kleite	Ziehmutter Selinas, Führerin des Volkes der Großen Mutter
Rebea und Glauke	Zwillingsschwestern, Töchter Hebes und Kamaras Zöglinge
Hebe	Mutter von Rebea und Glauke

Flieg, kleine Schwester, flieg
Auf dem Rücken deines Pferdes
Durch die grünen Auen des Thermodon
Das Gras wogt sanft an deinen Hüften
Der Wind spielt wild mit deinem Haar

Tanz, meine Tochter, tanz
Zu Ehren der Mutter
Die dich nährt an ihrer Brust
Reich mit süßer, fetter Milch
Und schwer mit schwarzer Erde

Sing, kleine Schwester, sing
Der Mond ist dein Vater
Und die Erde der Schoß deiner Mutter
Sing uns das Lied der Bäume
Die Weise von Freiheit und Glück

Lache, meine Tochter, lache
Denn die Große Mutter füllt dein Herz
Verwurzelt es tief in fruchtbarer Erde
Doch in ihren Leib erblüht das Volk

Kämpfe, kleine Schwester, kämpfe
Dein Arm spannt den Bogen
Dein Auge ist klar wie das ewige Wasser
Verzage nicht beim Anblick der Feinde
Denn ihr seid eins – dein Ross und du

Weine, meine Tochter, weine
Denn das Herz der Mutter ist zerbrochen
Ihre Töchter dem schützenden Leib entrissen
Von Männern, die nichts wissen und sehen
Von den Wundern, die sie ihren Töchtern gab.

Piramses in Ägypten

Kamara zügelte ihr Pferd und blickte sich um. Sie legte die Hand vor die Augen, da die Sonne sie blendete. Es ging bereits auf die Mittagsstunde zu, und die endlose Wüste begann vor ihren Augen zu flimmern. Mit einem federnden Sprung glitt sie vom Rücken des jungen Hengstes und tätschelte ihm beiläufig die Flanken. Das Tier schnaubte und stupste sie mit der Nase in den Rücken.

Gedankenverloren löste sie den Wasserschlauch vom Sattelzeug und zog den Wachsstopfen aus der Öffnung. Kamara füllte eine kleine Schale mit Wasser und ließ das Pferd trinken. Fast enttäuscht über die magere Zuwendung stieß der Hengst sie gegen die Schulter.

»Das muss reichen, Paris. Wer weiß, wie lange wir hier noch auf Hori und seine Schlangenkämpfer warten müssen.«

Der Gedanke an Hori ließ sie die Stirn krausziehen, und sie schüttelte widerwillig ihre dunkelbraunen, langen Haare, um den Sand auszuschlagen. Die bisherigen fünfzehn Sommer ihres Lebens waren denkbar einfach und angenehm verlaufen. Dem Verständnis ihrer Mutter hatte sie es zu verdanken, dass sie nicht wie die anderen ägyptischen Mädchen ihre Zeit mit Singen, Tanzen, Handarbeit und häuslichen Pflichten vergeuden musste, und der Liebe ihres Vaters zu ihrer Mutter hatte sie es zu verdanken, dass dieser seiner Tochter ungewöhnliche Freiheiten ließ: Kamara durfte reiten, Beinkleider tragen und sich mit den Jugendfreunden aus Kindertagen auf dem Truppenübungsplatz im Bogenschießen messen. Ihr Vater sah sogar – wenn auch ungern – weg, wenn sie sich mit ihrer Mutter im Schwertkampf übte.

Kamara war sich bewusst, dass ihr Leben zwar nicht so aufregend wie das ihrer Mutter verlaufen war, jedoch auch nicht so fürchterlich wie das der anderen Mädchen ihres Alters. Und dennoch floh sie in Gedanken oft in die Welt ihrer Mutter, die sie aus zahlreichen Erzählungen kannte. In Kamaras Träumen gab es grüne Flussauen statt endloser Wüste, starke, geschmeidige Kriegerinnen, die voller Stolz ihre Äxte und Schwerter trugen, statt ägyptischer Mädchen mit Lotusblüten im Haar, die den Männern dümmlich kichernd schöne Augen machten. In ihren Träumen lebte Kamara ein anderes Leben in einem fernen Land, das sie sich im Laufe der vielen Nilschwemmen so oft vorgestellt hatte, dass es ihr vertrauter erschien als ihr wirkliches Leben in Ägypten.

Ihre Mutter ließ Kamara wissentlich in Ruhe, wenn diese stumm in einer Ecke saß und das uralte Lied der Großen Mutter vor sich hin summte. Selina wusste, dass ihre Tochter in solchen Momenten weit fort war. Doch selbst dieses kleine Stück eines Lebens, das Kamara über alles liebte, sollte ihr nun gestohlen werden – von einem Jüngling, der eine Nilschwemme weniger erlebt hatte als sie. Alles war gut gewesen, bis Hori, ihr bester und treuester Freund aus Kindertagen, in seinem vierzehnten Sommer Pharaos Truppen beitrat und damit zum Mann erklärt wurde. Seither war alles anders!

Keinen Mondumlauf hatte Hori verstreichen lassen, bevor er sich gemeinsam mit seinem Vater in Kamaras Elternhaus hatte ankündigen lassen und zu ihrem Schrecken um die Verlobung gebeten hatte. Und während Kamara ein Stoßgebet zu Isis, Month und insgeheim vor allem zur Großen Mutter gesandt und gebeten hatte, sie vor diesem Schicksal zu behüten, hatte ihr Vater vor Freude gestrahlt und gelacht wie schon lange nicht mehr. Hori entstammte einer der ältesten und angesehensten Familien im Delta Ägyptens, sein Blut war nah mit dem des Pharaos verwandt, und ihm war eine große Zukunft in Pharaos Heer bestimmt. Aber beim Knoten der Isis wäre Kamara niemals in den Sinn gekommen, dass sie ihren treuen Freund heiraten wollte. Überhaupt drängte es sie in den nächsten Nilschwemmen nicht, zu heiraten – weder Hori noch irgendjemand anders. Doch so verständnisvoll ihr Vater immer gewesen war, hier hatte er sich weder von Kamara noch von seiner Gattin überzeugen lassen. Die Verlobung war beschlossen, ohne dass Kamara gefragt worden wäre. Anscheinend hatte ihr Vater nicht damit gerechnet, dass sich für seine wilde Tochter eine derart gute Verbindung ergeben würde.

Seit Horis Antrag war nun fast ein Mondumlauf vergangen, und die Verlobungsfeier mit Freunden und Verwandten würde in wenigen Tagen stattfinden. Kamara hatte kein Mittel unversucht gelassen, Hori eines Besseren zu belehren, doch Worte hatten nichts genutzt; Hori hatte ihr überzeugt mitgeteilt, dass für ihn schon seit den Kindertagen feststand, dass Kamara seine erste Gemahlin werden würde und dass er davon ausgegangen sei, dass sie ebenso empfunden hätte. Wenn dem nicht so sei, täte es ihm leid, aber er sei sicher, dass sie ihn lieben würde, wenn sie sich selbst und ihm nur etwas Zeit gäbe.

Kamara hatte schließlich aufgegeben, auf den liebeskranken Hori einzureden. Stattdessen entfloh sie ihm, wo sie nur konnte, gab sich rüde und missmutig. Doch Hori trottete weiter wie ein verliebter Kater hinter ihr her. Rizinusöl, das sie ihm ins Essen gemischt hatte, als er einer Einladung ihres Vaters gefolgt war, hatte ihn einen ganzen Nachmittag hinter einem Baum bei den Gesindeunterkünften verbringen lassen. Kamara war von Vater und Mutter hart gescholten worden, doch Hori ließ sich trotz allem nicht von seinem Vorhaben abbringen. Ein anderes Mal hatte Kamara die Pfeile in Horis Köcher gegen schlecht ausbalancierte ausgetauscht, sodass er bei einer Waffenprobe auf dem Übungsplatz keines der anvisierten Ziele traf. Hori hatte von seinem Truppenführer nicht nur eine äußerst peinliche Rüge erhalten, er musste zu seiner Schande auch noch zwei Tage lang die Eimer mit der Notdurft seiner Kameraden leeren gehen. Aber auch das hielt Hori nicht von seinem Vorhaben ab, Kamara zu heiraten. Seine Liebe schien unerschütterlich.

Der heutige Tag sollte der Höhepunkt der Bloßstellungen werden, die sie Hori zuteil werden lassen konnte. Dieses Mal musste er einfach einsehen, dass sie eine fürchterliche Gemahlin abgeben würde.

Hori war mit einigen Freunden aus seiner Einheit erschienen, um Kamara stolz seinen ersten erworbenen Rang zu präsentieren. Seine Einheit, die Schlangenkämpfer, hatten von Pharao das Ehrengold erhalten, da sie ein Feuer in den königlichen Pferdeställen gelöscht und zudem alle Pferde aus den brennenden Ställen gerettet hatten.

Kamara hatte ihren Lieblingshengst Paris aus den Ställen geholt und war vor dem Eintreffen des Besuches in die Wüste am Westufer geritten, wohl wissend, dass Hori ihr mit seinen Freunden auf dem Streitwagen folgen würde.

Und hier stand Kamara nun und wartete auf das Eintreffen ihres Verlobten. Kurzzeitig hatte sie Mitleid mit Hori – ihn vor seinen Freunden zu brüskieren war niederträchtig –, doch er musste endlich einsehen, dass er der Freund ihrer Kindheit war und ihr Herz niemals etwas anderes für ihn empfinden würde.

Endlich sah sie die Staubwolke der Streitwagen vor sich aufsteigen; Kamara straffte die Schultern und spannte die Muskeln an, als würde sie sich zu einem Gefecht mit einer Horde wild gewordener Nomaden wappnen. Und tatsächlich erschien Kamara der liebestolle Hori mittlerweile als die größte Bedrohung ihres jungen Lebens.

Hori und sein Trupp waren schon auf Sichtweite herangekommen, und Kamara erkannte die knabenhafte Silhouette ihres einstigen Freundes. Er war noch immer schmächtig, obwohl er durch den militärischen Drill bereits Ansätze von Muskeln besaß.

Hori zügelte die Pferde und wischte sich mit der Hand den Schweiß von seiner Stirn, wobei er dort eine dunkle Spur des Fettes hinterließ, mit dem die Zügel der Gespanne geschmeidig gehalten wurden. Nun sah er aus, als trüge er eine lächerliche Kriegsbemalung, wie sie die Völker des Goldlandes bei ihren Aufständen gegen Pharao trugen. Unwillkürlich musste Kamara laut lachen. Er war schon immer tollpatschig gewesen.

Hori selbst meinte hingegen, in Kamaras Lachen eine freundliche Geste zu erkennen. Das ließ ihn nach der Ablehnung, die sie ihm in der letzten Zeit entgegengebracht hatte, neuen Mut schöpfen. Er sprang von der Plattform seines Streitwagens und wäre fast hingefallen, weil er im tiefen Sand stolperte. Erneut musste Kamara lachen, und nun fielen selbst seine Kameraden, die hinter ihm auf ihren Streitwagen warteten, in das Lachen mit ein.

Hori baute sich stolz vor Kamara auf und reckte seine schmale Brust. »Kamara«, begann er feierlich, »warum hast du nicht im Haus deiner Eltern auf mich gewartet, als ich mich habe ankündigen lassen? Du kannst stolz auf mich sein. Pharao hat mir das Ehrengold verliehen.«

Kamara betrachtete den schweren Halskragen, der die schmale Knabenbrust fast zu erdrücken schien, und blickte auf Hori hinab, der beinahe einen Kopf kleiner war als sie.

»Hori«, begann sie laut zu sprechen, damit auch seine anwesenden Kameraden hörten, was sie zu sagen hatte. »Kein

Gold, das du dir erwirbst, keine noch so kühne Tat, ja, nicht einmal der mächtige Amun-Re kann die Gefühle in meinem Herzen wecken, die du dir erhoffst. Du magst zwar glauben, dass du ein Mann bist, aber sieh dich doch an: Das Gold erdrückt deine Brust, ich bin fast einen Kopf größer als du, mein Arm wird deinen in jedem Schwertkampf besiegen.«

Kamara hielt inne, doch noch immer stand Hori unbeeindruckt direkt vor ihr. Sie seufzte innerlich und holte zum letzten entscheidenden Schlag aus. Sie hätte es Hori gerne erspart, aber sein unnachgiebiges Verhalten versetzte sie in Wut. »Hori, ich bitte dich, sieh es doch endlich ein. Ich kann nicht deine Gemahlin werden. Willst du auf dem Hochzeitslager zwischen meinen Schenkeln liegen, während dein Kopf auf meinem Bauchnabel ruht?«

Um ihrer Aussage Nachdruck zu verleihen, verzog Kamara ihre Lippen zu einem amüsierten Lächeln und strich Hori mit ihrer Hand mütterlich den Schmutz von der Stirn: »Denk doch nach, Hori, das kann nicht Maat sein. Eine Frau braucht einen starken Mann und keinen Knaben auf dem Hochzeitslager, und ich bin nicht zur Gemahlin geboren: Mein Herz gehört einer Göttin, die älter ist als alle Götter Ägyptens zusammen.«

Dieses Mal hatten ihre Worte ihn getroffen. Fast tat es ihr leid, ihn verletzt zurückweichen zu sehen. Das Lachen seiner Freunde war versiegt, hier und da war ein verhaltenes Hüsteln zu hören. Denn Kamara hatte nicht nur Hori beleidigt, sondern auch die Götter Ägyptens, obwohl sie selbst Ägypterin war. Horis Freunde kannten Kamara gut genug, um zu wissen, dass sie niemals wirklich zu ihnen gehört hatte. Ihre Augen besaßen ein unruhiges Flackern, wie man es gewöhnlich bei wilden Tieren findet. Keiner konnte verstehen, warum Hori sie so innig begehrte.

Hori stand vor Kamara wie ein geprügelter Hund. Kamara

musste sich zwingen, ihre überhebliche Miene zu wahren. Langsam wandte sie ihm den Rücken zu und unterdrückte die Tränen, die ihr aus den Augen treten wollten. Sie hatte ihn nicht derart verletzen wollen, aber er hatte ihr keine andere Möglichkeit gelassen. Sicherlich würde Hori irgendwann ein echter Mann sein, sicherlich würde er irgendwann eine Frau finden, die ihn liebte, aber diese Frau konnte nicht sie sein. Betont leichtfüßig schwang Kamara sich auf Paris' Rücken und galoppierte davon.

Hori sah ihr nach, während sein Herz mit zerbrochenem Stolz und der Bloßstellung vor seinen Freunden und Kameraden kämpfte. Schließlich ertrug Horis bester Freund Kay das Schweigen nicht länger. Vom Streitwagen aus rief er Hori zu: »Warum vergisst du Kamara nicht einfach, Hori? Wir alle haben dich vor ihr gewarnt! Wir haben dir gesagt, dass sie nicht die richtige Frau für dich ist. Sie ist und bleibt eine Fremdländerin wie ihre Mutter Selina ... wild und unberechenbar. Allein die Art, wie sie mit Pferden umgeht ... auf dem Rücken eines Pferdes zu sitzen wie das Gesinde! Kamara trägt zwar einen ägyptischen Namen und ist hier geboren, doch sie ist nicht wie wir und wird es niemals sein. In *deinen* Adern fließt hingegen das Blut von Pharaonen, deine erste Gemahlin sollte standesgemäß sein! Frauen wie Kamara sind gut für den Harem eines Mannes, aber nicht für sein Herz!«

Hori löste sich aus seiner Starre und wandte sich abrupt seinem Freund zu. »Du vergisst, dass Kamara zur Hälfte Ägypterin ist, ihr Vater Pairy entstammt einer guten ägyptischen Familie. Und ihr Bruder Alexandros dient als hoher Beamter in Pharaos Palast und hat sogar die Tochter einer Nebenfrau Pharaos geheiratet, obwohl er nicht in Ägypten geboren ist. Wenn Pharao eine seiner Töchter an Alexandros gibt, wie sollte Kamara dann meiner unwürdig sein?«

Horis Körper mochte noch an den eines Knaben erinnern,

doch sein Zorn konnte mit dem eines jeden gestandenen Mannes mithalten.

Kay lenkte ein. »Aber sie brüskiert dich vor deinen Freunden. Sie tut, was sie kann, um dich bloßzustellen, sie verschließt ihr Herz vor dir. Warum willst du dich unglücklich machen, Hori?«

»Wir sind füreinander bestimmt, die Götter wollen es so«, reagierte Hori gereizt. Leise fügte er hinzu: »Sie weiß es nur noch nicht.«

Kay schüttelte den Kopf. »Mögen Amun-Re und alle Götter dir beistehen, Hori. Noch vier Mal wird Re geboren, dann wird Kamara unwiderruflich dir gehören. Dann hast du eine Frau, die sich nicht auf die Führung deines Haushaltes versteht, die lieber den Fohlen der Stuten ins Leben hilft, als ihrem eigenen Gatten ein Kind zu gebären. Eine Frau, die lieber die Beute jagt, als diese zuzubereiten. Möge dein *Min* groß und stark sein, wenn du diese Frau auf dein Lager holst.«

Die Anspielung auf Horis Manneskraft ließ dessen Freunde wieder einvernehmlich lachen.

Hori straffte die schmalen Schultern und kratzte die Reste seines im Wüstensand zerronnenen Stolzes zusammen. »Über mein *Min* macht euch keine Sorgen. Im Gegensatz zu euch verschwende ich es nicht an verlauste Schankmädchen, und ich muss auch nicht jeden Mondumlauf einen Sklaven zum *sunu* schicken, um mir Kräutersalbe gegen den juckenden Ausschlag zwischen den Lenden zu holen.«

Kay und die anderen lachten. »Das gehört nun einmal zum Leben eines Mannes! Eine Frau und ein Haus voller schreiender Kinder kannst du dir auch noch als alter Tattergreis zulegen. Diese Schankmädchen – sie mögen zwar unsauber sein, aber ihre Brüste und ihre Schenkel sind diese Unannehmlichkeiten wert.«

Hori hatte keine Lust mehr zu diskutieren. Er sprang auf seinen Streitwagen und schnalzte mit der Zunge. »Es ist zu heiß, um länger am Westufer zu bleiben. Außerdem habe ich meine Verlobungsfeier vorzubereiten. Lasst uns gehen.«

Ohne eine Antwort abzuwarten, stieg er auf seinen Streitwagen, wendete die Pferde und ließ sie antraben.

Kamara sprang von Paris' Rücken und blickte sich auf dem Gelände der Stallungen suchend um. Weder ihr Vater noch ihre Mutter waren zu sehen. Sie atmete erleichtert auf. Wenn ihre Eltern von Hori oder seinem Vater erfuhren, was sie heute getan hatte, würde sie eine Schelte über sich ergehen lassen müssen, die dem Zorn des Seth gleichkam. Auch wenn diese Auseinandersetzung unumgänglich war, war sie froh darüber, noch eine Gnadenfrist zu haben.

Paris ließ missmutig den Kopf hängen. Wie sein Namensgeber, Paris von Troja, von dem ihre Mutter Kamara in Kindertagen abenteuerliche Geschichten erzählt hatte, war der edle junge Hengst ein verwöhnter Prinz, der nicht gerne in der Mittagshitze geritten wurde und bockte, wenn ihm zu wenig Aufmerksamkeit und Pflege zuteilwurde.

Kamara führte Paris über den großen Sandplatz zu den weitläufigen Stallungen, die das Anwesen ihrer Eltern umgaben. Als einzige Frau wurde ihre Mutter in Ägypten als Pferdezüchterin anerkannt, und ihre Stallungen kamen sogar denen des Pharaos gleich, was dieser ihr auch stets so vorwurfsvoll wie freundschaftlich vorhielt. Doch da Selina Pharao Ramses stets die besten und edelsten Pferde eines Jahrgangs für seine Stallungen schenkte, waren seine Vorwürfe lediglich neckischer Natur, zumal der Einzig Eine Kamaras Mutter über alles schätzte und ihr die Freiheiten gerne verzieh, die sie sich stets herausnahm.

Kamara führte Paris in den Stall. Die leichte Kühle ließ

Pferd und Reiterin fast gleichzeitig durchatmen. Diener und Stallburschen ließen sie passieren, niemand bot sich an, ihr Paris abzunehmen. Normalerweise wurde kein Pferd von den Herrschaften selbst versorgt, nur Kamara ließ es sich nicht nehmen, Paris selbst abzusatteln, zu striegeln und nach einem Ritt seinen Wassertrog zu füllen. Paris dankte es ihr mit aller Treue, zu der ein eitler Charakter fähig sein konnte – wenigstens hatte er noch nie versucht, sie zu beißen, was keiner der Stallburschen von sich behaupten konnte. Paris biss und kniff normalerweise jede Hand, die sich ihm entgegenstreckte, es sei denn, sie hielt einen Leckerbissen für ihn bereit.

Kamara striegelte Paris' Rücken und Flanken kräftig, füllte seinen Wassertrog und wollte dann sich selbst waschen gehen. Als sie jedoch aus den Stallungen trat, kam ihr bereits ihre Mutter entgegen, das lange blonde Haar zu einem Pferdeschwanz gebunden, die blauen Augen mit den sich langsam abzeichnenden Lachfältchen auf sie gerichtet.

Kamara bewunderte ihre Mutter sehr und ärgerte sich insgeheim darüber, dass sie nicht das ungewöhnliche Aussehen von ihr geerbt hatte. Kamaras Haare waren glatt und dunkelbraun, ebenso wie ihre Haut dunkler war, ihre Augen waren mandelförmig. So würde jeder, der es nicht besser wusste, Kamara ohne Weiteres für eine reinblütige Ägypterin halten. Lediglich ihre Größe war ungewöhnlich, und wenn sie in die Sonne blickte, funkelten ihre Augen in den Farben des Bernsteins. Es war nicht zu übersehen: Kamara kam äußerlich eher nach ihrem Vater Pairy, doch ihr Wesen war wild und frei wie das ihrer Mutter.

Ihre Mutter wusste viel über ihr bewegtes Leben zu erzählen, über das Frauenvolk, dem sie entstammte, die Schlacht von Troja, ihr Leben am hethitischen Königshof, die Umstände, unter denen sie ihren Mann, Kamaras Vater, kennengelernt hatte. Kamara hatte all diesen Geschichten immer wieder mit Bewunderung und Faszination gelauscht und sie sich, so oft es ging, erzählen lassen.

Wie außergewöhnlich und romantisch sich das Kennenlernen ihrer Eltern gestaltet hatte! Und nun sollte sie selbst den langweiligen Knaben Hori heiraten, eine brave Ehefrau werden und das Haus und die Kinder ihres Gemahls hüten.

Selina erkannte die schlechte Laune ihrer Tochter sofort: »Kamara, wo warst du den ganzen Vormittag? Hori war hier und wollte dich sehen. Der Pharao hat ihm das Ehrengold verliehen, und Hori war sehr enttäuscht, dass du nicht hier warst.«

Sehr zu Selinas Sorge verdüsterte sich Kamaras Blick noch mehr.

»Es ist mir vollkommen egal, ob Hori das Ehrengold verliehen bekommt, von einem Esel getreten oder von einer Sanddüne verschlungen wird. Ich möchte ihn nicht sehen!«

Als sich die beiden Frauen gegenüberstanden, merkte Selina, dass Kamaras Kiefer kampfeslustig zuckte. Besorgt sah sie den eigenen rebellischen Geist jugendlicher Tage im Gesicht ihrer Tochter wieder.

Selina nickte. »Ich weiß um deine Gefühle, Kamara. Vielleicht ist es meine Schuld. Ich habe dir mein Leben in den Geschichten deiner Kindheit immer als ein einziges Abenteuer beschrieben, aber glaube mir, es gab auch sehr viel Schmerz und Leid. Ich habe viel verloren. Mit Hori wird dir das alles erspart bleiben. Er liebt dich – ich glaube nicht, dass er dir eine andere Frau ins Haus holen wird, und es wird dir an nichts mangeln.«

Kamara stampfte wütend mit dem Fuß auf. »Es wird mir an allem mangeln, Mutter! Ich werde irgendwann eine alte fette Wachtel mit zehn schreienden Kindern sein, die mir am Gewand zerren, und meine Hochzeitsnacht werde ich mit einem Knaben verbringen, den ich um einen Kopf überrage. Die Große Mutter möge mir das ersparen!«

»Auch Hori wird zum Mann reifen«, wandte Selina mit wenig Hoffnung, ihre Tochter zu beruhigen, ein.

»Das ist mir egal, Mutter. Ich will ihn nicht heiraten, Vater muss das einsehen.«

Selina schüttelte den Kopf. »Ich habe versucht, mit ihm zu sprechen. Dieses Mal lässt er sich nicht erweichen.«

Kamaras Augen nahmen einen flehenden Ausdruck an. »Bitte, sprich noch einmal mit Vater! Er hat dir nie etwas abgeschlagen. Wenn du an meiner Stelle wärest, würdest du Hori auch nicht heiraten, nicht wahr? Ich bin wie du, Mutter. Ich gehöre nicht als Gemahlin in das Haus eines Mannes. Wofür habe ich gelernt, das Schwert zu führen und den Bogen zu spannen, zu reiten und zu kämpfen? Bei der Großen Mutter, du musst mir einfach helfen!«

Selina blickte sie mitfühlend an. »Ich bin als Fremde in ein fremdes Land gekommen, Kamara. Mir gegenüber waren die Menschen großzügig, aber auch ablehnend. Ich werde zwar akzeptiert, bleibe aber immer eine Fremde. Ich habe keine wirkliche Heimat und kein eigenes Volk, höchstens in meinen Erinnerungen. Auf dich aber schauen der Hof und ganz Piramses, du hast die Wahl. Du kannst als Ägypterin leben und wirst zu ihnen gehören, oder du kannst rebellisch sein und immer eine Fremde bleiben. Alexandros hat sich entschieden und lebt sehr zufrieden an Pharaos Hof.«

»Mein Bruder ist ein Mann«, wandte Kamara ein. »Er kann ohnehin tun und lassen, was er will. Und Alexandros gleicht Vater, so wie ich dir gleiche. Du weißt, dass ich so nicht glücklich werden kann. Du musst Vater davon überzeugen, dass ich nicht heiraten kann!«

Selina seufzte. »Also gut, Kamara, ich werde noch einmal mit deinem Vater sprechen.«

Selina hatte keine Eile, Pairys Arbeitsräume zu erreichen. Sie hatte keine Ahnung, wie sie Pairy von seinem Vorhaben abbringen sollte, und verstand sein ägyptisches Denken nach all den Jahren so gut, dass sie wusste, warum er so handelte. Es gab zu wenige Männer wie Pairy in Ägypten, als dass Kamara die Aussicht auf eine ähnlich gute Ehe gehabt hätte.

Selina gab sich selbst die Schuld an der schwierigen Situation. Alexandros war immer Pairys Sohn gewesen, er war Ägypter, jede Faser seines Ka ägyptisch. Kamara jedoch hatte Selina im Sinne der Großen Mutter erzogen, um das Erbe ihres Volkes zu sichern, die Geschichten um Ruhm, Kampf und Stolz nicht mit sich selbst sterben zu lassen. Und ihre Tochter war eine willige und wissbegierige Zuhörerin gewesen, die mit vier Sommern bereits mit einem Kinderbogen auf einem Pferd saß, mit neun Jahren Hasen und kleinere Tiere jagte und mit zwölf eine Tochter des Volkes der Großen Mutter war.

Selina war hin- und hergerissen gewesen, als ihr bewusst wurde, dass die Kraft und der Stolz ihrer Tochter in Ägypten vollkommen verschwendet waren. Doch ihr eigener Stolz hatte sie dafür sorgen lassen, dass Kamara weiter ausgebildet wurde. Und so waren der Kampf mit Axt und Schwert, das Reiten mit und ohne Sattel, das Zureiten und die Zucht von Pferden, Jagd und Zweikampf die Welt Kamaras geworden; und Kamara liebte diese Welt.

Doch nun, da Kamara alles gelernt hatte, was eine Tochter der Großen Mutter lernen kann, stand sie ohne Feind, ohne Kampf, ohne Herausforderung da und sollte stattdessen auf einmal eine ägyptische Ehefrau werden. Pairy hatte Selina Vorwürfe gemacht, und obwohl Selina sich nach wie vor für Kamara einsetzte, gab sie Pairy recht. Was hatte sie nur getan? Ihr Volk existierte nicht mehr, es gab keine großen Schlachten wie die von Troja, keine Abenteuer mehr zu bestehen. Selina hatte aus Einsamkeit und Stolz eine Kriegerin ausgebildet, für die es keine Schlachten zu schlagen gab, eine Führerin ohne Volk. Selina hatte das Unglück ihrer Tochter selbst verschuldet.

Sie verließ die Stallungen und trat in den üppigen Garten des Haupthauses. Die Gärtner pflegten die Pflanzen und Blumen und grüßten Selina teils freundlich, teils mit zurückhaltendem Respekt. Selina war mit ihrem Leben zufrieden, ihre Abenteuer hatte sie bestanden, ihre Kriege gekämpft, und sie hatte in Ägypten ihren Platz als geachtete Züchterin der besten Wagenpferde erlangt. Sie hatte ihr Schwert damals freiwillig niedergelegt, als sie sich für Pairy entschieden hatte, aber sie hatte es aus eigenem Entschluss niederlegen müssen, um zur Ruhe kommen zu können. Kamara aber sollte ein Leben aufgezwungen werden, das sie nicht freiwillig gewählt hatte.

Selina betrat das Haupthaus und wischte sich den Schweiß aus dem Nacken. »Ich brauche ein sauberes Gewand, Merit. Ist mein Gemahl in seinen Arbeitsräumen?«

Die Dienerin war sofort zur Stelle, um ihr ein erfrischendes Tuch zu reichen. Sie verbeugte sich und nickte bescheiden, wobei die Lotusblüte an ihrem Stirnreif einen sanften Duft verströmte. Ihre mit dunklem Kohol umrandeten Augen suchten nach einer anderen Dienerin, und als sie diese tatenlos im Raum herumstehen sah, zupfte sie an ihrem weißen gefältelten Gewand, um der anderen zu signalisieren, dass ihre Anwesenheit erwünscht war.

Das andere Mädchen eilte rasch und leise herbei, sodass Merit ihr Anweisungen geben konnte, ohne ungehörig laut vor den Herrschaften zu sprechen: »Bereite ein Bad für die edle Herrin vor, und lasse ein sauberes Gewand bereitlegen. Melde sodann dem edlen Herrn Pairy, dass seine Gemahlin mit ihm zu reden wünscht.«

Selina hatte das Mädchen genau beobachtet. Merit war aus

gutem Hause und würde sich bald verheiraten. Viele Anwärter hatten um sie geworben, und Merit hatte sich gemeinsam mit ihren Eltern für den besten Bewerber entschieden. Pairy erwartete, dass auch Kamara sich so verhielt, aber Selina wusste, dass ihre Tochter nie wie Merit sein würde.

Gebadet und in frische Gewänder gehüllt, betrat Selina Pairys Arbeitsräume. Der Duft der Kräuter umgab sie wie eine längst verblasste Erinnerung an ihre Kindheit. Pairy sah von seinen Papyrusrollen auf und lächelte kurz, als er sie erblickte. Doch als er sich auf die Güterlisten konzentrierte, die der Palast ihm gesandt hatte, legte sich seine Stirn wieder in Falten.

»Du arbeitest zu viel, Pairy«, versuchte Selina seine Aufmerksamkeit zu gewinnen.

»Der Kapitän der *Sachmets Zorn* hat Güter unterschlagen, da bin ich mir ganz sicher. Ich werde dem Pharao beweisen, dass dieser korrupte Mann ihn bereits seit mehreren Nilschwemmen um ein erhebliches Maß an Gütern und Gold erleichtert hat. Pharao hat mir allein diesen Auftrag anvertraut und darauf bestanden, dass er vertraulich behandelt wird. Dies ist eine große Ehre für mich, und es ist nun an mir, dem Guten Gott zu beweisen, dass sein Vertrauen in mich gerechtfertigt war.«

Selina trat leise hinter ihn und massierte seine Schultern. Pairy stöhnte ob der willkommenen Abwechslung auf und schloss die Augen.

»Diese Jahreszeit ist zu heiß, um sich mit Güterlisten und korrupten Beamten zu beschäftigen. Pharao weiß, dass du hart arbeitest. Er wird dir nicht übelnehmen, wenn du dir einen oder zwei Tage Ruhe gönnst. Nicht ohne Grund hat er dir erlaubt, die Papyrusrollen in dein Haus zu bringen und von hier aus zu arbeiten.«

Pairy nahm ihre Hand und drückte sie. »Ich kenne Pharao seit meiner Kindheit. Spätestens in vier Tagen, bei Kamaras Verlobungsfeier, wird er mich zur Seite nehmen und nach meinen Fortschritten fragen.«

»Falls es dem Einzig Einen gefällt, überraschend zu erscheinen. Bisher hat er sich nicht ankündigen lassen. Nun, vielleicht könntest du dir etwas Zeit verschaffen, wenn du Kamaras Verlobung um eine oder zwei Nilschwemmen verschiebst.«

Jetzt hatte Selina Pairys ungeteilte Aufmerksamkeit. Er wandte sich zu ihr um und blickte sie mit zusammengezogenen Augenbrauen an. Obwohl er bereits vierzig Sommer alt war, hatte er noch immer ein jugendliches Gesicht und einen überaus wachen Verstand. Selina liebte ihn wie am ersten Tag, und auch seine Gefühle zu ihr hatten sich nicht verändert. Trotzdem spürte Selina, dass sie ihn nicht von seinem Entschluss würde abbringen können.

»Hat Kamara dich zu mir geschickt, damit du mich dazu bewegst, die Verlobung mit Hori zu lösen?«

Selina seufzte vernehmlich. »Pairy, ich glaube nicht, dass Kamara schon bereit ist zu heiraten.«

Er lehnte sich in seinem Ebenholzstuhl zurück und verschränkte die Arme vor der Brust. »Was du nicht sagst, Selina. Kamara ist bereits fünfzehn Sommer alt. Andere ägyptische Mädchen heiraten mit vierzehn und werden in ihrem zwölften Sommer verlobt. Unsere Tochter hatte genug Zeit, und ich habe ihr stets sehr viel Freiheit gewährt. Hori liebt sie sehr. Er wird ihr ebenfalls viele Freiheiten gewähren. Ich hatte kaum zu hoffen gewagt, dass Kamara in eine derart edle Familie einheiraten wird.«

»Ich fürchte, Kamara liegt nichts an Rang und Titel, Pairy.«

»Von wem hat sie wohl diese derart unägyptische Einstellung«, murrte Pairy leise und fügte dann hinzu: »Da unsere Tochter nicht weiß, was gut für sie ist, müssen wir für sie entscheiden, und es ist wirklich nicht zu viel verlangt, wenn du mir hierbei zur Seite stehst.«

»Wir werden sie mit dieser erzwungenen Hochzeit unglücklich machen«, begehrte Selina auf.

»Das liegt daran, dass du sie zu frei erzogen hast!«, konterte Pairy. »Außerdem hat sie nach der Verlobung noch eine weitere Nilschwemme Zeit, um sich an den Gedanken zu gewöhnen, bald verheiratet zu sein. Bis dahin wird Hori einen festen Rang bei den Palastwachen innehaben, und Kamara wird ruhiger geworden sein.

»Das glaube ich kaum«, war Selina überzeugt. »Kamara ist meine Tochter, sie hat ein wildes, freies Herz. Ein Leben als Ehefrau wird sie nicht glücklich machen.«

Pairy sah seine Gemahlin durchdringend an. »Bist du unglücklich mit mir? Hast du deine Entscheidung bereut, das Schwert abzulegen?«

Selina schüttelte entschieden den Kopf, wobei ihre blonden Locken auf und ab wippten. »Nein, aber ich tat es freiwillig und zu einem Zeitpunkt, als die Kriegerin in mir des Kampfes müde war. Ich habe meine Schlachten geschlagen. Bei Kamara ist das anders.«

»Selina!« Pairy fuhr sich ungeduldig durch die Haare. »Es gibt keine Schlachten mehr, die geschlagen werden müssen. Was glaubst du, das Kamara tun könnte, um ihrer Unzähmbarkeit Herr zu werden? Was hast du dir dabei gedacht, als du sie zur Kriegerin ausgebildet hast? Es gibt keine Kriegerinnen in Ägypten, und Ägypten braucht auch keine!«

Selina spürte, wie ihr alter Zorn in ihr hochstieg. »Ach nein? Aber damals, als Siptah und Hentmira versucht haben, Pharao vom Thron zu stoßen, bestand durchaus Bedarf an einer Kriegerin!«

»Diese Zeiten sind lange vorbei«, versuchte Pairy seine aufgebrachte Gemahlin zu beruhigen.

»Du unterschätzt die Kraft der Großen Mutter, Pairy. Sie wird nicht zulassen, dass eine ihrer Töchter ihrer Bestimmung nicht folgt.«

Selina wandte sich um und verließ hoch erhobenen Kopfes Pairys Arbeitsräume.

»Bei den Göttern, von welcher Bestimmung redest du nun schon wieder? Manchmal weiß ich wirklich nicht, was du meinst!«

Doch Selina hatte die Tür schon hinter sich zugeschlagen. »Nun, denn«, zischte sie leise, »es wird keinen Mondumlauf dauern, bis Pairy seinen Starrsinn bereut, und bis zur Hochzeit wird noch eine Nilschwemme vergehen. Da kann viel geschehen ...«

Das hauchdünne Leinenkleid schmiegte sich eng um Kamaras schlanken Körper und betonte die golden schimmernde Bräune ihrer Haut. Sie hatte sich einen blauen Lotus in das offene Haar gesteckt und die Augen zum Schutz gegen die Sonne dunkel mit Kohol umranden lassen. Nun sah sie wirklich aus wie eine Ägypterin.

Kamara betrachtete ihr Spiegelbild im Wasser des Badeteiches. »Ich bin zwar hübsch, aber eine wahre Schönheit ist meine Mutter. Und doch mögen die Männer mich mehr als sie, weil ich aussehe wie eine Ägypterin. Was für ein dummes Schicksal! Ich wünschte, die Männer würden mich hässlich finden, dann hätte ich wenigstens meine Ruhe!«

Kamara kaute gedankenverloren auf einem Stück kalten Gänsefleisch. Dann raffte sie auf einmal ihr enges Gewand bis über die Knie, damit sie große Schritte machen konnte, und rannte durch den Garten zurück ins Haus. Dort rief sie aus voller Kehle nach Merit.

Die Dienerin eilte mit leichten Trippelschritten herbei und starrte entsetzt auf Kamaras entblößte Beine. »Herrin, bei der himmlischen Hathor, was ist geschehen? Warum hast du deine Beine entblößt? Bist du von einer Schlange gebissen worden? Soll ich den *sunu* rufen lassen?«

Merit überschlug sich fast vor Sorge.

Kamara schüttelte schnell den Kopf. »Nein, nein, es ist nichts geschehen, aber sage mir, Merit: Du kennst dich mit Farben und Schminke aus und berätst die edlen Damen des Hofes bei der Auswahl ihrer Perücken. Sage mir, ob es eine Möglichkeit gibt, dass mein Haar so hell wird wie das meiner Mutter.«

Merit konnte ihr Entsetzen nur schwer verbergen. »Aber Herrin, dein Haar ist wunderschön, du brauchst keine Haarfarbe. Nur die älteren Frauen färben sich die Haare ... Außerdem ist deine Mutter zweifelsohne eine schöne Frau«, fuhr Merit etwas leiser fort, »ihr Haar faszinierend auf eine ungewöhnliche Art, doch ... Ich glaube, dass die Männer dich viel hübscher finden als sie.«

Kamara verengte die Augen zu Schlitzen, und Merit wurde rot ob ihrer Unverschämtheit. »Verzeih mir, Herrin. Das war unbedacht und dumm von mir.«

»War es!«, bestätigte Kamara unverhohlen. »Sage mir einfach, ob es eine Möglichkeit gibt, meine Haare zu färben.«

Merit schüttelte den Kopf. »Ich kann deine Haare noch dunkler färben, auch einen roten Schimmer kann ich ihnen verleihen, aber so hell wie die Strahlen des Re – das ist unmöglich.«

Kamara seufzte enttäuscht, und Merit sah sich dazu beflügelt, ihr Trost zu spenden. »Herrin Kamara, dein Verlobter liebt dich, wie du bist. Er findet dich schöner als jede andere Frau. Du solltest dich freuen.« Etwas schüchtern fügte sie hinzu: »Auch ich werde bald heiraten, dann sind wir wie

Schwestern. Uns geht es besser als den anderen Mädchen, die noch auf einen guten Gemahl hoffen und Angst haben müssen, dass sie zu alt werden, um begehrt zu sein. Wir werden über unsere jugendlichen Narrheiten lachen, und unsere Kinder werden zusammen spielen.«

Dass Kamara sie erschrocken anblickte, merkte Merit nicht. Sie hatte schwärmerisch die Augen geschlossen. »Ach, Herrin, ich sehe mich bereits mit meinen Kindern spielen!«

»Bei allen ägyptischen Göttern und der Großen Mutter – ich auch!«, erwiderte Kamara missmutig.

Merit öffnete die Augen. Etwas schien sie aus ihren Gedanken gerissen zu haben, denn sie kniff die Augen erneut zusammen und blickte interessiert zur Mauer, welche den Garten umgab. »Bei den Göttern, kann das denn sein?«

Kamara folgte verwirrt dem Blick der Dienerin und zog überrascht die Augenbrauen hoch, als sie die blauweißen Wimpel über den weiß gekalkten Gartenmauern flattern sah.

»Herrin Kamara, das sind die Wimpel des Palastes. Wir sind nicht vorbereitet auf derart hohen Besuch. Ich muss den edlen Herrn Pairy sofort unterrichten.« Mit einem prüfenden Blick betrachtete sie Kamara von oben bis unten. »Wie gut, dass du bereits angemessen gekleidet bist.«

Kamara bedachte Merit mit einem düsteren Blick. Das Mädchen war zwar eine Dienerin im Hause ihres Vaters, stand jedoch rangmäßig nicht unter Kamara. Es war durchaus üblich, dass die adeligen Familien ihre Töchter für eine gewisse Zeit als Hofdamen in das *Per Ao* oder in das Haus einer angesehenen Familie schickten, damit sie dort lernten, einen großen Haushalt zu führen. Merit nahm ihre Pflichten sehr ernst und war für Kamara ein Sinnbild dessen, was sie niemals sein wollte.

»Ich rufe die Herrschaften herbei«, gab Merit abschließend zu verstehen. Dann trippelte sie auch schon eilig davon.

Kamara war die ganze Unruhe unbegreiflich, die plötzlich das Haus befiel. Der Pharao pflegte zwar normalerweise keine Besuche in Pairys Haus abzuhalten, doch Kamara war bereits als Kind im Palast ein- und ausgegangen und hatte unzählige Male auf Pharaos Schoß gesessen. Sie sah in ihm mehr den Großvater als den Herrn der beiden Länder.

Kamara lief hinaus in den Garten und wartete auf das Eintreffen der Gesandtschaft. Eine lange Schlange müder und schwitzender Sklaven und Diener wand sich durch das Eingangsportal ihres Elternhauses, dann folgte eine bewaffnete Eskorte.

Pharao Ramses Meriamun war zwar schon alt, hatte fast siebzig Sommer gelebt, doch die Müdigkeit des Alters schien an ihm vorübergezogen zu sein. Die Götter lächelten ihm zu. Denn ebenso groß wie seine unzähligen Bauten waren seine öffentlichen Auftritte. Der durchaus weitläufige Garten war bereits mit Dutzenden Menschen gefüllt, als endlich Pharao auf seinem überdachten Tragestuhl durch das Portal getragen wurde. Die rote und weiße Krone saßen imposant auf seinem Kopf, Krummstab und Geißel hielt er gekreuzt und mit festem Griff vor seine Brust. Sogar den Zeremonienbart hatte er angelegt. Obwohl mittlerweile tiefe Falten sein Gesicht durchzogen, besaß Pharao Ramses Meriamun eine gerade Haltung, die nichts von Schwäche erkennen ließ.

Kamara lief ihm lachend entgegen. Sie mochte den großen, schwerfälligen Mann, der mit besonderer Vorliebe über den Pomp des Hofes herzog, obwohl er diesen durchaus für sich einzusetzen verstand.

Die Sklaven setzten den Tragestuhl ab, und Kamara begrüßte Pharao mit einer kurzen Verbeugung, ohne hierbei jedoch besonders respektvoll zu wirken.

Pharao zog kurz die Stirn kraus, dann seufzte er und winkte seinem Diener. »Nun sieh dir das an, Thotmes, da habe ich mir solch eine Mühe gegeben, diese kleine Wachtel zu beeindrucken, und sie weiß es nicht zu schätzen.«

Er zog sich beiläufig die Doppelkrone vom Kopf und warf sie Thotmes in einer wenig königlichen Geste zu. Thotmes stolperte vorwärts, um sie auffangen zu können, während durch die Menge der Dienerschaft ein Aufschrei ging. Es folgten Zeremonienbart sowie Krummstab und Geißel.

»Thotmes«, rief Pharao mit strenger Stimme. »Gib gut Acht auf den Plunder, du hältst Ägypten in deinen Händen. Nicht, dass uns die Götter mit Sandstürmen und Missernten strafen!«

Der junge Mann verbeugte sich mit zittrigen Knien und übergab Pharaos Insignien so vorsichtig an den Hüter der Schatzkammer, als hielte er ein neugeborenes Kind im Arm.

Pharao ließ sich ein leichtes Nemestuch über das mittlerweile fast weiße Haar legen, dann erhob er sich von seinem Tragstuhl und schritt Kamara mit offenen Armen entgegen. »Ah, meine kleine Lieblingswachtel, von all den Frauen, die mich umgeben, bist du die hübscheste, so jung, so frisch ... und bald verlobt.« Er umarmte sie in gespieltem Bedauern. »Wenn ich doch nur zehn oder zwanzig Nilschwemmen jünger wäre, so würde ich dich selbst heiraten.«

Kamara lachte laut auf, während sie Pharao umarmte. »Aber Pharao, das sagst du doch zu jeder jungen Frau, die dir über den Weg läuft.«

Pharao lächelte. »Ach, nun ja, aber es ist ja auch jedes Mal die Wahrheit. Der Geist ist lustvoll, doch der Körper rebelliert.«

Pharao legte in väterlicher Manier den Arm um Kamaras Schultern, während sie den Weg hinauf zum Haus gingen. Einige der Diener, die Pharao auf Schritt und Tritt folgten, verzogen missmutig das Gesicht. Es war nicht angebracht, dass die Herrschaften nicht anwesend waren, um den Guten Gott zu empfangen, doch Pharao liebte Überraschungen und hatte sich nicht ankündigen lassen. »Sag mir doch, meine kleine Wachtel, wie geht es deinem hart arbeitenden Vater und deiner alle Männer in Ägypten übertreffenden Mutter? Wird sie auch zum diesjährigen Neujahrstag das *Per Ao* wieder brüskieren, indem sie die besseren Zuchtpferde zum Verkauf anbietet als ich?«

»Das wird sie, Herr allen Lebens. Allein die Fohlen, die von meinem Hengst Paris gezeugt wurden, sind unübertroffen.«

Pharao zog gespielt konsterniert die Brauen hoch. »Also gut, sage ihr, dass Pharao bereit ist, über diese erneute Beleidigung hinwegzusehen, wenn er zwanzig Nachzuchten aus Paris' Linie erhält.«

Kamara knuffte ihn in die Seite – eine Unverschämtheit, die lediglich sie sich herausnehmen durfte. »Die Nachzuchten für Pharaos Ställe sind schon ausgewählt, und es werden sogar dreißig an der Zahl sein.«

Er blickte sie erfreut an. »Ach, du bist und bleibst meine Lieblingswachtel. Wie schade, dass du bald verheiratet sein wirst!«

Kamaras Blick verdüsterte sich. »Man hat mich nicht gefragt, Pharao.«

Er stupste sie auf die Nase. »Nun, wenn man das getan hätte, würdest du wahrscheinlich noch in zehn Nilschwemmen im Haus deiner Eltern leben, und das geht natürlich nicht.«

Kamara seufzte. Pharao war zwar sehr nachsichtig, was sie anging, aber im Grunde genommen war er ebenso ägyptisch wie ihr Vater.

Endlich hatten sie das Haus erreicht, wo sich mittlerweile auch Kamaras Eltern eingefunden hatten, um Pharao zu begrüßen – Pairy sehr respektvoll und mit hochrotem Kopf, da es ihm peinlich war, zu spät erschienen zu sein, Selina freundlich, aber mit einem ebenso schelmischen Lachen, wie ihre Tochter es stets zeigte.

Nach der Begrüßung wurden im Empfangsraum Erfrischungen aufgetragen. Pharao tippte ungeduldig mit dem Finger auf die Armlehne seines Stuhles, während sein Vorkoster jede Speise probierte. »Lass mir noch ein paar von den Pistazien übrig!«, wies er ihn harsch an, um sich dann wieder Pairy zuzuwenden: »Meine Ärzte verbieten sie mir wegen meiner Zahnschmerzen, dabei esse ich sie so gerne. Ich sage dir, Pairy: Sie gönnen mir nicht die kleinste Freude!«

Als sich der Vorkoster endlich entfernte, griff Pharao beherzt zu einem großen Becher mit verdünntem Oasenwein und zog die Schale mit Pistazien besitzergreifend zu sich hin. »Ich hoffe, die Überraschung ist gelungen«, erklärte er dann, »ich wollte es mir nicht nehmen lassen, mein Verlobungsgeschenk für Kamara persönlich zu überbringen.«

Kamara ließ neugierig von ihrem Strohhalm ab, mit dem sie das körnige Starkbier trank, damit dieses ihr nicht zu schnell in den Kopf stieg. Sie hoffte inbrünstig, dass das Verlobungsgeschenk nicht die mitgeführte Gesandtschaft war. Diese würde sie sonst zweifelsohne fortan auf Schritt und Tritt verfolgen, um ihr jeden Wunsch von den Augen abzulesen.

»Wir sind sehr erfreut über deinen Besuch, Pharao«, bestätigte Pairy mit allem Respekt, dem man einem fleischgewordenen Gott zuteilwerden lassen konnte. Als Selina beipflichtend nickte, lächelte Pharao zufrieden.

Kamara jedoch konnte ihre Neugierde nicht mehr zügeln. »Und wo ist es?«

»Kamara!«, wies Pairy sie scharf zurecht, doch Pharao lachte nur laut auf. »Pairy, deine Tochter ist genau wie deine Gattin. Ich erinnere mich noch zu gut an die Straußenjagd, bei der mich deine Gemahlin vor vielen Nilschwemmen gelehrt hat, Sand zu schlucken.«

Pairy lief rot an, noch immer war ihm diese Geschichte außerordentlich peinlich. Selina und Kamara bemühten sich, nicht zu lachen.

»Das Geschenk ist keines, das ich dir in einer Zierschachtel überreichen kann, kleine Wachtel, denn es ist zu groß.«

Kamara kaute ungeduldig auf ihrem Strohhalm herum. »Du schenkst mir ein Haus in Piramses und Hori einen Posten in Nub, auf dem er die nächsten zehn Nilschwemmen Zeit hat, zum Mann zu reifen?« Sie fand sich selbst ungewöhnlich schlagfertig.

Pairy bedachte seine Tochter mit einem zornigen Blick, Selina blickte Pharao hoffnungsvoll an.

»Natürlich nicht!«, entgegnete Pharao bestimmt. »Es ist viel besser: Eure Verlobungsfeier wird im Palast stattfinden, wie im letzten Sommer die deines Bruders Alexandros. Ich erweise dir die gleiche Ehre, die ich meinen leiblichen Töchtern zuteilwerden lasse. Jetzt bist du fast eine Prinzessin, Kamara.«

Kamara blickte gequält zu ihrer Mutter, Pairy aber strahlte vor Freude und Glück. »Pharao, das ist zu viel der Ehre! Das können wir nicht annehmen.«

Pharao winkte ab. »Ach, natürlich könnt ihr das, und natürlich werdet ihr das, und natürlich kommt es dir gar nicht in den Sinn abzulehnen, Pairy. Bitte erspare mir diese Floskeln. Ich höre sie ständig, sie langweilen mich.«

Pairy räusperte sich. »Natürlich, Herr allen Lebens. Ich danke dir für die große Ehre.«

Pharao brummte zufrieden. Er wollte endlich zu einem interessanteren Thema übergehen. »Bist du im Fall der *Sachmets Zorn* schon vorangekommen, Pairy? Es wäre mir nichts lieber, als diesen korrupten Kapitän endlich verurteilen zu lassen.«

Pairy schüttelte missmutig den Kopf. »Es scheint mir fast,

als seien *sesu* am Werk. Diesem Sohn eines Schakals ist nichts nachzuweisen. Ich glaube mittlerweile, dass er von der Beamtenschaft geschützt wird; vielleicht hat er sogar Verbindungsmänner bei den Palastwachen. Es ist unmöglich, dass ein einzelner Mann das Große Haus um diese immensen Mengen von Waren und Gold betrügt und niemand etwas gesehen oder gehört hat! Wo sind die fehlenden Güter? Die Listen scheinen zu stimmen. Vielleicht arbeitet der Mann sogar mit den Tempeln zusammen, immerhin ist die Hälfte der Priesterschaft korrupt.«

Pharao seufzte laut auf. »Ach, diese Söhne von Schlangen und Schakalen! Die Priester sind einfach zu mächtig geworden, und selbst ich, der Sohn der Sonne, kann nichts gegen sie unternehmen, was von dauerhaftem Erfolg wäre!«

Hori blickte seinen Freund und Waffengefährten Kay freudestrahlend an. »Wie sehe ich aus? Meinst du, Kamara wird mich heute mit wohlwollenderen Blicken ansehen?«

Kay unterdrückte den Wunsch, seinem Freund die Wahrheit zu sagen. »Du siehst gut aus Hori – wie ein Mann an seiner Verlobungsfeier aussehen sollte.« Er blickte ihn ernst an. »Ich hoffe, sie weiß es zu schätzen.«

Hori steckte das vergoldete Kurzschwert in seinen Waffengürtel. An diesem besonderen Tag war es ihm erlaubt, die Zeremonienwaffen zu tragen, die ihm eigentlich erst nach seiner Einberufung in die Truppen der Palastwachen zustanden. »Ich weiß, was du denkst, Kay. Du magst Kamara nicht. Aber sie benimmt sich nur so, weil sie noch nicht erkannt hat, dass wir füreinander bestimmt sind. Sie wird mich lieben, das weiß ich.«

»Ich bete zu den Göttern, dass sie es tun wird, Hori.« Kay war wenig überzeugt.

Hori schlug seinem Freund kameradschaftlich auf die Schulter. »Wie schade, dass du an meiner Verlobungsfeier nicht teilnehmen kannst, Kay. Du bist mein bester Freund. Gerade du solltest den glücklichsten Tag meines Lebens mit mir teilen.«

Kay zuckte entschuldigend mit den Schultern. »Ich habe die ganze Nacht Dienst am Landungssteg. Du weißt, dass ich den Posten erst vor Kurzem erhalten habe und mir noch keine Befreiung vom Wachdienst zusteht.«

»Ich weiß, ich weiß«, gab Hori zurück. Er war nicht wirklich böse auf seinen Freund. Sie strebten beide einen Posten bei den Palastwachen an, und Kay war eine Nilschwemme älter als Hori, weshalb er seine Ausbildung bereits abgeschlossen hatte und vor einigen Tagen in den Dienststand einer Palastwache einberufen worden war, während Hori noch eine weitere Nilschwemme harten Drill und Ausbildung über sich ergehen lassen musste. Insgeheim beneidete Hori seinen Freund darum. Schließlich war er der Ansicht, dass Kamara ihm freundlicher gesonnen wäre, hätte auch er bereits einen festen Posten.

»Kay«, sagte Hori vorsichtig, »ich weiß, du magst Kamara nicht, aber wir beide werden deshalb nicht das Band unserer Freundschaft zerreißen lassen, nicht wahr?«

Kay legte eine Faust auf den Harnisch, genau an der Stelle, an der sein Herz saß. »Du hast dich für diese Frau entschieden, und du hast recht: Ich mag sie nicht, und ich wünsche mir von ganzem Herzen eine bessere Frau für dich. Aber ein Mann trifft seine Entscheidungen selbst, und nur wegen deiner Entscheidung soll unsere Freundschaft nicht zerbrechen. Sage mir nur eines, Hori: Warum gerade sie? Was hat dich für sie entflammen lassen?«

Hori runzelte die Stirn. »Es ist die Art, wie sie erscheint, wenn sie einen Raum betritt, wie sie geht, der kluge Blick ihrer Augen, die Lebendigkeit, die in ihnen wohnt. Ich habe diesen Blick noch bei keiner anderen Frau gesehen. Einmal, als wir noch Kinder waren, habe ich sie im Kampf mit einem Holzschwert besiegt. Sie fiel hin und schürfte sich Knie und Kinn auf. Jedes andere Mädchen hätte geweint, doch sie stand auf, als ob nichts gewesen wäre, mit einer Entschlossenheit, die ich sonst noch nie bei Frauen und Mädchen gesehen habe. Wenn sie sagt, dass der Geist dieser alten Göttin aus dem fremden Land in ihr wohnt, dann stimmt das, Kay. Ihr Wesen ist wie das eines jungen Pferdes. Sie ist etwas Besonderes, und ich sehe das wie kein anderer Mann in Ägypten. Deshalb sind wir füreinander bestimmt.«

»Sie erinnert mich eher an ein unberechenbares wildes Tier, Hori – ein Tier, das noch nicht ganz dem Jugendalter entwachsen ist. Was wird geschehen, wenn es seine Milchzähne verliert und stattdessen Raubtierfänge besitzt? Was weißt du von dieser fremden dunklen Göttin, die ihre Mutter mit nach Ägypten brachte? Ist es nicht so, dass diese Göttin den Männern nicht wohlgesinnt ist? Du bist ein Träumer, Hori. Du läufst in dein Verderben. Aber du bist mein Freund, und ich werde deine Entscheidung respektieren.«

Hori nickte zufrieden, ohne auf Kays düstere Prophezeiungen einzugehen. »Ich danke dir. Und nun kann ich beruhigt zu der Frau gehen, die mein Ka mehr liebt, als es jede andere Frau könnte.«

Kay nickte und sah seinem Freund nach, der beschwingt die Stufen seines Elternhauses hinunterlief. »Ich würde nichts lieber tun, als dich vor diesem Fehler zu bewahren – eben, weil ich dein Freund bin«, flüsterte er.

Der Pharao hatte an nichts gespart und den großen Bankettsaal herrichten lassen. Normalerweise empfing er hier nur die Gesandtschaften besonders wichtiger fremder Länder, darüber hinaus wurden in ihm lediglich Festlichkeiten für Töchter der königlichen Gemahlinnen ausgerichtet. Wie groß die Ehre und Wertschätzung war, die Pharao Kamara mit der Ausrichtung ihrer Verlobungsfeier erwies, zeigte, dass selbst Kamaras Bruder Alexandros bei seiner Hochzeit mit einer Prinzessin geringeren Ranges mit einem kleineren Saal hatte vorliebnehmen müssen.

Die Vorsteherin der Kleiderkammer der Großen Königlichen Gemahlin Bentanta hatte Kamara persönlich eingekleidet, ihr feinstes, mit Goldfäden durchwirktes Leinen übergestreift. Kamaras Handgelenke und Fußknöchel schmückten schwere goldene Reifen mit Lotusverzierungen aus feinstem Karneol und Lapislazuli, auf ihren Schultern lag ein schwerer Halskragen mit Einlegearbeiten aus Türkis. Lediglich das Haar, in das die Vorsteherin der Perücken winzige Goldperlen eingearbeitet hatte, trug Kamara offen.

Kamara begegnete dem ganzen Aufwand mit Gleichgültigkeit. Sie wollte Hori nicht gefallen, und noch weniger wollte sie ihm die Aussicht auf das Hochzeitslager versüßen.

Der große Saal füllte sich immer weiter mit Höflingen, die Reihen der Besucher schienen kein Ende nehmen zu wollen. Kamara sah einige bekannte Gesichter, Freunde ihrer Eltern, Mitglieder von Horis großer Familie, und schließlich betrat auch Hori in Begleitung seines Vaters den Bankettsaal.

Kamara unterdrückte den aufkommenden Schwindel. Wie eine Statue der schönen Göttin Hathor war sie herausgeputzt und zwischen Lotusblüten und Kissen auf eine Empore gesetzt worden, damit die geladenen Gäste sie bewundern und ihr zulächeln konnten. Neben ihr stand ein Stuhl für Hori bereit. Später am Abend sollten die Gäste dem Paar ihre Glück- und Segenswünsche überbringen, während Hori und Kamara diese – wie es dem Brauch entsprach – bescheiden lächelnd entgegennehmen würden.

Das Summen der Stimmen im Saal schwoll zu einem ohrenbetäubenden Lärm an. Zwischen dem Stimmengewirr hörte

Kamara die Zimbeln, Flöten und Trommeln der Musikanten und Tänzerinnen, die sich auf ihre Auftritte vorbereiteten. Eine Reihe von festlich gekleideten Dienerinnen und Dienern balancierte große Platten mit Fleisch, Gemüse und Gebäck über die Köpfe der Gäste hinweg, roter, schwerer Oasenwein wurde reichlich ausgeschenkt. Die Gäste brauchten nur ihre Becher zu heben, und sofort war ein Diener mit einem großen Krug zur Stelle, um ihnen nachzuschenken.

Kamara seufzte, während zwei Dienerinnen aufgeregt an ihrem Gewand herumzupften und erneut ihre Schminke überprüften – schließlich sollte sie ihren Verlobten auf den ersten Anblick erfreuen. Übellaunig schlug Kamara einer der Dienerinnen mit ihrem Fliegenwedel auf die Finger, der anderen schenkte sie einen bösen Blick. Empört zuckten die beiden zurück und ließen von ihr ab.

Kamaras Blick suchte nach Hori, der sich seinen Weg durch den Bankettsaal zu ihr erkämpfen musste, da er immer wieder von bereits angetrunkenen Gästen aufgehalten und mit Glückwünschen überhäuft wurde. So kam er nur langsam voran und hatte erst den halben Bankettsaal durchquert. Sie hielt Ausschau nach ihren Eltern, doch selbst der auffällige helle Haarschopf ihrer Mutter war in diesem Gewimmel nicht auszumachen. Pharao saß mit seiner Tochtergemahlin Bentanta ernst, wie es von einem lebenden Gott verlangt wurde, auf einer anderen Empore und nahm die Verbeugungen der Gäste entgegen.

Kamara fühlte sich mit einem Male sehr allein, während der Feind in Gestalt ihres Verlobten immer näher zu rücken schien. »Große Mutter, so hilf mir doch!«, betete sie insgeheim immer wieder, doch die Göttin schien sich von ihr abgewandt zu haben.

Hori hatte unterdessen die Empore erreicht. Schweißperlen glänzten auf seiner Stirn, der Weg durch die Menge hatte offensichtlich bereits an seinen Kräften gezehrt, zumal die Luft stickig und feucht war. Doch das hielt ihn nicht davon ab, sie mit wohlwollend und begehrlich glühenden Augen zu betrachten, was Kamara einmal mehr zornig werden ließ.

»Vielleicht solltest du dich setzen, ehe du unter der Last deines Prunkharnisches zusammenbrichst«, gab sie ihm bissig zu verstehen.

Hori überhörte einmal mehr Kamaras demütigende Begrüßung und ließ sich auf dem Stuhl neben ihr nieder.

»Warum sitze ich hier auf dem Boden, während man dir einen Stuhl bereitgestellt hat?«, stichelte sie missgelaunt weiter.

»Weil das ein hübsches Bild für die Gäste abgibt«, antwortete er arglos. »Aber sei versichert, dass du niemals zu meinen Füßen sitzen musst, wenn du erst meine Gemahlin bist.«

Sie funkelte ihn zornig an. »Wie freundlich von dir, Hori. Angesichts der Tatsache, dass ich zu dieser Verbindung gezwungen werde, ist dies ein sehr edles Zugeständnis!«

Ehe Hori etwas erwidern konnte, kam Merit die Empore herauf und verbeugte sich gekonnt vor dem Brautpaar. Mit anmutigen Bewegungen ließ sie sich hinter Kamara nieder und flüsterte ihr ins Ohr: »Dein Vater, der edle Herr, schickt mich, damit ich dir Gesellschaft leiste und dir nicht von der Seite weiche.«

Kamara flüsterte scharf zurück: »Wie überaus *edel* von ihm!«

Wahrscheinlich dachte ihr Vater, Kamara würde die nächstbeste Gelegenheit nutzen, um das Weite zu suchen, und tatsächlich hatte sie dies kurz in Erwägung gezogen. Doch mit der beflissenen Merit als Wache an ihrer Seite verwarf sie diesen Plan nun sofort wieder.

»Was für ein herrliches Fest«, flüsterte Merit ihr aufgeregt ins Ohr. »Wie sehr ich dich beneide.«

Kamara schloss die Augen, da sie erneut Schwindel in sich

aufsteigen fühlte. Gab es wirklich niemanden, der sie verstand?

Sie verbrachte den Abend damit, mit starrer Miene hinunter auf die feiernden Gäste zu blicken. Sie vermied es, Hori anzuschauen, und die Auftritte der Akrobaten und Tänzer zogen wie im Nebel an ihr vorbei, ebenso die Prozession der Gäste, die dem Brautpaar am späteren Abend ihre Glückwünsche aussprachen. Ihr Vater küsste sie freudestrahlend auf die Stirn, ihre Mutter mitleidig, ihr Bruder Alexandros erschien mit seiner eitlen Frau, die Kamara allzu genau spüren ließ, dass sie vom Pharao mit einer größeren Feier bedacht worden war als sie selbst. Pharao und seine Tochtergemahlin Bentanta ließen durch ihren Zeremonienmeister ihre Glückwünsche überbringen, Horis Vater kniff Kamara in väterlicher Manier in die Wange, um sie als Tochter in seiner Familie willkommen zu heißen. Alle schienen glücklich, nur sie selbst hätte am liebsten geweint.

Endlich, nach endlos erscheinenden Stunden, fand das Fest im Morgengrauen sein Ende. Hori erhob sich und reichte Kamara seine Hand. Wie es Sitte war, wollte er seine zukünftige Frau aus dem Bankettsaal führen und sie anschließend ihren Eltern übergeben.

Widerwillig ergriff Kamara Horis Hand. Merit begleitete die beiden in gebührendem Abstand. Obwohl schon viele Gäste das Fest verlassen hatten, glich der Weg aus dem Bankettsaal einmal mehr einem Spießrutenlauf. Dieses Mal wurden sowohl Kamara als auch Hori von den nunmehr vollkommen betrunkenen und gut gelaunten Gästen immer wieder aufgehalten und mit Segenswünschen überhäuft. Als sich endlich die Türen des Saales hinter ihnen schlossen und der Lärm verstummte, schob Kamara Horis Hand von sich. »Ich habe Kopfschmerzen, und ich brauche frische Luft«, gab sie bissig zu verstehen und schlug den Weg zu den Palastgärten ein.

Hinter sich hörte sie Horis Sandalen und Merits kleine Tippelschritte auf dem polierten Steinboden. Unvermittelt blieb Kamara stehen, wandte sich um und stemmte die Hände in die Hüften. »Bei den Göttern, müsst ihr beide mir überallhin folgen? Kann ich nicht ein Mal ungestört sein?«

»Ich muss dich sicher deinen Eltern übergeben«, wandte Hori fürsorglich ein.

»Und ich darf dir nicht von der Seite weichen«, stellte Merit bestimmt fest.

Die angestaute Wut eines ganzen Mondumlaufes entlud sich in Kamara. »Hori, du mit der heiligen Krankheit befallenes Rindvieh von einem Verlobten … Ich gedenke in den Palastgärten ein Bad zu nehmen, und da wir noch nicht verheiratet sind, sehe ich keinen Grund für deine Anwesenheit.«

Horis Augen nahmen den Ausdruck eines Kindes an, dem man gerade sein Lieblingsspielzeug fortgenommen hatte. »Aber ich …«, wandte er verunsichert ein.

»Aber ich …, aber ich …«, äffte Kamara ihn nach. »Geh endlich nach Hause, und lege diesen lächerlich anmutenden Prunkharnisch ab. Ich kann deinen Anblick nicht mehr ertragen! Lieber würde ich mich in den Nil werfen und von einem Krokodil verschlingen lassen, als deine Gemahlin zu werden.«

Plötzlich war alles still. Auch Kamara erschrak ob ihrer harten Worte.

»Du bist wütend«, gab Hori fast tonlos zu, »ich werde gehen. Es tut mir sehr leid, dass du nicht den Mann in mir sehen kannst, der ich bald sein werde. Lass es mich wissen, wenn du dich wieder beruhigt hast. Du brauchst nur zu rufen, dann werde ich da sein.«

Kamara funkelte ihn kampfeslustig an. »Hör endlich auf zu träumen, Hori. Ich liebe dich nicht, und ich werde dich niemals lieben. Du bist ein dummer kleiner Junge!«

Wie aus einer Starre erwacht, hob Hori den Kopf. Der traurige Blick wich aus seinen Augen, stattdessen trat ein harter unverwandter Zug in sein Gesicht. »Du unterschätzt mich, Kamara. Es stimmt, ich bin jung, aber ich hätte dir das Himmelsgewölbe zu Füßen gelegt, wenn du mir nur Zeit gegeben hättest. Ich hätte auf Kay hören sollen. Du bist nur ein verwöhntes kleines Mädchen!«

Er ballte seine Hand zur Faust und trat einen Schritt auf sie zu. Unwillkürlich wich Kamara zurück. Diese Entschlossenheit kannte sie an Hori nicht.

»Ich verspreche dir bei allen Göttern, Kamara, es wird der Tag kommen, an dem du mich rufen wirst und mich um meine Liebe bittest. Ich hoffe für dich, dass es dann nicht zu spät ist.« Ohne eine Entgegnung abzuwarten, drehte Hori sich um und eilte davon.

Kamara sah ihm verwirrt nach. Irgendetwas war gerade mit ihm geschehen, aber sie war zu wütend und zu aufgeregt, um sich darüber Gedanken zu machen. Stattdessen wandte sie sich immer noch zornig an Merit, die erstarrt den Streit zwischen den beiden Verlobten miterlebt hatte. »Was stehst du hier noch herum?«

Merit zuckte zusammen, doch dann verschränkte sie die Arme vor der Brust und blickte Kamara entschlossen an. »Dein Vater hat gesagt, ich soll dir nicht von der Seite weichen, und mich kannst du nicht demütigen und beleidigen wie deinen armen Verlobten!«

»Wenn du mir unbedingt wie eine Gans hinterherlaufen musst, solltest du weitere Kleider tragen«, gab Kamara zerknirscht zu verstehen und machte sich auf den Weg, Merits kleine Trippelschritte hinter sich hörend.

»Warum bist du so ungerecht zu deinem Verlobten?«, fragte Merit, die etwas außer Atem war, weil sie Schwierigkeiten hatte, ihrer Herrin zu folgen.

»Wie kommst du darauf? *Ich* bin doch diejenige, die man zwingen will zu heiraten.«

»Aber jede Frau heiratet. Das ist Maat«, wandte Merit ein.

»Das finde ich nicht«, konterte Kamara. »Wenn ich doch nun einmal nicht heiraten will, und schon gar nicht Hori, der mir eher Kindheitsfreund als ein Gemahl ist.«

»Die Liebe braucht oft Zeit, Herrin. Auch ich habe meinen Verlobten nicht sofort geliebt. Das hat mich aber nicht davon abgehalten, seinem Antrag zuzustimmen.«

»Das unterscheidet uns eben, Merit. Du bist ägyptisch erzogen worden, ich bin viel mehr die Tochter meiner Mutter, als dass ich Ägypterin bin.«

»Das verstehe ich nicht.«

»Das habe ich auch nicht erwartet.«

Erst als Merit Kamara am Ärmel zupfte, blieb diese stehen. Merit nutzte die Pause, um Luft zu holen. »Wohin gehen wir eigentlich, Herrin?«

»Ich sagte bereits, dass ich frische Luft und ein Bad brauche.«

Merit sah sich suchend auf den Palastfluren um. »Aber das ist nicht der Weg in die Gärten.«

Erst jetzt bemerkte Kamara, dass sie einfach durch die Gänge gelaufen war, ohne darauf zu achten, wohin sie ging. Sie wusste nicht, wo sie gerade waren. »Dann geh du vor und zeige mir den Weg.«

Merit zuckte entschuldigend mit den Schultern. »Ich weiß nicht, wo wir sind. Ich bin dir einfach gefolgt.«

»Siehst du?«, sinnierte Kamara. »Das ist typisch für ägyptische Frauen. Ihr lernt nur zu gehorchen. Wenn ihr selber mal denken sollt, seid ihr dazu kaum in der Lage.«

Merit stieß empört die Luft aus. »Also, so etwas Unverschämtes! Seth möge dir seine Skorpione schicken, damit sie dir in den Hintern beißen! Du weißt ja selbst nicht, wo wir sind.«

Kamara pfiff leise in gespielter Anerkennung durch die

Zähne. »Bei Anubis' fauligem Atem. Merit, du kannst ja giftig wie eine Schlange sein! Lass das ja nicht deinen Verlobten wissen, bevor du ihm die Fesseln der Ehe angelegt hast. Er könnte sich eine andere suchen.«

Merit lief rot an vor mühsam unterdrückter Wut. »Ich sollte dich hier einfach stehen lassen, du ... du ...«

Kamara legte lächelnd die Hand an ihr Ohr, um ihre Worte besser zu verstehen. »Ja, Merit? Was wolltest du sagen? – Du verdorbene Tochter einer hergelaufenen Wilden?«

Merit klappte die Kinnlade herunter. »Das ist unter meiner Würde«, stellte sie fest und gewann wieder an Haltung.

Kamara beachtete sie nicht weiter. Sie hatte eine offene Tür entdeckt, die aus dem Palast hinausführte. Zielsicher setzte sie sich wieder in Bewegung, doch Merit hielt sie zurück. »Wir können da nicht hinausgehen.«

»Warum nicht?«

»Wir wissen nicht, wo wir sind. Es könnte gefährlich sein, den Palast zu verlassen. Wir sollten lieber versuchen, den Weg zurück zu finden.«

»Mach, was du willst, Merit, aber ich werde jetzt in die Gärten gehen, um zu baden.«

»Aber ich darf dich nicht allein lassen«, gab die Dienerin flehend zurück.

»Dann musst du wohl oder übel mitkommen«, zischte Kamara gereizt.

Seufzend trat Merit hinter ihrer Herrin durch die Tür ins Freie. Vor ihnen erstreckte sich jedoch nicht der weitläufige Palastgarten, sondern ein kleiner, aus Holzbohlen gefertigter Steg.

»Wir sind nicht in den Gärten, das hier ist der Landungssteg, an dem die Barken mit den Gütern für den Palast anlegen. Wir sollten nicht hier sein. Lass uns endlich wieder zurückgehen.«

Kamara überhörte Merits Worte geflissentlich. »Wenn wir schon einmal hier sind, können wir uns auch etwas umsehen.«

Sie betrat beherzt die kleine Brücke, Merit folgte ihr zaghaft. Sie hatten die Brücke fast überquert, als Kamara Merit zurück in den Schatten eines Akazienbaumes drängte. Flüsternd gab sie der Dienerin zu verstehen. »Dort ist jemand zugange.«

Merit wurde zusehends unruhiger. »Ich habe dir gesagt, wir sollten nicht hier sein. Wahrscheinlich wird gerade eine Barke beladen. Lass uns endlich gehen.«

Kamara beobachte gebannt das Geschehen am Landungssteg. »Warum beladen sie so spät nachts eine Barke? Es ist niemand dort, der die Listen überprüft. Da kann etwas nicht stimmen!«

Merit wurde immer ängstlicher. »Noch ein Grund mehr, um nicht hier zu sein!«

Kamara schüttelte den Kopf. »Ich habe gehört wie Pharao und mein Vater darüber gesprochen haben, dass seit einiger Zeit Handelsgüter unterschlagen werden. Mein Vater versucht, die Verantwortlichen zu finden, und ich glaube, die stehen dort drüben.«

Merit spähte an Kamara vorbei zur Barke. »Wenn du Recht hast und die uns finden, wird das böse für uns enden. Ich will sofort weg.«

»Du bist eine feige Gans, Merit!«, zischte Kamara verächtlich. »Sieh es als Abenteuer: Vielleicht werden wir diejenigen sein, die Pharao die Verräter ausliefern können. Wir müssen nur etwas näher an sie herankommen, um ihre Gesichter zu erkennen. Vielleicht erkennt Pharao dann sogar, dass ich zu ganz anderen Dingen berufen bin als zur Ehe. Stell dir doch nur einmal Horis Gesicht vor, wenn ich das Fliegengold verliehen bekomme. Dann kann er sich mit seinem Ehrengold nicht mehr bei meinem Vater brüsten.«

»Was für einen Unsinn du redest! Du willst da doch nicht

etwa hingehen?« Merits Stimme wurde so schrill, dass Kamara ihr den Mund zuhielt. Merits Proteste erstickten in schnaufendem Gegurgel.

»Du bleibst hier!«, befahl Kamara. »Ich schleiche mich an, um ihre Gesichter zu sehen, und komme dann sofort zurück. Sieh mich nicht an wie ein Kalb des Apis, ich bin eine Tochter der Großen Mutter, das ist ein Leichtes für mich.«

Kamara duckte sich und schlich im Schatten der Akazie auf allen vieren vorwärts. Die Männer am Landungssteg blieben in ihre Unterhaltung vertieft, und Kamara lachte in sich hinein. Was für dumme, unaufmerksame Esel sie doch waren. Noch ein paar Schritte trennten sie von den drei Männern, und noch immer diskutierten und lamentierten sie vor sich hin. *Was für ein Spaß!*, dachte Kamara aufgeregt.

Doch dann spürte sie plötzlich eine Hand in ihrem Nacken. Ihr entfuhr ein empörter Schrei, dann wurde sie unsanft auf die Beine gezogen und blickte in das Gesicht von Kay, Horis bestem Freund, der sie nicht minder überrascht anstarrte. Endlich bemerkten auch die drei Männer am Landungssteg, dass sie nicht allein waren, und zogen ihre Dolche. Ein weiterer Schrei ertönte, dieses Mal kam er von Merit, die entsetzt aus dem Schatten getreten war und das Geschehen kaum fassen konnte. Die Köpfe der Männer wanderten nun in Merits Richtung. Sie erkannte, dass sie einen Fehler gemacht hatte, raffte wie ein Fellachenmädchen ihr Kleid bis zu den Hüften, machte auf dem Absatz ihrer Sandale kehrt und lief davon.

»Hinterher! Holt sie zurück!«, rief einer der drei Männer, und sofort machten sich zwei auf den Weg und rannten hinter Merit her. Der verbliebene winkte Kay und Kamara zu sich heran. »Kay, du hirnloser Sohn einer Ziege! Hast du nicht gesagt, dass uns heute niemand stören würde, da alle auf der Verlobungsfeier deines Freundes im Palast wären?«

Kay gab Kamara einen so heftigen Stoß, dass sie dem anderen fast in die Arme gefallen wäre. »Das hier ist Kamara«, erklärte er zerknirscht. »Die Verlobte meines Freundes Hori, um dessen Verlobungsfeier es sich handelt.«

Der andere, ein grober, nach Zwiebeln und Knoblauch stinkender, ungepflegter Mann, pfiff durch die Zähne und kratzte sich die fettigen Haare unter seinem schiefsitzenden Nemes-Tuch. »Na so was, hoher Besuch zu nächtlicher Stunde. Sollte das kleine Wachtelküken nicht an der Seite deines Freundes sein?«

»Sie war schon immer eine Plage.«

Sethi nickte. »Wer ist die andere?«, wandte er sich harsch an Kamara, die verschlossen auf den Boden starrte und nicht daran dachte zu antworten. Ein harter Stoß mit dem Schwertknauf, den Kay ihr in den Rücken versetzte, nahm ihr für einen kurzen Moment die Luft.

»Wer ist die andere, die weggelaufen ist?«, wiederholte Sethi.

»Meine Dienerin«, presste Kamara unter Schmerzen hervor. »Sie wird den ganzen Palast zusammenrufen. Ihr solltet lieber machen, dass ihr verschwindet. Mein Vater wartet schon lange darauf, euch das Handwerk zu legen.«

Unauffällig ließ sie ihre Augen über die Hände der Männer schweifen und überlegte, ob es ihr gelingen würde, einem von ihnen das Schwert zu entwinden, doch sie zögerte. Es war etwas anderes, einen freundschaftlichen Wettstreit auszufechten, als einen echten Kampf. Kamara hatte noch nie getötet. Es schien weitaus schwerer, beherzt in einen Kampf einzugreifen, als sich zur Übung mit einem Schwert durchzuringen. Sie hätte sich ohrfeigen können, doch sie fand einfach nicht den Mut, sich zu verteidigen.

»Ach, *so* ist das. Ich hatte bereits befürchtet, dass ich beobachtet werde. Du bist also das Töchterchen des edlen Herrn Pairy«, sinnierte Sethi wenig beeindruckt. »Das, bei den Göttern, lässt die Umstände natürlich weitaus brisanter erscheinen.«

»Lasst mich endlich gehen, ihr stinkenden Kreaturen des Seth!«, zischte Kamara und versuchte verbissen, sich aus Kays festem Griff zu befreien. »Bald ist der ganze Palast hier versammelt.«

»Das glaube ich kaum«, entgegnete Sethi trocken und wies mit dem Kopf in Richtung des kleinen Stegs, wo zwei Männer die zappelnde Merit herbeiführten. Kamara seufzte gequält. »Was habt ihr überhaupt hier zu suchen?«

Ehe Kamara etwas hätte unternehmen können, sprudelte Merit los. »Oh, bitte verzeiht, edler Herr! Meine Herrin hatte einen Streit mit ihrem Verlobten und wollte ein Bad in den Gärten nehmen. In ihrer Aufregung haben wir uns jedoch verlaufen, und so sind wir hierhergekommen. Wir wollten sicherlich nicht stören. Meine Herrin müsste längst wieder zurück sein.« Hoffnungsvoll wandte sie sich an Kay. »Bitte, edler Herr Kay, lass uns gehen. Du weißt, wie störrisch meine Herrin manchmal ist. Sie begibt sich ständig in Gefahr, weshalb mir der edle Herr Pairy aufgetragen hat, ihr zu folgen und auf sie zu achten.«

Unwirsch fuhr Kamara ihre Dienerin an. »Halt endlich den Mund, du selten dumme Nilgans!«

Merit verstummte und begann zu schluchzen. Sethi kratzte sich am Bart. »Wahrscheinlich werden sie bald anfangen, nach ihr zu suchen. Das ist denkbar schlecht. Und nachdem sie nun alles weiß und ihr Vater bereits ein Auge auf uns gerichtet hat … Wir müssen uns etwas einfallen lassen.«

Kay wirkte auf einmal unsicher. »Du wirst sie doch nicht töten, Sethi! Bei den Göttern, eine solche Schuld lade ich nicht auf mich.«

Sethi funkelte Kay böse an. »Nun, wenn du besser achtgegeben hättest, hätten wir nun kein Problem.«

Merits Schluchzen wurde immer hysterischer. Kay überlegte fieberhaft. »Und wenn es nur so aussieht, als wären sie tot?«

Sethi blickte ihn verständnislos an. »Wie meinst du das?«

Kay trat von einem Fuß auf den anderen. »Es ist ganz einfach. Ich nehme ihre Kleider und lasse sie von den Hunden zerreißen. Danach tränke ich sie im Blut einer Ziege und werfe die Sachen ans Ufer des Nils. Kamara war schon immer unberechenbar, und die Götter wissen, dass ich meinen Freund vor ihr gewarnt habe, er aber nicht auf mich hören wollte. Wer weiß schon, was im Kopf dieses seltsamen Mädchens vorgeht? Sie wollte meinen Freund nicht heiraten, vielleicht hat sie aus Sturheit den Freitod gewählt und sich in den Nil geworfen. Ihre Dienerin wollte sie retten und starb ebenfalls.«

»Eine allzu abenteuerliche Geschichte«, warf Sethi ein, »Und wohin dann mit den beiden?«

»Du nimmst sie mit nach Mykene und verkaufst sie. Sie sind hübsch und werden eine schöne Summe Gold einbringen.«

Kamara zog empört die Luft ein. »Mein Vater wird dich töten, Kay, und wenn es nicht mein Vater tut, wird es meine Mutter tun – und zwar eigenhändig, mit deinem eigenen Schwert.«

Kay lachte verächtlich. »Darauf würde ich wetten, Kamara! Aber da sie denken werden, dass du lieber freiwillig gestorben bist, als meinen Freund zu heiraten, wird das wohl kaum geschehen. Und Hori wird bald eine andere Frau finden und dich vergessen.«

Sethi überlegte noch einen Moment, betrachtete Merit und Kamara eingehend und nickte schließlich. »Warum eigentlich nicht, wir laufen im Morgengrauen aus, und der Vorsteher der königlichen Lager hat die Fracht bereits inspiziert und wird mich nicht mehr behelligen. Ägyptische Frauen sind in Mykene sehr beliebt. Sie werden tatsächlich gutes Gold einbringen. Bring sie in den Lagerraum, und verschnüre sie gut. Vergiss nicht, ihnen die vorlauten Münder mit einem Tuch zu verstopfen.«

Kay nickte und stieß die beiden Frauen vor sich her. Kamara und Merit stolperten benommen über die Planken, dann führte Kay sie in den Laderaum, wo er ihnen einen Stoß gab und sie unsanft zwischen Krügen und Truhen auf einem Haufen alter Säcke landeten.

»Zieht eure Kleider aus!«, befahl er kühl. Merit begann zu schluchzen.

»Macht schon, oder soll ich euch dabei helfen?«, fuhr er sie unsanft an. Kamara schluckte ihren Stolz hinunter, und schließlich gab auch Merit nach, wobei sie sich sofort hinter Kamara versteckte.

»Gar nicht so schlecht«, gab Kay mit einem Grinsen im Gesicht zu verstehen. »Ich sollte dich lehren, was es heißt, meinen Freund zu beleidigen.«

Er schien kurz ernsthaft über diesen Gedanken nachzusinnen, doch dann warf er jeder von ihnen ein Tuch zu, das sie sich hastig umbanden. Kay fesselte zuerst Merit, dann Kamara, bei der er sich etwas mehr Zeit ließ. Wie zufällig berührten seine Hände abwechselnd ihre Schenkel und ihre Brüste.

Zum ersten Mal bemerkte Kamara einen grausamen Zug in Kays durchaus gut geschnittenem Gesicht. Kay hatte sie nie behelligt, niemals beleidigt. Doch nun erkannte sie, dass nur seine Freundschaft zu Hori ihn davon abgehalten hatte. Wenn Kay gekonnt hätte, hätte er ihr sicherlich bereits in der Wüste übel mitgespielt. Und hier und jetzt waren es lediglich die fehlende Zeit und die Aussicht auf einen guten Verkaufspreis, die ihn von seiner Tat abhielten.

Kay hasste Kamara tatsächlich von ganzem Herzen. Als er

sie endlich gefesselt hatte, überprüfte er noch einmal, ob die Knoten fest genug saßen. Zufrieden mit seinem Werk, raffte er schließlich ihrer beider Kleider und den Schmuck zusammen und betrachtete sie ein letztes Mal. »Willkommen auf der *Sachmets Zorn*«, sagte er trocken.

Dann wandte er sich zum Gehen und überließ sie ihrem Schicksal.

Kamara versuchte noch einige Zeit verzweifelt, das Tuch aus ihrem Mund zu drücken, mit dem Kay sie geknebelt hatte, doch es saß zu fest, als dass es ihr hätte gelingen können. Begleitet von Merits erstickten Schluchzern gab sie schließlich auf. Sie lehnte den Kopf zurück und schloss für einen Moment die Augen. Erst jetzt spürte sie, wie müde sie war. Ein Blick auf Merit ließ sie erkennen, dass diese eingeschlafen war, noch bevor ihre Tränen hatten trocknen können. *Ich darf nicht einschlafen, ich muss wach bleiben und versuchen, mich irgendwie bemerkbar zu machen, bevor die Barke ausläuft!*

Als Kamara die Augen wieder aufschlug, spürte sie das Schwanken der Barke und hörte das Schlagen des Wassers. Obwohl ihr Kopf schmerzte und der Knebel in ihrem Mund sich anfühlte, als wäre er mit ihrem ausgetrockneten Gaumen verwachsen, war sie sofort hellwach. Sie spürte Übelkeit in sich aufkommen, und ihr war schwindelig vor Durst. Merit, die neben ihr lag, schlief noch.

Kamara versuchte sich aufzusetzen, doch ihre Hände waren auf den Rücken gefesselt. Ihre ebenfalls gefesselten Beine fühlten sich an wie Granitstein. Sie rollte sich auf die Seite, um das Gewicht zu verlagern, dann blickte sie sich im Laderaum um. Die Krüge und Truhen waren kaum festgezurrt worden, ein deutliches Zeichen dafür, dass sie mit aller Wahrscheinlichkeit hastig verladen worden waren. *Diese Güter sind mit Sicherheit nicht auf den Listen des Palastes vermerkt!*

Im Laderaum war es stickig, es musste bereits auf die Mittagszeit zugehen. Wie lange hatten sie hier schon gelegen, wie weit waren sie von Piramses entfernt? Kamara verspürte einen deutlichen Anflug von Panik. Dann endlich hörte sie eine Tür quietschen, schwere Schritte auf der kleinen Treppe. Sie blinzelte und erkannte Sethi, der sie prüfend ansah.

»Du siehst aus, als wärest du mehr tot als lebendig«, gab er ihr mitleidlos zu verstehen, doch dann ließ er sich zu ihr hinab und zog ihr den Knebel aus dem Mund.

Kamaras Kiefer schmerzte, und sie hatte Schwierigkeiten, ihren Mund mit der Zunge zu befeuchten. »Warum bindest du mich nicht los? Ich spüre kaum noch meine Arme und Beine.«

Sethi kratzte sich am Kopf, und Kamara erkannte, dass sein Verstand nicht besonders schnell arbeitete. Leider war Sethi jedoch nicht so dumm, wie sie gehofft hatte, denn er schüttelte entschieden den Kopf. »Noch nicht«, antwortete er. »Heute Abend, wenn Nut Re verschlingt, bekommt ihr zu essen und zu trinken, und ich werde eure Fesseln lockern. Erst wenn Re in seiner Nachtbarke fährt, werden wir weit genug von Piramses entfernt sein.«

Kamara seufzte gequält. »Es ist zu heiß. Merit wird das nicht aushalten. Bring uns wenigstens Wasser.«

Sethi fluchte. »Ich weiß schon, weshalb ich keine Weiber auf meiner Barke mag, sie stellen ständig Ansprüche. Aber tot nutzt ihr mir nichts, und wenn ihr hässlich und schwach ausseht, wird niemand auch nur einen Goldring für euch geben.«

Er stapfte davon und kam nach einiger Zeit mit einem schmierig und wenig einladend aussehenden Krug viel zu warmen Wassers zurück. Kamara war so durstig, dass sie sich nicht beschwerte. Sie fürchtete zudem, dass der grobschlächtige Sethi ihr bei der geringsten Beschwerde kein Wasser mehr bringen würde.

Als Kamara getrunken hatte, weckte Sethi Merit mit einem leichten Tritt. Die Dienerin wachte nur langsam auf und brauchte eine Weile, um sich an die Ereignisse des Vorabends zu erinnern. Sofort traten ihr wieder Tränen in die Augen, und als Sethi ihr den Knebel aus dem Mund zog, war sie versucht, sofort loszuheulen. Kamaras scharfe Zurechtweisung hielt sie davon jedoch ab, sodass auch sie ein paar Schlucke Wasser erhielt.

»Heute Abend könnt ihr essen«, wiederholte Sethi an Merit gewandt, dann drehte er sich um und verschwand.

Merit schluchzte laut auf und verfiel dann in dumpfes Schweigen, was Kamara mit Sorge erfüllte. Merit war zwar nie ihre Freundin gewesen, doch da sie nun das gleiche Schicksal teilten, hoffte sie inbrünstig, dass Merit nicht vor lauter Angst von der heiligen Krankheit heimgesucht wurde.

»Merit, reiß dich zusammen. Du darfst jetzt nicht aufgeben.«

So stumpfsinnig, wie Merit bisher dreingestarrt hatte, so schnell kam jetzt Leben in ihre Augen. Wütend funkelte sie Kamara an. »Du von den Göttern verfluchte Tochter von tausend *sesu.* Dir allein habe ich es zu verdanken, dass ich verschleppt und verkauft werde.«

»Es tut mir leid«, gab Kamara kleinlaut zu.

»Dafür ist es nun zu spät!«

»Vielleicht finden wir einen Weg zur Flucht, oder wir finden jemanden, dem wir eine Nachricht für meinen Vater überbringen lassen können. Wir sollten nicht aufgeben«, versuchte Kamara, sie zu beschwichtigen.

»Aber ja, wir können Sethi fragen – oder einen seiner Männer. Jemand anders werden wir auf dieser von Seth verfluchten Barke nämlich gar nicht zu Gesicht bekommen ... Warum hast du uns nicht befreit? Du behauptest doch immer, so gut mit Waffen umgehen zu können. Nichts als große Worte.

Du kannst weder kämpfen, noch besitzt du genügend Mut dazu!«, fuhr Merit sie an.

Kamara verstummte. Merit hatte Recht. Wie oft hatte sie sich gewünscht, das Schwert zu ergreifen und einen richtigen Kampf auszufechten. Und im entscheidenden Moment war sie nicht mutiger gewesen als jedes ägyptische Mädchen. Sie fühlte sich beschämt und ärgerte sich gleichzeitig über Merits Worte. Ihre Mutter hätte nicht gezögert. Sie hätte nicht einmal darüber nachgedacht, sie hätte das Schwert ergriffen und sich verteidigt.

Zwar war ihr Arm stark und ihr Wille groß, doch es war Kamara nicht möglich gewesen, sich zu überwinden. Langsam verstand sie, was eine Kriegerin ausmachte: Und auch wenn sie sich klein und einfältig fühlte, spürte sie ein Feuer in sich glühen, ein Feuer, dem es noch an Kraft fehlte.

Kamara war nicht bereit, einfach aufzugeben. Vielleicht war sie nicht so mutig und fähig, wie sie geglaubt hatte, vielleicht war ihre Zeit noch nicht gekommen, doch von einer Stärke wusste sie ... Sie war klug, und sie würde versuchen, sich durch ihre Klugheit zu befreien, wenn schon nicht durch die Kraft ihrer Arme. Die Große Mutter musste ein Einsehen mit ihr haben und ihr und Merit beistehen.

Sie begann, leise das Lied zu singen, das ihre Mutter sie gelehrt hatte und das die Frauen des Volkes immer am Vorabend einer großen Schlacht gesungen hatten. In diesem Lied, so hatte Selina ihr erklärt, war die Macht der Großen Mutter verborgen, die ihren Töchtern die Kraft verlieh. *Flieg, meine Tochter, flieg auf dem Rücken deines Pferdes ... Kämpfe, meine Tochter, kämpfe, dein Arm spannt den Bogen ... Verzage nicht beim Anblick der Feinde, denn ihr seid eins – dein Ross und du ...*

Kamara seufzte gequält auf. Vielleicht fehlte ihr tatsächlich der Mut, weil sie nicht beim Volk der Großen Mutter aufgewachsen war. Selina hatte sie zwar alles gelehrt, was sie wusste, doch sie hatte nicht die heiligen Weihen auf der Insel Aretias empfangen. Mehr als je zuvor sehnte sie sich nach der Gemeinschaft dieses Volkes, das sie so gut zu kennen meinte, das jedoch so unbarmherzig ausgelöscht worden war. Kamara hatte nie gezweifelt, eine echte Tochter der Großen Mutter zu sein, doch ihr Versagen am Landungssteg verunsicherte sie. *Einmal auf Paris' Rücken durch die Wiesen am Ufer des Thermodon reiten ... Einmal die Freiheit spüren ... Große Mutter ... du älteste und weiseste aller Göttinnen. Ich bin so furchtbar einsam ... Wer bin ich, und wohin gehöre ich? Hilf mir doch!*

Selina unterdrückte die Tränen ihrer Trauer, wie die starken Frauen ihres Volkes es sie gelehrt hatten. Obwohl ihr Herz schier zerriss, zog sie es auch in den dunkelsten Stunden ihres Lebens vor, ihre Tränen nur fließen zu lassen, wenn sie allein war. Vor Pairy war es ihr möglich, Trauer und Schmerz zu zeigen, doch nun waren zu viele Menschen um sie herum. Alexandros hatte den Arm um sie gelegt, Pairy saß mit versteinerter Miene vor ihr, und selbst Pharao fand keine Worte für das Geschehene. Der Palastdiener, der die blutverschmierten Kleider Kamaras und ihrer Dienerin gebracht hatte, zog sich leise zurück. Er hatte seine Arbeit getan.

Nach und nach verließ die vor Entsetzen verstummte Dienerschaft den Raum, und nur Selina, Pairy, Alexandros, Pharao und Hori blieben zurück.

»Die Götter sind zornig«, sagte Pharao leise. »Warum sonst hätten sie das zugelassen? Die arme kleine Wachtel, sie war zu jung für einen solch grausamen Tod.«

Selina zuckte zusammen. Noch immer starrte sie wie versteinert auf die Überreste von Kamaras Verlobungsgewand. Hori vermied es, die blutverschmierten Kleider anzusehen.

»Wie konnte das nur geschehen?«, murmelte Pairy, ohne eine Antwort zu erwarten.

Pharao atmete hörbar durch. Er hatte sich, nur von ein paar Dienern und einer kleinen Eskorte begleitet, persönlich auf den Weg zu Pairys Haus gemacht, um die Kleidungsstücke und die grausige Nachricht von Kamaras Tod zu überbringen. Pairy war wie ein Sohn für ihn, und nicht minder liebte sein *Ka* Pairys Familie.

»Ein paar Wasserträgerinnen haben ihre Kleidung oder das, was von dieser übrig ist, in den Morgenstunden am Ufer des Nil gefunden.« Pharao schüttelte verständnislos den Kopf. »Was wollte eure Tochter dort?«

Pairy wandte sich verzweifelt an Hori. »Ich dachte, sie wäre bei dir, Hori. Ich war zornig auf dich, weil du deinen Pflichten als mein zukünftiger Sohn nicht nachkamst, und fürchtete um Kamaras Tugend, als du sie mir nicht brachtest ... Jetzt wünschte ich, sie hätte nur ihre Tugend verloren und nicht ihr Leben! Und dann auch noch die arme Merit. Ihre Eltern und ihr Verlobter werden uns die Schuld geben.«

Hori schüttelte hilflos den Kopf. »Ich sah sie zuletzt nach dem Fest. Sie wollte noch im Badeteich in den Gärten des Palastes schwimmen.«

»Das hättest du nicht zulassen dürfen!« Pairy fuhr den jungen Mann härter an, als er es beabsichtigt hatte, entschuldigte sich jedoch sofort.

Selina löste sich aus ihrer Starre und hob mit zitternden Händen die zerfetzten Kleider auf. Alexandros wollte sie ihr abnehmen, doch sie ließ es nicht zu. Sie betrachtete die zerrissenen Gewänder genau. »Ein Krokodil hätte das zarte Leinen mit verschlungen. Hier stimmt etwas nicht.«

Pairy seufzte gequält. »Selina, diese Kleider sind voller Blut, und sie sind zerrissen. Vielleicht war es kein Krokodil, doch sieh dir die Fetzen der Gewänder an. Unsere Tochter ist tot, es besteht kein Zweifel.«

»Ich glaube nicht …«

»Beim Atem des Sobek, bitte nicht jetzt, Selina. Bitte nicht!« Pairy unterbrach Selina harsch. Er erhob sich und nickte Alexandros zu. »Auch wenn wir Kamaras Körper nicht für die Ewigkeit bereiten können, müssen wir alles erdenklich Mögliche tun, damit die Götter Milde walten lassen und sie im Schönen Westen auch ohne ihren Körper empfangen. Ich brauche deine Hilfe.«

Alexandros stand langsam auf und nickte. Pharao erhob sich ebenfalls und folgte Pairy und Alexandros hinaus in die Gärten, um der Dienerschaft Anweisungen für die Vorbereitung der Trauerzeit zu erteilen. Niemals war Pharao menschlicher erschienen als an diesem von den Göttern verfluchten Tag.

Selina und Hori blieben allein zurück. »Hori, hier stimmt etwas nicht. Ich habe in vielen Schlachten gekämpft, ich habe viele Tote gesehen, und ich habe selbst getötet. Ich kenne die Wunden, die Menschen anderen Menschen zufügen, und ich kenne die Wunden, die Tiere schlagen. Das hier sieht eher wie von Menschenhand gemacht aus. Die Kleider haben nicht im Wasser gelegen, das Leinen sieht aus, als wäre es zerrissen und nachträglich in Blut getaucht worden.«

Hori hob langsam den Kopf, zeigte jedoch kein Anzeichen von Hoffnung. »Ich habe nicht alles erzählt, was am gestrigen Abend geschehen ist«, gab er leise zu. »Kamara und ich haben uns gestritten, und sie machte mir klar, dass sie sich lieber in den Nil werfen würde, um von einem Krokodil verschlungen zu werden, als meine Gemahlin zu werden. Es tut mir unendlich leid, dass ich ihre Worte nicht ernstgenommen habe und einfach wütend fortgelaufen bin. Es tut mir leid, dass ich durch meinen dummen Glauben, Kamara würde mir irgendwann ihre Liebe schenken, für ihren Tod verantwortlich bin. Die Götter werden mich strafen, wenn ich einst vor ihr Gericht trete, denn ich bin es, der die Schuld am Tod deiner Tochter trägt.« Hori konnte ihr kaum mehr in die Augen schauen.

»Bei der Großen Mutter, Hori! Rede nicht so einen Unsinn. Es mag sein, dass Kamara wütend war und diese Dinge zu dir gesagt hat, doch ich kenne meine Tochter gut genug, um zu wissen, dass sie sich nicht aus Verzweiflung über eure Verlobung in den Nil geworfen hat. Das hier ist das Werk von Menschen. Ich weiß nur nicht, weshalb sie das getan haben.«

Hori erhob sich schwerfällig. Es schien, als sei er in den vergangenen Stunden um Nilschwemmen gealtert. »Ich wünschte, ich könnte hoffen, wie du es vermagst, Herrin, doch ich kann es nicht.«

Hori wandte sich zum Gehen, doch Selina hielt ihn am Arm fest. »Hori, du musst versuchen herauszufinden, was geschehen ist.«

Hori wand sich aus ihrem Griff. »Ich werde niemals heiraten, Herrin. Das bin ich dir schuldig, da ich dir die Tochter genommen habe.« Mit diesen Worten verließ er den Raum und ließ Selina allein zurück.

»Große Mutter, ist denn niemand bereit zu erkennen, was ich sehe?«, fragte sie verzweifelt. Zweifelsohne war irgendetwas geschehen, doch diese Kleider waren nicht mit dem Blut ihrer Tochter und dem ihrer Dienerin befleckt. Wenn jemand sie hätte töten wollen, hätte er sich nicht diese Mühe machen müssen, ihren Tod mit falschen Spuren vorzutäuschen.

Selina war sich sicher, dass ihre Tochter noch lebte. Hätte sie gewusst, wo sie Kamara suchen sollte, hätte sie zum Schwert gegriffen, ohne Zeit zu verschwenden. Doch sie wusste es nicht.

»Große Mutter, hilf ihr, den Weg zurück zu finden!«, flehte

sie ihre Göttin an. »Hilf ihr, wie du mir immer geholfen hast, denn sie ist unser beider Tochter.«

Kamara stolperte mit steifen Gliedern die schmale Stiege hinauf, die zum Oberdeck der *Sachmets Zorn* führte. Seit mehr als zwei Tagen und Nächten hatte sie das Licht Res nicht mehr gesehen. Nun blinzelte sie in die helle Mittagssonne und fühlte, wie das Blut in ihrem Körper zu pulsieren begann. *Freiheit*, dachte sie hoffnungsvoll, während Merit hinter ihr das Deck betrat.

Kamaras Hoffnungen wurden jedoch jäh zerschlagen: Kaum an Deck wurden sie auch schon von zweien von Sethis Männern am Arm gepackt und von Bord gezogen. Auf einmal wieder feste Erde unter den Füßen zu haben, ließ Kamara schwanken, als sie gemeinsam mit Merit in Richtung einer Gruppe Männer getrieben wurde. Erst als sie vor ihnen standen, wagte sie, den Fremden ins Gesicht zu schauen. Sie trugen lange weite Chitone, die im Wind flatterten, und ihr Haar war heller als das der ägyptischen Männer. Auch trugen sie Bärte, die sie älter wirken ließen, als sie vielleicht sein mochten.

»Als du sagtest, du hättest eine besonders wertvolle Fracht, habe ich nicht mit zwei verlausten Mädchen gerechnet, Sethi. Was in Zeus' Namen soll ich mit denen anfangen?« Der Mann sprach Ägyptisch, hatte jedoch einen mykenischen Akzent.

»Unter all dem Schmutz wirst du recht hübsche Gesichter finden, Lisias. Sicherlich wirst du einen guten Preis für die beiden aushandeln.«

Lisias, ein gepflegter Mann mittleren Alters, legte in gekonnt gespielter Geschäftsmanier die Hände aneinander. »Wo denkst du hin, Sethi, die Zeiten in Mykene haben sich geändert. Die Handelsbeziehungen gehen schlecht, und das Haus des Königs hat weniger Bedarf an hübschen Frauen als je zuvor. Außerdem … Diese beiden sind eindeutig Ägypterinnen.

Ägypterinnen machen immer Probleme. Bestimmt will jemand die beiden loswerden. Was haben sie getan?«

Sethi verschränkte die Arme vor der Brust. »Es muss dir reichen, dass niemand nach ihnen suchen wird, da man denkt, sie seien tot. Nimm sie, oder lass es sein, ich habe noch andere Käufer.«

Kamara konnte kaum glauben, wie diese beiden Männer um sie und Merit schacherten. Sie wollte etwas sagen, doch ihr Bewacher, der sie noch immer am Arm hielt, stieß sie so unsanft in die Seite, dass sie den Mund sofort wieder schloss.

»Ich gebe dir zwanzig Goldringe für beide, also zehn für jede.« Lisias hielt Sethi die Hand entgegen, damit dieser einschlug und den Handel besiegelte. Der riss jedoch in gespieltem Entsetzen die Augen auf. »Bei Hathors heiligen Hörnern, willst du mich ruinieren, Mykener? Die beiden sind das Dreifache wert!«

Kamara hielt das demütigende Geschacher um sich und Merit nicht mehr aus. »Sethi, du krummbeiniger Sohn einer Soldatenhure. Wie kannst du es auch nur wagen, so mit mir umzugehen? Die Götter werden dich strafen, mein Vater wird ...«

Sethi gab vor, sie nicht zu hören, wies jedoch einen seiner Männer mit einem Fingerzeig an, Kamara und Merit fortzuschaffen. Eine grobschlächtige Hand legte sich auf Kamaras Mund und erstickte ihre Flüche. Während Kamara sich mit Händen und Füßen dagegen wehrte, fortgeschleift zu werden, wandte sich Sethi wieder an Lisias. »Sie sind keine einfachen Fellachentöchter, sie stammen aus edlem Haus. Sieh dir ihre Hände an und den feinen Knochenbau. Ich will vierzig Goldringe für die beiden, nicht mehr und nicht weniger.«

»Dreißig!«, setzte Lisias nach. »Die eine redet zu viel, das erschwert den Verkauf.«

»Einverstanden«, willigte Sethi ein, und die beiden Männer

gaben sich die Hand, um den Handel zu besiegeln. »Sie gehören dir. Ich lasse sie gleich mit den anderen Waren auf dein Schiff bringen.«

Lisias nickte zufrieden. Er hatte den dummen Ägypter richtig eingeschätzt. Die Mädchen waren mindestens zweihundert Goldringe wert. Schließlich wurden Ägypterinnen aus guten Familien fast nie in fremde Länder verkauft oder verheiratet. Er hatte durchaus einige zahlungskräftige Kunden in Mykene, die ausgefallene Waren zu schätzen wussten. Schon der Verkauf eines Mädchens würde ein gutes Geschäft sein, und so konnte er sogar erwägen, eine der beiden für sich zu behalten – vielleicht die, die nicht so vorlaut war. Er ging im Kopf seine Kunden durch und lächelte in sich hinein.

Ohne wieder gefesselt zu werden, durften Kamara und Merit auf dem Oberdeck des mykenischen Schiffes bleiben und zusehen, wie es ablegte. Keine von beiden hatte das Große Grün je gesehen. Und so verdrängte Kamara kurzzeitig ihre Ängste, um voller Ehrfurcht das unendliche Wasser zu betrachten. Gegen das mykenische Schiff wirkte die *Sachmets Zorn* wie eine kleine Nussschale.

Pairy hatte Kamara oft von den riesigen Schiffen erzählt, die das Große Grün befuhren, um Handel zu treiben – Byblosfahrer wurden sie genannt, und im Gegensatz zu den Nilbarken besaßen sie ein großes Segel, das sie im Wind vorantrieb, und Ruderbänke für fast fünfzig Männer, sollte der Wind einmal schlecht stehen. »So etwas habe ich noch nie gesehen«, flüsterte sie beeindruckt in Merits Richtung.

Die Dienerin presste die Lippen zusammen und wich ihrem Blick aus. »Ich werde Ägypten niemals wiedersehen ... Das habe ich dir zu verdanken. Jetzt muss ich unter diesen grässlichen Menschen leben, die Haare im Gesicht tragen, und wer weiß, was für ein Schicksal mir bestimmt ist!«

Kamara straffte die Schultern. Merits Feindseligkeit nahm zu, je weiter sie sich von Piramses entfernten. »Ich werde Ägypten wiedersehen, doch bis dahin werde ich nicht jammern wie du.«

Die Wut in Merits Augen verwandelte sich in Hass. »Du bist so überheblich und dumm. Eine Kriegerin willst du sein, wie deine Mutter es einst war. Nun denn, warum nimmst du dir nicht ein Schwert und befreist uns aus der Gefangenschaft?« Merits Stimme troff vor Spott.

»Das werde ich«, sagte Kamara so überzeugend, wie sie konnte. »Ich werde uns befreien, sobald der richtige Zeitpunkt gekommen ist.«

Ohne dass sie es bemerkt hatte, war Lisias hinter sie getreten. »Hört auf zu schwatzen, das Gewäsch der Frauen bringt Unglück. Geht nach unten und wascht euch. Ihr werdet anständige Chitone, Haarnetze und Schmuck finden. Da es hier keine Dienerinnen gibt, die euch beim Ankleiden helfen, müsst ihr allein zurechtkommen. Frisiert euer Haar, salbt eure Haut, und esst genug während der Reise. Ich möchte, dass ihr schön seid, wenn wir Mykene erreichen. Vor eurer Tür werden zwei Wachposten stehen. Wenn ihr etwas braucht, wendet euch an sie. Sollte ich euren Wunsch für wichtig genug erachten, wird er euch erfüllt. Ansonsten bleibt ihr unter Deck, damit ihr meine Männer nicht auf dumme Gedanken bringt. Jede zweite Nacht dürft ihr für eine Stunde an Deck, ansonsten bleibt ihr in eurem Raum und verhaltet euch ruhig.« Er sah sie kühl an. »Habt ihr das beide verstanden?«

Merit nickte eingeschüchtert, Kamara sah ihn herausfordernd an. »Deine Stimme ist zu laut, als dass man sie überhören könnte, Mykener!«

Ehe sie sich versah, spürte sie den Schlag einer harten Ohrfeige im Gesicht. Erschrocken hielt sie sich die gerötete Wange.

»Du antwortest nur, wenn du gefragt wirst. Im Übrigen reicht ein zustimmendes Nicken.«

Kamara konnte nicht fassen, was dieser Mann getan hatte. Noch nie im Leben hatte es jemand gewagt, Hand an sie zu legen, geschweige denn, ihr den Mund zu verbieten – noch nicht einmal ihr Vater! Was bildete sich dieser grobe Mykener überhaupt ein? Sie forschte in seinen Augen, um ein Zeichen seines Zornes zu finden, doch zu ihrer Überraschung schien er nicht zornig; er hatte sie geschlagen, wie man ein Kind gezüchtigt hätte, das man um seines eigenen Wohles willen erziehen musste. Sie sah sich auf Deck um. Die Männer, die geschäftig das Segel rafften, die Seile wanden und Krüge trugen, hatten nicht einmal aufgesehen.

Mit brennender Wange und ausgefüllt von einer schwelenden Wut folgte sie Merit hinab zum Unterdeck.

Für Kamara war die Reise auf dem mykenischen Schiff unerträglich. Sie musste lernen, die weiten mykenischen Gewänder anzulegen und darauf zu achten, dass die Falten des Gewandes immer ordentlich gerafft waren. Merit erwies sich als geschickter als sie, doch es kam ihr kaum in den Sinn, Kamara zur Hand zu gehen. Die Zeit der Dienerschaft war offensichtlich ein für alle Male beendet, Merit strafte ihre einstige Herrin mit Missachtung und sah es nur zu gern, wenn diese von Lisias gescholten oder geohrfeigt wurde – was nicht selten der Fall war. Kamara konnte es kaum unterlassen, Lisias immer wieder mit Worten herauszufordern; eine verzweifelte Geste, ihrer unterdrückten Wut Ausdruck zu verleihen.

Doch am meisten quälte Kamara die bohrende Langeweile. Sie hatte nichts zu tun, außer sich zu pflegen, zu warten und dann erneut zu warten. Obwohl Kamara äußerlich meist ruhig und beherrscht blieb, tobte ein Sturm in ihr. Auch wenn sie erkannt hatte, dass es von dem Schiff kein Entkommen gab, hatte sie längst beschlossen zu fliehen. Der Byblosfahrer hielt sich zwar nahe der Küste, und nicht selten legte er in einer Hafenstadt an, um Wasser und Nahrungsmittel zu laden. Dann aber wurden Kamara und Merit besonders bewacht.

Kamara konnte bald die Tage nicht mehr zählen. Jeder Tag schien gleich, eine Abfolge von immer wiederkehrenden Handgriffen, Tage, in denen sie nur das verbitterte und hasserfüllte Gesicht Merits vor Augen sah. Einige Male kam auch Lisias in ihre kleine Kammer, doch er sprach so gut wie nie mit ihnen, sondern überzeugte sich lediglich davon, dass sie es verstanden, ihr Haar auf mykenische Art zu frisieren und sich angemessen zu kleiden.

Als sie Ägyptens Grenzfestung Megiddo passierten, herrschte ein so starker Wellengang, dass beide Mädchen mit Übelkeit kämpften. Als Lisias sie gegen Mittag noch auf ihren Schlafmatten antraf, ohrfeigte er jedoch lediglich Kamara. Merit jedoch kam ihr nicht zu Hilfe, sondern erhob sich ohne weiteren Protest von ihrem Lager, um sich herzurichten. Kamara rührte sich nicht von der Stelle, sodass Lisias sie an den Haaren hochzog und ihr zwei weitere Ohrfeigen verabreichte.

»Du mykenischer Sohn einer Ziege und eines Schweines!« Kamaras Worte waren hasserfüllt. Sie war versucht, ihm zu drohen, ihm zu sagen, dass Pharao selbst ihn suchen und für seine Tat bestrafen würde. Ehe ihr die Worte über die Lippen kamen, hielt sie jedoch inne. Was würde geschehen, wenn er ihr wirklich glaubte? Wäre es nicht ein Leichtes für ihn, sie und Merit einfach ins Große Grün zu werfen und damit die Spuren seiner Tat zu beseitigen?

Kamara funkelte den verhassten Mykener zornig an. Sie fühlte sich einmal mehr hilflos ausgeliefert. »Es wird der Tag kommen, da werde ich dir dein eigenes Schwert in den verweichlichten Wanst stoßen und zusehen, wie du verblutest.

Mögen Wind und Wasser und die Große Mutter meine Zeugen sein! Ich werde dich schlachten wie ein Schwein und in deinem warmen Blut baden!«

Trotz ihrer Übelkeit hatte sie sich aufgerichtet und war ein paar Schritte auf ihn zugegangen, den Arm erhoben, als führe sie ein Schwert. Erschreckt wich Lisias zurück, und selbst Merit starrte sie mit weit aufgerissenen Augen an. Kamara spürte mit einem Male eine Stärke und einen Mut in sich, der sie selbst überraschte. »Elender Mykener! Ich hasse dich, ich verachte dich, ich spucke auf dich!« Sie spie ihm die Worte entgegen, ihre Hände zitterten.

Kamara erkannte die Furcht in Lisias Augen und meinte seine Angst wittern zu können wie ein Tier. Kurz war sie versucht, sich auf ihn zu stürzen und sich ihrer angestauten Wut hinzugeben, ihre Sinne schienen offener und empfänglicher als je zuvor. Dann war dieser unglaubliche Augenblick jedoch ebenso schnell vorbei, wie er gekommen war.

Sie ließ ihre Hand sinken. Ihr ägyptischer Verstand mahnte sie zur Vorsicht. Selbst wenn es ihr gelingen würde, Lisias zu töten: Was sollte sie dann tun? Sie waren auf einem Schiff auf dem Großen Grün, und sie würde es kaum mit allen Männern aufnehmen können, die sich mit ihr auf dem Schiff befanden. Verwirrt über ihren unbeherrschten Zorn, der von ihr Besitz ergriffen hatte wie eine fremde Macht, wich sie zurück.

Das reichte Lisias, um wieder Haltung zu gewinnen. Er blieb so ruhig, dass Kamara beinahe glaubte, einen kleinen Sieg errungen zu haben. Sie hoffte, er würde sich umdrehen und ihre stickige Kammer verlassen. Tatsächlich verzichtete Lisias darauf, sie noch einmal zu schlagen – die Härte der Schläge, die er ihr seines Erachtens hätte verabreichen müssen, hätte Spuren in ihrem Gesicht oder auf ihrem Körper hinterlassen. Außerdem hatte er etwas in ihren Augen gesehen, das ihn kurzfristig verunsichert, ihm beinahe Angst gemacht hatte. Da war eine Wildheit und eine Entschlossenheit gewesen, die Frauen einfach nicht besaßen ... nicht besitzen *durften.* Er kannte diesen Blick von Soldaten, die im Kampf in einen Blutrausch verfielen, von Kriegern, von Söldnern, aber nicht von einer Frau.

Lisias spürte, dass dieses Mädchen gefährlich war, dass er Kamara weder mit Worten noch mit Schlägen beherrschen konnte. Zweifellos würde sie irgendwann versuchen auszubrechen, doch Lisias kannte die verwundbaren Stellen der Frauen, mit deren Hilfe man sowohl ihre Körper als auch ihre gebrechlichen Seelen züchtigen konnte. Er wäre sie zwar bald ohnehin los, doch bis dahin musste er dafür sorgen, dass sie im Zaume gehalten und ihr rebellischer Geist gebrochen wurde. Sie war ein schlafendes Raubtier.

Er rief nach einer der Wachen vor der Tür und flüsterte dieser etwas zu. Der Mann verschwand, kehrte aber kurze Zeit später mit einem Salbtiegel zurück, den er Lisias überreichte. Lisias gab den Tiegel an Kamara weiter und befahl ihr ruhig, ein wenig der Salbe zwischen ihre Schenkel zu reiben – an eine Stelle, die sie vor Scham erröten ließ. Ungläubig blickte sie ihn an, ohne jedoch Anstalten zu machen, seinem Befehl nachzukommen.

»Soll ich die Wachen rufen, damit sie dir behilflich sind?«, spottete Lisias ungerührt, und Kamara erkannte, dass es ihm ernst war. Sie öffnete den Tiegel. Ein scharfer, beißender Geruch stieg ihr in die Nase.

»Was ist das?«

»Es wird dir nicht schaden«, antwortete er vielleicht etwas zu ruhig.

Mit hochrotem Kopf folgte Kamara seinem Befehl. Es war nicht ihre entblößte Scham, die sie erröten ließ – schließlich war Nacktheit in Ägypten kaum etwas Anstößiges. Es war die Demütigung ihrer Weiblichkeit, denn derlei Strafen und

Züchtigungen kannte Kamara nicht, und selbst Merits Gesicht spiegelte Unverständnis.

Kamara beschloss, ihre Erniedrigung so würdevoll hinzunehmen wie eben möglich. Tatsächlich fühlte sich die Salbe zuerst nur kühl an, doch dann begann Kamaras Scham plötzlich wie Feuer zu brennen. Aller Stolz war vergessen.

Als sie erschrocken zu einer Schale rannte, um die Salbe abzuwaschen, fuhr Lisias sie harsch an: »Es wird nichts nutzen, die Schmerzen werden bleiben. Zwei Tage Schmerzen, dann ist alles vorbei, ohne dass du Schaden davonträgst. Das hier ist ein altbewährtes mykenisches Mittel, mit dem die Männer ihre Frauen züchtigen. Es wird dich lehren zu verstehen und zu gehorchen. Bisher hat noch die widerspenstigste und eigensinnigste Frau durch diese einfache Salbe Tugend erlangt.«

Ohne eine Antwort abzuwarten, verließ Lisias die Kammer. Merit hatte bereits wieder ihre undurchdringliche Miene aufgesetzt und beobachtete Kamara, die sich mit angezogenen Beinen auf ihr Ruhelager fallen ließ. Stockhiebe, Schläge, Ohrfeigen – alles wäre erträglicher gewesen.

Wie Lisias angekündigt hatte, wurden die nächsten zwei Tage für Kamara zu einer endlosen Tortur, die sie mit zusammengebissenen Zähnen ertrug. Verbissen schwor sie sich, weder Lisias noch irgendjemand anders ihren Willen brechen zu lassen. Wieder ersann und verwarf sie Fluchtpläne, und sie betete zur Großen Mutter, dass diese ihr helfen möge zu entkommen und sich an Lisias zu rächen, auf eine Art, auf die auch ihre Mutter und deren Volk sich gerächt hätten.

Merit hingegen ging ihr neues Leben mit einer stummen Beharrlichkeit an. Während Kamaras Ka sich trotz der Demütigungen nicht brechen lassen wollte, begegnete Merit ihrem Schicksal mit einer demütigen Gleichgültigkeit, was sie vor Lisias' Schlägen und Zurechtweisungen schützte. Merit tat alles, was man ihr sagte, und bemühte sich, nicht wahrgenommen zu werden. Lisias musste sie nie auf etwas hinweisen, ihr nie etwas befehlen, und immer, wenn er kam, um Kamara zu schelten oder ihr Strafen anzudrohen, saß Merit ruhig und mit gesenktem Kopf in einer Ecke.

Für Kamara schien sich Merit in einen stummen Ba-Vogel verwandelt zu haben: lieblich anzusehen, doch weit von der Welt der Lebenden entfernt. Ihr Zorn auf Kamara schien verflogen, aber sie schenkte ihrer ehemaligen Herrin keine Beachtung mehr. Schließlich gehörte Kamara ganz offensichtlich zu den Dingen, die Lisias Zorn erregten. Als der Byblosfahrer endlich in Mykene anlegte, war Merit bereits eine Mykenerin geworden, und Kamara hätte alles dafür gegeben, Merits Zorn zu spüren, zu merken, dass in dem schweigsamen jungen Mädchen noch etwas Lebendiges zu finden war. Doch Merit schenkte Kamara auch dann nicht einen Blick, als Lisias sie und Kamara endlich aus dem Dämmerlicht der Schiffskabine befreite, um sie an Land zu bringen.

Mykene

Der frische Wind im Hafen von Mykene mischte sich mit dem Geruch von Salz und Fischen. Obwohl Kamara diese Gerüche fremd waren – der Nil, die Lebensader Ägyptens, brachte den Menschen im Sommer lediglich brackige Sumpfdämpfe und zur Zeit der Ernte den kräftigen Duft von fruchtbarem Schlamm –, tat sie jeden Atemzug, als könnte es ihr letzter sein. Viel zu lange hatte sie in der stickigen Kammer unter Deck verbracht. Während Merit den Boden zu ihren Füßen anstarrte, als sie gemeinsam das Schiff verließen, betrachtete sie neugierig das Leben um sie herum.

Im Hafen lagen viele Schiffe, und sie alle führten Handelsgüter aus fremden Ländern mit sich. Die kleinen Fischerboote verkauften ihre schnell verderbliche Fracht meist vom Boot aus, um dann wieder auszulaufen und erneut ihre Netze auszuwerfen. Während die Männer von ihrem Schiff ägyptischen Wein, Leinenstoffe und Gewürze trugen, wurden von einem anderen Schiff kretische und mykenische Keramiken mit unverkennbaren Spiralmustern und Mäandern abgeladen. Viele der Güter, die am Hafen verschifft und verladen wurden, hatte Kamara noch nie in ihrem Leben gesehen.

Die meisten Männer trugen weiße Chitone, einige auch farbige mit gestickten Mustern. Es herrschte ein reges Gewimmel von Arm und Reich, jeder wollte irgendetwas kaufen oder verkaufen. Frauen, die Kamara aufgrund ihrer schlichten und weniger wertvollen Chitone als Dienerinnen oder Sklavinnen erkannte, kauften vor allem Lebensmittel und Gewürze für die Haushalte ihrer Herren und Herrinnen. Wohin Kamara auch schaute, nirgendwo sah sie eine edel gekleidete Frau ihre Einkäufe tätigen oder einfach schwatzend mit einer anderen Frau über den Steg bummeln.

Lisias versetzte Kamara einen Stoß, um sie aus ihren Gedanken zu reißen. »Wir haben noch einen halben Tagesweg in die Stadt vor uns. Da vorne wartet ein überspannter Wagen. Ihr könnt hinten bei den Waren sitzen.«

Kamara stieg hinter Merit in den mit Krügen, Säcken und Truhen eng beladenen Wagen. Während Merit sich in eine Ecke drängte und die Augen schloss, achtete Kamara darauf, dass sie im hinteren Teil des Wagens saß, wo sie den Leinenstoff ein Stück beiseiteschieben konnte, um hinauszuschauen. Zwar war eine Flucht weiterhin unmöglich, da dem Wagen vier bewaffnete Wachen folgten, doch wollte sie wenigstens einen Blick auf das Land werfen können, in dem sie nun zwangsweise leben musste.

Fasziniert beobachtete Kamara die ungewohnte Landschaft. In Ägypten war alles einfach: Am Westufer erstreckte sich die große Wüste, das Land des Gottes Seth und der Wohnsitz der Verstorbenen, die bereits in die Ewigkeit eingegangen waren. Das Ostufer war den Lebenden vorbehalten, hier standen die Paläste von Pharao, die großen Städte; hier herrschte das Leben, genährt vom Nil, dem Leben spendenden Hapi, der das von den Göttern geliebte Land hervorgebracht hatte. Der Nil, der grüne Strom, dessen Ufer mit einem üppigen Papyrusdickicht bewachsen war, der weiße und blaue Lotus, den die Götter und die Menschen gleichermaßen liebten, große Akazienbäume und Sykomoren, Dumpalmen. Alles war ein einzigartiges Geschenk des Hapi, das dieser allein dadurch erbrachte, dass er jährlich sein Flussbett verließ und im Abschwellen der Fluten seinen fruchtbaren Schlamm auf den Feldern der Fellachen verteilte. Ägypten wurde von den Göttern geliebt und war in der steten Wiederkehr der Jahreszeiten wunderschön.

Mykene war anders. Vom Großen Grün umgeben, bildete sich die Landschaft aus einer Mischung von zerklüfteten Gebirgszügen und Hügeln. Es gab keine üppigen Oasen, stattdessen wuchsen verstreut Büsche und Akazien, einige Palmen. Doch der Überfluss, der Ägypten jedes Jahr geschenkt wurde, fehlte. Mykene war ein karges, jedoch nicht totes Land, über dem ein strahlend blauer Himmel im Kontrast zu den beigefarbenen Felsen leuchtete. Nur Re strahlte hier ebenso kraftvoll und hell wie in Ägypten.

Kamara überlegte, wie es sein musste, auf Paris' Rücken durch die schroffe und ursprüngliche Landschaft zu reiten, verwarf den Gedanken aber gequält. Paris war weit weg, ebenso ihre Eltern, Pharao und Ägypten. Zum ersten Mal verspürte sie Heimweh, ein Sehnen, das an ihrem Ka und ihren innersten Eingeweiden zu zerren schien – wenn auch nur ein Teil von ihr sie nach Ägypten zog. Der andere Teil, ihr seltsam unbekannt, wünschte sich einfach nur fort, egal wohin.

In Ägypten hatte sie ihre Andersartigkeit wie ein Geschenk der Götter zur Schau gestellt, doch seit jenem Tag, als die Wut sie beinahe übermannt hatte und ihr Hass auf Lisias zum Vorschein getreten war, war Kamara verwirrt. Fast schien es ihr, als würde sie von *sesu* geplagt.

Ihr ägyptischer Verstand sagte ihr, dass sie ihre Flucht mit Bedacht würde planen müssen, um dann auf direktem Wege zurück nach Piramses zu gelangen. Ihr Gefühl jedoch drängte sie, Lisias zu töten und am besten sofort aus Mykene zu fliehen. Sie wollte nicht denken, wollte Rache, wollte Blut, wollte frei sein. Das Gefühl, eingesperrt zu sein, den Mund verboten zu bekommen, war dieser Hälfte von ihr unerträglich. Kamara fragte sich, ob es unter Merits leblos anmutender Hülle ähnlich aussah, und seufzte innerlich. Undenkbar!

Kamara war eingeschlafen und kam erst wieder langsam zu sich, als der Wagen jäh anhielt. Re hatte sich mittlerweile rötlich gefärbt, ein unverkennbares Zeichen dafür, dass es bereits Abend war. Kamara rieb sich die Augen und zog das Leinentuch ein Stück zur Seite. Vor sich sah sie ein Tor mit zwei Löwenfiguren aus Stein, vor dem mehrere Männer Wache hielten. Sie waren in kurze Schurze gekleidet und mit Lederpanzer und Helm ausgestattet. Offensichtlich war der Wagen am Stadttor von Mykene angekommen, und Lisias sprach gerade mit den Wachsoldaten, die nur kurz einen Blick auf seine Papyrusrolle warfen, dann einen kleinen Beutel mit Gold unter ihrem Brustpanzer verschwinden ließen und den Weg freigaben.

»Bestechung ist die Macht der Reichen«, murmelte Kamara leise, dann setzte sich der Wagen erneut in Bewegung, und sie passierten das steinerne Tor. Die Stadt schien auf einem Hügel zu liegen, denn der Wagen kämpfte sich nur langsam durch eine Unterstadt, welche von Handwerkern, Arbeitern und Tagelöhnern bewohnt wurde, dann ging es bergauf zu einem höheren, weniger besiedelten Plateau mit weiß gekalkten Anwesen. Gärten und öffentliche Plätze mit Gebäuden reihten sich aneinander, hier und da saßen junge und alte Männer auf steinernen Bänken unter schattenspendenden Bäumen zusammen.

Vor einem Gebäude saß eine Gruppe von etwa zehn Jünglingen und Knaben, um einem älteren Mann zu lauschen, der ihnen beflissen aus einer Schriftrolle vorlas. Und obwohl die gesamte Oberstadt ein Bild der Harmonie und des Friedens widerspiegelte, bemerkte Kamara mit Unbehagen, dass auch hier keine Frauen zu sehen waren, nur ein paar Dienerinnen, die Wasser aus Brunnen hoben oder Besorgungen ausführten.

Als sie schließlich vor einem großen Anwesen hielten, konnte Kamara beobachten, wie Lisias seinen Männern Anweisungen erteilte, um dann eilig durch das geöffnete Portal zum Haupthaus zu eilen. Es schien eine Ewigkeit zu dauern, bis sie erneut Lisias flinke Schritte vernahm. Das vor den Wagen gespannte Tuch wurde fortgezogen, dann reichte Lisias zuerst ihr und dann Merit die Hand, um ihnen beim Aussteigen behilflich zu sein. Kamara hätte lieber in seine offene Handfläche gespuckt, als sich von ihm helfen zu lassen, doch die Erinnerung an die schmerzhafte Salbe war noch allzu lebendig.

Lisias schob Merit und Kamara vor sich her und schien es mit einem Mal sehr eilig zu haben. Kamara blieb kaum die Möglichkeit, nach rechts oder links zu schauen, nachdem sie das Tor des Anwesens durchschritten hatten: Sie nahm kurz die blühenden Gärten wahr, die das weiß getünchte zweistöckige Haus umgaben. Wer immer hier wohnte, musste vermögend sein. Dann schob Lisias auch schon zuerst sie, dann Merit durch die Tür, gefolgt von den Helfern mit den Truhen und Krügen und den Waren, welche sie in eiliger Hast vom Wagen abgeladen hatten.

Im Gegensatz zum Haus ihrer Eltern schien dieses Haus kühl und unfreundlich. Bis auf einige bedeutungslose Muster, die sich in Linien über die weißen, kahlen Wände zogen, gab es keine Wandmalereien. Ebenso keine Abbildungen, auf denen der Hausherr bei einer Jagd oder einer anderen müßigen Tätigkeit abgebildet gewesen wäre, keine üppigen Landschaften, die dem Raum Gemütlichkeit verliehen hätten. Die Möbel waren zwar edel, aber schlicht. »Komm herein, schnell, schnell, beim Zeus!«, ertönte eine ziemlich hohe Stimme aus einem Nebenraum.

Lisias schob die Mädchen erneut vor sich her, bis sie in einem kleineren, ebenso wenig gemütlichen Raum standen. Er verbeugte sich ausufernd vor dem Mann, der sie gerufen hatte. »Amphion ... mein guter Freund! Es erfüllt mich mit Freude, dass ich endlich wieder in meiner Heimat bin. Ich hoffe, es ist dir wohl ergangen.«

Der untersetzte Mann – er mochte so alt sein wie Kamaras Vater – verzog seine Lippen zu einem gequälten Lächeln. »Ach nun, Lisias ... Du weißt ja, dass es mit Mykene nicht zum Besten steht. Seit Jahren strömen Fremde über das Festland, und der Handel wird immer schwieriger. Während deiner Reise haben vier weitere Städte den Handel mit Mykene eingestellt, und ein Ende der Katastrophe scheint nicht in Sicht. Mykene hält sich tapfer, doch das Gemurre der Menschen wird von Tag zu Tag lauter. Selbst König Orestes beginnt sich zu beschweren. Lausche nur nachts auf die Geräusche vor deinem Haus, Lisias. Du kannst das unzufriedene Gezwitscher der Hetären bis in die Morgenstunden hören.«

Amphion amüsierte sich über seinen eigenen Scherz und stieß dabei ein glucksendes Geräusch aus, das Kamara an das Quieken eines Ferkels erinnerte. Lisias fiel gekonnt ein, um Amphion Respekt für seinen lahmen Scherz zu zollen. »Nun, mein hoch geschätzter Amphion, wie gut, dass auf deinen alten Freund Lisias Verlass ist. Ich bringe dir wundervolle Waren aus Ägypten, zumindest in deinem Haus wird also das Gejammer ausbleiben.«

Amphion nickte, wobei sein Doppelkinn erzitterte. »Sag deinen Männern, sie sollen sich beeilen. Du weißt, der Neid der Nachbarn wird immer bedrohlicher. Erst vor einem Mondumlauf haben sie den hoch angesehenen Myron aus seinem Haus gezerrt … *Gezerrt!* … Das musst du dir einmal vorstellen! Und sie haben ihn des Schwarzhandels angeklagt. Seine beiden Söhne haben sie in Orestes' Palast bringen lassen, und nun müssen sie sich als einfache Soldaten in vorderster Reihe bei den Kämpfen auf dem Festland verdingen. O ihr Götter, sie haben dem armen Myron übel mitgespielt: Das Haus haben sie ihm ebenfalls genommen, nun lebt er in der Unterstadt und muss zusehen, wie er sein Brot verdient. Ach, und seine Frau, diese grässliche Theodosia, sie hat geheult und gezetert, dass ich auf einem Ohr fast taub wurde. Dabei ist es ihr doch gut ergangen. Immerhin wurde sie einem reichen Witwer gegeben. Der gute, rechtschaffene Myron jedoch – wie oft hat er die Symposien mit seinen Reden bereichert? –, ihm haben sie alles genommen, sogar die Söhne.«

Lisias nickte verständnisvoll. »Es sind wahrlich schwere Zeiten.«

Als er sah, dass endlich alle Kisten und Truhen ins Haus getragen worden waren, ergriff er die günstige Gelegenheit, Amphion von seinen düsteren Gedankengängen abzulenken. Schließlich wusste er als guter Kaufmann, dass nur ein gut gelaunter Kunde gute Preise zahlte. »Sieh dir an, was ich dir bringe!«

Amphion nickte und raffte die Falten seines Gewandes zusammen. »Lass sehen!«

Lisias öffnete schwungvoll einige Kisten und Truhen. »Nun, da hätten wir ägyptisches Leinen bester Qualität, wertvolle Duftöle, die nur die Höflinge des Palastes benutzen, Wein aus der Faijum-Oase, rot, schwer und lieblich, besten Weihrauch, Gewürze, die neuesten Arzneien –«

Amphion unterbrach ihn mit einem Wink seiner fleischigen Hand. »Was ist mit dem Papyrus, den ich bestellt habe? Ich brauche ihn dringend.«

Lisias schüttelte entschuldigend den Kopf. »Leider konnte ich von dieser Reise keinen guten Papyrus mitbringen. Der Papyrus war durchgehend minderer Qualität, sodass ich mich hätte schämen müssen, ihn dir anzubieten.«

Lisias verschwieg, dass es ihm nicht gelungen war, den wertvollen Papyrus zu erwerben, der nur im Königshaus verwendet wurde und lediglich als Schmuggelware erhältlich war. Sethi hatte zwar alle seine Kontakte bemüht, aber es wäre dennoch zu riskant gewesen, Papyrus aus dem Per Ao zu unterschlagen. Und Amphion hätte eine mindere Qualität sofort bemerkt.

Amphions Gesicht verzog sich und nahm den Ausdruck eines beleidigten Kindes an. »Ich hatte dir gesagt, dass das der wichtigste Posten meiner Bestellung war. Du enttäuschst mich, Lisias. Muss ich mir einen anderen Händler suchen?«

Lisias hatte mit dieser Reaktion gerechnet und erkannte, dass es an der Zeit war, seinen Sonderposten einzusetzen. Es war nur allzu offensichtlich, dass Amphion den vereinbarten Preis herunterhandeln wollte.

»Nun, auch ich war untröstlich, als ich nirgendwo guten Papyrus für dich finden konnte, und da es mir als meine Pflicht erschien, dieses Versäumnis wiedergutzumachen, habe ich dir etwas Besonderes mitgebracht.«

Amphions Miene wurde etwas freundlicher. »Also gut, ich will es mir ansehen!«

Lisias winkte Kamara zu sich heran. Sie sprach zwar die mykenische Sprache mehr schlecht als recht, verstand sie jedoch gut genug, um langsam zu begreifen, worauf dieser Handel hinauslief. Ihre Augen weiteten sich vor Entsetzen. Der elende Lisias hatte doch wohl nicht vor, sie diesem fetten Mykener als Ersatz für ein paar lausige Papyrusbogen anzubieten!

Als sie keine Anstalten machte, sich zu bewegen, zog Lisias sie am Arm und schob sie Amphion entgegen. »Eine Ägypterin aus gutem Hause, unverheiratet und unberührt, wie man mir versichert hat. Fünfzehn Sommer hat sie erlebt – die beste Zeit, um einem Mann Nachkommen zu gebären.«

Kamara wollte laut aufschreien, doch Lisias erkannte ihre aufkommende Wut und fügte schnell hinzu: »Ich habe mich bereits auf der Reise um ihre Erziehung bemüht. Sie hat bereits eindrucksvolle Erfahrungen mit der Salbe der Tugend sammeln dürfen.«

Kamaras Mund schloss sich, ohne dass ihm ein Ton entwichen wäre. Amphion nickte zwar, war jedoch noch nicht überzeugt. »Ägypterinnen bringen Schwierigkeiten, sie sind anders erzogen als unsere Frauen.«

»Aber sie sind kräftig und fruchtbar«, wandte Lisias gekonnt ein, »und sie lassen selbst den müdesten Mann wieder Kraft zwischen den Lenden spüren – ein geringer Nachteil also gegenüber den offensichtlichen Vorteilen, die sie zu bieten haben. Außerdem hast du deine letzte Gattin bereits vor sechs Monden fortgeschickt. Du weißt, dass du zur Ehe verpflichtet bist und deren Missachtung dich eine große Summe aus deiner Schatulle kosten kann.« Mitleidig fügte er hinzu: »Ich wünsche mir nichts mehr, als bei meinen Besuchen das Lachen von Söhnen in deinem Haus zu vernehmen.«

Amphions Augen flackerten kurz begehrlich auf. »Ich habe gehört, dass diese Ägypterinnen verdorben und viel zu freizügig sind, ja sogar, dass ihre Eltern ihnen oft Mitspracherecht bei der Wahl ihres Gatten lassen. Es ist unvorstellbar, doch ich habe auch gehört, dass ihre Körper ein fruchtbares Gefäß für den Samen der Männer sein sollen. Meine mykenischen Gemahlinnen musste ich verstoßen, da sie nicht gebären wollten oder konnten, und eigentlich habe ich mich damit abgefunden, keine Söhne meines Fleisches zu haben, die meinen Namen ehren und weiterführen. Vielleicht sollte ich es doch ein letztes Mal versuchen.«

Lisias nickte zustimmend. »Unbedingt, mein guter Amphion. Ich werde ebenfalls eine von ihnen für mich behalten.«

Erst jetzt bemerkte Amphion auch Merit, die ein paar Schritte hinter Kamara stand, das Gesicht zu Boden gerichtet. »Was ist mit der dort? Ich denke, ich will lieber sie haben.«

Lisias schnalzte entschuldigend mit der Zunge. »Diese dort wäre keine gute Wahl für dich, mein Freund. Davon abgesehen, dass sie weniger hübsch ist, ist sie auch weniger kräftig. Auf der Reise kränkelte sie oft, sodass ich beschlossen habe, sie selbst zu behalten. Ich habe bereits drei Söhne von meiner letzten Gattin – mir ist es egal, ob sie gebiert oder nicht. Sie wird ein schönes Schmuckstück in der Sammlung meiner Reisen sein.« Um Amphion von Merit abzulenken, schob er erneut Kamara ein Stück vor. »Diese hier ist gut für dich! Glaube es mir nur: Ich habe dich nie enttäuscht und immer gut beraten.«

Amphion kratzte sich noch immer nicht überzeugt das Kinn. »Ihre Augen sind so lebhaft wie die eines Tieres. Ich weiß nicht, ob sie mir gefällt, Lisias.«

»Deine Söhne werden dir gefallen, und sie werden kräftig sein!«

Endlich nickte Amphion. »Also gut, ich nehme sie als Ausgleich für die fehlenden Papyrusbogen. Allerdings erwarte ich einen guten Preis bei der nächsten Lieferung. Immerhin bringt das Mädchen keinerlei Mitgift mit sich, ich muss ihren Lebensunterhalt aus meiner Schatulle bestreiten. Du weißt, was Frauen kosten … die vielen Kleider, der Schmuck, die Duftöle, die sie ständig benutzen … Sie sind kostspielig und nutzlos. Ich frage mich, was die Götter sich gedacht haben, als sie den Männern die Frauen aufzwangen, um Söhne zu zeugen.«

Lisias nickte bedauernd, doch Amphion sprach bereits weiter. »Was ist mit einer Herkunftsurkunde? Natürlich glaube ich dir, dass sie aus gutem Hause ist, doch ich muss sie in die Palastlisten eintragen lassen, wenn ich die Eheverträge aufsetze, und ich denke nicht, dass ihr Vater …«, er hüstelte, um seinen Worten Nachdruck zu verleihen, »seine Zustimmung gegeben hat.«

»Mach dir darüber keine Gedanken, guter, alter Freund. Einer meiner Kunden, der mir noch eine große Summe schuldet, jedoch ein hohes Amt in den Palastarchiven innehat, wird uns aushelfen, und schon ist sie die Nichte meines Schwagers, die ich zwecks anständiger Verheiratung vom Festland geholt habe. Solange sie nicht den Mund auftut und wie eine anständige Frau im Haus bleibt, wird es niemandem auffallen.«

Amphion reichte Lisias die Hand, um den Handel zu besiegeln. »Also gut, bringe mir die Verträge morgen, damit ich weiß, dass es keine Schwierigkeiten geben wird.«

Erneut öffnete Kamara den Mund. Doch wieder kam Lisias, der sie nicht aus den Augen ließ, ihr zuvor: »Und scheue dich nicht, die Salbe und jedwede nötige Form der Züchtigung anzuwenden, sollte es ihr nicht schnell genug gelingen, sich einzuleben. Du weißt, dass Frauen der Verstand fehlt, um zu erkennen, was gut für sie ist.«

Wohlweislich entschied sich Kamara, erst einmal zu schweigen. Obwohl ihr Zorn und die Verzweiflung groß waren, mahnte ihr Verstand sie zu warten. In Lisias' Gegenwart konnte sie nicht hoffen, an ihrem Schicksal etwas zu ändern, doch vielleicht war Amphion empfänglicher für ihre

Beschwerden. Er schien ihr weniger selbstsicher und beeinflussbar.

Nachdem die Geschäfte geregelt und der Handel beschlossen war, hatte Lisias es eilig fortzukommen. »Ich lasse dir morgen das Empfehlungsschreiben meines Schwagers überbringen, Amphion. Ich bin müde von der Reise und kann es kaum erwarten, endlich in mein Haus zu kommen.«

»Oh, aber natürlich«, entgegnete Amphion höflich. »Ich wünsche dir eine gute Nacht. Möge Apollon deinen Schlaf segnen und Aphrodite dein Lager wärmen.«

Lisias tat eine abschließende Verbeugung und zog dann Merit hinter sich her. Kamara sah ihnen nach. Wenigstens jetzt, da ihre Wege sich trennten, hatte sie von Merit einen bedauernden Blick erwartet. Doch Merit sah einfach weiter zu Boden und ließ sich von Lisias zur Tür hinausführen. Kamara sah ihr nach, und wieder einmal fühlte sie sich sehr einsam. Dann wurde ihr bewusst, dass sie und Amphion allein waren. Sie wagte einen hoffnungsvollen Blick in seine Richtung, den er jedoch lediglich nichtssagend erwiderte.

»Sprichst du Mykenisch?«, fragte er mit seiner zu hohen Stimme.

»Nicht besonders gut«, antwortete sie mit gebrochenem Akzent. »Ich verstehe die Sprache besser, als ich sie spreche.«

Entgegen ihrer Annahme, er könnte enttäuscht sein, schien ihn dieser Umstand zu erfreuen. »Das ist mehr als genug«, gab er zurück. Dann ging er zu einem kleinen Tischchen, auf dem ein bronzenes Glöckchen lag, das er leicht anschlug. Sofort kam eine Dienerin herbeigeeilt, die sich vor Amphion verbeugte. An Kamara gewandt sagte er: »Das ist Nike, sie wird dir dienen und beim Einleben helfen. Wenn du Fragen hast, frage sie. Sie weiß alles, was auch du wissen musst.«

Nike verbeugte sich erneut vor ihrem Herrn, dann nahm sie Kamara wie ein Kind am Arm und führte sie aus dem

Raum. Kurz blickte sich Kamara noch einmal nach Amphion um. Sie hatte keine Gelegenheit gehabt, das Wort an ihn zu richten und von dem Unrecht zu erzählen, das ihr widerfahren war. Doch Amphion hatte sich bereits abgewandt, und Nike zog sie beharrlich weiter. Amphion hatte noch nicht einmal nach dem Namen seiner künftigen Braut gefragt, wie auch Lisias sie nie mit ihrem Namen angesprochen hatte.

Kamara fragte sich, ob er ihren Namen überhaupt kannte. Was war das nur für ein fürchterliches Land, in dem noch nicht einmal der Name einer Frau etwas bedeutete? Selbst die Ärmsten der Armen hatten in Ägypten das Recht auf einen Namen – nur wer einen Namen hatte, konnte von den Göttern gefunden und in den Schönen Westen geleitet werden. Doch in Mykene zählten Frauen allem Anschein nach so wenig, dass man noch nicht einmal dies für wichtig befand. Kamara blickte ihre neue Dienerin vorsichtig von der Seite an. Vielleicht würde diese ein offenes Ohr für ihre Nöte haben. Immerhin war sie eine Frau und schien in Amphions Haushalt eine höhere Stellung innezuhaben. Sie konnte nicht blind für das Unrecht sein, welches einer anderen Frau angetan wurde.

Nike, eine ansehnliche, jedoch nicht auffallend hübsche Frau, war vielleicht fünf Sommer älter als Kamara. Sie führte ihren neuen Schützling über eine schmale Treppe ins Obergeschoss des Hauses. Sodann öffnete sie eine schwere Flügeltür aus Zedernholz und bedeutete Kamara, ihr zu folgen. Als sie die Tür passiert hatten, wandte sie sich freundlich an ihre neue Herrin: »Diese Tür darfst du ohne Erlaubnis deines Gemahls nicht öffnen. Das Untergeschoss des Hauses ist allein dem Herrn bestimmt: Die Räume hier hinter der Zedernholztür stehen jedoch zu deiner Verfügung. Du hast Diener, die dir mit allem behilflich sein werden. Hast du ein Anliegen an deinen Gatten, schickst du einfach einen von ihnen, damit sie ihm deinen Wunsch vortragen.«

Nike führte sie weiter einen schmalen Gang entlang, bis sie erneut an einer Tür angelangten. »Das hier sind deine Räume. Du kannst sie einrichten, wie es dir beliebt: Wenn du besondere Wünsche hast, schickst du einfach einen Diener zu deinem Gatten –«

»Der für mich bettelt!«, unterbrach Kamara die junge Frau.

»Dein Gemahl war zu keiner seiner Frauen geizig. Immerhin sorgt er für deinen Lebensunterhalt. Solange deine Anliegen nicht unverschämt sind, wird er sie dir gewähren.« Nike blickte Kamara verständnislos an und fuhr dann beflissen fort, ihr alles zu erklären. »Also, wie gesagt, diese Räume gehören dir, ebenso die anliegenden Gärten, die du über die Außentreppe erreichst. Dort gibt es einen Sonnenschatten und auch ein kleines Badehaus, das allein zu deiner Verfügung steht.«

Kamara folgte ihr zur Fensteröffnung und spähte in den Garten. Blühende bunte Blumenbeete und schattenspendende Bäume umgaben einen überdachten Steinbau, in dem der Besitzer des Gartens die Aussicht genießen konnte: eine drei Mann hohe weiß gekälkte Mauer, die den Garten begrenzte. Selbst vom Fenster aus konnte Kamara nicht sehen, was hinter der Mauer lag.

Nike klatschte beflissen in die Hände. »So, nun weißt du das Wichtigste. Ich veranlasse jetzt, dass die Stoff-, Öl- und Schmuckhändler kommen, um dir neue Kleider anzupassen und für deine Ausstattung zu sorgen. Auch den Sandalenmacher werde ich rufen. Du kannst dich so lange etwas ausruhen.« Nike wies auf das schlichte, mit weißem Leinen bezogene Ruhebett, das während der letzten Mondaufläufe nur darauf gewartet zu haben schien, wieder eine Besitzerin zu haben.

Mehr um Nike, deren Geplapper ihr Kopfschmerzen bereitete, endlich loszuwerden als aus Müdigkeit folgte Kamara der Aufforderung der Dienerin. Diese nahm das mit zufriedenem Gesicht zur Kenntnis, um dann endlich zu verschwinden. Sobald Nike fort war, sprang Kamara aus dem Bett und begann auf und ab zu laufen. Niemand schien ihre Entführung für verwerflich oder zumindest ungewöhnlich zu halten – selbst ihre Dienerin nicht!

Hatte sie vorhin geglaubt, sie könne Amphion davon überzeugen, sie gehen zu lassen, musste sie nun einsehen, dass ihre Worte auch bei ihm auf taube Ohren stoßen würden. Es gehörte offensichtlich zum Verständnis dieser Menschen, Frauen zu erwerben wie eine Truhe oder Vieh. Selbst ägyptische Sklaven wurden besser behandelt als mykenische Ehefrauen! Während sie noch auf und ab ging, kämpfte ihre ägyptische Erziehung gegen ihre aufgebrachten Gefühle, die schließlich die Oberhand gewannen. Sie musste fliehen, nicht irgendwann – sofort!

Kamara trat zurück ans Fenster und starrte in den Garten, der in Res verblassendem rotem Licht geheimnisvoll anmutete. Obwohl sie nicht wusste, was hinter der hohen Mauer lag, wurde sie unwiderstehlich von der Freiheit angezogen, die ihre Überwindung bedeuten musste. Es schien einfach, fast schon zu einfach: Sie musste lediglich die Treppe in den Garten hinuntergehen, den menschenleeren Garten durchqueren und die Mauer hinter sich lassen. Fieberhaft suchten ihre Augen nach einer Tür in der Gartenmauer, doch natürlich vergebens. Wofür brauchte eine mykenische Frau auch schon eine Tür in der Gartenmauer, wenn es ihr ohnehin untersagt war, das Haus zu verlassen!

Dann endlich fiel Kamaras Blick auf eine große Zeder in der Nähe der Mauer. Ihre Äste reichten über sie hinweg, und mit etwas Glück würde Kamara sich mit Hilfe der Äste auf der anderen Seite der Mauer hinunterhangeln können. »Und dann? Wie soll ich als Frau unbemerkt durch eine Stadt laufen, in der es nur Männer zu geben scheint? Wie soll ich zurück zum Hafen finden, und – bei der großen Mutter – wie soll ich ein Schiff finden, das mich zurück nach Ägypten bringt?«

Nach Ägypten ... oder nach Zalpa, meldete sich eine bisher unbekannte Stimme in Kamaras Kopf. Ihr Verstand raste, doch in Anbetracht des Gedankens, dass sie bald eine verheiratete mykenische Frau ohne Namen, dafür aber mit einem alten Gatten und einer Schar voll Kinder sein sollte, zwang sie ihre Bedenken beiseite. Alles war egal, sie musste nur aus diesem Haus entkommen. Alles andere würde sich später klären!

Kamara zwang sich, langsam und ohne Hast die Treppe hinunterzugehen, dann blickte sie sich um. Alles war still. Außer ihr schien niemand in den Gärten zu sein. Selbst von jenseits der Mauer drang kein Lärm, ein vielversprechendes Anzeichen dafür, dass sich nicht Hunderte von Augenpaaren auf sie richten würden, sobald sie auf der anderen Seite der Gartenmauer stand.

Schritt für Schritt durchquerte Kamara den Garten, wobei das von der untergehenden Sonne warme Gras an ihren Zehen kitzelte. Sie griff den am leichtesten zu erreichenden Ast der Zeder und zog sich an ihm hoch, um direkt zum nächsten Ast zu greifen. Es war so unglaublich einfach – das Gefängnis der mykenischen Frauen war ein offener Käfig, sie hatten nur verlernt zu fliegen und ihn zu verlassen!

Endlich hatte Kamara die Mauerkrone erreicht. Ein beherzter Griff, ein Schritt, und schon kauerte sie geduckt auf den verputzten Steinen. Es war herrlich! Ihre Räume lagen im hinteren Teil des Hauses, sodass sich unter ihr nur ein schmaler, menschenleerer Pfad erstreckte. Zudem ragte ein Ast der Zeder weit über den Pfad hinaus. Kamara ergriff ihn mit beiden

Händen und schwebte dank seiner Biegsamkeit fast lautlos zu Boden. Sie war wieder frei!

Um sich zu orientieren, wagte sie ein paar Schritte in jede Richtung des Pfades. Nach Süden führte er offenbar an weiteren Anwesen vorbei. Daher fand Kamara diesen Weg zu riskant. Außerdem meinte sie zu wissen, dass sie mit Lisias aus nördlicher Richtung gekommen waren, und aus diesem Grunde zogen sie ihr Ka und jede Faser ihres Körpers nach Norden, Richtung Heimat, zurück nach Ägypten. Kamara hielt kurz inne. War Ägypten je wirklich ihre Heimat gewesen? Sie konnte sich nicht daran erinnern. Sie hatte sich immer nur gewünscht, wie ihre Mutter eine große Kriegerin und wahre Tochter der Großen Mutter zu sein, frei auf Paris' Rücken durch die Länder zu reisen und Abenteuer zu erleben. Wehmut stieg in ihr auf, als sie daran dachte, wie boshaft und kindisch sie Hori mitgespielt hatte. Er war zwar jünger als sie, doch nun verstand sie, dass er weitaus reifer war, als sie geglaubt hatte.

»Große Mutter und all ihr Götter Ägyptens«, betete sie, »helft mir, nach Ägypten zurückzukehren. Ich verspreche euch, dass ich alles wiedergutmachen werde.«

Kurz überlegte sie, ob sie ihrem Gebet an die Götter noch das Versprechen hinzufügen sollte, Hori zu heiraten, sollte sie heil nach Ägypten zurückkehren, doch ihre freiheitsliebende Seite hielt sie empört davon ab. Stattdessen überlegte sie, ob sie vielleicht gar nicht nach Ägypten zurückkehren, sondern lieber auf das Festland fliehen sollte. Ein tiefes Sehnen überkam sie. Doch ihr ägyptischer Verstand wies den Gedanken nun seinerseits mit Empörung zurück: Es war ein dummer Plan. Schließlich lebte in Ägypten ihre Familie – ihre Mutter, ihr Vater, die Menschen, die sie liebten und die sie liebte.

Langsam, Schritt für Schritt und dicht an die Wand gepresst, setzte sie sich in Bewegung. Am Ende der Mauer spähte sie vorsichtig um die Ecke. Wie angewurzelt blieb sie stehen. Sie meinte, ein Trugbild vor sich zu haben, schloss kurz die Augen und öffnete sie wieder. Doch das Trugbild verschwand nicht. Die Götter mussten ihr Gebet erhört und ihr ein Zeichen geschickt haben. Die breite Straße vor ihr war leer, nur ein Mann stand dort, rieb sich den Nacken und blickte zum blutrot gefärbten Himmel, als lausche er den Worten der Götter, gedankenverloren, nur auf ihre Weisungen wartend. Sein Haar fiel lockig auf seine Schultern, und es strahlte im roten Licht Res, wie auch das Haar ihrer Mutter strahlte, wenn Res Licht auf es fiel.

Der Mann senkte die Augen und sah in ihre Richtung, ohne sie zu bemerken. Hatte Kamara bis jetzt gezweifelt, überzeugte sie der Blick in die strahlend blauen Augen, die denen ihrer Mutter so ähnlich waren. Es musste ein Wink der Großen Mutter sein; sie hatte sie erhört! Der junge Mann mit den hellen Haaren und den blauen Augen, der lediglich einen kurzen Soldatenschurz und ein Hemd mit ledernem Brustpanzer trug, er war ein Zeichen der Großen Mutter, ein Krieger der Götter, der ihr helfen sollte zu fliehen!

Ohne zu überlegen, rannte Kamara los, ihm entgegen. Die ägyptischen Worte sprudelten nur so aus ihr heraus, während sie seine Handgelenke umfasste. »Ich flehe dich an, du musst mir helfen. Ich bin verschleppt worden, und sie wollen mich zwingen, diesen fetten alten Mann zu heiraten, der in diesem Haus wohnt. Niemand versteht mich, doch ich muss zurück nach Ägypten, mein Vater, meine Mutter, ja selbst Pharao sucht nach mir. Ich muss zum Hafen, um ein Schiff zu finden, das mich zurückbringt!«

Er blickte sie erschrocken, dann verwirrt an. Als seine Augen einen weicheren, mitleidigen Ausdruck annahmen, wusste Kamara, dass er sie verstanden hatte. Sie atmete tief durch und wurde etwas ruhiger. Sie hatte sich nicht getäuscht:

Er verstand sie, die Große Mutter hatte ihr geholfen! Behutsam löste er ihre Hände von seinen Handgelenken und sprach sie auf Ägyptisch, wenn auch mit einem leichten Akzent an: »Ich verstehe, lass uns gehen!«

Kamaras Herzschlag beruhigte sich, und sie folgte ihm, der mit sicheren Schritten vorausging. Doch dann blieb sie stehen. »Das ist der falsche Weg. Sie werden uns sehen, wenn wir um das Haus herumgehen.«

Er wandte sich zu ihr um und griff ihren Arm. Etwas zu fest, wie sie meinte, doch als sie sich losreißen wollte, legte sich sein Griff wie Granit um ihr Handgelenk. Und wie Lisias es zuvor getan hatte, zerrte auch er sie weiter, zurück zum Haus, zurück in das Gefängnis, dem sie gerade erst entkommen war. Sie wehrte sich, als sie das große Portal durchschritten. Sie versuchte ihn zu treten, doch er wich ihren Tritten geschickt aus.

Kamara war überrascht, dass er sie nicht durch die große Eingangstür, sondern linker Hand um das Haus herum führte, bis sie zu den Unterkünften der Dienerschaft kamen. Hier schob der Fremde sie durch die Tür, wo Kamara in das erschrockene Gesicht von Nike blickte, die in ihrer Arbeit innehielt und die Hände über dem Kopf zusammenschlug. »Herrin, was tust du hier? Wie kommst du hierher? Du solltest doch ruhen, und ich sagte dir, dass du die große Tür nicht öffnen darfst.«

»Das hat sie auch nicht getan, Nike. Sie ist über die Gartenmauer geklettert und mir vollkommen aufgeregt in die Arme gelaufen. Sie sprach davon, dass sie zurück nach Ägypten müsse und dass man sie gezwungen habe, meinen Vater zu heiraten.«

Nike legte flehend die Handflächen aneinander und verbeugte sich vor dem Mann. »Oh, Eneas, mein Herr, bitte sag es nicht deinem Vater. Du kannst es noch nicht wissen: Dein

Vater hat das Mädchen erst vor einigen Stunden von Lisias erworben, und er will sie tatsächlich zu seiner neuen Gemahlin machen. Er würde mich in Schimpf und Schande davonjagen, wenn er von ihrem Fluchtversuch erführe, und nachdem mein Ehemann mich schon verstoßen hat, da ich keine Kinder gebären kann, was würde mir noch bleiben außer dem Tod? Ich konnte doch nicht wissen, dass sie versuchen würde fortzulaufen. Sie schien einsichtig.«

Kamara funkelte zuerst Nike, dann Eneas wütend an. »Was habt ihr denn erwartet? Dass ich mich freue, verschleppt worden zu sein?«

Eneas antwortete nicht, sondern schob Kamara zu Nike. »Ich werde dich nicht verraten, Nike. Du bist eine gute Dienerin, ordentlich und pflichtbewusst. Doch lass es dir eine Lehre sein. Diese Ägypterinnen sind anders als mykenische Frauen. Ich werde die Gartenmauer von Dienern bewachen lassen, aber sorge du dafür, dass sie nicht allein ist. Ich werde meinem Vater nichts sagen.«

»Vielen Dank, Eneas«, gab Nike erleichtert zurück.

»Mein Vater erwartet mich. Wir werden sicherlich eine ganze Weile in seinen Räumen sein. So hast du genügend Zeit, sie ungesehen zurück zu bringen.« Ohne Kamara noch ein einziges Mal anzusehen, verschwand er.

Als Nike in Kamaras Gemächern die Tür hinter ihnen geschlossen hatte, verschränkte sie die Arme vor der Brust, und alle Beflissenheit und Unterwürfigkeit verschwanden aus ihrem Gesicht. »Ich habe dich freundlich behandelt, nicht wie eine Fremde aus einem fremden Land. Das hätte ich nicht tun müssen. Immerhin bist du die vierte Ehefrau des Herrn und wirst wahrscheinlich nicht die letzte sein. Sobald der Herr dich verstößt, wiegst du weniger als ich. Und so dankst du mir meine Freundlichkeit! Ich bin eine Frau, die keine Kinder empfangen kann. Meine einzige Berechtigung ist, dass ich als Dienerin in diesem Haus arbeite … Und du willst mir auch das noch nehmen. Was meinst du eigentlich, was ich dafür geben würde, mit dir tauschen zu können?«

Kamara fand, dass es an der Zeit war, ebenfalls die Maske einer dümmlichen Freundlichkeit fallen zu lassen. Sie dachte kurz nach und sagte dann mit einigen mykenischen Worten, die ihr erstaunlich fließend über die Lippen kamen. »Ich habe nicht darum gebeten hierherzukommen. Niemand hat mich gefragt.«

»Das wäre ja auch noch schöner!«, entgegnete Nike schnippisch. »Warum sollte man dich fragen?«

»Warum sollte man mich *nicht* fragen?«, schnappte Kamara zurück.

Die junge Dienerin schüttelte verständnislos den Kopf. »Du kannst Zeus und allen Göttern danken, dass der junge Herr Eneas ein so freundlicher Mann ist. Er wird weder dich noch mich verraten. Täte er es, bliebe sowohl dir als auch mir nur noch ein Leben in einem Hurenhaus; und ich meine ein echtes Hurenhaus, nicht das Leben einer angesehenen Hetäre. Der Herr Amphion würde uns unversehens fortjagen.«

Kamara war wütend: »Was soll das ganze Gerede? Ich weiß nichts von Hetären – und überhaupt … Warum soll ich Amphions Frau werden, offensichtlich hat er doch bereits einen Sohn!«

»Eneas ist vom Herrn adoptiert worden, als er ein Knabe war, er ist nicht der leibliche Sohn des Amphion. Es gibt nichts, was sich der Herr mehr wünscht als einen Sohn seines Fleisches, doch die Götter haben ihn verflucht. Jede seiner Frauen war unfruchtbar.«

Kamara verzog ihren Mund zu einem spöttischen Grinsen. »Nun, vielleicht waren ja nicht die Frauen unfruchtbar, sondern Amphion selbst.«

Nike riss entsetzt die Augen auf. »Wie kannst du so etwas Unverschämtes auch nur denken? Ein Mann ist immer fruchtbar. Wenn sein Same nicht erblüht, ist es die Schuld der Frauen. Das weiß doch jeder!«

»Oh, bei den Göttern, bist du dumm!«, entfuhr es Kamara überrascht.

Nike hob beleidigt die Augenbrauen. »Nicht dümmer, als du es bist. Die Götter schenken schließlich nur den Männern Klugheit – deshalb brauchen wir sie ja.«

Kamara ließ sich vollkommen entgeistert auf einen Stuhl fallen. Nike war beruhigt. Anscheinend hatte die Fremde endlich eingesehen, dass ihre Gegenwehr sinnlos und falsch war. »Bald kommen die Händler. Wir werden schöne Stoffe und Chitone für dich aussuchen.«

»Warum hilfst du mir nicht einfach zu entkommen? Du kannst Eneas sagen, dass ich nachts fortgelaufen bin, als du geschlafen hast.«

Kamara hoffte immer noch auf die Hilfsbereitschaft, die unter Frauen in ähnlicher Situation oft besteht. Immerhin war auch Nike eine Gefangene, zwar höher gestellt als eine Sklavin. Aber auch sie fürchtete Amphion, auch wenn sie das nicht begriff oder vor Kamara nicht zugeben wollte.

»So ein Unsinn! Wohin solltest du gehen? Hier wird es dir an nichts fehlen.« Nike schüttelte den Kopf, ließ Kamara allein zurück und verschloss die Tür von außen mit einem Riegel.

Kamara starrte einmal mehr verwirrt die Tür an. *Diese Verräterin an der Großen Mutter!* Glaubte diese Mykenerin wirklich, was sie sagte? Sie verschränkte trotzig die Arme vor der Brust. Wenn sie schon gegen die Männer nichts ausrichten konnte – zumindest von dieser mykenischen Dienerin würde sie sich nichts gefallen lassen.

Kamara wühlte lustlos in den Stoffen, die ihr gebracht worden waren. Jedes Mal, wenn sie nach etwas Buntem oder Farbenfrohem die Hand ausstreckte, nahm Nike es ihr fort und wählte stattdessen für sie einen schlichten weißen Stoff. Zwar trugen auch die Ägypterinnen mit Vorliebe weißes Leinen, aber auch bunte Stoffe aus fremden Ländern gehörten immer mehr zur der bevorzugten Kleidung der Reichen und Wohlhabenden.

»Das hier ist hübsch ... Es unterstreicht deine Jugend ... Der hier ist gut für die Hochzeitsnacht, etwas durchscheinend, jedoch nicht unzüchtig ... Nein, das ist viel zu bunt. Du sähest darin aus wie eine Hetäre«. Jeden Stoff wusste Nike entschieden zu kommentieren.

»Sind es deine Gewänder oder meine?«, nörgelte Kamara, obwohl sie eigentlich andere Sorgen plagten. Doch Nike überhörte ihre Worte so geflissentlich, dass Kamara es schließlich aufgab, die Stoffe überhaupt zu betrachten. Auch beim Schmuck, den Duftölen und den Sandalen entschied Nike ohne sie, schob die in Ägypten so beliebten schweren Lotos- und Gewürzdüfte beiseite und wählte für Kamara zarte Blütendüfte.

»Du besitzt keinerlei Schönheitssinn«, beschwerte sich Nike, woraufhin Kamara die Augen verdrehte. Schließlich bestand sie mehr aus Trotz, denn aus wirklichem Interesse auf einem besonders schweren Duftöl aus den Blüten des Jasmin, von dem sie zu Nikes Unbehagen sofort einige Tropfen auf ihren Hals träufelte.

»Das kannst du nicht tragen, wenn der Herr dich ruft!«, insistierte Nike und hoffte, dass die Dienerin des Händlers, die ihnen die Duftöle vorführte, ihr zu Hilfe kam. Doch der war egal, was sie verkaufte, solange der Herr Amphion es nur bezahlte. Kurz maßen sich die Blicke der Frauen, dann gab Nike nach und ließ Kamara das Duftöl. Beim Schmuck verhielt sich Nike zu Kamaras Überraschung weniger zurückhaltend. Ketten mit in Gold eingefassten Muscheln, Perlenhaarnetze, schwere goldene Armreifen und Ohrgehänge aus filigranem Gold wanderten in eine Schatulle, die Nike für Kamara aufbewahrte.

Als endlich alle Händler gegangen waren, schien die Dienerin zufrieden. »Nun bist du wirklich gut ausgestattet. Du kannst glücklich sein.«

Kamara ließ sich seufzend auf ihr Lager fallen. »Dieser Raum ist ein Gefängnis, und so fühle ich mich auch.«

Wieder verstand Nike Kamaras Worte nicht. »Wenn du dem Herrn einen Sohn schenkst, wird er deine Gemächer ausstatten, als wärest du eine Göttin. Doch vorab musst du deinen Teil dazu beitragen.«

Kamara schloss die Augen. Es nutzte nichts, mit Nike zu reden. Ihre Einfalt war grenzenlos. Das hielt sie jedoch kaum davon ab, sich unbeugsam gegenüber Kamara und ihren Nöten zu verhalten. »Willst du wissen, wie ich heiße?«, fragte Kamara deshalb lahm.

»Der Herr wird es mir sagen«, entgegnete Nike, während sie bewundernd über die feinen Chitone strich, die sie sorgfältig zusammenlegte.

»Ich kann es dir auch sagen«, versuchte Kamara, das Gespräch in Gang zu halten.

»Das ist nicht nötig, Herrin.«

Kamara spürte, wie Wut in ihr aufkam. Nike mochte sie anscheinend nicht. Warum verhalf sie ihr nicht einfach zur Flucht? Dann wäre sie ihre unbequeme neue Herrin los. Doch ein solcher Gedanke schien dem begrenzten Verstand der Mykenerin nicht möglich zu sein.

Nike faltete die letzten Stoffe zusammen, und half dann Kamara, sich auszukleiden. Kamara schlüpfte unter die dünnen Laken und seufzte gequält.

»Dieser Tag war lang und anstrengend für dich. Alles ist neu, aber ich bin sicher, bald wirst du dich eingelebt haben; und morgen wird die Hochzeit stattfinden. Also ruhe wohl, und lasse dich nicht entmutigen.« Mit diesen Worten verließ Nike die Gemächer, sie vergaß jedoch nicht, eine Dienerin anzuweisen, vor der Tür Nachtwache zu halten.

»O Große Mutter«, flüsterte Kamara. Der elende Eneas hatte ihr die einzige Fluchtmöglichkeit zunichtegemacht, und die furchtbare Dienerin reglementierte ihr Leben. Warum hatte sie sich nur so von Eneas' hellen Haaren, den blauen Augen und ihren eigenen Wünschen täuschen lassen?

Der Tag begann früher, als Kamara es gewohnt war. Nike weckte sie in aller Eile, kurz nachdem Re von Nut geboren worden war, und scheuchte sie, lediglich mit einem Tuch bekleidet, in ihr neues Badehaus. Dort durfte sie durch das flache, mit duftendem Wasser gefüllte Becken waten, bevor Nike sie von Kopf bis Fuß wusch und immer neue Krüge mit Wasser über ihrem Kopf leerte. Kamara musste lediglich ihren Anweisungen folgen, abwechselnd hob sie ihre Arme, und selbst die Füße salbte Nike eigenhändig mit einem Öl, damit die Sohlen, wie sie sagte, geschmeidig blieben.

Nach dem zwar ungemütlichen, jedoch erfrischenden Bad half Nike ihrer neuen Herrin auch beim Ankleiden, wofür sie das durchscheinende weiße Gewand wählte, das sie für die Hochzeit erworben hatte. Sie steckte Kamaras dunkles Haar locker auf dem Kopf zusammen, wobei sie einige Strähnen bewusst aus der Frisur herausfallen ließ, und befestigte dann ein Perlenhaarnetz auf Kamaras Kopf. Nike verzichtete auf Ohrgehänge und Armreifen, wählte aber als Halsschmuck eine fein gearbeitete Goldkette aus mykenischen Spiralen. Sodann betrachtete sie zufrieden ihr Werk. »So ist es gut, der Herr mag Natürlichkeit und Frische.«

Zu Kamaras Überraschung färbte Nike nur die Lippen, Wangen und Augenbrauen in zarten Farben. Den dicken schwarzen Koholstrich, der in Ägypten alltäglich war, kannte sie nicht, und als Kamara ihr davon erzählte, hob sie ungläubig die Brauen. »Wie soll das aussehen? Keine anständige mykenische Frau würde sich die Augen derart stark bemalen.«

Dann musste Kamara warten. Und sie wartete lange, denn sie konnte sehen, wie die Sonne von Osten nach Westen wanderte. Erst am frühen Nachmittag holte Nike sie ab, um sie dann durch die verbotene Zedernholztür in den unteren Teil des Hauses zu führen, den Amphion bewohnte.

In einem kleinen Raum war ein üppiges Mahl bereitet worden. Zu Kamaras Verwunderung gab es jedoch keine Gäste: Lediglich Amphion, sein Sohn Eneas, dem Kamara einen ebenso kühlen wie ablehnenden Blick schenkte, und sie selbst waren hier, um das Festmahl zu verspeisen. Nike wies eilig einige Dienerinnen an, die Teller zu füllen und Wein einzuschenken. Kamaras Blick lag angewidert auf Amphion, der schmatzend einen Teller nach dem anderen leerte und bald drei gefüllte Tauben verschlungen hatte, während sie selbst und auch Eneas noch bei der ersten waren. Endlich, nachdem die Diener die Teller, drei nicht verzehrte Hasen, fünf übrig gebliebene Tauben, vier nicht angerührte Obstschalen und drei volle Amphoren Wein abgetragen hatten, seufzte Amphion zufrieden und gesättigt. Sein Blick blieb leidenschaftslos auf Kamara haften, dann schien ihm etwas einzufallen, denn er nickte Eneas zu, der einen gerollten Papyrus unter seinem Festtagschiton hervorholte.

Eneas überreichte Amphion die Rolle, der sie gemächlich öffnete und zu lesen begann. Nachdem er die Zeilen überflogen hatte, wandte er sich an Kamara. »Das ist eine Abschrift deiner neuen Herkunftsurkunde«, gab er ihr gelangweilt zu verstehen. »Sie sagt aus, dass du aus einem guten mykenischen Haushalt stammst und meine Gemahlin bist.« Er überflog die Reihen, bis er die Stelle gefunden hatte, die er suchte. »Dein Name ist ab heute Chloris.«

Kamara konnte nicht mehr an sich halten. Für ihren ägyptischen Verstand gab es kaum etwas Verwerflicheres, als einem Menschen seinen Namen zu rauben, und der wütende Teil von ihr war ausnahmsweise einmal der gleichen Meinung und zögerte nicht, seiner Wut Ausdruck zu verleihen. »Ich heiße Kamara«, gab sie deshalb bestimmt zurück. »Dies ist der Name, den meine Eltern für mich ausgewählt haben, und dieser Name gefällt den Göttern. Wie kannst du es wagen, die Entscheidung, die die Götter am Tage meiner Geburt trafen, für nichtig zu erklären? Fürchtest du nicht ihren Zorn?«

»Mein liebes Kind«, antwortete Amphion direkt an sie gewandt, »deine Götter haben in Mykene keinerlei Macht, und du bist nun eine Mykenerin. Der Einzige, der sich hier um dich sorgt und der für dich Entscheidungen trifft, ist dein Gemahl. Die mykenischen Götter scheren sich nicht um die Angelegenheiten der Frauen. Warum sollten sie das? Frauen sind wie Kinder, unmündig, abhängig von Vätern, Brüdern und ihren Gatten.«

Kamara wollte erneut aufbegehren. In ihre ägyptische Erziehung, die es ihr verbot, sich den Namen stehlen zu lassen, mischte sich erneut ihr Instinkt, der wenig auf Worte und Argumentationen gab, sondern ihr stattdessen riet, Amphion eine gebratene Taube in den Schlund zu stopfen, um ihn daran ersticken zu lassen. Doch Amphion hob die fleischige Hand. »Schweig, wenn du nicht aufgefordert wirst zu sprechen. Ich habe dir mit meiner Antwort eine Freundlichkeit erwiesen, die dir eigentlich nicht zusteht. Ich wünsche nun keine weiteren Worte aus deinem Mund zu hören.«

Er winkte Nike, die mit einer Verbeugung neben ihn trat. »Geleite meine Gemahlin in ihre Gemächer, damit sie den

Nachmittag über ruht. Ich gedenke das rituelle Bad vor der Hochzeitsnacht auf den Abend zu verschieben. Ich bin müde und möchte noch etwas schlafen.«

Nike verbeugte sich erneut, dann nickte sie Kamara zu. »Chloris, meine Herrin, folge mir zurück in deine Räume. Dein Gemahl wünscht nun zu ruhen.«

Mit einem Satz fuhr Kamara hoch, wobei der Stuhl, auf dem sie gesessen hatte, polternd umfiel. Amphion hielt sich gequält die Hände vor die Ohren, während Eneas ihren Blick mied. Nike zog sie am Arm mit sich fort, doch Kamara riss sich von ihr los. Seit sie hier angekommen war, wurde sie herumgezerrt und geschubst wie ein kleines Kind. Sie musste endlich eine Möglichkeit finden, sich zu wehren. »Ich heiße *Kamara!*«

»Als Gemahlin des Herrn ist dein Name nun *Chloris*«, antwortete Nike jedoch ungerührt.

»Das werden wir ja sehen!«, fauchte Kamara und ging hocherhobenen Kopfes vor Nike her, als wäre sie nicht Gefangene, sondern die unbestrittene Herrin des Hauses.

Nike ließ sie gewähren. Obwohl sie gute Lust verspürt hätte, dem Herrn das unangebrachte Betragen ihres Schützlings zu melden und dieser Ägypterin damit eine Bestrafung mit der Salbe der Tugend zu verschaffen, versagte sie sich diesen Gedanken. Viel zu sehr fürchtete sie, dass Amphion von Kamaras Fluchtversuch erfuhr und sie damit selbst in Schwierigkeiten geriet.

Wieder wartete Kamara. Doch der Nachmittag schien im Gegensatz zum Vormittag viel zu schnell zu vergehen. Immer wieder musste Kamara an Amphions dicken Bauch und seine vor Fett hängenden Wangen denken. An diesen Mann, der ihr schon jetzt verhasst war, weil er sie behandelte, als wäre sie ein Stück Holz, mit dem man verfahren konnte, wie immer man wollte. Ausgerechnet ihn sollte sie an diesem Abend in ihr Bett, ja sogar in ihren Körper lassen. Eine Welle des Abscheus durchfuhr sie.

Wenig später brachte Nike sie durch Amphions persönliche Räume in sein Badehaus. Dieses war dreimal so groß wie Kamaras. Aber statt dies zu bewundern, war Kamara alles egal. Das Badehaus gehörte Amphion und stank aus jedem Winkel nach seinem süßlichen Duftöl.

Nike entkleidete Kamara und wies sie an, in das Becken zu steigen. Ihre Kleider legte sie sorgsam auf eine Kline neben dem Becken. Kamara bedachte Nike mit einem vorwurfsvollen Blick und hockte sich so in das Wasser, dass lediglich ihr Kopf noch herausschaute. Dieses Wasser bildete eine letzte Grenze zwischen ihr und Amphion! Nike schien immer noch nichts Verwerfliches daran zu finden, dass Kamara sich Amphion gegen ihren Willen hingeben sollte – auch dies war für mykenische Frauen anscheinend vollkommen normal. Zwar wurden auch in Ägypten sicher nicht alle Ehen mit der Einwilligung des Brautpaares geschlossen. Doch allein Nikes Überzeugung, dass Frauen dumm und deshalb den Männern untergeordnet waren, machte sie für Kamara zu einer feigen Verräterin. »Ich wünschte du wärest an meiner Stelle und müsstest das alles über dich ergehen lassen!«, stieß Kamara aus, wandte ihr den Rücken zu und zog sich in eine Ecke des Beckens zurück.

»Es wäre unverschämt von mir, einen solchen Wunsch zu hegen«, entgegnete Nike vorsichtig. Wollte die Ägypterin ihr Worte entlocken, die sie in Ungnade fallen lassen würden? Nike entschloss sich, in ihren Äußerungen vorsichtiger als ohnehin schon zu sein. Sie traute Chloris nicht über den Weg, seit sie versucht hatte zu fliehen, obwohl sie sich ihr gegenüber so freundlich und vertrauensvoll gezeigt hatte.

Es dauerte eine Weile, bis Amphion zusammen mit Eneas

das Badehaus betrat. Hatte Nike zuvor Kamara geholfen, sich zu entkleiden, war Eneas nun seinem Vater behilflich – ein Zeremoniell, das, wie Kamara schätzte, zu dem rituellen Hochzeitsbad gehörte. Wahrscheinlich hätte sie von einer weiblichen Verwandten entkleidet werden sollen, doch da sie keine Verwandten in Mykene hatte, war Nike aufgefordert worden, diese Rolle zu übernehmen.

Als Eneas seinem Vater aus dem weiten Chiton half, schloss Kamara protestierend die Augen. Doch als sie Amphions platschende Schritte hörte und wusste, dass er die Stufen ins Becken herunterstieg, zwang sie sich, den Tatsachen ins Auge zu blicken. Amphions Haut war weiß, seine Brüste hätten die einer Frau sein können. Unter ihnen wölbte sich in zwei Ringen sein Bauch hervor und ließ sein Geschlecht klein und verkümmert erscheinen. Kamaras Abscheu verwandelte sich in abgrundtiefen Ekel.

Sobald Amphion das Ende der Stufen erreicht hatte, zogen sich Eneas und Nike zurück. Kamara war wie erstarrt. Sie hoffte inständig, dass Amphion nicht näher kam. Dieser hatte jedoch kaum vor, sich zu bewegen, sondern winkte sie zu sich heran. »Komm her, und hocke nicht wie ein Entchen im Wasser. Steh auf, und zeige mir deinen Körper!«

Kamara erhob sich langsam und zögerlich. Das Wasser perlte von ihrer braunen Haut und ihren Brüsten. Als sie endlich vollkommen nackt vor ihm stand, bemerkte sie, dass sich keinerlei Leidenschaft in Amphions Blick spiegelte.

»Du siehst nicht anders aus als die mykenischen Frauen. Deine Haut ist etwas dunkler, wie die Haut der Sklaven, aber das ist auch schon alles.« Er winkte sie noch näher zu sich heran, und Kamara kam seiner Aufforderung mit zunehmendem Widerwillen nach.

Erst als sie vor ihm stand, bequemte Amphion sich, selbst tätig zu werden. Seine groben Hände umfassten ihre Brüste, um sie vollkommen unbeeindruckt wieder loszulassen. Dann drehte er Kamara mit einer groben Handbewegung um und begann, sein Geschlecht an ihrem Gesäß zu reiben. Kamara stieg die Schamesröte ins Gesicht. Sie war stets stolz auf ihre Unberührtheit gewesen und hatte auch nicht vorgehabt, diese so leicht aufzugeben. Nicht, dass ihr so viel daran lag wie einer jener sagenhaften Priesterinnen, die für ihr Amt eine Zeitlang ihre Jungfräulichkeit behielten. Doch ihrem Verständnis nach hatten es die Frauen der Großen Mutter richtig gehalten, als sie den Zeitpunkt und den Gefährten für ihre Liebesspiele auswählten. War Hori schon nicht ihre Wahl gewesen, war Amphion es noch viel weniger.

Kamara war sich nicht sicher, womit er sie berührte – war es sein dicker Bauch oder sein Geschlecht? –, alles an seinem Körper fühlte sich weich und schwammig an. Angewidert befreite sie sich aus seinem Griff und stieß ihn von sich. Unbeeindruckt griff er jedoch ihr Handgelenk und zog sie zu sich.

»Du bist nicht besser als die anderen Frauen, Lisias hat mich betrogen. Sieh selbst!«, kreischte er sie mit seiner viel zu hohen Stimme an, nahm ihre Hand und drückte sie auf sein Geschlecht, das noch immer schlaff zwischen seinen Beinen lag. »Wie soll ich meinen Samen in deinen Körper bringen, wenn du es nicht verstehst, meine Lenden zu entflammen? Ihr Frauen seid allesamt nutzlos! Wahre Lust und Zuneigung können sich nur Männer schenken.«

Kamara zog ihre Hand zurück und wich ein Stück zurück. Nun endlich verstand sie, weshalb Amphion keine Söhne zeugen konnte. »Keine Frau vermag deinen Lenden Feuer zu schenken«, gab sie mit neu gewonnener Selbstsicherheit zurück, denn sie wusste nun, dass ihr Gemahl weder in dieser Nacht noch in einer anderen ein Kind mit ihr zeugen würde. »Du bist einer von jenen Männern, die nur bei anderen Männern Lust empfinden können.«

Amphion lief hochrot an. Sie hatte offenbar ausgesprochen, was er längst wusste, jedoch nicht wahrhaben wollte. »Schweig!«, flüsterte er aufgebracht.

Kamara hatte jedoch nicht vor zu schweigen, jetzt nicht und überhaupt nicht mehr. Wieder blitzte der Gedanke in ihr auf, dass es einfach wäre, Amphion in seinem eigenen Badehaus zu ertränken, doch sie erschrak ob ihrer eigenen Härte. *Warum tust du es nicht einfach? Du bist für ihn nicht mehr als ein Stück Fleisch. Es ist dein gutes Recht, dich zu verteidigen. Kämpfe endlich für deine Freiheit!* Kamara verscheuchte ihre Gedanken. Was war nur los mit ihr?

Kamara rang mit sich. Ein Teil von ihr hätte ihren düsteren Gedanken gerne nachgegeben, da Amphion nichts Besseres verdiente, doch die Ägypterin in ihr wies sie jedes Mal wieder in die Schranken. Sie betrachtete Amphion angewidert. Es war eine Unverschämtheit, dass er seine Frauen wegen angeblicher Unfruchtbarkeit fortgejagt hatte. »Gesteh es dir endlich ein! Du wirst nie Kinder haben! Du kannst es nicht! Der Grund für deine Kinderlosigkeit bist du allein!«

»Schweig endlich, du nichtsnutzige Hure!«

Kamara lachte. Sie wusste, dass seine Worte ihn mehr trafen als alles, was sie sonst hätte sagen können. Schrak sie davor zurück, ihn zu töten, so konnte sie ihn dennoch zutiefst demütigen. »So kennen die Götter doch noch Gerechtigkeit – selbst die mykenischen!«, rief sie. Ihre Worte troffen vor Spott.

Amphions Kinn zitterte. Dann schien er sich zu fassen, obwohl sein Blick hasserfüllt war. »Wenn ein Mann keine Lust auf eine Frau empfindet, so ist es allein *ihre* Schuld. Ihr seid nur da, um Kinder zu gebären. Und auch ich werde einen Sohn haben, und du wirst ihn mir gebären.« Er erhob sich und watschelte die Stufen des Beckens hinauf. Sodann ging er zur Tür und öffnete sie einen Spalt. Sein Ruf hallte durch das Haus: »Eneas! Eneas, komm her, ich brauche dich hier!«

Eneas folgte dem Ruf seines Vaters, wie es von einem anständigen Sohn erwartet wurde. Amphion zog ihn ins Badehaus, schloss die Tür hinter ihnen und wies auf Kamara, die sich erneut ins Becken gekauert hatte. »Eneas, du musst es für mich tun, denn ich will und kann es nicht. Ich will, dass du Chloris nimmst und einen Sohn mit ihr zeugst. Niemand wird es wissen, nur du und ich. Ich werde ihn erziehen, als wäre er mein eigener Sohn. Ein Sohn meines Sohns ist immer noch besser als überhaupt kein Sohn, und niemand wird mehr von mir verlangen, dass ich heirate.« Amphion lehnte sich in seiner Nacktheit schwer an Eneas, der ihn in den Arm nahm, als seien die Rollen von Vater und Sohn vertauscht.

Seine Stimme klang weinerlich. »Eneas«, schluchzte Amphion in den Chiton seines Sohnes, »wirst du mir, deinem Vater, diesen Wunsch erfüllen?«

Eneas nickte beklommen. »Wie könnte ich den Wunsch meines Vaters ablehnen?«

Amphion begann sich zu fassen. »Gut«, flüsterte er, »ich wusste, dass du ein guter Sohn bist, auf den ich mich verlassen kann.«

Grob wandte er sich an Kamara: »Komm aus dem Wasser, du dumme Gans.«

Diese spürte, dass die Demütigungen des Abends noch nicht vorbei waren, doch sie beschloss, nun die Flucht nach vorn anzutreten. Betont freizügig erhob sie sich und schritt die Stufen des Beckens empor. Eines merkte sie dabei sofort: Eneas war nicht wie sein Vater, sein Blick haftete auf ihr vielleicht noch begehrlicher, als Hori sie angesehen hatte. Schien er sie vorher nicht wahrgenommen zu haben, verfolgte er nun jeden ihrer Schritte.

»Nimm sie noch heute und am besten jede Nacht, bis sie ein Kind trägt. Ich lasse dir freie Hand, du kannst zu ihr gehen, wann immer du willst.«

Eneas nickte, ohne seinen Vater dabei anzusehen.

Als sich Amphion schließlich, immer noch nackt, von seinem Sohn löste, stellte Kamara mit Schrecken fest, dass sein Glied hart war, sein Blick fiebrig und seine Hände sich kaum von Eneas lösen wollten. »Du bist ein guter Sohn, Eneas, schon als ich dich damals in mein Haus holte, wusste ich, dass du ein guter Sohn sein würdest.«

Schlagartig erkannte Kamara, dass die Große Mutter ihr erneut die Hand gereicht hatte, um ihr einen Fluchtweg aus ihrem Gefängnis zu zeigen. Sie musste lediglich Eneas für sich gewinnen, da dieser offensichtlich großen Einfluss auf seinen Vater hatte. Langsam und ohne Hast nahm sie ihren Chiton, um ihn überzuziehen. *Eneas*, schwor sie sich, *auch du wirst dafür bezahlen, dass du mich wie ein Stück Vieh zu deinem Vater zurückgeschleppt hast!*

Als Eneas Kamara durch die Tür ihrer Gemächer schob, muteten seine Gesten fast sanft an – zu sanft für einen Mann, der im Begriff war, eine Frau gegen ihren Willen zu nehmen. Dieser junge Mann schien wenig Erfahrung im Umgang mit Frauen zu haben, und genau diesen Umstand musste Kamara sich zunutze machen.

Kamara schritt langsam zum Bett hinüber und setzte sich auf den hölzernen Rahmen. Neugierig betrachtete sie Eneas, der etwas unentschlossen, wie er nun verfahren sollte, im Raum stand und ihrem Blick auswich. Einmal zupfte er sich am Gürtel seines Chitons, als wolle er diesen ablegen, um sich dann doch wieder anders zu entscheiden und peinlich berührt die gekalkten Wände anzustarren. Kamara ließ ihm etwas Zeit, wodurch Eneas' Verunsicherung nur noch mehr wuchs.

»Nun, Eneas, Sohn des Amphion, der sich als mein Gatte bezeichnet, was willst du nun tun?«

Der junge Mann zuckte zusammen. Seine blauen Augen richteten sich erschrocken auf Kamara. Alle Bewunderung war aus seinem Blick verschwunden, an ihre Stelle war Unsicherheit getreten. »Du hast den Wunsch deines Gatten gehört, Chloris. Es wäre besser, wenn wir … wenn … Ich meine, wir sollten nicht viele Worte verlieren und einfach tun, was zu tun ist.«

Kamara lachte beinahe erleichtert in sich hinein. Dass es so einfach für sie würde, den jungen Mann zu lenken, hatte sie kaum zu hoffen gewagt. Zwar hatte auch sie keine Erfahrung mit den Freuden des Lagers, doch Eneas benahm sich, als sei er noch nie einer Frau begegnet. Mit zunehmender Selbstsicherheit schlug sie mit gespielter Demut die Augen nieder. »Die Worte einer Frau scheinen nicht sehr beliebt zu sein im Haus deines Vaters. Dabei verheißen doch gerade sie die süße Frucht der Liebe – viel mehr als nur ihr Körper.«

Kamara blickte Eneas mit einem lieblichen Lächeln direkt in die Augen, was den jungen Mann noch mehr verunsicherte. Er trat von einem Fuß auf den anderen, bewegte sich jedoch noch immer nicht von der Stelle.

»Was erwartest du von mir, Eneas? Soll ich meinen Chiton ausziehen und mich auf das Lager legen?«

Eneas kratzte sich hilflos am Kinn. Was, in der Götter Namen, sollte er nun tun? Er hatte keine Gattin – dafür war er mit seinen neunzehn Sommern viel zu jung – und kannte lediglich die ausschweifenden Umarmungen der Hetären, die keiner Werbung außer der des Goldes bedurften. Er kannte zwar die Liebe, die der Lehrer seinem Schüler entgegenbrachte, die jedoch forderte oder erlaubte keine gefühlsmäßige oder körperliche Anteilnahme von ihm. Diese Frau aus Ägypten war anders als alles, was er kannte. Ihre Zunge fragte, ihre Augen forderten, ihr ganzer Körper sprach zu ihm, und er wusste keine Antwort auf ihre Fragen.

Als er immer noch keine Anstalten machte, irgendetwas zu tun, seufzte Kamara leise. »Vielleicht solltest du schlafen gehen, Eneas. Dieser Abend war sehr unerfreulich, und es wird in diesem Haus viele Abende geben. Du hast deinen Vater gehört: Du hast freien Zutritt zu meinen Räumen, wann immer du es begehrst. Vielleicht solltest du zu ihm gehen; mir schien vorhin, er braucht dich in dieser Nacht mehr als ich.«

Sie blickte unschuldig zu ihm auf, doch in seinem Gesicht zeichnete sich Röte ab. Wie konnte sie es wagen, solche Worte an ihn zu richten? Wie konnte sie überhaupt wagen, ungefragt Worte an ihn zu richten! »Es ist nicht so, wie du denkst ...«, hörte er sich selbst sagen und ärgerte sich im gleichen Moment, dass er sich ihr zu erklären versuchte.

»Natürlich nicht!«, entgegnete Kamara leichthin, doch sie spürte, dass sie einen Bereich angesprochen hatte, der dem jungen Mann unangenehm war.

»Ich werde schlafen gehen«, gab Eneas matt zu verstehen und hatte es eilig, die Gemächer dieser seltsamen Frau zu verlassen.

Erst als er die schwere Zedernholztür, welche ihr Reich vom Reich der Männer trennte, hinter sich gelassen hatte, atmete er auf. Diese Frau irritierte ihn, und dennoch fühlte er sich gleichzeitig von ihr angezogen. Während er die Treppe hinunterging, sah er, dass in den Räumen seines Vaters noch das Licht der Öllampen flackerte. Widerwillig und doch ergeben betrat er leise die Gemächer.

Eneas fand Amphion auf einer Speisekline liegend, gedankenverloren in ein knisterndes Feuerbecken starrend. Vor ihm auf dem Boden standen eine geöffnete Amphore mit Wein und ein umgestoßener Kelch. Offensichtlich hatte Amphion sich wie so oft in seine trübsinnigen und von Selbstmitleid durchwobenen Gedanken zurückgezogen.

Erst als er seinen Sohn erblickte, legte sich ein Lächeln auf das runde Gesicht, und er streckte ihm eine Hand entgegen. Mit leicht belegter Stimme sprach er ihn an. »Eneas, mein geliebter Sohn. Komm zu mir.«

Eneas gehorchte, obwohl sich ihm der Magen zusammenzog.

»Setze dich, setze dich zu mir auf die Kline«, schlug er in ungewöhnlich sanftem Tonfall vor.

Eneas gehorchte steif.

»Möchtest du Wein?«, schmeichelte Amphions Stimme weiter, doch Eneas verneinte mit einem Kopfschütteln.

»Dieser Abend war unerfreulich ... für mich, jedoch auch für dich. Lege dich zu mir.«

Der Widerstand in den Augen des jungen Mannes brach, an seine Stelle trat ein leerer und stumpfsinniger Blick, als würde sein Geist dem Körper entfliehen.

Amphions Hände schoben sanft den Chiton seines Sohnes über dessen Gesäß, dann spürte Eneas auch schon das harte Glied seines Adoptivvaters an den Gesäßbacken. Ein begehrliches Stöhnen entfuhr Amphions Lippen.

»Vater, die Götter heißen es nicht gut«, versuchte Eneas einzuwenden. »Du weißt, dass ich kein Knabe mehr bin.«

»War ich nicht immer gut zu dir, mein Sohn, habe ich dir nicht ein Leben mit allen Annehmlichkeiten, Bildung und Liebe geschenkt? Was hätte dich erwartet, wenn ich dich bei den Bauern gelassen hätte, denen ich dich einst abkaufte? Noch ist kein Bartwuchs in deinem Gesicht zu erkennen, also segnen die Götter unsere Liebe.«

Eneas schloss die Augen. Er wusste, dass jeder Einwand sinnlos war. Amphion legte eine Hand auf das Geschlecht seines Sohnes, mit der anderen Hand streichelte er die Gesäßbacken des jungen Mannes, während sich seine Erregung steigerte.

Der Tag war sonnig, warm, und es wehte ein erfrischender Wind, der selbst durch die hohen Mauern des Gartens seinen Weg fand. Kamara kaute gedankenverloren auf einem Grashalm, den Nike ihr beflissen immer wieder fortnahm.

»Chloris, deine Zähne werden ganz grün, und dein Gemahl wird dich nicht mehr ansehen, wenn du nicht endlich damit aufhörst.«

Kamara zupfte erneut einen Grashalm aus und steckte ihn sich in den Mund. Nike hatte ihr ein Lager aus weichen Schaffellen und Kissen unter einem Schatten spendenden Baum bereitet, und Kamara langweilte sich fürchterlich ob der Tatenlosigkeit, zu der sie verdammt war. »Mein Name ist Kamara, und Amphion blickt mich ohnehin nicht an, denn er liebt nur Männer – besonders seinen Sohn Eneas.«

Nike sog empört die Luft ein und riss die Augen auf. »Rede nicht so, du erzürnst die Götter. Wie kannst du dich erdreisten, solch unverschämte Worte in deinem Mund zu führen?«

»Wenn es doch so ist!« Kamara blickte belustigt in Nikes schmales Gesicht, das weder besonders hübsch noch besonders hässlich war. Die lockigen hellbraunen Haare der Dienerin waren ordentlich mit zwei Muschelhaarkämmen aus dem Gesicht frisiert. Kamara erschien Nikes Erscheinung wie ihr gesamtes Wesen: weder im schlechten noch im guten Sinn besonders auffällig.

Seit Tagen hatte Kamara nichts anderes zu tun, als Nike bei ihrer Arbeit zu beobachten oder im Garten zu liegen. Eneas hatte sich seit der Hochzeitsnacht nicht mehr bei ihr blicken lassen, und Amphion war nur mehr ein Name auf einer Tontafel, die ihn als ihren Gatten auswies.

Gelangweilt machte Kamara sich einen Spaß daraus, ihre einfältige Dienerin zu ärgern. »Wusstest du, dass Amphion Eneas befohlen hat, ein Kind mit mir zu zeugen, weil er selbst …«

Kamara nahm einen kleinen Stock vom Boden und ließ ihn vor Nikes Augen mit einer anzüglichen Bewegung fallen.

»Ich will das nicht hören«, gab ihr Nike steif zu verstehen. Dann machte sie sich daran, Kamaras Kissen zu richten.

»Wusstest du es denn nicht? Nicht Amphions Frauen waren schuld an seiner Kinderlosigkeit, sondern allein er.«

Nike hielt sich die Ohren zu, aber Kamara zog ihr einfach die Hände fort. »Eneas ist den Umgang mit Frauen allerdings ebenso wenig gewöhnt, wie mir scheint.«

Über Nikes Gesicht breitete sich Zornesröte aus. »Rede nicht so über den Herrn Eneas. Er ist ein guter Mensch, und ich würde –«, sie unterbrach sich abrupt, woraufhin Kamara zu lachen begann.

»Ach so ist das, du liebst ihn.«

Nike zuckte zusammen und gestand damit unfreiwillig ein, dass Kamara mit ihrer Vermutung genau richtig gelegen hatte. »Rede nicht so einen Unsinn, sonst werde ich deinem Gemahl sagen, dass es dich nach der Salbe der Tugend verlangt.«

Kamara ließ sich durch Nikes Worte nicht beeindrucken. Ihr Selbstbewusstsein hatte seit jener verhinderten Hochzeitsnacht stetig zugenommen. »Dann lasse ich Amphion wissen, dass du ein Auge auf seinen Sohn geworfen hast und des Nachts um die Gunst Aphrodites betest, damit Eneas dich erhört. Was glaubst du, wem die Behandlung mit der Salbe dann zuteilwird?«

Nike sprang empört auf die Füße und stemmte die Hände in die Hüften. »Du bist schlimmer als die giftigste Natter!«

»Die Natter ist in meiner Heimat heilig und beschützt Pharao. Es ist mir eine Ehre, mit ihr verglichen zu werden.«

»Sie sollten dich einer reichen Hetäre verkaufen, damit du endlich Gehorsam lernst!«, warf Nike ein, dann machte sie sich auf den Weg in die Küche, um Kamaras Mittagsmahl vorzubereiten.

Kamara rollte sich seufzend auf die Seite. Sie musste endlich einen Weg finden, von hier fortzukommen, ehe sie ebenso stumpfsinnig wie Nike würde. Wann würde Eneas endlich wieder zu ihr kommen? Obwohl sie auf sein Erscheinen hoffte, wehrte sie sich immer noch gegen die Vorstellung, mit ihm das Lager zu teilen. Sie wollte ihn ebenso wenig wie Amphion. Doch sie zwang sich zur Ruhe – nur durch ihn hatte sie eine Hoffnung, Mykene zu verlassen und zurück nach Ägypten zu kommen.

Flieg, kleine Schwester, flieg! Kämpfe, kleine Schwester, kämpfe, summte sie gedankenverloren die alte Weise des Volkes der Großen Mutter. *Ach, wenn die elenden Mykener in ihrem Kampf um Troja das Frauenvolk nicht ausgelöscht hätten ...* Vielleicht hätte sie dann tatsächlich den Mut gefunden, einfach aufzustehen und sich ihren Weg aus Mykene freizukämpfen.

»Unsinn!«, schalt sie sich selbst. »Hier komme ich nur durch Klugheit heraus. Selbst die besten Waffen würden mir nichts nutzen!« Kamara verzog missmutig die Mundwinkel. Hier gab es nur *eine* Waffe für eine Frau: ihren Körper.

Eneas legte seine Kleidung ab und trat dann zu den anderen Jünglingen und Knaben, die sich um die Mittagszeit in der Palästra tummelten, um sich der Leibesertüchtigung zu widmen, der wichtigsten Disziplin im Leben eines Heranwachsenden.

Rechts von ihm übte sich eine Gruppe älterer Knaben im Speerwurf, ein paar Schritte entfernt rangen jüngere Knaben, deren Körper noch keine Anzeichen von Muskeln erkennen ließen, in der heißen Mittagssonne. Wie auch er hatten sie ihre Kleidung abgelegt. Die Jungen ermutigten sich gegenseitig zu Höchstleistungen, der große Platz hallte vom Lachen der Knaben wider, und am Rande der Palästra hatten sich Gruppen niedergelassen, um sich von den Strapazen der Übungen zu erholen und sich von ihrer Dienerschaft Wein und Früchte bringen zu lassen.

Die Palästra war ein wichtiger Ort, um Freunde und Verwandte zu treffen. Hier spielte sich beinahe das gesamte außerhäusliche Leben der mykenischen Männer ab. Früher war Eneas gerne hierhergekommen, um sich mit Altersgenossen zu treffen. Auch ältere Männer, Lehrer und Gelehrte fanden sich regelmäßig hier ein, um den Knaben zuzusehen oder selber am Spektakel teilzunehmen. Ein Reisender oder ein Fremder hätte wohl nichts Schlechtes über die Palästra und die schönen gesunden Körper, die es hier zu bewundern gab, zu sagen gewusst – ganz offensichtlich erblühte hier alles Schöne und Leichte. Doch Eneas wusste es besser.

Seine Blicke fielen auf einen älteren Mann, der sich mit langsamen Schritten einem Knaben näherte, der kaum in seinem dreizehnten Jahr stehen konnte. In einer Hand hielt er einen Kranz aus Weinranken wie ein Geschenk an den Gott Dionysos, in der anderen einen kleinen Beutel, der nur Gold beinhalten konnte. Eneas beobachtete, wie der Ältere dem Knaben leicht die Hand auf die Schulter legte und ihn ansprach. Eine Weile schienen sie in ihr Gespräch vertieft, dann verschwand der Goldbeutel in den Händen des Knaben, der Kranz wurde feierlich dem Jungen übergeben. Mit einer väterlichen Geste nahm der Mann den Knaben dann in den Arm und führte ihn fort.

Eneas wusste, was folgen würde, das tägliche Schauspiel, das die Palästra ihren Besuchern bot. Die erwachsenen Männer kamen, um ihren persönlichen Liebling, ihren Knaben, zu finden. Immerhin wurde die Knabenliebe in der Öffentlichkeit als ehrbar angesehen: Die Verbindung eines reifen Mannes mit einem Knaben sollte dem Jüngeren geistige Erziehung bieten und wurde als wahrhafte Verbindung von Lehrer und Schüler verherrlicht. *Vielleicht war es früher tatsächlich einmal so,* dachte Eneas. Doch inzwischen schien die Lüsternheit die edle Gesinnung überdeckt zu haben.

Eneas beugte sich hinunter und rieb seine Hände mit Sand ab. Er spürte, wie sich seine Muskeln anspannten; sein Rücken war von den vielen Übungen breit und stark geworden. Schon seit einiger Zeit hatten die Bewerber das Interesse an ihm verloren, und er war froh, sich ihrer Annäherungsversuche nicht mehr erwehren zu müssen. Nur Amphion schien seine Muskeln und die Haare an seinem Körper nicht zu sehen oder nicht sehen zu wollen. Doch es war ein Frevel vor den Göttern, wenn zwei Männer beieinanderlagen; nur der Knabe durfte als Schutzbefohlener geliebt werden. War ein Knabe in der Pubertät, durfte er als Pais von Männern begehrt werden, war er ein Jüngling, begann für ihn das Ephebenalter, in dem ihm die Männer Interesse entgegenbringen durften, bis er etwa in seinem achtzehnten oder neunzehnten Jahr stand und der erste Bartwuchs einsetzte.

Eneas stand bereits in seinem neunzehnten Jahr und hatte Amphions Liebe gehasst, seit dieser ihn das erste Mal auf sein Lager geholt hatte. Er wusste, dass auch die meisten anderen Jünglinge die Liebe der Männer nicht mochten, doch die gefüllten Beutel mit Gold und die wertvollen Geschenke, die ein Knabe von seinem Liebhaber erhielt, ließen sie dies meist allzu schnell vergessen.

Eneas seufzte leise und begann mit seinen Übungen im Speerwurf. Wenn Amphion ihn auf sein Lager geholt hatte, kam Eneas jedes Mal hierher, denn die Leibesertüchtigung schien ihn von den Berührungen seines Vaters reinzuwaschen. Er wünschte sich nichts mehr, als dass Amphion endlich das Interesse an ihm verlöre und er sich einen anderen Liebling nähme, doch Amphions Interesse an Eneas' Körper schien auch mit zunehmender Männlichkeit nicht abzuklingen.

So fühlte Eneas sich gefangen in dem Respekt, den er dem Mann entgegenbringen musste, der ihn aus Armut und Hoffnungslosigkeit befreit hatte und ihm eine Zukunft und ein Heim geboten hatte; doch gleichzeitig wollte er fort aus dem Hause seines Vaters, um endlich frei zu sein. Eine eigene Familie zu gründen war für ihn jedoch noch lange nicht möglich – ein mykenischer Mann heiratete erst in seinem dreißigsten Jahr und blieb bis dahin dem Haus des Vaters verbunden. So suchte Eneas Vergessen bei den Huren und den schönen Hetären, die es in Mykene zuhauf gab, doch es blieb ihm nichts anderes übrig, als immer wieder in das Haus seines Vaters zurückzukehren.

Er schleuderte den ersten Speer mit solcher Wucht, dass dieser zitternd in der Scheibe aus Stroh steckenblieb. »Amphion!«, presste er hervor, als der Speer sein Ziel traf, und im gleichen Moment fühlte er sich ob seiner verräterischen und undankbaren Gesinnung schuldig.

Jetzt war diese Ägypterin in das Haus seines Vaters gekommen. Diese seltsame fremdländische Frau – vielmehr ein Mädchen. Sie schien trotz ihrer losen Zunge noch sehr jung zu sein und hatte das Unaussprechbare einfach ausgesprochen, es direkt in sein Gesicht gesagt und damit sein Herz für einen kurzen Moment zum Stillstand gebracht, wie es keine von den frechen und klugen Hetären je vermocht hatte.

Eneas griff nach einem zweiten Speer und straffte die Muskeln. Dann nahm er Anlauf und ließ ihn in einem weiten Bogen sein Ziel ansteuern. Wieder traf der Speer sein Ziel.

Chloris zog ihn an, wie keine andere es zuvor vermocht hatte. Was für eine Verschwendung, dass sie die Gemahlin seines Vaters geworden war! Er wollte sie. Er wollte sie wie nie eine Frau zuvor, und doch wagte er es kaum, sie zu berühren, da sie wusste, was sein Vater mit ihm tat. Allein dass sie es wusste, demütigte ihn mehr, als er ertragen konnte.

»Ich muss sie haben!«, sagte er zu sich und bemerkte zum ersten Mal, dass ihn die Leibesertüchtigung nicht von seinen Gedanken zu befreien vermochte. Mit einer ihm unverständlichen Wut warf er den nächsten Speer zu Boden und bahnte sich durch die Gruppen von lachenden Jünglingen einen Weg zum Rande der Palästra. Dort suchte sich Eneas einen Platz, an dem er allein sein konnte. Die Anwesenheit der Menschen um ihn war ihm heute unerträglich. Mit einem Seufzer ließ er sich im Schatten einer großen Säule nieder und schloss die Augen. Erst eine vertraute Stimme ließ ihn die Augen öffnen.

»Eneas, Sohn des Amphion, mir scheint, dass dich Sorgen plagen. Ich habe dich beobachtet. Du bist unkonzentriert.«

Eneas öffnete die Augen und schob sich die verschwitzten Locken aus der Stirn.

Lisias lächelte auf die ihm eigene unpersönliche Art. »Es wird langsam Zeit, dass du die Haartracht der Epheben ablegst und die Haare kurz schneidest wie ein Mann. Du bist erwachsen geworden.«

Eneas nickte matt. Er mochte den reichen Kaufmann nicht besonders. Seine Verschlagenheit war für ihn geradezu körperlich spürbar. »Erzähl das meinem Vater, Lisias. Er meint, ich könnte mir noch ein gutes Jahr Zeit lassen.«

Lisias, der wie immer in einen teuren Chiton gekleidet war, an dem jede Falte perfekt saß, schnalzte mit der Zunge. »Amphion sollte sich besser mit anderen Dingen beschäftigen. Hast du die Ägypterin schon gesehen, die ich ihm verkauft habe? Ein schönes Mädchen, nicht wahr? Ich selbst habe ihre Dienerin behalten.«

»Ich habe sie beim Hochzeitsmahl gesehen«, entgegnete Eneas, bemüht, seine Antwort gleichgültig klingen zu lassen.

Lisias kratzte sich den geölten Bart. »Warum begleitest du mich nicht auf meiner nächsten Handelsreise nach Ägypten? Etwas Abwechslung könnte dir guttun, und wer weiß: Vielleicht bringst du dir eine Ägypterin für dein eigenes Lager mit. Ich werde langsam älter; ich könnte einen jungen Mann gut brauchen, der mich begleitet und mir zur Hand geht.« Lisias machte eine bedeutungsvolle Pause. »Und du weißt, dass dir nichts bleibt, wenn Amphion erst einmal eigene Söhne seines Fleisches hat. Du bist ein junger Mann mit einer anständigen Bildung, im Wohlstand aufgewachsen, und du musst an deine Zukunft denken.«

Misstrauisch blickte Eneas Lisias in die undurchdringlichen Augen, suchte nach offenkundiger Verschlagenheit, konnte sie aber nirgends finden. Trotzdem winkte er ab: »Ich danke dir für das freundliche Angebot, Lisias, aber ich glaube kaum, dass mein Vater mich gehen lassen wird.«

Lisias zuckte die Schultern. »Nun, wenn ich mit ihm rede, bestimmt. Immerhin schätzt er meine Waren, und ich habe Verwandte im Palast. Wenn ich dort darum bitte, dass Amphion dich gehen lässt, kann er das kaum verweigern.«

Eneas nickte, weniger aus Überzeugung als vielmehr, um Lisias loszuwerden. »Ich werde es mir überlegen und dich meinen Entschluss wissen lassen.«

Lisias verschränkte die Arme vor der Brust. »Gut, aber lasse mich nicht zu lange auf deine Antwort warten. In drei Mondumläufen werde ich aufbrechen – mit dir oder ohne dich.«

Eneas sah Lisias nach, der davonschlenderte, hier und dort ein Wort mit den Männern wechselte, den Knaben die Schulter tätschelte, ohne sie jedoch begehrlich anzuschauen. Lisias war in Mykene bekannt dafür, dass er der Knabenliebe nichts abgewinnen konnte, und dieser Charakterzug des Kaufmanns war der einzige, der in Eneas so etwas wie Sympathie für ihn weckte.

Eneas erhob sich und rief nach einem Diener, der beflissen mit einer Amphore herbeieilte. Erst als das kühle Wasser seinen nackten Körper herunterrann, fühlte er sich etwas befreiter. Er musste seinen Kopf freibekommen. Immerhin hatte er seinem Vater ein Versprechen gegeben, dem er kaum noch länger aus dem Weg gehen konnte.

»Der junge Herr Eneas ist gerade gekommen«, teilte Nike ihrer Herrin gedankenverloren mit, während sie Kamara die langen Haare mit einer Bürste kämmte. »Deine Haare sind schwer zu bändigen. Sie sind so glatt und widerspenstig, dass sie für mykenische Frisuren wenig geeignet sind.«

So ging es schon seit Tagen: Nike plapperte Kamara Belanglosigkeiten ins Ohr, Kamara ließ diese über sich ergehen, während sie scheinbar tugendhaft an ihrem Frisiertisch darauf wartete, dass ein weiterer ereignisloser Tag sich seinem Ende näherte. Doch gleichzeitig wirbelten Kamaras Gedanken durcheinander; sie ersann und verwarf Pläne, wie sie Eneas verführen könnte, um ihn dazu zu bringen, ihr zu helfen, endlich aus diesem furchtbaren Haus zu entkommen. Sie kannte den jungen Mann kaum, verstand wenig von seiner Art zu denken und zu fühlen. Doch nun horchte sie auf. Etwas in ihr sagte Kamara, dass Eneas heute zu ihr kommen würde, und sie wusste, dass sie nur dieses eine Zusammentreffen hatte, um ihn für sich zu gewinnen oder aber für immer zu vertreiben.

Sie hob die Hand und gebot Nike Einhalt: »Lass die Haare einfach, wie sie sind. Ich brauche dich heute nicht mehr.«

Nike sah Kamara mit dem Blick eines Schafes an, das mit seinen begrenzten Möglichkeiten versucht, die Befehle seines Hirten zu verstehen. »Was meinst du? Ich kann deine Haare doch nicht unfrisiert lassen!«

Kamara fühlte, wie sich die angestaute Wut der letzten Tage in ihr zusammenbraute. »Bei Seths schrundigem Hintern! Nike, ich sagte, du sollst meine Haare so lassen, wie sie sind. Ich möchte jetzt allein sein. Du kannst dich zurückziehen.«

Nike legte die Haarbürste auf den Frisiertisch und zog ein beleidigtes Gesicht. »Bitte, Chloris, wenn du unbedingt wie eine verzottelte Bergziege aussehen willst.«

»Verschwinde!«, fauchte Kamara heftiger, als sie eigentlich wollte.

Nike ließ sich nicht noch einmal bitten und stolzierte mit hocherhobenem Kopf aus den Gemächern. Kamara seufzte gequält auf: Nike war in ihrer grenzenlosen Einfalt furchtbar anstrengend. Sie erhob sich und trat zum Fenster. Noch schien die Nachmittagssonne in die Gärten.

Kamara wusste, dass Eneas es nicht wagen würde, vor Einbruch der Dunkelheit bei ihr zu erscheinen. Sie hatte noch genügend Zeit, sich vorzubereiten, und sie verzichtete mit Bedacht auf Schmuck und auffällige Haartracht. Den jungen Mykener würde zu viel Pomp nur erschrecken, und obwohl sie keinerlei Lust dazu verspürte, musste sie ihn in dieser Nacht dazu bringen, mit ihr das Lager zu teilen. Kurz dachte Kamara an Hori und das Schicksal, das ihr eigentlich beschieden gewesen war. Die Erinnerung ließ sie wütend die Brauen zusammenziehen. Wie stolz hatte sie sich gegen den Gedanken gewehrt, mit ihm das Lager zu teilen – jetzt musste sie ihren Körper benutzen, um einen Fremden, der ihr nichts bedeutete und den sie nicht einmal kannte, den sie noch weniger wollte, als sie Hori gewollt hatte, für ihre Zwecke zu gewinnen. *Große Mutter, wie tief muss ich fallen, wie viel Erniedrigung muss ich noch über mich ergehen lassen?*

An diesem Tag schienen Kamara die Götter wohlgesonnen zu sein, denn kurz vor der Mitternachtsstunde hörte sie Eneas' Schritte auf dem Gang vor ihren Gemächern. Sie sah sich nervös um. Alles war vorbereitet: Die Feuerbecken verbreiteten ein stimmungsvolles flackerndes Licht, ein nicht zu aufdringlicher Blütenduft lag in der Luft, sie hatte ihren Chiton abgelegt, und die offenen Haare fielen ihr dunkel und schwer über die Schultern. Auf Schminke hatte sie ganz verzichtet, denn Eneas sollte denken, er habe sie schlafend vorgefunden.

Vollkommen nackt schlüpfte Kamara unter die dünnen Laken und schloss die Augen. Sie schob die Laken jedoch soweit hinunter, dass Eneas ihre Brüste würde sehen können. Als die Tür sich fast geräuschlos öffnete, bemühte Kamara sich, ruhig und flach zu atmen, damit Eneas ihre Täuschung nicht auffiel. Ihr Herz raste vor Anspannung.

Sie nahm den Duft von würzigen Hölzern wahr, als Eneas sich über sie beugte, und stellte überrascht fest, dass ihre körperliche Abneigung gegen ihn nicht so groß war wie die gegenüber Amphion. *Es bedeutet nichts!*, dachte sie, um sich Mut zu machen. Aus Angst, dass Eneas zurückweichen würde, wenn sie zu schnell erwachte, hielt sie ihre Augen geschlossen. Doch als er schließlich das Laken von ihrem Körper zog und sie vollkommen entblößt vor ihm lag, durchlief Kamara ein leichter Schauer. Erst als sie sein Gewicht auf sich spürte und sich seiner Lust sicher war, schlug sie die Augen auf. Sein Gesicht war nah vor ihrem, das klare Blau seiner Augen strahlte ihr in einer Mischung aus Begehren, Lust und Hilflosigkeit entgegen.

»Du bist schön!«, presste er hervor und begann hastig an seinem Chiton zu zerren.

Kamara verbarg ihre Unsicherheit, denn auch sie wusste nicht, was sie weiter tun sollte. Dann jedoch erkannte sie, dass Eneas überhaupt nicht erwartete, dass sie etwas anderes tat, als still und willig dazuliegen. *Er ist nicht mein Gefährte, ich lasse es einfach geschehen – um endlich wieder frei zu sein!*

Kamara bemühte sich, an ihm vorbei an die weiß gekälkte Decke ihres Gemachs zu starren, war jedoch zu aufgeregt, als dass die selbst erdachte Ablenkung hätte gelingen können.

Eneas' Körper überraschte Kamara. Er war nicht schmächtig und knabenhaft wie Horis, sondern der eines Mannes. Gleichzeitig jedoch waren seine Bewegungen ungelenk und hilflos wie die eines Kindes. Kamara verblüffte das ebenso, wie es sie ängstigte. Wie konnte in einem solch starken Körper ein solch unbeholfenes Gemüt wohnen? Seine Hände umfassten ihre Brüste so hart, dass sie es als unangenehm empfand, doch ehe sie etwas sagen konnte, presste er ungestüm seine Lippen auf ihren Mund, sodass seine Zähne gegen die ihren schlugen. Kamaras anfängliche Unlust verwandelte sich in Angst.

»Du tust mir weh!«, stieß sie hervor, als er ihr einen Atemzug schenkte.

Betrübt und mit kindlicher Unschuld sah er sie an. »Ich würde dir niemals wirklich wehtun!«.

Ungeduldig drängte er sich zwischen ihre Beine und drang hart in sie ein. Kamara hielt, angesichts des Schmerzes, der das unrühmliche Ende ihrer Mädchenzeit ankündigte, die Luft an. *Verzeih mir, Große Mutter, dass ich meinen Schwur breche*, dachte sie gedemütigt.

Eneas bemerkte keinen ihrer Gedankengänge, sondern ließ sich mit einem erleichterten Stöhnen auf sie sinken, um erneut in sie einzudringen. Doch es dauerte nicht lange, bis er sich mit einem zufriedenen letzten Stoß in sie ergoss und schwer atmend auf sie sank. Nach einer Weile gab er sie frei und rollte sich neben Kamara auf das Lager. Seine Lust war befriedigt, zufrieden lächelnd betrachtete er den kleinen roten Blutfleck auf dem Laken: »Nun bist du eine Frau … Ich habe dich zur Frau gemacht, du gehörst nun zu mir.«

Kamara verschluckte die spitze Bemerkung, die ihr auf der Zunge lag. Nie würde sie ihm gehören, ihm nicht und keinem anderen. Kein Mann sollte sie je mit seinem Körper bezwingen oder gar brechen. Mühsam besann sie sich ihres Planes. »Ich bin die Frau deines Vaters, vergiss das nicht.«

Das Lächeln auf dem Gesicht des jungen Mannes verflog

und wich einem beleidigten Ausdruck. »Mein Vater kann dich nicht lieben, wie ich dich liebe.«

»Aber Eneas! Sobald ich ein Kind von dir empfangen habe, wird dein Vater nicht mehr dulden, dass du zu mir kommst.«

Eneas' wirkte nun ehrlich bekümmert. Anscheinend hatte er so weit nicht gedacht. Langsam erhob er sich vom Lager und legte seinen Chiton an. »Es ist nicht an dir, mich zu belehren.«

Kamara schloss die Augen. Wie gerne hätte sie ihn angespuckt. Doch hier und heute hatte sie genug gesagt, und Eneas' Ansichten über Frauen ließen es kaum zu, dass sie weiter in ihn drang. Aber sie spürte sehr genau, dass auch er überlegte.

»Morgen Nacht werde ich wieder zu dir kommen«, schloss er bestimmt, dann verließ er ihre Gemächer.

Kamara setzte sich auf. Was sie heute getan hatte, war nicht nur furchtbar, sondern auch gefährlich, denn wenn sie bereits jetzt schwanger wurde, hätte sie Eneas verloren, bevor sie ihn ganz für sich einnehmen konnte. Sie überlegte eine Weile, erhob sich dann und lief in ihr Badehaus. Sie wusch sich gründlich, wusste jedoch, dass es mit etwas Pech schon zu spät sein konnte. Am nächsten Morgen würde sie die Dienerin bitten, ihr von nun an zum Frühstück Honig zu bringen. Kamara wusste, wie die Frauen in Ägypten ungewollte Schwangerschaften zu verhindern wussten, da sie sich als Kind oft genug in den Unterkünften der Dienerinnen herumgetrieben hatte. Offenbar lernte man beim Gesinde wichtige Dinge fürs Leben: Eine Mischung aus Natron – dieser lag im Badehaus bereit – und Honig, in den Unterleib eingeführt, kurz bevor der Geliebte kam, war ein recht zuverlässiges Mittel. Damit würde ihr genug Zeit bleiben, Eneas davon zu überzeugen, dass er ihr helfen musste zu entkommen.

Fortan kam Eneas fast jede Nacht zu ihr, und jedes Mal liebte er sie auf die gleiche unbefriedigende Weise. Nie schien ihm in den Sinn zu kommen, dass Kamaras Schweigen nicht liebevolle Hingabe oder zufriedene Wertschätzung war, sondern sie sein Verhalten notgedrungen über sich ergehen ließ. Immer wieder drängte Kamara ihre kampfeslustige innere Stimme zurück, die sie aufforderte, diesen dummen jungen Mykener einfach zu erschlagen, wenn er zufrieden schlafend neben ihr auf dem Lager lag. *Ruhig!*, befahl sie sich selbst. *Deine Zeit wird kommen, aber noch nicht jetzt, später!*

Wann? Wann ist es endlich soweit?, fragte die Stimme in ihr dann aufgebracht, doch Kamara konnte ihr keine Antwort geben. *Bald!*

War sie mit der heiligen Krankheit geschlagen, dass sie jetzt schon mit sich selbst sprach? Um sich zu beruhigen, schrieb sie ihr seltsames Verhalten ihrer Einsamkeit zu, und schließlich machte sie es sich zur Gewohnheit, mit der anderen, der wilden Kamara, die nur in ihrem Inneren zu existieren schien, zu sprechen. Nur so war die Einsamkeit erträglich.

Wie sie es sich in jener ersten Nacht vorgenommen hatte, verwendete Kamara stets Honig und Natron, bevor Eneas zu ihr kam, und wenn er es bemerkte, so sagte er doch nichts. Als Kamara nach etwa einem Mondumlauf feststellte, dass sie wie gewohnt zu bluten begann, atmete sie innerlich auf.

Fast gleichzeitig bemerkte sie, dass Eneas sich ihr gegenüber anders verhielt: Manchmal kam er nachmittags in den Garten und brachte ihr kleine Geschenke, kleine Naschereien wie Feigen und Honiggebäck, und er schenkte ihr kostbare Schmuckkämme für ihr Haar, feine Halsgeschmeide aus Goldplättchen oder wertvolle Duftöle. Er sprach wenig, saß meist nur bei ihr und sah sie an. Sagte er doch einmal etwas, blieben seine Worte oberflächlich, als spräche er zu einem Kind, dem man die Wunder der Welt erklären möchte.

Kurz nach dem zweiten Mondumlauf wurden Eneas' nächtliche Besuche jedoch seltener; er kam nicht mehr jede Nacht zu ihr, und wenn er bei ihr war, schien er mit den Gedanken weit fort zu sein. Kamara nahm sein Verhalten beunruhigt zur Kenntnis. Da er jedoch mit ihr über wichtige Dinge nicht sprach, wusste sie nicht, wie sie darauf reagieren sollte.

Dann jedoch erschien eines Abends Amphion unangekündigt in Kamaras Räumen und betrachtete sie unverwandt, bevor er sich von Nike einen Stuhl bringen ließ, auf den er sich setzte, um Kamara wie ein Lehrer zu schelten: »Seit zwei Mondumläufen verbringt mein Sohn fast jede Nacht auf deinem Lager, aber anstatt dass sich dein Bauch rundet, wie es bei einer guten und tugendhaften Frau sein sollte, erfreust du dich lüstern an seiner Gesellschaft. Ich bin nicht gewillt, das länger hinzunehmen. Wenn du in einem Mondumlauf kein Kind trägst, werde ich meinen Sohn von deiner triebhaften Lust fernhalten.«

Kamara konnte ihre Wut auf Amphion kaum verbergen – einerseits fürchtete sie noch immer die Salbe der Tugend, andererseits war ihr nicht geholfen, wenn Amphion ihre Hoffnungen und Pläne bereits jetzt durchkreuzte. Deshalb blickte sie demütig zu Boden und antwortete nicht.

Kamara verbrachte die nächsten Tage damit, die Größe ihres Gartens durch Schritte abzumessen. Wie ein gefangenes Tier, unruhig und besorgt, mutete sie an, als sie zwischen den hohen Mauern und der Treppe zu ihren Räumen hin- und herlief.

Auch Nike gelang es nicht, sie zur Ruhe zu bringen. *Vielleicht,* dachte Nike, *vielleicht trägt sie ein Kind von Eneas.*

Sie hätte alles dafür gegeben, ein Kind haben zu können, und wenn es dann auch noch von Eneas gewesen wäre, wäre sie glücklich und zufrieden gewesen. Mit aufkommendem Neid spürte sie, dass Eneas der Ägypterin Zuneigung schenkte, und es erfüllte sie mit Unverständnis und Zorn, als sie merkte, dass Kamara diese Zuneigung nur zum Schein erwiderte. Nike misstraute der Ägypterin, die oft einfach dasaß und dieses seltsame fremde Lied summte. Zudem hatte Nike, als sie ihren Schützling in einem unbedachten Moment angetroffen hatte, ein Flackern in den bernsteinfarbenen Augen von Chloris entdeckt, das ihr Schauer über den Rücken laufen ließ.

Wie ein wildes Tier!, fuhr es Nike durch den Kopf. *Sie ist wie ein wildes Tier, das man in einen Käfig gesperrt hat und das nur auf den richtigen Augenblick wartet, um sich zu befreien. Einerseits ist sie gebildet, fast schon wie ein Mann, und sie ist gerissen und klug. Und doch ist ein anderer Teil von ihr unbeherrscht und kampfeslustig. Es scheint fast, als würden zwei Menschen in ihr leben und jeder von ihnen strebe nach Entfaltung. Ich fürchte sie ebenso, wie ich sie um das Feuer in ihren Augen beneide, mit dem sie den Herrn Eneas umgarnt.*

Dennoch wäre es Nike kaum in den Sinn gekommen, ihre Pflichten als Kamaras Dienerin zu vernachlässigen. Es war gleichgültig, ob sie diese Ägypterin mochte oder verstand. Sie wusste, dass sie damit zufrieden sein musste, dass sie das Leben einer ehrbaren Frau führen konnte, obwohl sie keine Kinder gebären konnte.

Kamara spürte Nikes Blicke in ihrem Rücken und war sich bewusst, was in der jungen Mykenerin vorging. Dennoch war ihre Dienerin für sie nach wie vor eine Verräterin an jeder Frau … und zudem ihre Bewacherin. Es war nur gerecht, dass auch sie litt. Immer noch grübelte Kamara, wie sie Eneas dazu bewegen konnte, ihr zur Flucht zu verhelfen.

Und wieder einmal schien die Große Mutter Kamara zu Hilfe zu eilen. Einige Tage nach Amphions Drohung, er würde Eneas nicht mehr erlauben, Kamara zu sehen, betrat der junge Mann abends ihre Gemächer und schien mit einem

Male eine Selbstsicherheit zu besitzen, die Kamara an ihm bisher nicht gekannt hatte. Er hatte seine langen blonden Locken geschnitten und sich damit als mündigen Mann gekennzeichnet.

»Du siehst verändert aus«, sagte Kamara vorsichtig.

Eneas war so guter Laune, dass ihm selbst die Tatsache, dass sie ihn unaufgefordert angesprochen hatte, heute nichts auszumachen schien.

»Ich habe eine Entscheidung getroffen«, sagte er feierlich. Dabei leuchteten seine blauen Augen wie das Große Grün, das Mykene umgab. »Ich werde meinen Vater bitten, dich mir als Gattin zu geben.«

Kamara seufzte innerlich. Warum hatte sie sich von seiner neu entdeckten Selbstsicherheit nur so täuschen lassen? Eneas' Worte waren nicht die eines reifen Mannes, der seine Entscheidungen mit Bedacht traf, vielmehr war die Schüchternheit des Jünglings in die Selbstüberschätzung der Jugend übergegangen.

Die Stimme in ihr drängte sie, ihn an den Schultern zu packen und zu schütteln, doch Kamara mahnte sich zur Ruhe und beschloss, dass es an der Zeit war, den Schritt zu wagen, den sie bis jetzt aus Angst, ihre letzte Hoffnung auf Rettung zu verspielen, hinausgezögert hatte. Sie bemühte sich um ihr sanftestes und gleichwohl verführerischstes Lächeln und blickte Eneas in die Augen. Dann erzählte sie ihm vom Besuch seines Vaters.

Eneas hörte ihr aufmerksam zu, und als sie geendet hatte, fiel die neu gewonnene Selbstsicherheit von ihm ab wie brüchiger Mauerputz. Kraftlos ließ er sich auf einem Stuhl nieder und stützte seinen Kopf in die Hände. »Oh Chloris, was soll ich nur tun? Die Götter sind grausam. Ich kann ohne dich nicht leben, und ich will es auch nicht.«

Kamara bemühte sich um ein freundliches Gesicht, als sie

zu ihm trat und ihren Arm um seine Schultern legte. Eneas jammerte wie ein junger Hund. Wer war hier gefangen? Wer wurde wie eine Sklavin behandelt? Wer war fern von Heimat und Familie? Wie konnte er es überhaupt wagen, gerade von ihr Mitleid zu fordern? Sie vertrieb die wütenden Gedanken. »Was willst du nun tun, Eneas?«

Er sah sie ratlos an. »Wenn ich könnte, würde ich mit dir fliehen. Doch wohin sollten wir gehen? Wir kämen noch nicht einmal aus Mykene heraus, geschweige denn, dass wir ein Schiff finden würden, das uns auf das Festland mitnimmt. Mein Vater ist ein mächtiger Mann, und Lisias ... Ihm ist sicherlich nicht daran gelegen, dass du die Insel verlässt und sein Handel entdeckt wird. Er hat außerdem ein Ohr am Thron. Wir kämen nicht von hier weg!«

Kamara hockte sich auf den Boden und schlug die Beine unter. Zumindest schätzte Eneas die Situation realistisch ein, auch wenn sie das, was er sagte, eigentlich nicht hören wollte. Aber unzweifelhaft war hier und jetzt der Zeitpunkt gekommen, ihn davon zu überzeugen, ihr zu helfen. Sicherlich würde er es nicht allein für sie tun; das Einzige, das ihn interessierte, war, sie für sich zu haben. Doch genau diese Hoffnung war der Köder, mit dem sie ihn zu locken vermochte.

»Eneas, es gibt eine Möglichkeit, wie wir Mykene zusammen verlassen können.«

Hoffnungsvoll, jedoch noch immer zweifelnd hob er den Kopf und sah sie an. »Wie könntest du, eine Frau, wissen, was ich nicht weiß?«, fragte er erstaunt.

»Du musst Mykene unter einem Vorwand verlassen und nach Ägypten reisen, und zwar nach Piramses. Dort wirst du meine Familie finden und sie wissen lassen, dass ich noch lebe und nach Mykene entführt wurde. Meine Familie wird uns helfen, und dann können wir in Ägypten leben ... zusammen ... und ich kann deine Gemahlin werden.«

Eneas schüttelte den Kopf. »So ein Unsinn! Warum sollte ich nach Ägypten gehen?«

Kamara hätte ihm am liebsten einen kräftigen Schlag in den Magen versetzt. *Er ... immer nur er!* Doch abermals zwang sie sich zur Ruhe. »Ägypten ist ein schönes Land, von den Göttern geliebt. In Ägypten wärst du ein Mann mit einem eigenen Haus, geachtet und nicht abhängig von deinem Vater. Du wirst es sehen, wenn du dort bist. Meine Familie wäre überglücklich, mich dir als Gemahlin zu geben, wo du doch ihre Tochter nach Hause bringst.«

Eneas erhob sich und begann, in ihren Räumen auf und ab zu laufen. Offensichtlich dachte er ernsthaft über die Möglichkeit nach. »Warum ist es deiner Familie so wichtig, dass du zurückkehrst? Du bist doch nur eine Tochter. Wahrscheinlich hast du Brüder. Warum sollten sie deiner Rückkehr so viel Beachtung schenken?«

»Weil es die Ehre meiner Familie retten würde. Sicher wurde über mein Verschwinden geredet. Sie wären erleichtert, wenn ich mit einem anständigen Gatten nach Ägypten zurückkehre und ihr Ruf wiederhergestellt wird.« Kamara versuchte erst gar nicht, Eneas zu erklären, dass eine Frau in Ägypten anders lebte als in Mykene. Zu groß war die Gefahr, dass ihn das abschreckte und er sich von ihr zurückzog. Doch Eneas schien sich mehr und mehr mit dem Gedanken anzufreunden.

»Lisias hat mir angeboten, ihn bei seiner nächsten Handelsreise zu begleiten«, sagte er mehr zu sich als an sie gerichtet.

Kamara zuckte unmerklich zusammen. Mit einem solchen Glücksfall hatte sie kaum gerechnet. »Das macht alles doch unverhofft einfach!«, hauchte sie.

»Mein Vater wird sicherlich nicht zustimmen, dass ich gehe«, überlegte er laut. »Außerdem ist mir nicht wohl bei dem Gedanken, dich so lange nicht zu sehen und dich hier allein im Haus meines Vaters zu wissen.«

»Aber ich werde doch noch hier sein, wenn du zurückkehrst. Ich kann nirgendwohin gehen, und Amphion wird mich nicht anrühren. Wenn du nicht gehst, wird Amphion dir ohnehin den Umgang mit mir verbieten, weil ich kein Kind trage. Trage ich jedoch ein Kind von dir, ist deine Pflicht erfüllt, und er wird dir ebenfalls verbieten, mich zu sehen.«

Eneas' Kiefer zuckten nervös. Er hatte begriffen, dass es keine andere Möglichkeit gab.

»Ich werde darüber nachdenken« gab er ihr zu verstehen und ließ sich erneut auf dem Stuhl nieder. Langsam entspannte sich sein Körper.

»Bring mir etwas Wein und Obst, Chloris«, wies er sie dann an, und Kamara gehorchte mit unterdrückter Wut, während sie zur Großen Mutter, aber auch zu Amun und Isis betete, dass diese ihr die Kraft schenken mögen durchzuhalten, solange es nötig war.

Der nächste Tag war heiß und sonnig. Auch der kühle Wind, der normalerweise vom Meer her wehte und den Mykenern etwas Abkühlung verschaffte, blieb aus – Zephir hielt den Atem an, und ganz Mykene schwitzte in Apollons gnadenlos strahlendem Licht. Amphions Chiton war durchgeschwitzt, sein Atem ging flach und schnell, während er neben Eneas herlief, dem die Hitze weniger auszumachen schien.

Als berittene Palastsoldaten ihren Weg kreuzten, wurde der Staub der Straße aufgewirbelt. Während Eneas unbeeindruckt an ihnen vorbeischritt, wich Amphion den Reitern ungeschickt aus. »Warum müssen wir an einem solchen Tag, den jeder kluge Mykener in seinem Haus oder im Schatten seines Gartens verbringt, unbedingt zu Lisias gehen? Was willst du überhaupt dort?«

Amphions Stimme klang schrill und erbost. Noch nie hatte sich sein Adoptivsohn erdreistet, ihn vor vollendete Tatsachen zu stellen. Vielleicht war es doch keine gute Idee gewesen, ihn in die Fänge dieser Ägypterin zu senden. Offensichtlich hatte sie seinen Sohn mit der Lüsternheit einer Mänade verhext.

»Wir sind da«, gab Eneas zu verstehen, und sie traten durch das Säulenportal vor Lisias' großes Haus, das von erlesenen marmornen Statuen des Gottes Zeus und seiner Gemahlin Hera flankiert wurde. Lisias war schon immer ein Angeber gewesen – kein rechtschaffener Mykener wagte es, den Eingang seines Hauses von den obersten Göttern persönlich bewachen zu lassen. Doch so war Lisias: dreist, listig, furchtlos und ... sehr erfolgreich. Das zumindest legte sein zur Schau getragener Reichtum nahe.

Lisias' Haus besaß drei Anbauten, die der großen Schar von Dienern und Sklaven als Unterkunft dienten, und als einziges in Mykene bestand es aus drei aufeinander gebauten Stockwerken. Jeder Handgriff wurde in Lisias' Haus von einem Diener unternommen. Der Kaufmann unterhielt sogar einen eigenen Schneider, der allein für ihn fertigte und ein Meister seines Handwerks war. Selbst Orestes, Mykenes König, konnte nicht reicher sein als er.

Schon im üppig blühenden Garten kam ihnen ein Diener entgegen, um sie ins Haus zu führen. Amphions Blick fiel kurz auf den Sonnenschatten, den Lisias im Garten hatte bauen lassen. Er war sein ganzer Stolz und mit wundervollen Mosaikeinlegearbeiten ausgestattet. Amphion interessierte sich jedoch nicht für den Sonnenschatten, sondern für die junge Frau, die in ihm saß und in eine Stickerei vertieft war. Sie hatte einen leicht gerundeten Bauch, und Amphion erkannte in ihr die Ägypterin wieder, die er einst selbst begehrt hatte. Ausgerechnet sie trug jetzt ein Kind! Lisias hatte ihn betrogen.

Eneas merkte, dass Amphion innegehalten hatte, und folgte

seinem Blick. »Was hast du Vater? Warum starrst du diese Frau so an? Das ist unschicklich.«

»Es ist unschicklich, dass er sie so offen für alle Blicke im Garten verweilen lässt. Aber so war er schon immer. Er zeigte immer gerne, was er besitzt – und wenn es nur eine Ägypterin ist, die sein Kind trägt.« Düster funkelte er Eneas an, der den deutlichen Vorwurf in der Stimme seines Vaters verstand.

Lisias erwartete sie bereits an der großen Empfangstür und breitete übertrieben großmütig die Arme aus. »Amphion und sein Sohn Eneas! Wie schön, dass ihr mich an einem solch unbequemen Tag besucht, das ehrt mich ganz besonders. Willkommen in meinem bescheidenen Haus. Mögen die Götter euch segnen und euch Glück schenken. Ich lasse Erfrischungen und den besten Wein reichen. Tretet ein.«

Die Gäste folgten Lisias durch die kostbar eingerichteten Gänge des Hauses, Eneas gleichgültig, Amphion von Neid erfüllt. Schließlich bat ihr Gastgeber sie, auf bequemen Klinen Platz zu nehmen. Kurze Zeit später trugen Diener Früchte, Wein und auch kaltes Hammel- und Ziegenfleisch auf. Amphions Laune besserte sich beim Anblick der Speisen.

»Sagt mir doch, was führt euch zu mir, soll ich die Musikantinnen rufen lassen, damit sie Harfe und Laute zur Entspannung oder Anregung des Geistes spielen, oder möchtet ihr etwas mit mir besprechen?«

Eneas entging der auffordernde Blick nicht, den Lisias ihm schenkte. Er atmete kurz durch und nahm seinen ganzen Mut zusammen: »Geehrter Lisias, ich möchte das Angebot mit dir bereden, das du mir so großzügig vor einiger Zeit in der Palästra unterbreitet hast.«

»Ein Angebot?«, fragte Amphion schmatzend, ohne von seiner opulent gefüllten Platte aufzusehen. »Was für ein Angebot? Weshalb weiß ich nichts davon?«

Eneas hatte gewusst, dass er sich auf Lisias' Verschlagenheit verlassen konnte, für ihn gab es nun nichts weiter zu tun, als sich entspannt zurückzulehnen. Tatsächlich übernahm der Kaufmann für ihn alle weiteren Verhandlungen. Beflissen und mit freundlicher Wortwahl erzählte er Amphion von seinem Gespräch mit Eneas, ließ sein empörtes Gegenüber nicht zu Wort kommen und endete mit einer Aufzählung der Vorteile, die eine geschäftliche Verbindung zwischen Eneas und ihm bedeuten würde. War Amphion bisher nicht willig gewesen, seinen Liebling ziehen zu lassen, überzeugte der gerissene Lisias Amphion mit einer einfachen List, mit deren Hilfe er fast immer zu überzeugen vermochte. »Amphion, bedenke, wie viel Eneas von mir lernen wird. Bedenke, dass ich bald in den wohlverdienten Ruhestand gehen möchte. Ich bin bereit, deinem Sohn mein Geschäft gegen einen geringen jährlichen Zins zu überlassen, den mir Eneas für meine erwiesene Freundlichkeit zahlen wird. Das alles werden wir in einem Vertrag festhalten, der nicht zu Eneas' Schaden sein wird.«

»Wohl eher nicht zu *deinem* Schaden, geschätzter Lisias«, wandte Amphion erbost ein, obwohl er bereits die Möglichkeiten einer solchen Vereinbarung abzuschätzen begann.

»Du kennst mich gut, Amphion ... Ich bin ein sehr geschäftiger Mann, und ich habe in meinem Leben großen Reichtum angehäuft. Natürlich werde ich keinen Vertrag zu meinem Schaden abschließen, jedoch wird er auch nicht zu Eneas' Schaden sein. Meine Söhne sind bereits verheiratet und besitzen allesamt keinen Geschäftssinn. Sie sind faul und träge. Doch Eneas ist gewillt, sich sein gehobenes Leben zu verdienen, und er ist dir immer ein guter und folgsamer Sohn gewesen. Sicherlich wäre diese Verbindung auch nicht zu deinem Schaden, Amphion.«

Amphion betrachtete gierig den Reichtum, der allein den Speiseraum zierte. Seine Gier verdrängte das Unbehagen darüber, Eneas fortgehen zu lassen. Nur zu gerne würde auch

Amphion über die Schätze verfügen, die Lisias wie selbstverständlich in seinem Haus hortete. Ein Sohn, der ihm alle diese Schätze und ein ebenso sorgloses Leben beschaffen könnte, wäre die größte Kostbarkeit, die ein Vater sich vorstellen konnte. Schließlich ließ sich Amphion zu einem Nicken herab. »Also gut, Lisias. Du hast weise gesprochen. Ich bin bereit, mit dir eine Übereinkunft auszuhandeln.«

Lisias klatschte erfreut in die Hände. »Du bist klug, Amphion. Und wir sollten keine Zeit verlieren, denn mein Schiff wird in wenigen Tagen ablegen. Ich werde meinen Schreiber holen lassen, damit er festhält, was wir aushandeln.«

Erschreckt verschluckte sich Amphion an einer Olive. »Was denn, so bald soll Eneas Mykene verlassen?«

»Zeit ist reines Gold, mein alter Freund. Das wirst du doch ebenso sehen«, schnarrte Lisias salbungsvoll.

»Wie immer hast du recht«, gab Amphion zähneknirschend zurück.

Eneas atmete auf. Obwohl er Lisias nicht mochte, kam er nicht umhin, dessen Gerissenheit zu bewundern.

Unruhig wartete Kamara auf Eneas. Seit zwei Nächten war er nicht mehr bei ihr erschienen, und als sie jetzt seine Schritte vor ihrer Tür hörte, schlug ihr Herz fest und schnell gegen ihre Rippen. Erst als er Platz genommen und sie ihn mit Wein, Früchten und Fladenbrot bedient hatte, erzählte er Kamara von der Übereinkunft mit Lisias. Kamara konnte ihre Aufregung kaum verbergen, zwang sich jedoch zur Mäßigung.

»Dann wirst du bereits in wenigen Tagen fort sein«, antwortete sie ruhig und zwang sich zu einem bekümmerten Tonfall.

Eneas gefiel ihre Traurigkeit, zeigte diese ihm doch, dass Chloris etwas an ihm lag. Großmütig strich er ihr über das glatte Haar. »Ich werde mich beeilen, deine Familie zu finden.«

»Wie lange wirst du fort sein?«

»Ich weiß es nicht – vielleicht ein Jahr, vielleicht auch zwei. Lisias wird in vielen Städten Station machen, um Handel zu betreiben. Sicher wird er in einigen Häusern länger verweilen, und dann noch die Winterstürme auf See, während derer wir im Hafen bleiben und auf den Frühling warten müssen.«

Zu lange, das dauert viel zu lange!, beschwerte sich Kamaras innere Stimme, doch die junge Frau gebot ihr Einhalt. »Das ist wahrlich lange«, gab sie lediglich betrübt zu verstehen.

Erneut strich Eneas ihr mitleidig über den Kopf, und Kamara bemühte sich um ein ergebenes Lächeln. Sie wunderte sich selbst über die Verschlagenheit, die sie in ihrer Not an den Tag legen konnte. »Ich werde dir ein von meiner Hand verfasstes Sendschreiben mitgeben, mit dem du beweisen kannst, dass du die Wahrheit sprichst. Du musst das Haus des edlen Herrn Pairy aufsuchen und mit meiner Mutter sprechen, der edlen Herrin Selina.«

Eneas zog die Brauen zusammen: »Warum mit deiner Mutter? Sollte ich nicht deinen Vater ansprechen? Woher kannst du überhaupt schreiben?«

»In Ägypten werden die Frauen im Schreiben unterrichtet, damit sie später die Haushaltslisten ihres Gemahls führen können. Ägyptische Männer sind sehr beschäftigt, sodass die Hausverwaltung ihren Frauen obliegt. Darum ist es auch wichtig, dass du zuerst mit meiner Mutter sprichst. Mein Vater ist tagsüber im Palast beschäftigt.«

»Aha«, nickte Eneas verwundert. »Dass du aus adeligem Hause bist, wusste ich – jedoch nicht, dass deine Familie im Palast verkehrt. Das erklärt, weshalb du schreiben kannst. Eigentlich ist das gar nicht so schlecht ... aber sicherlich werden manche Frauen, wenn sie lesen und schreiben können, auch dazu neigen, Schriften zu lesen, die für Männer bestimmt sind!«

Kamara schüttelte schnell den Kopf. »Aber natürlich nicht! Erstens schließen die Männer ihre Schriften in Truhen ein, und zweitens sind die Frauen viel zu sehr mit dem Haushalt beschäftigt, um auf solch dumme und unziemliche Gedanken zu kommen.«

Eneas' Beunruhigung legte sich, und Kamara fragte sich einmal mehr, wie viel Naivität Eneas noch an den Tag legen würde. Aber es war gleichgültig, sollte er in Ägypten die Wahrheit erfahren. Wichtig war nur, dass ihre Familie vorher erfuhr, was ihr zugestoßen war. Danach könnte auch Eneas nicht mehr verhindern, dass man sie befreite und nach Ägypten zurückbrachte.

»Kannst du mir Papyrus, Tinte und eine Gänsefeder bringen? Dann werde ich das Schreiben verfassen.«

Eneas blickte ihr forschend in die Augen, und Kamara bemühte sich, arglos zurückzublicken. Schließlich war er überzeugt und rief einen Diener, um sich alles Notwendige aus seinen Räumen bringen zu lassen.

Kamara setzte sich im Schreibersitz auf den Boden und befeuchtete die Tinte. Lange hatte sie keinen Federkiel mehr in der Hand gehalten, doch die heiligen Zeichen flogen ihr geradezu aus dem Handgelenk. Kamara berichtete von ihrer Entführung, warnte vor Kay und dem hinterhältigen Sethi. Sie bat ihre Mutter darum, Pharao um Hilfe zu bitten und Pairy von den heimlichen Machenschaften Sethis und Kays zu erzählen. Damit man ihr glaubte, schrieb sie daneben noch Dinge aus ihrem Leben nieder, die nur ihre Eltern wissen konnten, und schloss mit den Worten, dass Eneas ein Freund sei, der ihr helfen wollte, nach Ägypten zurückzukehren, weil er in sie verliebt sei und sie sich zu der Notlüge eines Eheversprechens habe hinreißen lassen, da dies ihre einzige Möglichkeit sei, aus Mykene zu entkommen. Dort sei sie nicht viel mehr als eine Gefangene.

Als die Tinte getrocknet war, übergab sie das Schreiben an Eneas, der sie erbost ansah, nachdem er das Geschriebene betrachtet hatte. »Ich kann diese Schrift nicht lesen. Wie soll ich wissen, was du geschrieben hast?«

Kamara trat zu ihm und legte ihm beruhigend eine Hand auf die Schulter. »Das Sendschreiben ist in den heiligen Zeichen Ägyptens verfasst. Nur so wird meine Familie wissen, dass das Schreiben nicht aus der Hand eines Fremden stammt. Ich erkläre in diesem Sendschreiben, was geschehen ist, und teile meinen Eltern mit, dass du mein rechtmäßiger Gemahl bist.«

Eneas rollte den Papyrus zusammen und steckte ihn in den Gürtel seines Chitons. »Ich muss ihn mir übersetzen lassen, um sicher zu sein, dass du mich nicht hintergehst.«

Kamara ließ sich nicht aus der Ruhe bringen. »Es betrübt mich zu sehen, dass du mir nicht vertraust. Aber schön … Wenn du hier in Mykene einen vertrauenswürdigen Übersetzer kennst, dem du unseren Plan anvertrauen würdest … Ich habe nichts zu verbergen.«

Eneas erhob sich. Er war verärgert über Chloris' respektlosen Tonfall und noch wütender über ihre Scharfsinnigkeit. Eine solche Klugheit bei einer Frau musste einen Mann beunruhigen. Trotzdem wollte er ihr gegenüber keine Schwäche eingestehen. »Ich werde es mir überlegen«, gab er Kamara betont streng zu verstehen, dann verließ er ihre Räume.

Kaum war er fort, verließ Kamara die Kraft. So nah war sie der Freiheit gekommen, und doch war diese so zerbrechlich, dass nun alles davon abhing, ob dieser junge Mykener ihr genug vertraute, um das Schreiben ihren Eltern ungelesen zu überbringen. Kamara selbst erschien ihre Geschichte so offensichtlich gelogen und hintertrieben, dass sie wusste, dass ein lebenserfahrener Mann sich niemals auf diese eingelassen hätte. Sie hatte Eneas weder von Hori erzählt, dem sie noch immer anverlobt war, noch von Kay oder Sethi.

Kamara ging zu ihrem Ruhelager und glitt seufzend unter die leichten Laken. Sie war sehr müde und wusste, dass bald eine Zeit der Hoffnung und der Zweifel für sie beginnen würde. Sicherlich dauerte es fast eine Nilschwemme, bis Eneas wieder zurückkehrte. Und während dieser Zeit konnte sie nie sicher sein, ob seine Rückkehr für sie Freiheit oder Verdammnis bedeuten würde.

Sie schloss die Augen und versuchte sich vorzustellen, wie ihre Eltern gemeinsam unter dem schwindenden Licht Res auf dem Dach ihres Hauses saßen und ihr Abendmahl einnahmen. Doch so sehr sie sich auch bemühte, das friedliche Bild wollte nicht vor ihren Augen entstehen. Stattdessen sah sie sich selbst auf dem Rücken ihres Pferdes, ein Schwert in der Hand, einen Bogen über der Schulter, den Wind auf ihrem Leib, wie sie mit entschlossenem Gesicht durch hohes Gras ritt.

Was ist nur los mit mir? Wer bin ich? Bin ich diese Frau auf dem Pferd, oder bin ich Kamara, die zurück nach Ägypten geht, oder bin ich doch Chloris, die für den Rest ihres Lebens in diesen Gemächern gefangen sein wird?

Kamara schloss die Augen und spürte, wie sich diese mit Tränen füllten. »Sing uns das Lied der Bäume … die Weise von Freiheit und Glück!«, presste sie unter Schluchzen hervor, bevor sie sich die Tränen abwischte und nach Nike schickte, damit sie ihr einen starken Schlaftrunk aus Mohnsaft brachte.

Eneas betrat das Schiffsdeck und reckte sich genüsslich. Auch in dieser Nacht war sein Schlaf ruhig und erholsam gewesen. Nie hätte er geglaubt, dass sich sein Leben so verändern würde. Doch seit er Mykene und Amphion hinter sich gelassen hatte, war sein Geist zur Ruhe gekommen. Lisias war zwar ein strenger Lehrmeister, der ihn viele unbequeme Arbeiten verrichten ließ, doch er war nicht ungerecht dabei.

Oft hatte Eneas das schlechte Gewissen geplagt, da er im Begriff war, Lisias zu hintergehen. Zwar hegte er noch immer keine freundschaftlichen Gefühle für den Kaufmann, dafür verspürte er jedoch tiefe Dankbarkeit, die ihn moralisch zu einer gewissen Loyalität hätte verpflichten müssen.

Eneas fühlte sich freier als je zuvor in seinem Leben. Das Einzige, das er auf der Reise vermisste, waren die Nächte mit Chloris. Allein die Sehnsucht danach, mit ihr zusammen zu sein, ließ ihn an seinem Vorhaben festhalten. Es war lange her, dass er den Duft ihres Haares und die Wärme ihrer Haut gespürt hatte. Auch das unruhige Flackern ihrer Augen fehlte ihm. Obwohl er immer noch überzeugt war, dass Frauen im Allgemeinen zu keinen zusammenhängenden Gedankengängen fähig waren, wusste er, dass das bei Chloris anders war. Nur zu gerne hätte er gewusst, was hinter den bernsteinfarbenen Augen vor sich ging.

Schon mehr als ein Jahr waren Eneas und Lisias unterwegs, und zuerst war die Reise zügig vorangegangen. Das offene Meer hatten sie dank des guten Wetters schnell hinter sich gelassen, doch sobald sie sich der Küste des Festlands genähert hatten, waren sie langsamer vorangekommen. Zum einen machte Lisias in den wichtigen Küstenstädten halt, um Waren zu verkaufen, zum anderen mussten sie wegen der schlechten Wetterverhältnisse manchmal mehrere Tage oder Wochen warten, bis sie wieder auslaufen konnten. Und da Lisias in jeder Stadt langjährige Kunden hatte, mit denen er freundschaftlich verbunden war, wurden er und Eneas immer wieder eingeladen, länger zu verweilen.

Lisias genoss die vielen Einladungen und müßigen Tage in den Häusern der Reichen, die er geschickt dazu nutzte, Eneas seinen Kunden vorzustellen. Der jedoch musste sich zwingen, seine Unruhe nicht zu zeigen.

So war Eneas froh, als sie Byblos, Tyrus und Megiddo endlich hinter sich gelassen hatten und wieder zügiger vorankamen. Lisias ermahnte Eneas immer wieder, sich die Namen der vielen Käufer und Händler zu merken, die für seine Handelsbeziehungen wichtig waren. Er hatte inzwischen einen Teil seiner mykenischen Waren verkauft und sein Schiff mit neuen Handelsgütern aus den besuchten Städten beladen, die er in Ägypten gut verkaufen konnte.

Eneas hatte in diesem Jahr viel gelernt, er hatte mehr Städte gesehen und Menschen kennengelernt, als es in Mykene je möglich gewesen wäre, doch sein Herz hielt an dem in Mykene gefassten Plan fest. Aufgeregt wartete er darauf, endlich Chloris' Heimat zu erreichen.

Dieser Tag war nun fast gekommen. Während er schlief, hatten sie das Große Grün verlassen und waren in den Fluss eingebogen, den die Ägypter liebevoll Hapi nannten. Am Abend würde Lisias die Waren auf eine Flussbarke verladen lassen, dann würden sie nur noch wenige Tagesreisen von Piramses, der Hauptstadt Ägyptens, trennen.

Eneas betrachtete gedankenverloren das von Papyruspflanzen, Dumpalmen und hohen Gräsern gesäumte Flussufer. Er wusste noch nicht, ob er Ägypten schön fand oder ob er das Land mochte, fest stand jedoch, dass Ägypten vollkommen anders war als seine Heimat. Ohne dass er es merkte, war Lisias an ihn herangetreten und folgte seinen Blicken. »Das, mein junger Freund, ist Ägypten, auf das die Götter angeblich mit Wohlwollen blicken – ein Streifen Grün, der nur dadurch gedeiht, dass alljährlich der Nil über die Ufer steigt, eine stinkende Masse aus Schlamm und Krokodilskot auf den ausgedörrten Feldern der Fellachen hinterlässt, in dem Mücken, Schlangen und anderes Getier herumkriechen und in das die Bauern ihre Aussaat werfen.«

Lisias verzog angewidert die Mundwinkel. »Und trotzdem ist Ägypten reich an Schätzen und Schönheit. Warte nur, bis wir Piramses erreichen. Die Ägypter scheinen recht zu haben: Ihr Land muss tatsächlich von den Göttern gesegnet sein –. wie könnte sonst aus einem Haufen Schlamm derartige Schönheit und Anmut erwachsen.«

Lisias klopfte Eneas freundschaftlich auf die Schulter. »Warte nur, mein junger Freund, bis du die Straßen von Piramses und die schönen Ägypterinnen siehst, die sich frei und ungezwungen dort bewegen. Piramses ist ein Erlebnis der besonderen Art.«

Eneas blickte Lisias fragend an. »Wie meinst du das? Lassen die Ägypter ihre Frauen etwa ohne Aufsicht außerhalb ihrer Häuser herumlaufen?«

Lisias lächelte geheimnisvoll. »Du musst es selbst sehen, sonst wirst du es kaum glauben.«

»Beeilt euch, ihr faules Gesinde!«, herrschte Sethi die Fellachen an, die er für ein paar Kupferringe von den Feldern angeworben hatte, damit sie die Verladearbeiten übernahmen.

Lisias hatte derweil ein paar Diener angewiesen, einen Sonnenschatten oberhalb des Nilufers zu errichten und Wein, Brot und Früchte aufzutragen. Obwohl Sethi ein ungepflegter und ungebildeter Klotz war, hielt Lisias ihn für so wichtig, ihn diesen Umstand nicht spüren zu lassen. »Während die Fellachen die Waren verladen, sollten wir einen guten Wein trinken, Sethi. Die Sonne Ägyptens brennt heißer als die Mykenes. Ich spüre, dass mir meine weiten Reisen immer mehr zu schaffen machen.«

Sethi grunzte und blickte in den Himmel. »Aber Nut hat doch Re bereits fast verschlungen. Es ist angenehm kühl.«

Lisias lächelte freundlich. Dieser einfältige Mann würde nie diplomatisches Geschick erlernen, dafür war er zu ungebildet. Aber vielleicht machte ihn genau das zu einem so wertvollen Gehilfen. Eigentlich hatte Lisias Eneas als zukünftigen Handelspartner vorstellen wollen, doch Sethi war zu schlicht, als dass ihn schöne Worte beeindruckt hätten. Deshalb änderte er seine Taktik. »Sethi, ich möchte dir Eneas vorstellen. Er ist mein Schüler, und wird schon bald mein Geschäft übernehmen. Ich werde langsam zu alt für weite Seereisen.«

Sethi sah den jungen Mann an, der das Verladen der Güter überwachte und einige Schritte von ihnen entfernt stand. »Er scheint sehr jung. Kann man ihm trauen?«

Lisias wies mit einer freundschaftlichen Geste auf den Sonnenschatten. »Aber unbedingt, mein guter Sethi. Hätte ich ihn sonst als meinen Nachfolger ausgewählt? Lass uns einen Krug Wein öffnen, dann stelle ich ihn dir vor.«

Mit einem zustimmenden Brummen folgte Sethi dem Kaufmann zum Sonnenschatten und ließ sich auf einem bequemen Stuhl nieder. Dann zog er sich sein Nemestuch vom Kopf und kratzte sich die fettigen Haare. »Ein neues Gesicht birgt immer Gefahren, Lisias.«

»Und doch werden wir alle älter und müssen vorsorgen. Hast du nicht selbst junge Männer von den Palastwachen Pharaos angeworben?«

»Das ist richtig«, bestätigte Sethi, während er seinen Becher Wein mit einem Zuge leerte. Er wischte sich mit dem Handrücken den Mund ab. »Und meine Männer haben sich bewährt.«

»Auch Eneas wird sich bewähren, daran habe ich keine Zweifel.« Lisias winkte Eneas zu sich heran. Dieser ließ von seinen Listen ab und kam zu den Männern hinüber.

»Dies, werter Sethi, ist Eneas, mein Schüler und Zögling. Bereits auf dieser Reise hat er viel gelernt, und es kann durchaus sein, dass er die nächste Reise in meinem Namen, jedoch ohne mich antreten wird.« Er wandte sich an Eneas: »Sethi ist ein vertrauenswürdiger und langjähriger Verbündeter. Wenn du in Ägypten Handel treibst, ist er es, an den du dich wenden musst, vor allem wenn es um kostbare Palastgüter geht.«

Eneas deutete eine leichte Verbeugung in Sethis Richtung an. »Ich grüße dich, Sethi.«

Abermals brummte Sethi zustimmend.

»Palastgüter sind kostbar und unerschwinglich – jedoch nicht für uns, und das haben wir allein Sethi zu verdanken, wenn du verstehst, was ich meine.«

Eneas nickte. Natürlich wusste er, worauf Lisias hinauswollte. Sethi und er betrieben Schmugglergeschäfte, die gefährlich waren und, wurden sie entdeckt, hart bestraft wurden.

»Du siehst also, mein junger Schüler: Wir sind beide auf die Verschwiegenheit und Loyalität des jeweils anderen angewiesen.«

»Ich verstehe, Lisias«, gab Eneas ernst zurück. »Ich werde mich daran halten. Doch nun entschuldigt mich bitte, ich traue diesen Fellachen nicht und muss das Verladen der Güter überwachen.«

Lisias nickte und entließ Eneas mit einer großzügigen Handbewegung. An Sethi gewandt sagte er stolz: »Wie du siehst, habe ich einen sehr strebsamen Schüler.«

Sethi leerte auch seinen zweiten Becher Wein. »Das hoffe ich, Lisias. Ansonsten verlieren wir nämlich alle unseren Kopf.«

Piramses in Ägypten

Einige Tage später lief die *Sachmets Zorn,* Lisias' mittlerweile vollbeladene Flussbarke, den Hafen von Piramses an, wo sie in den frühen Morgenstunden im Hafen der Händler anlegte. Dort herrschte bereits reges Treiben. Männer und Händlerfrauen riefen sich untereinander Befehle und Anweisungen zu, während sie Waren entluden und ihre Marktstände füllten; neugierige Passanten blieben an den verschiedenen Ständen stehen und begutachteten die dargebotenen Waren. Eine bunte Auswahl an Keramiken, Schmuck und Duftölen zur linken Hand und die Auslagen der Gemüse-, Obst- und Fleischstände zur rechten Hand zeigten nur einen kleinen Teil der Dinge, die erworben werden konnten.

Vor den bescheidenen Lehmziegelhäusern saßen nicht selten Alte, die ihre Kinder und Enkelkinder anwiesen, dies oder das von einem bestimmten Händler zu erfeilschen. Die Kinder liefen lachend durcheinander, und viele kamen mit großen Stücken von Wassermelonen zurück, die die Alten aufteilten, damit jeder aus der Familie etwas von der süßen und kühlenden Köstlichkeit abbekam.

»Ihr seid trotz eurer Verspätung zu einem guten Zeitpunkt in Piramses eingetroffen. In zwei Tagen feiern wir das Neujahrsfest. Es wird einen großen Umzug geben, und Pharao selbst wird die Fluten des Hapi segnen. Viele Palastwachen werden beschäftigt sein, die Umzüge zu begleiten. Eine gute Zeit, um ungestört Handel zu treiben.« Sethi hatte in den letzten Tagen Vertrauen zu Eneas gefasst, da dieser fleißig und pflichtbewusst seine Arbeit verrichtete.

Lisias trat gut gelaunt zu ihnen und klopfte Eneas wohlwollend auf die Schulter. »Heute werden wir ausruhen und niemanden besuchen. Du hast viel und gut gearbeitet. Wenn du willst, kannst du dir den Nachmittag freinehmen, um dir Piramses anzusehen. Bald ist Neujahrsfest, und es gibt viel zu sehen.«

Eneas nickte beflissen. Es gab keine bessere Gelegenheit, um Chloris' Familie zu suchen. Mit einem Nicken verabschiedete er sich von Lisias und Sethi und rannte übermütig die Laufplanke hinunter. Dort wäre er beinahe mit einem jungen ägyptischen Soldaten zusammengestoßen. Doch Eneas war viel zu aufgeregt, um stehen zu bleiben und den anderen höflich um Verzeihung zu bitten, weshalb er sich auf eine gemurmelte Entschuldigung im Vorbeilaufen beschränkte, die der andere mit einem Nicken annahm. Dann mischte sich Eneas unter die Marktbesucher.

Lisias und Sethi beobachteten, wie Eneas in der Menge verschwand, und richteten dann ihre Aufmerksamkeit auf den jungen Wachsoldaten, der die *Sachmets Zorn* gefolgt von einigen seiner Soldaten betrat.

Mit einem Nicken wies Sethi in seine Richtung. »Der Mann dort heißt Kay. Er ist der größte Glücksfall, der einem alten Gauner wie mir je in die Arme laufen konnte. Ich habe ihn angeworben, als er ein junger unbedeutender Wachtposten im Palast war, der gerade erst in die Garde Pharaos einberufen worden war. Doch die Götter wollten es, dass er eine von Pharaos jungen Frauen vor dem Ertrinken in einem Badeteich gerettet hat. Dieses dumme Ding war gerade erst im Harem eingetroffen und konnte nicht schwimmen. Als das Unglück geschah, war sie jedoch Pharaos Liebling – daher hat er Kay mit dem dreifachen Ehrengold, einem überaus schönen Stadthaus und dem Posten Kommandant der Leibwache der großen Königsgemahlin Bentanta bedacht. Seitdem unterstehen fünfhundert der besten Soldaten von Pharaos Truppen allein Kays Befehlen. Der Junge ist gerade siebzehn Nilschwemmen alt und besitzt mehr Macht und Rang als sein eigener Vater.«

Sethi schüttelte in einer Mischung aus Anerkennung und Neid den Kopf. »Aber je mehr man besitzt, desto mehr gesellschaftliche Verpflichtungen hat man … und umso kostspieliger wird die Lebensführung. Ein Glück für den alten Sethi!«

Er lachte rau und polternd, dann winkte er Kay zu sich heran. »Kay, komm zu mir, ich möchte dich mit jemandem bekannt machen!«

Der junge Mann wandte seinen Kopf in Sethis und Lisias' Richtung und befahl dann seinen Männern, die Güterlisten vor dem Abladen zu prüfen.

»Sethi«, zischte Kay, als er nahe genug bei den anderen Männern war, »ich habe dir bei Bastets flinker Zunge schon unzählige Male erklärt, dass du mich nicht wie einen alten Bekannten behandeln sollst, wenn meine Männer bei mir sind. Du bist zu unvorsichtig!«

Sethi hob entschuldigend die Hände. »So sind sie, die jungen Burschen, die zu Macht und Ruhm gelangen. Mit einem Male will niemand mehr mit dem alten Sethi befreundet sein, obwohl er ihnen so oft einen Gefallen erwiesen hat, als sie noch ohne Rang und Titel dastanden.«

»Darum geht es nicht!«, verteidigte sich Kay, ohne sich verunsichern zu lassen. »Das weißt du sehr genau.«

Sethi nickte und ließ die Diskussion auf sich beruhen. »Ich möchte dir jemanden vorstellen, Kay. Dies hier ist Lisias aus Mykene. Er ist derjenige, der für den Gewinn in unseren Schatullen sorgt.«

Kay deutete eine kurze Verbeugung vor Lisias an, der es ihm gleichtat. »Gesundheit, Leben und Wohlergehen, ich bin erfreut, dich kennenzulernen.«

Lisias betrachtete den jungen Soldaten, der trotz seiner Jugend bereits viel Macht in den Händen zu halten schien. In Mykene wäre der junge Mann mit dem gut geschnittenen Gesicht nicht viel mehr als ein Ephebe gewesen, der sich älteren Männern anbot und dafür großzügige Geschenke erhielt, doch dieser Ägypter besaß bereits so viel Autorität, dass kein Bewerber sich gewagt hätte, ihn auch nur anzusprechen. Lisias spürte mit dem Instinkt einer Katze, dass es nicht gut wäre, ihn zum Feind zu haben, und nickte Kay zu. »Gesundheit, Leben und Wohlergehen auch dir, edler Herr Kay. Ich bin ebenso erfreut, dich kennenzulernen.«

Unruhig sah Kay zu seinen Männern hinüber. »Ich muss mich leider verabschieden. Immerhin bin ich in öffentlicher Angelegenheit hier, um die Güter zu prüfen und einen Teil für den Palast zu konfiszieren.« Er lächelte verschlagen. »Natürlich erhaltet ihr später euren Anteil zurück, wie immer ohne das Wissen des Per Ao.« Ohne eine Antwort abzuwarten, ging Kay zurück zu seinen Männern.

Sethi klopfte Lisias auf die Schulter. »Ich sagte doch, dieser Kay ist ein Glücksfall.«

Der Kaufmann nickte und sah Kay aufmerksam hinterher. Ja, er tat gut daran, diesen jungen Mann nicht zu unterschätzen, denn er besaß Charakterzüge, die er von sich selbst kannte: Gewissenlosigkeit und den unbedingten Willen aufzusteigen.

Die Straßen waren erfüllt von den verschiedensten Gerüchen. Einige waren angenehm – der Duft des Jasmin- und Lotosöls, das die Frauen zur Feier der Neujahrsfestlichkeiten großzügig aufgetragen hatten –, andere unangenehm. So wie das in der heißen Sonne schnell verderbende Fleisch, das die Händler nicht hatten verkaufen können. Fliegen sammelten sich auf den verdorbenen Stücken, und die Händler warfen die stinkenden Klumpen laut fluchend den Hunden zu, die sich im Staub der Straße kläffend und knurrend um sie zankten.

Trotzdem konnte Eneas von dieser mit Leben erfüllten Stadt nicht genug bekommen. In Mykene hätten sich die Menschen nie so laut und ausgelassen gegeben wie hier. Stattdessen gaben sie Verschwiegenheit vor, verfolgten jedoch neugierig, was der andere tat, um bei der nächsten Gelegenheit über eine Verfehlung oder eine Peinlichkeit ihres Nachbarn zu klatschen.

Als es auf die Mittagsstunde zuging, setzte sich der heiße Sand in Eneas' Sandalen, und die Sonne brannte gnadenlos vom blauen Himmel herab. Ein Schankmädchen trat an ihn heran und legte dreist ihren braungebrannten Arm um seine Hüften, während sie ihre üppigen Brüste gegen seinen Körper presste. »Gesundheit, Leben und Wohlergehen, du schöner Fremder, der du Re in den Haaren trägst und das Große Grün in den Augen. Für drei Kupferringe und einen Becher kühlen Weins werde ich dir die Hitze des Nachmittags versüßen. Meine Kammer ist kühl, denn sie liegt im Schatten einer großen Sykomore, dem heiligen Baum unserer Liebesgöttin Hathor. Komm mit mir, und lasse uns der schönen Himmelskuh ein Liebesopfer bringen!«

Eneas zögerte nicht, die Aufforderung des Mädchens abzulehnen. Sie war zwar jung, und ihr Körper zeichnete sich einladend unter dem Stoff ihres Leinenkleides ab, doch sie war grell geschminkt und trug eine billige Perücke aus Eselshaar. Die Lotosblüte, die sie sich hinter das Ohr gesteckt hatte, welkte bereits, und ihr Atem roch unangenehm säuerlich nach Wein, während ihr Körper einen scharfen Geruch nach Schweiß verströmte.

Unwillkürlich dachte Eneas an die schönen Hetären in Mykene. Besonders eine hatte seine Nächte oft versüßt, bevor Chloris in sein Leben und in sein Herz gekommen war: Jocasta! Zu seinem Bedauern hatte sie vor zwei Sommern Mykene den Rücken gekehrt, um in Athen ein großes Haus zu eröffnen. Eneas hatte sie zweimal in ihrem neuen Haus besucht und gestaunt, wie schnell Jocasta einen beachtlichen Reichtum angehäuft hatte. Lange hatte er ihre Umarmung und ihr perlendes Lachen vermisst, doch dann war Chloris in sein Leben getreten, und Eneas hatte nicht mehr oft an Jocasta gedacht. Im Vergleich zu Jocasta wirkte dieses Schankmädchen wie ein schlechter Scherz.

Dennoch langte Eneas in seinen Lederbeutel, den er an einem Gürtel unter seinem Chiton befestigt hatte, um ihn vor

Dieben in Sicherheit zu bringen, und nahm drei Kupferringe heraus, die er dem Mädchen entgegenhielt. »Dein Körper interessiert mich nicht, aber du kannst dir trotzdem drei Kupferringe verdienen. Sage mir, wie ich in den Teil der Stadt komme, in dem die Adeligen und Reichen wohnen.«

Das Mädchen schien keineswegs beleidigt, die Aussicht auf leicht verdientes Kupfer ließ sie ihren Stolz schnell vergessen. Sie löste sich von Eneas und wies mit der Hand die Straße entlang. »Du musst bis ans Ende der großen Straße gehen und dort dann nach links abbiegen, am Tempel der Bastet vorbei, und am Haus des Lebens. Hinter dem Haus des Lebens führt eine schmale Straße bergauf. Dieser folgst du bis zum Ende, dann wirst du die ersten Häuser sehen. Je reicher die Bewohner sind, desto weiter wohnen sie von der Unterstadt entfernt.«

Das Mädchen hielt fordernd die Hand auf, und Eneas überließ ihr die drei Kupferringe, die sie schnell in ihrer Hand verschloss. Sie sah Eneas eindringlich an. »Es ist ein weiter Weg bis dorthin, und der Nachmittag wird heiß. Willst du nicht doch vorab einen Becher Wein mit mir leeren?«

Eneas schüttelte den Kopf. Alles in ihm zog ihn weiter; er wollte keine Zeit verlieren.

»Mögen deine Füße festen Tritt finden, Fremder!«, rief ihm das Mädchen hartnäckig hinterher. »Wenn du wieder Fragen hast, komm zurück zu mir! Mein Name ist Jesir, das bedeutet Schmetterling, und es war mir ein Vergnügen, mit dir Geschäfte zu machen.«

Eneas beachtete Jesir, den Schmetterling mit den gebrochenen Flügeln, nicht mehr: Seine Füße hatten sich wie von selbst in Bewegung gesetzt. Auch das Stimmengewirr auf den Straßen interessierte ihn kaum noch, er hatte keine Blicke mehr für die lachenden Menschen, die sich gut gelaunt auf das Neujahrsfest vorbereiteten.

Er konnte es kaum noch erwarten, das Viertel der Adeligen zu erreichen. Doch der Weg bergauf war anstrengend, und der Schweiß lief ihm aus den Poren. Erst als er den Tempel der Katzengöttin Bastet erreichte, wurde Eneas jäh aus seinen Gedanken gerissen. Eine hübsche junge Frau, die ihrer Kleidung und Aufmachung nach zu urteilen aus gutem Hause stammte, zupfte ihn kokett lächelnd am Ärmel. »Gesundheit, Leben und Wohlergehen. Du gefällst mir. Lass uns gemeinsam das Neujahrsfest feiern und der Katzenköpfigen huldigen.«

Sie wies auf den Tempel, vor dem die Göttin in Gestalt einer schlanken Katze die Besucher begrüßte. Auf den Tempelstufen tummelten sich einige Tempelkatzen, die Gläubige und Priesterinnen um einen Leckerbissen anbettelten. »Komm mit mir in den Tempel der Bastet, und mache mir ein Kind mit Haaren wie Re«, forderte sie ihn lachend auf und wollte ihn bereits mit sich ziehen.

Eneas sah sie verwirrt an. Von dem Schankmädchen hatte er nichts anderes erwartet. Huren gab es schließlich auch in Mykene, doch diese Frau sah nicht aus wie eine Hure. Vorsichtig fragte er: »Bist … bist du eine Hure?«

Sie blickte ihn verständnislos an. »Sehe ich etwa so aus? Mein Gemahl ist Schreiber zweiten Grades im Palast!«

»Wie kannst du deinen Gemahl derart schamlos betrügen? Sorgt er nicht gut genug für dich? Warum bist du nicht in seinem Haus, wie es sich für eine tugendhafte Gemahlin geziemt?«, fuhr er sie an.

Ihre Kinnlade klappte hinunter. »Bist du dumm, Fremder? Warum sollte ich wie eine alte Vettel im Haus meines Gemahls sitzen? Wir feiern das Neujahrsfest. Mein Gemahl weiß, was ich tue. Es ist nichts Verwerfliches dabei, der Göttin am Neujahrsfest zu huldigen, und wenn ein Kind aus dieser göttlichen Umarmung entsteht, wird es den Namen meines Gemahls tragen und als sein Sohn oder seine Tochter aufwachsen. Ich selbst bin eine solche Tochter, von den Göttern gesegnet, in einer flüchtigen Umarmung am Neujahrstag gezeugt – es ist eine große Ehre, etwas Besonderes, ein Neujahrskind zu sein! Die Götter lieben diese Kinder, und jeder ägyptische Mann ist stolz, wenn seine Gemahlin ihm ein Neujahrskind schenkt. Ein solches Kind bedeutet Glück und Wohlstand für das Haus des Mannes!«

Eneas stieß sie aufgebracht von sich.

Die junge Frau vollführte eine obszöne Geste mit der Hand in seine Richtung. »Eine faule Dattel, wie du es bist, könnte ohnehin kein Kind zeugen. Geh deines Weges *schascha* – Dummkopf!«

Sie ließ ihn stehen und hatte bereits den nächsten ins Auge gefasst, einen gut gewachsenen Soldaten, der ihrer Annäherung bereitwillig nachgab. Eneas wandte sich angeekelt ab. Was waren das für verruchte Sitten? Was waren das für Menschen, die hier lebten? Er sah sich um und erkannte, dass auch andere Frauen vor dem Tempel der Bastet auf der Suche nach einem Liebhaber waren. Allesamt waren sie gut gekleidete Frauen reicher und wohlhabender Gatten. Erst jetzt verstand Eneas allmählich, was Lisias mit der Freizügigkeit der Ägypter gemeint hatte.

Kurz fragte er sich, ob Chloris auch diese Verdorbenheit in sich trug. Doch sie war unberührt gewesen, als er sie das erste Mal auf dem Lager gehabt hatte, und sicherlich waren nicht alle Ägypterinnen wie diese. Es war nicht unwahrscheinlich, dass die tugendhaften Frauen in den Häusern ihrer Ehegatten oder ihres Vaters saßen und das, was Eneas hier beobachten konnte, nur der verdorbene Auswurf der Großstadt war.

Eneas befühlte den Lederbeutel mit Chloris' Sendschreiben. Hätte er es sich von einem Schreiber auf dem Markt vorlesen lassen sollen? Er überlegte kurz, ob er einen Schreiber aufsuchen sollte, verwarf den Gedanken jedoch. Es würde auffallen, wenn er zu lange fortblieb.

Selina war mit ihrer Dienerin in eine Stickarbeit vertieft, als sie durch einen Tumult am Eingang aufschrak. Sie hielt in ihrer Arbeit inne und betrachtete einen Augenblick lang wehmütig die kämpfenden Kriegerinnen, die als Stickerei die neue Decke für Kamaras Lieblingshengst Paris zieren sollten, dann sah sie ihre Dienerin an. »Penu, was ist das für ein Lärm dort draußen?«

Das zierliche Mädchen, das seinen Kosenamen Penu – Maus – wegen ihrer Fähigkeit erhalten hatte, still und unscheinbar ihre Arbeit zu verrichten und dabei alles mitzubekommen, was im Haus geredet oder getratscht wurde, zuckte mit den Schultern. »Ich weiß es nicht, Herrin, soll ich nachsehen gehen?«

Selina nickte. »Ja, ich möchte wissen, warum die Wachtposten vor dem Eingangstor solch einen Tumult veranstalten. Sicherlich sind Betrunkene aus der Unterstadt gekommen, um zum Neujahrsfest etwas Kupfer zu erbetteln. Wenn dem so ist, lass ihnen etwas zukommen, aber nicht zu viel, sonst haben wir heute Abend die ganze Unterstadt hier, und Pairy wird mir einmal mehr einen Vortrag darüber halten, dass ich zu gutmütig bin.«

Penu lächelte verständnisvoll und erhob sich. Selina fuhr mit ihren Stickarbeiten fort, bis sie Penus Schritte erneut vernahm, die leise im Gras raschelten. »Herrin, vor dem Tor sind keine Bettler, sondern ein fremder junger Mann.«

Penu war ungewohnt aufgeregt. »Sein Haar hat die gleiche Farbe wie deines, und auch seine Augen sind so blau wie die deinen. Das Seltsamste ist jedoch, dass er behauptet, der Gemahl deiner Tochter Chloris zu sein und mit dir reden zu müssen.«

Selina ließ endgültig von ihrer Arbeit ab. »Sag ihm, dass ich keine Tochter mit dem Namen Chloris habe und er sich geirrt hat.«

Das junge Mädchen rang aufgeregt die Hände. »Das habe ich ihm bereits gesagt, Herrin, aber er meint, er habe ein Sendschreiben von deiner Tochter und sie selbst habe ihm gesagt, er müsse das Haus Pairys in Piramses aufsuchen und mit der Herrin Selina sprechen.«

Selina lief ein Schauer über den Rücken. »Er kannte unsere Namen?«

Penu nickte aufgeregt.

»Bring ihn her, ich will mit ihm reden!«

Selina rang die Hände. Es konnte nicht sein, es wäre zu schön, um wahr zu sein, ein unverhofftes Geschenk der Großen Mutter, doch sie durfte sich keinen falschen Hoffnungen hingeben. Kamara war vor mittlerweile zwei Nilschwemmen verschwunden, und alle Spuren waren im Sande verlaufen. Niemand hatte sie oder Merit gesehen, niemand wusste etwas … Und jetzt kam ein Fremder und redete seltsame Dinge. Sie strich nervös ihr Kleid glatt und fuhr sich mit zitternden Händen durch das lockige Haar. Dann sah sie Penu in Begleitung des Fremden zurückkommen.

Penu hatte nicht übertrieben. Der junge Mann hatte das gleiche helle Haar wie sie, und als er näher kam, konnte sie auch das Blau seiner Augen erkennen. Es war seltsam, nach so langer Zeit das erste Mal einen Menschen zu sehen, der ihr ähnlich sah.

Als der Fremde vor ihr stand, verbeugte er sich steif, fast so, als wisse er nicht recht, wie er sich angemessen zu benehmen habe. Selina schenkte dem jedoch keine Beachtung. Sie musste wissen, ob er wirklich etwas über Kamara wusste oder ob alles ein Irrtum war. »Gesundheit, Leben und Wohlergehen, Fremder. Man hat mir gesagt, dass du Nachricht von meiner Tochter Chloris bringst, ich habe jedoch keine Tochter mit diesem Namen.«

Der Fremde antwortete in gutem Ägyptisch, das einen mykenischen Akzent aufwies. »Kamara«, sagte er nach kurzem Zögern, »sie sagte, dass dies der Name sei, den ihre Eltern ihr gegeben haben, doch wir nennen sie Chloris.«

Selina kam mit einem Sprung auf die Füße und starrte den Fremden mit funkelnden Augen an. Erschreckt wich er einen Schritt zurück.

»Wo ist meine Tochter? Geht es ihr gut? Ich muss sie sehen!«

Der junge Mann suchte unter den Falten seines Chitons in einem Lederbeutel und zog schließlich einen gerollten Papyrus hervor. »Sie ist in Mykene, es geht ihr gut. Das hier hat sie mir für dich gegeben. Sie ist meine Gemahlin, und ich brauche eure Hilfe, damit ich sie von Mykene zurück nach Ägypten bringen kann.«

Ungeduldig entriss Selina dem Fremden das Sendschreiben und entrollte es. Hastig überflog sie die Zeilen, dann begann sie zu weinen – ein Umstand, der sogar Penu die Tränen in die Augen trieb, denn sie hatte ihre Herrin bisher nie weinen sehen.

»Er sagt die Wahrheit«, erklärte Selina schließlich. »Ich werde sofort einen Boten in den Palast schicken, damit er Pairy unterrichtet.«

Der Fremde entspannte sich etwas, trat aber verlegen von einem Fuß auf den anderen. »Ich habe nicht viel Zeit. Lisias, der Mann, der deine Tochter nach Mykene brachte und gleichzeitig mein Mentor ist, darf keinen Verdacht schöpfen. Wir müssen schnell handeln.«

Selina überlegte kurz, dann nickte sie. »Ich werde dir Penu schicken, wenn wir sicher sind. Habe ein paar Tage Geduld, und wenn du Penu siehst, nimm deine Sachen und entschuldige dich unter einem Vorwand. Wo können wir dich finden?«

»Die *Sachmets Zorn* liegt im Hafen der Händler vor Anker. Dort wirst du mich finden.«

Selina nickte. Sie wusste dank Kamaras Sendschreiben Bescheid. Trotz großer Anstrengungen hätte sie das Geheimnis um Kamaras Entführung niemals selbst lüften können, obwohl die Wahrheit so einfach gewesen war. Hatte nicht Pairy selbst den Kapitän der Barke verdächtigt, Güter des Palastes zu unterschlagen? Dennoch würde es nicht einfach sein, Pairy, Pharao und vor allem Hori zu erklären, dass der hochgeschätzte Kay nicht nur an den Unterschlagungen, sondern auch noch an Selinas und Merits Entführung beteiligt gewesen war. Dass es sogar sein Einfall gewesen war, die Mädchen auf einem Byblosfahrer nach Mykene zu verschleppen. Noch schwieriger würde es sein, Hori zu verstehen zu geben, dass ein anderer Mann auf Kamara Anspruch erhob, sich sogar als ihren rechtmäßigen Gemahl bezeichnete. Kamara hatte in ihrer Verzweiflung ein gefährliches Spiel getrieben, das bis hierhin geglückt war. Eneas wusste nichts von Hori, während Hori nichts von Eneas wusste. Nur ihre Tochter hätte einen solchen Plan ersinnen können, ohne darauf Rücksicht zu nehmen, dass sie die Herzen der Männer brach. Der arme Hori war nie über den Verlust und die Demütigungen Kamaras hinweggekommen. Wie würde er reagieren, wenn er erfuhr, dass Kamara noch lebte? Was würde er tun, wenn er erfuhr, dass Eneas Ansprüche auf seine Verlobte erhob?

Selina vertrieb die düsteren Gedanken. Zunächst musste sie mit Pairy und Pharao reden, erst dann sollte Hori die Wahrheit erfahren. Sie ließ es sich nicht nehmen, das kurze Sendschreiben an Pairy selbst zu verfassen, und ließ ihre Hand eilig mit dem Binsenstängel über den Papyrus gleiten. Dann rollte sie das Schreiben zusammen und übergab es einem der

Diener, den sie beauftragte, es so schnell wie möglich in den Palast zu bringen und Pairy persönlich zu überreichen. Dann wartete sie, und ihre Aufregung nahm mit jeder Stunde zu, die verstrich.

Als der Diener endlich aus dem Palast zurückkehrte, war Pairy jedoch nicht bei ihm. Stattdessen überreichte ihr der müde Mann den Papyrus, den sie selbst verfasst hatte. Pairy hatte nur eine kurze Antwort verfasst, und es war ihm offensichtlich nicht einmal wichtig genug gewesen, um für diese einen neuen Papyrusbogen zu benutzen. Selina rollte den Papyrus verärgert zusammen.

Pairy hatte nur einen einzigen Satz geschrieben: »Wir besprechen alles am Abend.«

Selina gab den Sänftenträgern mit einer abwehrenden Handbewegung zu verstehen, dass sie ihre Dienste nicht benötigte. »Sag den Stallburschen, dass sie Paris aufzäumen sollen. Mit der Sänfte bin ich erst im Palast, wenn Nut Re längst verschlungen hat.«

Penu starrte ihre Herrin entgeistert an. »Herrin, ich bitte dich! Nimm wenigstens einen Wagen, du kannst doch nicht auf dem Rücken eines Pferdes durch Piramses reiten. Das Gerede würde kein Ende nehmen.«

Selina stemmte die Hände in die Hüften. Ihr alter Kampfgeist war erwacht, und sie fühlte sich, als habe sie die letzten siebzehn Nilschwemmen im Schlaf verbracht. »Ich werde den Menschen einen guten Grund zum Tratschen geben. Wenn ich Pairy sehe, wird der ganze Palast sich an meinen Zorn erinnern, und selbst Sachmet wird blass vor Neid werden!«

Penu machte eilig das Zeichen gegen den bösen Blick und sandte ein Gebet an Sachmet, um die Göttin um Verzeihung für die unüberlegten Worte ihrer Herrin zu bitten.

Selinas Augen funkelten wild entschlossen. »Wie kann

Pairy mich auf den Abend vertrösten, wenn es um unsere Tochter geht?«

»Herrin, bitte beruhige dich. Sicher hat der Bote die Nachricht falsch überbracht. Es wird sich alles aufklären«, versuchte Penu ein letztes Mal, das aufgewühlte Herz ihrer Herrin zu beruhigen.

»Das hoffe ich für ihn!«, fauchte Selina. »Also gut, ich werde einen Wagen nehmen.«

Die Palastwachen konnten kaum ausweichen, als der Streitwagen durch das große Portal rauschte, das mit den blau-weißen Wimpeln Pharaos geschmückt war. Alles, was sie erkannten, war eine helle Haarflut, die an ihnen vorbeizog. Sie sahen sich verdutzt an und riefen ihren Kameraden Befehle zu, den unbekannten Eindringling aufzuhalten.

Selina war indessen bereits an den Stufen des Palastes angekommen und von ihrem Wagen gesprungen. Vor dem großen Eingangsportal hatte sich eine Reihe von Bogenschützen postiert, die auf Befehl ihres Kommandanten ihre Bogen spannten, um Pharao und die Seinen vor dem ungebetenen Besucher zu schützen. Als sie erkannten, dass eine Frau sie genarrt hatte, brachen sie in verhaltenes Gelächter aus. Kurz darauf trat Merka hervor, Pharaos altgedienter Oberst der Palastwachen, der Selina seit vielen Nilschwemmen kannte und oft Gast in ihrem und Pairys Haus gewesen war.

Er bedeutete seinen Männern, die Waffen zu senken, und wandte sich entschuldigend an Selina. »Edle Herrin Selina, wir haben dich nicht erkannt. Du bist … ähm … sehr schnell durch das Tor gefahren. Bitte verzeihe uns den unhöflichen Empfang. Wir tun nur unsere Pflicht. Eigentlich müssen die Besucher sich bei den Wachtposten melden, bevor sie vorgelassen werden …«

»Erspare mir deine Belehrungen, Merka. Du weißt sehr genau, dass ich das Hofprotokoll kenne. Aber ich habe keine Zeit. Wo ist mein Gemahl?«

Merka kratzte sich unschlüssig. Er kannte Selina als die ruhige und besonnene Gemahlin, zu der sie sich zur Freude seines Freundes Pairy nach Kamaras Geburt entwickelt hatte, doch er wusste auch noch von ihr als rebellischer junger Frau. Bei ihrem Anblick heute fühlte Merka sich um viele Nilschwemmen in der Zeit zurückversetzt. »Dein Gemahl hat gerade eine Audienz bei Pharao. Es ist unmöglich, jetzt zu stören.«

»Merka! Entweder du lässt mich durch, oder der gesamte Palast wird gleich hier stehen – einschließlich meines Gemahls.«

Merka senkte den Kopf. »Es tut mir wirklich leid, Herrin. Du kennst meine Befehle. Ich darf dich nicht vorlassen.«

Selina nickte ruhig und wandte sich zum Gehen. Hoch erhobenen Hauptes stieg sie auf ihren Wagen und verschwand hinter einer Biegung des großen Palastkomplexes. Merka atmete erleichtert auf.

Der junge Unterbefehlshaber trat an ihn heran. »Was war das, Kommandant? So etwas habe ich ja noch nie erlebt. Diese Frau benimmt sich wie die leibhaftige Sachmet.«

»Das war noch gar nichts, To. Ich kannte sie bereits, als sie ein junges Mädchen war und mit einem Schwert und einer Streitaxt in Ägypten erschien. Wir können froh sein, dass sie nachgegeben hat. Einen Augenblick lang hatte ich die Befürchtung, das wilde junge Ding vor mir zu haben, das sie einst war. Ich weiß nie so recht, wie ich mit ihr verfahren soll. Sie steht hoch in der Gunst des Einzig Einen.«

To sah seinen Untergebenen verständnislos an. »Das hört sich fast an, als fürchtetest du dich vor einer Frau. Ich meine, das ist sie doch … nur eine Frau auf einem Streitwagen – wenn man es mal ganz nüchtern betrachtet.«

Merka schenkte seinem jungen unwissenden Unteroffizier

einen mitleidigen Blick. »Möge die Maat dir recht geben, To. Ich kann es nicht.«

Ehe To antworten konnte, vernahmen sie einen wilden Schrei und das Schnauben eines Pferdes. Ihre Köpfe flogen herum, und dann starrten sie mit offenen Mündern auf die Frau, die mit wilden Flüchen auf sie zu galoppiert kam. Als Selina ihr Pferd die Stufen zum Eingangsportal hinauftrieb und mitten durch sie hindurch in den Palast ritt, konnten die beiden Offiziere und die Bogenschützen nur noch zur Seite springen.

Hofdamen sprangen kreischend zur Seite, Priester ließen vor Schreck erstarrt ihre Weihrauchgefäße fallen und drückten sich an die Wände, während Selina an ihnen vorbeigaloppierte. Die Hufe des Pferdes klapperten auf den Keramikfliesen. Hinter sich hörte Selina die Rufe der Wachen. Anscheinend war Merka aus seiner Starre erwacht und folgte ihr nun.

Am Ende des Gangs zog Selina an den Zügeln ihres Pferdes und lenkte es nach rechts, direkt auf den Eingang des Thronsaales zu. Die Wachen, die zu beiden Seiten der großen Doppeltür ihren Dienst taten, starrten sich zuerst entgeistert an, dann kreuzten sie wie von selbst ihre Speere vor der Tür. Selina ließ ihr Pferd langsam auf die Tür zulaufen, von der ihr das große Horusauge vorwurfsvoll entgegenstarrte.

»Macht sofort die Tür auf!«, herrschte sie die verunsicherten Männer an. Diese wussten ob der ungewohnten Situation nicht recht, was sie tun sollten.

»Sofort!«, fauchte Selina noch einmal. Dann hörte sie die Schritte von Merkas Wachen hinter sich. Selina gab ihrem Pferd die Fersen, sodass es erschrocken wiehernd stieg und dabei seine Hufe gegen die Tür zum Thronsaal schlug. Die Wachen wichen entsetzt zurück, Merkas Männer schrien sich Befehle zu, und alle riefen wild durcheinander.

Pharao und Pairy sahen von ihren Papyrusrollen auf und blickten fast gleichzeitig zur Tür. Pharao, der auf seinem Thronstuhl saß, rief nach seinem Diener und wies ihn an nachzuschauen, was vor der Tür vor sich ging. Pairy erhob sich von seinem Stuhl unterhalb des Thronpodestes und blickte verunsichert in die kleine Runde. Pharaos oberster Priester Useramun, steinalt, aber verdrießlich wie immer, zog seine runzelige Stirn so kraus, dass sie noch mehr Falten zeigte, als sie ohnehin schon besaß, Pharaos Baumeister und der Schatzmeister blickten erwartungsvoll Pharao an.

Pairy spürte, wie sich seine Nackenhaare sträubten. Er ahnte, was vor der Tür vor sich ging. Pharaos Diener öffnete die Tür, dann ging ein erstaunter Aufschrei durch die Menge. Selina ritt geradewegs auf den Thron zu, verbeugte sich kurz vom Pferd aus vor Pharao, dann blickte sie sich um, und ihre Augen sandten wütende Blitze zu Pairy, der sich sichtlich unwohl in seiner Haut fühlte.

»Bei den Göttern«, murmelte er, »entweder das ist ein böser Traum, oder ich bin im Duat. So muss sich ein Sünder fühlen, bevor sein Herz von Ammit verschlungen wird.«

Pharaos donnernde Stimme durchschnitt die eintretende Stille. »Herrin Selina, ich hätte mir denken können, dass die *sesu* irgendwann wieder Besitz von dir ergreifen. Wie kannst du es wagen, meinen Thronsaal zu entweihen! Ich hoffe für dich, dass es dafür einen guten Grund gibt. Was ist passiert? Sind die Hethiter in Ägypten eingefallen? Ist der Hapi ausgetrocknet, oder ist Re vom Himmel verschwunden?«

»So ähnlich«, bestätigte Selina selbstbewusst. »Ich habe Kamara gefunden.«

»Ah, wenn das *so* ist«, gab Pharao scheinbar ruhig zurück, um dann laut und wütend loszupoltern. »*Das* entschuldigt natürlich, dass du meine Wachen überrumpelst, mit einem Pferd in meinen Thronsaal reitest und meine Audienz störst.«

»Es tut mir aufrichtig leid, Herr allen Lebens, doch die Zeit drängt, und mein Gemahl hat mein vorab geschicktes Sendschreiben ignoriert.«

»Das habe ich nicht!«, gab Pairy empört zurück. »Ich hatte gesagt, wir besprechen diese Angelegenheit am Abend.«

»Diese Angelegenheit?«, zischte Selina ihn an. »Diese Angelegenheit ist unsere *Tochter!*«

Useramun stieß seinen Priesterstab auf den Boden und erhob sich dann so schnell, dass keiner angenommen hätte, dass er bereits mehr als siebzig Nilschwemmen erlebt hatte. »Du verfluchte Tochter von hundert pestverseuchten Dämonen! Du beleidigst die Götter, wie es dir nur gefällt. Du beleidigst den lebendigen Gott – und das alles nur wegen deiner Tochter, die seit zwei Nilschwemmen verschwunden ist? Wie kannst du es wagen! Ich verfluche dich im Namen Amun-Res, ich verfluche dich im Namen der großen Götterneunheit und der sechzehn Dämonen der Finsternis! Möge Ammit dein Herz verschlingen und es wieder ausspeien! Ich verfluche dich …!«

»Ruhe!«, fuhr Pharao dazwischen. »Gebt endlich Ruhe. Ihr seid doch allesamt mit der heiligen Krankheit geschlagen. Ich bin der lebende Gott einer Horde von Wahnsinnigen! Ihr Götter, wie konntet ihr mir nur ein solches Schicksal auferlegen … Pharao soll ich sein? Ich bin der Herr über einen kreischenden Harem, über unfähige Beamte und einen Haufen kriecherischer Hofschranzen. Ich flehe euch an, lasst mich nur schnell meine Barke besteigen und gen Westen reisen!«

Die Anwesenden blickten konsterniert auf ihren lebenden Gott, der jegliche Haltung abgelegt hatte und seinen königlichen Fußschemel mit einem Tritt die Stufen hinunterstieß.

»Wein!«, rief er missmutig seinem Diener zu, und als er sah, dass Selinas Pferd seinen Schweif hob, um seinen Darm auf den königlichen Fayencefliesen des Thronsaales zu leeren, beeilte er sich hinzuzufügen: »Und schafft endlich dieses Pferd aus meinem Thronsaal!«

Merka trat vor und verbeugte sich entschuldigend vor Pharao. »Bitte verzeih mir, Einzig Einer. Sie hat eines ihrer Wagenpferde ausgespannt und uns überrumpelt. Du hättest sehen müssen, wie sie wie die leibhaftige Sachmet die Stufen heraufgeritten kam und direkt durch die Reihen der Bogenschützen stob.«

»Erspare mir alles Weitere«, knurrte Pharao.

Merka verbeugte sich und ließ Selina absteigen. Sodann führte er ihr Pferd aus dem Saal. Langsam kehrte wieder Ruhe ein.

»Ich beende die Audienz, und ich will am heutigen Tag keinen mehr von euch sehen. Solltet ihr mir im Palast begegnen, wendet euch ab – und richtet nicht das Wort an mich!« Pharao wandte sich an Pairy und Selina: »Wenn ich einige Nilschwemmen jünger wäre, würde ich schwere Strafen über euch verhängen. Aber ich will einfach nur meine Ruhe!«

Useramun reichte das nicht. Er keifte los: »Einzig Einer! Sie haben deine göttliche Majestät beleidigt. Das darfst du nicht zulassen. Du bist der lebende Gott!«

»Und ob ich der lebende Gott bin!« Er wies mit dem Krummstab zur Eingangspforte. »Auch dich will ich heute nicht mehr sehen, Oberpriester! Raus mit euch allen, bei den Göttern!«

Mit empörtem Murren zogen sich die Höflinge unter Verbeugungen zurück. Useramun tat eine leichte Verbeugung und verließ dann betont langsam den Thronsaal. Als auch Pairy gehen wollte und nach Selinas Handgelenk griff, riss sich diese jedoch los. Sie hatte nicht die Absicht, einfach nachzugeben.

»Sind eure Sandalen mit dem Boden verwachsen? Mein Befehl gilt auch für euch. Hinaus ... im Namen Amuns!« Pharaos Unmut verwandelte sich langsam, aber sicher in Zorn.

Pairy versuchte erneut, Selinas Handgelenk zu fassen, doch diese schüttelte ihn ab und dachte überhaupt nicht daran, Pharaos Befehl Folge zu leisten. »Bei allem Respekt, den ich dir entgegenbringe, Einzig Einer, ich kann nicht gehen, denn Kamaras Entführung betrifft auch dich. Sie beweist, dass du von jenen hintergangen wirst, denen du dein Vertrauen schenkst.«

Pairy hielt die Luft an; er wünschte sich weit fort, und selbst Ammits grausiger Schlund konnte nicht so schlimm sein wie das, was Selina hier tat.

»Ich hoffe, du kannst deine ungeheuerliche Behauptung beweisen, Herrin Selina. Du bist dir hoffentlich darüber im Klaren, dass weder ich noch die Götter dich schützen können, sollten deine Behauptungen sich als unwahr herausstellen. Useramun wartet nur auf einen Grund, dich zu Fall zu bringen. Ich bin schon immer zu nachsichtig mit dir gewesen – die Götter mögen mir meine Schwäche verzeihen.«

Selina zog Kamaras Sendschreiben aus dem Gürtel ihres Gewandes und überreichte es Pharao, wobei sie unaufgefordert die Stufen zum Thronpodest hinaufstieg. »Dies, mein Pharao, ist ein Sendschreiben, das mir Kamara aus Mykene hat überbringen lassen. Sie wurde verschleppt und verkauft. Lies diese Zeilen, Einzig Einer, sie erklären alles.«

Pairy hüstelte gekünstelt, um Selina daran zu erinnern, dass sie besser daran tat, das Thronpodest sofort wieder zu verlassen. Selina bewegte sich langsam, aber nicht hastig rückwärts, wobei sie Pharao nicht aus den Augen ließ. Pharao las den Papyrus sorgfältig und rollte ihn zusammen, als er geendet hatte.

»Herrin Selina«, sagte er in etwas ruhigerem Tonfall, »du benimmst dich, als wäre die Maat aus dem Gleichgewicht geraten – und das allein wegen eines Sendschreibens? Woher willst du wissen, dass es von deiner Tochter stammt? Irgendjemand könnte es geschrieben haben, irgendjemand, der Kamara kennt und denjenigen schaden möchte, denen ich vertraue. Steht man hoch in der Gunst Pharaos, hat man auch viele Neider. Die Anschuldigungen gegen den edlen Herrn Kay sind ungeheuerlich. Er hat mir seine Treue und Loyalität oft bewiesen, und ich bin kaum bereit, aufgrund eines Sendschreibens an seiner Ehrlichkeit zu zweifeln.«

»Aber Pharao!« Selina wich alle Farbe aus dem Gesicht »Warum sollte es dem Mykener, der mir das Schreiben überbrachte, daran gelegen sein, Kay zu schaden? Er kennt ihn doch überhaupt nicht.«

»Herrin Selina!«, donnerte Pharao unvermittelt. »Ich sitze bereits seit fünfzig Nilschwemmen auf dem Thron der beiden Länder. Ich habe Kriege geführt, Palastintrigen überlebt ... die Götter wollten es so. Und nun kommst du mit einem lächerlichen Sendschreiben und verlangst, dass ich einen meiner treuesten und loyalsten Befehlshaber ohne Beweise, nur aufgrund einer Aussage, von der wir noch nicht einmal wissen, ob sie wirklich aus der Hand deiner Tochter stammt, verhaften lasse?«

Selina fehlten die Worte. Doch zu ihrer Überraschung ergriff Pairy das Wort. »Herr allen Lebens, natürlich hast du recht. Doch bedenke, dass zumindest einige Behauptungen, die das Sendschreiben enthält, bemerkenswert sind. Haben wir nicht die *Sachmets Zorn* ohnehin verdächtigt, unterschlagene Güter zu fahren? Genau das Gleiche behauptet Kamara in diesem Sendschreiben. Wenn du erlaubst, würde ich dazu raten, dieser Sache auf den Grund zu gehen.«

Pharao legte die Stirn in Falten, seine Mundwinkel zogen sich mürrisch nach unten. »Du wagst viel, indem du mich hier belehrst, Pairy. Doch zumindest du hast mir deine Treue und Loyalität so oft bewiesen, dass ich dir den Wunsch, der Sache nachzugehen, kaum abschlagen will. Jedoch wird nichts von dem, was hier geredet wurde, diesen Raum verlassen. Die Anschuldigungen sind zu heikel, um sie öffentlich zu vertreten.«

Selina sog scharf die Luft ein, doch Pairy kam ihr zuvor. »Herr allen Lebens. Vielleicht sollten wir einen Menschen einbeziehen, einen, von dem wir wissen, dass er nicht lügen würde, weil er meine Tochter geliebt hat und auch Kay freundschaftlich verbunden ist. Wenn jemand etwas über Kay wissen könnte, ist er es. Wir müssen mit Hori reden.«

Selinas Magen krampfte sich zusammen. Was würde Hori tun, wenn er erfuhr, dass Kamara diesem Mykener die Ehe versprochen hatte? Würde er trotz allem an seiner Liebe zu ihr festhalten, oder würde er im Zorn und gegen jede Vernunft für seinen Freund Kay sprechen?

Doch es war zu spät, darüber nachzudenken. Pharao nickte bereits zustimmend. »Also gut! Ich kenne ihn nicht besonders gut, aber sein Vater war immer loyal. Schickt einen Diener nach Hori, und lasst ihn unter einem Vorwand hier im Palast erscheinen. Sorgt dafür, dass keiner meiner Höflinge etwas darüber verlauten lässt, was heute hier im Empfangssaal geschehen ist und worüber gesprochen wurde.«

Hori nahm die Stufen zum Palast im Laufschritt. Der Diener, der ihn von seinem Posten geholt hatte, hatte ihn zur Eile angehalten. Beunruhigt ob der Einladung, die eher einem Befehl gleichkam, lief er die Palastflure entlang. Hatte er sich etwas zu Schulden kommen lassen?

Hori konnte sich an keinerlei Verfehlung erinnern. Er verrichtete stets pflichtbewusst seinen Dienst. Hori löste seinen Waffengürtel und übergab ihn, wie es Sitte war, bevor er den Thronsaal betrat, einem Diener. Doch als er durch die große Tür trat, vergaß er fast seine Verbeugung – zu überrascht war er, bei Pharao auch den edlen Herrn Pairy und dessen Gemahlin anzutreffen.

»Hori, willkommen«, begrüßte Pharao den jungen Mann mit ernster Stimme. »Was du jetzt hörst, wirst du niemandem erzählen, und du wirst auf die Namen deiner Eltern und ihr Fortleben im Schönen Westen schwören, dass du alles für dich behältst.«

Hori schluckte hart, legte dann jedoch zustimmend eine Faust auf die Brust, genau an die Stelle, an der sein Herz saß. Ein solcher Schwur war ernstzunehmen, denn kein ehrenwerter Ägypter schwor auf die heiligen Namen der Eltern und auf ihr Weiterleben nach dem Tode, wenn er vorhatte, seinen Schwur zu brechen.

»Gut«, bestätigte Pharao zufrieden. »Nun denn, Hori, höre dir an, was die edle Herrin Selina dir zu sagen hat.«

Selina holte kurz Luft. Dann erzählte sie Hori alles, was sie wusste. Zum Schluss ließ sie ihn sogar das Sendschreiben lesen.

Hori blieb äußerlich gelassen, doch innerlich war er zerrissen. War es wahr, dass Kamara noch lebte? Sein Herz schien einen kurzen Moment auszusetzen, nur um dann einen schmerzhaften Stich zu spüren. Sie hatte einem Fremden die Ehe versprochen, obwohl sie genau wusste, dass sie noch immer ihm anverlobt war. Hori zwang sich zur Ruhe. Sie hatte es sicherlich nur aus ihrer Notlage heraus getan. Trotzdem war er wütend: Sie beschuldigte Kay, seinen besten Freund, an ihrer Entführung beteiligt gewesen zu sein.

»Und? Was sagst du zu diesem Sendschreiben, Hori? Ist es von der Hand deiner Verlobten verfasst?«

Hori straffte die Schultern und ordnete seine Gedanken. »Pharao, um die Wahrheit zu sagen: Ich weiß es nicht. Ich wünschte es wäre so, denn die Ungewissheit, was mit Kamara geschehen ist, lässt mich seit zwei Nilschwemmen nicht richtig schlafen. Eines weiß ich aber gewiss … Die Anschuldigungen gegen Kay können nicht stimmen. Ich kenne ihn, seit wir Kinder waren und in den Gärten unserer Eltern gespielt haben. Seit ich mich erinnern kann, war es Kays Wunsch, in den Dienst Pharaos zu treten. Warum sollte er dich bestehlen, wo er dir so viel zu verdanken hat? Es stimmt, dass Kay Kamara nicht mochte, aber ich erinnere mich an ein Gespräch kurz vor der Verlobungsfeier, in dem mir Kay versprach, dass unsere Freundschaft mehr wiegen würde als seine Ablehnung ihr gegenüber. Kay ist mein Freund … Er weiß, dass ich Kamara liebe, er würde mir so etwas niemals antun.«

Pharao nickte. »Ich verstehe.« Dann gab er ihnen allen einen Wink. »Ihr dürft euch nun zurückziehen. Ich werde über das Gehörte nachdenken und euch mitteilen, wenn ich zu einem Entschluss gekommen bin.«

Pairy gab Selina das Sendschreiben zurück, nachdem er es gelesen hatte. Gedankenverloren ließ er sich von einem Diener Wein nachschenken, bevor er laut seufzte und damit seinen Unmut über Selinas Verhalten kundtat. Auf dem Sonnendach ihres zweistöckigen Hauses wehte ein lauer Wind. Obwohl sie es eigentlich genossen, die Nachmittage gemeinsam und müßig unter einem Sonnensegel zu verbringen, lag heute eine Spannung zwischen ihnen, wie es sie lange nicht mehr gegeben hatte.

»Diese Geschichte hört sich zu abenteuerlich an, Selina. Du bist wie immer zu gutgläubig. Wie kannst du einem Fremden nur so schnell vertrauen? Kamara ist tot. Warum willst du das nicht endlich einsehen?«

Selina verzog trotzig die Lippen. »Und warum willst du nicht endlich einsehen, dass sie *nicht* tot ist? Alles passt doch hervorragend zusammen: die *Sachmets Zorn*, die Entführung … Wir müssen doch etwas unternehmen, Pairy. Wenn Kamara noch lebt, müssen wir sie befreien.«

Eine Dienerin erschien, um Pairy eine Fingerschale zu reichen, doch er jagte sie fort. »Wie stellst du dir das nun wieder vor? Pharao hat Verträge und Abkommen mit vielen Ländern, natürlich auch mit Mykene. Mykene ist ein wichtiger Handelspartner. Verlangst du von Pharao, dass er seine Truppen nach Mykene entsendet, um Kamara zu befreien?«

»Wenn Pharao so sprechen würde, würde ich Verständnis aufbringen können, aber du, Pairy, der du Kamaras Vater bist. Wie kannst du einfach alles beiseiteschieben und nur an Geschäfte denken?«

»Das tue ich doch gar nicht. Ich will nur versuchen, dir klarzumachen, dass Pharao nicht anders entscheiden kann, als alles zu vergessen, was heute vorgefallen ist. Ich liebe unsere Tochter, doch selbst wenn sie noch lebt, fürchte ich, ist sie verloren. Sie hätte Hori heiraten sollen, wie es von ihr erwartet wurde.«

Selina erhob sich abrupt und schüttelte ihr langes, helles Haar. »Nein, Pairy, ich werde Kamara nicht einfach vergessen. Sollte Pharao nicht einlenken, werde ich selbst nach Mykene gehen, um sie zu suchen.«

»*Ya!* Bei den Göttern, du redest Unsinn!«, versuchte er sie zur Besinnung zu bringen. »Wir können überhaupt nichts tun, wenn der Einzig Eine es verbietet.«

»Dann muss Hori etwas tun.«

Hori ließ sich von seinem Diener aus dem ledernen Brustharnisch helfen und warf den staubigen Schurz innerlich fluchend zu Boden. Der Diener bückte sich beflissen und hob ihn auf. Eigentlich hätte er Kamaras Diener sein sollen, das Haus, in dem Hori nun allein lebte, ihr gemeinsames Heim. Es war Pharaos Verlobungsgeschenk gewesen, und nach Kamaras Verschwinden hatte der Einzig Eine Hori es als Trost für den Verlust seiner Verlobten geschenkt. Dennoch hatte Hori über eine Nilschwemme lang getrauert und sich von fast allen Menschen zurückgezogen, die er liebte oder die ihn liebten. Einzig Kay hatte ihn regelmäßig besucht, und einzig er hatte nicht aufgegeben, ihn aufzumuntern. Nur durch ihn hatte Hori schließlich langsam wieder zurück ins Leben gefunden.

Und nun kam ein Fremder aus Mykene und behauptete, er sei der rechtmäßige Gatte seiner Verlobten, die angeblich noch lebte. Besonders unverschämt war jedoch, dass der Fremde Kay, seinen besten Freund, der immer für ihn da gewesen war, der Korruption, Entführung und Lüge bezichtigte.

Hori trat hinaus in den Garten, ging zu seinem Badeteich und stieg über die Stufen ins kühlende Wasser. Ineksi, seine junge nubische Sklavin, trat leise zu ihm. Obwohl die Gärten des Hauses eigentlich nur von den Gärtnern und seinem Leibdiener betreten wurden, war es zu einem festen Bestandteil ihres Lebens geworden, das Lager ihres Herrn zu teilen und ihm auch beim Baden Gesellschaft zu leisten. Ihren ägyptischen Namen »Ineksi« hatte Hori selbst ihr gegeben – er bedeutete nichts anderes als »Sie gehört mir«. Ineksi war neben Kay der zweite Mensch in Horis Leben gewesen, der ihn über die schwere Zeit des Verlustes hinweggetröstet hatte. Doch als sie heute ihr leichtes Kleid ablegen wollte, um zu ihm ins Wasser zu steigen, hob er die Hand, um ihr Einhalt zu gebieten. »Nicht heute, Ineksi. Ich hatte einen schweren Tag, und ich bin müde.«

Überrascht und enttäuscht zog Ineksi den Träger ihres Kleides wieder über die dunkelbraune Schulter. Fast tat sie Hori leid, als sie sich steif verbeugte und ihn allein ließ. Ineksi war es kaum noch gewohnt, wie eine Sklavin von ihm behandelt zu werden, und heute fragte er sich das erste Mal, ob er ihr zu große Hoffnungen gemacht hatte, als er sie als einzige Frau auf sein Lager geholt hatte. Sie hatte ihm genügt, er hatte keine anderen Frauen begehrt, doch er liebte sie nicht.

Hori tauchte im kühlen Wasser unter und begann, sich den Schmutz und den Schweiß des Tages vom Körper zu waschen. Er hatte sich verändert, seit er Kamara verloren hatte. Nicht nur sein Körper war der eines Mannes geworden, auch sein Verstand war gereift. Wäre er vor zwei Nilschwemmen noch Hals über Kopf aufgebrochen, um seinem Traum nachzujagen, zwang er sich nun zu Ruhe und einem kühlen Kopf.

Als er sich anschickte, aus dem Wasser zu steigen, erschien sein Diener, um den Besuch seines Freundes Kay anzumelden. Hori schalt sich dafür, dass ein leichter Stich sein Herz durchfuhr – Kay hatte nichts getan, was das Misstrauen seines Herzens rechtfertigte.

Als Hori in einen leichten Schurz gekleidet seine Empfangsräume betrat, hatte es sich Kay schon auf einem Stuhl bequem gemacht und ließ sich von Ineksi ein kühles Bier reichen. Er zwinkerte der jungen Nubierin unverhohlen zu, was diese erröten und sich unter Verbeugungen zurückziehen ließ.

»Ineksi scheint heute nicht so fröhlich wie sonst. Hast du sie endlich von deinem Lager verbannt, um dich einer anderen zuzuwenden?« Kay grinste unverhohlen. »Ich würde sie dir sofort abkaufen, Hori. Sie gefällt mir.«

»Damit du ihr Herz noch trauriger machst, Kay? Es tut mir leid, doch obwohl ich sie nicht liebe, habe ich sie gern, und sie hat mir über eine schwere Zeit geholfen. Du würdest sie jagen und erlegen, wie ein Löwe eine Gazelle. Das kann ich Ineksi nicht antun.«

Kay zuckte mit den Schultern. »Du bist zu weichherzig, mein Freund. Sieh uns an … Wir sind jung, die Frauen und Mädchen schauen uns hinterher. Alt werden wir früh genug. Wir sollten das Leben genießen.«

Hori betrachtete seinen Kindheitsfreund, wie er mit einem zufriedenen Grinsen und ausgestreckten Beinen dasaß. »Zumindest *du* lässt doch in Hathors Namen keinen Genuss und keine Sinnesfreuden aus, Kay.«

Kay trank den Rest seines Starkbiers und rülpste zufrieden. »Das ist wahr, und ich danke den Göttern, dass sie mir ein leichteres Gemüt als dir geschenkt haben. Im Gegensatz zu dir verschwende ich meine Jugend nicht mit trübsinnigen Gedanken an eine verlorene Liebe.«

Erneut spürte Hori einen Stich in seinem Herzen, und er ertappte sich dabei, wie er in Kays Augen nach etwas Verräterischem zu suchen begann. »Du hast ja auch noch nie geliebt.«

»Bastet und Hathor können bezeugen, dass ich geliebt habe und immer wieder liebe. Jede Nacht entflammt meine Liebe aufs Neue.« Kay leckte sich einige Tropfen des Starkbiers von den Lippen.

»Ich wäre glücklicher geworden, wenn ich nur diese eine Liebe mein Eigen hätte nennen können. Wärst du nicht auch glücklicher, wenn ich als dein Freund mein Glück gefunden hätte?«

Kay zog die Augenbrauen hoch und blickte Hori verständnislos an. »Natürlich will ich, dass du glücklich bist. Meinst du, es bereitet mir Freude, deine wehmütigen Blicke ertragen zu müssen?« Kay lachte laut über seinen Scherz. »Ach Hori, wenn du unbedingt nur eine einzige Frau lieben willst, soll es so sein. Aber suche dir eine, die noch nicht bei den Göttern weilt.«

Fast war Hori versucht, Kay vom Sendschreiben zu erzählen, doch im letzten Moment beherrschte er sich. »Wenn Kamara noch lebte, würdest du nicht versuchen, mich von einer Hochzeit abzuhalten?«

Kay funkelte Hori wütend an. »Bei Mins hartem Gemächt, Hori! Was redest du heute für einen sentimentalen Unsinn?

Es ist mir vollkommen egal, wen du heiratest, solange du endlich aufhörst zu jammern.«

»Ich jammer überhaupt nicht!«, verteidigte sich Hori gekränkt.

»Wie dem auch sei ... Du verdirbst mir die Laune. Ich werde jetzt losgehen und mich verlieben. Und morgen werde ich mich erneut verlieben«, er lachte rau und erhob sich. »Und falls Ineksi noch trauriger wird: Mein Angebot steht. Schick sie zu mir. Vielleicht liebe ich sie nur eine Nacht, aber diese Liebe wird eine ganze Nilschwemme mit dir aufwiegen, da zumindest keine tote Geliebte zwischen uns sein wird.«

Kay hob die Hand zum Gruß und verschwand dann. Seine Schritte waren fest und entschlossen. Hori schüttelte den Kopf. Nein, Kay war viel zu kurzweilig, um ihm oder Kamara das anzutun, was ihm vorgeworfen wurde.

Der Nachmittag zog sich dahin. Obwohl Hori sich vorgenommen hatte, nicht mehr an Kamara zu denken, musste er bald feststellen, dass ihm dies nicht gelang. Die Wunde, die er längst vernarbt geglaubt hatte, war aufgebrochen, und sie begann zuerst zu jucken, bis sie schließlich so entzündet war, dass er sie kaum noch ignorieren konnte.

Aufgewühlt lief Hori in seinem Garten auf und ab. Als Ineksi ihm einen Krug Wein brachte, war er kurz versucht, sie auf sein Lager zu holen und sich abzulenken, verwarf den Gedanken aber schnell. Er war einfach nicht in der Lage, sich auf etwas anderes als Kamara zu konzentrieren.

Als der Abend nahte, die Zeit, zu der Re von Nut verschlungen wurde, saß er noch immer in seinem Garten, mittlerweile erheblich angetrunken und noch betrübter als am Nachmittag. Hori war gerade dabei, sich von seinem Diener einen weiteren Weinkrug öffnen zu lassen, als Ineksi erschien und Hori die Herrin Selina meldete.

»O ihr Götter, bitte nicht noch einmal! Ich suche Vergessen im Wein. Warum kann ich es nicht finden?«

Ineksi blickte Hori beunruhigt an, wartete jedoch auf seine Entscheidung, ob er seinen Besuch empfangen wollte oder nicht.

»Bring sie her, Ineksi. Sie wird ohnehin keine Ruhe geben.«

Ineksi verbeugte sich und verschwand im Dunkel des Gartens.

Als Selina erschien, waren die Diener gerade damit beschäftigt, die Gartenfackeln zu entzünden. Das sanfte Licht und die hellen Haare ließen Selina wie eine mächtige Göttin aus einer vergangenen Zeit wirken. In seinem vernebelten Verstand fragte sich Hori, wie eindrucksvoll und schön sie wohl gewesen sein musste, als sie vor vielen Nilschwemmen nach Ägypten gekommen war, um fortan hier zu leben. Kamara hatte unzweifelhaft ihre Unzähmbarkeit, ihre Kraft und ihre Wildheit geerbt.

Hori schüttete den Rest des Weines ins Gras und schüttelte sich, als könne er ebenso seinen Kopf leeren. Kamara, immer nur Kamara! Warum konnte er diese dummen Gedanken nicht vertreiben?

Selina blieb vor ihm stehen und betrachtete ihn ohne erkennbare Gefühlsregung. Er musste jämmerlich aussehen, wie er dort betrunken im Gras saß. »Gesundheit, Leben und Wohlergehen, Hori! Wie ich sehe, hast du meine Tochter noch nicht vergessen, so wie die anderen, die behaupteten, sie zu lieben.«

Selinas Stimme schnitt unangenehm in seinen berauschten Verstand. »Herrin Selina, was willst du von mir?«

Sie machte keine Anstalten, sich zu setzen. Noch immer stand sie einer Statue gleich vor ihm. »Ich will, dass du mir glaubst. Kamara ist nicht tot – sie lebt!«

»Selbst wenn ich dir glaube, Herrin – was macht das für einen Unterschied?«

Er war auf eine heftige Rüge ihrerseits gefasst gewesen, doch noch immer blieb Selina ruhig. »Du bist mir etwas schuldig, Hori! Du hättest in der Verlobungsnacht bei ihr bleiben müssen. Ich lasse mich nicht noch einmal abweisen.«

»Was verlangst du von mir?«, gab Hori sich mit schwerer Zunge geschlagen.

»Ich habe diesem jungen Mykener eine Nachricht überbringen lassen. Er wird mich morgen, wenn die Sonne am höchsten steht, im Viertel der Weinhändler treffen – und du wirst mich begleiten, um dir seine Geschichte anzuhören.«

Hori fuhr hoch. »Dieser Mann behauptet, ihr rechtmäßiger Gemahl zu sein! Wie kannst du so etwas von mir verlangen?«

Selina schüttelte leicht den Kopf. »Ja, das behauptet er. Aber er war entweder nicht klug genug oder aber zu verliebt, um sich Kamaras Schreiben übersetzen zu lassen. Sie hat ihn nur aus Not in dem Glauben gelassen, dass sie ihn heiraten wird.«

Hori verzog die Mundwinkel zu einem verächtlichen Grinsen. »Das passt zu Kamara. Sie spielt gerne mit den Männern, die sie lieben … der arme Tölpel.«

»Morgen, wenn die Sonne hoch steht, werden wir uns vor der Weinschenke *Dionysos' Tanz* treffen. Ich werde auf dich warten.«

»Diese Weinschenke sucht kein Ägypter auf. Sie gehört einem Fremdländer«, wandte Hori missgelaunt ein.

»Das ist richtig, und genau aus diesem Grund werden wir uns dort treffen. Ich weiß nicht mehr, wem ich in Piramses vertrauen kann.«

Hori konnte die beiden hellen Haarschöpfe schon von Weitem ausmachen. Einer gehörte der Herrin Selina, der andere einem ihm unbekannten Mann. Er musste der Fremde sein, der

Kamaras Sendschreiben nach Piramses gebracht hatte. Eine unüberwindliche Abneigung gegen den Mykener machte sich in Hori breit. Es fiel ihm schwer, den Mann überhaupt zu grüßen, als er vor ihm stand.

»Hori, dies ist Eneas, der Kamaras Sendschreiben überbracht hat«, versuchte Selina die Spannung abzubauen.

Eneas, der sehr wohl bemerkte, dass Hori ihm nicht freundlich gesinnt war, verbeugte sich leicht, und Hori riss sich zusammen und tat es ihm gleich.

Selina schlug vor, einen Krug Wein in der Schenke zu trinken, und Hori folgte den beiden angespannt. Im Innern der Schenke war es laut und stickig. Fliegen summten um die Köpfe der Gäste, und der düstere Raum war von Schweiß- und säuerlichem Weingeruch erfüllt. Selina hatte ohne Zweifel eine der schlechtesten Schenken der Stadt für die Zusammenkunft ausgewählt.

Der ungepflegte Wirt betrachtete das seltsame Dreiergespann kurz und schätzte ab, ob es sich lohnen würde, einen der wackeligen Tische für seine neuen Gäste räumen zu lassen. Doch als er die edlen Kleider bemerkte, ließ er kurzerhand zwei Trunkenbolde, die während ihres Gelages eingeschlafen waren, von seinem Gehilfen vor die Tür werfen. Mit einem fleckigen Leinentuch wischte er fahrig über die Tischplatte und bedeutete Selina, Hori und Eneas mit einem breiten Grinsen, Platz zu nehmen.

Mehr aus Höflichkeit denn aus Lust, schlechten Wein zu trinken, bestellte Hori einen großen Krug. Erst als der Wirt den Krug gebracht hatte und niemand Anstalten machte, von dem Wein zu trinken, räusperte sich Selina. »Hori, Eneas ist hier, weil er uns helfen will, Kamara aus Mykene zu befreien und nach Ägypten zu bringen.«

Hori nickte. Das Zucken seiner Mundwinkel verriet seine Anspannung. »Du legst eine sehr edle Gesinnung an den Tag,

Eneas aus Mykene, da du mir meine Verlobte zurückgeben willst.«

Selina schloss die Augen. Sie hatte gehofft, dass Hori vernünftig genug wäre, seine Eifersucht im Zaum zu halten.

Eneas starrte Hori unverwandt an. »Chloris ... Kamara war deine Verlobte? Das tut mir wirklich leid, bei den Göttern. Davon hat sie mir nichts erzählt. Doch sie ist nun meine Gemahlin. Ich werde sie nach Ägypten bringen, um hier mit ihr zu leben.«

»Kamara ist mir versprochen, und das Versprechen wurde vom Einzig Einen für gut befunden. Nur die Götter können sie von mir trennen.« Hori spürte, wie die Wut ihm zu Kopf stieg. Alle Versuche Selinas, ihn zu beruhigen, schlugen fehl.

Auch Eneas geriet immer mehr in Rage. »Ich teile seit vielen Monden das Ehelager mit ihr. Das wiegt mehr als eine Verlobung oder Hochzeit, die nie vollzogen wurde.«

Hori sprang unvermittelt auf. »Du wagst es, in Piramses zu erscheinen und Ansprüche zu stellen? Wer bist du denn, Fremder? Du stiehlst mir meine Frau, du beleidigst meinen Freund und bezichtigst ihn schwerer Verbrechen. Ich werde dir deinen elenden Schädel einschlagen!«

Schon hatte Hori sein Schwert gezogen, Eneas war ebenfalls aufgesprungen und wurde sich im gleichen Moment bewusst, dass er bis auf einen kleinen Dolch keinerlei Waffen trug. »Ich habe dir deine Frau nicht gestohlen. Sie war unberührt, als ich sie auf mein Lager holte, und von deinem Freund weiß ich nichts. Ein gewisser Lisias hat Kamara entführt – wenn dieser Mann dein Freund ist, würde ich zukünftig darauf achten, mit wem ich den Becher leere.«

Hori holte mit dem Schwert aus und ließ es hart auf die Tischplatte krachen. Eneas sprang zurück. Doch Selina gelang es im letzten Moment, Hori das Schwert zu entwinden.

Mittlerweile waren die Gäste auf sie aufmerksam geworden, und der Wirt kam aufgeregt auf ihren Tisch zu. Doch Horis Verstand hatte ausgesetzt. Ohne Schwert und Waffen sprang er mit einem Satz über den Tisch hinweg und stürzte sich auf Eneas, der zu Boden ging. Hatte Hori gehofft, dass er leichtes Spiel mit dem Mykener haben würde, so hatte er sich allerdings geirrt: Eneas war kräftig, und ehe Hori sich's versah, hatte der Fremde ihm seinen Arm um den Hals gelegt und ihn unter sich gebracht. Hori versetzte Eneas einen Tritt in den Magen, woraufhin dieser seinen Griff lockerte und nun seinerseits nach Luft rang. Hori griff in rasendem Zorn nach einem der Schemel und wollte ihn auf Eneas' Rücken zerschlagen, doch der junge Mann wich im letzten Moment aus und rollte sich zur Seite.

Selina hatte bis jetzt mehr oder weniger erstarrt zugesehen, wie die beiden Männer sich bekämpften. Sie hatte vor allem Hori etwas mehr Besonnenheit zugetraut, doch sein Benehmen zeigte nur, wie sehr er Kamara geliebt hatte und noch liebte.

Selina wartete noch einen Augenblick, dann nutzte sie die Gelegenheit, dass Hori ihr den Rücken zuwandte, um ihm einen harten Tritt in die Kniekehlen zu geben, sodass er vornüberfiel. Eneas wollte das ausnutzen, ihm einen letzten Schlag zu versetzen, doch Selina herrschte ihn unmissverständlich an: »Denke nicht einmal daran, Eneas! Ich würde dir jeden einzelnen deiner Knochen brechen.«

Überrascht ob ihrer Worte hielt Eneas inne. »Er hat mich beleidigt«, verteidigte er sich.

Ehe die beiden Männer wieder aufeinander losgehen konnten, eilte der Wirt, gefolgt von zwei Medjai, an ihren Tisch. Selina seufzte und schüttelte den Kopf. Die Medjai, grimmige Krieger aus dem Goldland, die im Namen Pharaos in Piramses für Ordnung sorgten, konnte sie nun gar nicht gebrauchen.

»Dort sind sie – diese vom Wahnsinn befallenen Irren!«, fluchte der Wirt ungehemmt. »Bei Sachmet! Wer wird mir nun den Krug Wein bezahlen, den Schemel und den Tisch, den sie zerschlagen haben?«

Die Medjai ließen sich nicht aus der Ruhe bringen. Einer von ihnen packte sich Hori, der andere Eneas. Dann wandte er sich an den Wirt. »Dieser hier trägt den Harnisch der Palastwachen. Wir übergeben ihn unserem Kommandanten. Er wird dem Einzig Einen persönlich vorgeführt werden und sich zu verantworten haben. Sei gewiss, du bekommst deinen Schaden ersetzt.«

Selina seufzte gequält auf. Bei der Großen Mutter! Es hätte nicht schlimmer kommen können.

Pharao verzog keine Miene, während seine Augen abwechselnd Hori, Eneas und Selina musterten. Jeder der Anwesenden spürte, dass der Einzig Eine kurz vor einem seiner gefürchteten Wutausbrüche stand. Selbst Selina hatte es in Anbetracht seines offensichtlichen Zorns die Sprache verschlagen.

Pharao hatte sie unter Abwesenheit seiner Höflinge empfangen, was zumindest darauf hindeutete, dass er keine öffentliche Strafe über sie verhängen wollte. Zu Selinas Leidwesen war jedoch Useramun anwesend. Die Priesterschaft des Amun war offensichtlich so mächtig, dass selbst Pharao nicht wagte, den Oberpriester abzuweisen. Missmutig saß er auf einem für ihn bereitgestellten Stuhl und beobachtete vor allem Selina aus boshaft funkelnden Augen, gestützt auf seinen Priesterstab.

Der Einzig Eine wirkte müde und abgespannt, und zum ersten Mal erkannte Selina in seinem Gesicht das Alter, das ihm zu schaffen machte, und die Last der Doppelkrone, die er trug. »Herrin Selina, ist es wirklich so schwer, den Befehlen Pharaos Folge zu leisten? Und Hori ... Seit du in meinen Diensten stehst, hast du dich nach allem, was ich gehört habe, als pflichtbewusst und zuverlässig erwiesen. Doch heute höre ich, dass du dich in einer der schlechtesten Schenken in Piramses wie ein halbwüchsiger Knabe mit diesem Mykener geschlagen hast.«

Pharao erhob sich mit einem überzogenen Stöhnen aus seinem Thronsessel und begann in der Empfangshalle auf und ab zu gehen. »Sind denn alle um mich herum von der heiligen Krankheit befallen? Was habt ihr euch dabei gedacht, meine Befehle zu missachten?«

Selina wagte schließlich zu sprechen. »Herr allen Lebens, es tut mir leid, bei der Großen Mutter. Doch ich muss meine Tochter zurück nach Ägypten holen.«

Pharao fuhr herum und gebot ihr mit einer unmissverständlichen Handbewegung Einhalt. »Du, Herrin, denkst nicht weiter als bis zu deinem Herzen. Das ist es, was ich an Frauen nicht mag. Sie leben in ihrer kleinen Welt und haben keinerlei Verständnis für die größeren Zusammenhänge. Ich kann keine Truppen nach Mykene entsenden, damit sie deine Tochter mit Gewalt befreien – ich will es auch gar nicht. Deine Tochter ist mit einem Mykener verheiratet und gehört nach mykenischem Recht ihrem Gatten. Und dieser junge Heißsporn dort«, er wies mit dem Finger auf Eneas, »hat sich in seiner jugendlichen Torheit blenden lassen. Auch er wird noch lernen, dass die Liebe eine sehr vergängliche Freude ist.«

»Die Liebe einer Mutter zu ihrer Tochter ist nicht vergänglich!«, verteidigte sich Selina stur. »Ich werde nicht ruhen, bis Kamara nach Ägypten zurückkehrt.«

»Schweig!«, fuhr Pharao sie an. »Ich will dieses leidige Thema endlich beenden.«

Als hätte Useramun auf ein Zeichen gewartet, erhob er

sich von seinem Stuhl. »Amun duldet keine weiteren Beleidigungen und Unverschämtheiten«, krächzte er beiläufig. »Ich habe das Orakel befragt, und Amun ist erzürnt. Ihr bringt die Maat aus dem Gleichgewicht. Er verlangt, dass dieser Mykener und der edle Herr Hori bestraft werden.«

Pharao hob die Hand und gebot Useramun Einhalt. »Amun ist weise, Oberpriester, doch vorab muss geklärt werden, ob dieses Sendschreiben nicht noch größere Verstöße gegen die Maat offenbart. Eine weitere Verfehlung gegen die Maat wäre nicht tragbar.« Er wandte sich an Hori. »Du, Hori, wirst nach Mykene gehen, und solltest du deine Verlobte finden, wirst du sie nach Ägypten zurückbringen. Du hast mich beleidigt, und ich verbanne dich aus Ägypten! Wenn es dir gelingt, Kamara zurückzubringen, ohne die Beziehungen zwischen Ägypten und Mykene zu gefährden, werde ich die Verbannung aufheben. Gelingt es dir jedoch nicht, sollst du zeitlebens aus Ägypten verbannt sein.« Pharao wies auf Eneas. »Wie du dich mit demjenigen einigst, der behauptet, einen eherechtlichen Anspruch auf deine Verlobte zu haben, ist mir vollkommen egal.«

Hori riss entsetzt die Augen auf. »Du verbannst mich aus Ägypten, Einzig Einer? Du reißt mir das Herz aus dem Leib, mein Pharao!«

Useramun stieß mit seinem Amtsstab hörbar auf den Boden. »Herr allen Lebens, Amun verlangt, dass sie bestraft werden: der Mykener, der edle Herr Hori und dieses Weib, das …«

»Schweig!«, fuhr Pharao ihn an. »Ich bin der *Sohn* Amuns. Willst du behaupten, dass der Gott dir Dinge offenbart, die er mir vorenthält?«

Useramun biss sich auf die ausgetrockneten Lippen. »Nein, Einzig Einer, ich meinte nur …«

Pharao hob die Hand und blieb unerbittlich. Seine schlaffen Wangen behielten einen harten und unnachgiebigen Zug. »Ich erlaube dir, zehn Männer deiner Wahl mit auf die Reise zu nehmen, die dir helfen. Wähle gut unter den Soldaten, Hori, denn sie werden über das Gelingen oder das Scheitern deiner Pläne entscheiden. Der junge Mykener soll dich begleiten.«

Eneas und Hori warfen sich einen freudlosen Blick zu. Selina tauschte einen feindseligen Blick mit Useramun. Pharao hatte das Einzige getan, das sie vor Useramun zu schützen vermochte.

»Und, Herrin Selina – sei dir bewusst, dass fortan Pharao über alles, was du tust, wachen wird. Es ist dir verboten, Piramses zu verlassen, bis ich mich dazu herablasse, dieses Verbot aufzuheben.«

Ehe Selina oder Hori noch etwas hätten sagen können, gab Pharao ein Zeichen, dass sie entlassen waren.

Erst als sie in der heißen Nachmittagssonne vor den Palasttoren standen, fand Hori seine Sprache wieder. »Bist du nun zufrieden, Herrin? Pharao hat mich aus Ägypten verbannt, was, glaubst du, soll ich nun tun?«

Selina legte ihm ihre Hand auf die Schulter, doch Hori schüttelte sie unwillig ab. »Pharao hat dich nur aus den Fängen der Amunpriesterschaft befreit. Er zürnt dir nicht. Hori! Du wirst Kamara finden, und dann kehrst du mit ihr zurück.«

»*Ich* kehre mit ihr zurück«, wandte Eneas beleidigt ein.

Selina sah ihn unverwandt an. »Kamara wird entscheiden, wen sie heiratet. Doch zurückkehren wird sie mit Hori, denn sie ist ihm schuldig, zumindest seine Verbannung aufzuheben.«

Eneas nickte. »Also gut!« Diese seltsame Frau, die nicht dem Frauenbild entsprach, das er kannte, verunsicherte ihn zutiefst. Er ärgerte sich selbst darüber, dass er sich von ihr derart über den Mund fahren ließ, doch er war fremd in Ägypten und hatte ihr kaum etwas entgegenzusetzen. Immerhin war er gerade nur knapp einer Verurteilung entgangen.

»Was wirst du nun tun?«, wandte sich Selina wieder an Hori.

Er stieß ein verächtliches Geräusch aus und trat mit seiner Sandale gegen den Sand auf der Straße. »Ich werde zehn meiner besten Männer aussuchen und die Diener meine Truhen packen lassen. Was sonst kann ich tun?«

»Ich werde dir helfen, Hori. Alles was du brauchst, soll aus meiner Schatulle bezahlt werden.«

»Ich brauche dein Gold nicht, Herrin. Ich bin nicht so reich wie du, aber ich bin auch nicht arm. Ich werde dich aber beizeiten daran erinnern, dass du in meiner Schuld stehst.«

Hori wandte sich zum Gehen. Es fiel ihm schwer, das Wort noch einmal an Eneas zu richten. »Sei in zwei Tagen reisefertig, und erzähle jenen, mit denen du nach Ägypten gekommen bist, nichts davon. Wir können jeden Vorsprung brauchen, denn wenn es wahr ist und sie fürchten, dass wir ihre dunklen Geschäfte stören, werden sie alles daransetzen, uns zu töten. In zwei Tagen werden wir uns, noch bevor Nut Re gebiert, an der Anlegestelle des Palastes treffen.«

Eneas nickte mit zusammengepressten Zähnen. »Ich werde dort sein!«

Kay betrachtete verwundert die Geschäftigkeit der Diener, die eilig im Haus umherliefen und Truhen hinaustrugen. Als er Ineksi sah, die dem Treiben mit einer unübersehbaren Lustlosigkeit beiwohnte, rief er sie zu sich. »Was ist geschehen, Ineksi? Hat Hori vor zu verreisen?«

Ineksi konnte ihre Enttäuschung kaum verbergen. »Edler Herr Kay, ich weiß nicht viel mehr als du. Am gestrigen Tag kam mein Herr aus dem Palast und trieb die Diener zur Eile an, seine Truhen zu packen, da er für eine lange Zeit fortgehen wird.«

Kay tätschelte der jungen Nubierin die Wange, woraufhin sie ihm ein scheues Lächeln schenkte. »Das ist traurig für dich, Ineksi. Ich weiß, wie gut und pflichtbewusst du meinem Freund dienst.«

Hoffnungsvoll ob des Trostes, der ihrem verletzten Herzen guttat, sah sie ihn an. »Ich glaube, dass es etwas mit dem Besuch der Herrin Selina zu tun hat. Sie erschien vor drei Tagen, und mein Herr war schon den ganzen Tag trübsinnig gewesen und hatte zu viel getrunken. Er war wie verwandelt. Ich mache mir wirklich große Sorgen.«

Kay spürte, wie er sich verkrampfte. Trotzdem lächelte er Ineksi weiterhin an. »Hast du gehört, was die Herrin Selina gesagt hat, Ineksi?«

Sie schüttelte den Kopf, sprach dann jedoch. »Ich habe nur wenig gehört, edler Herr Kay, doch ich glaube, dass der Name Kamara fiel.«

Kay wischte Ineksi fahrig eine Träne von der Wange. Konnte es sein, dass Kamara es geschafft hatte, eine Botschaft an ihre von den Göttern verfluchte Mutter zu senden? Wenn dem so war, hatte sie auch Kay verraten. Wie viel wusste sein Freund?

Kay ließ Ineksi stehen und lief schnellen Schrittes die Treppe hinauf ins Obergeschoss. Dort fand er Hori auf dem Sonnendach, wo er mit geschlossenen Augen und nur mit einem kurzen weißen Schurz bekleidet auf einer Binsenmatte kniete und seine Arme zu Re erhoben hatte. Hinter ihm stand ein junger Priester, der ein Weihrauchgefäß schwenkte und leise Beschwörungsformeln murmelte.

»Du erbittest Res Segen für eine Reise, Hori? Wird deine Reise dich weit von Ägypten fortführen?«

Hori blinzelte. Er war zu vertieft in sein Gebet gewesen,

um Kay zu bemerken. »Weit und lang, mein Freund. Ich kann den Segen Res gut brauchen.«

Kay musterte Hori eindringlich. »Du hast mir nichts von einer Reise erzählt.«

»Ich habe erst gestern beschlossen zu verreisen.«

»Lass mich dich begleiten. Ich werde Pharao darum bitten, mich einstweilen aus seinen Diensten freizustellen.«

Hori blickte Kay zweifelnd an. Er sollte und durfte Kay nichts erzählen. Er durfte ihm nichts von Eneas, Kamara oder den Vorwürfen verraten, die gegen ihn erhoben wurden. Hori war sich sicher, dass Pharao die *Sachmets Zorn* sehr genau beobachten ließ. Sollte sich der Verdacht bestätigen, dass die Barke Schmuggelgüter transportierte, würde Pharao auch sein Vertrauen zu Kay noch einmal überdenken. Andererseits konnte Hori es nicht ertragen, Kay zu hintergehen. Kay war sein Freund – sicherlich war er in vielen Dingen herzloser, als Hori es je sein würde, aber Hori war von ihm nie enttäuscht worden. »Kay, du kannst mich nicht begleiten, denn ich bin aus Ägypten verbannt worden.«

Kay starrte ihn mit offenem Mund an. »Warum, bei den Göttern? Was ist geschehen?«

Hori seufzte auf. Wie von selbst kamen die Worte über seine Lippen, und er erzählte Kay alles, was geschehen war. Er erzählte von Kamaras Sendschreiben, von Eneas, der behauptete, Kamaras rechtmäßiger Gemahl zu sein. Zum Schluss sprach er sogar die Vorwürfe an, die in dem Sendschreiben aus Mykene gegen Kay ausgesprochen wurden.

Kay lauschte seinen Worten stumm, und selbst als Hori ihm erzählte, dass ihm vorgeworfen wurde, an Kamaras Entführung beteiligt gewesen zu sein, zuckte er nicht zusammen.

»Ich muss dich warnen, mein Freund. Zwar vertraut Pharao dir nach wie vor, aber er wird diesen Lisias und die *Sach-*

mets Zorn sehr genau beobachten. Wenn diese Vorwürfe sich bewahrheiten, wird Pharao auch dich unter Beobachtung stellen.« Hori erhob sich und wischte sich den Schweiß von der Stirn, den Res Strahlen ihm ins Gesicht getrieben hatten.

Kay trat ein paar Schritte auf ihn zu und sah ihm dann fest in die Augen. »Und du, Hori, glaubst du diesen Verleumdungen?«

Hori schüttelte den Kopf. »Ich hätte dir nicht davon erzählt, wenn ich ihnen Glauben schenken würde. Ich musste dich warnen, bevor ich Ägypten verlasse. Wie schnell gerät der Unschuldige unter Verdacht!«

Kay nickte nachdenklich. »Gut, Hori! Du bist ein echter Freund. Ich werde mich in Acht nehmen. Aber glaubst du wirklich, dass Kamara noch lebt?«

Hori leerte einen Kelch mit Wasser und zuckte dann mit den Schultern. »Ich kann es nur hoffen, denn sonst werde ich Ägypten wohl nie wiedersehen.«

Kay umarmte Hori fest und freundschaftlich. »Mögen deine Füße festen Tritt finden, und mögen die Götter Ägyptens dich auf deiner Reise begleiten. Wann wirst du aufbrechen?«

»Am morgigen Tag, noch bevor Nut Re gebiert.«

Kay und Hori verabschiedeten sich voneinander – der eine schwermütig, der andere innerlich von Angst zerfressen.

Erst als Kay außer Sichtweite von Horis Anwesen war, begann er zu laufen. Er lief nicht zurück auf seinen Posten im Palast, er schlug den Weg zum Hafen der Händler ein, denn er musste mit Sethi und Lisias sprechen. Über ihren Köpfen braute sich ein Sturm zusammen, und Kay musste handeln, wenn er nicht von diesem Sturm fortgezogen und mitgerissen werden wollte.

Keuchend und schwitzend erreichte Kay den Hafen der Händler. Es war bereits Mittag, und die Menschen hatten sich in ihre Häuser zurückgezogen, um der Hitze Res zu entgehen. Entsprechend ruhig und für Kay beinahe bedrohlich mutete der fast verlassene Platz für ihn an. Seine Augen suchten die *Sachmets Zorn* und fanden sie dümpelnd und verlassen zwischen den anderen Schiffen im Hafen.

Kay entsann sich des mykenischen Namens, den Hori ihm genannt hatte – *Eneas!* Er durfte diesem Eneas unter keinen Umständen begegnen, niemand durfte etwas von seiner Verbindung zu Sethi oder Lisias wissen. Er betete zu den Göttern, dass die beiden Männer diesem Eneas noch nichts von ihm erzählt hatten. Unschlüssig blickte Kay sich um. Als er einen kleinen schmutzigen Jungen vor dem bescheidenen Haus seiner Eltern im Sand spielen sah, kam ihm der rettende Gedanke. Herrisch winke er den Jungen zu sich herüber, der seinem Befehl, vom Anblick des Harnischs der Palastwachen beeindruckt, sofort Folge leistete.

Kay nahm zwei Kupferringe aus seinem Lederbeutel und hielt sie dem Jungen hin, der sofort danach greifen wollte. Blitzschnell zog Kay seine Hand zurück. »Du kannst dir dieses Kupfer verdienen, wenn du auf diese Barke dort gehst und Sethi, dem Kapitän, eine Nachricht überbringst.«

Der Junge nickte beflissen und schielte auf die Hand, in der die beiden Kupferringe lagen.

»Aber du darfst nur mit Sethi sprechen. Frage nach Sethi, und überbringe die Nachricht keinem anderen. Sollte er nicht allein sein, sage ihm, dass die Botschaft nur für seine Ohren bestimmt ist.«

Wieder nickte der Junge eifrig.

»Sage Sethi, dass er unter einem Vorwand die Barke verlassen soll, um Kay zu treffen. Ich warte dort vorne hinter dem Haus mit den bemalten Binsenmatten auf ihn. Und bei den

Göttern, erwähne meinen Namen erst, wenn du mit ihm allein bist! Und sage ihm, dass es eilt.«

Kay sah dem Jungen nach, der munter zur Barke lief. Er selbst verbarg sich hinter dem einfachen Lehmhaus.

Sethi ließ nicht lange auf sich warten. Offensichtlich hatte er die Dringlichkeit der Lage verstanden. Kay gab dem Jungen die vereinbarten zwei Kupferringe und schickte ihn dann fort. Ohne sich mit langen Begrüßungsfloskeln aufzuhalten, begann er zu sprechen. »Wir sind verraten worden, Sethi.«

Der schmierige Kapitän brauchte eine Weile, bis er die Tragweite der Worte begriff. »Von wem? Wie kann das sein?«

Kay bemühte sich, den aufgebrachten Mann zu beruhigen. »Von einem gewissen Eneas. Er ist der Geliebte von Kamara, einem der Mädchen, das wir damals nach Mykene verkauft haben. Sie hat es mit seiner Hilfe geschafft, ein Sendschreiben in das Haus ihrer Eltern bringen zu lassen.«

Sethi stieß einen Fluch aus und spie auf den Boden vor Kays Füße. »Unseliger Narr! *Du* warst es, der damals darauf bestand, die Mädchen nicht zu töten, sondern sie nach Mykene zu verkaufen. Jetzt siehst du, was du angerichtet hast. Wir sind alle verloren. Pharao wird unsere Köpfe abschlagen lassen.«

Kay hatte damit gerechnet, dass Sethi allein ihm die Schuld geben würde. Trotzdem blieb er ruhig. »Es ist noch nicht zu spät, unsere Köpfe zu retten. Kann man Lisias vertrauen? Immerhin war er es, der diesen Eneas mit nach Ägypten gebracht hat.«

»Lisias ist ebenso hintergangen worden wie du oder ich. Davon bin ich überzeugt.«

Kay erzählte Sethi, was er wusste, doch die Zeit drängte ihn zur Eile.

»Was sollen wir jetzt tun?«, fragte Sethi verzweifelt, als er das Ausmaß der Geschichte verstanden hatte.

»Die *Sachmets Zorn* wird Piramses nur mit den Gütern verlassen, die auf den Palastlisten vermerkt sind.«

»Das bedeutet unendliche Verluste«, begehrte Sethi entsetzt auf. »Lisias wird toben vor Zorn, vor allem wenn er erfährt, dass die Mädchen daran schuld sind, die wir ihm untergeschoben haben.«

Kay nahm den einfältigen Mann bei den Schultern und schüttelte ihn. »Und wenn schon! Es rettet unsere Köpfe und die Möglichkeit, später wieder Geschäfte zu machen. Wir werden uns bedeckt halten müssen, es wird einige Zeit dauern, aber wir behalten unsere Köpfe und unsere Namen.«

Sethi riss sich zusammen und schüttelte Kays Hände ab. »Nun gut, das ist das eine. Aber wie willst du verhindern, dass dein Freund aufbricht, um diese Kamara nach Ägypten zurückzuholen?«

»Ich werde ihn nicht aufhalten – nicht in Piramses.«

»Er muss aufgehalten werden!«, beharrte Sethi.

Kay trat von einem Fuß auf den anderen, denn natürlich hatte Sethi Recht. Hori durfte Kamara auf keinen Fall nach Ägypten bringen. »Ich werde dafür sorgen, dass er Kamara nicht mehr lebend in Mykene antrifft – und Lisias wird mir dabei helfen. Wenn Hori erst einmal in Mykene ist, hat er außer der Handvoll Männer, die mit ihm reisen, keinerlei Unterstützung. Er denkt, er kann unerkannt wie die Katze ins Haus kommen und Kamara mitnehmen, doch wir werden vorbereitet sein. Wir müssen nur vor ihm in Mykene sein.«

»Wie stellst du dir das vor? Ich kann Ägypten nicht verlassen, ich bin ein einfacher Mann, der auf dem Nil Handel treibt. Ich habe Ägypten noch nie verlassen, und ich will Ägypten auch nicht verlassen. Und du – was willst du dem Einzig Einen sagen, weshalb du Ägypten verlassen musst?«

»Mir wird schon etwas einfallen«, sinnierte Kay und bemühte sich, überzeugt zu klingen.

Lisias' Augen verrieten wenig von seinem Zorn und dem Aufruhr, der in ihm tobte. Viel zu sehr hatte er gelernt, sich zu beherrschen und seine Gefühle hinter einer Maske aus Freundlichkeit und Verbindlichkeit zu verbergen. Doch sein Zorn auf Sethi und Kay übertraf den Zorn aller Kriegsgötter.

Mit leisen Schritten durchschritt er den kleinen Raum auf der Barke. »Du und Kay habt diesen Ärger allein verschuldet. Hättet ihr mir damals gesagt, wie nah die Familien der Mädchen dem ägyptischen Thron stehen, hätte ich sie nie mit nach Mykene genommen.«

»Mögen die Götter mich dafür bestrafen, Lisias! Ich wollte sie töten, doch ließ ich mich von Kay dazu überreden, sie aus Ägypten fortzuschaffen. Ammit wird mein Herz verschlingen, wenn ich einst vor dem Totengericht erscheine, viel zu viel Unrechtes habe ich in meinem Leben getan ... Doch diese kurze Spanne irdischen Lebens will ich mir nicht auch noch nehmen lassen. Wir sollten Eneas sofort töten und auch diesen Hori. Die beiden dürfen Mykene nicht erreichen.«

Lisias fuhr sich durch den geölten Bart und schnaubte verächtlich. »Sei nicht dumm, Sethi! Wenn die beiden jetzt sterben, hat Pharao einen Beweis dafür, dass an den Gerüchten etwas dran ist. Nein, die beiden werden Ägypten verlassen, und wir werden tun, als wüssten wir von nichts, und Eneas bis zu seinem Verschwinden freundlich gesonnen sein.«

Sethi stützte den Kopf in die Hände und seufzte. »All die Arbeit umsonst ... Wie lange wird es dauern, bis wir unsere Geschäfte wieder aufnehmen können? Wir werden arm werden – vorbei das schöne Leben.«

»Wer sagt, dass unsere Arbeit umsonst war?«

Sethi hob den Kopf und starrte Lisias verständnislos an. »Pharao hat uns im Auge. Wir können nichts tun.«

Ein mildes Lächeln machte sich auf Lisias' Gesicht breit. Er wäre nicht zu seinem Wohlstand gekommen, wäre sein Verstand nicht ebenso scharf wie seine Zunge. »Die Schmuggelware wird Piramses verlassen, und sie wird auf direktem Weg nach Mykene gelangen ... nur nicht auf unseren Schiffen, sondern auf dem von Eneas und diesem Hori.«

Immer noch verstand Sethi nicht, worauf der Kaufmann hinauswollte. Verärgert über so viel Einfalt wurde Lisias deutlicher. »Kay wird dafür sorgen, dass die Ware heute Nacht auf das Schiff geladen wird. Eneas und Hori werden keine Ahnung davon haben, dass sie unsere Waren befördern. Erst beim Umladen auf ein seetüchtiges Schiff werden Pharaos Grenzposten es bemerken. Kay muss lediglich dafür sorgen, dass es seine Männer sind, die das Umladen überwachen. Hori wird sich verteidigen und behaupten, nichts mit den Waren zu tun zu haben. Es wird ein Gerangel entstehen, und dann werden wir Hori und Eneas abermals entkommen lassen.«

Langsam erhellte sich Sethis Gesicht, doch dann zweifelte er erneut. »Aber warum sollen wir sie entkommen lassen? Hiermit hätten wir doch einen Grund, sie zu töten.«

Lisias schnalzte ungeduldig mit der Zunge. »Das wäre zu einfach. Pharao ist kein dummer Fellache und wird wissen, dass wir Hori und Eneas eine Falle gestellt haben – nicht jedoch, wenn wir sie entkommen lassen. Dann werden Zweifel an ihm nagen. Immerhin hat er Hori verbannt. Was spräche dagegen, wenn sich ein Verbannter zur Gründung eines neuen Lebens unlauterer Mittel bedient?«

»Oh, ich verstehe!« Sethi war beeindruckt. »Und dann?«

»Dann wird Pharao Kay, dem er vertraut, und seine Männer aussenden, um Hori und Eneas nach Ägypten zu holen und sie zu verurteilen. Er wird in Erwägung ziehen, sie als mahnendes Beispiel für jeden Schmuggler, der ägyptische Ware außer Landes schafft, öffentlich hinzurichten. Ich werde mit sauberen Güterlisten nach Mykene zurückkehren, wo ich auf das Eintreffen von Kay warte, der bis dahin Hori und Eneas aus dem Weg geräumt und Schiff und Ladung übernommen hat, und die Güter von ihm übernehmen. Kay kehrt mit den Leichnamen nach Ägypten zurück, bringt sie Pharao und teilt ihm mit, dass die Waren leider mitsamt dem Schiff vor Mykene gesunken sind.«

Lisias rieb sich die Hände. »Kay wird als treuer Gefolgsmann Pharaos gefeiert. Wir sind für Pharao nicht mehr von Interesse, und Hori und Eneas werden unsere Schuld im Tode auf sich nehmen.«

»Du bist sehr gerissen, Lisias. Doch was geschieht, wenn etwas nicht planmäßig verläuft?«

»Darum wird sich Kay kümmern müssen«, beharrte Lisias. »Er hat den Ärger verschuldet, und wenn Hori und Eneas Ägypten erst einmal verlassen haben, sind sie auf sich allein gestellt. Ich habe in Mykene genügend Gefolgsleute. Wichtig ist, dass wir uns ihnen nicht in Ägypten entgegenstellen.«

Sethi nickte. »Also gut, dann soll es so sein. Was wird mit dem Mädchen geschehen, mit dieser Kamara? Immerhin hat sie es geschafft, ein Schreiben nach Ägypten zu senden. Was garantiert uns, dass so etwas nicht noch einmal geschieht?«

»Um dieses Problem werde ich mich selbst kümmern, wenn ich in Mykene bin«, versprach Lisias. »Nun müssen wir Kay von unserem Plan in Kenntnis setzen.« Insgeheim verfluchte er Sethi und vor allem Kay für ihre dumme Tat und erinnerte sich mit Unbehagen an den Tag, an dem er dieser Kamara eine Lektion durch die Salbe der Tugend erteilt hatte. Ihre Worte, ihre Augen – alles hätte ihn vor ihr warnen sollen.

Immer noch war das Neujahrsfest in vollem Gange. Die Menschen feierten ausgelassen, die Priester hatten die Götter aus ihren Tempeln geholt und trugen sie in großen Prozessionen durch die Straßen von Piramses. Die Luft war erfüllt von Gerüchen und Düften, und die Frauen und Kinder streuten bunte Blüten auf die Straßen, auf denen die Götter vorbeizogen, damit das neue Jahr ihnen Glück und Wohlstand bringen würde. Wein und Bier flossen in Strömen, es herrschte ein reger Tumult in den Straßen.

Kay hätte sich keinen besseren Zeitpunkt für sein Tun wünschen können, und trotzdem kroch die Angst noch immer durch seine Glieder und hielt ihn gefangen wie ein lauernder Löwe. Seine Männer arbeiteten schnell und leise; die Hälfte der Güter war schon auf die Barke verladen und fest verzurrt. Verborgen unter Stroh und groben Leinentüchern befanden sich nun wertvolle Duftöle, Stoffe und sogar goldene Statuen und Schmuck auf Horis und Eneas' Barke, die nur auf ihre baldige Entdeckung warteten. Abermals hielt Kay seine Männer zur Eile an.

Inzwischen war die Nacht hereingebrochen, lediglich das Licht unzähliger Fackeln tanzte durch die Straßen, und von weit her war der ausgelassene Gesang der feiernden Menschen zu hören. Erst als die letzten Teile verladen waren, entspannte sich Kay. Niemand hatte von ihrem nächtlichen Treiben etwas mitbekommen; die Männer, die ihm halfen, waren ihm treu ergeben, die anderen feierten und erwarteten die Tränen der Isis. Kay verteilte Gold unter seinen Männern, um sich noch einmal ihrer Loyalität zu versichern, und entließ sie dann. Kurz dachte er an Hori, an ihre Freundschaft, doch er wischte die Gedanken fort wie eine lästige Fliege. Es ging um sein Leben, und Kay hatte gelernt, sich zu schützen.

Er verließ die Anlegestelle und mischte sich unter die Feiernden. Bewusst suchte er Schenken auf, in denen die Menschen einkehrten, die ihn kannten. Betrunken, wie sie waren, würden sie sich kaum daran erinnern, wann er in jener Nacht aufgetaucht war, um mit ihnen das Neujahrsfest zu begehen.

Doch mit Sicherheit würden sie wissen, dass er es mit ihnen gefeiert hatte. Kay sprach dem Wein zu wie die anderen, zwang sich zu guter Laune und verschloss die Gedanken in seinem Kopf vor den anderen. »Auf die schöne Himmelskuh und alle Götter, die Ägypten Leben und Wohlstand schenken!«, rief er ausgelassen. Dann ließ er sich in die Arme eines jungen Mädchens fallen, das er zu lieben gelobte, bis Nut Re erneut gebären würde.

Hori beobachtete, wie die dunkle Gestalt die Planke zur Barke hinaufstieg. Es war nicht schwer, Eneas an seinem Gang zu erkennen, der ausladender und weniger geschmeidig als bei ägyptischen Männern war. Dennoch war sich Hori bewusst, dass Eneas mehr körperliche Kraft besaß als er.

Als Eneas auf Deck angelangt war, unterdrückte Hori den Groll auf den jungen Mann und nickte ihm zu. Sodann gab er den Männern an der Anlegestelle den Befehl, die Planke einzuziehen und die Taue zu lösen. Es brachte nichts, in Wehmut zu verweilen, er musste vorwärtsschauen. Er musste nach Mykene reisen und Kamara finden, um sein geliebtes Land wiedersehen zu können.

Die Ruder senkten sich ins Wasser, die Barke legte langsam vom Ufer ab und glitt in die Strömung. Das Wasser des Hapi verströmte seinen eigentümlichen Duft nach fruchtbarem Schlamm. »Wie werde ich das alles vermissen«, dachte Hori laut. Für einen kurzen Moment hatte er vergessen, dass Eneas noch immer neben ihm stand.

»Auch Mykene besitzt Schönheit. Außerdem wirst du dein von den Göttern geliebtes Land schon wiedersehen.«

Hori wandte sich ihm zu und kniff die Augen zusammen. »Was weißt *du* denn schon? Einen Ägypter aus seinem Land zu verstoßen ist, als würde man ihm das Herz aus dem Leibe reißen.«

Eneas pfiff geringschätzig durch die Zähne. »Ich wusste gar nicht, dass Ägypter so poetisch sind. Du redest wie die alten Tattergreise auf dem Marktplatz in Mykene. Mich wundert es nicht, dass Chloris mich dir vorgezogen hat.«

»Kamara«, presste Hori wütend hervor, »sie heißt *Kamara*, und wir werden sehen, wen sie will.«

Eneas nickte selbstsicher. Der Groll seines Kontrahenten befriedigte sein aufgebrachtes Gemüt. Er war überzeugt, dass Chloris ihm gehörte, und in Mykene würde Hori sehr schnell merken, was es bedeutete, ein Fremder unter Fremden zu sein.

Kay trat gähnend vor die Schenke und streckte sich, als wolle er Re einen morgendlichen Gruß senden. Für kurze Zeit hatte er seine Unruhe in den Armen einer flüchtigen Liebesnacht vergessen können, doch mit dem Licht von Re kam seine Angst zurück, und er fühlte sich erneut wie ein gehetztes Tier.

Hori musste Piramses bereits verlassen haben, und Kay sandte ein kurzes Gebet zu den Göttern, dass dieser die Schmuggelwaren im Laderaum der Barke nicht bereits entdeckt hatte. Ein pelziger Geschmack machte sich auf seiner Zunge breit, und er wusste nicht, ob er vom Wein kam, der noch immer seinen Kopf schwer machte, oder von seiner Angst.

Langsam ging er durch die leergefegten Straßen von Piramses. Die Menschen schliefen in ihren Häusern den Rausch des Neujahrsfestes aus. Die friedvolle Ruhe nach dem Fest hätte Balsam für Kays geplagten Kopf sein müssen, doch sie trug nur noch mehr zu seiner Rastlosigkeit bei. Ohne zu wissen, warum, schlug er den Weg zu Horis Haus ein – vielleicht, um sich davon zu überzeugen, dass es verwaist und verlassen war.

Sicher hätte Kay das Haus lieber meiden sollen, um nicht unnötig Aufmerksamkeit zu erregen, doch seine Füße gingen den Weg wie von selbst und blieben erst stehen, als er das Anwesen erreicht hatte. Die müden Wachtposten ließen ihn ohne Fragen passieren. Jeder hier kannte Kay, niemand wäre auf den Gedanken gekommen, ihn nach dem Grund seines Besuches zu fragen.

Kay bedachte die beiden Männer mit einem knappen Gruß und setzte seinen Weg durch den Garten fort. Tefnut, die Göttin der Feuchtigkeit und des Morgentaus, beseelte die Bäume und Sträucher des Gartens mit einer angenehmen Frische, und die Vögel stimmten einer nach dem anderen ihre Lieder an. Zwei Katzen balgten sich um ein Stück Fleisch, das sie den Dienerinnen aus der Küche gestohlen hatten. Doch die Idylle in Horis Garten stand im Widerspruch zu Kays aufgewühltem Herzen. Er hatte an diesem Morgen keinen Blick für die Schönheit der Natur.

Kay nahm die wenigen Stufen zum Eingang mit ausladenden Schritten. Der Empfangsraum war leer, die Diener eilten nicht wie gewohnt von einem Raum zum anderen, um alles für das Eintreffen ihres Herrn vorzubereiten. Ein untrügliches Zeichen dafür, dass Hori nicht mehr hier war. Erleichtert atmete Kay auf, doch dann vernahm er ein leises Schluchzen. Er sah sich um und entdeckte Ineksi, die wie ein trauriges Kind auf einem der zierlichen Stühle saß und den Kopf in die Hände gestützt hatte. Sie war so mit ihrem Liebeskummer beschäftigt, dass sie ihn nicht gesehen hatte. *Hori meint also, dass ich den Frauen die Herzen breche. Doch das ist nicht wahr; lediglich einen feinen Riss füge ich ihren viel zu weichen Herzen zu, wenn ich sie nach nur einer Nacht verlasse … Mein teurer Freund, du bist es, der die Herzen bricht*, dachte Kay mit grimmiger Genugtuung.

Es war nicht Mitleid, das ihn veranlasste, Ineksi eine Hand

auf die Schulter zu legen. Er hatte sie schon lange begehrt, und nun schien sich eine gute Möglichkeit zu bieten, sie endlich besitzen zu können. Ineksi sah auf und erschrak, als sie Kays gewahr wurde. Schnell wischte sie sich die Tränen aus den Augen und entschuldigte sich. »Verzeih mir, edler Herr Kay, ich sollte nicht wie eine dumme Gans weinen. Ich habe kein Recht dazu.«

»Natürlich hast du ein Recht darauf zu weinen, Ineksi. Hat nicht Hori auch bei dir Trost gesucht, als seine Verlobte verschwand? Und warst du nicht für ihn da, als er dich brauchte? Du hast jedes Recht zu weinen, Ineksi, doch solltest du es aus Wut tun, nicht aus Trauer.«

Ineksi sah ihn verständnislos an. »Edler Herr, ich dachte, Hori wäre dein Freund?!«

Kay lächelte milde. »Aber natürlich ist er das. Es entspricht jedoch nicht der Maat, dass er in deinen Armen Trost sucht und dich dann fallen lässt, um einem Geist aus dem Land des Westens hinterherzulaufen. Weißt du nicht, warum er dich verlassen und Ägypten den Rücken gekehrt hat? Er tat es, um Kamara zu suchen ... fern von Ägypten in Mykene, weil ein Mykener ihm ein zweifelhaftes Schreiben überbracht hat, das angeblich aus Kamaras Hand stammt.« Mit einem Tuch wischte er ihr die Tränen von den Wangen. »So wenig hat es gebraucht, um dich oder Ägypten zu verlassen.«

Ineksi schluckte hart und starrte Kay an. »Er ... Er wird nicht zurückkehren?«

Kay schüttelte den Kopf. »Er hat alles hinter sich lassen wollen, wie er mir sagte. Und wenn er Kamara findet, was unwahrscheinlich ist, will er in Mykene mit ihr ein neues Leben beginnen.«

Erneut begann Ineksi zu schluchzen. »Noch nicht einmal die Wahrheit konnte er mir sagen.«

Kay spürte, wie seine List im Herz der Sklavin auf fruchtbaren Boden fiel. Ein paar Tage würde sie noch trauern, dann würde die Trauer in Wut umschlagen, die Wut schließlich in Hass … und nach dem Hass blieben nur noch Verachtung und der Schwur auf Rache. Damit könnte sich Ineksi für ihn noch als nützlich erweisen – und das nicht nur auf seinem Lager.

»Du hast keine Arbeit mehr in diesem Haus zu verrichten, Ineksi. Wenn du möchtest, kannst du eine Stelle in meinem Haushalt annehmen. Ich kaufe dich vom *Per Ao* frei und unterstelle dir fünf Dienerinnen. Bei mir wirst du keine Sklavin sein, sondern die Vorsteherin meiner Kleiderkammer.«

Sie sah ihn ungläubig an. »Einen so hohen Posten willst du mir geben? Warum?«

»Wo das Unglück herrscht, sollte es mit Glück aufgewogen werden.«

Kay wunderte sich selbst über die in seinen Worten zur Schau gestellte Poesie, fand aber, dass er sie trefflich gewählt hatte. Mit einem gewinnenden Lächeln verabschiedete er sich von Ineksi und ließ sie mit ihren Gedanken zurück. In spätestens zwei Tagen, das wusste er nun, würde Ineksi ihm gehören.

Kay sollte recht behalten. Am zweiten Tag nach ihrem Gespräch kam Ineksi zu ihm und bat darum, die angebotene Stelle antreten zu dürfen. Schon in der ersten Nacht teilte Ineksi sein Lager, ohne dass er sie dazu hätte überreden müssen. Nach zwei weiteren Nächten funkelten ihre Augen, wenn sie Kay sah, und ihre Wangen röteten sich. Es dauerte zudem nicht lange, bis sich ihre Augen verdüsterten, wenn Kay Hori ins Gespräch brachte. Ineksi fühlte sich ausgenutzt und fallen gelassen und liebte Kay nun mit der gleichen Inbrunst, wie sie einst Hori geliebt hatte. Kay genoss die neue Gefährtin, deren hingebungsvolle Art ihn sogar die Weinschenken und die Schankmädchen vergessen ließ.

Nach einigen Tagen sandte Kay jedoch einige ihm loyal ergebene Männer aus, um die Wachtposten abzulösen, die das Verladen der Waren auf die Byblosfahrer überwachten. Es konnte nicht mehr lange dauern, bis Hori das Große Grün erreichte. Seine Männer würden den Landweg nehmen und so schneller vorankommen. Dass Lisias' Plan bis jetzt geglückt war, ließ langsam Kays alte Selbstsicherheit zurückkommen. Er brauchte sich nur zurückzulehnen und zu warten, bis die Falle, die sie Hori gestellt hatten, endlich zuschnappte.

Hori und Eneas waren sich während der mehrtägigen Fahrt auf dem Nil, so gut es ging, aus dem Weg gegangen. Die Spannung zwischen den beiden jungen Männern war kaum zu übersehen. Selbst die Männer, welche die großen Ruder der Barke tagaus, tagein zu einem eintönigen Trommelschlag bewegten, konnten erkennen, dass der Ägypter und der Mykener sich nicht mochten. Eneas zog es vor, sich den Tag über unter Deck aufzuhalten, wo es stickig und feucht war, Hori verbrachte seine Tage müßig unter einem Baldachin am Bug der Barke. Nachts wechselten sie: Sobald Hori sich zurückgezogen hatte, erschien Eneas an Deck.

Während Eneas es kaum erwarten konnte, das Große Grün zu erreichen, plagte Hori bereits jetzt das Heimweh, und je weiter sie sich von Piramses entfernten, desto schlimmer wurde es.

Es war früher Morgen, als die beiden Männer seit Tagen das erste Mal aufeinandertrafen. Eneas hatte seinen Blick fest auf einen Punkt in einiger Entfernung gerichtet, und als Hori an Deck kam, folgten seine Augen wie von selbst den Blicken des anderen. Wehmut breitete sich in seinem Herzen aus, als Hori erkannte, was den Mykener so sehr zu faszinieren schien: In dunstigen Nebelschleiern öffnete sich vor ihnen das Große Grün in seiner endlosen Weite. Zum ersten Mal standen die ungleichen jungen Männer nebeneinander, ohne Streit zu suchen.

Hori wäre am liebsten sofort umgekehrt, denn ein Ägypter war nicht dazu geschaffen, das Große Grün zu befahren, und kein anständiger Ägypter verließ freiwillig sein Land. Diese Weisheit hatte Hori schon mit der Milch seiner Amme aufgesogen.

Als sie die Anlegestelle mit dem kleinen Außenposten erreichten, hatte sich der morgendliche Nebeldunst verzogen, und das Große Grün glitzerte endlos groß vor ihren Augen. Die Barke legte an, und die Männer ließen die Laufplanke befestigen. Voller Unmut verließ Hori die Barke, dicht gefolgt von Eneas. Mit einem kurzen Nicken grüßte er die Beamten und auch die Soldaten, die Wachdienst hatten; sicherlich war der Dienst an diesem von den Göttern verlassenen Außenposten nicht sehr begehrt.

Die Männer erwiderten sein Nicken, gingen an Deck der Barke, und schon kurze Zeit später wurde Horis und Eneas' Reisegepäck abgeladen und auf ein bereitstehendes seetüchtiges Schiff getragen. Während Eneas rastlos von einem Fuß auf den anderen trat, sog Hori den Anblick der ägyptischen Beamten und Soldaten in sich auf. Bis auf die Männer, die er hatte auf die Reise mitnehmen dürfen, würden sie die letzten seiner Landsleute sein, die er für lange Zeit zu Gesicht bekam – vielleicht sogar für immer.

Er beobachtete, wie einer der Soldaten die Barke verließ und mit den anwesenden Beamten einige Worte tauschte. Diese überflogen ihre Listen und schüttelten dann die Köpfe. Eine leise Beunruhigung machte sich in Horis Bauch breit. Sie verstärkte sich, als die Männer Kisten und Truhen von der Barke trugen, die er noch nie zuvor gesehen hatte. Selbst Eneas überwand jetzt seine Ablehnung und sprach Hori an:

»Hast du deinen gesamten Hausstand auf die Barke bringen lassen? Es ist bei Zeus kein Wunder, dass wir so langsam vorankommen.«

Hori überhörte die Spitzen in Eneas' Worten. »Ich habe diese Truhen noch nie zuvor gesehen. Ich dachte, es wären deine.«

Eneas schüttelte den Kopf. »Meine sind schon auf dem Byblosfahrer.«

»Was geht hier vor?«, sagte Hori laut und ging dann zu den Beamten hinüber, die gerade im Begriff waren, die Kisten zu öffnen.

Es verschlug Hori den Atem, als er die wertvollen Salbtiegel und die goldenen Statuetten sah, die sich in den Kisten befanden. »Woher kommen diese Dinge?«

»Das würden auch wir gerne wissen, edler Herr Hori«, gab ihm der ältere der beiden Beamten wenig freundlich zu verstehen. »Diese Güter sind Eigentum des Palastes.«

»Ich habe nichts damit zu tun«, verteidigte er sich ratlos. »Irgendjemand muss diese Dinge ohne mein Wissen auf die Barke gebracht haben.«

Die Beamten tauschten einen kühlen Blick, dann wandte sich der ältere wieder an Hori. »Edler Herr Hori! Du bist festgenommen wegen Unterschlagung, Diebstahl und Betrug am *Per Ao!* Du wirst dich vor dem Einzig Einen zu verantworten haben.«

Hori schüttelte ungläubig den Kopf. »Aber seht ihr denn nicht, dass mich jemand in eine Falle gelockt hat?«

Wieder schüttelte der ältere Wachmann den Kopf. »Ich sehe nur eines: Du bist vom Einzig Einen aus Ägypten verbannt worden und hast dir wohl gedacht, du könntest dich aus Rache für diese Verbannung aus seiner Schatulle bedienen. Für diese Niederträchtigkeit büßt du deine Ämter, deinen Rang und vielleicht sogar deine rechte Hand ein!«

Selbst Eneas konnte nun nicht mehr an sich halten. »Aber er spricht die Wahrheit. Ich kann es bezeugen.«

»Was zählt das Wort eines Fremdländers? Auch du bist ein Dieb und ein Betrüger. Ihr beide werdet euch für eure Taten verantworten müssen.«

»Niemals!«, herrschte Eneas sie an, und bevor die beiden Beamten wussten, wie ihnen geschah, hatte Eneas ein Schwert in der Hand.

Hori wollte ihn zurückhalten, doch die Beamten riefen bereits nach den Soldaten, damit sie Hori und Eneas in ihre Gewalt nahmen. Hori blieb nichts anderes übrig, als seinen Männern das Zeichen zum Kampf zu geben. Im Handumdrehen gab es ein Gerangel, doch zu seiner Überraschung hatten seine Männer bald die Oberhand und trieben die Beamten samt der Soldaten in die Flucht.

»Das war einfach«, seufzte Eneas und ließ sein Schwert in die Scheide zurückfahren.

»Zu einfach«, gab Hori zu bedenken. »Ich kenne die Soldaten Pharaos. Wenn sie uns nach Piramses hätten zurückbringen wollen, wären wir jetzt in ihrer Gewalt.«

Eneas sah ihn stirnrunzelnd an. »Was meinst du damit? Sie sind gelaufen wie die Hasen.«

»Es ging ihnen nicht darum, uns in ihre Gewalt zu bringen. Es ging ihnen vielmehr darum, dass wir nie mehr nach Piramses zurückkehren können und bei Pharao in Ungnade fallen. Diese Beamten – was werden sie dem Einzig Einen von uns berichten? Wir haben gegen sie gekämpft, mit dem Schwert, als ob wir wirklich etwas zu verbergen hätten. Wir hätten gut daran getan, mit ihnen nach Piramses zurückzukehren.«

Eneas zuckte mit den Schultern. »Das kann ich mir vorstellen! Liebend gerne wärest du wie ein Hund nach Piramses zurückgekrochen, auch wenn du dann alles verloren hättest.«

Horis Augen blitzten vor Zorn. »Dummer Narr! Wir hätten uns zumindest verteidigen können. Jetzt brauchen wir eindeutige Beweise für unsere Unschuld, und die sind schwer zu beschaffen, wenn man aus Ägypten verbannt ist.«

»Du bist ein Feigling!«, stellte Eneas kühl fest. »Du kämpfst lieber mit Worten als mit dem Schwert.«

»Manchmal sind Worte die klügere und bessere Waffe.«

Eneas machte eine ablehnende Handbewegung. »Wir sollten zusehen, dass wir hier wegkommen. Der Weg nach Ägypten ist vielleicht versperrt, doch der Weg nach Mykene liegt frei vor uns.«

Missmutig trottete Hori hinter Eneas her, gefolgt von seinen Männern. Der Dummkopf hatte ihm bisher nur Unglück gebracht, und nun, da er nicht mehr nach Ägypten zurückkehren konnte, würde er als Fremder in Mykene zu allem Überfluss auch noch auf seine Hilfe angewiesen sein.

Pharao hatte die beiden Beamten in ihrer blumenreichen Rede nicht einmal unterbrochen. Mit zitternden Stimmen hatten sie empört berichtet, was sich vor einigen Tagen am Außenposten zum Großen Grün abgespielt hatte und wie der edle Herr Hori, dem der Einzig Eine stets eine große Wertschätzung entgegengebracht hatte, Ägypten und den Pharao schändlich betrogen hatte.

Erst als die Männer ihren Bericht beendet hatten, nickte Pharao ihnen zu, sackte kraftlos auf seinem goldenen Thronstuhl zusammen und übergab Krummstab und Geißel seinem Zeremonienmeister. Obwohl seine Worte allen Anwesenden galten, war es doch Pairy, den seine Augen zu suchen schienen. »Dieser Dummkopf, dieser Narr! Warum hat er das getan? Natürlich hätte ich ihn nach Piramses heimkehren lassen. Die Verbannung, die ich ihm auferlegte, war lediglich Mittel zum Zweck, die erhitzten Gemüter zu beruhigen und ihn vor Amuns Zorn zu bewahren. Zwei oder drei Nilschwemmen in der Fremde hätten sein Herz gezähmt, und er wäre heimgekehrt und hätte eine Frau in sein Haus geholt. Seit dieser Mykener hier aufgetaucht ist, war sein Herz wie ein wildes Tier, er hätte nie Ruhe gefunden, wenn er sich nicht selbst davon überzeugt hätte, dass seine einstige Liebe nicht mehr ist.«

Pairy wagte nicht zu antworten, stattdessen richtete er seinen Blick zu Boden. Selina würde toben und eine erneute Verschwörung wittern, wenn sie erfuhr, was vorgefallen war – und Pairy neigte nach dem, was er gerade gehört hatte, dazu, ihr zu glauben. Zu viele Zufälle hatten sich mittlerweile zugetragen. Offensichtlich war irgendjemandem daran gelegen, dass Hori und dieser Mykener nicht mehr nach Ägypten zurückkehren konnten. Vielleicht lebte Kamara doch noch, und vielleicht mussten jetzt einige Männer in Piramses Angst haben, dass ihre Verbrechen dem Ohr des Pharaos zugetragen wurden. Pairy musterte unauffällig Kay, doch dieser verzog keine Miene. Wenn es nun stimmte und das Schreiben Kamaras die ganze Wahrheit offenbarte?

»Warum hat dieser junge Mann, den ich so reich beschenkte, mich bestohlen? Ich hielt ihn für einen verlässlichen Mann.«

Pairy nahm all seinen Mut zusammen. »Ich kenne Hori sehr gut … Nie hätte ich ihm meine Tochter anvertraut, wenn ich Zweifel an ihm gehegt hätte. Was, Einzig Einer, wenn ihm eine Falle gestellt wurde und er vielleicht nichts von den Gütern auf der Barke wusste?«

»Unmöglich!«, blaffte der ältere der beiden Beamten entrüstet. »Dann hätte er nicht das Schwert gegen uns zu ziehen brauchen. Nein! Diese beiden Männer hatten etwas zu verbergen, sie griffen uns an und flohen dann auf das Große Grün. Kein Unschuldiger würde das tun.«

Pharao hob die Hand und gebot ihnen Einhalt. Seine schlaffen Wangen spannten sich an, ein Zeichen, dass er wütend wurde. »Ich kann niemandem hier vertrauen, und ich bin dessen müde, bei den Göttern! Hast du Beweise für deine Worte, edler Herr Pairy?«

Pairy schüttelte den Kopf. »Nein, Einzig Einer, nur das Schreiben meiner Tochter, in dem sie Namen nennt.«

Pharaos Geduld war am Ende. Da bis jetzt noch niemand Kays Namen genannt hatte, blickte dieser arglos drein, als Pharao ihn ansprach. »Hori ist dein bester Freund, edler Herr Kay. Verschweigst du mir etwas? Weißt du etwas, von dem ich nichts weiß? Ihr habt euch fast täglich gesehen. Wenn dein Freund in Schmuggelgeschäfte verwickelt gewesen wäre, hättest du es gewusst! Doch vielleicht spricht der edle Herr Pairy die Wahrheit. Du bist beschuldigt, an der Entführung seiner Tochter beteiligt gewesen zu sein. Wenn jemand wirklich daran Interesse hat, dass Hori die Tochter des edlen Herrn Pairy nicht findet, dann bist du es. Was hast du dazu zu sagen?«

Kay setzte zuerst eine überraschte, dann eine beleidigte Miene auf. »Einzig Einer! Mich verdächtigst du? Warum? Was habe ich getan? Bei Sobeks stinkendem Atem! Wer hat mich beschuldigt?«

Pharao winkte ab. »Das hat dich nicht zu interessieren. Bist du schuldig oder unschuldig?«

»Unschuldig!«, stellte Kay mit fester Stimme klar.

Pharao nickte. »Geht nun alle! Ich werde morgen eine Entscheidung darüber treffen, was mit Hori geschehen soll.«

Die Anwesenden verbeugten sich. Pairy war zerknirscht; immer mehr befiel ihn das Gefühl, dass Kay nicht die Wahrheit sprach.

Kay hingegen verlor keine Zeit. Er ließ Sethi kurz wissen, dass es an der Zeit wäre, dass Lisias seine Abreise aus Piramses vorbereitete, und machte sich dann auf zu seinem Haus. Nun brauchte er Ineksi.

Ineksi brachte Kay einen Becher kühlen Wein. Er wirkte abgespannt, um Jahre gealtert und wollte auf ihre Frage, ob etwas Schlimmes geschehen sei, zunächst keine Antwort geben. Doch Ineksi ließ nicht locker und nahm seine Hand, die er dankbar drückte. Kay behandelte sie nicht wie eine Sklavin, sondern schenkte ihr die Wärme und Aufmerksamkeit, die sie bei Hori immer ersehnt und doch schmerzlich vermisst hatte. Stets hatte sie geahnt, dass sie sein Herz nicht erreichen konnte, doch sie hatte es hingenommen, weil sie ihn liebte. Kay stieß sie nicht zurück, wie Hori es getan hatte, und so war es ihr mehr als leichtgefallen, sich in ihn zu verlieben. Als ihr Geliebter sich nun endlich doch dazu überwunden hatte, ihr von den Anschuldigungen Pharaos zu erzählen, blieb ihr fast das Herz stehen. Wollten die Götter sie narren? Wollten sie ihr in ihrer grenzenlosen Grausamkeit nun auch noch Kay nehmen? Sollte Kay nun für Horis Verderbtheit büßen und sie noch dazu?

Ineksi kniete sich vor Kay und legte ihren Kopf auf seinen Schoß. Als er kraftlos ihr Haar streichelte, durchlief ein wohliger Schauer ihren Körper. Seine Hand auf ihrem Haar, in der Nacht seine Hände auf ihrem Körper, ihr Name aus seinem Mund, seine Lippen auf ihrem Hals … Wie sollte sie darauf verzichten? Hori hatte sie verlassen, ohne auch nur einen Gedanken an sie zu verschwenden, und hatte nicht vorgehabt, nach Ägypten zurückzukehren. Wäre es also nicht möglich, dass er skrupellos genug war, den Einzig Einen und das *Per Ao* zu betrügen? Natürlich hatte sie keine Beweise, doch welche Beweise brauchte eine liebende Frau? Verrieten ihr ihre Gefühle nicht bereits die Wahrheit? Hori hatte sie alle betrogen, sie, Kay und den Einzig Einen. ›Ineksi‹ – Sie gehört mir –, diesen Namen hatte Hori ihr gegeben, doch der Zauber, den er damit über sie gelegt hatte, war zerbrochen. Sie gehörte ihm nicht mehr, weder ihr

Herz noch ihre Loyalität. Sie gehörte nun zu Kay, und sie würde alles tun, damit er ihr nicht auch noch genommen wurde.

»Ich kann für dich beim Pharao sprechen. Ich habe in Horis Haushalt gelebt und kann bezeugen, dass nachts oft seltsame Dinge vor sich gingen, dass kostbare Gegenstände den Besitzer wechselten und fest verschlossene Truhen aus dem Haus geschafft wurden. Ich war bei ihm, wenn die anderen Diener schliefen ... das weiß jeder.«

Kay sah sie überrascht an. »Ineksi ... Ist das wahr? Du ... Du würdest doch nicht lügen oder?«

Ineksi schüttelte schnell den Kopf. Kays fein geschnittene Gesichtszüge schienen angespannt. Sie musste überzeugend wirken. »Das würde ich nicht«, versicherte sie schnell. »Ich habe mich nur nie für die Dinge interessiert, die Hori tat. Aber nun, da du mir von dem Verdacht erzählt hast, ergibt alles einen Sinn. Ich kann bei Pharao für dich sprechen.«

Kay schüttelte den Kopf. »Wenn wir zusammen zu ihm gehen und er erfährt, dass wir das Lager teilen, wird er denken, du würdest aus Liebe zu mir lügen.«

»Dann gehe ich allein zu ihm und behaupte, dass du nichts davon weißt. Ich werde sagen, dass du mir in deinem Haushalt eine Stelle als Dienerin gegeben hast, als Hori das Land verließ, und dass ich durch das Gerede der Diener mitbekommen habe, was man dir vorwirft.«

Kay nahm ihr Gesicht zwischen die Hände. »Du bist ein Geschenk Hathors. Wie dumm Hori war, dass er dich nicht genug geschätzt hat!«

Ineksi errötete. Ihr Herz schlug schneller. Ja, Hori war dumm gewesen, als er ihren Ba-Vogel unter seinen Füßen zertreten hatte.

Ineksi wischte sich den Schweiß von der Stirn. Re brannte am Himmel, und man hatte sie warten lassen – sehr lange warten lassen, wie es ihrem rechtelosen Stand entsprach. Bereits am frühen Morgen hatte sie sich auf den Weg zum Palast gemacht. Es war schon schwierig gewesen, die Palastwachen davon zu überzeugen, dass man sie vorlassen müsste, da sie eine wichtige Aussage im Fall des flüchtigen Hori machen müsse.

Dann endlich, nachdem die Männer einen Boten in den Palast geschickt hatten, war ein unfreundlicher, in beschämend weißes Leinen gekleideter Beamter gekommen, der sie geringschätzig angesehen und sie dann in seine schmucklosen Beamtenräume geführt hatte. Er bot ihr weder Wein noch Wasser an, um sie spüren zu lassen, dass sie lediglich eine Sklavin war, die er gnädig empfing. Nachdem er einige Papyrusrollen gelesen und Ineksi behandelt hatte, als sei sie überhaupt nicht anwesend, seufzte er hörbar gequält auf und schien sich ihrer Anwesenheit zu erinnern. »Also … meine Zeit ist gering, ebenso meine Geduld. Du möchtest eine Aussage machen. Ich höre.«

Ineksi erzählte ihm alles, wie sie es mit Kay besprochen hatte. Der Mann unterbrach sie zwar nicht und machte einige Notizen, ließ aber keine Gefühlsregung erkennen.

Als Ineksi ihre kurze Geschichte beendet hatte, blickte sie ihn erwartungsvoll an, doch der Beamte erhob sich und gab ihr damit zu verstehen, dass die Unterredung beendet war. »Dem Einzig Einen wird deine Aussage vorgelegt werden. Du kannst nun gehen.«

Ineksi hätte gerne aufbegehrt, hätte gerne darauf bestanden, den Pharao zu sehen und ihm selbst alles zu erklären, doch sie wusste, dass das nicht möglich war. Der Herr allen Lebens hatte Wichtigeres zu tun, als sich mit einer Sklavin zu unterhalten. Für ihn war diese ganze Verschwörung nichts als ein leidiges Problem, das gelöst werden musste. Für sie jedoch bedeutete der Ausgang des Falles Glück oder Unglück, Leben oder Tod. Wie sehr waren die Götter und ihr direkter Abkömmling doch von den Sorgen und Problemen der Menschen entfernt!

Nun also stand sie vor den Toren des Palastes, während Re unbarmherzig seine Strahlen in ihr Gesicht brennen ließ. Ineksi gab einem alten Wasserverkäufer einen Kupferring und ließ sich von ihm eine Schale füllen. Gierig trank sie in großen Schlucken. Kay durfte nicht in Ungnade fallen – er war der Einzige, der sie nicht wie eine Sklavin behandelte, er war der Einzige, der nicht mit ihrem Herz spielte, als wäre es wertlos.

Ineksi fasste neuen Mut und ging schnellen Schrittes zurück zum Haus, Kays Haus, ihrem Haus, ihrer beider Haus! Es war alles wie immer – die Gärtner wässerten die Pflanzen, die Dienerinnen wuschen die Wäsche, putzten Gemüse für die Mahlzeiten ihres Herrn, niemand von ihnen wusste, was man Kay vorgeworfen hatte. Ineksi betrat das Haus und begann mit ihrer Arbeit. Sie schickte zwei junge Dienerinnen auf den Markt, damit sie einige Dinge für den großen Haushalt einkauften. Sie prüfte, ob die Räume ihres Herrn gründlich gereinigt worden waren, sie empfing einen Händler, der Kay einige neue Stühle fertigen sollte; sie tat all das, was eigentlich die Aufgaben der ersten Gemahlin Kays gewesen wären. Doch Kay hatte sich noch keine Gemahlin in sein Haus geholt. Vielleicht würde er sie, nachdem die ganze Sache ausgestanden war, bitten, seine Gemahlin zu werden.

Sie wusste, dass es nur ein Traum war. Wie hätte er, der ein Edler war, sie heiraten können! Doch träumen – das durften selbst die Rechtlosen. Sie versuchte sich den Rest des Nachmittags zu beschäftigen, doch sie war unkonzentriert und nervös und konnte Kays Rückkehr kaum erwarten. Es machte sie noch unruhiger, dass er später kam als sonst. Erst als Nut Re bereits verschlungen hatte, hörte sie seine Schritte im Vorraum. Er wirkte müde, aber nicht besorgt. Ineksi konnte es kaum erwarten, Kay von ihrem Besuch im Palast zu berichten, doch ehe sie etwas hätte sagen können, kam er auf sie zu und hob sie überschwänglich hoch.

»Das hast du wunderbar gemacht, Ineksi! Pharao hat den Verdacht von mir genommen, deine Worte haben ihn endlich aufgerüttelt! Statt mich zu verdächtigen, unterstellt er mir fünfzig Soldaten, damit ich Hori nach Ägypten zurückbringe. Gewiss sind es nicht viele, doch mehr Männer würden auffallen und vielleicht die Beziehungen zwischen Ägypten und Mykene strapazieren.«

Ineksi zuckte zusammen. »Er ... Er schickt dich fort aus Ägypten?«

»Ineksi«, sagte er beruhigend, »wenn es mir nicht gelingt, Hori zu fassen, bevor er Mykene erreicht, wird es schwierig, da wir keine Auseinandersetzung mit Mykene riskieren können. Ich kann nicht einfach mit einer Truppe Soldaten in Mykene einmarschieren.«

Ineksi unterdrückte die aufkommenden Tränen. »Warum bittet der Einzig Eine nicht den König von Mykene um Hilfe?«

»Weil Pharao nicht gerne Schwäche zeigt. Dieser große Aufwand um einen einzigen treulosen Untertan und eine Lügengeschichte, die ein Mykener nach Ägypten brachte ... Orestes würde ihn auslachen und ihn für unfähig halten, seinen Hof zu führen. Die Geschichte um Pharaos Schwäche würde seine Feinde auf ihn aufmerksam machen, und sie würden tollkühner werden. Es könnte zu Aufständen kommen. Nein! Diese Sache muss heimlich erledigt werden. Ich werde Hori und den Mykener aufgreifen und zurück nach Ägypten bringen.«

»Wann wirst du gehen?«

»Schon morgen. Du musst die Diener veranlassen, meine Truhen zu packen.« Er küsste sie fahrig auf die Wange und musste dabei seinen Unmut über Ineksis Gejammer unterdrücken. Es kam ihm ganz gelegen, dass er sie lange nicht sehen würde. Bisher hatte er gute Miene zum bösen Spiel gemacht, da er sie brauchte, doch er hatte längst das Interesse an ihr verloren. Sobald Hori und der Mykener tot wären und keine Gefahr mehr darstellten, würde er sie loswerden. Er könnte sie in den Haushalt eines befreundeten Hauptmanns geben, der in Nub, weit fort von Piramses, seinen Stützpunkt hatte. Wenn sie Ärger machte und ihn nicht verlassen wollte, wäre die Sache etwas schwieriger, dann müsste er zu weniger feinen Mitteln greifen. Doch so weit wollte er vorab nicht denken.

Milde würde er nicht mehr sein – das hatte ihn der Fehler gelehrt, den er bei Kamara gemacht hatte. Hätte er sie töten lassen, wie Sethi es gewollt hatte, er hätte sich diesen ganzen Ärger erspart. Kay musste dieses Mal gründlich sein. Dieses Mal würde sie sterben. Keine Zeugen, keine Gefahr.

Hori wusste nicht, wie lange sie schon unterwegs waren. Jeder Tag bot ihm den gleichen Anblick: Wasser, Wasser und nochmals Wasser. Überall um sie herum war Wasser, und starker Wellengang ließ das Schiff schwanken. Hori hatte sich einen ganzen Tag lang übergeben müssen und vermutet, eine schreckliche Krankheit habe ihn befallen, welche die Götter ihm gesandt hätten. Ein Ägypter gehörte einfach nicht auf das Meer!

Eneas hatte ihn ausgelacht und Hori erklärt, dass er an der Seekrankheit litt. Hori hatte sich geärgert, dass er selbst krank wurde, Eneas aber vor Gesundheit strotzte. Doch wie Eneas es versprochen hatte, war die seltsame Krankheit schon am nächsten Tag verschwunden. Zuerst waren Hori und Eneas sich wieder aus dem Weg gegangen, doch die Tage auf dem Großen Grün waren endlos und eintönig, es gab nur Re und das silbrig glitzernde Wasser. Ihre gegenseitige Abneigung war mit der Zeit der stummen Übereinkunft gewichen, jedes Gespräch über Kamara zu vermeiden. Dennoch ließen sie kaum eine Gelegenheit aus, ihre Kräfte zu messen.

Eneas lachte Hori dafür aus, dass er ständig am Heck des Schiffes stand und seine Augen bemühte, etwas zu erkennen. Hori gab Eneas dafür trotzig zu verstehen, dass er dumm sei, wenn er glaubte, dass Pharao ihre Flucht einfach auf sich beruhen lassen würde. Immerhin hatten sie einen Teil der Schmuggelwaren noch an Bord.

»Hätten wir sie vielleicht abladen und darauf warten sollen, dass wir erneut angegriffen werden? Wenn dein Pharao nicht erkennt, dass wir in eine Falle gelockt wurden, ist er wahrlich den Göttern näher als den Menschen.« Eneas wusste genau, wie er den eitlen Ägypter beleidigen konnte.

Hori verbarg seinen Zorn und konterte: »Der Lebende Gott hat Wichtigeres zu tun, als sich über einen verrückten Mykener und einen abtrünnigen Ägypter Gedanken zu machen. Er wird Truppen schicken … Mich wird er bestrafen, dich wird er in die Kupferminen schicken – vielleicht lässt er dir auch einfach den Kopf abschlagen. So einfach ist das. Wenn euer König genug Zeit hat, sich über solche Dinge Gedanken zu machen, ist Mykene wohl sehr … überschaubar.«

Sobald sie Land ansteuerten, wurde Hori unruhig. Er war nicht sicher, wie Pharao verfahren würde, doch er war sich mittlerweile im Klaren darüber, dass Pharao in den wichtigsten Küstenstädten Soldaten postieren würde, damit sie Hori aufgriffen, wenn er an Land ging. Obwohl er gerne länger festen Boden unter den Füßen gehabt hätte, drängte es ihn stets zurück aufs Schiff, sobald sie frisches Wasser und Nahrung geladen hatten.

Eneas schien weit weniger besorgt. Er schäkerte mit den Mädchen, besuchte ein Badehaus und schlenderte über den

Markt. Hori aber misstraute den Menschen in den Küstenstädten. Meist waren die Häfen und die Stadt selbst von Gesindel belagert, das nur darauf wartete, einen arglosen Kaufmann zu überfallen. Die Schenken rochen muffig, und der Wein und das Bier, das in ihnen ausgeschenkt wurde, schmeckten nicht. Die Unruhen des Festlands waren fast deutlich spürbar: Die Menschen waren arm, die Kinder sahen verwahrlost aus, und es gab ein buntes Gemisch von Bewohnern, deren Abstammung Hori nur erahnen konnte. Hellhaarige Menschen mit blauen oder grünen Augen waren ebenso unter ihnen wie dunkelhäutige, und einige hatten seltsam schräg stehende Augen, die ihrem Gesicht etwas Undurchschaubares verliehen. Die Küstenstädte hatten sich in Orte verwandelt, an denen sich nur niederließ, wer nichts mehr zu verlieren hatte.

Auch die Händler blieben nicht länger als nötig in diesen Städten, in denen oft Krankheiten wie Durchfall und Erbrechen oder gar Schlimmeres kursierten. Anders als Hori, auf den alles verkommen und dreckig wirkte, schien Eneas das alles kaum zu bemerken. Immer wieder maulte er Hori trotzig an, wenn dieser ihn zur Eile mahnte. Bisher waren doch weder Pharaos Soldaten aufgetaucht, noch waren sie auf eine andere Art und Weise behelligt worden, und schon bald würden sie die ägyptischen Vasallenstaaten hinter sich gelassen haben und ins Gebiet der Hatti kommen. Auch wenn es den großen Friedensvertrag zwischen Ägypten und Hatti gab, der Pharaos mächtigen Arm bis ins Land des Erdmetalls reichen ließ, würden sie hier ein wenig sicherer sein. Schließlich war Hatti mit seinen eigenen Staatsangelegenheiten beschäftigt genug: Tudhalija kämpfte mit Dürren und stetigen Angriffen auf Hattussa, und wurde sicherlich von anderen Sorgen geplagt als der, einen flüchtigen Ägypter und einen Mykener aufzugreifen.

Die zehn Männer, die Hori hatte auswählen dürfen, standen zwar treu zu ihm, doch die Ruderer und der mykenische Kapitän ihres Schiffes waren wenig vertrauenswürdig. Solange Hori sie mit gutem Gold bezahlte, würden sie zwar segeln und rudern. Trotzdem fürchtete Hori jeden Tag, dass sie ihn verrieten. Er konnte nur hoffen, dass sie ihr Wort hielten und sie sicher nach Mykene bringen würden.

Selina streichelte das weiche Maul ihrer Lieblingsstute, die Targa so sehr ähnelte, dass es beinahe unheimlich war. Ihr Liebling war vor vier Nilschwemmen gestorben, und Selina war untröstlich gewesen. Doch Targas Tochter, eine rabenschwarze, feingliedrige Stute, die viel mehr ihrem Vater, einem feurigen Hengst aus Pharaos Zucht, geähnelt hatte als der kleinen sanftmütigen Targa, hatte im selben Jahr dieses Stutfohlen zur Welt gebracht. Als Selina es gesehen hatte, wusste sie, dass die Große Mutter Targa zu ihr zurückgeschickt hatte. Die junge Stute war ebenso sanft und anhänglich, wie Targa es gewesen war. Junis hatte Selina die Stute genannt, und Junis spürte, wie Targa es immer gespürt hatte, wenn es ihrer Freundin schlecht ging. Sie stupste Selina aufmunternd gegen die Schulter und knabberte sanft an ihrem Hals.

Selina ließ die Stute gewähren und streichelte ihr gedankenverloren die Flanken. »Junis, was sind das für Zeiten, in denen wir leben? Früher war alles so einfach. Ich nahm meine Axt und meinen Bogen und zog in den Krieg: Heute kann man dies und das nicht mehr tun, weil es Verträge, Abkommen und diplomatische Regeln zu bedenken gibt. Welche Regel kann bei einer solchen Ungerechtigkeit denn unser Nichtstun und Verharren entschuldigen?«

Als habe die Stute sie verstanden, schnaubte sie und blies Selina ihren warmen Atem ins Haar.

»Sieh mich an, Junis! Ich bin eine alte, faule Frau geworden, ein Opfer dieser reichen und selbstgefälligen Menschen, die zu Steinbildern beten und einen alten, kranken Mann, der es nicht besser weiß, als Gott verehren.« Sie hielt sich die Hand vor den Mund, um sich für ihre harten Worte zu entschuldigen. Sie hatte die Große Mutter nie verraten, indem sie Pairys Götter und Göttinnen große Verehrung entgegenbrachte, doch diese zu schmähen konnte nicht gut sein. Sicherheitshalber machte sie das Zeichen gegen den bösen Blick – der einzige Aberglaube, den sie von den Ägyptern übernommen hatte.

Pairy hatte ihr erzählt, was im Palast vorgefallen war, dass er nun selbst meinte, dass Kay nicht der vorbildliche Untertan war, den Pharao in ihm zu sehen glaubte. Doch er hatte ihr auch klargemacht, dass sie nichts anderes tun konnten, als sich ruhig zu verhalten. Sie erinnerte sich gut an die Worte, die er vor einigen Wochen an sie gerichtet hatte, als er eines Tages nachdenklich und besorgt aus dem Palast zurückgekommen war. »Selina, ich glaube, Pharao wird alt. Seine Entscheidungen, die immer durchdacht und klug waren … sie sind nun unbedacht und unklug. Sich noch einmal gegen ihn zu stellen und unsere Vermutungen vorzutragen könnte gefährlich für uns sein – und nicht nur für uns, auch für Hori! Ich habe mit einigen Höflingen gesprochen. Selbst seine Tochtergemahlin Bentanta, die er zwar nie besonders liebte, jedoch als kluge Beraterin schätzte, lässt er keine Einwände mehr vortragen. Die Götter mögen uns schützen, doch Pharao Ramses Meriamun – er lebe, sei heil und gesund! – verliert langsam, aber sicher den Verstand. Er ist jähzornig und verhält sich wie ein trotziges Kind. Er neigt wieder einmal zur Trunksucht … die alten Schmerzen an seinem Zahn, wie er behauptet … doch ich fürchte, dass es mehr ist. Pharao ärgert sich darüber, dass er so viel vergisst. Er fürchtet sich davor, dass der Hof seine Schwäche erkennt, er fürchtet seine Söhne, die ungeduldig darauf warten, endlich den Thron Ägyptens besteigen zu können.

Vor allem Merenptah, dieser kleine Angeber, kann es gar nicht erwarten, den Horusthron zu besteigen, seit er in der Thronfolge aufgerückt ist. Pharao neigt dazu, hart zu strafen und Verstöße ohne Milde zu ahnden, um seine schwindende Macht zu überspielen. Wir müssen uns ruhig verhalten und für Hori beten, dass sie ihn nicht finden, bevor er sicher in Mykene ist.«

»Und was ist, wenn Hori Kamara findet und sich auf den Weg zurück nach Ägypten macht? Was wird die beiden hier erwarten?«

Pairy hatte die Schultern gezuckt und sie hilflos angesehen. »Wir können nur beten – zu allen Göttern, die uns einfallen!«

Seit dem Gespräch betete Selina immer wieder zur Großen Mutter, dass diese Kamara und auch Hori beschützen würde. Vielleicht würde es ihr gelingen, einen Boten zu schicken, der Hori ausfindig machte, wenn er in Mykene war, um ihm eine Nachricht übermitteln zu lassen. Auf keinen Fall durfte er mit Kamara nach Ägypten zurückkehren, solange Pharaos Zorn nicht besänftigt war und dieser erkannte, dass Kay der Verräter war! Aber noch konnte Hori nicht in Mykene angekommen sein, und sie wusste nicht, ob ihm dies jemals gelingen würde.

»Früher wurden solche Dinge in einem offenen Kampf entschieden, Junis«, seufzte sie leise. »Das mag grausamer gewesen sein, aber es war ehrlicher. Vielleicht ist Kamara mit ihrer Gerissenheit eine Tochter dieser Zeit. Vielleicht wird gerade das ihr das Leben retten, vielleicht sind diese Waffen ja heute tatsächlich mächtiger als ein Schwert oder eine Axt. Ich hoffe es – und ich bete dafür. Und gleichzeitig hoffe ich, dass sie nicht vergisst, dass ich sie gelehrt habe zu kämpfen und dass sie eine Tochter der Großen Mutter ist. Wer wüsste besser als ich, wie viele Gefahren in einem Land lauern, dessen Sitten und Bräuche man nicht kennt!«

Mykene

Die Nächte in Mykene waren kühl. Unsicher trat Hori von einem Fuß auf den anderen. Obwohl er glücklich war, endlich wieder Land unter den Füßen zu haben, war ihm doch alles fremd.

Eneas aber bewegte sich sicher und zielstrebig durch die kühle Nacht. »Beeil dich! Es ist sicherlich nicht gut, wenn uns jemand sieht. Bisher weiß noch niemand, dass ich zurück bin, und ich möchte vermeiden, dass mein Vater es erfährt. Wir müssen Kamara noch in dieser Nacht holen, sonst wird es schwierig.«

Hori packte Eneas am Arm und zwang ihn so, stehenzubleiben. »Was ist dein Plan?«

»Plan?«, fragte Eneas arglos. »Ich habe keinen Plan. Wir gehen zum Haus meines Vaters, schleichen uns durch den Garten und holen Kamara aus ihren Räumen. Dann verschwinden wir schleunigst auf das Schiff und verlassen Mykene in Richtung Ägypten.«

Hori bedachte Eneas mit einem spöttischen Blick. »Das ist nicht nur dumm, das ist Selbstmord!«

»Fällt dir etwas Besseres ein?«, zischte Eneas ihn an.

»Wir müssen erst einmal herausfinden, ob Kamara noch in diesem Haus ist, und uns dann überlegen, wie wir weiter vorgehen.«

»Wo soll sie denn sonst sein? Eine mykenische Frau verlässt nie das Haus ihres Gatten. Wenn wir warten, erfahren mein Vater und die ganze Stadt, dass wir zurück sind. Dann haben wir keine Möglichkeit mehr, Kamara zu befreien. Entweder heute Nacht oder überhaupt nicht!«

»Also schön«, willigte Hori wenig überzeugt ein und gab seinen Männern einen Wink, ihm zu folgen.

Eneas sah ihn an, als habe Zeus persönlich einen Donner

vom Himmel geschickt. »Was soll das? Willst du, dass wir auffallen? Zwölf Männer, die nachts durch Mykene laufen ... Sie sollen hierbleiben und auf dem Schiff warten. Wir werden allein gehen.« Mit einem abschätzigen Blick auf Hori bemerkte er weiter: »Und du musst mykenische Kleidung tragen. Ein Ägypter wird auffallen wie eine bunte Ziege zwischen weißen.«

Hori ließ sich von Eneas einen Chiton geben, dessen Länge und Gewicht ungewohnt für ihn waren. Sein Schwert und einen Dolch verbarg er unter den Falten des Stoffes – zumindest hierfür war die mykenische Kleidung hervorragend geeignet.

Eneas führte Hori sicher durch die mykenische Nacht. Fast die ganze Nacht wanderten sie über das Inselland, bevor sie an die Stadttore von Mykene gelangten. Diese waren zu Horis Verwunderung nicht geschlossen und lediglich von zwei ebenso müden wie mürrischen Wachen geschützt, die sie ohne lästige Fragen passieren ließen, nachdem Eneas ihnen einige Goldringe zugesteckt hatte. Sie hatten keinen Grund für Misstrauen, denn es war nicht ungewöhnlich, dass Reisende nachts ankamen und noch in die Stadt wollten.

So erreichten Eneas und Hori das Haus des Amphion um die vierte Stunde des Morgens. Auch hier hatten sie keinerlei Schwierigkeiten, über die Mauer in den Garten zu gelangen.

»Seltsam«, flüsterte Hori, »diese Mauer soll eure Frauen davon abhalten fortzulaufen? Kamara hätte sie mit Leichtigkeit bezwungen. Ich frage mich, weshalb sie es nicht versucht hat.« In der Dunkelheit sah er nicht, wie Eneas errötete.

Kamara wälzte sich auf ihrem Lager. Sie hatte schlecht geschlafen. Mit dem Wind, der von Norden her wehte, hatte sie eine innere Unruhe befallen. In Nächten wie dieser schrie Kamaras innere Stimme so laut, dass sie nicht schlafen konnte, flehte sie an, endlich ihr Schicksal selbst in die Hand zu nehmen und erneut zu fliehen zu versuchen. Dann schwieg sie wieder für Tage, als habe sie ihre sinnlosen Bemühungen aufgegeben. In Kamara tobte ein stetiger Wettstreit von Vernunft und einem Freiheitsdrang, der immer unzähmbarer zu werden schien.

Seit mehr als einer Nilschwemme war Eneas nun fort, und es war kein Tag vergangen, an dem Kamara nicht gezweifelt hatte, ob er überhaupt zurückkehren würde. Ebenso kein Tag, an dem sie sich selbst nicht gezwungen hatte, die Hoffnung nicht aufzugeben. Amphion sperrte sie ein und ließ sie tagaus, tagein nichts anderes als ihre Räume und den Garten sehen – und Nike, die sie mit ihrer Einfältigkeit langweilte und betrübte. Die Dienerin ließ sie nicht aus den Augen; am Tage war sie stets an ihrer Seite, nachts schlief sie im Nebenraum. So war Kamara gleich einem alten ungeliebten Möbelstück im Haushalt des Amphion untergegangen und fristete nun ein klägliches Dasein.

Nachdem Eneas Mykene verlassen hatte, war Amphion einige Male zu ihr gekommen, um ihr beizuwohnen. Doch er hatte jedes Mal versagt und sie anschließend für sein Versagen verantwortlich gemacht. Dann hatte er seine Versuche aufgegeben und sie in ihre Gemächer gesperrt.

Kamara zuckte zusammen. Sie hatte im Garten ein Geräusch gehört. Angestrengt lauschte sie. Was war das? Ein Scharren, ein dünner Zweig, der gebrochen war! Sie hatte gelernt, Geräusche von draußen haargenau zu unterscheiden; ihre Ohren waren gut ausgebildet, denn sie konnte ohnehin nicht viel mehr tun, als den Geräuschen zu lauschen, die von jenseits der Gartenmauer oder der Tür ihrer Gemächer an ihre Ohren drangen.

Sie setzte sich auf ihrem Lager auf und lauschte angestrengt. Da war es wieder! Das Scharren. Jemand war über die Gartenmauer geklettert. Mit pochendem Herzen erhob sie sich von ihrem Lager. Es könnten Diebe und Mörder sein, die das Haus ihres Gatten plündern wollten. Denn die Stimmung in Mykene stand nicht zum Besten, wie sie von Nike erfahren hatte: Immer mehr Handelsschiffe wurden angegriffen, von den Bewohnern des Festlands geplündert und danach im Großen Grün versenkt. Mykene hatte Troja vor vielen Jahren besiegt, doch nach der ersten großen Fluchtwelle der Geschlagenen hatten die Menschen ihre Not zur Tugend gemacht und sich in kleinen Gruppen zusammengeschlossen, die das große Inselreich mit Aufständen quälten, wo sie nur konnten.

Kamara hörte Schritte, die sich der Treppe zu ihren Gemächern näherten, deren Tür zu dieser Jahreszeit lediglich mit einer dünnen Stoffbahn verhängt war. Sie überlegte kurz, ob sie nach Nike rufen sollte. Doch die einfältige Mykenerin würde sich ohnehin nur wie ein Welpe zitternd auf den Boden kauern und um Gnade winseln.

Kamara sah sich eilig um. Sie brauchte eine Waffe oder zumindest etwas, das sie als Waffe verwenden konnte. Kurzentschlossen nahm sie ihre hölzerne Schminkpalette und verbarg sich im Schatten hinter dem Türvorhang. Sie würde den Angreifer mit der Palette kaum töten können, aber vielleicht würde ihr das Überraschungsmoment die Gelegenheit verschaffen, zu fliehen oder zumindest das Haus aufzuwecken.

Der Vorhang schob sich zur Seite, und eine dunkle Gestalt betrat den Raum. Kamara sah sie nur von hinten. Der Mann war groß, trug einen langen Chiton. Er sah sich kurz im Raum um, als würde er etwas suchen. Als er sich dann anschickte, sich umzudrehen und sie damit zu entdecken, hieb Kamara ihm die Schminkpalette mit aller Kraft über den Kopf. Ein dumpfes Geräusch, dann zuckte der Mann fluchend zusammen und rieb sich den schmerzenden Kopf.

Kamara betrachtete für einen Augenblick missmutig die

Schminkpalette, deren Holz offensichtlich zu leicht und zu weich gewesen war, um den Eindringling wirklich außer Gefecht zu setzen. Dann trat sie vor und versetzte dem Fremden einen harten Tritt in sein Hinterteil. Der stolperte und fiel mit einem lauten Stöhnen zu Boden.

Kamara wartete nicht länger. Mit einem beherzten Sprung setzte sie über den am Boden liegenden Körper und lief Richtung Tür. Dann hörte sie eine Stimme hinter sich: »Kamara, warte, tu das nicht!«

Sie erstarrte und drehte sich langsam um. Während der Fremde sich vom Boden aufrappelte, trat ein zweiter Mann durch die Tür. Es war Eneas.

Erschrocken hielt sie sich die Hände vor den Mund. »Du bist es? Bei der Großen Mutter. Du bist wirklich zurückgekommen! Aber warum so heimlich in der Nacht? Hat Pharao keine Gesandtschaft geschickt?«

Eneas tat ebenfalls einen ausladenden Schritt über den Mann am Boden hinweg und kam zu ihr. »Wir müssen sofort fliehen. In Mykene weiß noch niemand von unserer Ankunft. In Ägypten wurden wir in eine Falle gelockt, sodass uns der Pharao Männer hinterhergesandt hat.«

»Was …?«, stotterte Kamara verständnislos, dann bemerkte sie wieder den Mann auf dem Boden. »Wer ist das?«

Endlich hatte Hori sich aufgerappelt und rieb sich noch immer den schmerzenden Kopf. Wütend gab er sich zu erkennen. »An der Art, wie du deinen Verlobten behandelst, hat sich wahrlich nicht viel geändert.«

»Hori!« Kamara war erstaunt. »Es tut mir leid! Ich habe dich für einen Dieb gehalten. Du bist so … nun ja … Du bist so groß geworden.«

Hori verzog beleidigt die Mundwinkel. Sie hatte sich überhaupt nicht verändert – noch immer sah sie einen Knaben in ihm, dem sie nach Belieben Rizinusöl in das Mahl geben, die

Pfeile verderben oder eben Schminkpaletten über den Kopf schlagen konnte.

»Könntet ihr das später besprechen?«, murrte Eneas ungeduldig. Er wusste nun sicher, dass sie ihn belogen hatte. Es hatte tatsächlich einen Verlobten in Ägypten gegeben. »Wir müssen so schnell wie möglich hier verschwinden!«

Kamara nickte und wollte Eneas und Hori hinaus in den Garten folgen, doch dann vernahmen sie aufgeregte Schritte auf dem Gang vor ihrer Tür. Im gleichen Augenblick flog die Tür auf, und Amphion und Nike standen ihnen unmittelbar gegenüber. Nikes Augen waren vor Angst geweitet, sie hatte männliche Stimmen in den Gemächern ihrer Herrin gehört und sofort den betrogenen Gatten verständigt, für den diese Situation einen guten Grund darstellte, Kamara endlich zu verstoßen und somit loszuwerden. Doch jetzt blickte er in die Augen seines eigenen Sohnes.

»Du? Du bist zurück?«, fragte er verdutzt. Seine Augen verengten sich misstrauisch. »O ihr Götter! Mein eigener Sohn ... Wie konnte ich nur so blind sein? Sie hat dein Herz gegen mich vergiftet, ich hätte es erkennen müssen. Sie hat dich benutzt, damit du dich mit ihr gegen mich verschwörst. Nichts warst du ... ich habe dich adoptiert von einer Bauernfamilie, die kaum genug hatte, sich selbst durchzubringen. Gestunken hast du, und dreckig warst du, als ich dich ihnen abkaufte. Als meinen leiblichen Sohn habe ich dich aufgezogen, und das ist nun der Dank!«

Amphions Stimme war immer schriller geworden. »Damit ist nun Schluss. Ich werde dafür sorgen, dass ihr beide verurteilt werdet. Du bist nicht mehr mein Sohn.«

Amphions Worte hatten Eneas' lange unterdrückte Wut freigesetzt, die er gegen seinen Vater und Peiniger hegte. Zum ersten Mal in seinem Leben fühlte er sich stark genug, gegen den verhassten Patriarchen aufzubegehren: »Deinen Sohn nennst du mich? Ein Lustknabe für deine widerlichen Begierden war ich ... *Du* wirst es sein, der vor Gericht steht, denn *du* hast mit deinen Begierden gegen die Gesetze verstoßen. Alle sollen wissen, welche Gelüste dich treiben und weshalb du niemals eigene Kinder deines Fleisches hattest!«

Amphions Kopf lief rot an. Aus den Augenwinkeln sah Eneas, wie er einen Dolch aus dem Gürtel seines Chitons zog und sich mit einem Schrei auf Eneas stürzte. »Du heuchlerischer, hinterhältiger, von den Göttern verfluchter –«

Weiter kam Amphion nicht. Eneas hatte sein Schwert gezogen und es seinem sich auf ihn stürzenden Vater in den Leib gestoßen. Amphion sackte sofort in sich zusammen, die Augen vor Verwunderung weit aufgerissen, den Mund zu einem erstaunten O geformt. Er fiel zu Boden und blieb reglos liegen.

Nike wollte zu schreien beginnen, doch Kamara war mit einem Schritt bei ihr und hielt ihr den Mund zu. Die Dienerin wehrte sich zwar aus Leibeskräften, konnte gegen Kamara jedoch nichts ausrichten. Erst nachdem Kamara ihr mit einiger Genugtuung eine Ohrfeige versetzt hatte, gab Nike endlich auf und schwieg.

»Wir müssen sofort weg!«, stellte Hori entsetzt fest. »Bald wird ganz Mykene hinter uns her sein.«

»Was machen wir mit ihr?«, fragte Eneas und zeigte auf Nike.

»Sie wird uns verraten«, stellte Hori trocken fest.

»Wir nehmen sie mit«, erklärte Kamara, die wusste, dass Nike kaum den Mund halten würde, wenn man sie nach dem Geschehen fragte. Kamara ahnte, dass es klug gewesen wäre, sie zu töten, doch sie brachte es nicht übers Herz. Nike war zwar dumm und hatte sie stets wie eine Gefangene behandelt, doch sie besaß nicht die Bosheit eines Amphion oder Lisias.

»Bist du von allen Göttern verlassen? Was sollen wir mit

einer kreischenden Dienerin anfangen? Sie wird uns nur aufhalten.«

»Genug Blut für einen Tag!«, wies Kamara beide Männer zurecht. »Wir nehmen sie mit!«

Mit einer sich wehrenden und zitternden Nike floh die kleine Gruppe durch den Garten. Es war umständlich, Nike dazu zu bewegen, über die Mauer zu klettern, doch schließlich ergab sich die Mykenerin in ihr Schicksal.

Auf der Straße angekommen, drückten sie sich in den Schatten eines Baumes und atmeten durch. Der Himmel wurde langsam hell, und es würde nicht mehr lange dauern, bis auf den Straßen die Geschäftigkeit ihren Lauf nahm und man den toten Körper Amphions in seinem Haus entdeckte.

»Was nun?«, fragte Eneas müde und niedergeschlagen. Obwohl er seinen Vater gehasst hatte, wurde ihm langsam die Ungeheuerlichkeit seiner Tat bewusst.

»Wenn wir uns beeilen, haben wir noch genügend Zeit, die Stadt zu verlassen«, stellte Hori fest.

»Hori, du gehst mit Nike zum Schiff und wartest. Eneas und ich werden nachkommen.«

»Hat Anubis dir in das Hinterteil gebissen, Kamara?«, fragte Hori ungläubig. »Wir müssen sofort weg. Bald wird die ganze Stadt durchsucht werden, und die Besatzung unseres Byblosfahrers besteht größtenteils aus Mykenern, denen es egal ist, was mit uns geschieht.«

»Ich habe ein Versprechen gegeben, das ich einhalten muss«, stellte Kamara klar. »Ich muss Merit holen. Wir müssen sie mitnehmen. Es ist meine Schuld, dass sie hier ist.«

Eneas starrte sie fassungslos an. »Du meinst die Ägypterin, die mit dir gekommen ist? Die ist mit Lisias verheiratet und hat bereits ein Kind von ihm. Vergiss sie ... Sie ist verloren.«

»Nein«, sagte Kamara entschlossen. »Ich kann sie nicht einfach ihrem Schicksal überlassen, und du, Eneas, weißt, wo Lisias Haus ist. Du musst mich dorthin bringen.«

»Und dann?«, fragte Eneas verzweifelt. »Was willst du dann tun. Einfach hineingehen und sie mitnehmen?«

»Ich weiß es nicht!«, fauchte Kamara.

Eneas schrak zusammen. Was war aus der willfährigen sanften Frau geworden, in die er sich verliebt hatte? Hatte sie sich während seiner Abwesenheit so verändert? Sicher, ihr Gesicht hatte ein wenig von der Weichheit verloren. Sie war immerhin zwei Jahre älter und sah nunmehr aus wie eine Frau. Und dennoch wunderte er sich über ihre sture Haltung.

Sie mussten nicht weit gehen, um Lisias' Anwesen zu erreichen. Auch sein prunkvolles Haus zehrte noch von der Ruhe des Morgens, was mitunter daran liegen mochte, dass sein Besitzer auf Handelsreisen war und die Dienerschaft die Abwesenheit des Hausherrn nutzte, um sich das Leben angenehmer zu gestalten.

Eneas und Kamara starrten unentschlossen vom großen Eingangsportal aus in den Garten. Kamara war inzwischen so verzweifelt, dass sie sich entschlossen hatte, einfach in das Haus zu gehen und nach Merit zu suchen. Doch schließlich kam ihr die Große Mutter zu Hilfe: Das Haupttor des Hauses öffnete sich, und heraus trat die noch verschlafene Merit, gefolgt von einer Dienerin, die eine Schale mit Früchten hinter ihr hertrug.

»Das ist sie«, flüsterte Kamara.

»Ich weiß«, antwortete Eneas ebenso leise. »Lisias hat ihr einen Sonnenschatten im Garten errichten lassen, in dem sie tagaus, tagein sitzt.«

»Wie aufregend«, spöttelte Kamara.

Kurze Zeit später ging die Dienerin allein zurück ins Haus.

»Ich gehe zu ihr, du wartest hier. Es wird nicht lange dauern.«

Er nickte, und Kamara schlich sich in den Garten, wobei sie sich nahe den Büschen entlang der Mauer ihren Weg suchte. Merit saß in ihrem Sonnenschatten und knabberte an den Früchten. Ihre Blicke schweiften gedankenverloren durch den Garten, sie schien träge und lustlos.

Kamara schlich sich von hinten an den Sonnenschatten und duckte sich. Leise sprach sie ihre einstige Dienerin an. »Merit, erschreck dich nicht, ich bin es, Kamara.«

Merit zuckte trotz der Warnung zusammen und fuhr herum. Ihre Augen verrieten Erstaunen und Ungläubigkeit, als sie Kamara hinter sich kauern sah. »Was tust du hier? Bist du allein oder mit deinem Gemahl gekommen?«

»Du musst mitkommen, Merit«, überging Kamara die Fragen. »Wir werden fliehen. Im Hafen wartet ein Schiff. Ich habe dir einst versprochen, dich aus Mykene herauszubringen, heute ist der Tag gekommen.«

Merits Miene wurde abweisend. »Was glaubst du, wer du bist? Warum sollte ich dir vertrauen? Du hast mich schon einmal mit deinen dummen Einfällen in eine schlimme Lage gebracht. Wenn man uns findet, werden sie uns töten oder – noch schlimmer – an ein Hurenhaus verkaufen. Ich bleibe lieber hier. Ich habe einen Sohn, und mein Gemahl ist nachsichtig mit mir. Es geschieht dir ganz recht, dass ich den besseren Gatten bekommen habe. Vor Amphion würde ich auch versuchen zu fliehen. Aber er wird dich finden.«

»Amphion ist tot!«, entgegnete Kamara kühl. »Sein Sohn hat ihn in einem Handgemenge getötet. Bald wird die ganze Stadt es wissen, und ich werde fliehen. Sie werden das Geschehene mit mir in Verbindung bringen, und da du mit mir nach Mykene gekommen bist, bist auch du in Gefahr. Du *musst* mit mir kommen.«

»Niemals!«, fauchte Merit. Hasserfüllt sah sie auf Kamara herab. »Ich werde nicht zulassen, dass du noch einmal mein Leben zerstörst. Ich werde Lisias und den Beamten des Königs alles erzählen, wenn sie hierherkommen – auch dass du versucht hast, mich zur Flucht zu bewegen. So werden sie wissen, dass mein Gewissen rein ist. Außerdem bin ich eine geachtete Frau. Schließlich habe ich einen Sohn, den Sohn des Lisias.«

»Frauen haben hier weniger Rechte als Schweine«, hielt Kamara dagegen, um Merit endlich zur Vernunft zu bringen. »Du bist in Gefahr, wenn du bleibst.«

»Ich bleibe«, entgegnete Merit stur. »Mir wird nichts geschehen. Ich hasse dich seit dem Tag unserer Entführung, aber ich habe mein Schicksal in ein ertragbares verwandelt. Nichts und niemand könnte mich dazu bringen, dir noch einmal zu folgen. Ich bin nicht mehr deine Dienerin und dir zu nichts mehr verpflichtet.«

»Natürlich nicht«, sagte Kamara resignierend. »Ich habe es versucht. Die Große Mutter ist Zeuge. Gesundheit, Leben und Wohlergehen.«

Bei der ägyptischen Grußformel zuckte Merit noch einmal zusammen, doch sie hatte sich bereits abgewandt und knabberte an ihren Früchten, als wäre Kamara überhaupt nicht da.

»Wir kommen nicht mehr aus der Stadt hinaus«, stellte Eneas fest, der die sich füllenden Straßen beobachtete. »Merit wird bereits alle verständigt haben, nach uns zu suchen, und zumindest von dir eine Beschreibung geliefert haben. Eine Frau auf den Straßen fällt auf, so viel steht fest!«

Kamara nickte. »Dort drüben öffnet ein Händler seinen Stand. Du musst uns neue Kleidung kaufen.« Kamara gab Eneas eine kurze Beschreibung der Dinge, die sie benötigte, woraufhin Eneas sie erschrocken ansah. »Geh schon, es ist die einzige Möglichkeit«, drängte sie ihn.

Kamara zog sich in den Schutz einiger Bäume zurück und musste nicht lange warten, bis Eneas mit einem Bündel unter dem Arm zurückkam. Am Brunnen eines benachbarten Tempels wechselte sie eilig die Kleidung. Sie hatte Glück: Noch waren keine Gläubigen zum Beten erschienen. Als Eneas trotz der Eile die Gunst des Augenblickes nutzen wollte, ihre Brüste zu berühren, schlug sie ihn auf die Finger.

»Du hast dich ziemlich verändert!«, fuhr er sie an.

Kamara schüttelte widerwillig den Kopf: »Nein, Eneas, ich war eine Gefangene, und jetzt bin ich frei!«

»Du hast mich belogen. Du hast mir verschwiegen, dass du einen Verlobten in Ägypten hast«, stellte er missmutig klar. »Dennoch gehörst du zu mir, vergiss das nicht!«

»Ich gehöre weder dir noch Hori!« Ihre Augen funkelten so kampfeslustig, dass Eneas keine Lust verspürte, das Gespräch fortzusetzen. Jetzt war kaum der richtige Zeitpunkt zu streiten. Trotzdem gab er wenig auf ihre Worte. Wenn sie erst einmal aus Mykene heraus waren, würde er sich mit Hori einigen. Der Ägypter musste einsehen, dass Kamara nun ihm gehörte!

Eneas beobachtete skeptisch, wie sie ihren alten Chiton zerriss und sich ans Werk machte, ihre Brüste flach an den Körper zu binden.

Sie zog den Knabenchiton an, den Eneas ihr gebracht hatte. »Also gut, jetzt noch die Haare«, wies sie ihn an.

»Bist du verrückt geworden?« Eneas weigerte sich, ihrem Wunsch nachzukommen.

»Wenn es überzeugend wirken soll, musst du mir die Haare so kurz schneiden, wie die mykenischen Knaben sie tragen.«

Kamara wies auf den Dolch, den Eneas im Gürtel seines Chitons trug. Widerwillig machte er sich ans Werk. Schulterlänge befand er als ausreichend, und er steckte den Dolch zurück in den Gürtel, doch Kamara wies ihn an, ihr die Haare noch kürzer zu schneiden.

Als sie ihr nur noch bis zu ihrem Kinn reichten, ließ sie ihn endlich aufhören. Zu kurzes Haar war den Männern vorbehalten, die Knaben trugen weiche Locken oder kinnlange Haartrachten. Als Mann wäre sie niemals glaubwürdig gewesen, jedoch als halbwüchsiger Knabe, wie sie zufrieden feststellte, als sie ihr Spiegelbild im Wassereimer betrachtete, den Eneas zu diesem Zweck aus dem Brunnen gezogen hatte.

Ohne Bedauern versenkte Kamara die Reste ihrer alten Kleidung im Brunnen. Niemand würde sie dort finden. Kamara fiel es nicht schwer, ihre weiblichen Bewegungen abzulegen und sie etwas schlaksiger anmuten zu lassen, sodass sie wie ein Knabe aussah, der noch nicht recht wusste, mit seinen langen Gliedmaßen umzugehen.

»Und nun?«, fragte Eneas. Das täuschend echt wirkende Bild eines Knaben, das sie nun abgab, verwirrte ihn.

»Nun verlassen wir gemeinsam die Stadt und gehen zum Hafen. Ein junger Herr mit seinem Lustknaben.«

Hori atmete auf, als er sah, dass ihr Schiff nach wie vor friedlich im Wasser des Hafenbeckens dümpelte. Re sandte die ersten Strahlen des Tages, sein Licht war noch mild, seine Wärme schmeichelnd und wohltuend. Die Kälte und Anspannung der Nacht wichen langsam aus Horis Gliedern. Selbst Nike, die auf dem ganzen Weg kein Wort mit ihm gesprochen hatte, wagte nun, ihren Kopf zu heben und in die Sonne zu blinzeln.

»Wir sind gleich da«, erklärte er ihr, um das beklemmende Schweigen zu brechen. Nun mussten sie nur noch auf Kamara und Eneas warten, dann waren sie frei und konnten gehen. Doch wohin eigentlich? Woher sollte er wissen, ob Pharao ihn als Freund oder Feind empfangen würde, wenn er nach Ägypten zurückkehrte?

Hori schüttelte die finsteren Gedanken ab. Er konnte sich

später Sorgen machen, wenn sie erst einmal Mykene verlassen hatten und in Sicherheit auf dem Großen Grün waren. Pharao – Er lebe, sei heil und gesund! – war ein kluger Gott. Er würde den Irrtum erkennen, den er begangen hatte, als er Hori fälschlicherweise des Diebstahls bezichtigt hatte. *Erkennen* – das Wort hallte in seinen Gedanken wider. *Ein Gott irrt sich nie, und wenn doch, so gibt er es nicht zu. Er kann es nicht zugeben, denn ein Gott ist unfehlbar und muss unfehlbar sein!*

Er gab Nike ein Zeichen weiterzugehen. Doch je näher sie dem Schiff kamen, desto größer wurde seine Anspannung. Irgendetwas stimmte nicht, auch wenn er nicht erkennen konnte, was das war.

Hori ließ das Schiff nicht aus den Augen. Alles schien wie vorher, und doch war etwas anders. Wieder blieb er stehen und zog Nike in den Schatten eines kleinen Fischerbootes, das verloren zwischen den großen Byblosfahrern dümpelte. Hori bedeutete Nike, sich zu ducken, tat es ihr nach und wartete ab. Nike gab nicht einen Ton von sich. Hori war erstaunt. Kamara hätte ihn längst mit Fragen attackiert, weshalb sie hier hockten, was er vorhatte, warum sie nicht weitergingen. Die Mykenerin wirkte seltsam willenlos.

Hori wischte seine Gedanken beiseite. Er musste sich jetzt konzentrieren. Was war anders? Das Schiff sah aus, wie er es in der Nacht verlassen hatte. Seine Augen suchten nach dem Fehler, den das Gesamtbild zu bieten schien. Noch schlief die Besatzung, sie wusste so gut wie nichts von Hori und Eneas, und obwohl sie das Handgemenge zwischen seinen Männern und den Soldaten Pharaos mitbekommen hatte, hatte der Kapitän sie ohne Fragen nach Mykene gebracht. Es waren hart arbeitende Männer, denen es egal war, wen oder was sie beförderten, solange sie dafür bezahlt wurden. Auch hatten Horis Männer die Besatzung gut im Griff; er hatte Wachen eingeteilt, und er sorgte dafür, dass kein Unmut unter den Männern aufkam. Seine Männer!

Plötzlich erkannte Hori, was nicht stimmte. Er kniff die Augen zusammen und beäugte den Mann, der vor dem Schiff an der Ladeplanke Wache hielt. Er gehörte nicht zu seinen Männern. Zwar trug er die Tracht der Palastwachen, aber das Gesicht des Mannes – das erkannte Hori von Weitem – war ihm unbekannt. *Eine Falle!*, ging ihm durch den Kopf. *Wie ich es befürchtet hatte! Pharao hat uns Soldaten hinterhergeschickt. Ich wusste nur nicht, wie nah sie uns waren …*

Hori strich sich nervös über das markante Kinn. Er brauchte dringend einen Barbier. *Was scheren mich jetzt meine Körperhaare?*, dachte er dann kopfschüttelnd. *Ich muss Kamara und Eneas finden, ehe sie in die Falle laufen. Ich muss zurückgehen und hoffen, dass ich die beiden auf halbem Wege treffe. Wer ist der Anführer von Pharaos Männern?*

Hori versuchte fieberhaft, weitere Männer zu entdecken, doch auf dem Schiff blieb alles still. Wahrscheinlich lauerten sie versteckt auf Deck und unter Deck und warteten auf sein Eintreffen. Er gab Nike ein Zeichen zurückzugehen.

Nike sah ihn verständnislos an, stellte jedoch keine Fragen und ließ sich ohne Widerstand von Hori wegführen. Besser ein schlechter Herr als gar keiner, schienen ihre Augen ihm zu sagen.

Langsam und immer möglichst unsichtbar verließen sie den Hafen und machten sich auf den Weg zurück ins karg bewachsene Inland.

Kamara erkannte die beiden Gestalten, die ihnen entgegenkamen, schon von Weitem. Verblüfft stieß sie Eneas mit dem Ellenbogen in die Rippen, der erschrocken zusammenzuckte und sie mürrisch ansah.

»Das dort vorne sind Hori und Nike. Warum kommen sie zurück? Warum sind sie nicht bereits auf dem Schiff?«

Eneas folgte ihrem Blick, und seine Unruhe stieg. Er hätte es wissen müssen. Es konnte nicht so leicht sein, aus Mykene zu entkommen. Kamara spielte ihre Rolle als Knabe so überzeugend, dass sie keinerlei Schwierigkeiten gehabt hatten, durch die Stadt zu gelangen. Einige Männer hatten das Paar flüchtig wohlwollend betrachtet, eine der Wachen hatte dem vermeintlichen Geliebten des Eneas sogar ein lüsternes Grinsen geschenkt und die beiden dann durchgewinkt. Kamaras schlaksige Schritte, ihre etwas ungelenken Gesten – wäre sie wirklich ein Knabe gewesen, wäre sie bei den mykenischen Männern sehr begehrt gewesen. Sie beschleunigten ihre Schritte.

Als sie Kamara erkannte, ließ Nike das erste Mal seit Stunden so etwas wie eine Gefühlsregung erkennen. In ihren Blick trat ein Ausdruck tiefster Verachtung, während Hori eher verwundert wirkte. »Das war ein guter Einfall«, sagte er knapp, bevor er berichtete, was geschehen war.

Kurz herrschte Schweigen. Sie standen irgendwo im unwirtlichen Innenland von Mykene, Re brannte auf ihre Köpfe, der Schweiß trat ihnen aus den Poren.

»Was sollen wir nun tun? Sollen wir zurück in die Stadt, um zu versuchen, uns irgendwo zu verstecken?« Hori hatte die Frage an Eneas gerichtet. Er war der Einzige, der Mykene kannte und vielleicht eine Lösung finden konnte.

»Nein, nach Mykene können wir nicht zurück. Wir säßen in der Falle. Sie werden meinen Vater inzwischen gefunden haben, und Merit hat mit Sicherheit alles weitererzählt, was sie von Kamara weiß. Sie musste ja unbedingt versuchen, sie mitzunehmen. Ohne sie würde noch niemand etwas von unserer Anwesenheit ahnen.«

»Es war meine Pflicht«, antwortete Kamara kühl.

Hori schüttelte den Kopf. »Es ist, wie es ist. Hört bei den Göttern auf, euch zu streiten. Wenn wir noch länger warten, verbrennen wir oder werden gefunden.«

»Ihr solltet umkehren«, mischte sich Nike flehend in das Gespräch ein. »Eneas, mein Herr! Ich werde für dich sprechen. Ich werde sagen, dass du dein Leben verteidigen musstest, dass der Herr Amphion dich töten wollte.«

»Du bist ein Schaf, Nike!«, fuhr ihr Kamara über den Mund. »Niemand wird ihm glauben, und wer wird schon auf deine Worte hören? Von wem, wenn nicht von dir, habe ich gelernt, wie wenig die Worte einer Frau in Mykene zählen?«

»Du hast mir seit dem Tag, als Lisias dich ins Haus brachte, nur Unglück gebracht. Und nun willst du auch noch den Herrn Eneas ins Elend stürzen.«

Kamara blickte sie abschätzig an. »Hör endlich auf zu jammern! Mehr als eine Nilschwemme habe ich das bereits ertragen müssen. Es ist genug! Entweder du kommst mit, oder du bleibst. Was dir bevorsteht, wenn du bleibst, muss ich dir nicht erklären. Außerdem ... so hast du wenigstens einen neuen Herrn. Das ist es doch, was du eigentlich immer wolltest.« Sie blickte in Eneas' Richtung.

Nike lief rot an, schwieg aber.

Eneas nickte. Dann erhellte sich sein Gesicht für einen kurzen Augenblick.

»Was ist? Weißt du einen Ausweg?«, fragte Kamara hoffnungsvoll.

»Nein, es ist sinnlos und unmöglich«, antwortete Eneas abweisend.

»Das ist unsere Lage ohnehin«, wandte Hori ein. »Wenn du einen Gedanken hattest, teile ihn mit uns.«

»Wir müssen nach Athen. Dort kenne ich jemanden, der uns verstecken würde, bis wir gefahrlos zum Festland übersetzen können. Aber dafür müssen wir erst einmal dorthin gelangen. Der Hafen ist uns versperrt, und es gibt nur einen einzigen Weg über Land.«

Kamara und Hori sahen sich ungeduldig an.

»Mykene ist eigentlich eine Insel. Aber in der Ebene von Argos gibt es eine Landenge, die wir überqueren können: der Isthmus von Korinth. Er führt uns direkt auf das nördliche Festland und von dort nach Athen.«

Kamara und Hori tauschten einen fragenden Blick. Sie wären am liebsten sofort aufgebrochen.

»Es ist nicht so einfach, wie es sich anhört«, stellte Eneas klar. »Der Isthmus wird bewacht, da über ihn Handel getrieben wird. Ganze Schiffe werden dort auf das Festland gezogen. Bis wir dort sind, werden die Wachen Bescheid wissen und nach uns Ausschau halten.«

Hori und Kamara waren sich jedoch einig; ihre Entscheidung war bereits gefallen. »Wir werden uns auf dem Weg dorthin darüber Gedanken machen. Es ist unsere einzige Möglichkeit. Der einzige Fluchtweg.«

Ehe Eneas etwas einwenden konnte, setzten sie sich in Bewegung. In einem Anflug von Eifersucht versuchte dieser noch einmal, die Oberhand über die Situation zu gewinnen. »Auch unsere Verfolger werden wissen, dass dies der einzige Weg für uns ist. Wir sollten das Ganze noch einmal überdenken.«

Doch die beiden beachteten ihn nicht mehr, nur Nike war bei ihm geblieben und blickte ihn erwartungsvoll an. Eneas zuckte mit den Schultern und bedeutete Nike resigniert, den anderen zu folgen.

Sie waren fast den gesamten Tag gelaufen. Und nachdem Nike als Erste nicht mehr Schritt halten konnte, hatten sie langsamer gehen müssen, damit sie den Anschluss nicht verlor. Steine setzten sich in ihre Sandalen, und ihre Füße scheuerten sich wund. Es gab nur vereinzelt Bäume, die ihnen hätten Schatten spenden können. Je länger sie unterwegs waren, desto karger wurde das Land. Zwar gab es hier und dort ein paar Ansammlungen von Häusern, doch sie waren noch nicht weit genug von Mykene entfernt, um wagen zu können, bei einem der Häuser zu rasten und um Wasser oder eine Mahlzeit zu bitten. Noch schlimmer als der Hunger quälten sie aber Durst und die gnadenlos auf sie herabbrennende Sonne.

Als sie bereits begonnen hatten, neben ein paar Büschen ein Nachtlager zu errichten, hörte Hori auf einmal Stimmen und das Geräusch eines Eselskarrens. Aufgeregt stieß er Eneas in die Rippen, der sich schon zusammengerollt hatte, um zu schlafen. Murrend setzte er sich wieder auf und lauschte dann ebenfalls den näher kommenden Geräuschen. Hori hatte sich nicht geirrt. Selbst Kamara und Nike konnten sie hören, das war der Anspannung in ihren Gesichtern abzulesen.

»Was, wenn es Pharaos Männer sind?«, flüsterte Eneas Hori zu, doch dieser schüttelte energisch den Kopf.

»Es sind zu wenige. Außerdem meine ich zu erkennen, dass sie die mykenische Zunge sprechen.«

»Was sollen wir also tun?«, wisperte Eneas.

»Vielleicht können wir uns ihnen anschließen. In einer Gruppe fallen wir weniger auf. Und wir müssen essen und trinken, sonst sterben wir bald.«

Eneas behagte der Gedanke, sich anderen Reisenden anzuschließen, überhaupt nicht, und doch wusste er, dass der Ägypter Recht hatte. Sie würden keine drei Tage überleben, wenn sie nicht irgendwo Anschluss oder Unterkunft fanden. Ein Blick auf Nike zeigte ihm, dass sie die Erste wäre, die sterben würde.

»Ich gehe ihnen entgegen«, beschloss Eneas.

»Das ist zu gefährlich«, wandte Hori ein, doch Eneas konnte ihn davon überzeugen, dass es besser war, wenn er allein ging – immerhin war er Mykener, und man würde ihm eher Vertrauen entgegenbringen als einem Ägypter. Schließlich nickte Hori resigniert. Es machte ihm Angst, Eneas im Dunkel der Nacht verschwinden zu sehen.

Kamara rückte näher zu Hori. »Was hat er vor?«

»Ich weiß es nicht«, gab Hori ehrlich zu.

Kamara spähte hinüber zu Nike, die bereits eingeschlafen war, dann nahm sie all ihren Mut zusammen. Sie musste mit Hori reden. »Es ist nicht so, wie du vielleicht glaubst. Ich hatte keine andere Möglichkeit, als so zu handeln. Eneas war die einzige Möglichkeit, aus Mykene zu fliehen. Ich hätte mich nie dermaßen erniedrigt, wenn es nicht hätte sein müssen.«

Im kalten Licht des Mondes erwartete sie, einen Anflug von Zorn oder Eifersucht in seinem Gesicht zu erkennen, doch es geschah nichts. Als er antwortete, sah er sie noch nicht einmal an. »Nun, es tut mir aufrichtig leid, dass du dich derart erniedrigen musstest. Ich kenne dieses Gefühl, warst du es doch, die es mich gelehrt hat. Aber das war vor über zwei Nilschwemmen, und die Zeit hat alles verblassen lassen. Es ist, wie es ist. Ich bin verbannt aus Ägypten, du bist die Gemahlin von Eneas, und alle drei haben wir keine Heimat mehr. Entschuldigungen sind nicht nötig – wir alle müssen nun mit unseren Entscheidungen leben. Eneas hat sein Heim verloren, du deine Freiheit, und ich … Ich habe nichts mehr zu verlieren – ich habe bereits vor über zwei Nilschwemmen alles verloren.«

Kamara spürte, wie sich ihr Hals zuschnürte. Sie hatte sich verändert. Wie konnte sie ihm nur erklären, dass ihr leidtat, was sie einst gesagt oder getan hatte. Sanft legte sie ihre Hand auf seinen Arm, doch Hori entzog ihn ihr gleich wieder. »Ich begehre nichts mehr«, sagte er steif. »Ich begehre dich nicht mehr, du gehörst zu Eneas.«

»Nein, das tue ich nicht!«, widersprach sie, doch er wandte sich von ihr ab.

»Warum bist du nach Mykene gekommen, wenn ich dir egal bin?«, versuchte Kamara ihn herauszufordern.

»Weil ich des Diebstahls beschuldigt und verbannt wurde. Dein Vater versprach, mir zu helfen und bei Pharao für mich zu sprechen, wenn ich dich finde«, log er.

Kamara zuckte zusammen. Wie hatte sie glauben können, dass er nach allem, was sie getan hatte, ihretwegen gekommen war? »Das tut mir leid, ich werde versuchen, so viel gutzumachen, wie in meiner Macht steht«, versprach sie resigniert.

Sie zog sich zurück und kauerte sich neben Nike. Wie hatte sie glauben können, dass ihn die Liebe nach Mykene getrieben hatte? Mit Sicherheit hatte er in Piramses ein großes Haus und eine liebevolle Gemahlin, die darauf hoffte, dass er zurückkehrte. *Und wenn?*, begehrte ihre innere Stimme auf. *Du brauchst ihn nicht, du bist frei! Was kümmert er dich? Du begehrst ihn doch ebenso wenig wie er dich.*

Kamara straffte die Schultern. Wenn sie die Verletzungen, die sie Hori in der Vergangenheit zugefügt hatte, schon nicht rückgängig machen konnte, so würde sie zumindest alles dafür tun, dass Hori in Ehre nach Ägypten zurückkehren konnte.

Während Hori und sie schweigend auf die Rückkehr von Eneas warteten, starrte Kamara resigniert zum Mond, der sie mit seinem weißen Licht schadenfroh auszulachen schien. Kein Laut war hier draußen zu hören, nicht einmal der Ruf eines Vogels oder der Schrei eines Raubtiers. Selten war Kamara dieses Land so unbelebt erschienen wie in dieser Nacht. In Ägypten zirpten nachts die Grillen, Glühwürmchen leuchteten, und der Wind ließ das Papyrusdickicht leise rauschen. In Ägypten war es niemals still, denn anders als Mykene war das Land am Nil von Leben erfüllt.

Die Zeit verstrich nur langsam, und auch Horis Anspannung wuchs. Dann endlich vernahm er Stimmen und bemerkte drei Gestalten. Er atmete auf, als er Eneas erkannte, dem zwei Mykener folgten, einfache Bauern oder Fischer. Ihre Gesichter waren derb, gegerbt von der Sonne, der sie stets ausgesetzt waren. Hori hätte nicht sagen können, wie alt sie waren; wahrscheinlich waren sie jünger, als sie aussahen. Sie trugen grobe Kleidung und geflickte Sandalen, und die Bärte in ihrem Gesicht wuchsen ungezähmt.

Hori kratzte sich am Hals. Auch wenn sich in diesem verdammten Land schon kein Tier sehen ließ – die Mücken waren weniger zurückhaltend. Wie lange würde es dauern, bis er ebenso verwahrlost aussah wie diese beiden Fremden? Wie schnell würde seine Haut ebenso ledrig und zerfurcht sein wie die ihre? Wie würde seine Zukunft aussehen, wenn er nicht nach Ägypten zurückkehren durfte? Würde er als einfacher Viehhirte leben müssen wie die beiden Fremden, ständig auf der Flucht sein und so auch irgendwann sein Leben beschließen müssen?

Hori vertrieb die fürchterlichen Gedanken aus seinem Kopf und besann sich auf die Gegenwart. Die beiden Männer, die einen einfachen Eselskarren mit sich führten, blickten Hori ebenso abschätzig an wie er sie.

Eneas versuchte die Situation zu entspannen. »Dies hier sind Phokas und Cletus. Sie sind auf dem Weg ins Nachbardorf, um eine Brautgesellschaft nach Athen zu begleiten … Und das hier sind Hori und«, er warf einen Blick auf Kamara, »Damon, mein junger Zögling. Die dort hinten ist unsere Dienerin.«

Die Männer nickten Hori und Kamara kurz zu, die die Geste ebenso kurz erwiderten. Nike übersahen sie.

»Ich habe Phokas und Cletus von unserem Missgeschick erzählt, dass wir überfallen worden sind und der Karren mit unseren Habseligkeiten geraubt wurde. Wir können uns ihnen anschließen, bis wir in Athen sind.«

Hori bedankte sich knapp. Auch Kamara nickte den Männern noch einmal zu, dann machten sich Phokas und Cletus daran, ein Feuer zu entzünden und Decken, Wasserschläuche und Fladenbrote von ihrem Karren zu holen, um sie mit Eneas, Kamara und Hori zu teilen. Auch Nike war aufgewacht, verhielt sich aber still. Kamara gab ihr ein Stück von ihrem Brot und reichte ihr den Wasserschlauch. Ausgehungert riss Nike ihrer Herrin das Brot beinahe aus der Hand und trank so gierig, dass Kamara ihr den Wasserschlauch schließlich fortnehmen musste. Danach rollte sich Nike einfach wieder auf dem Boden zusammen und schlief ein.

Die beiden Mykener sprachen nicht viel, was sowohl Eneas als auch Kamara zu schätzen wussten. Hori aber fragte sich insgeheim, warum die Fremden, die offensichtlich nicht wohlhabend waren, so bereitwillig ihr Wasser und ihr Essen mit ihnen teilten.

Erst als das Feuer knisterte, richtete Cletus das Wort an Eneas. »Wir teilen gerne alles, was wir besitzen, und helfen in der Not. Die Götter mögen unsere Großzügigkeit belohnen, wenn wir einst den Styx überqueren. Doch bis dahin müssen wir mit dem Wenigen überleben, was wir besitzen. Es wäre freundlich von euch, uns unsere Großzügigkeit zu vergelten.«

Hori schloss für einen Moment die Augen. Wie hätte es auch anders sein können. Doch sie hatten nichts, was sie als Gegenleistung hätten anbieten können. »Wir würden euch gerne eure Freundlichkeit vergelten. Doch wie ihr wisst, besitzen wir nichts mehr außer unserem Leben.«

Cletus ließ sich nicht aus der Ruhe bringen. Sein Blick wanderte zu Kamara. »Wir sehen unsere Frauen nur selten, und die Knabenliebe ist den reichen Städtern vorbehalten. Der

Knabe Damon ist sehr schön. Die Götter würden in diesem Fall nicht zürnen, wenn der Knabe eure Schuld begleicht.«

Kamara zog scharf die Luft ein, doch Eneas fiel ihr ins Wort, bevor sie den Mund auftun konnte. »Der Knabe unterliegt meiner Obhut. Sein Vater hat ihn mir anvertraut. Ich kann und darf nicht zulassen, dass er meine Schuld begleicht. Deshalb biete ich mich selber für diesen Dienst an.«

Cletus und Phokas tauschten einen Blick. »Du bist zu alt dafür, Eneas. Du bist dem Knabenalter längst entwachsen, und auch wenn wir keine gebildeten Männer sind, wissen wir sehr wohl, dass die Liebe unter Männern von den Göttern verboten ist.«

»Außergewöhnliche Umstände rechtfertigen außergewöhnliche Taten«, entgegnete Eneas ruhig.

Wieder wechselten Phokas und Cletus einen Blick, doch schließlich nickten sie. Ohne ein weiteres Wort erhoben sie sich, und Eneas tat es ihnen gleich. Kamara rauschte das Blut in den Ohren. Sie konnte nicht fassen, was Eneas tat. Zwar entfernten sie sich aus Sichtweite des kleinen Lagers, doch Kamara konnte das Schnaufen und Grunzen der beiden Fremden hören. Sie hielt sich die Ohren zu. Hori aber riss ihr die Hände von den Ohren. Dann flüsterte er: »Du wirst es dir anhören, Kamara. Damit du nie vergisst, was er heute für dich getan hat!«

Als Kamara am nächsten Morgen erwachte, hatten die beiden Mykener ihren Wagen schon beladen. Re sandte bereits wieder seine Strahlen auf sie hinab und erwärmte langsam ihre steifen Glieder. Ohne ein Wort erhoben sich Kamara, Hori und Nike und trotteten gemeinsam mit Eneas hinter Phokas und Cletus immer weiter durch die öde Landschaft. Erst in der Mittagshitze erreichten sie das kleine Dorf, in dem sich bereits der Brautzug eingefunden hatte, der die Braut mitsamt ihrer bescheidenen Mitgift zu ihrem Gemahl bringen sollte. Noch an diesem Abend sollte der Zug aus zwanzig Männern und zehn Eselskarren mit ihrer wertvollen Fracht den Isthmus erreichen.

Kay fluchte und verließ das im Hafen dümpelnde Schiff. Hori und Eneas würden nicht zurückkehren. Sie hatten tagelang ausgeharrt und gewartet, doch jetzt wusste er, dass sein Freund nicht mehr kommen würde. Dabei war zuerst alles so einfach gewesen: Den Kapitän des Schiffes hatte Kay mit einer großzügigen Anzahl von Gold- und Kupferringen schnell auf seine Seite bringen können. Und auch Horis Männer hatten sie schnell gefangen nehmen und unter Deck einsperren können.

Kay rief nach seinem Schreiber und diktierte ihm ein Sendschreiben für Pharao, in dem er mitteilte, dass er lediglich Horis Männer habe aufgreifen können, die den Byblosfahrer mit Pharaos Gütern versenkt hätten. Hori und Eneas seien jedoch geflohen, weshalb Kay als loyaler Diener des Einzig Einen die Verfolgung über Land aufnehmen würde.

In einem zweiten Sendschreiben für Lisias wies er diesen an, die Schmuggelware, die sich noch immer auf Horis Schiff befand, zu übernehmen. Immerhin dieser Teil des Planes hatte Früchte getragen.

Wie er mit Horis Männern verfahren sollte, wusste Kay nicht: Nach Ägypten zurückschicken konnte er sie nicht, da er nicht wusste, wie weit Hori und Eneas sie ins Vertrauen gezogen hatten. Mitnehmen wollte er sie jedoch auch nicht, da einer von ihnen viel zu leicht hätte entkommen können. Es wäre wohl am besten, sie zu töten, doch das war im Hafen von Mykene unmöglich. So beschloss Kay, auf Lisias' Ankunft zu warten. Immerhin war dessen Schiff nur ein paar Tage nach ihm aufgebrochen. Wagte Kay selbst nicht, die Stadttore von Mykene zu betreten, würde Lisias sicherlich viel schneller herausfinden, wo sich Hori und Eneas versteckt hielten.

Als Lisias' Schiff tatsächlich noch am selben Abend im Hafen anlegte, verlor Kay keine Zeit, Lisias über die Flucht von Hori und Eneas zu unterrichten. Der reagierte alles andere als erfreut über Kays Versagen, beschloss aber, am nächsten Morgen nach Mykene aufzubrechen, um dort Amphions Haus aufzusuchen. Als er schon auf dem Weg in die Stadt hörte, dass Amphion ermordet in seinem Haus aufgefunden worden war und seine Ehefrau und deren Dienerin verschwunden waren, wusste Lisias, dass Hori, Eneas und auch Kamara nicht mehr in Mykene waren.

Grimmig kehrte er in sein eigenes Haus zurück. Bevor er Kay verständigte, wollte er in Ruhe überlegen, was zu tun war. Doch als ihn seine ägyptische Gemahlin Merit durch eine Dienerin um eine sofortige Unterredung bitten ließ, erinnerte ihn dies schmerzlich daran, dass auch er versagt hatte. Lisias war kaum in der Stimmung für dummes Frauengewäsch, und dennoch entschloss er sich, seine Gemahlin aufzusuchen. Immerhin kannte Merit Kamara noch aus ihrer Zeit in Ägypten.

Seine Frau saß stumm und unterwürfig wie immer auf ihrem Ruhebett und wartete auf sein Eintreffen. Sie trug ihr Haar nach mykenischer Tracht – selbst Lisias musste zugeben, dass sie – sah man von ihrer dunkleren Hautfarbe ab – mittlerweile nichts mehr von einer Mykenerin unterschied. Neben ihr saß ihr gemeinsamer Sohn, der mit einem Holzpferdchen spielte. Der Knabe war gut geraten, kräftig und lebhaft, obwohl er seine Milchjahre noch nicht hinter sich hatte. Kaum älter als zwei Jahre, lief er auf seinen stämmigen Beinchen auf seinen Vater zu. Er konnte eigentlich nicht wissen, wer er war. Dafür war Lisias zu lange fort gewesen; als er Mykene verlassen hatte, war sein Sohn noch ein Säugling gewesen.

Lisias nahm ihn erfreut in die Arme, küsste ihn auf die Stirn und übergab ihn dann einer Dienerin, damit er mit seiner Gemahlin ungestört sein konnte. Merit begrüßte Lisias respektvoll, wie er es von ihr gewohnt war. Trotzdem störte es ihn, dass sie so eindringlich auf eine sofortige Unterredung bestanden hatte. »Ich bin gerade erst eingetroffen«, sagte er deshalb kühl. »Was kann wohl so wichtig sein, dass du mich unbedingt sehen musstest?«

Merit legte ihre Stickarbeit zur Seite und blickte ihn ernst an. »Bitte verzeih, mein Gemahl, doch ich muss dich warnen.«

»Wovor?«

»Die Gemahlin des Amphion war vor ein paar Tagen hier und wollte mich zur Flucht bewegen. Ich habe sie fortgeschickt. Amphion ist tot, sein eigener Sohn hat ihn getötet, und auch Hori, Kamaras ehemaliger Verlobter, gehört dieser Verschwörung an.«

»Die Gemahlin des Amphion, die einst deine Herrin war – kam sie allein zu meinem Haus?«

Merit zuckte mit den Schultern. »Ich weiß es nicht, mein Gemahl. Sie überraschte mich im Garten, als ich in meinem Sonnenschatten saß.«

Lisias überlegte. »Wohin wollte sie mit Eneas und diesem Ägypter fliehen?«

Sie blickte ihn arglos an. »Auch das weiß ich nicht, mein Gemahl. Ich weiß nur, dass sie fliehen wollte und ich sie fortgeschickt habe.«

Lisias Misstrauen wuchs. Was hatte die Ägypterin seiner Gattin erzählt? Weshalb erzählte Merit ihm das alles? Wollte sie ihn erpressen? »Warum erzählst du mir das, Weib?«

Merit zuckte ob seiner unfreundlichen Worte zusammen. Hatte sie ihn verärgert, indem sie sich als loyale Gattin erwies? »Es ist meine Pflicht, dir das zu erzählen, mein Gemahl.«

»Du warst immer tugendhaft und hast mir einen Sohn geschenkt, Merit«, sagte Lisias ruhig. »Du hättest damit zufrieden sein sollen.«

Merit blickte ihn verständnislos an. »Was meinst du damit, mein Herr? Ich verstehe dich nicht.«

Er betrachtete sie zweifelnd, wie sie so arglos und durchaus hübsch auf ihrem Ruhebett saß. Er hatte nicht an der Ausstattung ihrer Gemächer gespart, wie Amphion es stets bei seinen Frauen tat. Warum auch – immerhin hatte sie ihm einen Sohn geboren. Was konnte man von einer Frau mehr verlangen? Ihre Schmuckschatulle war reich gefüllt, ebenso ihre Truhen, und allerlei Zierrat hatte er sie auch erwerben lassen. Vor allem die zierlichen Stühle und das Ruhelager aus Zedernholz hatten ihn ein kleines Vermögen gekostet. Merit lebte in einer sorglosen Bequemlichkeit, die sich sicherlich viele Frauen wünschten. Vielleicht war es wirklich nur ihre Loyalität, die sie dazu zwang, ihm von Kamaras Flucht zu erzählen.

Loyalität, Treue, Liebe – so ein Unsinn! Sie war eine Frau, und Frauen verstanden von solchen Gefühlen nichts. Außerdem war sie, auch wenn sie ein hübsches Bild abgab, keine Mykenerin. Sie war Ägypterin, in Ägypten aufgewachsen und nach ägyptischen Bräuchen erzogen. Jeder Mann in Mykene wusste, wie unerhört freizügig die ägyptischen Männer ihre Frauen behandelten. Er war oftmals in Ägypten gewesen und hatte es mit eigenen Augen gesehen. Er konnte und durfte ihr nicht vertrauen, sie war und blieb eine Fremde, und wenn sie sich noch so sehr bemühte, Anpassung zu heucheln.

Er ging zu ihr hinüber und setzte sich neben sie. Merit sah ihn erwartungsvoll an. Was wollte sie? Schmuck für ihr Schweigen? Einen größeren Sonnenschatten? Mehr Freiheit? Zuerst kamen die kleinen Wünsche, dann die großen, und dann würden ihre Forderungen ins Unermessliche steigen, bis sie ihn verriet. Es gab schließlich einen Grund, weshalb

Frauen im Zaume gehalten werden mussten. Merit hatte zu viel gesehen und gehört, was nicht für ihre Augen und Ohren bestimmt gewesen war. Wie sollte er es je wieder wagen, auf Reisen zu gehen und sie in seinem Haus allein zurückzulassen? Jetzt, wo die andere geflohen war, hegte auch ihr wankelmütiges Herz vielleicht die Hoffnung auf Flucht. Wer wusste, ob sie es nicht auch wagen würde, ein Sendschreiben nach Ägypten zu schicken? Vielleicht würde sie einem der Diener ihren Körper für diese Gefälligkeit anbieten, und natürlich waren Männer den Reizen einer schönen Frau kaum gewachsen, vor allem nicht derart schlichte Gemüter wie seine Diener.

Als Lisias seine Hände sanft an ihren Hals legte, schloss sie scheinbar ergeben die Augen. Kurz zögerte er noch, dann drückte er zu. Plötzlich erkennend, was ihr Gatte vorhatte, riss Merit die Augen auf und versuchte sich zu befreien, doch ihre Körperkraft versiegte. Ihre zierlichen, kraftlosen Hände versuchten vergebens, sich zu befreien, ihr Widerstand erstarb schnell.

Erst als ihr Gesicht sich in eine hässliche Fratze verwandelte, ihre Hautfarbe sich ins Bläuliche verfärbte, hatte Lisias Mitleid und riss ihren Kopf herum, bis er ihr Genick brechen hörte. Merit erschlaffte und fiel zurück auf das Ruhebett. Lisias erhob sich und verließ den Raum, ohne sich noch einmal umzusehen. Er wies die Dienerin an, eine Amme für seinen Sohn zu suchen, und schickte Diener, um Merits Leichnam zur Einäscherung vorzubereiten. Keiner seiner Bediensteten würde ihn verraten, dafür entlohnte er sie einfach zu gut. Sodann verfasste er ein Schreiben an Kay, in dem er ihn über das Geschehen in Amphions Haus und die Flucht von Kamara und ihren Begleitern unterrichtete. Er befahl Kay, Horis Männer so schnell wie möglich loszuwerden, damit Kay die Verfolgung der Flüchtigen aufnehmen konnte.

Lisias war sicher, dass sie nur ins Landesinnere hatten fliehen können, wodurch die einzige Möglichkeit zur Flucht der Isthmus von Korinth sein würde. Mit Sicherheit würden sie von dort den Hafen von Athen anstreben, um unterzutauchen und irgendwann unbemerkt auf ein Schiff zu gelangen, das sie auf das Festland brachte, welches unter der Herrschaft von Hatti stand.

Athen

Den Isthmus zu überqueren war einfacher, als Kamara geglaubt hatte. Da er die einzige Verbindung Mykenes nach Athen war, ballten sich hier die Schiffstransporte, Händlergruppen und Reisenden. Und so war es Kamara und ihren Begleitern gelungen, verborgen im Brautzug von den Wachsoldaten unbemerkt zu bleiben. Die Wächter waren viel zu beschäftigt damit, die großen Handelstrupps sowie die Schiffe zu überwachen, die über Land geschleppt wurden. Kamara staunte, wie die Männer die großen, in ihre Einzelteile zerlegten Byblosfahrer über Land zogen. Mehrere Hundert Mann waren dafür nötig.

Kamara genoss es beinahe, nach der Einöde der letzten Tage in einen Wust von Menschen eintauchen und für ein kurzes Stück mit ihnen gehen zu können. Hori aber hielt seine Augen stur auf den Horizont gerichtet. Er wollte so schnell wie möglich Athen erreichen.

Eneas war der gleichen Ansicht und rechnete sich aus, dass sie es mit etwas Glück und der Hilfe der Götter schaffen konnten, in Athen untergetaucht zu sein, bevor Kay und seine Männer aufbrachen und die Stadt über den Seeweg erreichten. Sein Blick wanderte zu Kamara hinüber, die gefolgt von Nike die großen Handelszüge und Schiffstransporte bestaunte, während sie einen Schritt vor den anderen setzte. Was hätte Eneas für Pferde und Wagen gegeben! Jocasta würde ihnen weiterhelfen, da war sich Eneas sicher. Auch in Athen wollte Eneas nämlich nicht lange bleiben, denn der einzige Weg in die Freiheit war, auf das Festland zu gelangen, ins Land der Hatti – auch wenn dort Unruhen und Aufruhr herrschten. Eneas wusste, dass man bald im ganzen mykenischen Reich nach ihnen suchen würde, und hoffte, dass sie auf dem Festland endlich zur Ruhe kommen würden. Was Hori dort tun würde, war ihm egal, doch Eneas hoffte auf ein neues Leben in einer Handelsstadt, und zwar *mit* Kamara. Er hatte alles verloren und für sie aufgegeben. Sie aber würde er nicht verlieren.

Als einige Tage nach ihrer Isthmusüberquerung Athen in Sicht kam, verabschiedeten sie sich von Phokas und Cletus, die nickten und schweigsam wie immer weiterzogen. Von hier aus wäre es einfacher, alleine weiterzugehen. Eneas richtete es so ein, dass sie in der Abenddämmerung Athen erreichten und die aufkommenden Schatten der Nacht ihnen etwas Schutz boten.

Am Stadttor winkten sie die Wachtposten ohne Schwierigkeiten durch – Athen war nicht so groß wie Mykene, und die Wachtposten waren weniger aufmerksam. Anders als in Mykene waren die Straßen Athens nachts belebt, und Kamara merkte erstaunt, dass auch Frauen in dem abendlichen Treiben unterwegs waren. Einige trugen erlesene Gewänder, die nach feinen Gewürzen oder Blüten dufteten. Meist waren sie in Begleitung ebenso fein gekleideter Männer. Der Schmuck der Frauen war aufwendiger und nicht so schlicht wie der, den Nike in Amphions Haus für sie ausgesucht hatte, trotzdem wirkte er edel und kostbar. Peinlich berührt stellte Kamara fest, dass die Pärchen einen großen Bogen um sie machten. Ihr wurde klar, dass sie ziemlich schmutzig war und nicht besonders gut roch – sie und ihre Begleiter passten nicht in das feine Bild dieser Gesellschaft.

Kamara stieß Eneas an der Schulter an. »Wir fallen auf. Wir wären besser in die Unterstadt gegangen. Was wollen wir hier?«

»Wir werden uns hier verstecken.«

»Ein guter Einfall, bei der Großen Mutter! Re hat dir wohl den Kopf verbrannt!« Kamara blickte sich misstrauisch um. »Wenigstens haben die Athener erkannt, dass Frauen zu mehr taugen als zum Kindergebären.«

Eneas sah sie an wie ein unverständiges Kind. »Was du siehst, sind keine Ehegatten, sondern Hetären mit ihren Gönnern.«

Kamara verstand. »Es sind *Huren?* Die Frauen hier müssen wahre Liebesgöttinnen sein, sonst wären sie wohl kaum so reich.«

Empört blieb Eneas stehen. »Huren gibt es in der Unterstadt. Ich sagte, dieses hier sind *Hetären!*«

Da Eneas bereits weiterging und sie nicht mehr beachtete, wandte sich Kamara an Hori. »Was ist eine Hetäre, und was macht sie, um derart wohlhabend zu sein? Glaubst du, dass diese Männer sie dafür bezahlen, dass sie mit ihnen auf Feste geht?« Kamara verschränkte trotzig die Arme. »Ist so etwas Brauch bei verdorbenen Menschen, die sich sogar ihre Söhne und Knaben auf ihr Lager holen? Wohl kaum ... Worin also liegt der Unterschied zwischen einer Hetäre und einer Hure?«

Hori zuckte gleichgültig mit den Schultern. »Das weiß ich nicht.«

Kamara war zu müde, um sich weitere Gedanken zu machen. Stattdessen betrachtete sie sehnsüchtig die großen Häuser, deren Gärten von Fackeln erleuchtet wurden. In den meisten der Häuser schienen an diesem Abend Feste gefeiert zu werden, und Kamara hätte alles dafür gegeben, sich dort satt essen und danach auf ein weiches Ruhelager legen zu können, anstatt Eneas hinterherzutrotten, der sie wer weiß wohin führte.

Eneas lenkte seine Schritte zu Jocastas Haus. Es war eines der größten und im Athener Hetärenviertel das letzte in der langen Straße. Die Hetären hatten weit ab von den Tempelanlagen und Märkten ihre Häuser, in einem der schönsten Viertel Athens, auf einem Hügel.

Auch an Jocastas Haus beleuchteten Fackeln den Eingang, um Gäste willkommen zu heißen, Diener begrüßten die Gäste und reichten ihnen Fingerschalen und Erfrischungen. Die jungen Diener waren allesamt schön und kräftig. Jocasta hatte offensichtlich Geschmack und sich durch ihr Haus ein Vermögen angehäuft. Da sie sich nicht nur auf die Kunst des Liebesspiels und der Konversation verstand, sondern auch ausgezeichnete Symposien abhielt, galt sie als eine der bekanntesten und beliebtesten Hetären in Athen.

Schmutzig und verschwitzt, wie er und seine Begleiter waren, beschloss Eneas, dass sie sich besser am Hintereingang versuchen sollten. Sie gingen um das Haus herum, das von einer hohen Mauer gesäumt wurde – Hetärenhäuser waren diskret. Niemand sollte sehen, wer auf welchem Symposium weilte, und einige der hoch angesehenen Gäste mochten es nicht, wenn ihre Besuche in einem Hetärenhaus zu öffentlich gehandhabt wurden. Für diese Gäste gab es den eher schmucklosen Hintereingang in der Mauer, an dem lediglich zwei Knaben standen, um die Gäste zu begrüßen. Hier wurde kein großes Aufheben gemacht. Wer durch den Hintereingang kam, wollte nicht begrüßt werden; er wollte schnell und heimlich durch die Tür schlüpfen.

Eneas sprach mit den zwei jungen, knabenhaften Dienern, die sie geringschätzig beäugten, sich schließlich jedoch bewegen ließen, ihrer Herrin eine Nachricht zu überbringen, und sie aufforderten, solange im Garten zu warten.

Müde ließen sich Eneas, Hori, Kamara und Nike im Garten neben einem Wasserspiel, auf dem der schöne Sonnengott Apollon in heroischer Pose zu ihnen herunterblickte, auf den Boden sinken. Kamara mochte die mykenischen Götter nicht. Zu menschlich waren sie dargestellt, zu überheblich blickten sie auf die Menschen hinab. Ungerührt wusch sie sich Hände und Gesicht im Becken, während Apollon missbilligend ob dieses Frevels auf sie hinabzublicken schien.

Lisias' Anwesen in Mykene war prunkvoll, und dennoch konnte es sich nicht mit dem Reichtum messen, der sich hier fand. Alles in Jocastas Garten, vom Becken des Wasserspiels bis zum Sonnenschatten oder den Bänken, war aus feinstem Marmor, und von Gold überzogene Götterstatuen reckten stolz ihr Kinn in die Höhe. Athene, die Schutzgöttin der Stadt, war ebenso vertreten wie die schöne Aphrodite, die Göttin der Liebe, oder Artemis, die jungfräuliche Jägerin. Nike hatte Kamara während ihrer Zeit in Amphions Haus in mühevollen Unterweisungen versucht, die Götterwelt Mykenes näherzubringen, und einiges war ihr im Gedächtnis geblieben, sodass Kamara sich nun beim Anblick der Statuen daran erinnerte.

Blütenduft lag in der angenehm kühlen Nachtluft, und von überall her leuchteten Fackeln, die den Weg durch den Garten bis hin zum Haus säumten. Eneas lächelte schwermütig in sich hinein. Jocasta richtete anscheinend eines ihrer berühmten Symposien aus, zu denen nur die wichtigsten und wohlhabendsten Männer Athens geladen waren – ein ungünstiger Zeitpunkt für ihr Eintreffen.

Eneas' Bedenken schienen jedoch unbegründet, denn kurze Zeit später hörte er die leisen Schritte von Jocasta und der zwei Diener, die ihr mit Fackeln den Weg wiesen. Als sie

Eneas sah, umspielte ein Lächeln ihre Züge. »Eneas, mein junger Freund. Ich hatte nicht gedacht, dich so bald wiederzusehen. Seit deinem letzten Besuch in Athen habe ich nicht einmal ein Sendschreiben von dir erhalten.«

Jocastas Stimme war sanft und melodisch. Kamara stellte überrascht fest, dass sie eine überaus schöne Frau war, groß gewachsen und schlank wie Artemis, die die Mykener wegen ihrer Jugendlichkeit verehrten. Jocastas Gewänder waren aus feinstem lindgrünem Leinen, und ihre üppige honigfarbene Lockenpracht ließ ihr feingeschnittenes Gesicht vollkommen wirken. Selbst ihre Mutter Selina, die Kamara immer für die schönste Frau in Piramses gehalten hatte, konnte mit der Schönheit Jocastas nicht konkurrieren. Jocasta war ein Ebenbild von Aphrodite und verstand es offenbar, diesen Vorteil für sich zu nutzen und den Menschen eben jene Göttlichkeit vorzuspiegeln, die sie bei ihr zu finden und zu verehren hofften.

»Jocasta«, ergriff Eneas das Wort, »wir sind in großen Schwierigkeiten.«

Die Hetäre hob beschwichtigend die Hand. »Ich weiß bereits alles«, antwortete sie geradeheraus. »Ich habe am heutigen Abend Gäste aus Mykene in meinem Haus. Ihr werdet gesucht. Lisias, der Freund deines Vaters, erzählt überall, dass du nach Mykene zurückgekehrt bist, um deinen Vater zu ermorden, weil du seine Frau begehrst.«

»Es war nicht, wie Lisias es darstellt«, versuchte Eneas, sich zu verteidigen.

»Ich kenne Lisias gut genug, um ihm nicht zu trauen, und ich kannte deinen Vater gut genug, um sein Hinscheiden nicht zu betrauern«, sagte Jocasta gleichmütig. »Trotzdem seid ihr in Gefahr. Niemand darf wissen, dass ihr in meinem Haus seid. Ich werde euch verstecken, bis das Fest vorüber ist.«

»Ich danke dir, Jocasta.« Eneas entspannte sich sichtlich.

Erst jetzt musterte die schöne Hetäre seine Begleiter. Sie bedachte Hori mit einem kurzen Augenaufschlag, Nike schien ihr kaum eines Blickes wert, doch ihre Augen verharrten sehr lange auf Kamara. »Ein allzu schöner und zartgliedriger Jüngling … Den Blick eines Mannes mag man täuschen können, jedoch kaum den Blick einer Frau. So bist du also die, die Eneas das Herz gestohlen hat.«

Kamara sah Jocasta in die Augen, und sie musterten sich einen Augenblick gegenseitig. Dann brach die Hetäre das Schweigen. »Folgt mir ins Haus, aber macht keinen Lärm. Ich habe freie Räume in den oberen Gemächern, weitab vom Fest. Dort könnt ihr essen, baden und schlafen. Morgen werden wir reden.«

Kay blickte auf den Hafen, der sich immer weiter aus seinem Blickfeld entfernte. Er war nicht traurig, Mykene zu verlassen. Seine Angst, seine Wut und seine Hilflosigkeit trieben ihn an. Es ging um sein Leben, seine Ehre und Bequemlichkeiten. Freundschaft hin oder her – er musste Hori finden, vor allem aber Kamara. Er bedauerte es kaum, dass Lisias das »geringere Problem« bereits beseitigt hatte. Kay wusste genau, was der Kaufmann mit diesen Worten zum Ausdruck hatte bringen wollen: Er hatte Merit beseitigt. Und ebendies sollte Kay mit Kamara tun, wenn er sie fand. Dieses Mal würde er nicht versagen, das hatte er sich geschworen. Er würde mit Horis Männern beginnen. Das glitzernde Wasser des Großen Grüns würde sein Geheimnis bis in alle Ewigkeit wahren.

Die Wellen klatschten an die Planken des Schiffes, und ab und an verursachten sie ein saugendes Geräusch, als wären sie begierig, sich mit Kay zu verbünden. Als sie weit genug vom Hafen entfernt waren, ließ er die zehn Männer an Deck holen. Sie blinzelten, als sie nach Tagen der Dunkelheit Res Strahlen erblickten. Sie waren müde und ausgehungert, denn Kay hatte kaum Wasser und Nahrung an sie verschwendet – diejenigen, deren Körper nicht für die Ewigkeit bereitet wurden, wären ohnehin von den Göttern vergessen und würden ihn dereinst vor dem Totengericht nicht mehr anklagen können.

Kay wies seine Männer an, den Gefangenen Hände und Füße zu fesseln und sie dann von Bord zu stoßen. Die Soldaten zögerten ob des unglaublichen Befehls, doch Kay war unerbittlich: »Wer sich weigert, mir Folge zu leisten, wird sich den Verrätern anschließen.«

Die Soldaten wagten keinerlei Einwände mehr. Schweigend und mit gesenktem Blick legten sie den zehn Unglücklichen die Fesseln an und führten sie zur Reling. Einige versuchten sich zu wehren, als sie die Unabänderlichkeit ihres Todes erkannten, sie redeten auf Kay und auf seine Männer ein, Gnade walten zu lassen. Einer der Unglücklichen befreite sich gar aus dem Griff der Soldaten und warf sich vor Kay auf die Planken. »Kommandant Kay, du kennst mich! Ich habe unter dir in Piramses gedient. Ich flehe dich an, bei deiner Ehre, bei den Göttern, lasse uns nicht so sterben! Wenn unsere Körper nicht mehr sind, können wir nach dem Tod nicht in das Land des Westens gehen. Du bist Ägypter, ich bin Ägypter, wir alle sind Ägypter.«

Kay blickte dem Mann nicht ins Gesicht, sondern gab seinen Männern das Zeichen, mit ihm zu beginnen. Sie packen ihn und zerrten ihn zurück an die Reling. Mit einem Schrei fiel er ins Wasser, sein Kopf tauchte noch einige Male in einem verzweifelten Todeskampf auf, bevor ihn die Kraft verließ. Dann waren alle still. Keiner schrie oder flehte mehr, jedem war bewusst, dass Kay keine Gnade walten lassen würde. So wurde einer nach dem anderen ins Meer gestoßen; sie versanken wie Steine, und nichts wies darauf hin, dass sie einmal gelebt hatten. Das Große Grün gab nicht frei, was es einmal verschlang.

Niemand sprach, nachdem die frevlerische Tat vollbracht

worden war. Kay betrachtete seine Männer prüfend. Es war eine Sache, Fremde zu beseitigen; Ägypter zu töten war eine andere. Jedoch wagte keiner seiner Männer zu murren. Die Angst, ebenso zu enden wie die Unglücklichen, verschloss ihre Lippen.

Zufrieden zog sich Kay unter Deck zurück. Er würde den Göttern ein großzügiges Opfer bringen, wenn er wieder in Ägypten wäre. Sicher war sicher. Doch vorher musste er die letzten vier Menschen finden, die ihm schaden konnten. »Nehmt Kurs auf Athen«, wies er den Kapitän des Schiffes an, bevor er unter Deck verschwand.

Der Kapitän zögerte nicht, seine Befehle auszuführen, denn obwohl er Mykener war, fürchtete er Kay. »Ein Mann, der seine eigenen Landsleute umbringt, hat keinerlei Ehre und Skrupel«, flüsterte er seinem Maat zu. »Je schneller wir in Athen sind, desto besser.«

Kamara erwachte erholt aus dem tiefen Schlaf, den ihr Körper ihr abverlangt hatte. Die Anstrengungen der letzten Tage saßen ihr zwar noch immer in den Knochen, doch sie fühlte sich bereits besser. Jocastas Haus glich eher einem Palast, der eines Pharaos würdig gewesen wäre, als einem Wohnhaus. Die Möbel waren geschmackvoll und elegant angeordnet, die hauchdünnen Stoffe an den Fensteröffnungen flatterten im leichten Wind. Wenn man aus einer der Fensteröffnungen hinaussah, war in einiger Entfernung die blaue, glatte Oberfläche des Großen Grüns zu erkennen, und unten im Garten gingen hübsche Mädchen und Knaben müßig und lachend umher. Einige trugen verwelkte Blumen aus dem Haus oder pflückten neue, niemand wirkte gehetzt oder in Eile.

»Ich liebe das Meer«, sagte Jocasta leichthin. »Deshalb habe ich diese Farben für meine Räume gewählt.«

Kamara fuhr herum. Sie hatte nicht gesehen, dass Jocasta

auf einer Kline lag und nur darauf gewartet hatte, dass sie erwachte.

»Du hast mich erschreckt«, gab Kamara ihr deshalb zu verstehen. Sie wusste nicht, was sie anderes hätte sagen sollen. Ohne zu wissen, weshalb, war sie von Jocasta beeindruckt. Kamara konnte nicht einschätzen, wie alt die Hetäre war, vielleicht zwei oder drei Nilschwemmen älter als sie selbst, und trotzdem klang ihre Stimme selbstsicher und damit reifer als Kamaras.

Als sich Jocasta leichtfüßig von der Kline erhob, umspielte ihr blassgelbes Gewand ihren Körper wie ein Windhauch. Sie trug wenig Schmuck, lediglich ein Haarnetz aus feinen Goldfäden und einen Gürtel aus Muscheln, und hatte auf Schuhe verzichtet. Anscheinend war sie selbst gerade erst aufgestanden. Sie streckte sich und seufzte zufrieden. »Ich wollte sehen, was für eine Frau es schafft, einem Mann wie Eneas den Kopf derart zu verdrehen, dass er alle guten Vorsätze vergisst und sein Leben riskiert.«

Kamara blickte sie fragend an. »Eine verzweifelte Frau vermag einiges«, entgegnete sie vorsichtig.

»Gewiss, aber die meisten Frauen wissen nicht, wie sie es anstellen sollen. Sie wissen nicht um die Macht, die sie über die Männer haben könnten.«

Kamara wusste nicht, worauf Jocasta hinauswollte. Sicherlich mutete sie mit ihren kurz geschnittenen Haaren kaum wie eine Verführerin an. Kamara versuchte ungelenk, die kurzen Haare zu glätten, die ihr vom Schlafen wirr auf dem Kopf lagen. In Jocastas Beisein fühlte sie sich wie ein Fellachenmädchen.

Jocasta schien Kamaras Befangenheit jedoch nicht wahrzunehmen, sondern zog sie vom Ruhelager hoch. »Komm mit mir, Kamara. Ich will dir zeigen, wovon ich spreche.«

Als sei sie ihre große Schwester, ergriff sie Kamaras Hand

und zog sie hinter sich her. Kamara ließ sich von ihr durch das große Haus führen, in dem sie sich allein sicher verlaufen hätte. Alles im Haus der Hetäre war hell und freundlich, und wie im Garten standen hier und da wie zufällig angeordnete Götterstatuen, am häufigsten Apollon, Aphrodite und Artemis, die Jocasta besonders zu verehren schien. Ansonsten gab es wenig Bemerkenswertes: Jocastas Verehrung schien einzig den Göttern zuteilzuwerden; aufwendige Möbel und Stoffe blieben den Wohnräumen vorbehalten.

Während sie durch die Gänge liefen, grüßte Jocasta einige junge Frauen, die sie freundlich zurückgrüßten.

»Wer sind diese Mädchen? Sie sind alle sehr hübsch. Sind sie auch ... Ich meine ...«

Jocasta lachte perlend. »Du meinst, ob sie ebenfalls Hetären sind? Nun, einige von ihnen werden es weit bringen, andere werden nie über ihre Gewöhnlichkeit hinauswachsen. Ja, ich bilde sie aus, ich lehre sie alles, was sie wissen müssen. Sie arbeiten für mich, unterhalten die durchweg männlichen Gäste auf meinen Symposien, sie lernen meine verwöhnten Kunden mit ihrem Körper und mit ihrem Geist zu verführen. Einige von ihnen sind wirklich gut, andere nicht, und sie werden irgendwann in einem der vielen Hurenhäuser verschwinden und verwelken wie diese Blumen.«

Jocasta wies auf eine Bodenvase, gefüllt mit Lilien, die bereits die Köpfe hängen ließen. Herrisch winkte sie eines der jungen Mädchen heran und wies auf die Blumen. »Ich dulde keine Hässlichkeit in meinem Haus. Sorge dafür, dass die Blumen sofort ausgetauscht werden!«

Das Mädchen nickte und machte sich an die Arbeit. Jocasta lächelte sofort wieder zufrieden. Kamara schien es fast, als hätten die verwelkten Blumen die Hetäre aus der Fassung gebracht. Doch sobald diese aus ihrem Blickfeld waren, vergaß Jocasta ihren Zorn.

Sie gingen weiter, bis sie eine große Halle erreichten, in der Jocastas junge Diener und Dienerinnen damit beschäftigt waren, die letzten Spuren des Festes zu beseitigen. Sie trugen schmutziges Geschirr ab, säuberten die Feuerbecken und kehrten den Boden. Stolz wies Jocasta mit einer ausladenden Handgeste in die Runde. »Dies alles hier, Kamara, habe ich mir selbst erarbeitet. Ich, die ich aus Mykene stamme und nicht viel mehr zu erwarten hatte als das traurige und freudlose Leben einer mykenischen Ehefrau, die einem alten Mann anvermählt wird.«

»Du bist sehr reich«, entgegnete Kamara vorsichtig. Sie wartete darauf, dass Jocasta ihr Anliegen vortrug. Irgendein Anliegen musste die schöne Hetäre haben, sonst hätte sie sich kaum die Mühe gemacht, ihr all dies zu zeigen.

»Was glaubst du, wie alt ich bin?«, fragte diese Kamara leichthin.

»Höchstens eine oder zwei Nilschwemmen älter, als ich es sein kann«, gab Kamara zur Antwort.

Jocasta lachte entzückt auf. »Sehr gut! Du verstehst dich auf diplomatische Umgangsformen und hast ein sicheres Gespür für die richtige Wortwahl. Nun, Kamara, ich stehe in meinem zwanzigsten Jahr, und ich gedenke, mich zur Ruhe zu setzen, wenn das Korn noch fünfmal auf den Feldern gestanden hat. Dann bin ich frei, frei von allen Zwängen und Einschränkungen, welche das Leben einer Frau auferlegen kann.«

Kamara nickte. »Ich beglückwünsche dich, Jocasta. Nicht vielen Frauen wird solches Glück im Leben geschenkt.«

»Glück?«. Jocasta wirkte auf einmal konsterniert. »Das hat nichts mit Glück zu tun, sondern mit Klugheit – einer Klugheit, welche die Männer den Frauen absprechen. Sieh dich um! Hier in meinem Haus gibt es nur schöne Menschen, Knaben wie auch die Mädchen wurden von mir sorgfältig ausgewählt. Ich hole nur die makellosen zu mir und lasse sie von mir lernen. Meine Gäste umgeben sich mit göttlicher Schönheit, ich verzaubere sie, wie Aphrodite selbst es nicht besser könnte, und in diesem Rausch von Schönheit und Vollkommenheit öffnen sie ihre Beutel mit Gold so weit, dass sie überhaupt nicht merken, wie ihr Vermögen nach und nach in meine Schatulle fließt.«

Jocastas Begeisterung kannte keine Grenzen. Mit leuchtenden Augen erzählte sie Kamara von einem einst angesehenen Kaufmann, der innerhalb einer einzigen Nilschwemme durch seine Besuche in Jocastas Haus zu einem armen Mann geworden war. »Das«, fuhr Jocasta schließlich unbeirrt fort, »könntest auch du haben. Du bist die geborene Verführerin. Es wäre dir ein Leichtes, die Männer zu täuschen und zu umgarnen.«

Kamara blickte Jocasta irritiert an. Darum war es ihr also gegangen. »Ich glaube, du täuscht dich in mir«, versuchte sie, die Hetäre abzuweisen.

»Ich irre mich niemals, Kamara. Als ich hörte, wie du Eneas dazu gebracht hast, nach Ägypten zu reisen und Amphion zu hintergehen ... Nein, ich kenne Eneas. Er hat seinen Vater gehasst, und er hatte ohne Zweifel einen guten Grund dafür, aber ich kenne Eneas auch gut genug, um zu wissen, dass er sich nie alleine aus der Umklammerung Amphions gelöst hätte.« Sie lächelte verschmitzt. »Zuerst war ich nur neugierig darauf, dich kennenzulernen, doch im Garten habe ich beim ersten Blick in dein Gesicht gesehen, dass du es als Hetäre weit bringen würdest. Natürlich müsstest du dein Haar wieder wachsen lassen, und dein Körper muss gesalbt und gepflegt werden. Deine Haut ist etwas zu braun, und deine Hände sind rau, aber das sind Kleinigkeiten, die in zwei Mondumläufen behoben sind. Und nun möchte ich dir ein Angebot unterbreiten: Arbeite die nächsten fünf Sommer für mich, lerne von mir, und wenn ich mich zur Ruhe setze, dann übernimm mein Haus.«

Kamara verschlug es die Sprache. Sie konnte kaum fassen, dass Jocasta ihr ein solches Angebot unterbreitete. Einerseits war sie geschmeichelt, da die schöne Hetäre so viel in ihr zu sehen schien, andererseits schien Jocastas Haus für sie fast unwirklich. Die alles umgebende Schönheit beeindruckte sie, wirkte jedoch zugleich beinahe erdrückend. »Jocasta, ich fühle mich geehrt durch dein Angebot, doch ich bin nicht aus Mykene geflohen, um in Athen wieder den Männern zu dienen. Ich begehre die Freiheit, wie du sie begehrst, doch unsere Wege dorthin sind unterschiedlich.«

Jocasta schüttelte ihr honigfarbenes Haar. »Sind sie das wirklich, Kamara? Bist du nicht schon in Amphions Haus in die Rolle einer Hetäre geschlüpft, um Eneas für dich zu gewinnen? Ich glaube nicht, dass wir uns so sehr unterscheiden. Was erwartet dich, wenn dir die Flucht auf das Festland oder gar nach Hatti gelingt? Was, wenn du nach Ägypten zurückkehrst? Wirst du dort die Freiheit finden, nach der du dich sehnst? Willst du Eneas heiraten? Oder diesen Ägypter, der mit euch gekommen ist? Willst du so ein stummes, bedauernswertes Ding werden wie diese Dienerin, die mit euch gekommen ist? Ich glaube nicht, dass du das wirklich möchtest.«

Kamara schüttelte energisch den Kopf. »Ganz sicher will ich das nicht, aber worin liegt der Unterschied? Hier diene ich jeden Abend vielen Männern …«

»Aber nur eine begrenzte Zeit lang, und in Wahrheit dienen sie dir. Du musst ihnen nur das Gefühl geben, dass es umgekehrt ist.« Jocasta lächelte wie ein argloses Kind, was Kamara irritierte. Wie konnte die junge Frau derart geschäftstüchtig und berechnend sein, wenn ihre Gesten zugleich eine so kindliche Begeisterung kundtaten?

»Ich mache dir einen Vorschlag. Neben diesem Saal gibt es einen Raum … einen geheimen Raum. Dort verstecken sich meine neuen Schüler und Schülerinnen in den ersten Wochen in meinem Haus, um zuzusehen und zu lernen. Heute Abend gebe ich ein kleines Symposion mit nur zehn geladenen Gästen. Schau dir an, wie schnell diese hochrangigen Bürger von Athen sich verführen lassen. Schau hinter ihre Masken, und dann teile mir deine Entscheidung mit. Lehne nicht von vornherein ab.«

Mehr um Jocasta einen Gefallen zu tun, denn aus Überzeugung, willigte Kamara ein. Wenn der Hetäre so sehr daran gelegen war, würde sie ihr diesen Gefallen tun. Immerhin hatte sie ihr Unterschlupf und Schutz in ihrem Haus geboten.

»Wundervoll!«, tirilierte Jocasta. »Und bringe auch diese einfältige Dienerin mit. Sie ist zwar weder hübsch noch klug genug und auch zu alt, um eine Hetäre zu werden, doch ich kann noch eine tüchtige Dienerin für mein Haus brauchen. In der Küche arbeiten diejenigen, denen die Götter nicht genügend Schönheit geschenkt haben. Ich werde euch einen meiner Diener schicken, um euch zu holen.«

Als Kamara endlich in ihre Räume zurückgefunden hatte, fand sie dort saubere Gewänder, die Jocasta für sie hatte bringen lassen, und einen Diener, der bereitstand, um ihre Wünsche entgegenzunehmen. Seine blendend weißen Zähne zeigten ein freundliches Lächeln. *Alles Lüge!*, dachte Kamara bei sich.

Es ist nicht echt; sie lernen, *zu lächeln, zu verführen und Träume zu verkaufen.* Da ihr die Anwesenheit des Dieners unangenehm war, schickte sie ihn fort, um Nike zu suchen und die Dienerin in ihre Gemächer zu bringen. Kamara wollte ihr lieber selbst sagen, was sie am Abend erwartete. Seit ihrer Flucht hatte sie mit Nike kein einziges Wort gewechselt, und wenn die Dienerin auch einfältig und langweilig war, so hatte Kamara doch ihr ganzes Leben zerstört, ein Leben, mit dem sie auf ihre einfache und schlichte Art zufrieden gewesen war. Jetzt verspürte sie Schuldgefühle gegenüber Nike, die sie mit stoischer Gelassenheit zwei Nilschwemmen lang bedient und ihre Launen ertragen hatte.

Als Nike den Raum betrat, sah Kamara, dass man auch ihr neue Gewänder gebracht hatte. Zwar waren diese nicht so kostbar wie die, die man Kamara zugedacht hatte. Trotzdem war sie froh, dass Jocasta auch Nike nicht vergessen hatte. Der Diener entfernte sich und bot noch einmal sein falsches makelloses Lächeln auf. Dann waren sie allein.

»Nike«, setzte Kamara an, »es tut mir leid, dass du in meine Flucht mit hineingezogen wurdest, aber ich konnte es nicht ändern. Ich konnte dich nicht zurücklassen.«

Nike setzte sich steif auf eine Kline. »Du hättest mich lieber töten sollen. Alles wäre besser als das hier. Ich habe keine Zukunft mehr.«

Kamara bemühte sich um Freundlichkeit, obwohl sie Nikes Selbstmitleid überdrüssig war. »Nur diejenigen, die sich selbst aufgeben, haben keine Zukunft mehr. Ich werde dafür Sorge tragen, dass dir nichts geschieht. Aber jetzt hör zu: Jocasta war freundlich zu uns, indem sie uns Unterschlupf in ihrem Haus gewährte. Im Gegenzug musste ich ihr versprechen, dass wir heute Abend versteckt in einem Raum einem ihrer Empfänge zusehen.«

Nike hob eine Augenbraue und sah Kamara misstrauisch an. »Sie will uns für ihr Haus gewinnen? Niemals! Lieber sterbe ich!«

»Du brauchst dich nicht zu sorgen«, stellte Kamara klar. »Ich werde ihr Angebot ablehnen. Sie drängte nur so sehr auf dieses Zugeständnis, dass ich es unhöflich gefunden hätte, ihr diesen Wunsch auszuschlagen, nachdem sie uns freundlich aufgenommen hat.«

»Freundlich!«, nörgelte Nike unbeeindruckt. »Sie ist eine

Hetäre. Hetären sind nicht freundlich, sie wollen für alles eine Gegenleistung.«

»Woher willst du das wissen? Soweit ich weiß, kennst du nicht viel mehr als das Haus des Amphion. Woher willst du wissen, was außerhalb der geschützten Mauer geschieht, wenn du es nicht einmal wagst, einen Blick über die Mauer zu werfen. Bist du überhaupt nicht neugierig?«

»Nein«, antwortete Nike kühl.

Es fiel Kamara schwer, Nikes dumpfe Teilnahmslosigkeit zu ertragen. »Nun, wie dem auch sei. Wir können nicht ablehnen. Du kannst ja die Augen schließen, damit du nichts sehen musst, was dein tugendhaftes Herz beflecken könnte«, spöttelte sie.

»Du wirst schon sehen, was ich meine«, entgegnete Nike knapp. Kamara unterließ es, weiter auf sie einzureden. Wenn Nike etwas nicht wollte, war sie stur wie ein alter Esel.

Nach einem Nachmittag, an dem sie und Nike abwechselnd die Wände angestarrt oder krampfhaft versucht hatten, ihren gegenseitigen Blicken auszuweichen, war es für Kamara schon fast eine Erlösung, als der Diener sie abholte, um sie in ihr Versteck zu geleiten.

Jocasta bot ihnen alle Bequemlichkeit, die sie sich wünschen konnten. Man hatte zwei Stühle und ein kleines Tischchen mit Wein und Naschwerk bereitgestellt, und durch ein Gitter in der Wand, das von der anderen Seite aus zu unauffällig war, als dass ein Gast es hätte bemerken können, würden sie einen guten Blick auf das Symposion haben.

Nike und Kamara nahmen ihre Plätze ein und ließen sich von dem beflissenen Diener Wein einschenken. Im Raum gegenüber waren die Feuerbecken bereits entzündet worden, sodass ein angenehmes warmes Licht vorherrschte. Platten mit Fleisch und Obst standen bereit, und Musikantinnen spielten leise auf ihren Harfen. Sodann traten einige Knaben in den Raum – allesamt ausgewählte Diener, die Jocasta für den heutigen Abend ausstaffiert hatte. Ihre eingeölten Körper waren bis auf einen sehr kurzen Schurz nackt, und auf den schulterlangen, meist lockigen Haaren trugen sie Efeukränze.

Nach ihnen traten einige junge Mädchen in den Raum, ebenfalls in sehr kurzen Chitonen und efeubekränzt. Nike ließ ein verächtliches Geräusch hören, das ihre Missbilligung zum Ausdruck bringen sollte. Kamara aber ließ sich von Nike nicht ablenken. Sie wusste nicht, was bei einem Symposion geschah, und obwohl sie nicht vorhatte, Teil dieser Welt zu werden, war sie doch gespannt und neugierig, was geschehen würde.

Schließlich betraten einige junge Männer den Raum. Sie ließen sich lachend und plaudernd auf den bereitstehenden Klinen nieder, und sofort begaben sich die Knaben und Mädchen auf sie zu, um sie zu umgarnen und mit Wein zu bedienen, dem sie reichlich zusprachen. Kamara wurde stutzig. Einen der jungen Männer hatte sie doch am Abend zuvor vor dem Haus in Dienertracht gesehen! Warum lag er heute bei den geladenen Gästen? Kamara sah genauer hin. Natürlich! All die jungen Männer, die sich als Gäste eingefunden hatten, waren schön und jung! »Es sind Diener«, flüsterte sie Nike zu, die sie nur verständnislos ansah.

Dann endlich konnte Kamara auch Jocastas perlende Stimme hören. In ein leises Gespräch vertieft, betrat sie mit zwei Gästen den Raum, jeden unter einem Arm untergehakt. Kamara strengte ihre Augen an, um mehr erkennen zu können, dann zuckte sie zusammen. Die Männer, die lachend und gestikulierend mit Jocasta den Raum betreten hatten, um sich jetzt umschwärmt von ein paar jungen Mädchen auf den Klinen niederzulassen, waren Eneas und Hori.

Hori war die Einladung durchaus gelegen gekommen, die Entspannung nach ihrer Flucht und den mit ihr verbundenen Torturen versprach. Mittlerweile fragte er sich jedoch, wo er hineingeraten war. Als sich zwei verführerisch lächelnde Mädchen zu ihm auf die Kline legten, versuchte er, sein Unbehagen zu verbergen und seinen wiedererwachenden körperlichen Bedürfnissen nicht nachzugeben. Doch eines der Mädchen hielt ihm bereits eine Schale mit Wein an die Lippen, während die andere ihre Hand wie selbstverständlich unter seinen Chiton gleiten ließ. »Du bist stark wie Zeus!«, sagte sie scheinbar beeindruckt. Das andere Mädchen lächelte verwegen.

Was taten sie? Hori waren ihre Berührungen unter den Blicken der anwesenden Gäste peinlich, und er suchte mit den Augen Eneas, der es sich mit Jocasta auf einer Kline gemütlich gemacht hatte und in ein leises Gespräch mit ihr vertieft war.

Die Mädchen deuteten Horis Blicke falsch. »Begehrst du einen schönen Knaben, Fremder aus dem fernen Ägypten?«

Ehe er antworten konnte, winkten sie einem der efeubekränzten Diener, der sich nicht scheute, sich in anzüglicher Weise Hori anzubieten, indem er sich mit einem Schwung den Schurz von den Lenden zog.

Hori richtete sich unvermittelt auf. »Ich begehre keinen Mann!«, entgegnete er steif.

Mit einem Lächeln verbeugte sich der Diener und verschwand. Wieder drückten die Mädchen Hori auf die Liege zurück. »Entspann dich doch einfach«, flüsterte ihm eines der Mädchen ins Ohr: »Gönne dir etwas Zerstreuung. Nichts von den Freuden des heutigen Abends wird dir mit Gold aufgewogen. Es ist ein Geschenk Jocastas an ihre Gäste. Du musst dich nicht zurückhalten.«

Ehe Hori sich wehren konnte, hielt ihm die andere wieder den Becher mit Wein an die Lippen. Als sich Hori verschluckte und husten musste, setzte sich eine Dienerin mit gespreizten Beinen hinter ihn und klopfte ihm auf den Rücken. »Gleich geht es dir besser. Was begehrst du? Willst du uns beide? Sollen wir dich zwischen den Schenkeln küssen, oder möchtest du, dass wir uns vor dich knien?«

Wieder konnte Hori nicht so schnell antworten, wie eines der Mädchen seinen Chiton abgestreift und sich vor ihm auf der Kline hingekniet hatte, um Hori ihre wohlgeformte Hinteransicht zu präsentieren. So sehr ihn sein Min auch aufforderte, den Angeboten der Mädchen nachzugeben, so peinlich war Hori das Ganze. Als er sich von seinem Hustenanfall erholt hatte, befreite er sich aus den Umarmungen der Mädchen, die ihn enttäuscht ansahen.

»Sind wir nicht schön genug für dich, Herr? Willst du, dass wir von Jocasta gerügt und bestraft werden?«, versuchten sie erneut, ihn zu überreden.

»Bei Amun und allen Göttern! Ihr seid schlimmer als die Schankmädchen im Hafen von Piramses! Mein Freund Kay hätte seine wahre Freude an euch.«

Bei Horis Worten wichen die beiden erschrocken zurück. Auch Jocasta und Eneas blickten nun in seine Richtung, um zu sehen, was vor sich ging. Jocasta erhob sich von der Kline und ging zu Hori. So wundervoll sanft ihre Stimme auch sonst war, schalt sie die Mädchen nun mit einer Strenge, die Hori ihr kaum zugetraut hätte. »Ihr plumpen, unfähigen Trampel. Hinaus mit euch! Wie oft habe ich euch gesagt, ihr sollt die Gäste nicht bedrängen?«

Die Mädchen erhoben sich, verbeugten sich schnell und verließen dann den Saal. Sie kannten Jocasta und wussten, dass mit ihrem Zorn nicht zu spaßen war.

Sobald die beiden fort waren, entspannte sich Jocasta. Mit einem freundlichen Lächeln ließ sie sich neben Hori auf der Kline nieder und entschuldigte sich für das Verhalten ihrer Mädchen. »Sie sind neu in meinem Haus und noch sehr jung, musst du wissen. Ihnen fehlt das Gespür für einen anständigen Umgang mit Männern.«

»Ich bin nicht wie die meisten Männer.«

Jocasta nickte verständnisvoll. »Du bist mein Gast, und ein Symposion in meinem Haus hält mehr als die Freuden des Körpers für seine Gäste bereit. Komm, lass uns ein wenig Zerstreuung beim Kottabosspiel suchen.«

Auf ein Zeichen von Jocasta trugen zwei Diener ein großes Bronzebecken herbei, das sie sodann mit Wasser füllten. Anschließend setzten sie einige flache Schalen auf das Wasser, die so leicht waren, dass sie auf der spiegelnden Oberfläche trieben. Hori fragte sich, was dies für ein Spiel sein würde, doch als ihm Eneas einfiel, wurde ihm wieder unbehaglich zumute. »Sollte Eneas nicht mitspielen?«, fragte er arglos.

Jocasta lachte. »Eneas ist ein großer Junge. Er wird sich schon zu beschäftigen wissen – immerhin war er schon oft Gast auf meinen Symposien.«

Hori nickte, sah jedoch mit einem Blick auf Eneas, dass dieser sichtlich verärgert war, dass Jocasta sich Hori zugewandt hatte.

»Lass uns anfangen«, forderte Jocasta ihn auf.

Hori sah fragend auf die Schalen. »Und wie?«

»Verzeih!«, entschuldigte sich die Hetäre. »Anscheinend ist das Spiel in Ägypten nicht bekannt. Nun, es ist so: Jedes Mal, wenn wir einen Schluck Wein aus unserem Kelch trinken, behalten wir einen Rest im Mund, den wir dann in eine der Schalen im Becken zu spucken versuchen. Wer die meisten Schalen versenkt, hat gewonnen.«

Hori überlegte. Das Spiel war albern, aber immer noch besser, als wieder von einem Haufen sinneslustiger Mädchen bedrängt zu werden. Er nahm einen großen Zug von seinem Wein und behielt einen Rest davon im Mund. Zielsicher versenkte er eines der vielen Schälchen im Becken.

Jocasta klatschte in die Hände. »Sehr gut! Du bist begabt!« Sie nahm ebenfalls einen großen Schluck und versenkte ebenfalls eines der Schälchen.

Nach und nach fanden sich einige der jungen Mädchen und Knaben ein und feuerten sie an. Und je mehr Züge Wein Hori nahm, desto weniger albern erschien ihm das Kottabosspiel. Nach drei Kelchen Wein machte es ihm gar so viel Spaß, dass er gar nicht schnell genug trinken konnte, um ein weiteres Schälchen zu versenken und somit aus dem Spiel als Sieger hervorzugehen. Als schließlich alle Schalen auf dem Grund des Beckens ruhten, spürte Hori, dass sein Kopf sich drehte, doch es war ein angenehmes Gefühl; er fühlte sich leicht und sorglos.

»Du hast gewonnen«, gab Jocasta lachend bekannt, und alle klatschten in die Hände und applaudierten ihm.

Hori wollte sich zufrieden erheben. Er war müde. »Du warst kein einfacher Gegner, Jocasta. Mein Kopf ist schwer vom Wein, und ich sollte nun schlafen gehen.«

Jocasta hielt ihn am Arm fest. »Warte! Du bist der Sieger. Der Sieger erhält einen Preis.«

Hori blickte sie mit weinschwangerem Gesicht an. »Wirklich? Das wusste ich nicht. Was ist denn der Preis?«

Jocasta erhob sich lächelnd und ließ dann ihr Gewand so langsam von ihrem Körper gleiten, dass Horis wirbelnder Geist meinte, die Göttin Isis vor sich zu sehen. Er hatte selten eine so makellos schöne Frau wie Jocasta gesehen.

Einer der jungen Diener trat an ihn heran und flüsterte in sein Ohr. »Du darfst nicht ablehnen. Jocasta liegt so gut wie nie bei ihren Gästen, nur wenn ihr einer wirklich gefällt. Jeder Mann in Athen würde dich um diesen Preis beneiden.«

Horis Verstand setzte aus. Warum sollte er diese fleischgewordene Göttin ablehnen? Wem war er etwas schuldig? Ineksi? Er hatte ihr nie etwas versprochen, und Kamara hatte ihn dereinst abgelehnt. Sie begehrte nichts als ihre Freiheit – warum sollte er sich nicht auch etwas Freiheit gönnen? Weshalb sollte er sich nicht diese Freude, diesen makellosen Körper und diese verheißungsvollen Lippen gönnen? Diese Frau war so schön und begehrenswert, wie es nur eine Göttin sein konnte ... Nein, sie war eine Göttin, eine Tochter der Isis, und sie hatte ihn ausgewählt, bei ihr zu liegen.

Mit einem kurzen Blick auf Eneas, der ihn erkennen ließ, dass dieser vor Neid und Zorn fast platzte, ließ Hori sich von Jocasta aus dem Saal führen.

»Diese Schlange, diese Pustel an Seths Hinterteil, diese hinterhältige, verschlagene Tochter eines Schakals und einer Eidechse! Wie kann sie es wagen? Wie kann sie es wagen, Hori zu verführen?« Kamara schäumte vor Wut und wäre den beiden am liebsten hinterhergelaufen. »Ich werde sie mit einem Dolch aufschlitzen, damit ihr schwarzes, stinkendes Blut und ihre fauligen Eingeweide den Boden tränken. Oder besser noch: Ich werde sie mit Öl übergießen und sie dann in eines ihrer Feuerbecken stoßen!«

Dass Nike mit der Zunge schnalzte, machte Kamara nur noch wütender. »Ich verstehe nicht, weshalb du dich so aufregst. Soweit ich weiß, bist du Eneas' Gemahlin, und du hast Hori dereinst abgewiesen, weil du ihn nicht wolltest ... Ja, eigentlich hatte ich immer den Eindruck, du würdest außer deiner Freiheit nichts begehren. Warum stört dich dann plötzlich, was Hori tut?«

Kamara sprang wütend von ihrem Stuhl auf und funkelte Nike an. »Ach, was verstehst du denn schon davon? Ich will weder Hori noch Eneas, doch Jocasta hat mich hintergangen. Sie hat das alles doch nur getan, damit ich hierbleibe und werde wie sie. Das alles ist nur ein Spiel, mit dem sie mir zeigen will, wie beeinflussbar Hori und Eneas sind.«

Nike zuckte mit den Schultern – eine Angewohnheit, die Kamara ebenso hasste wie die schafsähnliche Gleichgültigkeit, mit der Nike alles hinnahm. »Ich habe dir doch gesagt, dass du einer Hetäre nicht trauen kannst. Habe ich dich nicht gewarnt?«

»Ach, halt doch den Mund!«, zischte Kamara. »Was weiß eine wie du denn schon?«

Nike erhob sich. »Du bist eifersüchtig! Den einen wolltest du nicht, den anderen hast du ausgenutzt. Und jetzt bist *du* einmal diejenige, die hintergangen wird. Das geschieht dir ganz recht!«

Kamara schnappte nach Luft. Wie konnte Nike es wagen, ihr solche Worte ins Gesicht zu schleudern! Am liebsten hätte sie ihr eine Ohrfeige versetzt. Ohne ein weiteres Wort wandte sie sich ab und ließ Nike stehen. Sie wollte jetzt allein sein. Wenn sie Hori später zu Gesicht bekäme, würde sie ihn zur Rede stellen und ihm Flüche an den Kopf werfen, von denen er noch nicht einmal gewusst hatte, dass es sie gab. Sie würde ihm Vorwürfe machen …

Kamara hielt inne. Was sollte sie ihm überhaupt vorwerfen? Sie waren nicht verheiratet, und er hatte ihr deutlich klargemacht, dass er sie nicht mehr begehrte. Sie hatte ihn tatsächlich einst abgelehnt, und überhaupt: Was sollte ihr kindisches Gehabe? Sie wollte ihn doch überhaupt nicht. Wie Nike gesagt hatte, wollte sie weder Eneas noch Hori. Weshalb also regte sie sich so auf?

Wütend über Hori, über Jocasta und vor allem über sich selbst vergrub sie sich in ihren Gemächern unter ihren Decken und gab sich ihrem aufkommenden Selbstmitleid hin. *Hör endlich auf damit!*, mahnte sie schließlich die Stimme in ihrem Kopf. *Dir steht Wichtigeres bevor.*

»Und was könnte das wohl sein?«, ließ sich Kamara verzweifelt auf den Dialog mit der anderen in sich ein.

Freiheit!

»Jocasta hatte recht! Wo gibt es Freiheit für mich, wo gehöre ich hin?«

Nicht hierhin, nicht in dieses Haus ... Flieg, kleine Schwester, flieg ... Hast du das schon vergessen? Erkenne endlich, wer du bist, finde deine Wurzeln!

»Meine Wurzeln sind ausgerissen worden, vor mehr als fünfzehn Nilschwemmen! Meine Mutter hat es mir erzählt, immer und immer wieder!«

Als Hori erwachte, war ihm schwindelig. Jocastas Wein war süß und vollmundig, doch er stieg schnell zu Kopf und hinterließ Übelkeit. Stöhnend richtete er sich auf seinem Ruhelager auf und erschrak, als er Jocasta neben sich bemerkte. Die schöne Hetäre streckte sich und öffnete benommen die Augen. Horis Blick glitt ihren makellosen Körper entlang. Warum war sie nackt?

Dann kehrte langsam die Erinnerung an die letzte Nacht zurück. Sie hatten dieses Spiel gespielt. Er hatte zu viel getrunken. Und mit langsam klarer werdendem Verstand wurde Hori bewusst, dass dieses Spiel genau darauf abgezielt hatte, ihn betrunken zu machen. Erinnerungsfetzen an das, was geschehen war, nachdem sie das Fest verlassen hatten, blitzten vor seinem inneren Auge auf. Sie waren in ihre Gemächer gegangen, die Feuerbecken hatten geknistert, ein betörender Duft von Jasmin hatte in der Luft gelegen, und dann hatte er Jocasta geliebt ... Nein, eher sie ihn, denn er war kaum noch dazu in der Lage gewesen. Wie ein Dämon hatte sie sein Min geritten, nur um ihn danach wieder sanft wie Bastet mit ihrer Zunge zu liebkosen. Unvermittelt wurde er rot, denn er spürte, dass sich seine Lenden allein bei der Erinnerung an die vergangene Nacht sofort wieder regten.

Jocasta seufzte zufrieden und schmiegte sich an ihn. Wie

von selbst wanderte ihre Hand unter das leichte Laken, wo sie sein Min erneut zu liebkosen begann. Hori schloss die Augen. Ihm war übel, er war müde, er wollte schlafen, und in seinem Kopf begann sich bereits wieder alles zu drehen, doch Jocasta ließ das nicht zu. Sie forderte ihn, presste ihren Körper an den seinen.

Hori stieg der schwache Geruch des Duftöls in die Nase, das sie am gestrigen Abend getragen hatte – Rose und Hyazinthe, eine ebenso schwere wie betäubende Mischung. Mit einem grimmigen Geräusch zog er das Laken beiseite und rollte sich über sie. Dieses Mal würde sie ihn nicht nehmen wie einen willenlosen Sklaven. Nun war er an der Reihe, sie zu nehmen. Er vergrub seinen immer noch schmerzenden Kopf zwischen ihren üppigen Brüsten, während er in sie eindrang. Jocasta seufzte ergeben auf und umschloss seine Hüften mit ihren Schenkeln. Die Lust fuhr ihm wie Feuer durch die Lenden, und Hori wusste, dass er es löschen musste, da es ihn innerlich zu verbrennen schien.

Während der nächsten Tage bekam Kamara weder Hori noch Eneas zu Gesicht. Der eine lag in den Fängen der schönen Hetäre, die Kamara mittlerweile eher als Harpyie denn als freundliche Gastgeberin sah, der andere hatte sich in seinen Räumen verkrochen und schmollte. Nike ließ sich ohnehin nicht blicken, und Jocastas Diener wehrten alle Versuche Kamaras, zu Hori vorzudringen, mit einem eingefrorenen Lächeln ab.

Kamara beobachtete, dass ständig neue Krüge mit Wein sowie Mahlzeiten und Naschwerk in Jocastas Gemächer getragen wurden. Unzweifelhaft hielt die Hetäre Hori mit ihrem Liebeszauber gefangen.

Nach zwei weiteren Tagen wurde Kamara unruhig. Hori schien vollkommen vergessen zu haben, dass sie bald von hier fortmussten. Am dritten Tag beschloss Kamara dann, Eneas aufzusuchen. Er ließ sie zwar nicht von Dienern aufhalten, aber er lag angetrunken und antriebslos auf seinem Ruhebett, starrte an die Decke seiner Räume und stöhnte nur müde, als er Kamara erkannte.

Kamara rümpfte die Nase. Eneas hatte es offensichtlich seit dem Bankett nicht für nötig gehalten, ein Bad zu nehmen. Sie sah sich in der Unordnung der Gemächer um und fragte sich, welch einen Zauber Jocasta auf die Männer anwandte, die sie umgaben. »Eneas«, sprach sie den jungen Mann kühl an, »du solltest langsam wieder deinen Kopf gebrauchen. Hast du vergessen, dass wir nicht hierbleiben können? Wir müssen ein Schiff suchen, das uns auf das Festland von Hatti bringt.«

Eneas sah sie trübsinnig an. Was immer sie einst vermocht hatte, Jocasta hatte Kamaras Zauber gebrochen. »Und dann? Sollen wir für den Rest unseres Lebens davonlaufen? Wohin sollen wir gehen? Und außerdem ... Sag das doch dem Ägypter, der sich seit Tagen in Jocastas Gemächern vergnügt. *Ihn* musst du überzeugen, nicht mich.«

Kamara trat mit ein paar schnellen Schritten an die Fensteröffnung und riss das Tuch herunter, sodass der Raum vom Tageslicht durchflutet wurde. Eneas schloss stöhnend die Augen und tastete nach seinem Laken, um sich unter ihm zu verstecken. Kamara ging zu ihm, um es ihm zu entreißen. Wieder stöhnte Eneas gequält auf.

»Reiß dich endlich zusammen!«, fuhr sie ihn an. »Was ist mit euch geschehen? Siehst du nicht, dass Jocasta mit uns allen ein Spiel spielt? Nike und ich haben gesehen, was an diesem Abend auf dem Symposium geschah. Sie hatte uns gebeten zuzusehen, ohne uns zu erzählen, dass ihr die Gäste sein würdet. Sie hat eigene Pläne, Eneas. Sie will, dass ich hier bei ihr bleibe. Nur darum geht es ihr. Es geht ihr nicht um Hori, und es geht ihr nicht um dich.«

Sie rüttelte ihn an den Schultern. »Wach endlich auf, Eneas. Wir müssen fort, und zwar so schnell wie möglich.«

Endlich bequemte sich Eneas, sich aufzurichten. Noch immer lustlos, stierte er Kamara an. »Dann überzeuge Hori – nicht mich. Wenn er geht, gehe ich mit.«

»Du bist trotzig wie ein eifersüchtiges Kind«, erklärte Kamara nicht ohne Scham darüber, dass sie selbst vor Eifersucht zu zerbersten drohte, wenn sie an Jocasta und Hori dachte. »Also gut, ich lasse mir etwas einfallen. Halte dich bereit, wir werden bald aufbrechen. Lass derweil einen Barbier kommen, und nimm ein Bad.«

Eneas ließ sich mit einem Stöhnen zurück auf sein Lager fallen und brummte.

Als Kamara seine Räume verlassen hatte, schüttelte sie sich. Jocastas Haus war eine Falle. Wer sich einmal in ihre Zauberwelt begab, war gefangen und verloren. Jeder Mann war von der ihn hier umgebenden Schönheit derart betört, dass er Willen und Kraft verlor. Genau darauf baute Jocasta ihr Geschäft auf! Jocasta hatte allerdings nicht bedacht, dass Kamara kein Mann war. Sie würde die Hetäre mit ihren eigenen Waffen schlagen. Hatte Jocasta nicht selbst gesagt, dass Kamara ebenfalls die Macht besaß, Männer zu beeinflussen?

Sie blieb an einer polierten Bronzeschale stehen, die auf einem Sockel stand und darauf wartete, mit neuen, frischen Blüten gefüllt zu werden, um Wohlgerüche zu verbreiten, und blickte auf ihr Spiegelbild. Zugegebenermaßen sah sie mit den kurz geschnittenen Haaren nicht sonderlich verführerisch aus. Wie sollte es ihr bloß gelingen, Hori aus den Fängen dieser Harpyie zu locken? Erst einmal müsste sie es schaffen, zu ihm zu kommen, ohne von Jocasta oder ihren Dienern abgewiesen zu werden.

Kamara überlegte fieberhaft. An der Hetäre käme sie kaum vorbei. *Also gut*, dachte sie grimmig, *dann werde ich eben dafür sorgen, dass Jocasta in die Falle gerät, die sie mir gestellt hat.*

Es war nicht schwer, Jocasta um eine Unterredung zu bitten. Kamara musste der Hetäre lediglich durch einen Diener vermitteln lassen, dass sie über den Vorschlag nachgedacht hatte. Jocasta erschien noch am gleichen Abend in Kamaras Gemächern und begrüßte sie freundlich, als sei sie sich keiner Schuld bewusst. Kamara hätte ihr am liebsten die Augen ausgekratzt, besann sich jedoch eines Besseren und grüßte Jocasta ebenso freundlich zurück.

»Ich hoffe, du zürnst mir wegen meiner kleinen List nicht«, sagte die Hetäre leichthin. »Es ging mir nur darum, dir zu zeigen, dass du dich lieber auf dich selbst verlassen solltest als auf die Männer.«

»Natürlich«, log Kamara, »und ich habe mich entschieden. Ich werde bei dir bleiben, um zu lernen.«

»Sehr gut!«, antwortete Jocasta mit leichtem Nicken und ließ sich anmutig neben Kamara auf einer Kline nieder. »Ich werde dich alles lehren, was ich weiß. Die Kunst der Verführung, aber auch, wie du mit unterhaltsamen Gesprächen das Interesse der Männer stets aufrechterhältst, bis sie dir verfallen. Ich habe lange nach einer geeigneten Nachfolgerin gesucht, und du wirst diejenige sein. Ich bin sehr froh, dass du diese Entscheidung getroffen hast.«

Kamara zwang sich zu einem erfreuten Lachen. »Was wirst du mit Hori und Eneas tun?«

»Warum interessiert dich das?« Jocasta war misstrauisch geworden.

»Sagtest du nicht, du willst mich alles lehren? Sollte ich dann nicht dein Vertrauen genießen und wissen, wie du mit den Männern verfährst, die du verführt hast?«

Jocasta überlegte eine Weile, dann nickte sie. »Natürlich,

Kamara. Du hast recht. Doch vor dir liegt eine lange Lehrzeit. Um dir mein Vertrauen zu beweisen, will ich dir dieses eine Mal jedoch auf deine Frage antworten. Ich werde dich schützen und verstecken. Du wirst einen neuen Namen erhalten, und ich werde mir deine Freiheit erkaufen – mit sehr viel Gold und indem ich diejenigen ausliefere, die gesucht werden. Ein gewisser Lisias aus Mykene ist sehr interessiert daran, sie zu finden. Ich denke, er ist dir bekannt. Auch dich sucht er, aber er wird dich nicht bekommen, sei unbesorgt. Dein Leben für ihres, Kamara, anders geht es nicht. Auch ich bin nicht so mächtig, dass ich nicht auf Bestechung und einige hochrangige Bürger angewiesen wäre. Deine Dienerin mag auch bleiben, sie ist nicht wichtig genug, als dass man auf ihrer Auslieferung bestehen wird. Doch ich habe gehört, dass selbst der Pharao von Ägypten nach Hori und Eneas suchen lässt. Es fragt sich nur, wem ich die beiden übergebe: den Mykenern oder den Ägyptern. Ich werde also abwarten, bis ich weiß, was von beiden besser ist.«

Kamara verbarg ihr Erschrecken, so gut es ging. Eneas hatte sie geradewegs in eine Falle geführt, als er sie in Jocastas Haus gebracht hatte. Und nun lag es an ihr, sie alle aus dieser Falle zu befreien.

Sie beobachtete mit zornigem Blick, wie Jocasta in einer Wolke ihres Duftöls aus dem Raum schwebte, Horis Geruch noch an ihrem Körper. Wie unangenehm und schamlos auf einmal das ganze Haus roch!

Kay war froh, wieder festen Boden unter den Sandalen zu spüren. Die vielen Tage auf dem Großen Grün hatten ihn geplagt. Irgendwann hatte er aufgehört, die Tage zu zählen, die sie nun bereits von Mykene nach Athen gebraucht hatten. Er wollte endlich zurück nach Ägypten, in die Heimat, und seine Laune wurde von Tag zu Tag schlechter.

Unwirsch gab er seinen Männern Anweisungen: »Nacht und Panefer, ihr beide geht in die Hafenschenken und hört euch um. Kamen, Sary und Acha, ihr sucht in den Tempeln. Vielleicht haben sie ja dort Unterschlupf gefunden ... Ihr anderen verteilt euch in der Stadt und auf den Märkten. Wenn Re morgen Abend seine Barke besteigt, treffen wir uns hier wieder.«

Den mykenischen Kapitän wies er an, sich im Hafen umzuhören, ob in der letzten Zeit Fremdländer oder eine Frau Athen mit dem Schiff verlassen hatten. Der Mann kannte die Schiffe und ihre Besatzung am besten, und Kay hatte ihn gut genug bezahlt, um zu wissen, dass er sich auf ihn verlassen konnte.

Als Kay sich unwillkürlich über das Kinn fuhr, merkte er, dass er einen Barbier aufsuchen musste. Wie schon auf der Reise nach Mykene hatte auch während der Fahrt nach Athen die Körperpflege an Bord des Schiffes zu wünschen übrig gelassen. Schlecht gelaunt und ohne eine Antwort seiner Männer abzuwarten, ging Kay davon.

Seine Männer blickten sich in der unbekannten Umgebung um und machten sich dann langsam auf den Weg. Keiner von ihnen hatte wirklich Lust, ganz Athen nach drei Entflohenen abzusuchen; auch sie wollten einfach nach Hause, zurück nach Ägypten. Wie sollten sie mit derart vagen Hinweisen drei Menschen in einer Stadt wie dieser finden? Athen war zwar nicht so groß wie Piramses, doch es war ihnen fremd; sie sprachen die Sprache der Menschen kaum und fühlten sich so weit von der Heimat entfernt unwohl. Es war zwar nicht zu leugnen, dass Kay sie anständig bezahlte, doch was nutzte es, wenn sie ihren Lohn nicht in die Heimat bringen konnten? Außerdem hatte Kay mehrere Ägypter getötet, ja, mehr noch: Er hatte sie ermordet und ihre Namen dem Vergessen überlassen. Eine derart ungeheuerliche Strafe durfte nur der Einzig Eine selbst anordnen. Wahrscheinlich zürnten die Götter ihm nun und damit auch ihnen. Indem er die Regeln der Götter missachtete, brachte ihr Kommandant ihrer aller Leben im Schönen Westen in Gefahr.

Kurz entschlossen hielt Nacht seinen Kameraden Panefer am Arm fest, als die anderen bereits außer Sichtweite waren. »Panefer, was tun wir hier eigentlich?«

Sie waren beide jung und stammten aus einfachen, aber ehrlichen Familien. »Du hast doch gehört: Wir sollen die drei Verräter suchen. Lass uns gehen, unser Kommandant ist heute nicht bester Laune.«

Nacht sah sich im Trubel des Hafens um. Niemand beachtete sie, die seltsamen bärtigen Männer mit ihren langen Gewändern schenkten ihnen kaum einen Blick. »Unser Kommandant hat den Zorn der Götter auf sich gezogen. Er hat Ägypter in schändlicher Weise ermorden lassen – und zwar von uns. Wen fürchtest du mehr, Panefer? Kay oder die Götter?«

Panefer sah ihn erschrocken an. »Wir mussten tun, was der Kommandant uns befiehlt. Uns trifft keine Schuld.«

»Vielleicht«, gestand Nacht ein, »vielleicht hast du recht, doch wenn wir weiter mit ihm gehen, ist das vielleicht anders. Kay ist nicht hier, wir sind in einem Hafen und haben unseren mit ägyptischem Blut verdienten Sold bei uns. Wir sollten uns schleunigst ein Schiff suchen, das uns zurück nach Ägypten bringt, und dem Einzig Einen berichten, was Kay getan hat.«

»Bist du mit der heiligen Krankheit geschlagen? Der Einzig Eine wird uns ebenso zürnen wie dem Kommandanten, und er wird seinen Zorn an uns auslassen.«

»Vielleicht, vielleicht aber auch nicht. Die Götter sind auf unserer Seite. Ich will mein Leben im Schönen Westen nicht gefährden. Lieber riskiere ich in diesem Leben etwas als mein Weiterleben nach dem Tod! Und außerdem: Warum hat Kay diese Männer töten lassen? Ich sage dir, Panefer – er hat etwas zu verbergen. Er ist nervös und übellaunig. Er hat bestimmt nicht vor, die Gefangenen lebend nach Ägypten zurückzubringen.«

Panefer überlegte einen Moment, denn Nacht hatte ihn mit seinen Reden verunsichert. »Und wenn wir in Ägypten sind? Was sollen wir Pharao sagen, weshalb wir nicht verhindert haben, dass diese Männer gestorben sind?«

»Daran habe ich auch schon gedacht. Aber wenn wir uns aufgelehnt hätten, wären wir mit ihnen gestorben, und irgendjemand muss doch den Einzig Einen unterrichten. Wir müssen es versuchen, Panefer!«

Dieser nickte schließlich überzeugt. »Also gut, wenn wir ein Schiff finden, das ausläuft, bevor Re am morgigen Tag seine Barke besteigt, dann fliehen wir … zurück nach Ägypten.«

Seit fast einem Mondumlauf lief Kamara Jocasta nun hinterher und erledigte für diese die unterschiedlichsten Aufgaben. Langsam hatte Jocasta Vertrauen zu ihr gefasst. Kamara wusste mittlerweile, wo Jocasta die Schatullen versteckte, in denen sie das Gold und den Schmuck aufbewahrte, die ihre Gäste und Gönner ihr schenkten. Sie durfte sich frei im Haus bewegen, gab den Dienern und den anderen Mädchen Anweisungen, die sich damit an ihre herausgehobene Stellung gewöhnen konnten, und sie führte lange Gespräche mit Jocasta, die ihr erklärte, wie man einen Mann auf geschickte Weise betrunken machte, ihn verführte und ihn in seinem stetigen Verlangen gefangen hielt.

»Du darfst ihnen nie zu viel von dir geben, dich jedoch auch nicht vollkommen verweigern. Sie wollen erobern, nicht erobert werden, sie wollen Vergnügen und Zerstreuung bei dir finden, nicht Genörgel oder Beschwerden. Sie wollen eine interessante und kluge Unterhaltung mit dir führen, jedoch nicht über die Dinge der Männerwelt, mit der sie sich jeden Tag herumplagen müssen. Du musst ihnen eine Welt erschaffen, die fernab ihres eigentlichen Lebens liegt und die sie nur mit dir erreichen können.«

Kamara heuchelte Interesse, musste sich aber unwillkürlich vorstellen, wie Jocasta Hori verführt hatte. Nur mühsam verbarg sie ihren Zorn. »Ich verstehe«, antwortete sie scheinbar arglos und fragte: »Wann werde ich an einem Symposium teilnehmen dürfen?«

Sie wusste, dass Jocasta Hori und Eneas mittlerweile auch zu den Symposien einlud, die sie für die ausgewählten Athener gab. Keiner von Jocastas Gästen hatte sich bisher über die Anwesenheit der beiden beschwert, obwohl sie mittlerweile alle wissen mussten, wer Hori und Eneas waren und dass sie gesucht wurden. Das war nur ein weiteres Zeichen dafür, wie viel Macht Jocasta wirklich ausübte.

»Bald wirst du dich auf deinem ersten Symposium versuchen können«, versprach die Hetäre. »Ich habe gehört, dass Ägypter in Athen angekommen sind. Sie suchen nach euch. Ich muss herausfinden, was sie wollen.«

Wieder erschrak Kamara. Es war höchste Zeit, dass sie Athen verließen. »Am heutigen Abend gebe ich ein Fest. Morgen jedoch werde ich mich um Hori und Eneas kümmern. Danach bist du frei, Kamara.« Jocasta lächelte freundlich und reichte ihr eine Schatulle, deren Deckel offenstand. Sie war randvoll mit Goldringen und Geschmeide gefüllt.

»Dies alles habe ich in nur einem Mondumlauf angehäuft. Irgendwann wirst du das ebenfalls können«, bekundete die Hetäre stolz. »Bringe es in meine Gemächer, und verstecke es unter der Bodenplatte, die ich dir letztens gezeigt habe.«

Kamara bemühte sich, ebenfalls freundlich zu lächeln, und nahm die Schatulle entgegen. Sie musste etwas unternehmen. Die Zeit drängte.

Unwillig ließ sich Hori von Jocasta auf die Füße ziehen. Kaum aufgestanden, sehnte er sich nach dem weichen Ruhelager zurück, das er nun schon seit einem Mondumlauf mit ihr teilte. »Schon wieder ein Fest?«, fragte er träge. »Warum bleiben wir nicht hier und lieben uns? Mich langweilen die vielen Feste.«

Jocasta war bereits angekleidet und hatte eine große Auswahl an Schmuck angelegt. Ihre Lippen waren in einem verführerischen Ocker angemalt, ihr Gewand von silbrigen und goldenen Fäden durchwirkt. Ihre goldenen Haare hatte sie in kleine Locken legen und zu einer Hochsteckfrisur richten lassen, die von goldenen Reifen gehalten wurde. Alles Zeichen dafür, dass Jocasta bereits für ihr Fest gekleidet war und sich kaum noch umstimmen ließe.

Eigentlich lässt sich Jocasta nie umstimmen!, erkannte Hori auf einmal.

Auch jetzt gab sie nicht nach. »Wir können uns später der Liebe hingeben, Hori. Was glaubst du, wer diesen Reichtum und deine Bequemlichkeit ermöglicht? Es sind die Gäste, die meine Symposien besuchen.«

»Dann lass mich doch einfach hierbleiben und auf dich warten«, wehrte sich Hori noch immer. Er ärgerte sich über seine Lustlosigkeit, doch Jocastas Haus und ihre Liebe lösten eine nie gekannte Trägheit in ihm aus. Sein Verstand wusste, dass es so nicht weitergehen konnte und dass er seine Begleiter suchen und das Haus der Hetäre verlassen musste, wollten sie nicht irgendwann hier gefunden werden. Doch er hatte sich seit seinem ersten Symposium kein einziges Mal mehr Gedanken um Kamara oder Eneas gemacht, was äußerst angenehm gewesen war. Hori wusste selbst, dass sein Verhalten nicht richtig war, konnte sich aber gegen seine Müdigkeit oder die Lust auf Jocastas Körper nicht wehren. Immer wieder hatte er sie in der Hoffnung, dass seine Begierde dadurch schneller befriedigt würde, verzweifelt geliebt, doch auch das hatte nicht geholfen.

Jetzt begann ihn die Lust, die sie in ihm erweckt hatte, ob ihrer Unstillbarkeit zu ängstigen. Er liebte Jocasta nicht, darüber war er sich im Klaren. Doch was machte es für einen Unterschied, ob man von der Liebe einer Frau abhängig war oder von ihrem Körper? Er ahnte, dass er sich von ihr befreien musste, doch jeden Tag erstarb sein Kampfeswille erneut, und so fand er sich immer wieder in ihrer Umarmung auf ihrem Ruhelager, und sein Min verlangte mehr und mehr nach Jocasta.

»Nur noch das heutige Fest«, unterbrach sie seine Gedanken. »Ich verspreche dir, dass wir uns am morgigen Tag nur der Liebe hingeben werden.«

Hori gab sich geschlagen und folgte gähnend ihren beschwingten Schritten zum Festsaal, den er bereits in- und auswendig zu kennen meinte. Er trottete zu einer der noch freien Klinen und grüßte einige der bereits versammelten Gäste – allesamt ältere Männer mit Bärten, die sich von den jungen Mädchen umgarnen und umschmeicheln ließen.

Hori ließ sich einen großen Becher Wein bringen und beobachtete, wie Jocasta die Gäste mit ihrem gewinnenden Lachen begrüßte. Sie trug ein fast durchsichtiges Gewand, ihr aufwendiger Schmuck funkelte und glitzerte, und die kleinen Goldplättchen ihres Gürtels klimperten bei jedem ihrer Schritte. Kein Augenpaar, das nicht auf ihr geruht hätte. Hori hasste sich für sein erneut aufkommendes Begehren. Zwar war ein Teil von ihm von ihr abgestoßen, doch der andere Teil begehrte sie mehr als alles andere.

Er beobachtete die Männer beim Kottabosspiel, verfolgte die Verführungskünste der Mädchen mit den Augen. Das Fest wurde ausschweifender, je später der Abend wurde und desto mehr Wein die Gäste tranken. Auf einigen Klinen gaben sich die Gäste bereits der Lust hin: Einige gaben sich mit einem Mädchen zufrieden, andere ließen sich von zweien oder dreien gleichzeitig verwöhnen, wieder andere hatten sich einen der schönen Knaben auf ihre Kline geholt und fütterten ihn mit Weintrauben, während sie ihn zwischen den Lenden streichelten. Einige Gäste hatten sich mit ihren Gespielinnen in einen abgetrennten Raum zurückgezogen, andere genossen ihr Liebesspiel in Anwesenheit der anderen Gäste, da sie der Gedanke an Zuschauer erregte.

Dass die Athener die Frauen stets von hinten nahmen, empfand Hori als seltsam und erniedrigend für die Mädchen. Es schien jedoch normal zu sein, da sich niemand darüber beschwerte. Hori lehnte sich auf seiner Kline zurück und lauschte der jammernden Musik der Panflöten. Jocasta verstand es wirklich ausgezeichnet, ihre Gäste zu fesseln und zum Bleiben zu bewegen. Die Musik war so schwer und tragend, dass sie die Wirkung des Weines noch verstärkte. Er hatte kaum die Augen geschlossen, als er eine Bewegung neben seiner Kline bemerkte. Hori öffnete die Augen und blickte in Jocastas schönes Gesicht.

»Ich muss das Fest für eine Weile verlassen. Ein wichtiger Gast ist eingetroffen. Ich muss ihn empfangen.«

Hori nickte müde und schloss erneut die Augen. Sollte sie gehen, so hätte er wenigstens eine Weile Ruhe vor dem Verlangen, das sie in ihm hervorrief. Erst als er abermals eine Bewegung neben sich bemerkte, murmelte er: »Lass mich in Ruhe, Mädchen. Ich bin nicht interessiert.«

Mürrisch öffnete er die Augen, da jemand ihn unsanft an den Schultern zu rütteln begann. Hori brauchte eine Weile, um klar zu sehen, dann aber war er wach. Überrascht wie er war, brachte er kein Wort heraus: Vor ihm stand Kamara, in einem mykenischen Gewand, geschmückt wie eines der anderen Mädchen. Ihre kurzen Haare hatte sie geschickt unter einem goldenen Haarnetz versteckt. Obwohl oder vielleicht weil er bereits betrunken war, stiegen in ihm schmerzhafte Erinnerungen hoch. Er hatte vergessen, wie schön sie war. Im gleichen Moment erwachte seine Eifersucht von Neuem.

»Hori, wir müssen sofort von hier fliehen!«, flüsterte Kamara eindringlich. »Sie will euch verraten, Ägypter sind in der Stadt.«

Hori zwang sich, ihre Worte zu verstehen. »Kamara! Was tust du hier? Ein solches Fest ist nichts für dich.«

»Das sieht Jocasta anders«, entgegnete sie spöttisch und erzählte ihm in knappen Worten, was Jocasta für sie geplant hatte und welche Rolle Hori und Eneas in diesem Spiel zuteilwerden sollte.

Hori wollte ihr nicht glauben, wusste aber tief in seinem Innern, dass sie die Wahrheit sagte. Mühsam richtete er sich auf. Er hatte, wie an jedem Tag des vergangenen Mondumlaufs, zu viel getrunken, doch heute bereute er diesen Umstand zum ersten Mal wirklich. »Wir können nicht fort von hier, bei den Göttern! Wir haben nichts: kein Gold, mit dem wir eine Überfahrt zum Festland auch nur im Entferntesten bezahlen könnten.«

»Mach dir darum keine Sorgen«, entgegnete Kamara ruhig. »Ich weiß, wo Jocasta ihre Schatullen versteckt.«

Hori sah sie an wie ein Kalb des Apis, das gerade von einem Blitz getroffen worden war. »Sie wird uns nicht gehen lassen.«

»Sie wird uns nicht gehen lassen!!!«, äffte Kamara ihn nach. »Jetzt steh endlich auf und hol Nike und Eneas. Wir treffen uns in den Gärten am Wasserspiel. Beeil dich, wenn du nicht willst, dass dein Kopf bald auf einem ägyptischen Speer steckt.«

Hori ließ sich von ihr hochziehen und trottete dann hinter ihr her. Auf halbem Wege stellten sich ihr zwei junge Mädchen in den Weg. »Ehrenwerte Schwester, bitte sage uns, wohin du mit dem Liebling unserer Herrin zu gehen wünschst.«

Kamara unterdrückte ein Zittern und funkelte die beiden Mädchen zornig an, wobei sie Jocastas herrische Art nachahmte. »Und was glaubt ihr, geht euch das an?«

»Nun, du weißt, dass unsere Herrin diesen Mann für sich gewählt hat«, gab das hübschere der beiden Mädchen schnippisch zurück.

»Und ihr wisst doch wohl noch, dass Jocasta mir eine Vorrangstellung unter euch gegeben hat, nicht wahr? Ich bin nicht geneigt, mich vor euch in irgendeiner Weise zu rechtfertigen!«

Die Mädchen gaben den Weg noch immer nicht frei, stattdessen kamen drei weitere Mädchen dazu. »Dann solltest du warten, bis Jocasta wieder hier ist. Ich glaube dir nicht, dass du die Erlaubnis hast, hier auf dem Fest zu sein.«

Kamara trat einen Schritt auf sie zu, und die anderen wichen verunsichert zurück. »Ich sage euch, was ich tun werde, wenn Jocasta wieder zurück ist: Ich werde ihr von euren Unverschämtheiten erzählen und dafür Sorge tragen, dass ihr in einem einfachen Hurenhaus endet!«

Immer noch ließen die Mädchen sich nicht dazu bewegen, den Weg freizugeben. Kamara spürte, dass sie mit Argumenten kaum Eindruck bei ihnen hinterlassen würde, doch ohne dass sie es geplant hätte, schnellte Kamaras Hand plötzlich vor und packte eines der Mädchen am Hals. Die anderen erschraken, da sie nicht mit einer Handgreiflichkeit gerechnet hatten.

Obwohl Kamara ihr Opfer sofort wieder freigab, wirkten die anderen nun verängstigt.

»Woher hat sie diese Kraft?«, flüsterten sie untereinander. Dann traten sie beiseite und gaben den Weg frei.

Kamara beachtete sie nicht mehr, sondern zog den torkelnden Hori hinter sich her, bis sie weit genug vom Festsaal entfernt waren. »Suche die anderen, und bringe sie in den Garten. Und streite dich nicht mit Eneas!«

Hori brummte und tappte dann wie ein Hund davon, den man gerade geschlagen hatte.

Kamara verlor keine Zeit und eilte zu den Räumen, in denen Jocasta einen Teil ihrer Schätze versteckte. Sie suchte in einem Mosaik, das Jocasta als Göttin Aphrodite zeigte, die lose Bodenplatte und hob sie leise an. Zum Glück war die Schatulle dort, wo sie sie für Jocasta versteckt hatte. Kamara öffnete den Deckel und stellte beruhigt fest, dass Jocasta nicht ein Teil entnommen hatte. Nicht ohne Schadenfreude leerte sie die Schatulle bis auf den Grund und wickelte alles in ein Tuch, das wie vergessen auf einer Kline lag. Dann verschwand sie in Richtung der Gärten.

Jocasta dachte an das Gespräch mit dem Fremden, der es gewiss verstand, Frauen und Mädchen mit seinem Äußeren und schönen Worten zu täuschen und ihnen den Kopf zu verdrehen. Doch Jocasta wäre nicht so erfolgreich, wenn sie für die Worte der Männer anfällig gewesen wäre. Auch wenn der Fremde durchaus ansehnlich war, hatte ein Blick in seine Augen ihr genügt, um zu spüren, wie skrupellos und gefährlich er war.

Daher hatte sie sich arglos gegeben und ihn freundlich in ihr Haus gebeten. Hätte sie ihn fortgeschickt, hätte er sicherlich sofort Verdacht geschöpft, zumal er, wie er beiläufig bemerkt hatte, Lisias kannte. Der Fremde mit dem wohlklingenden Namen Kay hatte erzählt, dass er aus Ägypten kam und Hori, Eneas, Kamara sowie eine entflohene mykenische Dienerin suchte. Sie seien nicht nur für den Mord an dem angesehenen Mykener Amphion verantwortlich, sondern hätten auch Schmuggelgeschäfte in Ägypten betrieben und würden daher vom Pharao selbst gesucht. »Sie sind sehr gefährlich«, hatte Kay seinen Bericht mit einer eindringlichen Warnung abgeschlossen.

Jocasta überlegte fieberhaft, was sie tun sollte. Sie hätte Kay die beiden Männer ausliefern können, aber sie spürte, dass er sich nicht damit zufriedengegeben hätte. Dass Kay auch Kamara und die mykenische Dienerin Nike suchte, hatte Jocasta darauf schließen lassen, dass Kay etwas zu verbergen hatte und dass ihm eher daran gelegen war, seine Gefangenen zum Schweigen zu bringen, als sie an den Pharao oder König Orestes zu übergeben. Und so hatte Jocasta bereits ihre Taktik geändert, als sie sich von ihrem Stuhl erhob, um den Fremden zu verabschieden. »Es tut mir leid, Kommandant Kay. Natürlich habe ich das Gerede über die Entflohenen vernommen – ganz Athen kennt seit einem Mondumlauf kein anderes Thema –, doch gesehen habe ich sie nicht. Und bei den Göttern ... nach dem, was du mir erzählst, werde ich Zeus ein Opfer dafür bringen, dass sie nicht hier auftauchen. Den Herrn Eneas kenne ich wohl, er war früher oft Gast in meinem Haus, ebenso wie der edle Herr Amphion mich das ein oder andere Mal besucht hat. Ich kann noch gar nicht glauben, dass der Herr Eneas zu einer solchen Tat fähig ist.« Jocasta setzte ein verängstigtes Gesicht auf.

Kay glaubte ihr. Wie hätte er auch an ihr zweifeln können – jeder Mann glaubte einer schönen Frau, wenn sie nur die Kunst des Schauspielens beherrschte.

Als sich endlich die Pforten ihres Hauses hinter ihm schlossen, atmete Jocasta erleichtert auf. Sie war nicht bereit, Kamara zu verraten. Zugleich hatte sie entschieden, Eneas und Hori nicht den Ägyptern, sondern den Mykenern auszuliefern. Immer noch in Gedanken, schlug sie den Weg zurück zum Festsaal ein. Der Besuch des Ägypters hatte sie ein wenig aus der Fassung gebracht, was nicht oft vorkam. Sie durfte sich vor ihren Gästen nichts anmerken lassen! Jocasta beschleunigte ihre Schritte, als könne sie damit das unangenehme Gefühl einfach abschütteln. Als sie jedoch um die Ecke eines Ganges bog, prallte sie mit Kamara zusammen. Irritiert blieb sie stehen. »Kamara, was tust du hier?«

Kamara erschrak sichtlich. Sie hatte nicht damit gerechnet, Jocasta noch einmal zu begegnen. Fieberhaft überlegend, was sie der Hetäre sagen sollte, drückte sie das Bündel mit dem Gold und Geschmeide an sich.

Sofort begriff Jocasta, was hier vor sich ging, und wies auf das Bündel in Kamaras Hand. »Was hast du dort? Wohin willst du? Warum bist du so herausgeputzt? Warst du etwa ohne Erlaubnis auf meinem Fest?«

»Ja, ich … ähm …«, stotterte Kamara und versuchte, sich an Jocasta vorbeizudrücken. Diese verschränkte jedoch die Arme und stellte sich Kamara in den Weg. »Du willst also fliehen, ja? Du hast mich hintergangen. Was ist dort in dem Bündel. Sicherlich Gold aus meinen Schatullen!«

Als Kamara sah, wie Jocastas Überraschung sich in Zorn verwandelte, wurde ihr bewusst, dass sie handeln musste. »Lass mich durch, Jocasta. Ich werde gehen!«

»Dann hast du mich also nur getäuscht. Du hattest niemals vor, hierzubleiben und von mir zu lernen. Du hast nur auf einen geeigneten Augenblick gewartet, um mich zu betrügen!«

Jocastas Worte hatten einen drohenden Unterton angenommen. Doch auch Kamara schüttelte ihre Verunsicherung ab und stellte sich der Hetäre entgegen. »Na und? Ich habe dich nicht mehr getäuscht als du mich. Wie konntest du nur glauben, dass du mich mit Erpressung für dich gewinnen kannst?«

»Erpressung?«, heulte Jocasta verletzt auf. »Ich habe dir lediglich die Augen geöffnet. Kein Mann ist es wert, ihm zu folgen. Hier hättest du ein angenehmes Leben führen können. Du hättest Macht und Wohlstand besessen. Was kann das Leben dir mehr schenken?«

»Meine Freiheit!«, fauchte Kamara aufgebracht. »Seit ich nach Mykene kam, habe ich nur daran gedacht, dieses Land, in dem Frauen nicht mehr wert sind als ein Posten auf den Güterlisten der Männer, wieder zu verlassen – ein Land, in dem Männer es vorziehen, Knaben auf ihr Lager zu holen! Ich will endlich wieder frei sein!«

Jocasta lachte spöttisch auf. »*Frei* willst du sein? Wo? In Athen sind Ägypter, die nach euch suchen, und in Mykene suchen sie euch ebenfalls. Wohin willst du gehen? Auf das Festland, auf dem seit Jahren nur gekämpft und gemordet wird? Zurück nach Ägypten? Ich habe gehört, dass selbst der Pharao nach euch sucht. Du kannst nirgendwohin gehen, Kamara. Der einzig sichere Ort wäre hier gewesen. Wann wirst du endlich lernen, dass die Art von Freiheit, die du suchst, für eine Frau unmöglich ist? Du läufst einem dummen Traum hinterher. Es gibt sie nicht, diese Freiheit, die du so sehr begehrst. Ich hätte dich schützen können, doch du hast meine Gastfreundschaft schändlich ausgenutzt. Ich hätte euch alle diesem Kay ausliefern sollen.«

»Kay?«, fragte Kamara überrascht.

Jocasta sah, dass die Erwähnung des Fremden Kamara beunruhigte. »Du kennst ihn? Er war hier, gerade eben. Er hat nach euch gefragt, und ich habe ihn fortgeschickt, doch es kostet mich nur einen Wink, euch alle an ihn auszuliefern.«

Nur das nicht!, dachte Kamara entsetzt.

Du musst etwas unternehmen, erinnere dich, wer du bist! Sie kann dich nicht aufhalten!, begehrte die Stimme in ihrem Kopf auf.

Kamara spürte, dass ihr keine andere Wahl blieb. Kurzentschlossen ließ sie das Bündel mit dem Gold fallen und trat der Hetäre in den Weg. Mit einem einzigen Griff umklammerte sie Jocastas Handgelenk.

Die Hetäre versuchte sich zu befreien, und als ihr das nicht gelang, wollte sie Kamara mit der freien Hand eine Ohrfeige geben, die die junge Frau ihrerseits mit der freien Hand abfing. »Niemand wird mich mehr schlagen, niemand, verstehst du, Jocasta?«

Jocasta wehrte sich mit einem Tritt gegen Kamaras Schienbein. Dann jedoch holte Kamara aus und schlug die Hetäre hart ins Gesicht. »Das ist für deinen Betrug und deine Hinterlist.«

Ein zweites Mal schlug sie Jocasta, dieses Mal mit der Faust. »Und dies ist für Hori!«

Mit einem Ausdruck des Erstaunens sackte die Hetäre benommen zusammen, ohne einen Laut von sich zu geben. Zufrieden stellte Kamara fest, dass sie bewusstlos war und eine große Beule und einen blauen Fleck zurückbehalten würde, der ihrer Schönheit in der nächsten Zeit einen gehörigen Makel zufügen und sie daran erinnern würde, wie vergänglich ihre Welt war.

Obwohl Kamara vor lauter Schreck weiche Knie hatte, nahm sie das Bündel mit dem Gold, packte Jocasta beherzt bei den Füßen und zog sie in ihre Gemächer, die nur ein paar Schritte entfernt lagen. Dort bediente sie sich einiger Zierkordeln und verschnürte die bewusstlose Hetäre so, dass sie sich nicht selbst befreien konnte. Zum Schluss riss sie ein Stück Stoff von einem der herumliegenden Ballen ab und stopfte es mit innerlicher Genugtuung in Jocastas Mund.

Eneas' Zorn auf Hori war noch immer nicht verraucht, und so vermied er es, dem Ägypter in die Augen zu schauen.

Nike saß schweigsam wie immer neben Eneas, und Hori

hatte seinen Kopf bereits einige Male in das Becken des Wasserspiels getaucht, um seinen Rausch zu mildern. Langsam wurden sie nervös. Warum war Kamara noch nicht erschienen?

Nike wollte sich schweigend um den verwahrlosten Eneas kümmern, doch dieser gab ihr unwirsch zu verstehen, dass sie ihn in Ruhe lassen sollte. Hori rümpfte die Nase. »Vielleicht solltest du in Erwägung ziehen, ein Bad zu nehmen.« Er wies auffordernd auf das Becken des Wasserspiels.

Eneas' Augen blitzten auf. »Ich ziehe es in Erwägung, dich in diesem Wasserspiel zu ertränken, solltest du deinen Kopf noch einmal dort hineinstecken.«

Hori lächelte verächtlich. »Wie du aussiehst, schaffst du es noch nicht einmal, dich selbst zu ertränken. Was ist im letzten Mondumlauf mit dir geschehen? Zuerst hat Kamara dich abgewiesen, und jetzt auch noch Jocasta. Es muss wohl an dem strengen Duft liegen, den du verströmst.« Hori hielt sich angeekelt die Nase zu.

Eneas sprang auf die Füße, bereit, sich mit ihm zu raufen. Doch dann unterbrach sie Kamaras Stimme. »Hört schon auf, euch wie die Kinder zu benehmen«, wies sie die beiden zurecht, während sie die letzten Schritte zurücklegte. Sie war außer Atem, ihr leichtes Gewand war durchgeschwitzt und klebte ihr am Körper.

Eneas' und Horis Blicke verharrten kurz auf den gut sichtbaren Rundungen ihres Körpers, bis Kamara sie wütend anfunkelte. »Was ist? Habt ihr noch immer nicht genug von Weib, Wein und Gesang?«

»Ich kann mich wohl kaum beklagen«, gab Hori bissig zurück. Es machte ihn wütend, dass auch Eneas sie so sehen konnte. »Aber er«, er wies mit einer wegwerfenden Handbewegung auf Eneas, »dürfte ein wenig zu kurz gekommen sein. Doch hier und jetzt ist wohl kaum die Zeit dafür, deinen ehelichen Pflichten nachzukommen.« Kaum ausgesprochen, bereute Hori seine Worte sofort, hatte er doch inzwischen beschlossen, sie auf keinen Fall kampflos Eneas zu überlassen.

»Du Sohn einer Straßenhündin!«, polterte Eneas los.

Doch Kamara gebot ihnen erneut Einhalt. »Hört endlich auf! Wir müssen sofort zum Hafen und auf ein Schiff, das uns auf das Festland von Hatti bringt. Wir werden gesucht. Dein ehrenwerter Freund Kay hat soeben bei Jocasta vorgesprochen und unsere Herausgabe gefordert.« Sie musterte Hori kühl und gab ihm so die Spitze zurück, die er ihr zugedacht hatte.

»Du lügst. Warum sollte Kay nach uns suchen? Er ist mein Freund. Du hast ihn schon in deinem Sendschreiben beschuldigt. Du bist eine hintertriebene, bösartige Katze!«

»Wie du meinst«, entgegnete Kamara. »Ich sage nur, was ich von Jocasta hörte.«

»Wo ist Jocasta überhaupt?«, fragte Eneas.

»Sie liegt bewusstlos und gefesselt in ihren Gemächern. Sie wird wohl noch eine Zeitlang unentdeckt bleiben, aber bis dahin – bei der Großen Mutter! – sollten wir auf einem Schiff auf dem Großen Grün in Richtung Festland sein.«

»Ach, und womit sollen wir unsere Überfahrt bezahlen?« Eneas war noch immer nicht überzeugt.

Kamara öffnete ihr Bündel. »Hiermit – mit Jocastas gutem Gold, das sie den Männern so geschickt abnimmt. Männern wie euch Dummköpfen, die sich von ihr täuschen und verführen lassen.«

»Du redest Unsinn!«, entgegnete Hori steif. »Ich habe mich keineswegs von ihr verführen lassen!«

»Natürlich nicht!«, spöttelte Kamara. »Ich hätte ihr Angebot annehmen und bei ihr bleiben sollen, um von ihr zu lernen. Sie hätte euch den Ägyptern oder Mykenern im Gegenzug für meine Freiheit ausgeliefert.«

»Du lügst! Das hätte sie nie getan!«, verteidigte Eneas die Hetäre noch immer.

»Ich glaube ihr – und wenn ihr Kamara nicht glaubt, weshalb seid ihr dann hier und liegt nicht weintrunken auf diesem Fest?«

Endlich waren die Streithähne verstummt. Ungläubig starrten sie Nike an, die so wenig sprach, dass sie sie eigentlich kaum wahrnahmen. Die Dienerin erhob sich langsam und stellte sich neben Kamara. »Ich denke, wir sollten endlich gehen. Wenn sie Jocasta finden, wird ganz Athen nach uns suchen!«

Ohne ein weiteres Wort erhoben sich nun auch Eneas und Hori. Vorsichtig schlichen sie durch den Garten, stets darauf bedacht, im Schatten zu bleiben. Der schwere Blütenduft betäubte ihre Köpfe, und erst als sie die hintere Mauer des großen Gartens erreicht hatten und an einer geeigneten Stelle über die Mauer kletterten, klärte sich ihr Verstand langsam.

Als sie schließlich auf der anderen Seite der Mauer standen, fiel von einem Moment auf den anderen die Lethargie des vergangenen Mondumlaufs von Eneas und Hori ab, und sie übernahmen die Führung auf dem Weg zum Hafen. Während sie an Tempeln vorbei durch die Stadtteile der Kaufleute gingen, bis sie schließlich bei den Ärmsten der Armen ankamen, in deren Stadtteilen es nach Unrat stank und in denen die Betrunkenen auf den Straßen nächtigten, verflüchtigte sich Jocastas Zauberbann mehr und mehr. Es schien, als beschränke sich ihre Macht auf die von ihr geschaffene Traumwelt.

Was weiß Jocasta schon von Freiheit!, dachte Kamara, während sie die unterschiedlichsten Gerüche der Stadt einatmete. Jocasta hatte sich ihren eigenen Olymp, ihren Götterberg geschaffen, auf dem sie herrschte. Sie war viel unfreier, als Kamara es je sein würde, da ihr Traum in enge irdische Grenzen gefasst war. In einem Anflug von Dankbarkeit hielt Kamara Nike am Arm fest. »Ich danke dir für deine Hilfe.«

Die Mykenerin zuckte gleichgültig mit den Schultern. »Ich habe das nicht für dich getan. Ich wollte nur endlich fort von diesem schändlichen Ort!«

Kamara nickte. Was hätte sie auch von Nike erwarten können? Nike und sie würden sich nie gut verstehen, wie Kamara sich auch nie mit Merit angefreundet hatte. Sie waren einfach zu verschieden.

Im Hafen dümpelten die Schiffe friedlich auf dem im Dunkel der Nacht schwarz anmutenden Wasser. Aus ihrem Versteck beobachteten Kamara, Eneas, Hori und Nike, ob der Hafen verstärkt bewacht wurde. Erst als sie sich sicher waren, dass es keine zusätzlichen Wachtposten gab, verließen sie ihre sichere Nische. Kurz diskutierten sie, welches Schiff infrage käme, welchen Kapitän sie wecken und dazu bewegen könnten, sie auf das Festland zu bringen. Sie wussten, dass die Inselkapitäne die Küsten des Festlands, soweit dies möglich war, mieden. Gerade die Küste von Troja, vor einigen Nilschwemmen noch ein wichtiger Handelsknotenpunkt, war mittlerweile stets umkämpft.

Kamara dachte an die Geschichten ihrer Kindheit zurück, die Selina ihr erzählt hatte. Wie sehr hatten sie diese Erzählungen, obwohl sie viel Schrecken und Leid enthielten, beeindruckt. Wie gern hätte Kamara Troja, die Weiße Stadt, mit ihren eigenen Augen gesehen! Doch sie wusste, dass es nicht klug gewesen wäre, ausgerechnet den Hafen von Troja anzusteuern.

Dann nach Ephesos!, flüsterte die Stimme in ihrem Kopf.

»Ephesos«, flüsterte Kamara leise, dann teilte sie den anderen ihre Gedanken mit. »Wir brauchen ein Schiff, das nicht an der Küste entlangfährt, sondern uns direkt und ohne Umwege nach Ephesos bringt. Von dort aus nehmen wir uns Pferde und reiten landeinwärts nach Westen.«

»Das wird keiner der Byblosfahrer wagen. Diese Schiffe fahren die Küsten entlang, weil es sicherer ist«, wandte Eneas ein.

»Wir müssen schneller sein als das ägyptische Schiff. Wir brauchen diesen Vorsprung!«

Eneas wies auf ein Schiff, das weniger Tiefgang als die anderen hatte. »Dieses hier hat seine Fracht bereits entladen. Es ist kleiner als die anderen, wahrscheinlich eines der Inselschiffe, die zwischen dem Festland und Athen kreuzen. Vielleicht hat es noch keine neue Ladung in Aussicht, vielleicht können wir den Schiffern so viel Gold geben, dass sie auf die Ladung verzichten und sich auf den Handel einlassen. Bald stehen die Wintermonde an. Das Große Grün ist dann unruhig und tückisch. Wenn der Kapitän in den nächsten Tagen keinen neuen Auftraggeber findet, muss er bis zum Frühjahr warten. Das ist die einzige Möglichkeit.«

»Also gut, dann fordern wir die Götter heraus und versuchen unser Glück« stimmte Hori zu.

Der Kapitän gähnte müde und beäugte die vier Fremden misstrauisch. Hori und Eneas hatten sich nicht besonders geschickt angestellt, sondern waren einfach auf das Schiff gegangen und hatten eine der am Deck schlafenden Wachen an der Schulter gerüttelt. Der Mann war zusammengezuckt und hatte nach seinem Schwert gegriffen, das Eneas dem schlaftrunkenen und verwirrten Mann einfach aus der Hand getreten hatte. Schnell waren seine Kameraden aufgewacht und hatten Eneas und Hori überwältigt, weshalb Kamara und Nike ebenfalls an Deck kamen und versuchten, die aufgebrachten Männer zu beruhigen. Mit Müh und Not war es Kamara schließlich gelungen, sie davon zu überzeugen, dass sie den

Kapitän des Schiffes unbedingt sprechen mussten. Kamaras besondere Aufmachung hatte die Männer schließlich dazu bewogen, ihren Kapitän zu wecken. Sie vermuteten Gold und Reichtümer bei den Fremden und standen nun mit ihnen in der engen Kammer des Kapitäns, dessen Miene noch abweisender wurde, als Eneas ihm ihr Anliegen vorgetragen hatte.

»Lass mich das zusammenfassen«, sagte er gedehnt, weil er ahnte, dass die Fremden ihm nicht alles erzählt hatten: »Ihr wollt hinüber auf das Festland, auf dem seit Langem Unruhen und Kleinkriege toben, und ihr wollt so schnell wie möglich dorthin, ein Mykener, eine Dienerin, eine Hetäre und ein Ägypter.«

Er kratzte sich den schlecht geölten Bart und starrte die vier nächtlichen Besucher mürrisch an. »Heraus damit! Was habt ihr verbrochen, weshalb werdet ihr gesucht?«

»Das hat dich nicht zu interessieren!«, gab Eneas ihm etwas zu scharf zu verstehen.

»Das hier ist mein Schiff«, konterte der Kapitän nun seinerseits verstockt. »Glaubt ihr, ich riskiere Kopf und Kragen für irgendwelches Gesindel?«

Ehe Eneas' Hitzkopf noch größeren Schaden anrichten konnte, hatte Kamara ihm schon das Bündel mit dem Gold und dem Geschmeide hingeworfen. Der Mann blickte kurz verärgert in ihre Richtung, dann verstand er und öffnete das Bündel, um schließlich mit zitternden Fingern den Inhalt zu bewundern. Seine Augen glänzten gierig. »Woher habt ihr das? Ihr habt es gestohlen!«, krächzte er heiser und konnte seinen Blick dennoch nicht vom Inhalt des Tuches lösen.

»Ja, es ist gestohlen, und der, dem es gehört, hat so viel davon, dass es ihn kaum schmerzen wird. Es ist deins – alles ohne Ausnahme –, wenn du auf unsere Bedingungen eingehst und keine Fragen stellst.«

Es war Kamara, die gesprochen hatte, und obwohl er ihrem Wort normalerweise kein Gehör geschenkt hätte, sah er sie nun aufmerksam an. »Es ist gefährlich. Wenn sie uns finden, wird mir der Kopf von den Schultern getrennt, weil ich euch geholfen habe. Finden sie uns nicht, werden wir vielleicht vom Großen Grün verschlungen, wenn wir keine guten Winde haben, die uns ohne Verzögerung zum Festland bringen. Kein erfahrener Kapitän würde sein Schiff vor den Stürmen noch einmal auslaufen lassen.«

»Das stimmt. Doch dafür wirst du auch fürstlich belohnt. Lass das Gold einschmelzen, und du bist ein reicher Mann.« Kamara ließ sich ihre Nervosität nicht anmerken. »Was sagst du also? Wie ist deine Entscheidung?«

»Bei Zeus, ich muss wahnsinnig sein, von den Göttern verflucht. Doch ich bin einfach zu gutherzig, um euch eurem Schicksal zu überlassen.«

Hori verdrehte die Augen. Kamara trat ihm unmerklich auf den Fuß. Sie musste verhindern, dass Hori oder Eneas das Ergebnis ihrer Verhandlungen zunichtemachten.

»Also gut, wir laufen bei Morgengrauen aus.«

Er wollte das Bündel an sich nehmen, doch Kamara forderte es zurück. »Du bekommst es, sobald wir das Festland erreicht haben. Wir möchten nicht Gefahr laufen, über Bord zu gehen, sobald wir das offene Meer erreicht haben.«

Der Mann sah sie beleidigt an. »Ich bin ein Ehrenmann. Wenn ich einen Handel abschließe, gilt er auch.«

»Für uns gilt das Gleiche«, antwortete Kamara kühl. »Das Gold werden wir verstecken, hier auf deinem Schiff, und zwar so gut, dass du es niemals findest, ohne dass wir dir das Versteck zeigen. Ein Pfand für unsere sichere Überfahrt!«

Sie wusste, dass sie sich auf gefährlichem Boden bewegte. Wie schnell konnte der Kapitän sie verraten oder einfach von seinen Männern ermorden lassen und das Gold an sich nehmen. Doch er nickte. »Also gut, wenn ihr einem Ehrenmann wie Zeno nicht vertrauen wollt. Aber glaubt ja nicht, dass ihr mich betrügen könnt!«

Kamara schüttelte den Kopf. »Wir haben nicht vor, dich zu betrügen. Wir wollen nur sicher auf das Festland gelangen.«

Er brummte etwas, das Kamara nicht verstand, dann endlich erhob er sich und führte sie in einen kleinen Raum hinter seiner eigenen Kammer. Überall lagen aufgerollte Taue oder Krüge herum, und es roch muffig und klamm. Auch gab es keine Öffnung, durch die Licht gefallen wäre.

Zeno machte eine einladende Bewegung mit der Hand. »Mein Schiff ist nicht für die Beförderung von Reisenden gedacht. Ihr werdet euch also hiermit zufriedengeben müssen. Wie ihr das anstellt, ist mir vollkommen egal.«

Hori beeilte sich zu nicken. »Das reicht.«

Abermals brummend verschwand Zeno und erschien kurze Zeit später mit ein paar Decken und einer kleinen Öllampe. »Ich will noch etwas schlafen, bevor wir auslaufen, und ihr solltet das auch tun.«

Sie standen unentschlossen im Raum, während sie hörten, wie Zeno sich auf sein Ruhelager legte und kurze Zeit später laut schnarchte.

Eneas hockte sich frustriert auf die Pritsche. »Wundervoll! Wie viele Tage werden wir in diesem Loch verbringen und jede Nacht das grauenvolle Schnarchen anhören?« Er wies auf das Bündel. »Und was werden wir tun, wenn wir tatsächlich das Festland erreichen? Kamara hat ihm das ganze Gold überlassen. Hättest du nicht etwas für uns behalten können? Wir werden Pferde, Waffen und Wegzehrung kaufen müssen.«

»Eneas, was glaubst du, woraus der Schmuck besteht, den ich trage? Das Haarnetz, die Armreifen und das Geschmeide? Aus Tonperlen? Wir brauchen das Gold nicht, und er riskiert tatsächlich viel, indem er uns zum Festland bringt.« Kamara hatte keine Lust mehr zu diskutieren. Sie war müde.

Auch Hori wies auf das Bündel, das sie noch immer umklammert hielt. »Also: Wo willst du es verstecken?« Er sah sich im Raum um und öffnete ein paar der Krüge, nur um sie sofort wieder zu schließen und die Nase zu rümpfen. »Bei Amun – bitte sag nicht, dass sie den Inhalt der Krüge essen!«

Kamara schüttelte den Kopf. »Das wäre doch wohl allzu leicht. Nein, ich werde das Gold an einer viel besseren Stelle verstecken.«

Hori und Eneas sahen sie gleichermaßen verwirrt an. »Wo denn?«, fragte Eneas gereizt. »Etwa unter deinem Ruhelager? Das ist ja wohl das dümmste und einfachste Versteck, das man ersinnen kann.«

Wieder war es Nike, die das Wort ergriff. »In *seinem* Raum – dort, wo er es am wenigsten vermuten würde.«

Kamara nickte. Offensichtlich war Nike doch nicht so dumm, wie sie immer getan hatte. Zumindest hatte sie durchaus lichte Momente. »So ist es. Wenn er abgelenkt und an Deck ist, werde ich dort ein passendes Versteck finden.«

»Ein grandioser Einfall!«, nörgelte Eneas skeptisch. »Warum legst du es nicht gleich unter sein Ruhebett?«

»Immerhin tut sie etwas, das weitaus sinnvoller ist als dein missmutiges Gerede.« Hori konnte Eneas' ständige Nörgelei kaum noch ertragen.

Kamara blickte dankbar in seine Richtung. Vielleicht fand er sie doch nicht so abstoßend, wie er immer tat. Doch Hori sah sie nicht an, sondern nahm sich eine Decke, um sich auf dem Boden ein Lager herzurichten. Mit einer Handbewegung forderte er Eneas auf, es ihm gleichzutun. »Die Frauen können das Ruhebett haben, wir schlafen auf dem Boden.«

»Weshalb schlafen die Frauen nicht auf dem Boden?«, fragte Eneas verständnislos, doch dann gab er sich geschlagen und machte für Kamara und Nike Platz.

Als die Diener Jocasta endlich den Knebel aus dem Mund gezogen und ihre Fesseln gelöst hatten, tobte diese wie eine Mänade. Steif ließ sie sich von ihren Mädchen aufhelfen, nur um ihre helfenden Hände sofort wieder abzuschütteln. Die betroffenen Gesichter der Mädchen machten sie zunehmend wütend. »Was ist! Warum starrt ihr so?«, fuhr sie einen der jungen Diener an, dessen stetes Lächeln nun einer ehrlichen Betroffenheit gewichen war.

Vorsichtig wies er auf ihr Gesicht.

»Wo ist mein Bronzespiegel? Elpis, los lauf, bring ihn mir!«

Das Mädchen verschwand und kehrte eilig mit dem gewünschten Spiegel zurück. Ängstlich hielt sie ihn Jocasta vor das Gesicht, dann ertönte ein markerschütternder Schrei. »Sie hat mich entstellt!«

Keiner der Jungen und Mädchen wagte etwas zu sagen. Jocastas Wange war blau angelaufen, und ihr Auge war zugeschwollen. Zum ersten Mal in ihrem Leben entdeckte Jocasta einen Makel an sich, und obwohl ihr Verstand ihr hätte sagen müssen, dass die Prellungen in einigen Wochen abgeheilt sein würden, entsetzte sie dieser ungewohnte Anblick derart, dass sie sich weinend auf eine Kline setzte und wie ein Kind schluchzte, dem man sein Lieblingsspielzeug fortgenommen hat.

Besonders erniedrigend war jedoch für die Hetäre, dass ihre Mädchen und Knaben sie so vorgefunden hatten: hässlich, gefesselt, geknebelt, der Göttlichkeit beraubt, die sie ihnen stets vorgelebt hatte. Nie war sie den Sträuchern und Büschen im Garten so nahe gekommen, dass sie sich die Haut hätte verletzen können. Stets hatte sie Sonne und fettes Essen gemieden. Nie hatte sie vor ihnen geweint, und jetzt sahen ihre Untergebenen sie in all ihrer Menschlichkeit, und jeder Zauber, den sie so hart und zielstrebig aufrechterhalten hatte, zerfiel wie ein Gebilde aus Sand. Als sich ihre Trauer in Wut und schließlich in abgrundtiefen Hass verwandelte, trocknete Jocasta ihre Tränen, und ihr trotz der Prellungen schönes Gesicht wurde hart und unerbittlich.

Sie winkte einen der Knaben zu sich heran. »Lauf in die Stadt, in den Hafen, und suche nach einem Ägypter, einem Kommandanten mit dem Namen Kay. Er soll sofort in mein Haus kommen!«

Kay hatte gerade sein Morgenmahl zu sich genommen, als der Knabe zu ihm geführt wurde. Ein schöner Jüngling. Doch er war schnell gelaufen, erhitzt und außer Atem. »Meine Herrin Jocasta schickt mich. Du sollst sofort in ihr Haus kommen!«

Kay fragte nicht, weshalb. Er wusste sofort, dass die Hetäre ihm etwas zu sagen hatte, was für ihn interessant wäre. Deshalb nickte er dem Jungen zu. »Sag ihr, ich werde bei ihr sein, bevor die Sonne am höchsten steht.«

Der Junge verbeugte sich kurz und rannte dann davon.

Jocasta war Kays letzte Hoffnung. Keiner seiner Männer hatte etwas über die Flüchtigen erfahren können. Anscheinend waren sie dort untergetaucht, wo das einfache Volk niemals hinkam. Und jetzt waren auch noch zwei seiner Männer verschwunden. Waren sie gefangen genommen worden? Hatten sie sich betrunken und schliefen irgendwo ihren Rausch aus? Waren sie getötet worden? Oder waren sie etwa geflohen? Und wohin? Zurück nach Ägypten?

Kay mochte sich diese Vorstellung nicht weiter ausmalen. Was würden sie in Ägypten tun? Was würden sie über ihn erzählen? Würde der Einzig Eine ihren Worten Glauben schenken? Es gab nur eine Möglichkeit: Er musste diese unselige Aufgabe hier endlich beenden und schnellstens nach Ägypten zurückkehren.

»Besorgt mir einen Wagen oder meinetwegen auch ein Pferd. Ich werde nicht bis zum Mittag warten. Ich gehe gleich zu dieser Hetäre.«

Als Kay Jocasta auf die Prellungen in ihrem Gesicht ansprach, wichen ihre Augen ihm aus. Ihre Bewegungen wirkten fahrig und unbeholfen, sie erinnerte ihn kaum an die stolze und selbstbewusste Frau, die er noch am Abend zuvor vor sich gehabt hatte. Er fragte sich kurz, was wohl geschehen sein mochte, dann erkannte er, dass es ihr unangenehm war, wenn er ihr zerschundenes Gesicht anstarrte. So kam er ohne Umschweife auf den Grund seines Besuches zu sprechen. »Du hast mich rufen lassen. Ich habe nicht viel Zeit. Wie du weißt, suche ich nach einigen Verbrechern.«

Jocasta nestelte gleich einem verstörten Kind am Träger ihres Gewandes und vermied es weiterhin, ihn anzusehen, während sie ihm antwortete. »Das weiß ich wohl, und genau deshalb habe ich dich rufen lassen, denn sie waren hier. Sie kamen, nachdem du in meinem Haus vorgesprochen hast. Sie verloren keine Worte und forderten Gold für ihre Flucht, und nachdem ich es ihnen nicht geben wollte, taten sie mir das an.« Jocasta deutete auf ihr Gesicht, als erwartete sie Mitleid und Verständnis von ihm.

Kay war jedoch nicht danach, die Hetäre zu bemitleiden. Er nickte nur kurz. »Hast du ihnen gegeben, was sie wollten?«

»Gegeben ist wohl kaum der richtige Ausdruck. Sie nahmen es sich. Sie zwangen mich, ihnen eine Schatulle mit Gold auszuhändigen, dann verschwanden sie so schnell, wie sie gekommen waren. Ich weiß, du hattest mich vor ihnen gewarnt … Hätte ich gewusst, dass sie hierherkommen würden …« Jocasta kämpfte gegen die Tränen an.

Kay machte eine ungeduldige Geste. »Wohin sind sie gegangen?«

»Woher soll ich das wissen? Wahrscheinlich wollen sie auf das Festland fliehen, nach Hatti oder zurück nach Ägypten«, antwortete Jocasta schnippisch. »Ich will, dass du sie findest und dass sie ihre gerechte Strafe erhalten. Deshalb habe ich dich unverzüglich rufen lassen.«

»Unverzüglich?«, fragte Kay misstrauisch. »Sagtest du nicht, sie seien bereits am gestrigen Abend hier erschienen?«

»Ich war bewusstlos bis zum Morgen, als mich meine Dienerin fand«, log Jocasta ohne Umschweife. »Ich will, dass du sie findest«, erklärte sie noch einmal. »Sie und meine Schatulle mit Gold, die sie mir gestohlen haben. Und diese Kamara, sie ist die Schlimmste von ihnen! *Sie* hat mir das angetan!« Wieder deutete sie mitleidheischend auf ihr Gesicht.

Kay hatte genug gehört und wandte sich ohne einen weiteren Gruß zum Gehen.

»Ich will, dass sie alle sterben!«, hörte er Jocastas nun fast hysterische Stimme hinter sich.

Er begann zu laufen, denn mit einem Mal hatte er erkannt, dass ihre einzige Möglichkeit wirklich darin bestand, auf das Festland zu gelangen. Vielleicht waren sie auf einem der Schiffe untergekommen, und es war noch nicht zu spät, sie zu finden, bevor sie ausliefen.

Vor dem Haus angekommen, schwang er sich auf den Rücken des Pferdes und trat ihm so roh in die Flanken, dass es erschrocken angaloppierte. Er musste sie finden! Sie durften noch nicht fort sein, nicht jetzt, wo er so kurz davor war, sie endlich zu fassen!

Kamara erwachte als Erste. Sie brauchte eine Weile, um ihre Benommenheit abzuschütteln und sich daran zu erinnern, wo sie war.

Durch den Spalt der Tür, die in Zenos Raum führte, fiel ein schmaler Lichtstreifen. Re war bereits von Nut geboren worden, und plötzlich spürte sie, dass das Schiff unter ihr schwankte. Kamara rieb sich den Schlaf aus den Augen und schüttelte dann Nike vorsichtig am Arm. Die Dienerin öffnete die Augen und sah sie müde an.

»Hilfst du mir?« Kamara wies auf das Bündel mit dem Gold, das sie sicher zwischen ihnen auf der Pritsche versteckt hatte.

Ohne zu murren, erhob sich Nike vom Lager, und sie gingen leise zur Tür, um Hori und Eneas nicht aufzuwecken. Besser, wenn die beiden nicht wussten, wo das Gold versteckt war! Wer konnte schon sicher sein, dass sie nicht wieder irgendeine Dummheit begehen würden. Zwar gab es hier keine Jocasta, aber Kamara hatte aus der Zeit im Haus der Hetäre ihre Lehren gezogen und war nun vorsichtiger.

Sie öffnete vorsichtig die Tür und spähte durch den Spalt. Zenos Raum war leer. Von der kleinen Stiege, die nach oben an Deck des Schiffes führte, fiel gleißendes Licht in die Kammer des Kapitäns. In der Ecke stand sein Ruhebett, an der anderen Seite des spärlich möblierten Raumes gab es einen Tisch und den Stuhl, auf dem er am Abend zuvor gesessen und mit ihnen verhandelt hatte. Einige Seekarten lagen hier, ebenso die Reste eines morgendlichen Mahls, das er nach dem Aufstehen zu sich genommen hatte. Es gab noch zwei Truhen für seine Kleidung und einige bunte Webdecken, die Zeno in kalten Nächten auf dem Großen Grün als zusätzliche Wärmequelle dienten. Abgesehen von einer zerschlissenen Schilfmatte, die auf dem Boden lag, war der Raum ansonsten nahezu leer.

»Wie sollen wir hier das Gold verstecken?«, flüsterte Kamara ratlos, während sie sich hastig umsah. Ein Blick auf Nike zeigte ihr, dass diese ebenso ratlos war wie sie.

Kurzentschlossen begann Kamara, die Holzplanken am Boden abzutasten. »Sie sitzen fest«, stellte sie enttäuscht fest.

Doch dann bückte Nike sich und zog unter Zenos Ruhelager ein seltsames Gebilde aus Holz hervor, das aussah wie ein Schemel mit einer Öffnung. Unter ihm war eine Tonschüssel befestigt, die zur Hälfte mit Sand gefüllt war.

»Was ist das?«, fragte Kamara erstaunt.

»Ein Toilettenstuhl«, antworte Nike knapp.

Sie betrachteten das seltsame Gebilde eingehend, um festzustellen, dass Zeno es wohl noch nie benutzt hatte. »Die Männer auf See hängen sich einfach mit ihren Hinterteilen über die Reling«, bemerkte Kamara schließlich. Sie legte das Gold in die Tonschüssel, begrub es unter dem Sand und betrachtete ihr Werk zweifelnd. »Und wenn er doch auf den Gedanken kommt, ihn zu benutzen?«

»Das wird er nicht, dafür ist er zu grob und einfach – und wenn er es doch tut, wird er glauben, die Götter hätten sein Hinterteil gesegnet«, bemerkte Nike ungerührt.

Kamara sah sie verdutzt an. So kühne Worte hätte sie bei Nike niemals vermutet. Sie musste ein Lachen unterdrücken.

Dann verstauten die beiden Frauen den Stuhl samt seinem kostbaren Inhalt wieder unter dem Ruhelager, schlichen sich zurück in ihre Kammer, in der Hori und Eneas noch immer schliefen, und legten sich wieder auf die Pritsche. Zum ersten Mal war Kamara froh, Nike an ihrer Seite zu haben.

Kay fluchte laut und schlug mit der Faust so hart gegen die Reling seines Schiffes, dass er kurz fürchtete, er habe sich die Hand gebrochen. Doch der Schmerz erstarb schnell, und er konnte seine Finger nach wie vor bewegen.

Den ganzen Hafen hatte er absuchen lassen. Er und seine Männer hatten auf den Schiffen vorgesprochen, doch niemand wusste etwas von den vier Flüchtigen, und wenn sie es taten, so sagten sie ihm nichts. Immerhin war er ein Fremder, ein Mann aus dem fernen Ägypten, dem man misstraute. So war es der mykenische Kapitän seines Schiffes gewesen, der schließlich erfahren hatte, dass zwei Schiffe bereits kurz nach Sonnenaufgang ausgelaufen waren – das eine in Richtung Mykene, das andere mit Kurs auf Ephesos.

»Das muss es gewesen sein«, sagte Kay resigniert. Sie waren wieder einmal entkommen! Kay wusste nun, dass er sich nicht auf die großen Byblosfahrer hätte konzentrieren sollen, sondern direkt auf die kleineren, wendigeren Inselschiffe. Wieder musste er also die Verfolgung aufnehmen, doch dieses Mal durfte er sie nicht entwischen lassen, denn wenn die Flüchtlinge erst einmal Ephesos erreicht hätten, könnten sie in jede Richtung verschwinden und untertauchen. Sein viel größeres und trägeres Schiff würde länger brauchen als das ihre, doch keines der anderen Schiffe wollte vor den Winterstürmen den sicheren Hafen verlassen.

Kay brauchte Hilfe. Allein konnten seine Männer die Verfolgung auf dem Festland nicht mehr bewältigen. Also ließ er einen seiner Soldaten, der des Schreibens kundig war, ein Sendschreiben an Lisias aufsetzen, in dem er den Kaufmann aufforderte, sofort Unterstützung zu schicken. Zwar wäre Kay am liebsten sofort ausgelaufen, aber es war sicher besser, auf dem von Unruhen geplagten Festland mehr Männer an seiner Seite zu haben. Lisias hatte ohne Zweifel die Mittel, Söldner anzuwerben, und ihm war sicherlich daran gelegen, dass seine jahrelang so erfolgreich betriebenen Geschäfte nicht gefährdet wurden. Die Götter waren seine Zeugen, dass Kay alles Menschenmögliche versucht hatte, doch ohne Lisias' Hilfe war er an die Grenzen des Machbaren gestoßen.

Nachdem er das Sendschreiben noch einmal gelesen hatte, übergab er es dem Kapitän seines Schiffes und beauftragte ihn, einen geeigneten Mann für die Reise nach Mykene auszusuchen. Ihm wäre es lieber gewesen, einen oder zwei seiner Männer zu schicken, doch nach der Flucht von Panefer und Nacht, die er für loyal gehalten hatte, musste er jedem seiner Männer misstrauen. Missmutig sah er zu, wie der mykenische Bote das Schreiben an sich nahm und dann mit ihm verschwand.

»Wir legen ab, bevor Re seine volle Kraft erreicht«, befahl er dem Kapitän, dann verschwand er in seiner Kabine, wo er zu allen Göttern Ägyptens betete, dass dies die letzte Reise sein mochte, die er auf einem schwankenden Schiff auf dem Großen Grün auf sich nehmen musste.

Kamara und Nike teilten sich das karge Mahl, das einer der Seeleute ihnen gebracht hatte. Sie saßen am Bug des Schiffes und bemühten sich, die Blicke der Männer zu ignorieren, die sie stets verfolgten.

»Was wird erst sein, wenn wir viele Tage auf See gewesen sind?«, hatte Nike sie leise gefragt. »So viele Männer und zwei Frauen auf einem Schiff mitten auf dem Großen Grün. Das kann nicht gutgehen.«

Kamara hatte versucht, sie zu beschwichtigen. Sie hatten gerade erst Piräus hinter sich gelassen und befanden sich auf halbem Wege zur Insel Andros, doch insgeheim hatte sie sich die gleiche Frage gestellt. »Wenn sie das Gold haben wollen, müssen sie uns in Ruhe lassen«, hatte Kamara trotz ihrer Bedenken argumentiert. Hori und Eneas würden sie kaum vor einer Horde Männer schützen können, in deren Augen die Gier nach Gold und fleischlicher Lust brannte. Das Gold war der einzige Schutz, den sie besaßen.

Kamara hatte inzwischen ihren eigenen Schmuck abgelegt und ihn, so gut es ging, in dem kargen Raum versteckt, den sie für die Zeit der Reise bewohnten. Natürlich konnten die Männer es finden, doch es war bei Weitem nicht so viel wie der Schatz, der nun in Zenos Toilettenschemel unter dem Sand ruhte.

Re brannte vom Himmel, das Wasser glitzerte, ein lauer, leicht salzig riechender Wind blähte die Segel und trieb das Schiff gut voran. Kamara betete zur Großen Mutter, dass sie auf dieser Reise ihre schützende Hand über sie und ihre Begleiter halten würde.

Hori und Eneas gingen sich wieder einmal aus dem Weg. Die Stimmung unter ihnen war so gespannt, dass sich Kamara und Nike wohl oder übel zusammengetan hatten, um nicht gänzlich einsam zu sein.

Zeno sorgte persönlich dafür, dass sie etwas Essbares und Wasser erhielten, und verdeutlichte ihnen damit, dass er allein darüber entscheiden konnte, ob sie diese Reise heil überstanden oder nicht.

»Ich bin müde – diese endlose Weite, das ganze Wasser um uns herum, immer derselbe Anblick. Ich lege mich noch etwas hin. Alles ist besser als diese Blicke, die uns hier verfolgen.« Kamara erhob sich schwerfällig, und Nike tat es ihr sogleich nach. »Ich komme mit. Allein bleibe ich hier auf keinen Fall.«

Kamara nickte. Ihr kleiner Raum unter Deck war zwar stickig und dunkel, doch die Frauen fühlten sich dort weitaus sicherer als an Deck. Kamara legte sich auf die enge, harte Pritsche, und Nike zwängte sich daneben.

Es dauerte nicht lange, bis Kamara eingeschlafen war. Das eintönige Schlagen der Wellen an die Schiffswände tat sein Übriges, ihre Müdigkeit zu fördern. Neben ihr atmete Nike gleichmäßig.

Kamara wusste nicht, wie lange sie geschlafen hatte, als sie durch eine sanfte Berührung im Gesicht erwachte. Benommen öffnete sie die Augen und runzelte die Stirn, als sie in das Gesicht von Eneas schaute. »Was ist geschehen?«, flüsterte sie, um Nike nicht zu wecken, die noch immer ruhig neben ihr lag und atmete. »Gibt es Ärger?«

Eneas schüttelte die hellen Locken. Kamara fiel auf, dass er seinen Bart geschoren hatte und sauber roch. »Ist es schon Abend?«, fragte sie ihn irritiert, denn er machte keinerlei Anstalten, sich von ihr zurückzuziehen. Dann merkte sie, dass seine Hand auf ihrer Brust lag. »Eneas, was soll das?«

»Du bist noch immer meine Frau«, flüsterte er, und der heisere Tonfall seiner Stimme verhieß Kamara nichts Gutes.

Sie versuchte sich aufzusetzen, doch er verstärkte den Druck seiner Hand so, dass sie sich nicht befreien konnte, ohne Nike zu wecken. »Lass mich los!«, zischte sie stattdessen und hoffte, dass ihre Stimme überzeugend klang.

»Ich bin für dich nach Ägypten gegangen und habe es nicht zugelassen, dass fremde Männer dich berühren. Hori will dich ohnehin nicht mehr ... das hast du selbst im Haus von Jocasta erleben können. Aber *ich* ... Ich will dich.« Er beugte sich tiefer über sie und versuchte, sie zu küssen.

Kamara versuchte, ihn von sich wegzudrücken. »Lass mich in Ruhe, Eneas. Du weckst Nike.«

»Sie ist eine Dienerin«, antwortete er nun bestimmter. »Schick sie fort.«

»Nein!«, gab Kamara wütend zurück. »Sie ist nicht dein Eigentum – und ich bin es auch nicht.«

»Du bist meine Gemahlin ... Ich bestimme über dich und auch über sie.«

Sie spürte, wie die altbekannte Wut wieder über sie kam. Eneas war Mykener und würde es immer sein. »Du bestimmst noch nicht einmal mehr über dein eigenes Leben. Bist du dir darüber immer noch nicht im Klaren? Wir können froh sein, wenn wir das Festland unversehrt erreichen.«

Eneas runzelte die Stirn. »Wo hast du das Gold versteckt? Ich sollte es an mich nehmen. Es ist unser einziges Pfand.«

Kamara nickte und schaffte es endlich, sich ein Stück weit aufzusetzen. Sie konnte die Schweißperlen sehen, die sich auf

Eneas' Stirn gebildet hatten. Zum ersten Mal machte ihr sein Begehren Angst. »Ja, das Gold ist unser einziges Pfand. Und deshalb ist es besser, wenn nur einer von uns weiß, wo es versteckt ist. Du und Hori, ihr seid zwei Dummköpfe, die nur Streit suchen. Ich habe das Gold an einem sicheren Ort versteckt.«

»Ich bin dein Gemahl und dein Herr«, konterte er selbstüberzeugt. »Sag es mir!«

»Nein!«, beharrte Kamara, obwohl ihr ein Schauer des Unbehagens über den Rücken lief. »Jetzt geh endlich, und lass mich in Ruhe. Niemand wird mich mehr berühren, ohne dass ich es will! Niemand ist mein Herr – weder du noch Hori! Fass mich an, und ich werde dich töten. Ich bin dir dankbar, Eneas, aber zwing mich nicht dazu.«

Eneas' Blick wurde hart und kühl. Er gab nicht viel auf ihre Drohungen, obwohl ihre Augen eine seltsame Entschlossenheit zeigten. »Sobald wir auf dem Festland sind, wirst du tun, was ich sage. Du weißt ganz genau, dass Hori dich nicht schützen wird. Du bist allein, Kamara … ohne Heimat. Ich war nachsichtig mit dir, ich habe mich von dir täuschen lassen. Aber ich werde nicht auf dich verzichten. Immerhin habe ich mein Leben für dich aufgegeben!«

Ehe sie antworten konnte, erhob er sich und verschwand. Kamara blickte ihm hinterher und entspannte sich erst, als er fort war. Sie seufzte leise auf, dann bemerkte sie, wie Nike sich neben ihr aufsetzte.

»Du hättest ihm geben sollen, was er begehrt. Du kannst es dir kaum erlauben, auch noch ihn zu verärgern. Wir sind Frauen, und das hier ist ein mykenisches Schiff. Wenn ihm danach ist, kann er dich an Zeno oder seine Männer verkaufen oder sogar verschenken. Es ist gefährlich, ihn zu verärgern.«

»Ich bin keine Hure«, entgegnete Kamara steif. »Ich liebe ihn nicht, ich will ihn nicht.«

»Hast du denn noch immer nichts dazugelernt? Hier fragt niemand, was du willst, und noch weniger, was ich will. Wenn er schon keinen Respekt mehr vor dir hat, bin ich ohnehin verloren.«

Kamara blickte Nike nachdenklich an. Nikes Gesicht sah aus wie immer, ruhig, gelassen – das gleiche etwas langweilige Gesicht, das weder hübsch noch hässlich war. Trotzdem erkannte Kamara zum ersten Mal Leben in den Augen der Dienerin. Sie wusste, dass Nike Eneas liebte, auch wenn sie nie verstanden hatte, warum. Für Eneas war Nike nur eine Dienerin, die er fortschicken konnte, wann immer er es wollte.

Auf einmal tat Nike Kamara leid. »Er ist es nicht wert, dass du seinetwegen unglücklich bist«, sagte Kamara.

Zu ihrer Überraschung versuchte Nike nicht, ihre Gefühle für Eneas zu leugnen. »Welcher Mann ist es schon wert, seinetwegen unglücklich zu sein? Ist Hori es wert?«

»Ich bin nicht unglücklich, wie du schon sagtest. Hori ist mir ebenso egal wie Eneas. Ich will nur meine Freiheit.«

Nike gähnte gedehnt. »Er ist dir nicht egal. Du schaffst es nur besser, dich selbst zu belügen, als ich das kann.«

Kamara biss sich auf die Lippe. Nike hatte unrecht. Hori war ihr egal, Eneas war ihr egal. Das einzig Wichtige war, diese Reise zu überstehen und endlich das Festland zu erreichen. Was dann war, konnte nur die Große Mutter wissen.

Hori sah, wie Eneas missmutig die Stiege emporkam und dann mit düsterem Blick zum Horizont starrte. Obwohl er wusste, dass es besser gewesen wäre, den Mund zu halten, konnte er sich einer boshaften Bemerkung nicht erwehren. Er bemühte sich, betont lässig an der Reling zu lehnen, und pfiff dann in Eneas Richtung. Der Kopf des Mykeners flog herum, sein Blick wurde noch ablehnender, als er Hori erblickte.

»Nun, mein einfältiger Freund. Hat sie dich abgewiesen?

Hat sie dich fortgeschickt? Du wärest nicht der Erste und bist wahrscheinlich auch nicht der Letzte, mit dem sie ihre Spiele treibt.«

Eneas kam langsam zu ihm herüber und lächelte ihn bemüht geringschätzig an. »Sei unbesorgt, mein ägyptischer Müßiggänger. Ach ... ich vergaß: Du bist ja überhaupt kein Ägypter mehr, du bist verdammt, verstoßen und heimatlos. Wie dem auch sei ... Ich versichere dir, dass es keinen mehr geben wird, mit dem sie spielen wird, denn sie gehört mir!«

Hori verzog spöttisch die Mundwinkel. Die Arroganz dieses hellhaarigen Trottels mit den irritierend blauen Augen ärgerte ihn. »Kamara gehört niemandem. Sie gehört nur sich selbst, so viel habe ich inzwischen gelernt. Hättest du sie in der letzten Zeit beobachtet und ihr in die Augen geschaut, wüsstest du es ebenfalls. Sie hat sich verändert. Mut hatte sie immer, doch fehlte ihr die Entschlossenheit. Ich kenne sie, seit sie ein Kind war. Ich weiß, wer sie ist, vielleicht besser, als sie selbst das weiß. *Noch* weiß sie es nicht! Ich sehe in ihr Herz. Aber wie soll jemand aus einem Volk, in dem die Väter die Körper ihrer Söhne fordern, so etwas verstehen.«

Eneas Gesicht lief hochrot an. Der Ägypter wusste genau, wie er ihn beleidigen konnte. »Ihr Ägypter seid arrogant und weltfremd. Ihr lebt weit ab auf einem kaum erwähnenswerten Landstreifen, der nur dadurch gedeihen kann, dass ein Fluss alljährlich seinen stinkenden Schlamm auf die ausgedörrte Erde speit. Eure Könige heiraten ihre Töchter und Schwestern, und ihr betet zu Göttern mit Tierköpfen. Ganz Mykene lacht über euch!«

»Nein!, verbesserte Hori ihn um Fassung bemüht, »Ägypten lacht über Mykene. Seit Troja gefallen ist, seid ihr doch über jedes Schiff froh, das euch Getreide bringt.«

Der Streit wäre endlos so weitergegangen, wäre Horis und Eneas' Aufmerksamkeit nicht auf Zeno gelenkt worden, der zu ihnen herüberkam. Der Kapitän wischte sich mit der rechten Hand den Schweiß von der Stirn und kratzte sich mit der linken zwischen den Beinen, während er die beiden unverwandt ansah. Hori trat unmerklich einen Schritt zurück. Zeno stank nach altem Schweiß, und seine Zähne waren so schlecht, dass er beim Sprechen einen üblen Geruch verbreitete. Selbst Eneas wandte seinen Kopf etwas zur Seite, als der Kapitän ihnen vertraulich den Kopf zusteckte.

»Meine lieben Gäste«, gab er mehr abwertend als aufrichtig zu verstehen, »ich dulde keinen Streit auf meinem Schiff, auch nicht unter euch. Ein solches Verhalten könnte meine Männer dazu verleiten, ebenfalls zu streiten, und ich kann keinen Aufstand brauchen.« Er sah sie von oben bis unten an. »Meine Männer sind wegen der Frauen ohnehin unruhig. Ihr solltet dafür sorgen, dass sie außer Sichtweite bleiben. Ohnehin kann ich nicht für ihre Sicherheit garantieren. Es könnte jedoch hilfreich sein, wenn ihr mir vorab etwas von dem Gold gebt, das sowieso mir gehört. Mit ein wenig Gold könnte ich besser für die Sicherheit eurer Frauen sorgen.«

Eneas und Hori sahen sich unverwandt an, dann antwortete Hori: »Wir hatten eine Abmachung: Das Gold bekommst du, wenn wir das Festland sicher erreichen. Wir und die Frauen, Zeno.«

Zeno nickte beleidigt. »Wie ihr wollt. Aber ihr solltet gut auf eure Frauen achten – wir werden noch einige Tage auf dem Schiff verbringen, und das ohne Landgang. Meine Männer sind tüchtig. Sie arbeiten fleißig, aber sie sind auch einfache Männer mit sehr … ähm … *einfachen* Bedürfnissen.«

»Wir werden deine Ratschläge berücksichtigen.« Hori verbeugte sich betont respektvoll – eine Geste, die übertrieben und deshalb unaufrichtig wirkte. Selbst Zeno spürte, dass der Ägypter sich über ihn lustig machte. Mit einem steifen Nicken wandte er sich ab und ließ die beiden allein zurück.

»Es war sicherlich nicht klug, ihn zu brüskieren«, sagte Eneas verärgert. »Wir sind auf ihn angewiesen, wir brauchen neue Kleidung, und er muss uns durchfüttern.«

Hori zuckte mit den Schultern. Der Chiton, den er trug, seit sie aus Jocastas Haus geflohen waren, wies mittlerweile unzählige Flecken auf, und ein Ärmel war aufgerissen. Dennoch war er zu verärgert, um freundlich zu sein. Außerdem hielt er es für unklug, Zeno vorab Gold auszuhändigen. Er vertraute ihm nicht. »Amun ist bei mir und wird mir helfen. Dir natürlich nicht, denn du bist ja kein Ägypter und spottest unseren mächtigen Göttern. Aber rufe doch Zeus oder Apollon an – vielleicht steigt einer von deinen Göttern vom Olymp, um dir zuzuhören. Doch wo waren deine Götter, als du im Haus deines Vaters gelebt hast?«

Er wandte sich ab und ließ den Mykener stehen. Er war dieser endlosen Flucht überdrüssig und wollte nur eines: zurück nach Ägypten und Pharao davon überzeugen, dass er nicht der Verräter war, den man in ihm sah. Er seufzte auf, während er fortfuhr, das endlose Wasser anzustarren. Wäre Kay bei ihm, hätte er zuversichtlicher sein können!

Lisias ließ sich von seinem Diener den Bart ölen und wies ihn dann an, ihm die Hände zu massieren. Die Hände eines Kaufmanns waren wichtig, denn sie mussten gepflegt und sauber sein. Er war schon immer der Ansicht gewesen, dass man nur einer sauberen Hand ohne Murren einen hohen Preis zahlte, und war nach wie vor überzeugt, seinen Erfolg mitunter seinem gepflegten und sauberen Auftreten zu verdanken. Er war kein Soldat, kein Kämpfer – zumindest nicht mit dem

Schwert oder dem Bogen. Entsprechend unzufrieden und erbost war er über Kays Sendschreiben.

War dieser ägyptische Emporkömmling noch nicht einmal in der Lage, sein Handwerk anständig zu verrichten? Natürlich hatte Lisias keine Kosten gescheut, Söldner anzuheuern, und natürlich hatte er keine Zeit verschwendet, sein Schiff seetüchtig zu machen und sein gutes Gold dafür sorgen zu lassen, dass die Seeleute die Angst vor der rauen winterlichen See vergaßen. Wenn Kay versagte, zerstörte er nicht nur sich selber, sondern Lisias und alles, was dieser sich mit seiner Arbeit aufgebaut hatte.

Was blieb ihm anderes übrig? Die Schmutzarbeit würde er trotzdem Kay überlassen. Er würde sein Schiff ohnehin nicht mehr einholen können. Es war unmöglich, das Festland vor ihm oder zeitgleich mit ihm zu erreichen. Aber Lisias hielt es für wahrscheinlich, dass Kay wieder einmal versagen würde, und dann würde Lisias seine Männer hinter den Flüchtenden herschicken. Er würde sie jagen lassen wie Wild und dann ein für alle Mal beseitigen. Wer hätte gedacht, dass sie überhaupt so weit kommen würden?

»Kapitän!«, rief er in gesetztem Tonfall.

Der Mann war schnell zur Stelle und deutete eine Verbeugung an. »Ja, Herr?«

»Du sagtest doch, dass der Rückweg nach Mykene erst im nächsten Sommer wieder möglich ist?«

Der Mann nickte. »Das stimmt, Herr. Die meisten Schiffe meiden die Überfahrt während der Wintermonate. Die Stürme sind zu gefährlich, und die See ist oftmals rau.«

»Gut«, antwortete Lisias und dachte eine Weile nach. »Wir werden nicht den Hafen von Ephesos ansteuern, sondern weiter südlich nach Ugarit segeln.«

»Mein Herr? Aber die Stürme. Es ist ein weiter Weg bis dort.«

Lisias gab ihm mit einem Wink zu verstehen, dass er keine Einwände hören wollte. »Dann solltest du dafür sorgen, dass wir schnell vorankommen. Wir bleiben in Küstennähe.«

»Jawohl, mein Herr«, bestätigte der Kapitän und entfernte sich rasch.

Ja, es wäre besser, Kay die Schmutzarbeit zu überlassen und den Rest im Zweifelsfall selbst zu erledigen. Immerhin war der Weg zurück nach Athen oder Mykene abgeschnitten, und es gab nur einen einzigen Fluchtweg, den die vier wählen konnten: zurück nach Ägypten, über Land. Dafür aber müssten sie Hatti durchqueren, wo Lisias auf sie warten würde. Und falls Kay sie doch vor ihm aufgreifen würde: umso besser. Kay konnte toben, wie er wollte, und ihn im Namen aller ägyptischen Götter verfluchen. Er würde ihm ein Sendschreiben zukommen lassen, sobald er Ugarit erreicht hatte. Was sollte schon geschehen? Die Flüchtigen konnten ohnehin nicht entkommen.

Die Tage auf See waren eine Qual. Es gab nichts zu tun, nichts zu sehen außer Wasser. Es gab bald nichts mehr zu besprechen, und sogar die Gedanken schienen Kamara, Nike, Hori und Eneas bald auszugehen. Nachts legten sie an einer der vielen Inseln an, am Tage segelten sie weiter. Wenn der Wind zu schwach war, mussten die Männer an die Ruderbänke, und Zeno trieb sie zur Eile an, da er die einsetzenden Stürme fürchtete. Sah man von den Blicken ab, mit denen sie Kamara und Nike verfolgten, hatten sich Zenos Männer bis jetzt vorbildlich verhalten.

Zunächst waren die Frauen fast die gesamte Zeit unter Deck geblieben, doch bald schon hielten sie es nicht mehr aus und sehnten sich nach frischer Luft und danach, ein paar Schritte zu gehen. Das Essen war eintönig und wenig nahrhaft. Das Brot war entweder altbacken und trocken oder schimmelig, wenn es zu feucht gelagert worden war. Jeden Tag gab es Fisch oder getrocknetes Fleisch, das Wasser schmeckte abgestanden und brackig. Neben diesen alltäglichen Sorgen, die sie plagten, versuchte Kamara, Eneas, so weit es ging, aus dem Weg zu gehen. Hori, dessen Nähe sie zu ihrem eigenen Unmut gerne gesucht hätte, wich wiederum ihr aus, und Nike ertrug ihr Schicksal einmal mehr mit Gelassenheit. Der Einzige, um den sie sich zu sorgen schien, war Eneas, denn sie brachte ihm seine Mahlzeiten und wusch ihm sogar die Füße in einer Tonschüssel. Nikes Hingabe ging bald so weit, dass sie ihm kaum noch von der Seite wich. Eneas jedoch schien die Bequemlichkeit, die sie ihm bot, zu schätzen, denn er schickte sie nicht mehr so oft fort.

Kamara fühlte sich einmal mehr einsam und wurde wieder häufiger von der Stimme in ihrem Kopf aufgesucht, besonders in den Momenten, in denen Kamara versucht war aufzugeben. Sie begann sich von den anderen zurückzuziehen und empfand die Enge in dem kleinen Raum mehr und mehr als störend. Daher ging sie schließlich trotz Zenos Verbot auch tagsüber an Deck und stand manchmal Stunden an der Reling, um auf das Wasser zu starren. Oft wusste sie später nicht mehr, wie viel Zeit verstrichen war.

Nike war die Erste, die sich zu Kamaras seltsamem Benehmen äußerte. »Sie bringt sich in Gefahr, sie bringt uns in Gefahr. Irgendjemand muss ihr klarmachen, dass sie nicht alleine auf Deck herumlaufen soll.«

Da Eneas nur mit den Schultern zuckte, wandte sich Nike an Hori. »Bitte versuche du mit ihr zu reden. Vielleicht hört sie auf dich.«

Hori zog wenig begeistert die Augenbrauen hoch. »Warum sollte sie auf mich hören? Auf mich hat Kamara noch nie gehört. Irgendetwas beschäftigt sie, und sie ist nicht bereit, uns zu erzählen, was es ist. Ich kenne sie gut genug, um zu wissen, dass sie nicht reden wird, wenn sie es nicht möchte. Zeno hat mir gesagt, dass wir am heutigen Abend Samos erreichen und morgen in Ephesos ankommen. Vielleicht zermürbt sie das endlose Wasser. Vielleicht wird es ihr in Ephesos bessergehen.«

Nike war nicht überzeugt. »Ich glaube nicht, dass es das Wasser ist. Diese Unruhe, dieses unstetige Flackern ihrer Augen – das besaß sie schon immer. Nein, es ist eher ihre Ruhe, die mir Sorgen bereitet. Das passt nicht zu ihr. Sie hält etwas im Zaume, und ich möchte nicht wissen, was das ist.«

»Sie war schon immer anders«, argumentierte Hori und drehte sich auf die Seite, um zu schlafen. »Es wird ohnehin gleich dunkel. Lass sie doch einfach die Nacht auf Deck verbringen, wenn sie das will. Morgen gehen wir an Land, dann wird uns schon etwas einfallen.«

Kamara sah zu, wie Re am Horizont immer weiter im Meer versank. Schließlich brach die Nacht herein, die Sterne leuchteten klar am Himmel, und es ging nur ein lauer Wind. Die Bucht von Samos, in der sie ankerten, bot ein friedliches Bild. Nichts hätte Kamara lieber getan, als an Land zu gehen und Gras oder wenigstens Sand unter den Füßen zu spüren. Morgen würden sie endlich Ephesos erreichen, und dann – ja, was dann? Zurück nach Ägypten? Kamara seufzte gequält auf. Sie fühlte sich zerrissen und hoffnungslos.

Was hatte es für einen Sinn, nach Ägypten zurückzukehren? Sie würde ihre Mutter und ihren Vater wiedersehen, wonach es sie verlangte, aber was wäre danach? Sollte sie ihr Leben in Ägypten wieder aufnehmen, als sei nichts geschehen?

Welches Leben?, meldete sich sofort die Stimme in ihrem Kopf zurück. *Willst du Hori oder irgendeinen anderen heiraten? Was wirst du dann tun? Warten, bis du alt bist, sitzen, warten, spinnen, weben … was willst du tun?*

Kamara stöhnte gequält auf. »Kannst du mich nicht wenigstens einen Tag in Ruhe lassen? Musst du mich ständig quälen? Was willst du eigentlich von mir? Was soll ich denn sonst tun? Welche Möglichkeit habe ich denn, bei der Großen Mutter!«

Freiheit!, war wieder einmal die einzige Antwort, die sie bekam.

Kamara beschloss, zurück unter Deck zu gehen. Vielleicht war es doch besser, die Gesellschaft von Hori, Eneas und Nike zu suchen, statt allein ihren Gedanken nachzuhängen. Manchmal fürchtete sie, verrückt zu werden.

Als sie sich umwandte, stand plötzlich einer von Zenos Männern vor ihr. Schon den gesamten Tag hatte er sie hartnäckig beobachtet. Er war groß und ungepflegt, nicht mehr ganz jung, aber auch noch nicht alt. Er roch nach Schweiß und Salz, da er den ganzen Tag an den Rudern verbracht hatte und der Wind zu schwach gewesen war, um das Schiff voranzutreiben. Seine Arme waren kräftig, anscheinend hatte er bereits viele Tage auf See an den Rudern verbracht. Als er schief grinste, fiel Kamara auf, dass ihm zwei Zähne fehlten. Er verschränkte die Hände vor der breiten Brust.

»Du bist etwas verrückt«, grinste er unverschämt. »Die Götter haben deinen Kopf verdreht.« Er machte eine kreisende Handbewegung, um seinen Worten Nachdruck zu verleihen. »Aber das ist nicht schlimm, so wird dir dann niemand glauben, wenn du etwas davon erzählst.«

»Wovon?«, fragte Kamara, obwohl sie die Antwort bereits zu kennen glaubte.

»Hiervon!«, gab er zu verstehen und fasste sich mit einer eindeutigen Geste zwischen die Beine.

»Das wirst du nicht wagen!«, zischte sie. »Ein Schrei von mir, und meine Freunde werden …«

»Was werden sie? Dir helfen? Ich sage dir etwas: Wenn du

willig bist, werde ich nicht nach meinen Kameraden rufen. Ich denke, sie würden auch gerne etwas Freude mit dir haben – und auch mit deiner Dienerin! Du hast die Wahl.«

Kamara verzagte. Er hatte sie in der Hand. Mit einer erneuten Handbewegung gab er ihr zu verstehen, dass sie sich umdrehen und über die Reling lehnen sollte. Kamara lief hochrot an, doch wie von selbst tat sie, was er verlangte. Schon hörte sie hinter sich, wie er das Zugband seines Schurzes öffnete. Und wieder hörte sie diese Stimme in ihrem Kopf. *Tu endlich etwas. Wehre dich! Erinnere dich daran, wer du bist.*

»Was kann ich schon tun?«, flüsterte Kamara resigniert. »Er ist viel stärker als ich, und ich will nicht auch noch seinen Kameraden gehören müssen.«

Lass es nicht zu! Erinnere dich! Höre auf dein Blut!

Kamara war versucht, die Stimme erneut zurückzudrängen, doch als sie spürte, wie der grobschlächtige Mann unsanft ihren Chiton hochschob, überfiel sie Panik. Sie wandte sich um und stieß ihn zurück. Das überraschte ihn so, dass er rückwärts stolperte und zu Boden stürzte.

Als er sich wieder aufgerappelt hatte, starrte er sie wütend an. »Du hattest die Wahl. Jetzt sollen dich alle haben!« Er wollte sich umdrehen und die Hände an den Mund legen, um nach den anderen zu rufen, hielt aber überrascht inne, als sie plötzlich vor ihm stand.

»Du wirst mich nicht anrühren, keine von uns.«

Mitleidig lächelnd sah er auf sie hinab. Er überragte Kamara um Haupteslänge. »Und was willst du dagegen tun?«

»Das hier!«, antwortete Kamara und drückte ihm ein kurzes Schwert gegen den Bauch.

Erschrocken griff er an seinen Waffengürtel und stieß einen Fluch aus, als ihm bewusst wurde, dass er diesen hatte fallen lassen, als er sie nehmen wollte. Wie war sie so schnell an sein Schwert gekommen, ohne dass er es bemerkt hatte?

Trotzdem lähmte ihn keine Angst, er wich lediglich zwei Schritte zurück, sodass er genügend Platz zwischen sich und dem Schwert schaffen konnte. »Gib es mir zurück. Ich kann dich auch ohne Schwert töten.«

Er deutete einen Schritt nach vorn an, fiel dann jedoch nach links aus und ließ seinen Arm vorschnellen, um ihr das Schwert von der Seite zu entwinden. Verdutzt stellte er fest, dass seine Hand ins Leere griff. Kamara hatte seine Täuschung bemerkt und war ihrerseits zur Seite gesprungen. Ihr Schwertarm schnellte nach vorn, und er hatte Mühe, rechtzeitig zurückzuweichen. Dennoch hatte das Schwert kurz seinen Bauch gestreift, sodass einige Tropfen Blut aus dem feinen Schnitt hervorquollen. Er wischte sich mit der Hand über den Bauch und spürte, wie Zorn ihn überfiel. »Was glaubst du, was du da tust?«

»Ich werde dich töten, wenn du nicht aufgibst«, erklärte Kamara mit einer Überzeugung, die ihn einmal mehr an ihrem Verstand zweifeln ließ.

»Nein, ich töte *dich,* Weib.« Dieses Mal sprang er auf die rechte Seite und bekam ihren Chiton zu fassen. Sie entwand sich mit einer Drehung, und er spürte einen harten Stoß in der Seite. Fluchend taumelte er zurück. »Das reicht, du Ausgeburt des Hades! Ich werde dich in die Unterwelt schicken.«

Er wollte erneut einen Schritt auf sie zugehen, stellte jedoch verwundert fest, dass seine Beine ihm nicht mehr gehorchen wollten. Er knickte ein und fiel auf die Knie. »Was bei allen Göttern des Olymp –«

Die Hand des Seemanns fuhr über die Stelle, an der ihn ihr harter Schlag getroffen hatte. Als er die Stichwunde entdeckte, weiteten sich seine Augen vor Überraschung und Unglauben. »Das ist nicht möglich … Du bist eine Frau, nur eine Frau …«, flüsterte er, bevor ihm klar wurde, dass er nach Hilfe rufen musste. Er öffnete seinen Mund, um zu schreien.

Doch wie unter einem Bann hob Kamara das Schwert und hieb es ihm genau ins Herz. Während sie zustieß wunderte sie sich, wie leicht das Schwert in sein Fleisch und durch seinen Brustkorb glitt. Dann lag er ruhig, und sie wich erschrocken zurück. Zu töten war in ihrer Vorstellung immer leicht gewesen, nie hatte sie sich darüber Gedanken gemacht. Was sollte schon schwer daran sein, einen Feind niederzustrecken! Und nun zitterten ihre Hände, und ihre Zunge lag trocken in ihrem Mund. Sie hatte getötet!

»Große Mutter, was habe ich nur getan?« Kamara ließ das Schwert sinken und spürte, wie ihre Knie weich wurden. Dann sackte sie zusammen und blieb regungslos sitzen. Sie starrte den Toten an, ohne den Blick abwenden zu können. Sie wusste, dass sie hätte aufstehen und ihn über Bord werfen sollen. Sie musste ihn loswerden, doch sie fand die Kraft dazu nicht. Noch einmal versuchte sie aufzustehen, doch ihre Beine wollten ihr nicht gehorchen.

Schließlich war es Hori, der sie nach einer Weile noch immer zitternd im Schatten der Reling fand. Ein Blick auf den Toten genügte, damit er wusste, was geschehen war. »Wir müssen ihn fortschaffen, bei Amun! Wenn Zeno oder die anderen davon erfahren, werfen sie uns alle ins Große Grün!«

Langsam drangen Horis Worte an ihr Ohr, und sie ließ sich von ihm auf die Beine ziehen. Hori packte den Toten bei den Schultern, Kamara nahm seine Füße, dann warfen sie ihn ins Große Grün. Sie sahen zu, wie sein Körper abtrieb und schließlich unterging. Dann begutachtete Hori die Blutflecke auf den Planken. »Wir werden es säubern. Niemand darf erfahren, was du getan hast.«

Er verschwand kurz im Dunkeln und kam dann mit einem Kübel Salzwasser und einem zerlumpten Tuch zurück. »Hilf mir!«, zischte er sie an.

Endlich erwachte sie aus ihrer Starre, und gemeinsam

schrubbten sie, bis kein Blut mehr auf den Planken zu sehen war. »Hori, ich musste es tun, er wollte mich und Nike …«

»Du hättest unter Deck bleiben sollen wie wir«, stellte er mitleidlos fest.

»Hori!«, sie packte ihn am Arm, und endlich schenkte er ihr Aufmerksamkeit. »Da ist noch etwas anderes. Da ist etwas in mir, das ich nicht verstehe. Es ist wie eine zweite Kamara – eine andere Kamara, und ständig spricht sie zu mir, treibt mich voran und bedrängt mich.« Ihre Stimme wurde dünn. »Ich glaube, die Heilige Krankheit ergreift langsam Besitz von mir. Ich kann nichts dagegen tun. Deshalb habe ich mich zurückgezogen. Ich kenne mich selbst nicht mehr, ich beherrsche meine Gedanken und Gefühle nicht mehr.«

Ihre Finger hatten sich in den Stoff seines Chitons gekrallt, und als er sie so verzweifelt und verunsichert sah, ergriff Mitleid sein Herz. Er zog sie an sich und tröstete sie. »Habe keine Angst, Kamara. Es ist nur diese Flucht, alles, was du in den letzten Nilschwemmen erlebt hast. Wenn wir endlich einmal zur Ruhe kommen, wird es dir besser gehen.«

»Ich hoffe, dass du recht hast«, antwortete sie wenig überzeugt und stellte verwirrt fest, dass die Wärme seines Körpers und der Geruch seiner Haut sie beruhigten. Nach einer Weile lösten sie sich voneinander und vermieden es, dem anderen in die Augen zu blicken.

Der kurze Moment der Eintracht, die sie geteilt hatten, war vorüber, und sie beeilten sich, in ihre stickige Unterkunft zurückzukommen. Eneas war mittlerweile eingeschlafen, nur Nike blickte sie fragend an.

Kamara legte sich zu ihr auf die Pritsche. »Schlaf jetzt, Nike. Es ist alles, wie es sein sollte. Morgen gehen wir an Land.«

Zeno hatte die Hände in die Hüften gestemmt und blickte Kamara und ihre Begleiter aus misstrauisch zusammengekniffenen Augen an. Das Festland war bereits in Sicht, bald würden sie den Hafen von Ephesos sehen können.

Sehnsüchtig schweifte Kamaras Blick über das Wasser hinüber zum Festland, das sich noch undeutlich in der Ferne vom Großen Grün abhob. Zeno zog sie unsanft an ihrem mittlerweile dreckigen Chiton. »Hast du gehört, was ich gesagt habe? Einer meiner Männer ist in der letzten Nacht verschwunden!«

Kamara zwang sich, ihn anzusehen. »Und was willst du nun von mir?«, fragte sie so unbedarft wie eben möglich.

Zeno spie vor ihr aus. »Du bist jede Nacht an Deck gewesen und hast auf das Wasser gestarrt. Warum werde ich das Gefühl nicht los, dass du weißt, was mit ihm geschehen ist?«

»Bei den Göttern, das weiß ich nicht!«, antwortete sie knapp. »Ich war am gestrigen Abend früh in meiner Unterkunft, weil wir heute an Land gehen werden. Frag doch die anderen.«

»Sie lügt«, brummte einer von Zenos Männern. »Sieh dir ihre Augen an, wie sie wild umherwandern. Fast scheint es, als würde ein Feuer in ihnen flackern. Ich sage dir Zeno, lass sie uns über Bord werfen. Sie ist von Dämonen besessen.«

Zeno starrte Kamara noch immer dreist und forschend in die Augen. »Du bist seltsam, Weib. Ich traue dir nicht.«

Hori mischte sich in das Gespräch ein. »Vielleicht ist er betrunken über Deck gefallen. Du gibst deinen Männern einfach zu viel Wein, Zeno. Lass uns in Frieden an Land gehen. Wir erfüllen unseren Teil der Abmachung und du den deinen. Danach siehst du uns nie wieder.«

Hori konnte Zenos Zorn fast riechen, doch der Kapitän

schien sich noch gut an das viele Gold zu erinnern, das bald ihm gehören würde. »Also gut. Wenn wir im Hafen sind, werde ich meinen Teil einfordern. Danach mögt ihr gehen, wohin ihr wollt. Ich hoffe wirklich, euch niemals wiederzusehen, beim Olymp.«

Die Atmosphäre auf dem Schiff blieb gespannt, und die letzten Stunden vergingen so langsam und quälend, dass Kamara erleichtert aufatmete, als sie endlich in den Hafen von Ephesos einliefen. Ephesos, so wurde in Mykene erzählt, schien eine der wenigen Städte des Festlandes zu sein, die noch nicht unter der Wanderung der Seevölker gelitten zu haben schien. Im Gegenteil: Während das Festland mehr und mehr in Aufruhr und Kleinkriegen versankt, blühte Ephesos beinahe auf.

Kamara konnte sich davon überzeugen, als Zenos Schiff schließlich im Hafen anlegte. Hier ging es gesittet und freundlich zu, niemand schien Eile zu haben. Hafenwächter überprüften das ordnungsgemäße Anlegen der Schiffe und überwachten die Güterlisten.

Kamara beobachtete, wie Zenos Männer die schweren Taue über Bord warfen, die von den Männern auf dem Steg ergriffen und dann fest verzurrt wurden. Endlich hatten sie das Festland erreicht! Wie viele Mühen, wie viele Ängste hatte es sie gekostet, hierhinzugelangen! Endlich fort aus dem Herrschaftsgebiet Mykenes.

»Unser Abkommen!«, hörte sie Zeno im Hintergrund zu Hori sagen, und sie wandte sich um, da Hori nicht wusste, wo das Gold versteckt war. Ihr eigenes bescheidenes Bündel hatte sie sicher unter ihrem schmutzigen Chiton verborgen. »Sieh unter deinem Lager nach, in der Schüssel mit dem Sand.«

Zeno sah sie dümmlich an, dann begann er zu verstehen. »Wartet hier!«, befahl er, dann verschwand er unter Deck.

»Schnell!«, wies Eneas sie an. »Wir müssen vom Schiff sein, ehe er zurück ist!«

»Er wird sein Abkommen mit uns einhalten.«

»Wird er nicht«, sagte Eneas überzeugt und ließ sie einen Blick auf das Bündel werfen, das er unter seinem eigenen Chiton verborgen hielt. »Wir müssen sofort vom Schiff und in der Menge verschwinden.«

»Närrischer Dummkopf!«, zischte Kamara ihn an, hielt ihren Blick dabei jedoch auf Nike gerichtet. Nur sie hatte das Versteck verraten können.

Zenos Männer wussten nichts von dem Abkommen und dem Gold und widmeten sich weiter ihren Aufgaben. Mittlerweile war es ihnen offensichtlich egal, ob ihre unliebsamen Gäste von Bord gingen oder nicht.

Hori trieb Eneas, Kamara und Nike zur Eile an. Ungesehen liefen sie die Planke herunter und nach wenigen Augenblicken waren sie in der Menge untergetaucht.

Kamara zog Nike hinter sich her, während sie sich durch die vielen unterschiedlich gekleideten Menschen ihren Weg suchten. Die meisten rümpften die Nasen, als sie an ihnen vorbeikamen, doch keiner verlangsamte den Schritt. Sie mussten fort sein, bevor Zeno sie finden konnte!

Nachdem sie sich durch einige Straßen, vorbei an den Hafenschenken, den Hurenhäusern und durch das Viertel der Kaufleute gekämpft hatten, blieben sie außer Atem hinter einer Mauer stehen, um Luft zu schöpfen. Kamara wandte sich an Nike. »Ich habe dir vieles zugetraut, aber nicht das! Wir haben bereits genug Feinde gegen uns – mussten wir uns auch noch Zeno zum Feind machen?«

»Es … Es tut mir leid!«, entgegnete Nike ehrlich beschämt.

»Zu spät, um es zu bereuen!«, fuhr Hori sie an, und fragte Eneas mit einem zornigen Blick: »Warum hast du das getan?

Du weißt, dass wir noch den Schmuck von Kamara hatten. Was wäre gewesen, wenn er Kamara aufgefordert hätte, mit unter Deck zu gehen? Du hast unser aller Leben aufs Spiel gesetzt!«

»In unserer Lage können wir nicht genug Gold und Schmuck haben«, stellte Eneas trotzig klar. »Außerdem sind die meisten Seeleute dumm. Ich wusste, dass die Gier nach dem Gold ihn alle Sicherheit würde vergessen lassen. Es ist doch alles gutgegangen.«

»Und was tun wir jetzt?«, fragte Hori eher sich selbst als die anderen, um sich von seiner neu aufbrausenden Wut auf Eneas abzulenken. Er verspürte nicht zum ersten Mal das Bedürfnis, ihn zu verprügeln.

»Wir gehen in den Tempelbezirk. Dort können wir uns bei den Priestern verstecken. Sie werden uns für Bettler halten. Sie sind den Armen gegenüber mildtätig.« Eneas verkündete seinen Plan so selbstsicher, dass er ihn bereits auf dem Schiff ersonnen haben musste.

»Ja, sicher«, grummelte Kamara gereizt. »Genauso wie Jocasta!«

»Wir gehen!«, bestimmte Hori schließlich, um die erhitzten Gemüter zu beruhigen. »Uns bleibt ohnehin nichts anderes übrig.«

Wie in Athen hafteten auch in Ephesos die Blicke der Menschen auf ihnen, als sie ihren Weg durch die Stadt fortsetzten. Dann endlich, nach einem endlos erscheinenden Fußmarsch durch die verschiedenen Stadtteile, bei dem Hori vor allem Kamara immer wieder ermahnen musste, nicht stehen zu bleiben und den neugierigen Blick von der Umgebung abzuwenden, erreichten sie das Viertel mit den weiß getünchten Tempeln, vor denen sich zerlumpte Gestalten tummelten, um ein Speiseopfer zu erbitten.

Die Tempel glichen sich einander. Entweder mussten die

Besucher eine Treppe emporsteigen und dann durch eine Säulenhalle gehen, oder es gab keine Treppe, und der Besucher trat direkt in eine Säulenhalle. Vorhöfe, wie in Ägypten, gab es selten. Anscheinend waren die hiesigen Priester Besuchern und Bittstellern gegenüber aufgeschlossener als die ägyptischen Priester.

»Dort drüben ist ein Tempel des Apollon«, stellte Eneas fest. »Dort können wir es versuchen.«

»Lasst uns lieber an der Pforte des Heratempels klopfen. Hera ist gütiger als Apollon, und sicher sind es auch ihre Priester«, wandte Nike leise ein.

Kamara blickte von einem Tempel zum anderen. Sie kannte die mykenischen Götter nicht gut genug, um eine Entscheidung zu treffen, ebenso wenig wie sie die hethitischen Götter kannte, von denen es ebenfalls Heiligtümer gab. In Ephesos vermischten sich die Sitten und Bräuche der mykenischen sowie der hethitischen Kultur noch, doch die mykenischen Götter würden mehr und mehr verschwinden, je weiter sie ins Festland gelangten. Dann verharrte ihr Blick auf einem Tempel, vor dessen Toren ein großer Aufruhr im Gange war. Er war nicht aus Stein, wie die anderen, eigentlich nicht viel mehr als ein schlichter Holzbau. Vornehmlich Frauen drängten in die kleine Halle, und Kamara meinte viele Priesterinnen erkennen zu können. »Was geht dort vor sich?«, fragte sie Eneas.

»In Ephesos werden viele fremde Götter verehrt, weil hier Menschen unterschiedlichster Herkunft leben. Das dort ist der Tempel einer alten phrygischen Göttin. Sie ist so alt, dass niemand genau weiß, woher sie ursprünglich stammt, und ihre Bräuche sind recht ungewöhnlich. Vornehmlich Frauen beten sie an – wahrscheinlich die gängigen Bitten um Fruchtbarkeit oder einen Gatten. Eben die Dinge, mit denen sich Frauen beschäftigen. Sie opfern Tiere und trinken ihr Blut … so sagt man jedenfalls. Als ich mit Lisias in Ephesos Halt machte, war gerade ein großer Umzug zugange. Die Priesterinnen hatten sich mit Blut beschmiert und zogen tanzend wie im Wahn durch die Straßen.«

Eneas schüttelte sich angeekelt. »Lasst uns jetzt gehen. Zum Tempel der Hera meinetwegen.«

Sie setzten sich wieder in Bewegung und bahnten sich ihren Weg durch die Menge, die Stufen hinauf zum Tempel. Wie Eneas vermutet hatte, wurden sie tatsächlich eingelassen und bekamen etwas zu essen, ein Bad und sogar einfache saubere Gewänder. Niemand fragte, wer sie waren und woher sie kamen, was ihnen allen sehr recht war. Die Priester wiesen Hori und Eneas eine gemeinsame Kammer zu, ebenso Kamara und Nike.

Nike ließ sich auf ihr Ruhelager sinken und fiel beinahe gleichzeitig mit einem zufriedenen Seufzer in einen tiefen Schlaf. Kamara wälzte sich noch eine Zeitlang herum, bevor auch sie endlich einschlief. Doch ein traumloser Schlaf war ihr nicht vergönnt, stattdessen irrte sie barfuß in der Dunkelheit umher und fühlte sich gehetzt und ausgelaugt. Sie rief nach ihrer Mutter, und schließlich, als sie keine Antwort erhielt, flehte sie die Große Mutter an, ihr zu helfen.

Ich bin ganz nah, meine Tochter, antwortete eine weiche, tiefe Stimme.

Kamara versuchte, in der Dunkelheit etwas zu erkennen, doch es gelang ihr nicht. *Ich kann dich nicht finden!*, rief sie stattdessen erneut.

Ich bin nicht fern … Du musst zu mir kommen, meine Tochter. Du kannst mich spüren, komm zu mir. Ich warte auf dich …

Schweißgebadet fuhr Kamara aus ihrem Traum hoch, als Re bereits wieder seine Strahlen vom Himmel schickte. Neben ihr kämmte sich Nike mit einem einfachen Holzkamm geschäftig die Haare und summte dabei ein Lied. Sie hielt inne, als sie merkte, dass Kamara aufgewacht war und sie verwirrt ansah.

»Wie lange habe ich geschlafen?«

»Sehr lange! Du hast im Schlaf seltsame Worte gesprochen. Du hast nach deiner Mutter gerufen und immer wieder gesagt, du könntest sie nicht finden.«

Kamara setzte sich auf und verdrängte den düsteren Traum. »Wo sind Hori und Eneas?«

»Sie sind gegangen, um Pferde und Wegzehrung zu erwerben. Wir können nicht hierbleiben. Die Priester gewähren Fremden nur eine Nacht lang Unterkunft.«

Kamara erhob sich von ihrem Ruhelager und kleidete sich an. »Ich werde etwas durch den Tempelbezirk gehen. Ich brauche frische Luft.«

»Das ist gefährlich. Du solltest hierbleiben und auf Hori und Eneas warten.«

»Ich bleibe nicht lange fort«, versprach Kamara gedankenverloren. Sie brauchte Zeit zum Nachdenken. Außerdem wunderte sie sich noch immer über Nike. Natürlich war Nike schon immer seltsam gewesen, doch dass sie Eneas das Versteck verraten hatte, wollte nicht zu ihr passen. Gerade hatte Kamara begonnen, Nike so etwas wie Verstand zuzugestehen, und dann bewies sie einmal mehr ihre Dummheit. Und als ob das noch nicht genug gewesen wäre, saß sie nun auch noch herum, kämmte sich das Haar und hing Tagträumen nach, als hätten sie keine anderen Sorgen. Langsam fragte Kamara sich, ob wirklich sie es war, die ihren Verstand zu verlieren begann. Von Eneas erwartete sie dummes und unbedachtes Benehmen geradezu, aber Nike war bisher immer ein wandelndes Vorbild mykenischer Unterwürfigkeit und Beherrschung gewesen.

Kamara streckte ihr sauber gewaschenes Gesicht Re entgegen und sog die Wärme seiner Strahlen dankbar auf. Es tat gut, wieder festen Boden unter den Füßen zu haben. Jetzt, am Morgen, waren den Göttern sei Dank noch nicht viele Menschen im Tempelbezirk unterwegs. So fiel nicht weiter auf, dass sie einfach bewegungslos in der Sonne stand. Sicherlich gab sie ein überzeugendes Bild einer mit der Heiligen Krankheit geschlagenen Frau ab.

Als sie bereits beschlossen hatte, wieder zurück zu Nike zu gehen, fiel ihr Blick unvermittelt auf den Tempel der fremden Göttin, vor dem am Tag zuvor Aufruhr geherrscht hatte. Jetzt lag er friedlich und verlassen zwischen all den anderen Tempeln. Kamara konnte ihren Blick kaum von dem kleinen Heiligtum abwenden, das von lediglich vier Säulen getragen wurde. Was für eine Göttin lebte wohl hinter dieser Pforte, die so bescheiden zwischen den mykenischen Säulenhallen anmutete? Ohne es zu wollen, setzten sich ihre Füße in Bewegung. Erst als sie vor der Tempelpforte stand, kam Kamara wieder zu sich und schüttelte den Kopf.

Sie wollte sich bereits umdrehen und gehen, als eine junge Priesterin das Tor öffnete und sie zuerst überrascht anblickte, bevor sie freundlich zu lächeln begann. »Was wünscht du von der Göttin? Du scheinst fremd in Ephesos zu sein, sonst würdest du wissen, dass die Besucher erst am Nachmittag in den Tempelbezirk kommen, um den Göttern ihre Anliegen vorzutragen. Oder bist du sehr verzweifelt und benötigst rasch die Hilfe der Göttin? Dann tritt nur ein. Die Göttin hat immer ein offenes Ohr für ihre Töchter.«

»Ich weiß nicht … Nein, lieber nicht. Ich möchte die Göttin nicht stören. Ich weiß selber nicht, weshalb ich hierhergekommen bin. Ich wollte nur etwas umhergehen. Bitte verzeih meine Unwissenheit.«

Kamara deutete eine knappe respektvolle Verbeugung vor

der jungen Priesterin an und war bereits im Begriff fortzugehen, doch die junge Frau hielt sie sanft am Arm fest. »Ich habe in deinen Augen gesehen, dass du ein Anliegen an die Göttin hast. Tritt ruhig ein. Die Göttin vermag dir vielleicht zu helfen.«

Die junge Frau schob Kamara vor sich her in die Dunkelheit des Heiligtums. An den rußgeschwärzten Wänden hingen Fackeln in Halterungen, und der Innenraum des kleinen Heiligtums war schmucklos. Beinahe willenlos ließ Kamara sich führen. Schließlich blieb sie stehen und sprach eine ältere Frau an, die vor einer lebensgroßen Statue kniete, die im Fackellicht auf Kamara noch fremdartiger wirkte, als sie es ohnehin schon war: Statt wie eine Frau zwei Brüste zu haben, besaß die Statue gleich mehrere Dutzend, und ihr Haupt wurde von einem hohen Kopfschmuck geziert, der sich trichterförmig nach oben hin öffnete. Ganz offensichtlich handelte es sich nicht um eine mykenische Göttin, denn das menschliche Abbild, das die Mykener ihren Göttern zu verleihen pflegten, fehlte der Göttin fast vollkommen. Stattdessen waren ihre steinernen Augen in die Ferne gerichtet, und in ihrem verklärten Blick lagen weder Freude noch Missgunst.

»Hohepriesterin, ich bringe eine junge Frau, die in Zwiesprache mit der Göttin treten möchte«, sprach die junge Frau die ältere leise an.

Die Hohepriesterin hielt in ihrem Gebet inne, erhob sich ohne Hast, verbeugte sich noch einmal vor der Göttin und wandte sich dann zu Kamara und der Priesterin um.

Sie trat näher an Kamara heran, und ihre Augen schienen sie zu durchdringen, so klar und kraftvoll war ihr Blick. »Du möchtest in Zwiesprache mit der Göttin treten? Was soll Kybele für dich tun? Begehrst du einen Gemahl, ein Kind, gar einen Sohn?« Die Augen der Älteren forschten weiter in Kamaras Gesicht. Diese wagte nicht zu antworten. »Sprich nur,

Kind. Die Göttin hat ein offenes Ohr für die Sorgen und Nöte ihrer Töchter.«

»Nein«, antwortete Kamara zurückhaltend, da sie nicht wusste, was sie sagen sollte. »Ich begehre nichts von dem … Ich … Hohepriesterin, ich glaube, die Götter haben mich mit der Heiligen Krankheit geschlagen, und nun fürchte ich um meinen Verstand.«

Kamara war überzeugt, die Priesterinnen würden sie sogleich fortjagen – eine Verrückte, die gekommen war, um die Göttin zu belästigen. Doch die Priesterin trat noch ein Stück näher an Kamara heran, sodass diese die feinen Fältchen um ihre Augen und das leicht ergraute Haar erkennen konnte, das ihr offen über die Schultern fiel, als wäre sie noch ein junges Mädchen. In ihrem schlichten Chiton hob sich die Hohepriesterin nicht von der jüngeren ab, und trotzdem strahlte ihr Gesicht eine Kraft und Gelassenheit aus, die Kamaras Nacken kribbeln ließen.

»Die Heilige Krankheit sagst du? Nun, ich erkenne keinerlei Anzeichen der Heiligen Krankheit bei dir.«

»Aber sie sind ständig da: die Stimmen in meinem Kopf, als würde eine Fremde zu mir sprechen. Sie sagt mir Dinge, die ich tun oder lassen soll, und manchmal gelingt es ihr sogar, dass ich tue, was sie verlangt, und ich fühle mich so seltsam dabei … so, als würde es mich zweimal geben, aber ich und die andere, wir sind vollkommen verschieden.«

»Ich verstehe«, antwortete die Priesterin und ergriff unvermittelt Kamaras Handgelenke. Sie hielt sie so fest umklammert, dass Kamara erschrak und versucht war, sich loszureißen. Trotzdem blieb sie stocksteif stehen und ließ die Hohepriesterin gewähren. Endlich, nach einer ihr endlos erscheinenden Zeit, ließ die Priesterin Kamaras Handgelenke los, und Kamara meinte, dass ihre Haut dort, wo die Priesterin sie berührt hatte, brannte und juckte.

»Lass uns bitte allein, Schwester«, bat die Hohepriesterin die Jüngere schließlich, die sich kurz verbeugte und sich dann zurückzog. Als sie allein waren, begann die Priesterin zu sprechen. »Du wirst nicht von der Heiligen Krankheit heimgesucht. Da kann ich dich beruhigen.«

Sie lächelte Kamara an, und Kamara war versucht aufzuatmen, denn die Ältere hatte ihre Worte kraftvoll und mit Überzeugung vorgetragen. »Aber was dir geschieht, ist trotzdem ernst zu nehmen!«

Kamaras Mut sank erneut. »Was geschieht mit mir? Bitte sage es mir. Ich kann so nicht weiterleben.«

Die Ältere überlegte eine Weile, bevor sie antwortete. »Ich kann und darf dir nicht alles sagen, was ich gesehen und gespürt habe, doch so viel ist gewiss: In dir ist zweierlei Blut, das sich bekämpft.« Sie ergriff den rechten Arm. »Ein Teil des Blutes stammt aus dem Land, in dem du geboren wurdest.« Sie ließ den rechten Arm los und nahm nun den linken auf. »Der andere Teil stammt aus einem anderen Land, einem anderen Volk.«

»Das ist wahr«, antwortete Kamara wahrheitsgemäß. »Mein Vater stammt aus Ägypten, meine Mutter aus einem anderen Land.« Kamara verzichtete darauf, der Priesterin Näheres über das Volk ihrer Mutter zu erzählen, denn sie hatte im Laufe ihres Lebens gelernt, dass diese Geschichten entweder verständnisloses Kopfschütteln, Spott oder Ablehnung hervorgerufen hatten.

»Dann ist es deine Aufgabe, beide Arten von Blut in dir zu versöhnen.«

»Aber wie soll ich das schaffen?«

Die Hohepriesterin lächelte erneut. »Hab nur Mut. Es wird dir gelingen. Doch ich kann dir verraten, dass du am Ende deiner Reise eine Entscheidung wirst treffen müssen, die nicht einfach ist.«

»Ich kann weder in das eine noch in das andere Land gehen … nicht mehr! Ich bin heimatlos.«

Die Priesterin tätschelte Kamara mütterlich die Hand. »Die Schleier der Verwirrung werden sich lüften, und dann wirst du eine Entscheidung treffen können. Doch vorerst musst du weitersuchen. Eines will ich dir allerdings noch offenbaren.« Sie machte eine bedeutungsvolle Pause, dann blickte sie Kamara ernst an. »Ihr seid zu viert nach Ephesos gekommen, über das Große Grün. Eure Reise ist noch nicht beendet. Aber nur drei von euch werden Ephesos lebend verlassen. Einer wird noch vor Ende des Tages der Erde ein Blutopfer darbringen.«

Kamara riss erschrocken die Augen auf. »Große Mutter, das darf nicht sein! Wer wird es sein? Ich flehe dich an, Priesterin, sag es mir, ich werde es verhindern!«

»Du kannst den Willen der Göttin nicht verhindern! Sie gibt, und sie fordert. Dein Geliebter wird noch heute sterben!«

Kamara schüttelte die Hand der Priesterin ab und trat einen Schritt zurück. Warum offenbarte die Priesterin ihr solch furchtbare Dinge? Kamara fürchtete sich. Hatte ihre Mutter ihr nicht erzählt, welch große Ehre die Frauen ihres Volkes ihr damals erwiesen hatten, als sie sie am Tag ihres Eintritts in das Erwachsenenleben zu einer der hellsichtigen alten Frauen gebracht hatten? Und was war dabei herausgekommen. Nichts Gutes! Die Alte hatte Selina geweissagt, dass sie ihr Leben von ihrem Volk getrennt verbringen würde. Zwar hatte Selina das alles damals noch nicht verstanden, doch das Orakel der Hohepriesterin war mehr als eindeutig.

Kamara dachte an Hori, und ihr Herz zog sich vor Angst zusammen. Er durfte nicht sterben! Jetzt erst wurde ihr bewusst, dass sie für ihn mehr empfand als Freundschaft. Sie zwang sich, ihre Gedanken zu ordnen, und deutete eine steife

Verbeugung vor der Hohepriesterin an. »Ich danke dir für deine Warnung, Priesterin, aber ich werde es verhindern!«

Ohne eine weitere Antwort oder vielleicht noch düsterere Prophezeiung der Priesterin abzuwarten, verließ sie im Laufschritt den Tempel. Die Hohepriesterin sah ihr hinterher und seufzte. Die Gabe des Sehens wog manchmal schwerer auf ihren Schultern, als es ihr lieb war, doch sie war verpflichtet, genau das preiszugeben, was die Göttin ihr gebot. Sonst würde die Göttin ihr zürnen und ihr Geschenk zurückfordern. Sie wandte sich dem Götterbild zu und verneigte sich ehrfürchtig. Kybele wurde die Göttin genannt, da sie aus Phrygien stammte, doch die Frauen von Ephesos gingen immer mehr dazu über, sie mit der mykenischen Göttin Artemis gleichzusetzen. Viele sprachen sie bereits mit diesem Namen an, wenn sie zu ihr beteten. Die Göttin ließ es geschehen, sie war uralt und weise. Nur ihrer Hohepriesterin hatte sie sich offenbart. Sie allein kannte den wahren Namen der Göttin, einen Namen, der so alt wie die Menschheit war. Nein, er war älter als die Menschen. Die Göttin half den Frauen, die sich in der Welt verirrt, ihren Platz verloren, ihre innere Kraft und ihr Strahlen eingebüßt hatten. Die Frauen hatten vergessen, wer sie waren, sie hatten die Geheimnisse ihres Herzens vergessen und wussten nichts mehr von der Kraft, die sie mit der fruchtbaren schwarzen Erde verband. Die Männer fürchteten und beneideten sie, weil sie etwas besaßen, was sie nie besitzen würden, ein Urwissen, eine Urkraft und das Wunder des Lebens – allein deshalb hatten sie die natürliche Ordnung gebrochen und sich die Frauen mit ihrer rohen männlichen Gewalt zu Untertanen gemacht. Wenn sie auch nicht das alte geheime Wissen der Frauen besaßen, so spürten sie mit dem Instinkt eines Tieres, woher die Frauen ihre Urkraft bezogen, dass die Verbindung zu ihrer Kraft in ihrem Schoß lag. Sie hatten gelernt zu schänden und zu brechen, und verstanden doch nicht, dass sie sich zugleich selbst schändeten.

Die Hohepriesterin hob die Arme und sprach den Namen, den einzigen und wahren Namen der Göttin leise aus, um ihr Verehrung zu erweisen, gleichzeitig aber ihr Geheimnis zu wahren. Sie fürchtete, dass die Reinheit ihres Namens ebenso geschändet werden könnte wie die unzähligen Frauen, die in den Tempel kamen, um zu ihr zu beten. »Große Mutter, beschütze deine Töchter, lass uns an deiner Kraft teilhaben, so wie es in den alten Zeiten war. Und beschütze besonders diese Tochter, die so zerrissen ist. Du hast ihr eine große Bürde auferlegt. Weise ihr den Weg, auf dass sie ihre Kraft findet. Lasse sie erkennen, wer sie ist.«

Kamara stürzte außer Atem in die Kammer, die sie sich mit Nike im Tempel der Hera teilte. Nike fuhr aus ihren Gedanken und starrte Kamara dann erschreckt an. »Was ist geschehen? Haben unsere Verfolger uns gefunden? Müssen wir wieder fliehen?«

Kamara schüttelte schnell den Kopf. »Sind Hori und Eneas schon zurück?«

»Nein! Sie wollten ins Hafenviertel gehen und Pferde und Nahrung für die Weiterreise kaufen. Das weißt du doch.«

Kamaras Hände begannen zu zittern, und Nike blickte sie besorgt an. »Was im Namen der Götter ist denn los mit dir?«

»Sie sind zum Hafen gegangen? Zeno sucht bestimmt nach ihnen.«

»Aber wo sollen sie denn sonst Pferde herbekommen?« Nike ließ sich langsam von Kamaras Angst anstecken.

»Wir müssen sie sofort suchen!«, rief Kamara aufgebracht.

»Bist du verrückt? Wir sind Frauen!«

»Nike, jetzt hör mir gut zu. Ich war in diesem Tempel, dem Tempel der fremden Göttin. Und die Hohepriesterin dort wusste, dass ich nicht allein nach Ephesos gekommen bin. Sie hat mir gesagt, dass Hori sterben wird, bevor Re von Nut verschlungen wird.«

Nike sah Kamara entgeistert an. »Und du glaubst ihr?«

»Ja, ich glaube ihr. Ich habe allen Grund, ihr zu glauben. Ich muss es verhindern. Ich werde zum Hafen gehen.«

Nike erhob sich, dann ließ sie sich wieder auf ihr Ruhelager sinken, um sich schließlich erneut zu erheben. »Also gut, alleine bleibe ich hier nicht. Ich glaube nicht an diese fremde Göttin, und ich hoffe, dass sich das ganze Gerede als das herausstellt, was ich dahinter vermute: dummes Orakeln einer verrückten Priesterin. Aber ich komme mit dir, bei Zeus und Hera! Vielleicht ist es wirklich besser, wenn sie nicht zum Hafen gehen.«

Hori trieb Eneas zur Eile an, doch der Mykener bestand darauf, sich alles genau anzuschauen, was die Händler feilboten. Jeder von ihnen trug einen gut gefüllten Beutel mit Brot, Früchten und Dörrfleisch über der Schulter. Sie mussten nur noch zum westlichen Teil des Hafens, wo ein Pferdehändler sein Winterquartier eingerichtet hatte.

Hori bedachte Eneas mit einem bösen Blick, als dieser erneut an einem Händlerstand stehenblieb und die Dolche und Schwerter begutachtete. »Wir könnten gute Waffen brauchen«, verteidigte sich Eneas, als Hori ihn harsch aufforderte, endlich weiterzugehen.

»Also gut«, gestand Hori ihm zu, »aber im Namen Amuns, beeile dich!«

Eneas prüfte die Schwerter und die Dolche, ohne sich aus der Ruhe bringen zu lassen. Erst nach einer harten Verhandlung mit dem Händler, der Eneas wegen seiner Hartnäckigkeit bereits als Halsabschneider, Geizhals und unverschämten Sohn einer gierigen Hetäre bezeichnet hatte, gaben sich die zwei die Hände, um den Verkauf zu besiegeln. Vergessen war die Unfreundlichkeit des Händlers, als er zufrieden das goldene Paar Ohrringe betrachtete, das Eneas ihm für zwei kurze Schwerter und zwei Dolche gegeben hatte.

»Es ist nur Bronze«, murrte Eneas trotz des für ihn guten Geschäfts, »aber da du immer in Eile bist, konnte ich keinen besseren Preis aushandeln.«

Hori band sich das Schwert um und steckte den Dolch in den Gürtel seines Chitons. »Du hast einen guten Preis erzielt. Anscheinend hast du doch recht viel von diesem Lisias gelernt. Langsam wird mir klar, warum Kaufleute so unbeliebt sind, auch wenn man sie ständig in sein Haus einlädt.«

Eneas reagierte nicht auf die erneute Beleidigung, sondern bahnte sich weiter mit Hori den Weg durch die geschäftigen Menschen. Vor allem Hori blieb angespannt. Es war schwer, inmitten des Gewimmels auszumachen, ob sie verfolgt würden.

Hori glaubte nicht, dass Zeno den Betrug so einfach vergessen würde. Sicher ließ er seine Männer in ganz Ephesos nach ihnen suchen. Sie hatten zwar den Anlegeplatz von Zenos Schiff weitläufig umgangen, doch es war trotzdem gefährlich, hier zu sein.

»Dort drüben sind Ägypter«, sagte Hori einen Moment später, und sein Blick wanderte sehnsüchtig in Richtung eines Schiffes, das erst vor Kurzem im Hafen angelegt haben musste. Am Tag zuvor war es ihm auf jeden Fall noch nicht aufgefallen. Auch als sie weiter ihren Weg gingen, konnte Hori seinen Blick nicht von den ägyptischen Soldaten abwenden. Ja, es schien ihm fast, als würden sie seine Blicke erwidern.

Eneas lenkte ihn ab, denn er hatte sich bereits wieder einem Händler zugewandt, der scharf gebratene Fleischspieße verkaufte. Eneas hatte einfach immer Hunger. Hori zog ihn unsanft am Arm und forderte ihn auf, sich zu beeilen. Der Mykener bedachte Hori mit einem zornigen Blick, gab aber schließlich nach.

Kurz darauf erreichten sie endlich die Ställe des Pferdehändlers. So geschickt, wie Eneas um die Waffen gefeilscht hatte, mit Pferden kannte Hori sich besser aus. Er lehnte trotz der anpreisenden und blumigen Worte des Händlers die alte Stute und das auf der linken Hinterhand lahmende Pferd, das er ihnen zuerst für einen unverschämten Preis anbot, ab und zeigte dem Händler damit, dass er nicht vorhatte, sich betrügen zu lassen.

»Ich sehe schon, der edle Herr kennt sich mit Pferden aus«, seufzte der Pferdehändler eher enttäuscht als beeindruckt und führte sie zu den hinteren Ställen, in denen er seine guten Pferde untergestellt hatte. Hori entschied sich nach kurzem Überlegen für vier robuste junge Stuten.

Eneas konnte sich seinen Spott nicht verkneifen. »Schönheiten sind sie ja nun wirklich nicht! Viel zu klein und stämmig, die Fesseln weder schlank noch edel. Sagtest du nicht, du verstehst etwas von Pferden?«

Hori blickte ihn mitleidig an. »Ja, Eneas, das tue ich. Was nutzen uns edle Pferde mit anmutigen Fesseln, wenn sie sich diese bei unebenem Boden zu schnell brechen oder die Tiere bei unwirtlichem Wetter zu anfällig für Krankheiten sind? Wir brauchen starke, belastbare Pferde – eher so stark wie Zeus als so schön wie Apollon. Verstehst du, was ich meine?«

»Ich bin ja nicht dumm!«, fuhr Eneas ihn ob der Spitzfindigkeit an und verzichtete auf eine erneute Einmischung.

Hori kaufte neben den Pferden noch Zaumzeug. Einen Sattel, wie er ihn von Selina und Kamara kannte, konnte er jedoch nicht erwerben. Dass man auf Pferden auch reiten konnte, anstatt sie vor einen Wagen zu spannen, erschien dem Händler so sinnlos wie den meisten Ägyptern. Hori seufzte.

»Ich hoffe, Nike wird sich nicht zu dumm anstellen. Diese Pferde sind Reiter auf ihrem Rücken wohl kaum gewohnt.«

»Sie wird es schon schaffen«, antwortete Eneas ohne wirkliches Interesse.

Sie überließen die Pferde den Stallburschen und gingen hinaus, um den Händler zu bezahlen, als neben ihnen auf einmal eine Stimme ertönte: »Dort sind sie. Ergreift sie!«

Horis und Eneas' Köpfe flogen fast gleichzeitig in die Richtung, aus der der Ruf gekommen war.

»Ägyptische Soldaten«, sagte Eneas kurz, als er die Männer entdeckte, die die sie umgebenden Menschen zur Seite stießen, um Hori und Eneas zu ergreifen.

Warum war er nicht misstrauisch geworden, als er die Ägypter im Hafen gesehen hatte? Eneas hatte ihn abgelenkt, und so war Hori gar nicht auf den Gedanken gekommen, dass die Soldaten auf der Suche nach ihnen gewesen sein könnten. Er schalt sich einen Narren und gab Eneas ein Handzeichen, dann rannten sie los – vorbei an den Ställen des Pferdehändlers, zurück in die Stadt, die Stimmen der Verfolger im Nacken.

Doch sosehr sie es auch versuchten, gelang es ihnen nicht, sie abzuhängen und in der Menge unterzutauchen. Als sie schließlich im Viertel der Kaufleute ankamen, mussten sie feststellen, dass die kleine menschenleere Gasse, in die sie gerannt waren, eine Falle war: Sie endete in einem Hof, in den die Menschen der Stadt ihren Unrat brachten. Die Reste der Mahlzeiten, verdorbenes Fleisch und allerlei Ekelerregendes verursachten einen derart widerlichen Gestank, dass Hori und Eneas sich die Hände vor die Nase halten mussten. Auch ihre Verfolger wären lieber sofort umgekehrt, gingen aber ebenfalls weiter bis zum Hof.

Hori und Eneas blieb nichts anderes übrig, als ihre Schwerter zu ziehen und sich ihren Verfolgern zu stellen.

Kamara und Nike waren gerannt, doch schließlich zwang die Mykenerin Kamara dazu, langsamer zu gehen. »Bei den Göttern, ich kann nicht mehr laufen!«, keuchte sie vollkommen außer Atem und hielt sich die stechende Seite. »Woher nimmst du die Kraft für einen solchen Lauf?«

Sie waren mittlerweile im Viertel der Kaufleute angelangt, und bis zum Hafen war es nicht mehr weit. »Bleib du hier und warte«, gab ihr Kamara zu verstehen. Auch sie war außer Atem. »Ich werde allein –«

Sie erschrak zutiefst. Von einem Moment auf den anderen wollten ihre Beine ihr kaum noch gehorchen.

»Was ist … Was ist los?«, wollte Nike wissen und schüttelte sie an der Schulter.

Kamara starrte auf den großen, schönen Mann, der schnellen Schrittes und gefolgt von einigen ägyptischen Soldaten in die kleine Gasse vor ihnen einbog. »Das ist Kay«, flüsterte sie Nike leise zu. Hektisch zog sie die Dienerin zur Seite, in den Schutz eines Hauses, damit sie nicht gesehen wurden.

»Wer ist Kay?«

»Der Verräter, dem ich es zu verdanken habe, dass ich nach Mykene verschleppt wurde. Ich habe ihn bei seinen Schmuggelgeschäften in Piramses beobachtet. Er wollte mich loswerden, und nun will er verhindern, dass ich lebend nach Ägypten zurückkehre.«

Kamara begriff mit einem Mal, was geschehen war. »Und er will auch verhindern, dass Hori zurückkehrt! Er will alle beseitigen, die ihn verraten könnten.«

»Er kann nicht einfach so aus Ägypten verschwinden und eine Horde Soldaten mitnehmen, wenn der König es nicht befohlen hat. Dann könnte er ja gleich die Verbannung wählen.«

Kamara erkannte die schreckliche Wahrheit in Nikes Worten. Ohne es zu wollen, hatte Nike ihr die Antwort geliefert, die ihr noch fehlte. »Das ist wahr. Also hat Pharao selbst ihm den Befehl erteilt. Irgendwie muss dieser Sohn einer Schlange und eines Schakals es geschafft haben, dass Hori in Ungnade gefallen ist. Hat meine Mutter denn Pharao das Sendschreiben nicht gezeigt? Wie konnte das nur geschehen? Warum ist er nicht von Pharao bestraft worden, sondern verfolgt uns über Athen bis nach Ephesos?«

Plötzlich vernahmen sie Rufe aus der Gasse vor sich, und Kamaras gut ausgebildete Ohren hörten schabende Geräusche. Sie erkannte sofort, dass es Schwerter waren, die aus ihrer Scheide gezogen wurden. Ohne zu überlegen, rannte sie los.

Nike lief hinter ihr her und hielt sie am Arm fest. »Was hast du vor?«

»Siehst du nicht, was hier geschieht? Die Prophezeiung der Priesterin erfüllt sich. Hori wird sterben. Ich muss ihm helfen.«

»Was kannst du schon tun?«, flehte Nike sie an, um sie umzustimmen.

»Ich kann kämpfen!«, fuhr Kamara sie an und schob Nikes Hand beiseite. »Dieses Mal werde ich kämpfen, bei der Großen Mutter, das werde ich!«

Ehe Nike noch etwas hätte tun können, war Kamara schon in die enge Gasse gelaufen, und ihre Augen flogen herum. Sie hielt den Atem an, der Gestank, der ihr aus der Gasse entgegenschlug, war unerträglich. Kein Wunder, dass die Menschen von Ephesos die Gegend mieden und einen großen Bogen um sie herum machten.

Kamara unterdrückte den aufkommenden Brechreiz und bemühte sich, die Zahl der Verfolger auszumachen. Es waren fünf Männer – bis jetzt. Sicherlich hatte Kay mehr als fünf Männer nach Ephesos geführt.

Sie sah, dass Hori und Eneas Schwerter trugen und sich bis

jetzt gut gegen Kays Männer verteidigten. Das beruhigte sie ein wenig. Sie überlegte fieberhaft. Was brachte es, kopflos in diesen Kampf zu laufen, ohne Waffen und ohne Verstand? Ihr Blick ruhte unentschlossen auf dem Geschehen, dann meldete sich die Stimme in ihrem Kopf – dieses Mal im richtigen Moment. *Kay! Nur er ist wichtig. Wenn du ihn in deine Gewalt bringst, werden die anderen ohne Anführer sein. Töte ihn … bringe das zu Ende, was du bereits damals hättest tun sollen!*

Kamaras Augen suchten Kay, und tatsächlich hielt er sich im Hintergrund und ließ seine Männer die schmutzige Arbeit verrichten. Sie sah sich um, suchte nach einem Stein, nach irgendetwas, das sie als Waffe hätte verwenden können, doch in ihrer Aufregung konnte sie nichts Nützliches finden. Kamara überlegte nicht weiter, sondern lief von den anderen unbemerkt los … *fast* unbemerkt.

Eneas sah sie als Erster. Er war nur einen kurzen Moment abgelenkt, einen Augenblick, in dem er ihren Namen rief. Doch dieser Augenblick reichte seinem Gegner, um ihm das Schwert in den Leib zu stoßen.

Kamara sah mit Entsetzen, wie Eneas langsam zu Boden glitt. Doch die Stimme in ihr zwang sie, weiterzulaufen und ihr Ziel nicht aus den Augen zu verlieren. Nun war auch Kay im Begriff, sich nach ihr umzudrehen, ebenso wie seine Männer. Doch der Überraschungsmoment genügte: Mit einem Schrei setzte sie zum Sprung an und riss Kay zu Boden. Einen kurzen Moment lag er überrumpelt unter ihr, dann hob er seinen Schwertarm, und Kamara fühlte sich durch ihr langes mykenisches Gewand behindert. Sie nahm eine Handvoll Sand vom Boden und schleuderte ihn Kay in die Augen. Vor Schmerzen schreiend ließ er sein Schwert fallen und versuchte, den Sand aus dem Gesicht zu wischen.

Kamara genügte das, um nach seinem Schwert zu greifen.

Als Kay schließlich die Augen öffnete, spürte er sein eigenes Schwert am Hals und blickte in Kamaras wütendes Gesicht.

»Ich werde ihn töten, wenn ihr nicht sofort eure Schwerter fallen lasst! Bei der Großen Mutter und allem, was mir heilig ist: Ich werde diesen Sohn eines Schweines aufschlitzen und euch sein Herz essen lassen, damit ihr zusammen mit ihm und seiner Schuld im Duat umherirren müsst – bis in alle Ewigkeit!«, schrie Kamara seinen Männern entgegen. Entsetzt ob der harten Worte und der augenscheinlich wahnsinnig gewordenen Frau, die drohte, ihren Kommandanten zu töten, ließen sie die Schwerter sinken.

»Kämpft weiter, ihr Feiglinge. Sie wird es nicht tun, sie kann es nicht. Könnte sie es, hätte sie es bereits in Piramses getan!«

Kamara drehte das Schwert in ihrer Hand so schnell zur Seite, dass Kay nicht merkte, was sie tat. Dann weiteten sich seine Augen vor Schreck. Sein rechtes Ohr begann zu schmerzen. Sie warf seinen Männern das winzige Stück Fleisch vor die Füße. »Das hier war nur sein Ohrläppchen, aber ich werde mit seinen Ohren weitermachen, seiner Nase, und seinen Fingern, und ich werde mit seinem Min enden. Lasst die Waffen fallen!«

Kamaras Worte bedurften keiner weiteren Erklärungen. Beinahe gleichzeitig ließen Kays Männer ihre Schwerter sinken, und selbst Hori starrte sie in einer Mischung aus Entsetzen und Verwunderung an, bevor er sich daranmachte, die kurzen Bronzeschwerter einzusammeln. Dann kam er langsam zu Kamara und Kay herüber. Kays Ohr blutete, und er hatte sein Gesicht in einer Mischung aus Zorn und Schmerz verzogen.

»Kay«, sprach Hori ihn leise und enttäuscht an. »Es ist also wahr, was in Kamaras Sendschreiben stand. Es ist wahr, und du hast mich belogen. *Du* warst es, der mich in einen Hinterhalt gelockt hat, *du* hast Pharao gegen mich aufgebracht, *du* wolltest mich töten.« In seinen Worten lag der tief empfundene Schmerz des Verrates, doch er gewann seine Selbstsicherheit schnell zurück.

»Du hättest auf mich hören sollen. Ich habe dich vor ihr gewarnt. Ich habe dir einen Freundschaftsdienst erwiesen, indem ich sie dir vom Hals geschafft habe.« Kays Stimme wurde freundlicher. »Hori, vergiss sie doch einfach. Lass mich sie töten, und kehre mit mir nach Ägypten zurück. Lade die Schuld auf den Mykener, er wird die Geburt Res ohnehin nicht mehr erleben. Ich kann alles wieder einrichten. Willst du nicht zurück nach Ägypten? Bist du des ewigen Fortlaufens denn nicht müde?«

»Das bin ich«, bestätigte Hori leise, »doch noch mehr bin ich unserer Freundschaft müde, Kay. Du hast das Herz eines Skorpions. Ich habe dir geglaubt, ich habe dich sogar noch gewarnt, bevor ich Ägypten verließ, dabei war alles wahr, was dir vorgeworfen wurde. Woher wusstest du, dass wir in Ephesos sind?«

»Du warst schon immer zu gutgläubig, Hori, mein Freund, und du hinterlässt zu viele Spuren. Eine kreischende Hetäre, die euch um ihres gestohlenen Goldes willen verraten hat, ein zorniger Kapitän, den ihr um seinen Lohn für die Überfahrt gebracht habt. Dieser Zeno ist wirklich wütend! Es bedurfte keiner großen Überredungskünste, um ihm zu entlocken, dass ihr mit seinem Schiff gekommen seid. Zu viele Schiffe sind in Athen nicht ausgelaufen, und die, welche in Richtung Mykene fuhren, kamen nicht in Frage. Wohin hättet ihr fliehen sollen? Euer einziger Ausweg war das Festland. Und jetzt? Wohin wollt ihr jetzt noch fliehen? Der Weg nach Ägypten ist euch verwehrt. Pharao hält *dich* für den Verräter, nicht mich! Ich habe ein Sendschreiben an Lisias geschickt. Er wird Söldner schicken, die euch hetzen und jagen werden. Nach

Mykene und Athen könnt ihr also ebenso wenig zurückkehren, Hatti wird euch an Pharao ausliefern und einen guten Preis für euch fordern. Was bleibt euch noch übrig? Gib auf, Hori … Ich werde dich nicht töten, es geht mir allein um sie. Lass uns diese leidige Sache endlich beenden und nach Ägypten zurückkehren.«

Kay ließ Hori bei seinen Worten nicht aus den Augen, doch Hori schüttelte angewidert den Kopf. »Geh zum Duat, Kay!«

»Wir nehmen ihn mit«, entschied Kamara, da sie Sorge hatte, dass noch mehr von Kays Leuten auftauchen würden. »Wir nehmen ihn mit!«, sagte sie dann laut in Richtung seiner Männer. »Und ihr werdet uns nicht verfolgen. Wenn ihr euren Kommandanten lebend zurückhaben wollt, bleibt ihr auf eurem Schiff. In zwei Tagen werden wir einen Boten schicken, der euch den Ort nennen wird, wo ihr ihn abholen könnt.«

»Warum sollten wir dir vertrauen?«, fuhr einer der Männer sie an.

»Weil ihr keine andere Wahl habt und ich ihn sonst auf der Stelle aufschlitze, diesen Verräter!«, schrie Kamara. »Geht jetzt, und versucht nicht, uns zu folgen. Wagt es nicht! Haltet euer Wort, und ich werde das meine halten!«

Die Männer standen noch immer unentschlossen herum, bis Kay schließlich ebenfalls schrie: »Geht schon! Tut, was sie sagt!«

Endlich verschwanden sie, und Hori blickte ihnen hinterher. Kamara schlug Kay mit dem Griff des Schwertes so hart gegen die Schläfe, dass er aufstöhnte und dann das Bewusstsein verlor.

Hori sah sie missbilligend an. »Das wäre nicht nötig gewesen!«

Kamara sprang auf und entlud ihre ganze angestaute Wut auf Kay an Hori. »*Das* wäre nicht nötig gewesen«, sie deutete auf Eneas, der blutend am Boden lag und keinen Laut von sich gab. »Hast du etwa Mitleid mit Kay? Ich würde ihn nur zu gerne töten, aber er ist nun ein wichtiges Pfand.«

»Ich erkenne dich nicht wieder, Kamara. Du bist grausam. Was ist mit dir geschehen?«

»Ich bin endlich frei, Hori. Ich habe endlich erkannt, wer ich bin. Ich hätte ihn damals in Piramses töten sollen, aber ich war mutlos. Ich bin die Tochter meiner Mutter, das war ich schon immer, ob es dir gefällt oder nicht.«

»Deine Mutter war niemals grausam!«, entgegnete Hori aufgebracht.

»Aber sie hat ihr Leben verteidigt, wenn es sein musste, und nichts anderes habe ich getan! Er hätte mich ohne Weiteres abgeschlachtet und dich, den er als seinen Freund bezeichnete, ebenfalls.«

Hori wollte zu einem erneuten Wortschwall ausholen, als sie einen Schrei hinter sich hörten. Sie blickten sich um und erkannten Nike, die durch den Sand gestolpert kam und weinte, als sie Eneas erblickte. Erst jetzt erkannten Hori und Kamara, dass Eneas sterbend neben ihnen im Sand der Straße lag und ihren Streit mithörte. Sie eilten zu Nike hinüber, die neben Eneas im Sand kniete und seine Hand hielt.

»Eneas«, sprach Hori ihn leise an. »Eneas, kannst du mich hören?«

Der Mykener öffnete die Augen und blinzelte. Doch als er zu sprechen begann, hustete er und erbrach einen Schwall hellen roten Blutes. Hori und Kamara sahen sich wissend an. Diese Farbe des Blutes bedeutete den Tod.

»Kamara?«, flüsterte er schwach. »Geht es dir gut? Warum … Warum bist du hierhergekommen. Zu … gefährlich … für eine Frau.«

»Es geht mir gut«, sagte Kamara leise und griff nach seiner anderen Hand.

Eneas ließ Nikes Hand los und richtete den Blick auf Kamara. »Jetzt … Jetzt bist du frei … so wie du es wolltest! Ich bin … furchtbar müde.«

Er schloss die Augen, atmete noch einmal aus und starb ohne ein weiteres Wort.

Nikes Schluchzen wurde lauter. Kamara schloss die Augen und kämpfte ebenfalls mit den Tränen. Sie hatte ihn nicht geliebt, und sie hatte tatsächlich ihre Freiheit begehrt – jedoch nicht um den Preis seines Todes. Doch es blieb keine Zeit für Trauer. Kamara ließ Eneas' Hand los und ergriff dafür Nikes. »Komm, Nike. Wir müssen gehen. Wir müssen die Pferde holen und Ephesos verlassen. Es tut mir sehr leid, furchtbar leid.«

Nike nickte stumm und ließ sich von Kamara aufhelfen.

Hori bedachte Eneas mit einem letzten Blick, der sein Bedauern um die vertane Zeit spiegelte, die sie mit Streitereien verbracht hatten. Dann nickte er Kamara zu. Sie hatten von Eneas Abschied genommen, so gut es ging.

Kamara beschloss, dass es besser war, sich zu verstecken, während Hori zurückging und die Pferde holte. Nike ließ sich willenlos und trübsinnig von ihr an die Hand nehmen. Schweren Herzens ließen sie Eneas' Körper im Sand der Gasse liegen, nahmen das Bündel mit dem Rest des Goldes an sich, das er noch immer unter seinem Chiton trug, daneben seinen Beutel mit der Wegzehrung, und trugen den bewusstlosen Kay zu einem der vielen Haufen Unrat, die sich auf dem Hof befanden. Keiner von ihnen wollte ihn noch bei sich haben, nachdem sie die Tragweite seiner Taten langsam begriffen und Eneas vor ihren Augen gestorben war.

Wie selbstverständlich nahm Kamara Kays Schwert an sich, ein gutes Schwert aus dem beliebten harten Metall, das dem glich, was einst ihre Mutter besessen hatte. Dann zog sie Kay in den Abfallhaufen und bedeckte ihn mit den Resten von allerlei übel riechenden fauligen Früchten, wobei sie unzählige Fliegen aufschreckte, die sich jedoch nicht lange fernhalten ließen und sich schnell wieder einfanden. »Das ist genau der richtige Platz für ihn«, sagte Kamara befriedigt. »Unrat gehört zu Unrat!«

Hori schüttelte missmutig den Kopf. Er hatte weder Zeit noch Lust auf einen erneuten Streit mit ihr, und insgeheim fand auch er, dass zumindest diese Demütigung gerechtfertigt war. Noch immer war er versucht, Kay als seinen Freund anzusehen, doch Kamara hatte recht. Er war nicht mehr sein Freund und wäre mit ihm und vor allem mit Kamara sicherlich weitaus weniger zimperlich umgegangen. Er hoffte inständig, dass Kay erst in einigen Stunden zu sich kam und sie genug Zeit haben würden, aus Ephesos zu fliehen.

Gemeinsam verließen er und die beiden Frauen die Gasse, und während Hori sich zum Hafen aufmachte, versteckten sich Kamara und Nike bei einer Wäscherin, der Kamara eine rührselige Geschichte über Nikes Geisteszustand erzählte. Während sie im Hof saßen und trotz ihres Hungers lustlos auf dem Essen herumkauten, das die Frau ihnen bereitet hatte, nahm Nikes Gesicht endlich wieder etwas Farbe an. Schließlich begann sie sogar von selbst zu sprechen. »Noch im Tod hat er nach dir gerufen«, sagte sie müde.

»Es tut mir wirklich leid, Nike, das wollte ich nicht! Ich weiß, dass du ihn geliebt hast, wie ich ihn nie hätte lieben können.«

Nike stellte ihre Schüssel beiseite. »Sagtest du nicht, die Priesterin hätte Horis Tod gesehen? Verstehe mich nicht falsch. Ich gebe dir an vielem die Schuld, jedoch nicht an seinem Tod – aber warum ist Eneas gestorben? Hat die fremde Göttin ihn gefordert, weil du Hori gerettet hast?«

Kamara stellte ebenfalls ihre Schüssel beiseite und dachte über Nikes Worte nach. Stimmte es, was Nike sagte? Hatte sie sich Horis Leben von der Göttin mit Eneas' Tod erkauft? Die Priesterin hatte jedoch nie behauptet, dass Hori sterben musste. Es lag an dem Wort, das die Hohepriesterin gebraucht hatte: Geliebter!

Hori erschien erst, als Re bereits seine Nachtbarke bestiegen hatte. Er wirkte müde und leicht angetrunken, und Kamara schüttelte ungläubig den Kopf, als sie die zwei Pferde sah, die er am Zügel führte. »*Das* sind die Pferde, die du gekauft hast? Hori, ich zweifele an deinem Verstand. Das sind Lastpferde, die Wagen ziehen, ihr Rückgrat ist krumm, und sie sind nicht mehr jung.«

Hori stieß einen Fluch aus, denn er war ohnehin gereizt und mutlos. Ihre Vorwürfe waren das Letzte, was er jetzt hören wollte. »Ich konnte nicht mehr in den Hafen zurückkehren. Auf dem Weg dorthin wäre ich beinahe Zenos Männern in die Arme gelaufen, und auch Kays Männer lauern uns bestimmt dort auf. Sicherlich haben sie den ersten Schrecken überwunden und warten nicht zwei lange Tage auf einen Boten, von dem sie nicht wissen, ob er kommen wird oder nicht. Also habe ich einem widerlichen alten Kerl sein Gespann für einen viel zu hohen Preis abgekauft. Das war der Handel seines elenden Lebens! Er muss mich für vollkommen verrückt gehalten haben, überließ mir, ohne zu murren, die Pferde samt des Karrens und verschwand in einer Schenke, um sein Glück zu feiern.«

»Wir werden unterwegs bessere Pferde finden«, versuchte Kamara ihn zu beschwichtigen, dann suchte sie einen Goldring aus dem schon bedenklich dahingeschmolzenen Bündel mit Jocastas Schätzen und gab ihn der Wäscherin, die sie so freundlich aufgenommen und bewirtet hatte. Sie weckte Nike, die sich auf einer Binsenmatte zusammengekauert hatte und sagte ihr, dass sie jetzt aufbrechen müssten. Nike folgte ihr müde und lustlos, doch als sie die Pferde sah, weiteten sich ihre Augen vor Entsetzen. »Wo ist denn der Wagen?«

»Wir werden reiten müssen. Mit einem Wagen sind wir viel zu langsam«, antwortete Kamara knapp und schwang sich auf den Rücken des einen Pferdes. Zumindest bockten sie nicht, was für Pferde, die noch nie geritten worden waren, ungewöhnlich war. Allerdings waren ihr Stolz und ihr Freiheitswille wahrscheinlich längst gebrochen. Etwas Gutes hatten diese alten Pferde – sie würden Nike kaum abwerfen. Kamara hielt Nike ihre Hand entgegen, um ihr zu helfen, hinter ihr aufzusitzen, doch Nike trat einen Schritt zurück. »Ich habe Angst vor Pferden und kann nicht reiten.«

»Nun, edle Herrin, die Sänften sind leider alle belegt«, spöttelte Hori aufgebracht, während er sich auf den Rücken des zweiten Pferdes schwang. »Aber du kannst natürlich auch hierbleiben, bis Zenos Männer dich finden. Wenn du dich schon vor Pferden fürchtest, dann warte erst einmal, bis du ihnen in die Hände fällst. Ich kann mir gut vorstellen, was sie mit dir tun werden.«

Nike zuckte zusammen und ließ sich schließlich von Kamara helfen. Diese brauchte alle Kraft, um Nike, die sich steif und schwer wie ein Sack Getreide anstellte, hinter sich auf das Pferd zu ziehen. Danach krallte sich Nike so verängstigt an Kamara, dass diese meinte, keine Luft mehr zu bekommen. »Nike, ich ersticke, wenn du mir nicht ein wenig Luft lässt.«

Vorsichtig rutschte Nike ein Stück zurück, doch ihre Hände umklammerten weiterhin Kamaras Taille wie ein Band aus Erdmetall. Kamara seufzte leise und hoffte, dass Nike ihre lächerliche Angst wenigstens etwas verlieren würde, da es sonst furchtbar unbequem werden würde.

»Und wohin sollen wir nun fliehen?«, fragte Nike mit zittriger Stimme.

»Nach Hatti können wir nicht, also in die andere Richtung«, antwortete Kamara, da ihr nichts Besseres einfiel.

»Nach Troja?«, fragte Hori ungläubig.

»Nein, in Troja vermuten sie uns zuerst. Wir reiten in Richtung Zalpa.«

Hori hob fragend die Augenbrauen, doch schließlich gab er seinem Pferd die Fersen. Es war ohnehin egal, wohin sie gingen, sie hatten keine Wahl.

Kamara war erleichtert, dass Hori nicht weiter nachgefragt hatte. Ihre Mutter hatte einst Zalpa erwähnt, hatte erzählt, dass sie zweimal dort gewesen war, und verzweifelt, wie sie war, war Kamara diese Stadt an der Schwarzmeerküste als erste in den Sinn gekommen.

Kay erwachte mit pochendem Kopf und einem widerlichen Gestank in der Nase. Er öffnete die Augen, konnte jedoch kaum etwas erkennen. Es war bereits dunkel. »Bei Seths faulenden Zähnen, was ist das für ein entsetzlicher Gestank?«

Er rümpfte die Nase und setzte sich mühsam auf. Schwankend erhob er sich. Sein Ohr schmerzte und brannte wie Feuer. Kay wollte einen Schritt tun, stolperte aber und trat ins Leere. Mit einem Schrei fiel er vornüber zu Boden und fand sich schließlich auf dem sandigen Boden des Hofes wieder, in dem Kamara ihn so zugerichtet hatte. Noch immer lag hier der Leichnam des jungen Mykeners, dessen starres Gesicht und geöffnete Augen im Licht des Mondes fahl und unwirklich aussahen. *Ich bin noch immer in der Gasse, sie haben mich einfach liegen lassen, dieses elende Weibsbild und Hori, dieser Verräter. Doch bei Amun, ich stinke wie ein Schwein. Was haben sie mit mir getan?*

Kay tastete sich weiter vor, hielt dann aber inne und gab ein angewidertes Geräusch von sich, als seine Hand in einer matschigen faulenden Masse versank. Er blinzelte. Langsam gewöhnten sich seine Augen an das schwache Mondlicht. *Bei den Göttern, sie haben mich auf einen Haufen Unrat geworfen, als wäre ich ein Stück Dreck!* Kay wich zurück und stieß einen lauten ägyptischen Fluch aus. *Das werden sie mir büßen, vor allem Kamara, diese von den* sesu *abstammende Hündin!*

Kays Wut schwoll weiter an. Er zwang sich, Eneas' Leichnam noch einmal anzusehen, dann taumelte er fort aus der verlassenen Gasse. Er musste einen erschreckenden Anblick bieten: Sein abgeschnittenes Ohrläppchen hatte stark geblutet, das Blut war seinen Hals herab bis auf die Schulter gelaufen und mittlerweile dunkel verkrustet. An seinem Kopf bildete sich eine große Beule, und der Gestank des Unrats haftete so stark an ihm, dass die wenigen Menschen, denen er begegnete, ihn nur entsetzt anblickten und einen großen Bogen um ihn machten.

Beschämt dankte Kay den Göttern, dass es bereits dunkel war und niemand die Röte seines Gesichts erkennen konnte. Er war von einem Weib geschlagen und in den Dreck geworfen worden, und seine Männer hatten es gesehen! Es würde nicht einfach sein, die Achtung aufrechtzuerhalten, die er sich mit gnadenloser Härte und Zielstrebigkeit erkämpft hatte.

Erst als er endlich den Hafen erreicht und niemand ihn aufgehalten hatte, atmete Kay erleichtert auf. Die Medjai, die in Ägypten stets durch die Straßen liefen, hätten ihn sofort aufgegriffen und verhört. Doch entweder gab es in Ephesos keine Medjai, oder er hatte großes Glück gehabt. Als er sein Schiff entdeckte, beschleunigte er seine Schritte, doch die Wachen kreuzten ihre Speere und fuhren ihn an: »Verschwinde, elender Bettler!« Sie rümpften die Nasen und spien vor ihm aus. »Du stinkst wie der Auswurf eines Schweines. Sieh zu, dass du fortkommst und ein Bad nimmst.«

Kay war kaum noch in der Lage, seinen Zorn zu verbergen.

»Ihr verdammten Söhne von Schweinen und Rindviechern!«, er trat einen Schritt vor und entriss einem der überraschten Wachsoldaten den Speer. »*Pa wer jas en ahuti!* Du alter Glatzkopf von einem Feldarbeiter!«, brüllte er den verdutzten jungen Mann auf Ägyptisch an. »Was glaubst du, wen du vor dir hast?«

»Kommandant Kay?«, fragte der andere ängstlich. »Sie … Sie haben dich gehen lassen?« Er ging zum Zeichen seiner Reue in die Knie. »Es tut mir leid, Kommandant. Wir haben dich nicht erkannt. Wir dachten, du seiest einer der vielen Bettler, die …« Er bemerkte seinen Fehler und schwieg.

Kay gab ihm einen Tritt und stieß den anderen Soldaten zur Seite, dann ging er so würdevoll wie möglich die Laufplanke hinauf und verschwand in seiner Unterkunft. Er ließ sich aus einem der Badehäuser eine große Wanne aus Bronze und verschiedenste Duftöle kommen und beauftragte einen Arzt, seine schmerzenden Wunden zu versorgen. Dann erst zeigte er sich wieder vor seinen Männern und sorgte für Respekt, indem er die beiden Wachsoldaten, die ihn für einen Bettler gehalten hatten, auspeitschen ließ, bis die Haut ihrer Rücken in blutigen Fetzen hing.

Als er sich schließlich beruhigt hatte, gab er bekannt: »Sie sind mit aller Wahrscheinlichkeit weiter über Land geflohen. Wir werden Pferde brauchen und Wegzehrung und mehr Männer, meinetwegen auch Söldner. Ich werde sie verfolgen.«

Niemand wagte es, Kay zu widersprechen. Zu froh waren sie, endlich dieses Schiff verlassen zu können. Schließlich trat sein Hauptmann einen Schritt vor: »Kommandant Kay, sollten wir nicht auf Lisias' Schiff und seine Männer warten?«

Kay machte eine abwehrende Handbewegung. »Bis Lisias Ephesos erreicht, sind sie längst verschwunden. Wenn wir sie nicht sofort verfolgen, verlieren wir sie. Dieser elende Mykener! Wenn ich ihn brauche, ist er nicht zur Stelle. Meine Reiseschatulle ist beinahe leer, ich könnte sein Gold gut brauchen, um Söldner anzuwerben.«

Er schwieg eine Weile. Dann verkündete er: »Also gut. Zurück nach Mykene können sie nicht gehen; der Weg nach Ägypten und durch Hatti hindurch ist ihnen ebenfalls verwehrt. Sie können also nur nach Westen fliehen. In Zalpa gibt es einen Hafen, vielleicht werden sie dorthin gehen, um erneut ein Schiff zu besteigen. Troja erscheint mir fast zu einfach – ich denke nicht, dass sie sich dorthin wagen. Wir aber werden ihnen folgen. Hauptmann, nimm ein paar Männer und rekrutiere Söldner, mindestens hundert Mann. Ich werde sie aus meiner eigenen Schatulle entlohnen und in wenigen Tagen aufbrechen! Wir werden reiten.«

Wieder schwieg Kay zerknirscht. Wie weit war es gekommen, dass er sich dazu herabließ, auf einem Pferderücken zu sitzen. Er konnte reiten, wie jeder ägyptische Soldat es konnte – Pharao hatte vor einigen Nilschwemmen beschlossen, dass es nicht schaden konnte, wenn ein ägyptischer Soldat nicht nur einen Wagen lenken konnte, sondern auch wusste, ein Pferd zu reiten. Doch die Reitertrupps wurden in der Regel lediglich als Späher in schwierigem Gelände eingesetzt, und kein ägyptischer Soldat wäre freiwillig auf den Gedanken gekommen, sich auf ein Pferd zu setzen. Die unerwünschte Neuerung, die in Piramses seinerzeit einen empörten Aufschrei ausgelöst hatte, war zweifellos der Herrin Selina und ihrem fremdländischen Gemüt zu verdanken. Sie war es gewesen, die ihre Pferde nicht nur zu Wagenpferden, sondern zu Reitpferden ausbilden ließ. Sie schämte sich auch nicht, sich wie das Gesinde auf einen Pferderücken zu setzen. Jetzt blieb ausgerechnet Kay nichts anderes übrig. Schließlich war Kamara wie ihre Mutter und hatte sich sicherlich ebenfalls Reitpferde besorgt, um schneller voranzukommen.

Sein Hauptmann hustete verlegen und wagte einen Einwand. Schon viel zu lange folgten sie Kay treu in dieser irrwitzigen Jagd, und jetzt noch diese Erniedrigung: Reiten! »Kommandant, vielleicht wäre es besser, nach Ägypten zurückzukehren oder zumindest ein Sendschreiben an den Einzig Einen –«

»Nein!«, schnitt Kay ihm wirsch das Wort ab. »Der Einzig Eine hat Wichtigeres zu tun, als sich mit einer solchen Geringfügigkeit zu beschäftigen. Ich habe geschworen, sie zu finden, und das werde ich auch tun. In drei Tagen brechen wir auf.«

»Natürlich, Kommandant.« Der Hauptmann kreuzte widerwillig die Hände vor der Brust, um seine Ergebenheit zu zeigen, und Kay entspannte sich etwas. Insgeheim fürchtete er, was ihn in Ägypten erwarten würde. Er betete zu den Göttern, dass die zwei geflohenen Männer aus seiner Mannschaft es nicht zurück nach Ägypten geschafft hatten. Wenn Pharao erfuhr, was Kay mit Horis Männern getan hatte, würde er weitere Fragen stellen und auf Ungereimtheiten stoßen. Nein, er brauchte Schuldige, die er nach Ägypten zurückbringen konnte, und wenn es nur ihre in Natron getrockneten Körper waren. Sollte Pharao ein Urteil über ihr Weiterleben im Schönen Westen fällen!

Kay hoffte inständig, dass er Kamara verbrennen würde. Wahrscheinlich würde Pharao den einfachen Männern ohnehin nicht glauben. Er würde vermuten, sie seien von ihrem Dienst im Heer des Guten Gottes geflohen. Sollte Kamara und Hori aber der Weg zurück nach Ägypten gelingen und sollten sie die Gelegenheit haben, Pharao ihre Geschichte vortragen – wer wusste, ob das Ohr des Einzig Einen dann taub bleiben würde.

Nein, er würde sich nicht mehr auf andere verlassen. Und wenn seine Männer das ganze Festland würden niederbrennen und jede Stadt durchsuchen müssten, dieses Mal würde Kay sorgfältiger vorgehen.

Piramses in Ägypten

Nacht und Panefer knieten mit gesenkten Köpfen vor dem Thron des Einzig Einen und wagten kaum, sich umzusehen. Der Prunk des Thronsaales schüchterte sie ein. Nie hätten sie sich träumen lassen, den Palast einmal in ihrem Leben überhaupt zu betreten. Trotzdem beherrschte nackte Angst ihre Ehrfurcht. Würde Pharao die Geschichte glauben, die sie ihm soeben stockend und furchtsam erzählt hatten? Würde er ihnen glauben, dass sie nicht einfach ihren Posten an der Seite ihres Kommandanten verlassen hatten, um zu fliehen, sondern dass sie tatsächlich um ihr ewiges Leben fürchteten? Kay hatte ägyptische Soldaten töten lassen und jede Aussicht auf ein Weiterleben im Großen Grün versenkt.

Es war nicht einfach gewesen, nach Ägypten zurückzukehren. Sie hatten ihren gesamten Sold aufwenden müssen, um einen Kapitän zu finden, der sie versteckte und auf das Festland brachte, von wo aus sie sich über den Landweg nach Ägypten zurückgekämpft hatten. Sie hatten sich einer Handelskarawane angeschlossen und für Nahrung und Wasser die Tiere versorgt und Wegelagerer bekämpft. Nacht hatte dabei zwei Finger verloren, die ein Dieb ihm im Kampf mit dem Schwert abgehackt hatte, und er wäre am Fieber gestorben, wenn der Kaufmann, der die Karawane anführte, ihn nicht von seinem Leibarzt hätte behandeln lassen. Doch Nacht und Panefer waren ehrliche Männer, und sie hatten nicht gezögert, die Karawane des Händlers mit ihrem Leben zu verteidigen.

Nach vielen Mondumläufen waren sie schließlich nach Megiddo gelangt, das unter ägyptischer Herrschaft stand und von einer ägyptischen Garnison kontrolliert wurde. Sie hatten dem Kommandanten der Garnison ihre Geschichte erzählt. Der hatte jedoch nicht gewagt, den Wahrheitsgehalt ihrer Worte zu beurteilen, und hatte stattdessen einen kleinen

Trupp aufgestellt, der Panefer und Nacht zurück nach Piramses bringen sollte. Ihrer Ankunft hatte er außerdem ein Sendschreiben an den Einzig Einen vorausgeschickt, in dem er von ihrer ungeheuerlichen Geschichte berichtete.

Panefer und Nacht waren eigentlich zu gering, um vor den Einzig Einen zu treten, doch die Beschuldigungen wogen zu schwer, als dass Pharao sie hätte missachten können. Immerhin hatte Kay seine Autorität hintergangen: Ein Ägypter, der andere Ägypter tötete und ihr Weiterleben im Schönen Westen auslöschte, ohne dazu von Pharao einen Befehl erhalten zu haben – das kam Hochverrat an den Göttern und ihrem lebenden Sohn auf dem Horusthron gleich. So hatte Kommandant Merka die beiden ehemaligen Soldaten sofort nach ihrer Ankunft in Piramses persönlich in Empfang genommen und in den Palast gebracht. Hier waren sie nun und knieten vor Angst zitternd vor Pharao, der sich ihre Geschichte angehört hatte. Unerreichbar fern und weit über ihnen saß er auf dem Thron der beiden Länder und sah auf sie herab. Wie klein kamen sie sich vor, wie Ameisen, die darauf warteten, dass die königliche Sandale sie zerquetschte!

Doch nichts geschah. Die anwesenden Höflinge hüstelten hier und dort, und Panefer und Nacht spürten, dass ihre Knie zu schmerzen begannen, da niemand sie aufforderte, sich zu erheben, und sie somit weiter auf dem blauen Fayenceboden von Pharaos Thronhalle knien mussten. Hätten sie gewagt aufzusehen, hätten sie gemerkt, dass Pharao nach der Hälfte ihrer Geschichte auf seinem Thronsessel eingeschlafen war und niemand es wagte, ihn zu wecken. Der Zeremonienmeister stand mit geöffneter Schatulle bereit, um Krummstab und Geißel in Empfang zu nehmen, die dem schlafenden Gott in den Schoß gerutscht waren. Seine Wedelträger fächerten dem Einzig Einen unermüdlich Luft zu, und die kleinen Prinzen und Prinzessinnen, die auf der Stufe unter Pharao ein hübsches Bild boten, begannen sich zu langweilen. Sie kicherten, als eine von ihnen den Einfall hatte, Pharaos großen Zeh mit einer Gänsefeder zu kitzeln. Die göttliche Zehe zuckte, und dann wachte der Gute Gott mit einem letzten Schnarcher endlich auf.

Pharao sah sich in der Halle um. Es dauerte einen Augenblick, bis er sich erinnerte, wer die beiden Männer waren, die mit zitternden Knien in einiger Entfernung von ihm auf irgendetwas warteten. Seufzend kreuzte er Krummstab und Geißel und gab seinem Zeremonienmeister mit einem Wink zu verstehen, dass er den Männern erlaubte, sich zu erheben. Panefer und Nacht kamen wankend auf die Beine. Sie unterdrückten ein Stöhnen, da ihre Gelenke ob der Bewegung schmerzten, als wären sie mit heißen Dolchen durchstochen worden.

»Der Einzig Eine, Herr beider Länder, Kraftspeise Ägyptens, der Mächtige Stier, geliebt von Amun, Der die fremden Länder bezwingt, Herr allen Lebens, Herr über Biene und Binse, Der Gute Gott, befiehlt euch nun zu gehen, damit er mit seinen göttlichen Eltern in Zwiesprache treten kann.«

Nacht und Panefer sahen sich ratlos an. War das alles? Sie konnten gehen? Der Gute Gott ließ sie nicht köpfen oder wenigstens auspeitschen? Ohne ihr Glück recht fassen zu können, erhoben sich mit neu erwachter Liebe und Loyalität vor ihrem Herrscher und verließen den Thronsaal unter unzähligen Verbeugungen.

Der Gute Gott ahnte nichts von der Dankbarkeit im Herzen seiner beiden Untertanen und drohte bereits wieder einzuschlafen. Sein Zeremonienmeister nahm ihm vorsichtig Krummstab und Geißel aus der Hand, die Kinderfrauen trieben die unruhig gewordenen Prinzen und Prinzessinnen zusammen, und der Schreiber beendete die Mitschrift des gerade vorgetragenen Falles – eine für das Palastarchiv, eine andere für den Prinzen Merenptah, der gerade auf einem Außenposten weilte, eine dritte, um sie der Großen Königlichen Gemahlin Bentanta vorzulegen, die seit Monden die meisten Entscheidungen im Namen Pharaos unterzeichnete. Denn der Einzig Eine war dazu übergegangen, seine stetig zunehmenden Zahnschmerzen mit starkem Mohnsaft zu betäuben, was ihn durchgehend müde und schläfrig machte.

Zwei von Pharaos jungen Leibdienern wurden gerufen. Sie halfen dem müden Gott auf die Beine und brachten ihn in seine Gemächer.

Die Große Königliche Gemahlin Bentanta überflog die Berichte des Tages und setzte hier und dort Pharaos Siegel unter das Geschriebene. Andere Berichte legte sie hingegen zur Seite, um sie genauer überprüfen zu lassen. Güterlisten, Verhandlungen von Streitfällen, in denen der Einzig Eine das endgültige Urteil zu sprechen hatte und bei denen er sich allein auf die Verhandlungsprotokolle verlassen musste, Anträge von Beamten, Hofdamen, die neue Räume beziehen wollten oder mit den Zuwendungen unzufrieden waren, die sie vom Palast erhielten – alles ging durch ihre Hände, während ihr Vatergemahl seine Tage verschlief.

Bentanta seufzte. So viele Entscheidungen musste sie treffen, und doch war es ihr in den meisten Fällen nicht möglich, ihrem eigenen Gefühl zu folgen, da sie ihre Urteile für Ägypten und den Pharao unterzeichnete. Sie setzte ihr Siegel unter die Verurteilung einer jungen Frau, die ihren prügelnden Ehemann verlassen hatte und ihm für ihre Flucht ein goldenes Geschmeide gestohlen hatte, mit dem sie in den Armen ihres Geliebten aufgegriffen worden war. Bentanta hätte lieber den prügelnden Ehemann verurteilt, doch das Recht war auf seiner Seite. So sollte nun der Ehebrecherin die Nase abgeschnitten werden, ihr Geliebter würde ausgepeitscht. Der betrogene Ehemann aber erhielt das Geschmeide zurück und konnte fortan über die Mitgift seiner Frau verfügen, von der er sich selbstverständlich vorab scheiden lassen durfte. Die Priesterschaft des Amun-Tempels forderte wie fast in jeder Nilschwemme eine Erhöhung der jährlichen Zuwendungen, welche bei den Zuwendungen für die weniger wichtigen Lokalgötter wiederum eingespart werden musste.

»Gewährt!«, spie Bentanta wütend aus und drückte das königliche Siegel so fest auf den Papyrusbogen, dass die rote Tinte in alle Richtungen spritzte. Der Beamte, der ihr gegenübersaß und steif darauf wartete, die unterzeichneten Bögen in Empfang zu nehmen, hustete kurz und warf ihr einen mürrischen Blick zu.

Bentanta ließ sich von ihm jedoch nicht aus der Ruhe bringen. Im nächsten Fall ging es um zwei Soldaten, die einen Kommandanten beschuldigten, ägyptische Soldaten von einem Schiff im Großen Grün über Bord geworfen zu haben, sodass sie ertranken. Die Große Königliche Gemahlin zog die Stirn kraus. Wie konnte ein Ägypter einem anderen Ägypter so etwas antun? Doch der Kommandant war weit fort, bereits seit über einer Nilschwemme hatte der Einzig Eine nichts mehr von ihm gehört. Was wog da schon die Aussage von zwei einfachen Soldaten, die aus dem Nichts zu kommen schienen und Beschuldigungen gegen ihn vorbrachten?

Bentanta wollte bereits das Siegel unter den Beschluss setzen, mit dem der Fall in die Palastarchive überführt und dem Vergessen übereignet würde, als ihr der Name des Beschuldigten ins Auge fiel: Kay.

Angestrengt dachte sie nach. Sie kannte ihn. Er war der Kommandant der Leibwache, ein Günstling ihres Vaters, den er zum Befehlshaber ihrer Leibwache ernannt hatte. Bentanta lief ein kalter Schauer über den Rücken. Ihr Leben war einem Mann anvertraut, der zu einer solch grausamen Tat fähig war?

Sie erinnerte sich, dass der Einzig Eine Kay vor fast zwei Nilschwemmen aus Ägypten fortgeschickt hatte, um einen Verbannten zurückzuholen, der angeblich Güter aus dem Palast geschmuggelt hatte. Weshalb war ihr dieser unbedeutende Fall nur so tief im Gedächtnis geblieben?

Sie legte das Siegel beiseite und überlegte fieberhaft. Der Beamte hustete erneut und sah sie fragend an. Bentanta aber beachtete ihn nicht. Da war etwas gewesen, mit diesem Kay und … Hori! Ja, das war der Name des anderen. Er war der Verlobte einer gewissen Kamara gewesen, die vor nunmehr vier Nilschwemmen spurlos aus Ägypten verschwunden war.

Bentanta lehnte sich in ihrem Stuhl zurück. Die Tochter Selinas und Pairys – natürlich! Sie war entführt worden, und fast zwei Nilschwemmen später hatte ein Fremder ein Sendschreiben überbracht, das angeblich von ihr geschrieben worden war und in dem das Mädchen diesen Kay sowohl mit ihrer Entführung als auch mit den Schmuggelgeschäften auf der *Sachmets Zorn* in Verbindung gebracht hatte. Warum aber wurde später Hori der Schmuggelgeschäfte verdächtigt? Warum hatte der Einzig Eine ausgerechnet Kay, der ebenfalls beschuldigt worden war, hinter ihm her gesandt? Und jetzt kamen zwei seiner Männer und beschuldigten ihn, andere Ägypter getötet zu haben. Gleichzeitig hatte der Palast seit über einer Nilschwemme keinen Bericht mehr von Kay erhalten.

Bentanta atmete tief durch. Hier stimmte etwas nicht. »Thotmes, diesen Bericht muss ich noch einmal prüfen. Ich meine mich daran zu erinnern, dass im Falle dieses Kay schon einmal Vorwürfe erhoben wurden.«

Der Beamte verzog die schmalen, ausdruckslosen Lippen und strich seinen weißen Schurz glatt. »Ich bitte vielmals um Verzeihung, Große Königin, doch die Vorwürfe damals haben sich als haltlos erwiesen, und der Fall wurde aufgegeben.«

»Was nicht heißt, dass damals nicht ein Fehler unterlaufen sein könnte. Ich werde das herausfinden.«

Thotmes schnappte hörbar nach Luft. »Große Königin, der Einzig Eine irrt nie! Das ist überhaupt nicht möglich.«

»Guter Thotmes, da gebe ich dir wohl recht. Doch seine Berater könnten fehlbar sein, also sorge dafür, dass ich die Papyrusrollen mit dem Fall aus den Palastarchiven gebracht bekomme.«

»Aber das ist unmöglich!« Der Beamte war angesichts der ihm gestellten Aufgabe so beunruhigt, dass hektische Flecken sein Gesicht überzogen. »Wir müssten ja das ganze Palastarchiv durchsuchen.«

Obwohl Bentanta ihm liebend gerne das königliche Siegel in den Hals gestopft hätte, lächelte sie ihn freundlich an. »Nun, dann würde ich euch raten, sofort zu beginnen. Ich möchte die Papyrusrollen auf meinem Arbeitstisch haben, bevor Re in seine Nachtbarke steigt.«

»Aber das geht doch nicht«, setzte er an.

Bentanta aber bot ihm mit einer einzigen Geste Einhalt. »Erzürne mich nicht, Thotmes!«

Ihre Bestimmtheit verunsicherte Thotmes. Ohne noch ein weiteres Mal dazu aufgefordert werden zu müssen, erhob er sich und verbeugte sich steif. »Natürlich, Große Königin, ich werde alles veranlassen.«

»Mögen deine Füße festen Tritt finden und deine Augen scharf sein wie die von Horus. Du darfst jetzt gehen, aber lasse noch nach meinem Schreiber rufen.«

Wieder verbeugte er sich, dieses Mal noch zerknirschter. Er war kein Laufbursche, sondern königlicher Beamter.

Bentanta sah ihm nach. Sie hasste es, wenn er ihr gegenübersaß und darauf wartete, dass sie wie ein Hündchen alles unterzeichnete, was er ihr vorlegte. Doch diesmal würde sie nicht schweigen und tun, was die träge Beamtenschaft von ihr forderte. Seit ihr Vater, der große Ramses Meriamun, sich nicht mehr ausreichend um die Belange Ägyptens zu kümmern imstande war, kamen die Beamten viel zu oft aus ihren kargen Räumen gekrochen und hielten die Hand auf. Es war nicht gut, dass sie zunehmend an Macht gewannen. Schlimm genug, dass die Priesterschaft Amuns so viel Einfluss besaß!

Das Eintreffen des Schreibers riss Bentanta aus ihren Gedanken. Er war ein junger, freundlicher Mann, hatte gerade erst die Ausbildung im Haus des Lebens abgeschlossen und war noch nicht von der Besitzgier der Palastbeamten beschmutzt, weshalb Bentanta ihn als Schreiber ihrer vertraulichen Korrespondenzen ausgewählt hatte. Er verbeugte sich und ließ sich im Schreibersitz zu ihren Füßen nieder. Gekonnt spannte er seinen Schurz, legte die Schreibtafel darauf und holte seinen Binsenstängel hervor.

»Gesundheit, Leben und Wohlergehen, edler Herr Pairy«, diktierte Bentanta. Sie hielt inne und überdachte ihre Worte. »Nein, schreibe nicht den Namen Pairy, schreibe direkt an die edle Herrin Selina«, korrigierte sie sich und fuhr dann in ihrem Diktat fort: »Edle Herrin, bitte besuche mich im Palast. Sprich mit niemandem über den Besuch, auch nicht mit deinem Gatten. Ich glaube, ich bin auf etwas gestoßen, das in Verbindung mit dem Verschwinden deiner Tochter und der Verbannung ihres Verlobten Hori steht. Ich erwarte dich.«

Sie ließ den Schreiber die üblichen Grußformeln unter das Schreiben setzen und wies ihn dann an, es persönlich zu Selina zu bringen und es auch nur ihr auszuhändigen. Der junge Mann machte sich sofort auf den Weg.

Selina führte gerade ihre Stute Junis am Zügel über den Hof, als ihre Dienerin Penu den jungen Schreiber zu ihr brachte. Junis tänzelte nervös, sie duldete keine Fremden in der Nähe ihres erst vor wenigen Stunden geborenen Fohlens. Daher bedeutete Selina Penu und dem Mann, in einiger Entfernung zu warten, während sie Junis einem der Sklaven übergab. Schon von Weitem erkannte sie, dass der Schreiber aus dem Palast kam, denn sein Schurz war gestärkt und er trug einen Oberarmreif, der ihn als Palastschreiber auswies.

»Gesundheit, Leben und Wohlergehen, Herrin Selina. Die Große Königliche Gemahlin Bentanta schickt mich, um dir dieses Schreiben zu überbringen, nicht ohne mich vorher angewiesen zu haben, es dir höchstpersönlich auszuhändigen.« Er übergab Selina die Papyrusrolle und verbeugte sich ehrerbietig.

»Die Große Königliche Gemahlin«, sinnierte Selina, während sie das Schreiben entrollte. Sie kannte Bentanta, denn diese hatte ihr vor vielen Nilschwemmen, als sie noch fremd in Ägypten und in Ungnade gefallen war, ermöglicht, sich und Pairy aus einer schlimmen Lage zu retten. Natürlich hatte Bentanta eher das Wohl Ägyptens und des Pharao im Auge gehabt als Selinas Glück, doch Selina war es damals gelungen, eine Verschwörung des illegitimen Prinzen Siptah zu verhindern und aufzudecken. Das alles war jedoch lange her, und sie und Bentanta waren immer zu verschieden gewesen, um mehr als Respekt füreinander zu empfinden. Sie hatten sich auf unzähligen Empfängen im Palast gesehen, belanglose Worte gewechselt und sich freundlich und wissend zugenickt, doch das war auch schon alles. Was konnte die Große Königliche Gemahlin also nun dazu veranlassen, ihr ein Sendschreiben zukommen zu lassen?

Selina überflog die Zeilen und runzelte die Stirn. Bentanta hatte nichts Genaues preisgegeben – natürlich nicht. Sie war zu klug, um Schriften brisanten Inhaltes aus der Hand zu geben. Immerhin war sie eine Königin und hätte, wäre sie ein Mann gewesen, einen hervorragenden Pharao abgegeben.

»Ich danke dir«, sagte Selina deshalb nur knapp. Ein Kribbeln lief durch ihren Körper. »Bitte richte der Großen Königlichen Gemahlin aus, dass ich keine Zeit verlieren werde und mich unverzüglich zu ihr begebe.«

Der junge Mann verbeugte sich höflich, dann wandte er sich um und ging.

Penu trat neugierig an Selina heran. »Was kann die Große Königliche Gemahlin von dir wollen, Herrin?«

Selina ließ das Sendschreiben zusammenrollen. »Penu, zügele deine Neugierde. Ich weiß es selbst nicht. Bereite mein Badehaus vor, und hole die Schminkpalette. Ich will keine Zeit verlieren.«

Penu gab sich wohl oder übel mit der Antwort ihrer Herrin zufrieden, und es dauerte keine Stunde, bis Selina gebadet, angekleidet, geschminkt und damit bereit für den Besuch im Palast war.

»Was soll ich dem edlen Herrn sagen, wenn er heute Abend heimkommt und du noch nicht wieder hier bist, Herrin?«

Selina überlegte eine Weile. »Sag ihm nichts von dem Schreiben. Sag ihm, dass ich gegangen bin, um die Pferde des neuen Händlers zu begutachten, der gestern in Piramses eingetroffen ist.«

Penu verbeugte sich, dann bestieg Selina Bentanta zuliebe einen Tragstuhl. Die Große Königliche Gemahlin würde erwarten, dass sie sich wie eine anständige Ägypterin benahm. Sie liebte Ägypten beinahe mehr als ihre eigene Tochter, und Selina wollte sie nicht erzürnen.

Der Weg durch die Stadt schien kein Ende zu nehmen. Selina zwang sich zur Geduld, obwohl ihre Aufregung wuchs, je näher sie dem Palastbezirk kam. In ihrem Herzen kämpfte die aufkeimende Hoffnung mit der Angst vor erneuter Enttäuschung. Vier Nilschwemmen hatte sie ihre Tochter nicht mehr gesehen; seit zwei Nilschwemmen war nun auch Hori verschwunden, und sie wusste nicht einmal, ob Kamara noch lebte. Insgeheim hatte sie die Hoffnung fast aufgegeben und sich mit Kamaras Tod abgefunden. Doch seit sie Bentantas seltsames Sendschreiben erhalten hatte, schlug ihr Mutterherz erneut aufgeregt gegen die Rippen.

Obwohl Re seine volle Kraft noch nicht entfaltet hatte, bildeten sich in Selinas Nacken Schweißperlen, und auch ihre Hände waren zittrig und feucht, als der Palastdiener sie meldete und sie schließlich durch die große Tür treten ließ, hinter der Bentantas Arbeitsräume lagen.

Bentanta war alt geworden. Sie wirkte verloren und müde hinter ihrem riesigen Arbeitstisch, auf dem unzählige Papyrusrollen lagen, doch sie besaß noch immer die unermüdliche Kraft und die Haltung einer Königin. Sie gehörte zu den von Ramses erstgeborenen Töchtern aus der Verbindung mit der Großen Königlichen Gemahlin Istnofret, und Ramses hatte sie geheiratet, als er jung gewesen war. Bentanta musste bereits über fünfzig Nilschwemmen zählen, und dennoch verrieten ihre Augen Tatkraft und Handlungswillen.

Selina verbeugte sich lange und rezitierte dann die traditionelle Grußformel: »Gesundheit, Leben und Wohlergehen, Große Königliche Gemahlin Bentanta, möge Amun dir tausend Nilschwemmen schenken.«

Bentanta erhob sich von ihrem Stuhl und kam um den Tisch herum auf Selina zu, wobei sich das schlichte weiße Gewand eng um ihren schlanken Körper schmiegte. Die Geierhaube, die sie früher, als ihre Schwester Meritamun noch lebte, gerne getragen hatte, hatte sie gegen einen schlichten Stirnreif mit der königlichen Uräusschlange getauscht. Sie gab ihrem Diener ein Zeichen, sie allein zu lassen, und erst als die Türen sich hinter ihm geschlossen hatten, ergriff sie das Wort. »Ich grüße dich, Herrin Selina. Es ist lange her, seit wir zusammengekommen sind, Ägypten von meinem verräterischen Halbbruder Siptah zu befreien, doch wie ich sehe, haben die Nilschwemmen dir nicht viel anhaben können.«

»Ich danke dir, Große Königliche Gemahlin Bentanta.« Selina verzichtete auf ein Gegenkompliment. Erstens wäre es unhöflich gewesen, da Bentanta nach dem Glauben der Ägypter direkt von den Göttern abstammte und deshalb über menschliche Gebrechen erhaben war, und zweitens hätte sie dazu lügen müssen.

Bentanta bedeutete Selina, sich mit ihr gemeinsam an einem kleinen Tisch niederzulassen, und begann dann ohne Umschweife zu sprechen. »Ich habe von dem Unglück gehört, das dir widerfahren ist. Deine Tochter ist verschwunden, und man hat seit vier Nilschwemmen nichts mehr von ihr gehört.«

»Seit zwei Nilschwemmen, Große Königin. Vor zwei Nilschwemmen erhielt ich von ihr ein Sendschreiben aus Mykene«, antwortete Selina.

Bentanta schenkte sich und Selina Wein ein. »Ich habe mich mit dem Fall vertraut gemacht, Herrin. Du glaubst nicht, dass deine Tochter tot ist, und du glaubst auch nicht, dass ihr Verlobter Hori der Verräter ist, für den mein Vatergemahl ihn hält.«

»Richtig«, bestätigte Selina. »Hori wurde in eine Falle gelockt – von Kay, dem Kommandanten, der schließlich ausgesandt wurde, um ihn zu suchen. Meiner Tochter und Hori ist großes Unrecht widerfahren.«

»Herrin Selina, vergiss nicht: Der Einzig Eine irrt sich nie!«, korrigierte Bentanta sie streng, fügte jedoch milder hinzu. »Und doch denke ich, dass du recht hast, Herrin. Das zumindest lassen die jüngsten Umstände vermuten.«

Selina blickte sie hoffnungsvoll an. Es wäre ungehörig gewesen, die Große Königliche Gemahlin direkt anzusprechen, und so durfte sie nur antworten, wenn sie angesprochen wurde. Auch wenn Selina nie etwas auf die Regeln des Hofes gegeben hatte, hielt sie sich gegenüber Bentanta daran, da die Königin eine ihr eigene Autorität und Ausstrahlung besaß, die Selina achtete. Dann endlich erzählte Bentanta ihr von den zwei Soldaten, die vor Pharaos Thron getreten waren und die Beschuldigungen gegen Kay vorgebracht hatten.

Selina hörte ihren Bericht aufmerksam an und wartete, dass Bentanta ihr zu sprechen erlaubte. »Große Königin … Sicherlich waren es die Männer, die Hori aus Ägypten gefolgt sind. Kay will einfach alle Zeugen beseitigen, die ihn verraten könnten. Kay, dieser mykenische Händler Lisias und die *Sachmets Zorn*, sie alle gehören zusammen, und Kamara hat dies am Abend ihrer Verlobung mit Hori zufällig herausgefunden. Wenn es Hori tatsächlich gelungen ist, Kamara zu finden, wird Kay auch ihn beseitigen müssen – und die Männer, die mit ihm gekommen sind.«

»Das klingt durchaus nachvollziehbar«, pflichtete die Königin ihr bei. »Die Wurzeln dieses Verrates greifen offenbar tiefer, als ich geglaubt habe. Doch wie kann ich dir helfen, Herrin?«

»Der Einzig Eine muss mich anhören und das Urteil aufheben, das er über Hori gesprochen hat. Er muss sofort nach Kay suchen lassen. Er ist der Verräter!«

Bentanta hob die Hand, um Selinas Wortschwall Einhalt zu gebieten. »Herrin, du weißt, dass das unmöglich ist. Der Gute Gott ist nicht fehlbar und kann daher keinen seiner Beschlüsse einfach aufheben. Und selbst wenn das möglich wäre, so verbieten die Verträge mit Mykene und Hatti, dass er Truppen in ihre Länder schickt. Ein solches Vorgehen käme einer Kriegserklärung gleich und würde Ägypten in den Augen der Fremdländer in eine unrühmliche Lage bringen. Man würde meinem Vatergemahl Unfähigkeit nachsagen. Nein, Herrin, diese unangenehme Sache muss im Stillen geregelt werden.«

Selinas Hoffnung schwand. Bentanta dachte ebenso wie Pharao. Die Königin würde nichts unternehmen. Doch weshalb hatte sie sie dann rufen lassen und ihr Hoffnung gemacht?

»Herrin, ich bin bereit, dir zu helfen, doch meine Möglichkeiten sind begrenzt, sehr begrenzt. Ich habe nicht vergessen, was du für Ägypten und für Pharao getan hast, und auch ich bin Mutter einer Tochter – auch ihr hast du mit deinem mutigen Handeln einst das Leben gerettet.« Bentanta nahm einen Schluck Wein und fuhr dann fort. »Aber die Bürde wird einmal mehr auf deinen Schultern lasten, und du darfst deinem Gemahl nichts von all dem erzählen. Liebst du deine Tochter so sehr, dass du diese Bürde auf dich nehmen willst, Herrin?«

Selina blickte sie entschlossen an. »Das tue ich, Große Königin.«

Bentanta nickte. »Gut, dann höre dir meinen Plan an: Ich werde dir den Auftrag erteilen, in Megiddo neue Zuchtpferde für meine Stallungen zu begutachten. Wem sonst könnte ich diesen Auftrag erteilen? In Piramses gibt es keinen, der nicht deinen Rat einholt oder Pferde aus deinen Stallungen kauft. Wie du weißt, führt an Megiddo eine der wichtigsten Handelsstraßen vorbei. Der Kommandant wird unterrichtet sein und dein Eintreffen erwarten. Du reist mit einer gut ausgerüsteten Eskorte. Und wenn du in Megiddo bist, wirst du dich entscheiden müssen: Entweder du begutachtest meine Pferde und bringst sie mit der Eskorte zurück nach Ägypten, oder du entschließt dich, weiterzureiten und dich auf die Suche nach deiner Tochter und ihrem Verlobten zu begeben. Allein! Du verschwindest einfach, genau wie sie. Kehre mit ihnen nach Ägypten zurück, wenn du sie findest, und ich werde einen Weg finden, Horis Verbannung aufzuheben und die gesamte Verschwörung aufzudecken, ohne dass Pharaos Urteilsfähigkeit angezweifelt wird. Wenn du sie jedoch nicht findest, kannst du nie nach Ägypten zurückkehren, denn dann müsste ich dich wegen Verrats anklagen lassen. Auch Pairy hättest du für immer verloren.« Bentanta ließ sie nicht aus den Augen. »Ich hoffe, du hast mich verstanden, Herrin?«

Selina schluckte hart. Was war, wenn Kamara und Hori tot waren oder sie sie nicht fand? Dann hätte sie alles verloren, was ihr noch geblieben war. Einmal mehr wäre sie allein unter Fremden. Sie hatte lange mit sich kämpfen müssen, um in Ägypten glücklich zu werden, und nun würde sie vielleicht auch noch Pairy verlieren. Dennoch hielt Selina Bentantas Blick stand. »Ich werde gehen und meine Tochter suchen, Große Königin. Ich würde mir nie verzeihen, wenn ich es nicht versuchen würde.«

»Genau das habe ich befürchtet«, seufzte Bentanta. »Es war dein Großmut, der dir das meiste Leid in deinem Leben zugefügt hat. Eine andere Frau würde sich für ihr Leben entscheiden und ihre Tochter vergessen, aber nicht du, Herrin! Doch ich stehe in deiner Schuld. Du hast mir einst geholfen, und nun werde ich dir helfen. Und ich werde zu allen Göttern Ägyptens beten, dass ich dich nicht in dein Unglück schicke.«

»Mein Unglück begann, als mir meine Tochter genommen wurde«, antwortete Selina knapp.

»Du wirst noch einen Mondumlauf warten müssen. Dich sofort nach Megiddo zu schicken wäre zu auffällig, da man die Reise mit dem Auftauchen der beiden Soldaten in Verbindung bringen könnte. Du weißt, dass mein Vatergemahl dir verboten hat, Piramses zu verlassen, doch dieses Verbot werde ich aufheben können.«

Selina nickte. »Ich werde auf deine Nachricht warten, Große Königin. Und ich danke dir für deine Hilfe.«

Bentanta erhob sich und schenkte ihr unvermittelt ein Lächeln. »Wie schade, dass wir nie ein schwesterliches Band zueinander knüpfen konnten. Du hast ein aufrichtiges Herz,

Herrin. Doch dein Leben wird von Überzeugungen, Ehre und Gerechtigkeit bestimmt; in meiner Welt gibt es nur Intrigen, Lügen und Verrat.« Bentantas Lächeln verschwand so schnell, wie es gekommen war, hinter der strengen Maske, die sich die Große Königliche Gemahlin schon früh in ihrem Leben angewöhnt hatte. »Gesundheit, Leben und Wohlergehen, Herrin! Mögen deine Füße festen Tritt finden und alle Götter Ägyptens dir beistehen.«

Selina verbeugte sich tief. »Mögest du ewig leben und an der Seite deines Gemahls die beiden Länder führen, Große Königin Bentanta.«

»Bei den Göttern, nur das nicht!«, grummelte diese missmutig. Dann wandte sie Selina zum Zeichen, dass die Unterredung beendet war, den Rücken zu.

Selina hatte wenig Eile, zurück in ihr schönes Haus im Viertel der Adeligen zu kommen, das sie nun schon so lange mit Pairy bewohnte. Wie würde sie ihm nach dem unheilvollen Plan, den sie mit der Königin geschmiedet hatte, noch in die Augen schauen können?

Sie hatte Pairy vor vielen Nilschwemmen zwei Mal verlassen und sich dann endlich für ihn entschieden. Wer konnte wissen, ob er ihr diesen dritten Verrat verzeihen würde? Selina war sicher, dass Pairy ihre Entscheidung nicht würde verstehen können. Anders als sie hatte ihr Gatte Kamara bereits aufgegeben. Wahrscheinlich würde er annehmen, ihre alte Rastlosigkeit sei erneut über sie gekommen und sie habe ihn verlassen. Vielleicht würde sie nie mehr zurückkehren, und wenn sie Kamara doch fand, hätte Pairy sich vielleicht eine andere Gemahlin genommen.

Selina wurde das Herz schwer, als sie die Halle des großen Hauses betrat und Pairys Amtsstab auf dem kleinen Beistelltisch in der Eingangshalle sah. Er musste gerade erst heimgekommen sein, denn es war sein abendliches Ritual, den Amtsstab auf den Tisch zu legen, wo ihn sein Leibdiener dann an sich nahm, um ihn bis zum nächsten Tag in Pairys Arbeitsraum zu verwahren.

»Hat mein Gemahl nach mir gefragt?«, wandte sich Selina leise an Penu, als diese ihr den schweren Halsschmuck abnahm.

»Ja, Herrin, der edle Herr erwartet dich auf dem Sonnendach.«

Selina schüttelte ihr Haar und machte sich dann auf den Weg zu Pairy. Die Treppen ihres Hauses erschienen ihr steiler und beschwerlicher als sonst. Wie Granitstein lastete ihre Entscheidung auf ihr.

Pairy hatte es sich unter einem Baldachin bequem gemacht und nippte an einem Becher Wein, als sie sich zu ihm setzte. Als er sie sah, lächelte er und zog sie an sich. »Ai, Selina, hast du bei dem neuen Händler gute Pferde finden können?«

Selina fühlte, wie sich ihr Hals zuschnürte, und schüttelte schnell den Kopf. »Lahme und störrische Esel«, antwortete sie so fröhlich wie möglich.

Pairy schloss die Augen, und sie lagen eine Weile schweigend nebeneinander und genossen die Nähe zueinander.

»Pairy, ich würde dich nie verlassen«, unterbrach Selina schließlich das stille Einvernehmen.

Er sah sie überrascht an. »Das will ich doch hoffen. Schließlich habe ich viel erleiden müssen, da du es bereits zwei Mal getan hast.« Er kringelte gedankenverloren eine ihrer Haarsträhnen um seinen Finger. Im Gegensatz zu den meisten Ägyptern fand er das Haar seiner Gemahlin faszinierend und schön, vor allem, wenn sich Re abends darin fing und die Strähnen wie Kupfer leuchteten.

»Nein, Pairy ... Ich meine: Ich würde dich nie verlassen. Was auch immer geschieht, daran musst du immer denken.«

Er sah sie irritiert an. »Was ist los mit dir? Du scheinst betrübt. Ist etwas geschehen, wovon ich nichts weiß?«

Schnell bemühte sie sich um ein sorgloses Lachen. »Nein! Ich wollte nur, dass du es weißt.«

Zalpa

Zalpa war einst eine blühende Handelsstadt an der Küste des Schwarzmeers gewesen, doch bereits als ihre Mutter die Stadt vor über fünfzehn Nilschwemmen zum zweiten Mal besucht hatte, war Zalpa dem Untergang geweiht. Nun sah Kamara, dass sich daran nichts geändert hatte.

Sie hatten mehr als einen Mondumlauf gebraucht, um Zalpa zu erreichen, und wieder war ihre Reise nicht einfach gewesen. Das gesamte Festland glich einem ausgebluteten Feld, das schon lange keine Früchte mehr hervorbrachte. Fast in jeder Stadt und in jedem Ort, den sie durchquert hatten, stießen sie auf Gewalt und Tod. Ausgebrannte Häuser und Dörfer lagen wie Gräber in der Landschaft; Menschen unterschiedlichster Herkunft und Völker zogen Karren und Habseligkeiten durch das Land und suchten einen Ort, an dem sie sich niederlassen konnten. Kaum einer der Heimatlosen scheute vor Mord und Brandschatzung zurück, sie vertrieben oder töteten die alten Bewohner der Häuser und ließen sich in ihren Orten nieder, bis auch sie wiederum fortgejagt wurden.

Kamara fragte sich, woher die ganzen Menschen kamen, die in großen Trossen durch das Land zogen. Ihnen waren Mykener und Hethiter, aber auch fremde Menschen mit heller Haut oder Gesichtern mit schräg stehenden Augen begegnet. Nicht selten hatten auch sie fliehen oder ihre Habseligkeiten mit dem Schwert verteidigen müssen. Denn die Menschen nahmen sich, was sie begehrten; es herrschte Feindseligkeit und Grausamkeit zwischen den Völkern.

Selina hatte Kamara vor vielen Jahren erzählt, dass all dies begonnen hatte, als Troja gefallen war, doch Kamara hatte sich nicht vorstellen können, dass so viele Nilschwemmen nach der großen Schlacht noch immer keine Ruhe eingekehrt war. Mehr als ein Mal hatte Kays Schwert ihr während der Reise gute Dienste erwiesen, und selbst die Stimme in ihrem Kopf, die ihren Blutdurst gestillt sehen wollte, machte sich nun seltener bemerkbar. Kamara fiel es zusehends leichter zu töten, doch sie wusste nicht, ob sie froh darüber sein sollte.

Der Tag, an dem sie Zalpa erreichten, war wolkenverhangen, und es herrschte ein trockener kühler Wind, der bereits die Wintermonde ankündigte. Fröstelnd zog Kamara den wollenen Umhang fester um ihre Schulter. Sie hatte ihn von der Frau eines Bauern gekauft, die ihre Familie mit Webarbeiten durch die schlimmsten Hungersnöte brachte. Auch Hori und Nike hatten sich grobe und derbe Kleidung zugelegt, und obwohl die Dienerin sich zuerst strikt geweigert hatte, ihren Chiton gegen Beinkleider, Hemd und Umhang zu tauschen, beschwerte sie sich nun nicht mehr. Auch hatte sie sich längst an den breiten Rücken des Pferdes gewöhnt, sodass sie inzwischen einigermaßen entspannt hinter Kamara saß und nicht mehr bei jeder unachtsamen Bewegung des Pferdes aufschreckte.

»Wir müssen eine Unterkunft für die Nacht finden«, wandte sich Kamara an Hori, als sie durch die heruntergekommene breite Straße von Zalpa ritten, die direkt durch das Händlerviertel der Stadt führte.

Hori ging in Gedanken den Inhalt des Bündels mit Jocastas Goldschatz durch. Nur noch zwei Ringe und ein Armreif waren übrig, alles andere hatten sie gegen Kleidung und Nahrung eingetauscht. Er dankte Amun und allen Göttern, dass keiner der armseligen Bewohner der Stadt Gold bei ihnen vermuten würde, da weder ihre Pferde noch ihre Kleidung darauf hinwiesen, dass sie mehr besaßen als die Menschen in Zalpa. Trotzdem wollte Hori das letzte Gold nicht für eine Unterkunft hergeben – sie würden es für neue Pferde und Essen brauchen.

Als sie die finsteren und verrohten Gesichter der Menschen sah, rückte Nike wieder etwas enger an Kamara. Die einstmals weißgekälkten Häuser waren nun braun von Schmutz und Unrat, und die Türen hätten noch nicht einmal dem Ansturm einer Fliege standgehalten. Doch was nutzte eine offene Tür, wenn es hinter ihr nichts zu holen gab? Vor den Häusern brannten zwar Kochfeuer, doch in den Töpfen köchelte nicht mehr als ein wenig Getreidebrei, Wurzeln und in seltenen Fällen ein Fisch.

Hori zügelte sein Pferd und sprach eine alte Frau an, die geistesabwesend vor ihrem Feuer saß und etwas in ihrem Topf bewachte, von dem Hori nicht wissen wollte, was es war. »Gute Frau, kannst du uns sagen, wo Fremde in Zalpa ein Ruhelager und etwas zu essen finden?«

Die Alte blickte von ihrem Topf auf und sah Hori verständnislos an. »Nirgendwo! Nach Zalpa kommen schon lange keine Fremden mehr, denn sie wissen, dass es hier nichts mehr gibt. Darum gibt es für Reisende auch keine Unterkünfte mehr. Auch die Soldaten wissen inzwischen, dass es hier nichts mehr gibt, was sie stehlen können – selbst unsere Töchter sind ihnen nicht mehr schön genug. Es ist besser, wenn ihr Zalpa verlasst! Hier gibt es nichts für euch!«

Sie spie in den Topf und rührte das Gebräu mit einem Stock um.

Hori erkannte, dass der Geist der Frau verwirrt war, und gab Kamara ein Zeichen, weiter die Straße hinunterzureiten. Doch je weiter sie kamen, umso mehr Armut und Not begegnete ihnen: Zwei erwachsene Männer begannen vor ihren Augen eine Prügelei um ein mageres Huhn, das den Augenblick nutzte, um gackernd davonzulaufen; mehrere Kinder saßen eng zusammengekauert um ein Kochfeuer herum und starrten hungrig auf den Getreidebrei, den ihre müde, hohlwangige Mutter unter ihnen aufteilte.

»Hier können wir nicht bleiben«, sagte Kamara schließlich.

Hori gab ihr recht. »Aber heute können wir nicht fort aus Zalpa. Re hat bereits seine Barke bestiegen, und es ist sicherlich gefährlicher weiterzureiten, als die Nacht hier zu verbringen.«

Er zügelte entschlossen sein Pferd und ließ sich vom Rücken des müden Tieres gleiten. Als er sich ratlos umsah, rief eine junge Frau zu ihm herüber: »Ihr da! Dort könnt ihr nicht bleiben. Niemand bleibt nachts in Zalpa auf der Straße, es ist zu gefährlich. Kommt mit mir, ihr könnt die Nacht als meine Gäste verbringen.«

Die junge Frau stand vor einem Haus, das nicht besser aussah als das der übrigen Bewohner, sie trug keine bessere Kleidung, und trotzdem lud sie die ihr fremden Besucher scheinbar selbstlos ein. Hori und Kamara tauschten nur einen Blick, bevor sie ihr Angebot annahmen.

»Mein Name ist Semele«, sagte die junge Frau freundlich, als sie sich kurze Zeit später gegenüberstanden. Sie war hübsch, und unter ihrem groben Chiton zeichnete sich ein schlanker, jedoch nicht ausgemergelter Körper ab. Ihr Gesicht war nicht hohlwangig wie das der anderen, und ihr Haar glänzte, als glättete sie es jeden Tag mit Öl.

Hori und Kamara bedankten sich bei Semele für ihre Freundlichkeit, und sogar Nike wagte ein Lächeln.

Semele ließ sie die Pferde in den kleinen Hof hinter ihrem Haus führen und versorgte sie mit Wasser und Getreide.

Kamara wunderte sich: Woher hatte Semele Getreide, wenn ganz Zalpa hungerte? Auch der kleine, aber saubere Innenraum ihres Wohnhauses wies bescheidenen Wohlstand auf. Es gab warme Schaffelle, Matten aus Schilfgeflecht und ein einfaches Ruhelager, auf dem einladend weitere Felle lagen. Kamara gähnte beim Anblick des Lagers sehnsüchtig. Sie war furchtbar müde.

Semele reichte ihnen Schalen mit einem köstlich duftenden warmen Essen, sogar große Stücke von Fleisch schwammen in der fetten Soße. Kamara, Hori und Nike aßen hungrig, nicht ohne sich bei Semele erneut für ihre Gastfreundschaft zu bedanken. Semele nickte nur leicht und nahm sich selber eine Schale.

Als sie aufgegessen hatte, wagte Kamara endlich, Semele zu fragen, wie es sein konnte, dass es ihr besser ging als den anderen Bewohnern von Zalpa. Semeles Miene verdüsterte sich. »Weil ich nicht so ein dummes Schaf bin wie sie. Ich habe mich den schweren Zeiten angepasst. Gerade als Frau hat man gewisse Möglichkeiten.«

Kamara blickte Semele überrascht an. »Du bist eine Hure?«

Spöttisch verzog die junge Frau die Mundwinkel. »Schmeckt mein Essen deshalb schlechter, Kamara?«

Diese beeilte sich zu verneinen. »Verzeih mir«, bat sie stattdessen. »Ich frage mich nur, wer in Zalpa genug hat, um die Dienste einer Hure in Anspruch zu nehmen.«

Der Blick Semeles wurde versöhnlicher. »Nun, keiner von denen kann das – aber die Soldaten und die Fremden, die von weit her kommen, haben Gold und vielerlei Tauschwaren.«

»Eine alte Frau behauptete, es kämen keine Fremden und auch keine Soldaten mehr nach Zalpa.«

Semele winkte ab. »Sie lügt! Sie alle lügen, weil sie Angst haben. Natürlich kommen sie, und das sehr oft. Soldaten, Abtrünnige, Fremde. Sie bleiben nicht, aber sie kommen immer wieder. Sie stehlen, was es noch zu stehlen gibt. Sie nehmen sich die jungen Frauen und lassen sie mit dicken Bäuchen zurück. Irgendetwas vermögen sie noch immer aus den ausgebluteten Herzen der Menschen herauszupressen. Und was sie den anderen nehmen, geben sie mir. Deshalb hassen mich die Menschen in Zalpa. ›Semele, die Hure!‹, rufen sie, wenn sie mich auf der Straße sehen: ›Semeles Schoß empfängt jeden für ein paar Kupferringe oder ein gutes Essen!‹«

Sie stieß verächtlich die Luft aus. »Sie sind dumm. Ich wollte ihnen Essen und warme Stoffe für ihre Kinder geben, doch sie lassen sie lieber verhungern, als von Semele, der Hure der Fremdländer, etwas anzunehmen. Sie verurteilen mich, weil ich nicht wie sie verhungern will, weil ich meinen Stolz beiseitegeschoben habe und mich den Männern anbiete. Doch die Soldaten schützen mich. Keiner wagt es, mich anzurühren.«

Sie seufzte kurz, dann füllte sie die Schüsseln nach. »Aber keiner redet mehr mit mir, ich bin oft einsam. Ich freue mich über Besuch und bin glücklich, wenn ich Gäste bewirten kann. Früher habe ich in einem großen Haus gelebt, doch sie töteten meinen Vater und verschleppten meine Mutter, als ich noch ein Kind war. Was hat mir mein Stolz da noch genutzt? Jetzt bin ich Semele, die Hure, doch ich habe ein Dach über dem Kopf und etwas zu essen. Was kann man mehr erwarten in diesen Zeiten?«

»Warum gehst du nicht fort aus Zalpa?«, wollte Hori wissen.

»Wohin? Und warum? Von Troja bis Hattusa ist es nicht anders.«

»Aber es muss doch irgendeinen Ort geben, an dem es anders, schöner ist«, wagte Nike einen Einwand.

»Vielleicht auf dem Olymp«, sagte Semele. Dann musterte

sie ihre Besucher genauer. »Wohin wollt ihr, und was hat euch nach Zalpa verschlagen?«

Hori kratzte sich ratlos an seinem sprießenden Bart. Seine Züge waren im Laufe der letzten Nilschwemme männlicher geworden, was ihm gefiel, doch auf den Bartwuchs hätte er gerne verzichtet. »Eigentlich wollten wir eine Weile hierbleiben, doch hier gibt es nichts für uns.«

»Du bist Ägypter«, stellte Semele knapp fest und sah dann Nike an, »und du bist Mykenerin.« Schließlich wies sie auf Kamara. »Du kommst ebenfalls nicht von hier. Das kann nur bedeuten, dass ihr vor irgendetwas oder irgendjemandem davonlauft.«

Kamara und Hori wichen ihrem Blick aus.

»Ich verstehe, ihr wollt nicht darüber sprechen. Bei Athene, auch das ist mir recht. Ich muss nicht alles wissen. Aber wohin wollt ihr gehen? In Troja gibt es nichts, Hatti ist auch nicht sicher. Ihr könntet ebenso gut hierbleiben.«

Es war Nike, die seltsamerweise dieses Mal ein bestimmtes Nein aussprach. Überrascht blickte Semele sie an. Nike fühlte sich ertappt. Wie um ihr Geheimnis zu verbergen, schlang sie die Arme um ihren Leib.

Semele schnalzte mit der Zunge. »Ich verstehe – du trägst einen Schatz unter dem Herzen.«

Nike beeilte sich, Semeles Vermutung zu verneinen, doch sie konnte nicht verhindern, dass ihre Wangen zu glühen begannen.

Hori hätte fast seine Schale fallen lassen, so eisig blickte Kamara ihn mit einem Male an. »Was ist? Was habe ich getan?«

»Sie trägt ein Kind unter dem Herzen«, gab ihm Semele nach einem Moment des Schweigens schließlich zu verstehen.

Hori zog verdutzt die Augenbrauen hoch. »Bei den Göttern, na und? Warum starrt ihr mich so an?« Dann begann er endlich zu verstehen und hustete. »Ich habe damit rein gar nichts zu tun. Ich schwöre es bei Amun und Osiris, bei Horus und Thot, Anubis und …«

»Schon gut«, murrte Kamara und wandte sich Nike zu, die noch immer mit hochrotem Kopf und verschränkten Armen dasaß und nicht wagte, etwas zu sagen. »Also, Nike, von wem ist das Kind? Sagtest du nicht, du könntest überhaupt keine Kinder haben?«

Obwohl sie sich um einen schuldbewussten Ausdruck bemühte, fuhr bei Kamaras Anmerkung ein Lächeln über ihr Gesicht. »Ja, bei den Göttern! Es ist ein Wunder! Es ist ein Kind der Götter!«

»Nike!«, mahnte Kamara ernst.

»Es … Es ist von Eneas«, gab sie schließlich zu.

Kamara und Hori starrten sie an, als hätte sie einen schlechten Scherz gemacht. Semele hingegen hatte ihre Freude an der willkommenen Abwechslung und dem Geheimnis, das gerade vor ihren Augen gelüftet worden war, und harrte gespannt der weiteren Geschichte.

»Wie?«, fragte Kamara schließlich irritiert.

»Auf dem Schiff … Du hast ihn fortgeschickt, weißt du es nicht mehr? Da kam er zu mir.«

»Oh, dieser elende Mykener!«, fluchte Kamara.

»Er ist tot, und dieses Kind ist das Einzige, was ich von ihm habe. Ich habe nie gewagt, auf ein solches Glück zu hoffen«, gab Nike wütend zur Antwort.

»Nike, er hat dich nicht einmal angesehen, bevor er starb. Es tut mir leid, aber so ist es.«

»Was bedeutet das noch?«, fragte Nike schließlich. »Mit dem Kind hat er mir so viel mehr gegeben!«

Hori stöhnte auf. »Amun, womit habe ich das verdient? Wir wissen kaum, wohin wir gehen sollen und was aus uns wird, und sie redet von Glück!«

»Ich werde dieses Kind haben, und niemand wird es mir

nehmen«, verteidigte sich Nike schließlich erneut mit der Kraft einer Löwin. Kamara versuchte, sie zu beruhigen, doch Nike blickte sie ungewohnt kampfeslustig an.

»Ich könnte euch helfen«, mischte sich schließlich Semele ein. »Ich kenne Mittel, wie man ein Kind loswird, das man nicht will.«

Als Nike sie zornig anfunkelte, hob die Hure beschwichtigend die Hände. »Bei Hera, sieh mich nicht an, als wäre ich dein Feind! Ich will dir nur helfen. Was willst du mit einem Kind, wenn es keinen Vater hat und du ihm nichts zu essen beschaffen kannst?«

Alle redeten auf Nike ein, doch diese ließ sich nicht beirren. Sie wollte dieses Kind um jeden Preis, den die Götter ihr dafür abverlangen würden.

Kamara und Hori gaben schließlich auf und schwiegen. Semele erhob sich und holte ein schlichtes Holzkästchen unter ihrem Ruhelager hervor, das getrocknete Kräuter enthielt. »Diese Kräuter werden dir für die Zeit deiner Schwangerschaft Kraft geben. Du wirst sie brauchen können. Besser als ich. Obwohl ich auch weiß, wie man einem Kind auf die Welt hilft, braucht niemand in Zalpa mehr solche Kräuter. Die Frauen machen eher Gebrauch von den anderen Kräutern, von denjenigen, die das Kind abgehen lassen, und ich … Nun ja, ein Kind ist das, was ich am wenigsten brauchen kann.«

Nike nahm die Kräuter entgegen, obwohl sie nicht vorhatte, sie zu benutzen. Sie traute Semele ohne Weiteres zu, dass diese ihr mit einer List das Kind aus dem Leib treiben wollte.

Semele spürte Nikes Angst und lächelte. »Du kannst sie unbesorgt nehmen, ich betrüge dich nicht. Vor einigen Sommern sind einige Frauen mit ihren Kindern aus Zalpa nach Westen gegangen, weil eine Geschichte erzählt wird, der ich allerdings keinen Glauben schenke. Einst soll an den Ufern des Thermodon ein Frauenvolk gelebt haben. Sie waren Kriegerinnen, hielten sich jedoch von den Kämpfen des Festlandes fern und lebten unbehelligt und abgeschieden. Das war klug von ihnen. Doch dann beschloss ihre Königin, mit den Kriegerinnen in die Schlacht von Troja zu ziehen. Dort wurde das gesamte Frauenvolk ausgelöscht. Es gibt aber immer noch einige Frauen, die erzählen, dass ein sehr kleiner Teil des Frauenvolks überlebt hat und an den Thermodon zurückgekehrt ist, wo die Frauen versteckt noch heute leben wie früher. Vielleicht wirst du dort Unterkunft für dich und dein Kind finden. Obwohl ... Wie gesagt, ich glaube, dass es nur eine Geschichte ist.«

Kamara lauschte Semeles Geschichte gebannt. »Und, gibt es Frauen, die zurückgekehrt sind?«

Semele zuckte mit den Schultern. »Ich glaube nicht. Die Frauen, die damals aus Zalpa fortgingen, waren verzweifelt. Sie waren schwanger, geschändet von Soldaten, oder ihre Männer waren tot ... Sie gingen, um das Frauenvolk zu suchen und mit ihm zu leben, ihre Kinder dort aufzuziehen. Keiner in Zalpa hat je wieder etwas von ihnen gehört. Ich für meinen Teil denke, dass sie den Tod fanden. Sie verhungerten oder wurden von Wegelagerern überfallen, von Sklavenhändlern aufgegriffen und verkauft, wenn sie hübsch genug waren, oder von Soldaten geschändet und getötet. Sie hofften auf ein besseres Leben und fanden den Tod. Das ist alles.«

»Vielleicht sind sie nicht gestorben, sondern haben gefunden, was sie suchten«, überlegte Kamara laut.

»Ich denke, Semele hat recht«, fiel ihr Hori bestimmt ins Wort, doch ein Blick in ihre Augen ließ ihn erkennen, dass sie ihn kaum noch hörte. Kamaras Augen glühten wie schon lange nicht mehr, und der Schein des Feuers verstärkte das unruhige Flackern noch. Schon jetzt hatte sie eine Entscheidung getroffen. Und Hori erkannte, dass nichts und niemand sie davon noch abhalten konnte.

Selbst als sie sich auf den Binsenmatten ausstreckten, die Semele ihnen überlassen hatte, und sie neben sich Nikes ruhige Atemzüge hörte, schlug Kamaras Herz noch schnell gegen ihre Rippen. Semeles Geschichte ging ihr nicht mehr aus dem Kopf, und die Stimme in ihrem Kopf schien ebenso aufgeregt wie sie. *Freiheit, Freiheit!*, frohlockte sie, und wie so oft konnte Kamara sich nicht gegen sie wehren, stimmte ihr vielmehr sogar hoffnungsvoll zu.

Kamara konnte nicht schlafen, sondern wälzte sich von einer Seite auf die andere, bis sie schließlich Hori aufweckte, der mit einem Brummen die Augen öffnete. »Hori, ich spüre, dass die Geschichte von Semele wahr ist. Ich glaube nicht, dass diese Frauen gestorben sind. Wir können sie finden.«

Hori stöhnte und blickte sie über die schlafende Nike hinweg aus müden Augen an. »Kamara, Semele glaubt selbst nicht an diese Geschichte. Schlaf jetzt. Morgen überlegen wir, wohin wir gehen.«

»Nein! Nicht morgen! Jetzt! Wir müssen nach Westen reiten, Hori. Ich spüre, dass ich sie finden werde. Für Nike ist es auch das Beste. Wohin soll sie gehen, schwanger und ohne jemanden, der sie beschützt? Ich habe sie in diese Lage gebracht, indem ich sie gezwungen habe, mit uns zu gehen. Sie wäre dort sicher. Ich weiß es. Ich weiß viel über das Volk meiner Mutter! Immerhin ist es auch mein Volk.«

»Und was ist mit deinem Vater? Fließt in dir nicht auch ägyptisches Blut, Kamara? Woher willst du wissen, dass noch alles so ist wie zu den Zeiten deiner Mutter – selbst wenn dieses Wunder eintrifft, dass du sie findest? Kriege verändern die Menschen. Auch dem Volk deiner Mutter wird es nicht anders ergangen sein, sollte es wirklich noch dort sein, am Thermodon.«

Hori appellierte mit aller Macht an die Kraft ihres Verstandes, doch Kamara ließ sich nicht beirren. »Ich werde reiten, Hori. Nike werde ich mitnehmen, und auch du solltest mit uns kommen. Wir müssen uns schließlich irgendwo verstecken, irgendwo zur Ruhe kommen, an einem sicheren Ort, an dem wir Zeit haben zu überlegen, was wir weiter tun werden. Kay wird uns verfolgen! Früher oder später wird auch er nach Zalpa kommen.«

Hori sah sie zornig an. »Nun, Kamara, an deiner Uneigennützigkeit hat sich nichts geändert. Hast du dir schon einmal überlegt, was geschieht, wenn wir wirklich auf das Volk deiner Mutter stoßen? Vielleicht werden sie Nike und dich willkommen heißen, doch was ist mit mir? Hast du mir nicht früher immer voller Stolz erzählt, dass das Volk deiner Mutter ohne Männer gelebt hat? Ja, schlimmer noch, dass sie Männer als Knechte und Sklaven hielten? Was glaubst du, würden sie mit mir tun?«

Kamara konnte ihm keine Antwort auf seine Fragen geben. Insgeheim gab sie Hori recht, doch alles in ihr zog sie zu diesem Volk, dessen Blut auch in ihren Adern floss. Was auch geschah: Sie musste sie finden, die Töchter der Großen Mutter. *Flieg, kleine Schwester, flieg, auf dem Rücken deines Pferdes, über die grünen Auen des Thermodon,* hörte sie das alte Lied in ihrem Herzen klingen, das ihre Mutter ihr so oft vorgesungen hatte, als sie noch ein Kind gewesen war.

»Wie du schon sagtest, Hori: Der Krieg verändert die Menschen, und wenn es das Volk meiner Mutter noch gibt, wird es sich auch verändert haben.« Kamara wusste, dass dies eine listige Ausrede war und sie Hori mit seinen eigenen Waffen schlug, doch sie konnte nicht anders. Immerhin war sie eine Tochter des Volkes, und auch Pairy war eine Zeitlang von den Frauen geduldet worden. Wenn sie das Volk der Großen Mutter wirklich fanden, würde auch Hori dort geduldet werden, dessen war sie sich sicher.

»Kamara, schon wieder denkst du nur an dich«, stellte Hori resigniert fest und wandte sich um. Er war zu müde, zu zornig, zu entmutigt, um sich weiter mit ihr zu streiten, und er sehnte sich danach, heimkehren zu können. Er wollte nur in Ägypten leben, aber Kamara war schon immer von einem Feuer angetrieben worden, das er nicht verstand. Doch im Moment war Ägypten für ihn unerreichbar, und zumindest mit einem hatte Kamara recht: Sie brauchten einen Ort, an dem sie sich verstecken und endlich zur Ruhe kommen konnten, um zu überlegen, wie es weitergehen sollte. Seit über einer Nilschwemme waren sie bereits auf der Flucht, und wenn er wirklich nach Ägypten zurückkehren wollte, brauchte Hori Zeit, um einen Plan zu ersinnen.

»Also gut, ich werde mit euch kommen«, sagte er schließlich, bevor er einschlief.

Kamara atmete erleichtert auf und schloss die Augen. »Mein Herz ist froh darüber, Hori, und ich bin froh, dass du an meiner Seite bist.«

Am nächsten Tag nahmen sie Abschied von Semele, die ihnen gefüllte Wasserschläuche und Wegzehrung reichte. Hori überließ ihr schweren Herzens das Paar Ohrringe aus Jocastas Goldschatz, und Semele bedankte sich. »Ihr müsst aus Zalpa hinausreiten und dann vorbei an den Gebirgszügen im Westen. Haltet euch nahe der Küste, bis ihr auf die Quellmündung des Thermodon stoßt. Dort, so erzählt man sich, hat das Frauenvolk einst gelebt. Mehr kann ich euch auch nicht sagen.«

Sie seufzte, denn die Aussicht darauf, wieder allein zu sein, stimmte sie nicht froh. »Ich hoffe, ihr findet, wonach ihr sucht, und bedauere gleichzeitig, euch diese Geschichte erzählt zu haben. Ich fürchte, sie hat in euch Hoffnungen geweckt, die nicht erfüllt werden. Es ist nur eine Geschichte, die eine Frau einer anderen erzählt hat, die sie dann ausschmückte und ebenfalls weitererzählte. So ist eine Legende entstanden, mit der sich verzweifelte Frauen in schweren Zeiten Mut machen.«

Sie wandte sich an Kamara. »Wollt ihr es euch nicht lieber noch einmal überlegen?«

Kamara schüttelte den Kopf. »Wir können nicht in Zalpa bleiben, Semele. Alles, was wir finden, ist besser als das, was wir auf unserem Weg bisher gesehen haben. Du kannst dich uns noch immer anschließen!«

Semele schüttelte den Kopf. »Nein, Kamara, ich danke dir für dein Angebot, doch ich werde hierbleiben. In Zalpa habe ich zwar auch nicht viel, aber es ist besser, als einer Geschichte hinterherzulaufen.«

Megiddo

Selina führte Paris durch das große Tor, das von ägyptischen Soldaten gut bewacht wurde. Der Hengst ihrer Tochter ließ sich erstaunlich willig von ihr führen, und Selina bildete sich ein, dass er sie verstanden hatte, als sie ihn aus seinem Stall geführt und in sein Ohr geflüstert hatte: »Komm, wir suchen Kamara.«

Das gesiegelte Schreiben der Großen Königlichen Gemahlin Bentanta erwies ihr gute Dienste. Weder wurde sie aufgehalten oder misstrauisch beäugt, noch hätte es irgendjemand gewagt, sie unhöflich zu behandeln.

Selina ritt mit einer Eskorte von fünfzig Männern – ägyptischen Soldaten, ausgewählt aus der Leibgarde der Großen Königlichen Gemahlin. Sie war die Einzige, die auf dem Pferd saß, die anderen standen, wie es sich gehörte, in Streitwagen. Dennoch wagte keiner der Soldaten einen geringschätzigen Blick.

Der Kommandant hörte auf den seltsamen Namen Nefer-Miwjuti, was soviel bedeutete wie »Schön von Gestalt wie eine Katze« oder einfacher »Schöner Katzengestaltiger«, obwohl er derb und untersetzt wie ein Nilpferd anmutete. Er hieß Selina herzlich willkommen und lud sie in sein Haus ein, wo seine Frau, ein ebenfalls dralles, aber freundliches Wesen, ihnen ein üppiges Mahl auftrug.

»Ich danke dir für die Einladung, Nefer-Miwjuti«, sagte Selina. »Während des letzten Mondumlaufs habe ich fast nur Staub geschluckt. Ich war verwundert, als ich sah, dass Megiddo in einem blühenden Tal liegt. Ich hätte eine Wüstenstadt erwartet, mit wehrhaften Mauern und voller Soldaten. Ich wusste nicht, dass Megiddo ein solch friedlicher Ort ist.«

Der Kommandant nagte das letzte Fleisch vom Knochen eines Gänseflügels und ließ sich dann von seinem Diener eine Fingerschale reichen. »Der Frieden dieser Stadt täuscht, Herrin. Du musst der wehrhaften Mauern gewahr worden sein, als du durch das Stadttor ... ähm ... *geritten* bist. Megiddo ist ein wichtiger Handelsknotenpunkt, und wir werden immer wieder angegriffen. Der Große Gott Thutmosis hat zwar den Fürsten von Megiddo einst vertrieben, und seitdem gehört die Stadt zum ägyptischen Herrschaftsgebiet, doch du kannst mir glauben, Herrin: Es ist nicht einfach, auf diesem Außenposten weitab von Ägypten seinen Dienst zu tun.«

Selina nickte ihm freundlich zu. Sie kannte den Hang der Ägypter zu übertreiben. Für sie bedeutete es bereits, sich für den Guten Gott, den Pharao, aufzuopfern, wenn sie nicht in ihrem geliebten Land leben konnten. Doch auch fernab der Heimat schien es Nefer-Miwjuti an nichts zu mangeln. Sein Haus war groß und komfortabel eingerichtet, und sein Tisch bog sich unter Speisen. Seine Körperfülle ließ zudem vermuten, dass er während seiner Amtszeit nicht in nennenswerte Kampfhandlungen verwickelt worden war.

»Nefer-Miwjuti, du weißt, weshalb ich gekommen bin«, versuchte Selina, das Gespräch in eine fruchtbare Richtung zu lenken.

Der Kommandant nickte sofort. »Es ist mir eine große Ehre, eine Gesandte der Großen Königlichen Gemahlin in meinem bescheidenen Haus empfangen zu dürfen«, bestätigte er. Um seiner Überzeugung Ausdruck zu verleihen, fügte er hinzu: »Dein Ruf eilt dir voraus, Herrin Selina. Ein jeder weiß, dass der Einzig Eine Pferde aus deinen Ställen allen anderen vorzieht. Bitte nenne mich Nefer – ich mag meinen Namen nicht besonders, musst du wissen. Wie oft wurde ich als Kind gehänselt und verspottet. Und selbst von meinen Männern weiß ich, dass sie mich hinter meinem Rücken nur *miu-djeda*, ›fette Katze‹, nennen. Was haben die Götter sich dabei gedacht, als sie die Priester nach meiner Geburt diesen Namen für mich auswählen ließen! Hat sich Bastet, die Katzenköpfige, einen Scherz mit mir erlaubt? Also bitte, nenne mich einfach Nefer.«

Selina lächelte und nickte. Obwohl sie diesen Namen ebenso unpassend fand wie den eigentlichen Namen des Kommandanten – schließlich war dieser so wenig schön wie katzengestaltig –, konnte sie sich gut vorstellen, dass er unter seinem Namen zu leiden hatte. »Wann werde ich die Pferde für die Große Königliche Gemahlin – Sie lebe, sei heil und gesund! – sehen können?«, fragte sie, da sie wenigstens ihren Auftrag ausführen wollte, bevor sie sich heimlich davonschlich. Das war sie Bentanta schuldig.

»Sobald dieser Mykener, der seit einigen Tagen die Ställe in Beschlag genommen hat, den Platz geräumt hat. Wir brauchen den Platz, um die Pferde der Großen Königlichen Gemahlin unterzubringen.«

Selina glaubte ihren Ohren nicht zu trauen. »Soll das heißen, dass die Pferde der Großen Königlichen Gemahlin keine

Unterkunft haben, weil ein Händler aus Mykene die Ställe für sich gefordert hat?«

Nefer zuckte mit den Schultern. »Die Pferde für das *Per Ao* sind erst am gestrigen Tag eingetroffen, und der Mykener hat mit gutem Gold bezahlt, um seine Pferde dort unterzustellen – und das für zwei Monde im Voraus. Er reist mit einem großen Tross und hat sich geweigert, die Ställe zu räumen. Diese mykenischen Dummköpfe geben nichts auf das *Per Ao*, und sie haben keinen Respekt vor dem Einzig Einen. Jeder Ägypter hätte die Ställe sofort geräumt, aber er … Nun ja, wir haben ihn dazu bewegen können, in zwei Tagen einen der Ställe zu räumen, doch dann muss er noch gesäubert werden. Du wirst dich also noch etwas gedulden müssen. Die Pferde der Großen Königin stehen im Moment auf einer Weide außerhalb der Stadtmauern. Doch sei unbesorgt: Sie werden gut bewacht.«

Selina verzog die Mundwinkel. Sie wollte so schnell wie möglich weiter. »Wo hat der Fremde sein Lager aufgeschlagen? Ich werde mit ihm sprechen. Auch er muss sich dem Befehl der Großen Königlichen Gemahlin beugen. Immerhin steht Megiddo unter ägyptischer Herrschaft.«

»Seine Männer kampieren in der Unterstadt. *Kampieren* ist allerdings noch ein freundlicher Ausdruck für ihr Benehmen: dreckige Söldner von überall her. Ihr Herr jedoch hat es vorgezogen, sich im Haus des Obersten Priesters des Month niederzulassen. Anscheinend kennen sie sich gut. Ich frage mich, was er in Megiddo will. Geh nur zu ihm. Es ist das zweitletzte Haus am Ende des Viertels«, gab Nefer Auskunft. Es kam ihm durchaus gelegen, sich dieser unangenehmen Aufgabe entledigen zu können.

Selina bedankte sich und machte sich auf den Weg. Der Sand der Straße war angenehm warm an ihren Zehen, und die Beinkleider, die sie für die Reise gewählt hatte, gaben ihr ein gutes Gefühl. Zum Reiten trug sie zwar auch in Ägypten stets Beinkleider, doch hier in Megiddo konnte sie mit ihnen auch durch die Straßen laufen, ohne zu sehr angestarrt zu werden.

Der Weg zum Haus des Obersten Priesters war nicht weit, und Selina wurde von einer Dienerin empfangen, die sie zuerst misstrauisch, dann besonders freundlich begrüßte, als sie das Sendschreiben der Großen Königlichen Gemahlin gesehen hatte. »Der Oberste Priester weilt um diese Zeit im Tempel, aber sein Gast, der edle Herr Lisias, ist anwesend. Ich lasse dich ankündigen, Herrin Selina, bitte warte hier.«

»Kündige nur einen Gesandten des Palastes in Piramses an«, bat Selina die junge Dienerin.

»Wie du möchtest«, sagte das Mädchen und verbeugte sich ehrerbietig, bevor sie verschwand.

Selinas Magen krampfte sich zusammen. *Lisias!* Sie kannte den Namen, bei der Großen Mutter! Sie hatte ihn so oft gehört, dass sie ihn nicht hatte vergessen können: *Lisias, der Händler. Lisias, der Mykener. Lisias der Schurke. Der Verräter, der ihre Tochter mit Kays Hilfe nach Ägypten verschleppt hatte!* Doch sie musste zuerst Gewissheit erlangen, dass es nicht nur ein Zufall war, eine Namensgleichheit. Außerdem: Wenn sie von Lisias wusste, wusste er vielleicht auch von ihr. Und wenn er Kamara verschleppt hatte, wusste er vielleicht auch, wo sie jetzt war.

Die Zeit wollte nicht vergehen, und das Warten schien Selina unerträglich. Dann endlich erschien die junge Dienerin wieder und verbeugte sich abermals. »Der edle Herr Lisias empfängt dich nun, Herrin. Bitte gehe hinaus in den Garten, wo er seine Nachmittage verbringt.«

Selina dankte und bemühte sich, langsam und ohne Eile einen Fuß vor den anderen zu setzen. Im Garten war es angenehm kühl, da ihn viele schattenspendende Dumpalmen säumten, doch sie verschwendete keinen Blick für die Schönheit der Blüten und Blätter. Dann erblickte sie den Fremden, einen gepflegten, schlanken Mann mittleren Alters. Vertieft in eine Papyrusrolle saß er an einem Tisch. Er trug seinen Bart nach mykenischer Art und einen langen weißen Chiton.

Erst als sie bei ihm war, sah er von seinem Papyrus auf. Er schenkte ihr ein aufgesetztes Lächeln. »Ich grüße dich, Herrin. Man hat mir gesagt, dass du eine Gesandte des Großen Hauses in Ägypten bist und mich zu sprechen wünschst.«

Selina dachte gar nicht daran, sich auch nur kurz zu verbeugen. Zu sehr waren ihre Gefühle in Aufruhr. »Ja, Herr, wenn dein Name Lisias ist und deine Pferde die Ställe belegen, die für die Herde der Großen Königlichen Gemahlin geräumt werden müssen, dann muss ich dich unbedingt sprechen.«

Er schien zu verstehen, was sie wollte, denn sein Lächeln verschwand so schnell, wie es gekommen war. »Herrin, ich habe gutes Gold und Kupfer für die Stellplätze meiner Pferde gegeben. In zwei Tagen werde ich meine Pferde in die Stallungen des Obersten Priesters, bei dem ich zu Gast bin, verlegen lassen, doch bis dahin werden sie bleiben, wo sie sind.«

»Du wagst viel, widersetzt du dich doch einem Befehl des Großen Hauses. Es könnte dich den Kopf kosten. Die Große Königliche Gemahlin wird deine Frechheit nicht einfach hinnehmen.«

Er verzog spöttisch die Mundwinkel. »Die Große Königliche Gemahlin ist nicht der Pharao, und ich denke, dass der Pharao mich und meine Waren sehr zu schätzen weiß, sobald er sich bemüht, die Listen zu überprüfen, auf denen mein Name als Händler aufgeführt ist. Jeder einflussreiche Mann in Piramses ist mein Kunde. Ich würde dir also raten, mir nicht zu drohen. Wenn der Auftrag des Großen Hauses so wichtig wäre, wie du es mir weiszumachen versuchst, hätte man sicherlich keine Frau geschickt.«

Schon wollte er sich wieder seinem Papyrusbogen zuwenden, als Selina das Wort ergriff. »Nun, Lisias, wenn du dich deiner hochrangigen Bekanntschaften in Piramses brüstest, kennst du sicherlich auch den edlen Herrn Pairy, den *Hati-a* von Piramses, der schon seit einigen Nilschwemmen den Verdacht hegt, dass du Schmuggelgeschäfte betreibst. Und sicherlich weißt du auch, dass dem Einzig Einen ein Sendschreiben vorliegt, in dem dein Name fällt.«

Lisias zuckte nur einen Augenblick zusammen, doch der reichte Selina bereits, um zu erkennen, dass sie richtig vermutet hatte.

»Ich weiß nicht, wovon du sprichst, Frau«, grummelte er unfreundlich.

Er wollte dieses unangenehme Gespräch so schnell wie möglich beenden, denn offensichtlich waren seine Pläne doch nicht so reibungslos vonstatten gegangen, wie er gehofft hatte. Dennoch war es ihm beinahe egal, dass der Palast ihn in Verdacht hatte. Auch war es ihm auf einmal gleichgültig, ob Kamara und ihre Begleiter es schafften, nach Ägypten zurückzukehren und ihn zu verraten. Er hatte genug Gold angesammelt, um ein beschauliches Leben führen zu können, und es störte ihn kaum, sich von seinen Geschäften zurückzuziehen. Pharaos Arm mochte weit reichen, doch bis Mykene würde er ihm nicht folgen können. Sollte Kays Kopf doch abgeschlagen werden! Er selbst, Lisias, würde die leidige Hetzjagd nach den Abtrünnigen aufgeben, ohne Umschweife nach Mykene zurückkehren und sich zur Ruhe setzen. Sollte die Ägypterin die Ställe ruhig sofort haben – er würde seine Truhen packen lassen und Megiddo noch heute verlassen, zurück in Richtung Ugarit, hinaus aus ägyptischem Herrschaftsgebiet. Weshalb hatte er gerade nach Megiddo kommen müssen? Die Winter hier waren mild, und die Stadt war schön, aber er hatte sich in Gefahr begeben.

Lisias hatte Selina bereits den Rücken zugewandt, doch sie

hielt ihn zurück: »Einen Augenblick, Lisias! Ich habe noch eine Frage an dich.«

Er wandte sich um und tastete unauffällig nach dem Dolch, den er unter seinen Gewändern trug. »Was willst du noch?«

»Ich will wissen, wo meine Tochter ist, elender Mykener. Meine Tochter Kamara, die du verschleppt und verkauft hast wie ein Stück Vieh. Und ich will wissen, wo Hori ist, der durch deine und Kays Machenschaften in Ungnade gefallen ist.«

Lisias wich alle Farbe aus dem Gesicht. Wie viel Pech konnte man an einem einzigen Tag haben? Ausgerechnet die Mutter dieser elenden Hure hatte ihn gefunden! Doch es hätte schlimmer kommen können. Sie war nur eine Frau und ihm daher zwangsläufig unterlegen. Er zog den Dolch unter seinem Gewand hervor. Er brauchte einen Vorsprung, um aus Megiddo zu fliehen, und musste sie zum Schweigen bringen. Natürlich würden sie nach ihr suchen und sie irgendwann finden, aber bis dahin wäre er weit genug fort, außerhalb des ägyptischen Herrschaftsgebiets.

Er ging auf sie zu, den Dolch zum Stoß auf ihre Brust gerichtet, doch sie wich nicht vor ihm zurück. Das irritierte Lisias, und dennoch ließ er den Dolch vorschnellen.

Als ein harter Schlag seinen Arm traf und ihm der Dolch entglitt, schrie Lisias vor Schreck und Schmerz auf. Während er noch überrascht seine schmerzende Hand rieb, traf ein so harter Tritt seine Hüfte, dass er zurücktaumelte und sich an dem kleinen Tisch festhalten musste, um nicht hinzufallen.

Sie hob den Dolch auf und ging langsam auf ihn zu. Angsterfüllt blickte Lisias sich um, wollte um Hilfe schreien, doch sie war bereits bei ihm und hielt ihm die Klinge an die Kehle. »Du würdest sterben, ehe du einen einzigen Schrei ausgestoßen hast«, zischte sie ihn an.

Ihr entschlossener Blick ließ ihn zusammenzucken. »Was … Was willst du von mir? Gold? Ich bin ein reicher Mann, ich kann dir geben, was du willst.«

Selina drückte den Dolch fester an seinen Hals. »Ich will wissen, wo meine Tochter ist!«

»Ich weiß es nicht, bei Zeus und allen Göttern! Ich weiß es wirklich nicht«, wimmerte er.

»Was weißt du, *wecha* – Idiot, Pestgeschwür?«, fuhr sie ihn an.

»Sie … Sie waren in Athen. Das weiß ich. Sie haben ein Schiff genommen. Deine Tochter und dieser andere … Hori, und auch der Mykener Eneas. Kay hat sie verfolgt. Ich erhielt einen Papyrus von ihm, in dem stand, dass sie auf das Festland wollen. Sie seien auf einem Schiff mit Kurs auf Ephesos. Es grenzt an ein Wunder, dass der Bote mich in Ugarit ausfindig gemacht hat, und als ich das Schreiben erhielt, war es schon mehrere Mondumläufe in seiner Hand. Mehr weiß ich nicht. Kay verfolgt sie, aber ich habe nichts mehr von ihm gehört.«

»Was ist mit Merit, dem Mädchen, das du zusammen mit Kamara verschleppt hast?«

»Sie starb am Fieber.« Lisias zitterte. Er merkte, dass diese Frau nicht davor zurückschrecken würde, ihn zu töten. »Lass mich gehen. Ich habe dir gesagt, was ich weiß.«

Selina schnalzte mit der Zunge. »Damit du weiteres Unheil anrichten kannst? Damit deine Taten ungestraft bleiben und du dein Leben inmitten deiner Reichtümer fortsetzen kannst?«

»Ich werde bestimmt –«

»Du wirst einfach dein Leben weiterleben, Lisias. Pharao kann dich nicht richten, denn du wirst niemals nach Piramses zurückkehren. In Mykene aber bleibst du ein angesehener Kaufmann, der mit dem Blut von Menschen genügend Reichtum angehäuft hat, um sorgenfrei zu leben. Hättest du ein Gewissen, wüsste ich wenigstens, dass du bereust. Doch ein Blick in deine Augen sagt mir, dass du nie bereuen wirst, dass du nichts bereuen kannst. Du bist wie die *sesu* – dein Herz ist kalt und leer.«

»Aber ich werde bereuen, ich bereue bereits jetzt!«, beteuerte Lisias. »Lass mich gehen. Wie könntest du damit leben, mich getötet zu haben? Ihr Menschen aus Ägypten glaubt doch an ein Weiterleben nach dem Tod. Wie willst du vor eure Götter treten und auf ein Weiterleben hoffen, wenn du mich richtest? Nur die Götter dürfen mich richten.«

»Ich bin keine Ägypterin«, stellte Selina klar. »Ich bin eine Tochter der Großen Mutter, eine Kriegerin, eine aus jenem Volk, das von euch abgeschlachtet wurde, weil eure Gier euch nach Troja brachte. Und heute wirst du sterben, Lisias – für meine Göttin, für mein Volk und für meine Tochter!« Sie zog den Dolch von seinem Hals und stieß ihn so schnell in sein Herz, dass er sofort zusammensackte. Sie hätte ihm die Kehle durchtrennen und ihn elendig verbluten lassen können, doch sie war nicht grausam. Keine Kriegerin der Großen Mutter wäre derart grausam gewesen.

Selina machte sich nicht die Mühe, seinen Leichnam zu verstecken. Der Tod des Kaufmanns war nach dem Gesetz der Großen Mutter gerecht gewesen, und etwas, das zu Recht geschah, verbarg man nicht – auch wenn es klüger gewesen wäre und ihr einen Vorsprung verschafft hätte. Stattdessen ließ sie den Mykener, wo er war, und verließ das Haus des Obersten Priesters ohne Aufsehen.

An den Garnisonsgebäuden, wo ihre Eskorte ihr Lager aufgeschlagen hatte, grüßte sie den Kommandanten und fragte ihn, wo er Paris untergestellt hatte. Der Hengst war zwar getränkt und gefüttert worden, doch da die Ställe noch von Lisias' Pferden besetzt waren, stand er immer noch aufgezäumt neben den anderen Pferden unter einem hastig aufgestellten Sonnensegel.

»Herrin, was ist nun mit den Ställen? Wann können wir unsere Pferde unterstellen, und wann werden die Pferde der Großen Königlichen Gemahlin eintreffen?«, fragte der junge Kommandant, als Selina sich auf Paris' Rücken schwang.

»Jagt die Pferde des Lisias aus den Ställen und verjagt seine Männer aus Megiddo! Bringt eure Pferde in die Ställe. Ich reite zu den Weiden und gebe den Männern dort Bescheid, dass die Pferde der Großen Königlichen Gemahlin unverzüglich in die Stadt gebracht werden können.«

»Soll ich dir ein paar Männer zur Begleitung unterstellen, Herrin? Es ist außerhalb der Stadtmauern gefährlich«, bot der junge Offizier an.

»Ich kann mich selbst verteidigen, gib mir nur ein Schwert und einen Bogen.«

Der junge Mann sah sie an, als habe sie einen schlechten Scherz gemacht. »Herrin? Ich verstehe nicht.«

Sie beugte sich vom Pferd und zog mit einer schnellen Bewegung das Schwert aus seinem Waffengurt. »Ich war eine Kriegerin und habe in vielen Schlachten gekämpft, bevor ich nach Ägypten kam. Wusstest du das nicht, junger Kommandant?«

Er schüttelte den Kopf. »Nein, Herrin«, bekannte er und löste schließlich seinen Waffengürtel, um ihn ihr zu geben. Dann winkte er einem seiner Männer, ihm einen Köcher mit Pfeilen und einen Bogen zu bringen.

»Eine Axt«, forderte sie schließlich, und als sie auch diese erhalten hatte, wirbelte Selina sie so leicht herum, dass der Mann sie mit offenem Mund anstarrte, bevor er seine Sprache wiederfand. »Wo lernt eine Frau, so mit Waffen umzugehen?«, fragte er sie schließlich.

»Nirgendwo mehr«, antwortete sie mit gepresster Stimme. »Mein Volk ist ausgelöscht … Ich bin die Letzte!«

Sie gab Paris die Fersen, rief dem Kommandanten zu, dass sie am Abend wieder zurück sei, und galoppierte dann durch die Straßen, hinaus aus dem Stadttor, fort aus Megiddo.

Themiskyra

Seit Kamara, Hori und Nike endlich auf den Fluss gestoßen waren, den Kamaras Mutter Thermodon genannt hatte, hatte sich das Landschaftsbild verändert: Die kargen Wege waren saftigen grünen Wiesen gewichen, kräftige Bäume mit knorrigen Ästen spendeten Schatten, und es herrschte ein angenehm kühler Wind. Kamara wusste, dass sie auf dem richtigen Weg waren, denn sie erinnerte sich einmal mehr an das alte Lied des Volkes, in dem die grünen Auen des Thermodon und das hohe Gras besungen wurden.

Doch immer noch war die Reise beschwerlich, denn die müden und ausgehungerten Pferde nutzten jede Unaufmerksamkeit ihrer Reiter, um stehenzubleiben und sich am frischen Grün gütlich zu halten. Kamara und Hori ließen sie gewähren, so oft es möglich war. Nachts rollten sie sich in ihre Mäntel und schliefen, denn noch waren die Nächte nicht unerträglich kalt. Bald aber müssten sie eine Bleibe finden: Auch wenn die Winter in dieser Gegend mild zu sein schienen, würden die Nächte kühler werden. Außerdem fühlte sich Kamara für Nikes ungeborenes Kind verantwortlich. Kamara schalt sich deshalb zwar selber eine Närrin, kam aber zu ihrem eigenen Unmut nicht gegen diese Gefühle an. Selbst die Stimme in ihrem Kopf schwieg sich aus.

Seit Nike ihre Schwangerschaft nicht mehr geheim zu halten brauchte, schien zudem ihr Appetit zu steigen, sodass die Wegzehrung, die Semele ihnen mitgegeben hatte, bald zur Neige ging. Kamara zwang sich, weniger zu essen, damit Nikes unersättlicher Hunger gestillt wurde, was dennoch so gut wie nie der Fall war. Als Nike am vierten Abend das dritte Stück Brot verschlang, obwohl sie bereits zwei Streifen Dörrfleisch und eine Handvoll Nüsse verspeist hatte, die Kamara erst am Nachmittag gesammelt hatte, konnte Hori nicht mehr an sich halten. »Wie kann eine Frau solche Mengen essen? Wenn das so weitergeht, müssen wir verhungern! Sie ist *seken mi mesech*, gefräßig wie ein Krokodil«, beschwerte er sich bei Kamara auf Ägyptisch.

Nike verstand zwar die ägyptische Sprache nicht, hatte jedoch sehr wohl bemerkt, dass Hori über sie gesprochen hatte. »Was hat er gesagt? Warum spricht er nicht so, dass ich es verstehen kann?«

»Er sagt, dass du einen gesunden Appetit hast«, versuchte Kamara Horis Klage abzuschwächen, doch Hori sah Nike bereits zum letzten Brotstück greifen.

»Du bist gefräßig wie ein Krokodil!«, sagte er wütend.

»Krokonil?«, stotterte Nike, die das Wort noch nie gehört hatte. »Was ist das, ein Krokonil?«

»Krokodil!«, presste Hori wütend hervor. »Ein Krokodil ist ein gefräßiges Tier. Es hat einen gepanzerten Körper und grüne Schuppen, ein riesiges Maul voller Zähne und einen langen Schwanz. Es lebt im Fluss und frisst alles, was in sein Maul kommt: Tiere, Menschen, Kinder, einfach alles!«

Nike lief vor Zorn rot an. »Du denkst wohl, ich bin dumm? Ein solches Tier gibt es nicht.« Sie warf das letzte Stück Brot fort und stand auf. »Ihr denkt doch, ich bin nur eine Dienerin, die man herumstoßen und für dumm verkaufen kann.« Ohne sich noch einmal umzudrehen, rannte sie davon.

Hori sah ihr verdutzt nach. »Was hat sie denn nun schon wieder? Zuerst redet sie so gut wie gar nicht, und dann redet sie zu viel.«

»*Schascha!* Dummkopf!«, fuhr Kamara ihn auf Ägyptisch

an. »Konntest du nicht einfach deinen Mund halten? Sie ist schwanger. Jeder weiß, dass schwangere Frauen launisch sind. Also, lauf ihr hinterher und hol sie zurück.«

Hori verschränkte die Arme. »Warum, damit sie die Pferde auch noch essen kann? Ich denke nicht daran, bei Seths stinkenden Füßen!«

Als Kamara ihn jedoch unerbittlich anstarrte, gab er nach. »Bei Amun, also gut, zwei Frauen gegen mich kann ich nicht ertragen!« Hori erhob sich und rannte hinter Nike her.

Es dauerte nicht lange, bis er sie eingeholt hatte, doch sie dachte gar nicht daran stehenzubleiben. »Verschwinde!«, schrie sie stattdessen und beschleunigte ihre Schritte. Als es Hori dennoch gelang, sie am Arm festzuhalten, riss Nike sich erneut los und versetzte ihm einen lächerlich anmutenden Faustschlag gegen die Schulter.

»Nike, warte doch! Es tut mir leid. Du kannst das letzte Stück Brot haben! Meinetwegen auch noch das Dörrfleisch. Sei doch vernünftig!«

Sie fuhr herum, um zu einer weiteren Schimpftirade anzusetzen, erstarrte aber.

Etwas sirrte durch die Luft, traf Hori an der Schulter und blieb dort stecken. Verdutzt ließ Hori seine Hand über die schmerzende Stelle fahren. Im gleichen Augenblick flog ein weiterer Pfeil dicht über seinen Kopf hinweg. Geistesgegenwärtig ließ Hori sich ins hohe Gras fallen, sodass der Angreifer ihn nicht mehr sehen konnte. »Nike, leg dich flach auf den Boden!«, rief er der erschrockenen Mykenerin zu, doch Nike stand noch immer wie angewurzelt und wagte nicht, sich zu rühren.

Plötzlich gaben sich die Angreifer mit einem lauten Schrei zu erkennen. Sie hatten hinter einem Baum gelauert und stürmten nun, da sie Hori nicht mehr sehen konnten, mit Speeren in der Hand aus ihrem Versteck. Einer der beiden lief ohne Umwege auf Nike zu, der andere bemühte sich, Hori im hohen Gras auszumachen. Der wiederum versuchte zu entkommen, indem er durch das hohe Gras davonrobbte.

»Geht es dir gut? Hat er dir etwas angetan, dieser Schurke? Sag was! Warum stehst du nur da wie ein Baum?«, redete die ungewöhnlich hohe Stimme des Angreifers auf Nike ein, während er sie immer wieder an der Schulter rüttelte. Nike starrte dem schmutzigen Wesen entgeistert ins Gesicht.

Kurz bevor Hori durch das Rascheln des Grases verriet, wo er sich verbarg, durchbrach ein lauter Ruf die Stille. Kamara hatte den Tumult bemerkt und lief nun mit einem wilden Schrei und gezogenem Schwert auf die Gruppe zu. Einen Wimpernschlag bevor der zweite Angreifer Hori den Speer in den Rücken stoßen konnte, stieß sie ihn mit einem Tritt in das Hinterteil über Hori hinweg, wobei der Angreifer seinen Speer fallen ließ.

Kamara setzte ihm nach und zog ihn schließlich am Kragen seines Umhangs auf die Füße. Der Angreifer war erstaunlich leicht und klein. Mit wenig Anstrengung drehte Kamara ihn um – und blickte in das schmutzige, ängstlich verzerrte Gesicht eines Mädchens, das nicht älter als vierzehn Sommer sein mochte, durch die Beinkleider und die spitze Kappe auf dem Kopf jedoch wie ein Knabe aussah. »Bei der Großen Mutter! Was ist denn das?«, fragte Kamara mehr sich selbst als das zappelnde Geschöpf, das verzweifelt versuchte, sich zu befreien.

»Glauke, Glauke … Lass sie los, du Tochter einer kaskäischen Ziege!«, fluchte der andere Angreifer und rannte nun ebenfalls mit dem Speer auf Kamara zu. Kamara stieß das Mädchen ins Gras und entriss dem Angreifer noch im Lauf den Speer. Auch bei ihm schien es sich um eine junge Frau zu handeln.

Ungläubig blieb sie stehen und stürzte sich mit einem

Schrei auf Kamara, die ihr Schwert zur Seite ziehen musste, weil das Mädchen ihr sonst direkt in die Klinge gelaufen wäre. Kamara packte sie und sah in ein zweites schmutziges Gesicht. »Ihr seid ja noch Kinder«, sagte Kamara unschlüssig und steckte ihr Schwert zurück in den Gürtel. »Warum habt ihr unseren Freund angegriffen?«

»Er wollte der da was antun«, antwortete eines der Mädchen und wies auf Nike, die langsam ihre Fassung zurückgewann und Hori aufhalf.

»Unsinn! Hori ist unser Freund. Er würde Nike niemals etwas tun«, fuhr Kamara sie an.

»Aber wir haben es gesehen! Er lief hinter ihr her, und sie hat geschrien«, verteidigte Glauke ihre Freundin.

»Wir hatten nur einen harmlosen Streit. Ich habe ihm gesagt, er soll sie zurückholen. Sie ist schwanger und launisch. Das ist alles.«

»Oh, das wussten wir nicht«, antwortete Glauke betroffen. Sie betrachtete Hori und sagte beschämt: »Ich bin Glauke, und das ist meine Schwester Rebea. Wir waren auf der Jagd, Hasen und Rebhühner … Wir dachten wirklich, er wolle ihr etwas antun.«

Hori hielt sich die schmerzende Schulter, aus der immer noch der Pfeil ragte.

»Die Wunde muss versorgt und gereinigt werden«, entschied Kamara bestimmt.

Glauke nickte. »Wir nehmen euch mit in unser Dorf.«

Rebea stieß sie unsanft an. »Du weißt, dass wir keine Fremden mitbringen dürfen, schon gar keine Männer. Die Alten haben es verboten.«

Kamara horchte auf. »Seid ihr vom Volk der Großen Mutter?«, fragte sie hoffnungsvoll.

Rebea zuckte mit den Schultern. »Wir wissen nichts von der Großen Mutter, aber die Alten reden ständig von ihr«, sie verdrehte unwillig die Augen. »*Die Große Mutter sagt … Die Große Mutter meint … Die Große Mutter tut dies und das …* Wir nicken einfach nur und hören nicht mehr hin. Sie sind lästig mit ihren Regeln und ihren Gesetzen. Wir leben in Themiskyra und sind dort geboren, aber wir leben nicht wie die Alten in der Festung, sondern unten im Dorf.«

»Kennt ihr Selina? Selina vom Thermodon?«, fragte Kamara aufgeregt, doch die beiden schüttelten nur den Kopf.

»Ich kenne keine Selina«, sagte Glauke gleichgültig.

Rebea schloss sich ihr an. »Also, wollt ihr nun mit uns kommen oder nicht? Die Nacht bricht bald an, und wir müssen vor Einbruch der Dunkelheit zurück sein. Es ist nicht weit. Dort können die Wunden eures Freundes versorgt werden, aber ihr müsst morgen weiterziehen. Männer dürfen nicht in Themiskyra bleiben.«

Kamara warf einen Blick auf Hori, der unglücklich seinen schlaff herabhängenden Arm ansah. »Ja, wir werden mit euch kommen«, beschloss sie schließlich.

Sie hievten den verletzten Hori auf ein Pferd, Nike und Kamara schwangen sich auf das andere und folgten Glauke und Rebea, die fröhlich schwatzend vorausgingen.

Kamara war verwirrt. Die beiden kamen aus Themiskyra, lebten ohne Männer und wussten doch nichts von der Großen Mutter. Sie gingen auf die Jagd, stellten sich dabei aber unglaublich dumm an. War das wirklich das Volk, das sie suchte – ihr Volk, ihre Wurzeln, ihr Blut? Sie konnte es kaum glauben, und doch trugen sie die Spitzkappe, von der Selina so oft erzählt hatte.

Themiskyra war genauso, wie Kamaras Mutter die Stadt in ihren Erzählungen beschrieben hatte: Die große Festung stand auf einem Hügel, von dem aus die gesamte Umgebung einsehbar und daher gut zu verteidigen war. Frauen saßen vor den

Häusern, um an unzähligen Kochfeuern das Essen zu bereiten. Und doch war alles anders. Die Frauen trugen zerschlissene Kleider nach mykenischer oder hethitischer Art, und keine Kriegerin bewachte die Festung. Wo waren die Pferde, die Waffen, die Versammlungshäuser, die Kamara sich so oft lebhaft vorgestellt hatte? Dies alles war nur ein trauriges Abbild dessen, was Kamara aus den farbenfrohen und vor Lebendigkeit sprühenden Geschichten kannte.

Glauke und Rebea führten sie zu ihrer Hütte. Dort erklärten sie ihrer Mutter, einer ängstlich dreinblickenden Frau, dass sie Hori aus Versehen verletzt hätten.

Die Frau fasste nur langsam Vertrauen zu den Fremden, bereitete aber schließlich dennoch heißes Wasser vor, um Horis Wunde versorgen zu können. »Ihr dürftet nicht hier sein«, flüsterte die verängstigte Frau. »Die Alten erlauben keine Männer in Themiskyra.«

»Deine Töchter haben meinen Freund verletzt, obwohl er nichts Böses wollte. Wir müssen seine Wunde versorgen, damit sie sich nicht entzündet. Sobald es ihm besser geht, ziehen wir weiter«, versuchte Kamara die Frau zu beruhigen.

»Diese Nacht könnt ihr in meiner Hütte bleiben, aber morgen müsst ihr fort«, entschied diese schließlich.

Kamara wusste, dass Hori mehr als eine Nacht Ruhe brauchte, bevor seine Schulter einigermaßen verheilt wäre, doch sie wollte die Frau weder beunruhigen noch ihr Nachtlager riskieren.

Glauke und Rebea setzten sich in eine Ecke und schauten interessiert zu, wie ihre Mutter Horis Arm freilegte. »Der Pfeil sitzt tief«, stellte diese fest. »Ich weiß nicht, ob ich ihn einfach herausziehen kann. Es ist besser, den Arm zu durchstoßen, damit die Spitze nicht abbricht.«

Hori seufzte gequält auf. Kamara betrachtete die Wunde. »Sie hat recht«, stellte sie dann mit mitleidigem Blick auf

Hori fest. »Ich werde dir ein Stück Holz geben, auf das du beißen kannst.«

Obwohl Hori das Unbehagen in die Augen geschrieben stand, wehrte er ab. »Ich will es hinter mich bringen. Je schneller der Pfeil aus meinem Arm gezogen wird, desto besser ist es.«

Kamara und die Mutter der Mädchen nickten einander zu, Nike setzte sich zu den beiden Töchtern auf eine Binsenmatte, dann stützte Kamara Horis Rücken, während die Frau den Pfeil mit einem kurzen Ruck durch Horis Arm stieß.

Hori verdrehte die Augen, stöhnte auf, dann atmete er tief durch. Die Frau brach den Schaft des Pfeiles ab, und Kamara zog ihn von der anderen Seite durch Horis Arm. Dann reinigten sie die Verletzung. Die Mutter der Mädchen verteilte Kräuter auf Horis Wunde und verband den Arm mit einem in kühlenden Kräutersud getränkten Leinentuch. »Wenn er diese Nacht kein Fieber bekommt, hat er es überstanden. Wenn er jedoch morgen friert und sich schüttelt, können nur die Götter ihm noch helfen.«

»Wunderbare Aussichten, bei Osiris' dunklem Reich!«, presste Hori hervor.

Glauke und Rebea überließen ihm das Lager, auf dem sie normalerweise gemeinsam schliefen. Nike und Kamara rollten sich auf einer Binsenmatte zusammen und deckten sich mit ihren Umhängen zu.

Die kleine Hütte war eigentlich zu eng für sie alle, doch Kamara schlief so gut wie schon seit Tagen nicht mehr.

Am nächsten Morgen erwachte Kamara durch einen Streit, der an ihre Ohren drang. Ein Blick zu Nike und Hori zeigte ihr, dass diese noch schliefen. Glauke, Rebea und ihre Mutter jedoch waren schon aufgestanden.

Vom Kochfeuer außerhalb der Hütte drang ein köstlicher Duft von gekochten Kräutern in Kamaras Nase. Vorsichtig, um die anderen nicht zu wecken, erhob sich Kamara von ihrem Lager und trat nach draußen.

Die streitenden Frauen vor der Hütte verstummten und starrten Kamara teils mit unverhohlener Neugierde, teils ablehnend an, sodass sie bereits bereute, die Hütte verlassen zu haben.

»Gesundheit, Leben und Wohlergehen«, bemühte sie sich, das unangenehme Schweigen aufzulockern, doch die anderen starrten sie weiter unbewegt an, Rebeas und Glaukes Mutter stand mit gesenktem Kopf zwischen ihnen. Anscheinend hatten die anderen Frauen ihr übel zugesetzt.

Kamara verschränkte die Hände vor der Brust. Schließlich ergriff eine der Frauen das Wort. Sie wirkte selbstsicherer als die anderen, jedoch kaum älter als fünfundzwanzig Nilschwemmen. »Du und deine Freunde ... Ihr könnt nicht hierbleiben – und der Mann schon gar nicht!«. Sie funkelte Kamara herausfordernd an. »Sag es ihnen, Hebe! Du musst dich nicht fürchten. Sie können dich nicht zwingen.«

Kamara blickte ihre Gastgeberin fragend an, doch diese zuckte nur mit den Schultern. Da Hebe keine Anstalten machte, etwas zu sagen, setzte Kamara zu einer Erklärung an. »Verzeiht, aber unser Freund wurde von zwei Mädchen aus eurem Volk verletzt. Er braucht ein paar Tage Ruhe. Es ist nicht zu viel verlangt, wenn ihm dies gewährt wird. Es wäre nur gerecht und zudem ein Zeichen eurer Gastfreundschaft.«

Die Frau, die sie zuerst angesprochen hatte, antwortete: »Was lauft ihr auch hier herum, so weit fort von eurer Heimat? Dies ist unser Land!«

Die anderen nickten bekräftigend.

In Kamara stieg die Wut hoch. Diese Unfreundlichkeit ging eindeutig zu weit. »Wo ist eure Königin, eure Dorfälteste oder wer immer hier zu bestimmen hat?«

»Oh, bitte, niemand darf erfahren, dass ihr hier seid. Sie

werden mich fortjagen, mich und meine Töchter ... Und wohin soll ich dann gehen? Bitte! Ihr müsst gehen. Ihr bringt uns alle in Gefahr!«, flehte Hebe.

Kamara schüttelte angesichts so viel Dummheit und Boshaftigkeit den Kopf. Warum sollten sie bei diesen unfreundlichen Frauen bleiben? Sie wandte ihnen den Rücken zu und verschwand in der Hütte. Sie würde Hori und Nike wecken und dann diesen Ort verlassen. Wie hatte sie nur so dumm sein können zu glauben, dass sie hier finden würde, wovon sie ihr ganzes Leben lang geträumt hatte? Was hatte sie sich erhofft? Eine Familie? Ein Volk, das sie mit strahlenden Augen erkennen, sie in die Arme schließen würde wie eine verlorene Tochter?

Kamara wischte eine Träne aus ihrem Augenwinkel. Ja, genau das hatte sie gehofft! Es war ein dummer Mädchentraum gewesen. Sie trat an Horis Lager und wollte ihn sanft wecken, doch sein Arm fühlte sich heiß und trocken an. Erschrocken legte sie die Hand auf seine Stirn. Auch Horis Gesicht glühte. *Das Wundfieber!*, dachte sie erschreckt. *Große Mutter, ich flehe dich an. Lass ihn nicht sterben!*

Kamara richtete sich auf und trat erneut vor die Hütte. Sie konnte nicht gehen. Wenn sie jetzt die Stadt und mit ihr das sichere Obdach verließen, wäre das Horis Tod. »Der Mann, den ihr verletzt habt, glüht vor Fieber. Ihr würdet ihn in den sicheren Tod schicken!«

Die Anführerin der Frauen spie vor ihr auf den Boden. »Dann soll es so sein! Männer haben uns nur Unglück gebracht. Am Mittag seid ihr verschwunden, oder wir jagen euch fort!« Trotzig gab sie den anderen ein Zeichen, ihr zu folgen.

Kamara starrte ihnen fassungslos hinterher.

Erst als sie fort waren, wagte es Hebe zu sprechen. »Es tut mir sehr leid, aber was soll ich gegen sie tun? Sie werden zu den Alten gehen und mich verraten, wenn ich euch hierbehalte. Das wäre mein sicherer Tod. Ich kann nirgendwohin.«

Hebe begann zu schluchzen, und Kamara erkannte, dass sie wirklich verzweifelt war. Sie legte ihrer Gastgeberin beruhigend ihre Hand auf den Arm. »Keine Sorge, Hebe, sie werden nichts dergleichen tun. Ich werde ihnen zuvorkommen.«

Hebe starrte sie an, als wäre soeben der Mond vom Himmel direkt auf Kamaras Kopf gefallen. »Du ... Du bist verrückt, oder? Du bist mit der Heiligen Krankheit geschlagen!«

»Wo finde ich sie – diejenigen, die ihr die Alten nennt?«, ließ sich Kamara nicht beirren.

Hebe schüttelte den Kopf, doch fürchtete sie sich so vor Kamaras Entschlossenheit, dass sie schließlich mit dem Finger in Richtung der Festungsanlage wies. »Sie leben in der Festung. Aber sie werden dich nicht sehen wollen ... Wenn du es doch wagen möchtest, fragst du am Besten nach der Greisin. Sie ist die Älteste von ihnen – und die freundlichste. Doch die anderen ...« Hebe schüttelte hoffnungslos den Kopf. »Sie werden dich ohne guten Grund nicht zu ihr lassen.«

»Ich habe einen guten Grund«, antwortete Kamara knapp und nickte mit dem Kopf in Richtung der Hütte, wo Hori im Fieberwahn stöhnte.

»Das ist kein Grund – nicht für sie«, antwortete Hebe.

»Wie ist der Name der Greisin?«, fragte Kamara.

»Das weiß niemand. Ich glaube, sie ist so alt, dass sie selbst es nicht mehr weiß. Für uns war sie schon immer die Greisin. Aber vor ihr musst du dich nicht fürchten. Die anderen – vor allem Aete –, sie sind die, vor denen du dich in Acht nehmen musst. Sie sind hart wie Stein und kennen kein Erbarmen. Sie sind Kriegerinnen und beten zu einer uralten Göttin. Wir sind hier nur geduldet – Frauen, die vor dem Krieg geflohen sind, die keine Hoffnung mehr hatten, die nirgends mehr hin konnten. Sie haben uns erlaubt zu bleiben, wenn wir lernen, für unsere Nahrung und unser Überleben zu sorgen, Wild zu jagen, Wurzeln zu suchen. Aber wir dürfen niemanden mit hierherbringen, schon gar keine Männer!«

Kamara schöpfte neue Hoffnung. Gehörten jene Alten, von denen Hebe sprach, zum Volk ihrer Mutter? »Kennst du Selina vom Thermodon oder Kleite oder Penthesilea?«

Hebe verneinte. »Diese Namen habe ich nie gehört«, sagte sie aufrichtig. »Ich kenne nur die da oben in ihrer Festung und die Frauen aus dem Dorf.«

In Kamaras Herz machte sich Hoffnungslosigkeit breit. Wenn Hebes Töchter in Themiskyra geboren worden waren, lebten sie lange genug hier, um zumindest einen der Namen kennen zu müssen. Doch auch wenn Kamara den letzten Funken Hoffnung aufgeben musste, dass diese Frauen aus dem Volk ihrer Mutter stammten, musste sie zu ihnen, um Zeit für Hori zu erkämpfen. So verabschiedete sich Kamara von Hebe und machte sich dann unter dem misstrauischen Blick der übrigen Frauen auf den Weg zur Festung.

Kamara musste die Festungsanlage erst halb umrunden, bevor sie die steinerne Treppe entdeckte, die hinaufführte. Sie blickte sich um, doch es schienen keine Wachen abgestellt worden zu sein, um ungebetene Besucher fernzuhalten. Offensichtlich hatten die Frauen aus dem Dorf zu große Angst, um freiwillig hinauf in die Festung zu gehen. Als Kamara den schmalen Aufstieg emporstieg, musste sie achtgeben, auf den moosbewachsenen Stufen nicht auszugleiten und zu stürzen. Wenn es nur diesen einen Weg gab, war diese Festung ohne Zweifel für jeden Feind schwer einzunehmen.

Endlich öffnete sich vor Kamara ein kleiner Durchgang. Blinzelnd trat sie hindurch. Die Festung war zugig und kalt, und die dicken Steine hielten jeden Strahl fern, mit dem Re die Räume hätte aufwärmen können. Kamara konnte sich nicht vorstellen, dass jemand freiwillig in ihr lebte.

Das trübe Bild, das Kamara von der Festung hatte, änderte sich auch nicht, als sie in eine große Halle gelangte, die ebenso freudlos und zugig war. Lediglich einige Felle, ein großer derber Holztisch mit ebenso grob gearbeiteten Stühlen sowie Fackeln an den Wänden füllten den Raum. Kamara konzentrierte sich jedoch auf eine Frau, die gedankenverloren an einer der schmalen Fensteröffnungen stand und hinausblickte. Sie war groß und schlank, ihre Beine steckten in Beinkleidern; sie trug ein Hemd und wadenhohe Stiefel. Das Bemerkenswerteste an ihr war jedoch der Waffengürtel, der schwer, mit Schwert, Axt und Dolch, um ihre Taille lag. Das Haar hatte sie zu einem straffen Pferdeschwanz zurückgebunden, der aus einer Spitzkappe hervorragte. Einst mochte das Haar dieser Frau dunkelbraun oder sogar schwarz gewesen sein, doch heute war es von grauen Strähnen durchzogen.

Als Kamara wagte, einen Schritt auf die Frau am Fenster zuzutreten, fuhr die andere herum. Wie von selbst war ihre Hand zum Griff der Axt gewandert, doch als sie Kamara entdeckte, verzichtete sie darauf, die Axt zu ziehen. Das Gesicht der Frau wirkte schmal und streng, auch wenn sie kaum älter als Kamaras Mutter sein konnte. Ihre Haut war vom Wetter gegerbt und dunkel. Ein üppiges Leben hatte sie wohl nicht geführt. »Wer bist du, und was willst du hier?«, fragte sie.

»Mein Name ist Kamara, und ich suche die von euch, die sie die Greisin nennen.«

Das Gesicht der anderen entspannte sich ein wenig, doch ihre Hand ruhte weiterhin auf dem Griff der Streitaxt. »Niemand hat dich gerufen, Kamara, und die Greisin will keinen von euch sehen. Es ist besser, wenn du wieder gehst. Es ist euch nicht erlaubt, in die Festung zu kommen.«

»Ich bin keine von denen da unten, die ängstlichen Schatten gleich umherhuschen«, stellte Kamara klar.

Der anderen schien die Antwort zu gefallen, denn ihr Mund zeigte die Andeutung eines Lächelns, das jedoch schnell wieder verschwand. »Wir alle sind Schatten – wir alle, die wir hier leben. Was willst du von der Greisin?«

»Ich muss sie sprechen. Sie muss mich anhören. Man hat mir gesagt, dass sie diejenige ist, auf die alle hören.«

»Hier hört niemand auf irgendjemanden, Kamara. Sieh dich doch um. Wir leben hier, das ist alles!«

»Unten im Dorf haben sie Angst vor denen, die sie ›Die Alten‹ nennen.«

Die Frau lachte rau. »Ja, ›Die Alten‹, so nennen sie uns, die dummen Dinger, und sie fürchten uns, auch das ist wahr. Doch du, du fürchtest dich nicht – jedenfalls nicht wie sie. Warum fürchtest du dich nicht?«

Kamara wunderte sich über die Frage. »Habe ich einen Grund, mich zu fürchten?«

»Ich könnte dich töten und die Treppen hinunterwerfen, wenn ich wollte, nur weil es mir gefällt.«

Bevor Kamara der Frau antworten konnte, unterbrach sie eine Stimme. »Aete, was soll das? Mäßige dich, wir sind keine Mörder und Sklavenhalter.«

Kamara folgte der Stimme mit den Augen und sah, dass eine weitere Frau den Raum betreten hatte. Auch sie trug Beinkleider und Hemd, einen Waffengürtel und die Haare straff zum Pferdeschwanz gebunden. Sie war etwas jünger als Aete, und ihr Gesicht wirkte offener und freundlicher. »Du musst meiner Schwester verzeihen. Sie liebt es, jungen Mädchen Angst zu machen. Mein Name ist Ianthe.«

Kamara blickte von der einen zur anderen. Das war also Aete, vor der Hebe sie gewarnt hatte. Kein Wunder, dass die Frauen sich vor ihr fürchteten. Sie wirkte wie ein ausgehungertes Raubtier.

»Was willst du von der Greisin?«, fragte Ianthe freundlich.

Ein Lächeln fuhr über ihr Gesicht. »Bitte entschuldige, ich habe euer Gespräch mit angehört und konnte mich nicht erwehren, eine Weile zuzusehen.«

Kamara beschloss, ihr die Wahrheit zu sagen, schien Ianthe doch offener und zugänglicher für ihr Anliegen. »Zwei von den Mädchen aus dem Dorf haben einen meiner Gefährten mit einem Pfeil an der Schulter verletzt. Jetzt liegt er dort unten in einer Hütte im Fieberwahn und kämpft um sein Leben. Die Frauen wollen uns nicht erlauben hierzubleiben, doch wenn wir gehen, wäre das sein Tod.«

»*Sein* Tod?«, fragte Aete mit scharfer Stimme nach. »Du sprichst also von einem *Mann?*«

»Eine junge Mykenerin und ein Mann«, bestätigte Kamara mit fester Stimme.

»Dann musst du gehen«, antwortete Aete knapp. »Wir dulden keine Männer!«

»Wir werden gehen, sobald er genesen ist«, versprach Kamara.

»Nein, ihr werdet *sofort* gehen«, konterte Aete.

»Ich werde ihn nicht sterben lassen.« Kamaras Hand fuhr an ihren Schwertgriff.

Aete sah sie drohend an. »Wenn er das Wundfieber hat, wird er ohnehin sterben.«

»Er wurde von Leuten aus dem Dorf verletzt, er braucht Hilfe.«

Aete spie wütend auf den Boden. »Meinetwegen soll er an seinem Fieber verglühen.«

Es gab ein schabendes Geräusch, als Kamara ihr Schwert aus dem Gürtel zog. Im gleichen Augenblick griff Aete zu ihrer Axt.

»Haltet ein! Beide«, rief Ianthe.

Kamara und Aete ließen ihre Waffen wieder in die Gürtel zurückgleiten und sahen sich feindselig an.

»Er wurde von unseren Frauen verletzt. Das ist ein besonderer Fall, Aete. Wir müssen Kleite fragen.«

Kamara starrte Ianthe an und fühlte, dass ihr schwindelig wurde. »Sagtest du gerade ›Kleite‹?«, fragte sie benommen.

»Kleite, die Älteste von uns. Die Frau, die du ›Greisin‹ nennst. Kleite ist klug. Sie wird eine Entscheidung fällen. Wenn sie sagt, dass ihr bleiben dürft, werdet ihr bleiben, wenn sie entscheidet, dass ihr gehen sollt, werdet ihr gehen.«

Aete sah Kamara misstrauisch an. »Was ist mit dir? Warum starrst du so dumm?«

Kamara konnte nicht antworten. Sie konnte Aete ihre Geschichte nicht erzählen. Außerdem wollte sie nicht riskieren, nicht zu Kleite vorgelassen zu werden. So verbarg sie ihre Gefühle und Gedanken, so gut es ging. Konnte es sein, dass jene Kleite, von der sie sprachen, die Kleite war, die Selina aufgezogen hatte? Die Kleite, die sie ›Die Frau mit den blauen Händen‹ genannt hatte, weil sie die Purpurfarbe von Selinas Beinkleidern vor dem Färben mit den Händen in den Stoff gerieben hatte? Kamara konnte es kaum glauben. Kleite war damals schon keine junge Frau mehr gewesen und musste inzwischen weit über sechzig Nilschwemmen alt sein. Kamara kannte nur einen Menschen, der noch älter war: Pharao, den Einzig Einen, und der war ein Sohn der Götter.

»Warte hier!«, wies Aete sie schließlich an. »Wir werden mit Kleite sprechen.« Dann wandten sie sich um und waren verschwunden.

Enttäuscht stieß Kamara einen leisen Fluch aus. Wahrscheinlich würde Kleite gar nicht selbst erscheinen. Sie würde sich Aetes Geschichte anhören und veranlassen, dass die Fremden Themiskyra verlassen mussten. Inzwischen bereute Kamara es, ihre Geschichte verschwiegen zu haben, doch irgendetwas hatte ihr davon abgeraten, sich Aete anzuvertrauen. Mit einem Mal müde und ausgelaugt, ließ sie sich auf einem der

Stühle nieder und wartete. Die Zeit schien nicht zu vergehen, und außer dem Wind, der durch das zugige Mauerwerk pfiff, war kein Geräusch zu hören, keine Schritte, keine Stimmen. Kamara fühlte sich so einsam wie nie zuvor. In ihrer Kindheit hatte Selina ihr die Geschichten ihres Volkes so bildhaft erzählt, dass Kamara das Gefühl gehabt hatte, mit ihm eine Familie zu haben.

Kamara war immer stolz gewesen, Teil dieses Volkes zu sein, auch wenn sie nicht bei ihm aufgewachsen war, ja, selbst wenn es dieses Volk nicht mehr gab. Ein Band hatte ihr Halt gegeben. Jetzt aber, wo sie es gefunden zu haben glaubte, gab es keine Tränen, kein Lächeln, kein Willkommen für eine verlorene Tochter, für eine Kriegerin, die sich ihr ganzes Leben gesehnt hatte, diesen verlorenen Teil in sich wiederzufinden. Obwohl Kamara erst in ihrem neunzehnten Sommer stand, fühlte sie sich auf einmal alt und leer. »Große Mutter, ich bin so müde«, flüsterte sie. Sie stützte den Kopf in die Hände und schloss die Augen. Alles war vergebens gewesen. Alles, was sie in ihrem Leben je bewegt und vorangetrieben hatte, war eine Lüge.

»Wie kann eine junge Frau in der Blüte ihrer Jahre solch eine Verzweiflung in sich tragen?«, hörte sie plötzlich eine klare Stimme vom Eingang der Halle. Kamara hob den Kopf und blickte in das Gesicht einer alten Frau mit fast weißem, jedoch vollem Haar. Obwohl ihr Gesicht von Falten gezeichnet war, blickten ihre Augen klar und blau in Kamaras Richtung. Die Frau trug einen einfachen Chiton, und als sie sich Kamara gegenüber an den derben Holztisch setzte, wunderte Kamara sich über die festen, sicheren Bewegungen der Alten. »Greisin« wurde sie genannt, und ihr Haar war schlohweiß, doch ihr Herz war jung, ihr Verstand klar.

»Bist du Kleite, die sie ›Die Greisin‹ nennen?«, fragte Kamara.

»So ist es«, antwortete die andere, »ich bin Kleite. Wer aber bist du? Ich meine, dich schon einmal gesehen zu haben, und doch bin ich mir sicher, dich nicht zu kennen.«

»Mein Name ist Kamara, und du kennst mich nicht … Und doch kenne ich *dich* sehr gut, wenn du jene Kleite bist, die sie die ›Frau mit den blauen Händen‹ nennen.«

Kleite musterte Kamara erneut von oben bis unten. »›Die Frau mit den blauen Händen‹. Wie lange habe ich diesen Namen nicht mehr gehört. Es gab nur eine, die mich so nannte, doch die ist vor langer Zeit fortgegangen. Unsere Wege mussten sich trennen. Es war der Wille der Großen Mutter. Doch woher kennst du diesen Namen, den ich nur mit ihr teilte!«

»Weil ich ihre Tochter bin und sie mir alles erzählt hat. Meine Kindheit in Ägypten war angefüllt von den Geschichten ihrer Kindheit und Jugend … Selina vom Thermodon, die nach Ägypten ging, um mit meinem Vater Pairy zu leben.«

Sie starrten sich eine Weile wortlos an. Keine war in der Lage, etwas zu sagen. Doch dann füllten sich Kleites Augen mit Tränen, und auch Kamara konnte die Tränen nicht zurückhalten. Kleite erhob sich von ihrem Stuhl und kam zu Kamara herüber. Noch einmal blickte sie ihr tief in die Augen, dann sagte sie leise, als habe sie Angst, den Zauber dieses Augenblickes zu zerstören: »Ja, ja, ich erkenne sie in dir. Du hast ihre Lippen und ihre Augen. Und sogar Pairy erkenne ich in dir wieder. Du bist die Tochter von Selina, die mir wie eine Tochter war!«

Kamara erhob sich ebenfalls und ließ sich von Kleite umarmen. So warm und vertraut fühlte sich diese Umarmung an, als hätte Kamara Kleite bereits ihr gesamtes Leben an ihrer Seite gehabt. »Mein ganzes Leben habe ich mich nur halb gefühlt. Mein ganzes Leben lang gab es eine leere Stelle in meinem Herzen, die ich nicht füllen konnte. Wie sehr habe ich mir gewünscht, diese Zerrissenheit meines Herzens heilen zu können!«

Kleite spürte Kamaras Schmerz so deutlich, dass es ihr schwerfiel, sich aus der Ergriffenheit zu lösen. Sie lächelte Kamara an und nahm ihre Hand in die ihre. »Das Blut der Großen Mutter fließt in deinen Adern, Kamara. Ich hätte nicht geglaubt, dass es mir vergönnt sein würde, noch einmal eine Tochter des Volkes zu finden. Eine Tochter, in der das Herz der Göttin noch schlägt. Wir haben uns viel zu erzählen, Tochter meiner Tochter.«

Kamara nickte und lächelte.

»Doch zuerst müssen wir uns um deine Freunde kümmern. Natürlich dürfen sie hierbleiben, und wir werden uns auch um den Mann kümmern, der gegen das Wundfieber ankämpft.«

Kamara folgte Kleite hinaus aus der Festung. Sie stellte erstaunt fest, wie sicher die alte Frau die schlüpfrigen Stufen hinabstieg. Sie sah nicht einmal auf ihre Füße und schien keine Angst zu haben zu stürzen. Sicher und unbehelligt ging Kleite an den Hütten des Dorfes vorbei, und Kamara spürte die neugierigen und verwunderten Blicke der Frauen in ihrem Rücken.

Es dauerte nicht lange, bis sie Hebes Hütte erreichten. Glauke und Rebea sahen Kleite mit offenem Mund an und traten schließlich zur Seite. Offensichtlich war es ein Wunder, dass Kleite sich unter die Frauen mischte.

»Wo ist die Frau, die Hebe genannt wird?«, fragte Kleite die Mädchen streng, und sie wiesen noch immer sprachlos auf den Eingang der Hütte.

Kamara und Kleite schoben das Schaffell zur Seite und traten ein. Hebe war gerade damit beschäftigt, Horis Verbände zu wechseln, als sie Kleite und Kamara gewahr wurde. Sie beäugte Kleite wie einen Walddämon, der gekommen war, um Unheil anzurichten.

»Wie geht es ihm?«, fragte Kleite unbeeindruckt.

»Er fiebert, und die Wunde entzündet sich. Ich fürchte, wir können nicht mehr viel für ihn tun«, gestand Hebe ängstlich.

Kleite ließ sich von Kamara helfen, sich niederzuknien. Als sie die Wundränder vorsichtig betastete, stöhnte Hori auf. »Ihr habt die Wunde nicht sauber ausgewaschen und sie auch nicht mit einem glühenden Holzscheit verschlossen«, stellte Kleite fest.

»Ich habe getan, was ich konnte«, verteidigte Hebe sich vorsichtig.

Kleite hob beschwichtigend die Hand. »Das war kein Vorwurf gegen dich, Hebe. Ich sehe, dass du dir Mühe gegeben hast, doch jetzt müssen wir schnell handeln.«

Erneut wurde Hebe angewiesen, heißes Wasser zu bereiten, dann schickte Kleite Rebea, um Heilkräuter aus der Festung zu holen. Rebea nickte, verschwand und war schon kurze Zeit später wieder da, vollkommen außer Atem.

Kleite wusch Horis Wunde aus und wies Kamara an, ein glühendes Holzscheit aus Hebes Kochfeuer zu holen. Als sie es auf die Wundränder drückte, richtete Hori sich kurz schreiend auf, bevor er bewusstlos zusammensackte. Kleite verschloss die Wunde mit Kräutern und verzichtete auf einen Verband. »Es ist gut, dass er bewusstlos geworden ist. Die Wunde muss austrocknen. Er darf sie nicht berühren. Wenn das Fieber innerhalb der nächsten zwei Tage zurückgeht, wird er leben.«

Kleite nickte Hebe freundlich zu. »Sorge für ihn, Hebe. Er darf bleiben!«

Hebe nickte beflissen und deckte den zitternden Hori mit einer gewebten Decke zu. Kleite wandte sich an Kamara. »Es ist alles für ihn getan, was getan werden musste, und Hebe wird gut für ihn sorgen. Wir haben uns viel zu erzählen, komm mit mir.«

Kamara blickte kurz unschlüssig zu Hori. Sie hätte bei ihm bleiben sollen, doch wie Kleite konnte sie es kaum erwarten, die Geschichten der Vergangenheit zu hören und all jene Fragen stellen zu können, die sie schon ihr ganzes Leben in ihrem Herzen trug.

Als Kamara mit Kleite aus der Hütte trat, wäre sie beinahe mit Nike zusammengestoßen, die ein Bündel Zweige trug. »Kamara, wo warst du? Ich habe dich gesucht. Hori geht es schlecht. Ich habe Feuerholz gesammelt, das Fieber lässt ihn gleichzeitig glühen und vor Kälte zittern.«

»Kleite hat sich um Hori gekümmert und die Wunde versorgt. Wir können nun nichts mehr tun, als zu warten.«

Nike sah die alte Frau dankbar an und nickte ihr zu. Kleite erwiderte den Gruß. Dann richtete Nike ihre Aufmerksamkeit wieder auf Kamara. »Wohin willst du gehen? Wir müssen uns um ihn kümmern.«

Kamara trat verlegen von einem Fuß auf den anderen. »Sorge du für ihn, Nike. Hebe wird dir helfen. Ich sehe morgen nach ihm. Kleite und ich … Wir haben uns viel zu erzählen.«

Ungläubig sah Nike Kamara an. »Du willst ihn alleinlassen, obwohl du noch nicht einmal weißt, ob er morgen noch lebt?«

»Bitte, Nike, es ist sehr wichtig für mich!« Kamara kämpfte mit sich. Sie hätte bei Hori bleiben sollen, doch die überwältigende Freude, endlich ihre Wurzeln gefunden zu haben, und die Sehnsucht den Frauen ihres Volkes nahe zu sein, waren zu groß.

Schließlich nickte die Mykenerin. »Also gut, tu, was du willst. Ich bleibe an seiner Seite.«

Kamara bedankte sich und hatte es eilig, Nikes vorwurfsvollen Augen zu entkommen. Kleite sah sie ernst an. »Dieser Mann, ist er dein Gefährte?«

»Er ist ein Freund, ein Freund aus Kindheitstagen, und ich schulde ihm viel«, wich Kamara aus.

Kleite drang nicht weiter in sie, und doch meinte sie denselben Blick schon einmal gesehen zu haben – vor vielen Jahren, in Selinas Augen, immer dann, wenn sie Pairy angesehen hatte.

In der großen Halle der Festung wartete Aete auf sie. Als sie Kamara sah, trat sie ihr entschlossen entgegen. Jeder Anflug von Freundlichkeit war aus ihrem Gesicht verschwunden. »Also bist du Selinas Tochter – die Tochter der Frau, die einst so großes Unglück über uns gebracht hat!«

Kamara versuchte, sich nicht einschüchtern zu lassen und trat Aete grimmig entgegen, doch diese ließ sich nicht beeindrucken und fuhr sie weiter an: »Es wäre besser, du wärest nie gekommen. Selina ist verstoßen von ihrem Volk, und auch ihre Tochter ist in Themiskyra nicht willkommen!«

Kleite stellte sich zwischen sie und sah Aete entschlossen an. »Es ist genug, Aete! Was geschah, liegt in der Vergangenheit, und was Selina einst tat, entschied sie mit reinem Herzen!«

Aete wich zwar einen Schritt vor Kleite zurück, zischte jedoch in Kamaras Richtung: »Mit einem Mann begann das Unglück, das Selina über unser Volk brachte, und mit einem Mann ist ihre Tochter nun erschienen. Wann wirst du endlich erkennen, dass sie nicht zu uns gehört!«

Bevor Kamara sich verteidigen konnte, verließ Aete wutentbrannt die Halle. Kamara starrte ihr hinterher. So viel Feindseligkeit und so viel Wut hatten in Aetes Worten gelegen.

»Das wollte ich nicht«, sagte sie leise zu Kleite.

Die alte Frau winkte ab. »Aete ist ein verbittertes Weib.

Du darfst nichts auf ihre Worte geben.« Mit einer Handbewegung lud sie Kamara ein, sich mit ihr an den Tisch zu setzen. »Und nun lass uns reden, wir haben beide viele Fragen, die beantwortet werden wollen.«

Piramses in Ägypten

Pairy kniete vor dem Thron des Einzig Einen und ließ dessen Zorn über sich ergehen. Pharao Ramses hatte ihn nach seiner Verbeugung nicht aufgefordert, sich zu erheben, was ein unmissverständliches Zeichen seines Unmutes war. Neben Pharao saß auf einem kleineren Thron seine Große Königliche Tochtergemahlin, Bentanta, und zu Pairys Unglück war der Einzig Eine heute nicht vom Mohnsaft betäubt. Sein Verstand war klar, und seine Augen ruhten zornig auf Pairy, der den Göttern dafür dankte, dass seine Anhörung unter Ausschluss der Beamtenschaft stattfand.

Es war heiß, und Pairy stand Schweiß im Nacken. Doch Pairy schwitzte nicht allein wegen der Hitze des *Schemu.* Die Wedelträger vor ihm wurden nicht müde, Pharao und seiner Königin mit den großen Fächern Luft zuzufächeln. Weich und sanft wie die Schwingen der Isis durchschnitten die weichen Federn die Luft. Laut und hart klang im Gegenzug Pharaos Stimme: »Du willst mir also erzählen, edler Herr Pairy, dass du nicht weißt, wo deine Gemahlin sich befindet!«

»Einzig Einer, ich weiß so wenig wie du. Ich weiß, dass sie im Auftrage der Großen Königlichen Gemahlin nach Megiddo geritten ist, um die Pferde für die Ställe der Königin zu begutachten. Ich weiß nicht, was geschehen ist. Ich schwöre es bei meinem ewigen Leben!«

Pharao ließ sich erneut die Papyrusrolle mit dem Sendschreiben des Kommandanten Nefer-Miwjuti überreichen und dachte kurz darüber nach, was für einen seltsamen Namen dieser Mann doch hatte, konzentrierte sich dann jedoch wieder auf das Geschriebene. »Die Herrin Selina ist mit der Eskorte der Königin wie angekündigt eingetroffen und fand die Ställe besetzt vor … von den Pferden eines Mykeners namens Lisias. Nach Angaben Nefer-Miwjutis ist sie zum Haus des Obersten Priesters des Month gegangen, um diesen Lisias aufzufordern, die Ställe zu räumen, was sie nach Angaben einer Dienerin des Priesters auch tat. Mein Kommandant wiederum berichtet, dass sie danach zu ihm kam und ein seltsames Benehmen an den Tag legte. Sie forderte Waffen und wollte die Pferde der Königin höchstpersönlich von den Weiden holen. Danach wurde sie nicht mehr gesehen!«

Pairy wagte kaum aufzublicken.

Pharao fuhr fort. »Diesen Lisias fand man später in seinem Haus, tot, mit einem Dolch im Herzen.« Er wandte sich an Bentanta. »Habe ich den Namen Lisias nicht schon einmal gehört?«

Die Große Königliche Gemahlin nickte bedächtig. »Er hat das Große Haus regelmäßig mit Waren aus Mykene und Kreta beliefert, mein göttlicher Gemahl.«

Und er war der Entführer unserer Tochter Kamara!, hätte Pairy gerne aufgeschrien, doch in Anbetracht von Pharaos Zorn schwieg er.

»Lass es mich zusammenfassen, edler Herr Pairy! Deine Gemahlin hat einen mykenischen Händler getötet und ist dann geflohen, hat aber vorher noch von meinem Kommandanten Waffen gefordert! Ich denke, es besteht kein Zweifel an ihrer Tat.« Pharao erhob sich schwerfällig von seinem Thron und ging die Stufen hinunter. Die Wedelträger folgten ihm, ohne in ihrer Tätigkeit innezuhalten. Kurz vor Pairy blieb er stehen, sodass dieser beobachten konnte, wie der königliche Fuß auf- und abwippte, eine Angewohnheit, die der Gute

Gott seit seiner Jugend an den Tag legte, wenn er angestrengt nachdachte. »Bei meinen göttlichen Eltern: Sie ist verrückt! Das habe ich immer gesagt. Doch das hier übertrifft alles, was sie sich bisher erlaubt hat!«

Wieder ging Pharao einige Schritte, und Pairy erhaschte aus seiner demütigenden Lage einen Blick auf die Füße der Wedelträger, die ihm beflissen folgten. *»Ya!«*, fuhr Pharao die Diener in einem Anflug von Zorn an. »Könnt ihr nicht ein einziges Mal aufhören, hinter mir herzulaufen?« Er wies auf Bentanta, die noch immer auf ihrem Thron saß und keine Miene verzog. »Wedelt *ihr* Luft zu, Frauen sind so furchtbar anfällig für Überhitzung!«

Wieder trabten die Füße der Wedelträger an Pairy vorbei, dieses Mal die Stufen des Thronpodestes hinauf, wo sie sich hinter dem Thron der Königin postierten.

»Nun, edler Herr Pairy! Ich glaube dir, dass du von den verräterischen Machenschaften deiner Gemahlin nichts weißt. Aber ich hoffe für dich, dass sie nicht nach Ägypten zurückkehrt. Denn dieses Mal werde ich ihr den Kopf von den Schultern trennen lassen. Amun weiß, dass ich sie gemocht habe, diese seltsame Fremdländerin, doch jetzt sie ist zu weit gegangen!« Er gab Pairy das Zeichen, dass er sich erheben durfte, und Pairy kam steif wie eine alte Katze auf die Füße.

»Es tut mir leid«, flüsterte Pharao ihm zu, bevor er ihn entließ, »ich muss und kann in diesem Fall nur für Ägypten handeln.« Er straffte die Schultern und sagte dann lauter: »Du kannst gehen, edler Herr! Du wirst erneut in den Palast gerufen, sollten wir deine abtrünnige Gemahlin finden!«

Pairy verbeugte sich und warf Bentanta einen verstohlenen Blick zu, bevor er ging. Doch die Große Königliche Gemahlin zeigte keinerlei Gefühlsregung. Einer Statue gleich saß sie auf ihrem Thron und blickte über ihn hinweg.

Pairy wankte wie ein Betrunkener aus dem Palast. Er

grüßte niemanden und kam erst wieder zu sich, als er auf dem Palastvorhof stand. Die Nachricht von Selinas Verbrechen und ihrem Verschwinden hatte ihn unerwartet erreicht, erst am heutigen Morgen war ein Bote in Piramses eingetroffen. Was hatte sie nur getan, war es ein Zufall gewesen, dass sie in Megiddo auf Lisias getroffen war?

Er konnte es kaum glauben, bis ihm mit einem Mal die Worte wieder einfielen, die sie ihm an jenem Abend so eindringlich immer und immer wieder gesagt hatte. *Ich würde dich nie verlassen, Pairy. Ich will, dass du das weißt!* Sie musste einen Plan gehabt haben! Er dachte an die verschlossene Miene der Großen Königlichen Gemahlin. Pairy war überzeugt, dass sie mehr wusste, als sie preiszugeben bereit war. Warum sagte sie nichts? Warum hatte sie Pharao nicht erklärt, dass Lisias einer derjenigen war, der Kamara verschleppt hatte?

Selina, sagte er zu sich selbst. *Ich hoffe, du weißt, was du tust. Und ich hoffe, dass ich dich in diesem Leben noch einmal wiedersehen werde. Mögen alle Götter Ägyptens an deiner Rechten sein! Kehre nur nicht nach Ägypten zurück – es wäre dein sicherer Tod.*

Pairy wischte sich eine Träne aus dem Augenwinkel und redete sich ein, es sei Sand, der sein Auge reizte, doch er wusste es besser. Er wollte nicht ohne seine Frau sein. Vielleicht hatte Lisias ihr verraten, wo Kamara sich aufhielt, und nun war Selina aufgebrochen, sie zu suchen und zurück nach Ägypten zu bringen.

Ich hoffe, du findest sie. Nur ihre Rückkehr kann Pharao – Er lebe, sei heil und gesund! – umstimmen, sodass er das Todesurteil gegen dich aufhebt.

Pairy machte sich auf den Weg in sein Haus, zu seinem großen schönen Haus, das nun, da er wusste, dass Selina nicht zurückkehren würde, kalt und leer sein würde.

Als sie durch das große Stadttor von Ephesos ritt, tätschelte Selina Paris den Hals. Nur drei Mondumläufe hatte sie gebraucht, um den Weg von Megiddo nach Ephesos zurückzulegen, was mitunter daran lag, dass sich kaum jemand um sie scherte. Selbst als sie Hatti durchquert hatte, war sie nicht ein Mal von hethitischen Soldaten aufgehalten worden. Weitaus bedrohlicher waren die Wegelagerer gewesen, die überall lauerten und nur darauf warteten, diejenigen zu überfallen und auszurauben, die ohne Schutz ritten. Doch Selina hatte Glück gehabt und sich so gut zu verteidigen oder zu fliehen gewusst, dass sie den Angreifern rechtzeitig entkommen konnte.

Große Mutter, du blutest aus so vielen Wunden, seit Troja gefallen ist!, war es Selina in den Sinn gekommen, wann immer sie durch die verwüsteten Küstenstädte ritt. Oft hatte sie mit einem kleinen Dienst oder einer Gefälligkeit Wegzehrung für sich und Paris erarbeitet, hatte das Leben einer Nomadin gelebt. Sie hatte Kleintiere gejagt und selbst zubereitet, hatte sich dann kurzzeitig einem mürrischen Händler angeschlossen, der Sklaven nach Hatti brachte, um sie dort zu verkaufen. Bei ihm hatte sie ein Hilfsmittel kennengelernt, das ihr bei ihrer weiteren Reise oftmals das Leben erleichtert hatte: die Frucht des Zahnbaumes, welche auch Sklavendattel genannt wurde. Selina kannte sie zwar bereits aus Ägypten, hatte jedoch nicht gewusst, weshalb die Frucht diesen Namen trug. Jeden Morgen hatte der Händler unter den Sklaven die unscheinbaren Früchte verteilt, die nur eine sehr dünne Schicht Fruchtfleisch besaßen. Jeder Sklave bekam eine Frucht. Doch es war nicht das Fruchtfleisch, weswegen der Händler sie verteilte. Es war der große gelbe Kern, den die Sklaven im Mund behielten – er regte den Speichelfluss an und verringerte so den Durst.

Als Selina den Händler verließ, bat sie ihn um einige der Früchte, und er hatte sie ihr achselzuckend überlassen. So hatte sich Selina ohne Gold und Kupfer ihren Weg nach Ephesos erarbeitet, und ihre Glieder, die im Laufe der Nilschwemmen durch Bequemlichkeit und Wohlstand steif geworden waren, hatten nach und nach fast die Geschmeidigkeit ihrer Jugend zurückgewonnen. Sie war wieder eine Tochter der Großen Mutter. Frei und furchtlos ritt sie durch einsame Landstriche, durch fremde Städte, immer ihr Ziel vor Augen.

Im letzten Ort hatte sie sich einige Kupferringe verdient, indem sie der Betreiberin eines Hurenhauses geholfen hatte, betrunkene und randalierende Gäste aus dem Haus zu schaffen. Nun tauschte Selina das Kupfer auf dem Hafenmarkt gegen einen Laib Brot für sich und einen kleinen Sack Hafer für Paris ein. Sie ließ das Pferd die Hafenstraße entlanglaufen, während sie ihr Brot aß. Das bunte Leben des Hafens ließ sie zuversichtlich werden – in Ephesos schien sich weniger Gesinde herumzutreiben als in den anderen Städten. Ephesos schien zu blühen, während alles, was die Stadt umgab, im Sterben lag.

Selina sog das friedliche Bild der im Wasser dümpelnden Schiffe in sich auf. Die Schiffe schienen aus verschiedenen Ländern zu kommen. Stimmengewirr in den unterschiedlichsten Sprachen drang an ihre Ohren, doch Selina störte es nicht. Sie hatte im Laufe ihres Lebens die akkadische Schrift gelernt, später auch noch Ägyptisch. Und als Alexandros und Kamara einen Hauslehrer bekamen, hatte sie diesen gebeten, auch sie die mykenische Zunge zu lehren, da Mykene mittlerweile zu einer beachtlichen Handelsmacht herangewachsen war und Selina sich oft mit mykenischen Händlern beraten musste, die sich für ihre Pferde interessierten.

Während sie noch die Ruhe des Nachmittags genoss, fragte sie sich, wo sie anfangen sollte, nach Kamara und Hori zu suchen. Dann erkannte sie, dass der Hafen genau der richtige Ort war. Kamara und Hori waren schließlich mit einem Schiff nach Ephesos gekommen, vielleicht sogar auf einem von denen, die hier vor Anker lagen. Die Zeit der Winterstürme war noch nicht lange vorüber, und so konnte sie davon ausgehen, dass die Schiffe mit etwas Glück noch im Hafen von Ephesos lagen und auf das Einsetzen des Frühlings warteten.

Selina lenkte Paris in Richtung eines der mykenischen Schiffe und wandte sich an einen Mann, der auf Deck damit beschäftigt war, ein zerschlissenes Segel zu flicken. »Ich grüße dich! Kannst du mir sagen, welche dieser Schiffe aus Athen gekommen sind? Vor mehreren Mondumläufen?«

Er blickte zu ihr hinunter. Eine Frau auf einem Pferd! Ob das Unglück bedeutete oder ein böses Vorzeichen der Götter? Der Mann dachte nach, erinnerte sich aber an keine Begebenheit, zu der eine berittene Frau Gefahr verheißen hätte. Aber man konnte ja nie wissen. Kurzentschlossen und um sie schnell loszuwerden, wies er etwas weiter den Hafen hinunter und rief ihr zu: »Zeno ist vor einigen Monden aus Athen gekommen. Sein Schiff liegt etwas weiter unten, aber du musst dich beeilen. Das Schiff wird gerade beladen und wird bald ablegen.«

Selina bedankte sich und gab Paris die Fersen. Sie dankte der Großen Mutter, dass sie Zenos Schiff sofort erkannte. Es war das Einzige, auf dem Tumult herrschte. Männer trugen Säcke, Krüge und Truhen mit Waren die Laufplanke hinauf, und ein schlecht gelaunter bärtiger Mann stand neben der Laufplanke und gab ihnen harsche Anweisungen.

»Ich grüße dich, Fremder!«, rief Selina ihm zu. »Ich bin auf der Suche nach Zeno!«

Der Bärtige blickte zu ihr hinauf. »Du hast ihn gefunden, Pferdefrau!«, gab er abfällig zurück. »Was willst du von mir?«

»Ich halte Ausschau nach zwei Männern und einer Frau, die vor einigen Mondumläufen von Athen nach Ephesos gekommen sind – der eine Mann Ägypter, der andere ein Mykener. Mir wurde gesagt, dass dein Schiff aus Athen gekommen ist. Waren sie vielleicht auf deinem Schiff, Kapitän Zeno?«

Sein plötzlich erwachtes Interesse zeigte Selina, dass sie das richtige Schiff gefunden hatte. Der Mann ließ endgültig von seinen Männern ab und kam zu ihr herüber. »Und wenn es so wäre?«, fragte er listig.

Selina wusste, dass er gleich die Hand aufhalten würde, um sich seine Auskunft mit gutem Gold bezahlen zu lassen. Selina aber besaß nichts, womit sie ihn hätte bezahlen können. »Nun«, sagte sie bedacht, »mein Herr, ein reicher Kaufmann, lässt nach ihnen suchen, da sie ihm Waren gestohlen haben. Er hat eine Belohnung ausgesetzt, sollte jemand ihm nützliche Hinweise über ihren Verbleib liefern können.«

Selina sah die Gier in Zenos Blick. »Was du nicht sagst«, antwortete er. »Und wenn ich dir diese nützlichen Hinweise liefern könnte, wie viel wären sie deinem Herrn wert?«

»Dreißig Goldringe«, sagte Selina, ohne zu zögern.

»Weißt du, sie waren auf meinem Schiff. Allerdings waren sie zu viert. Eine Mykenerin war bei ihnen. Sie versprachen mir Gold für die Überfahrt, und ich schwöre dir bei Zeus, sie hatten einen ganzen Beutel Gold bei sich, Geschmeide, Schmuck. Natürlich habe ich mich gewundert, woher das Gold stammt, und sie hatten es eilig. Sie waren auf der Flucht. Sie haben mich, sobald wir in Ephesos angekommen waren, um den Lohn für die Überfahrt betrogen und sind hier verschwunden. Der eine hatte helles Haar und blaue Augen, genau wie du, der andere hatte dunkles Haar. Den Mykener nannten sie Eneas, den anderen Hori. Die Namen der Frauen weiß ich nicht, ich habe nicht nach ihnen gefragt.«

Selina hatte genug gehört. »Wohin sind sie gegangen? Weißt du das?«, fragte sie aufgeregt.

Zeno machte eine abwägende Handbewegung. »Ich habe sie nicht wiedergesehen, aber da war noch jemand, der sich für sie zu interessieren schien, ein Ägypter. Er suchte mich auf und fragte ebenfalls nach ihnen. Ich weiß, wohin er mit seinen Männern geritten ist, um sie zu verfolgen.«

»Dann sag es mir«, bat Selina.

Zeno verschränkte die Arme vor der Brust. »Erst die versprochene Belohnung«, stellte er klar und lächelte schmierig. Dieses Mal würde er sich nicht übertölpeln lassen.

»Die wird dir mein Herr geben«, versuchte Selina ihn zu überreden.

»Nun ... Wo ist dann dein Herr?« Zeno ließ sich nicht so einfach täuschen.

In ihrer Ratlosigkeit tat Selina so, als suche sie mit den Augen zwischen den Männern am Hafen nach ihm. Schließlich kam ihr der Zufall zu Hilfe. Ein gut gekleideter älterer Mann in einem gepflegten Chiton erwiderte ihren Blick und lächelte ihr freundlich zu. Selina hob die Hand zum Gruß, und er erwiderte ihre Geste verstohlen.

»Dort drüben ist er, du kannst zu ihm gehen und ihn fragen«, sagte Selina.

Zeno nickte und wollte sich gleich auf den Weg machen, doch Selina hielt ihn zurück. »Nun zu deinem Teil der Abmachung. Was weißt du noch? Wohin sind sie gegangen?«

Zeno ließ den gut gekleideten Mann nicht aus den Augen, wollte er doch so schnell wie möglich seine Belohnung haben: »Der Ägypter und seine Männer sind in Richtung Zalpa geritten, um sie dort zu suchen. Mehr weiß ich nicht ... Oh ... und ja ... Der Mykener ist nicht mehr bei ihnen. Sie haben ihn in einer Gasse gefunden, auf einem Hof, zu dem die Bewohner von Ephesos ihren Unrat bringen. Jemand hatte ihm ein

Schwert in den Leib gestoßen. Er war bereits tot und stank mindestens ebenso wie der Unrat, deshalb haben sie ihn erst zwei Tage später gefunden. Sie haben ihn in der Unterstadt verscharrt, in der Grube, in der auch die ärmsten der Armen bestattet werden, die sich kein anständiges Begräbnis leisten können.«

Zeno wartete ihre Antwort nicht mehr ab. Er ließ Selina stehen und ging zu dem kostbar gekleideten Mann hinüber, um seine Belohnung einzufordern. Selbstsicher trat er auf ihn zu und zupfte ihn grinsend am Ärmel.

Der Kaufmann zog die Augenbrauen hoch und fuhr ihn an: »Was willst du, Kerl? Wie kannst du es wagen, meinen Chiton mit deinen dreckigen Händen zu berühren?«

»Ich will nur meine Belohnung, dann verschwinde ich sofort, Herr.«

»Von was für einer Belohnung sprichst du, unverschämter Sohn eines Esels?«, fuhr der Kaufmann ihn an.

»Die dreißig Goldringe, die mir die Frau versprochen hat, der du zugewinkt hast.«

Der Mann war versucht, ihm seinen Diener auf den Leib zu hetzen, dann jedoch erinnerte er sich an die seltsame Frau auf dem Pferd. »Ich weiß nicht, was sie dir erzählt hat, aber ich kenne sie nicht. Sie hat mich angesehen. Da habe ich ihr ein Lächeln geschenkt, und als sie mir zugewinkt hat, habe ich zurückgewinkt. Das ist alles! Und jetzt mach, dass du davonkommst, sonst sorge ich dafür, dass du mit der Peitsche meines Dieners Bekanntschaft machst.«

Zeno blickte sich rasch nach der Frau auf dem Pferd um, doch sie war längst zwischen den vielen Menschen im Hafen verschwunden. Wut stieg in ihm auf, hatte er sich doch einmal mehr wie ein dummer Viehhirte täuschen lassen!

Kay stöhnte auf, als die Welle der Erlösung angenehm durch seine Lenden fuhr. Sein Rücken war schweißbedeckt, und sein Atem ging schnell, als er sich neben Semele auf das weiche Ruhelager fallen ließ. Semele war eine Hure nach seinem Geschmack: Wild und hemmungslos, verstand sie ihr Handwerk vortrefflich.

Eigentlich hatte Kay die armselige Stadt längst verlassen wollen, denn als er vor sechs Monden in Zalpa eingetroffen war, hatte er sich geschworen, nach nur einem Tag Ruhe weiterzuziehen. Er und seine Männer hatten die Stadt und die nähere Umgebung abgesucht, sie hatten die Bewohner von Zalpa nach Fremden gefragt, die durch ihre Stadt gekommen waren, doch die Menschen von Zalpa schwiegen sich aus.

»Nach Zalpa kommen niemals Fremde«, war die Antwort, die sie immer wieder zu hören bekommen hatten. Der Hafen der Stadt war verwahrlost und verlassen. Hier hatte seit Nilschwemmen kein Schiff mehr geankert.

Enttäuscht und ratlos hatte Kay schließlich nach Zerstreuung gesucht und diese in Semeles Armen gefunden. Er hatte schnell gemerkt, dass die einsame Hure froh war, Gesellschaft zu haben, und da Kay jung und ansehnlich war, kam er bald auch ohne Kupfer oder Gold in den Genuss ihrer Dienste. Das war ihm nur recht, denn seine Schatulle war durch den Unterhalt für die zusätzlichen Männer beinahe leer.

Nach einer Weile begannen die Söldner zu murren, die mit Kay und seinen Männern geritten waren, und so entließ Kay sie einstweilen aus seinen Diensten. Kay war ausgelaugt und müde, und ehe er sich versah, waren so sechs Monde vergangen, in denen er bei Semele lebte und sich von ihr verwöhnen und bedienen ließ. Hori und Kamara hatte er beinahe vergessen.

Doch seit einigen Tagen war der alte Unmut zurückgekehrt, und Kay erinnerte sich, warum er nach Zalpa gekommen war. Das Liebesspiel mit Semele war zwar noch immer anregend, doch Kay war zunehmend gelangweilt. Auch jetzt, wo Semele lächelnd neben ihm auf dem Lager lag und ihm mit der Hand sanft über die Brust fuhr. Kay schien sich an diesem Tag nicht recht entspannen zu können, und traurig erkannte sie, dass sich das Glück wieder einmal von ihr abzuwenden drohte. Er würde gehen wie die anderen, die gekommen und wieder verschwunden waren. Doch da Kay bereits länger bei ihr lebte als je ein Mann zuvor, erfüllte sie die bevorstehende Trennung mit mehr Schmerz, als sie normalerweise verspürt hätte.

»Du wirst gehen, nicht wahr?«, fragte Semele geradeheraus.

Kay wandte ihr das Gesicht zu und antwortete ebenso ehrlich: »Ja, ich muss fort. Ich bin viel zu lange hiergeblieben.«

Semele seufzte und erhob sich. Kay blickte ihr hinterher, die Augen auf ihr nacktes, wohlgeformtes Gesäß gerichtet, während sie sich bückte und einen Krug Wein öffnete. »Die Götter meinen es nicht gut mit mir«, sagte sie ohne Tränen, als sie zu ihm zurückkam und sich und ihm den Becher vollschenkte. »Immer wieder kommen die Männer zu mir, dann gehen sie wieder fort. Jedes Mal schmerzt es mich, doch bei dir schmerzt es besonders, Kay. Ich habe mich in den letzten Monden zu sehr an dich gewöhnt.«

Er strich ihr fahrig über das glänzende Haar. Sie berührte ihn mehr als die anderen, mehr als Ineksi ihn jemals hätte berühren können. Sie war verdorben, sie war schmutzig, sie war eine Hure, doch sie weinte nicht. Sie nahm seine Entscheidung hin und lag ihm nicht in den Ohren. »Du wusstest, dass es so kommen würde«, versuchte er, sie zu trösten.

Semele nickte und reichte ihm den Becher. Sie blickten sich in die Augen, als sie tranken. »Ich sollte dankbar für die gemeinsame Zeit sein und zufrieden. Die letzten Gäste blieben nur einen Tag, und es war meine Schuld, dass sie gingen, da ich ihnen eine lächerliche Geschichte erzählte.« Semele seufzte. »Hätte ich den Mund gehalten, wären sie vielleicht länger geblieben.«

»Was für eine Geschichte?«, fragte Kay mehr aus Höflichkeit denn aus wirklichem Interesse.

»Nur eine Geschichte, die sich die Frauen von Zalpa erzählen, über ein wehrhaftes Frauenvolk, das einst an den Ufern des Thermodon lebte. Einige Frauen aus Zalpa sind gegangen, um das Volk zu finden und mit ihm zu leben, nachdem der Krieg des Festlandes ihnen die Männer genommen hatte. Als sie diese Geschichte hörten, konnten meine Gäste nicht schnell genug aufbrechen. Vor allem diese Kamara war kaum davon abzuhalten.«

Kay zuckte zusammen. »Sagtest du ›Kamara‹?«

»Ja, so hieß eine von ihnen. Ich glaube, sie war Ägypterin«, entgegnete Semele leichthin.

Kay sprang so schnell vom Lager auf, dass Semele erschrocken zurückwich. Ehe sie sich fragen konnte, was sie falsch gemacht hatte, griff die Hand, die sie sechs Monde lang liebkost hatte, in ihr Haar und zog sie auf die Beine. »Und das sagst du mir erst jetzt, Hure?«

Semele verstand nicht, was mit ihm geschehen war. »Ich wusste doch nicht –«, setzte sie an, doch dann traf Kays Schlag sie hart ins Gesicht. Erschrocken hielt sich Semele die brennende Wange. Kurz ließ Kay von ihr ab, doch dann traktierte er sie erneut so mit Schlägen, dass Semele meinte, ihr Gesicht würde brennen wie Feuer.

»Elende Hure!«, fuhr er sie an, und seine aufgestaute Wut auf Kamara ließ ihn jedes Gefühl vergessen, das er je für sie gehegt hatte. Als Semele vor Angst wimmernd auf dem Boden kauerte, die Arme schützend um ihren Kopf gelegt, trat er sie brutal mit dem Fuß in ihren Bauch. Semele hustete und begann am ganzen Körper zu zittern.

»Sechs Monde habe ich hier verschwendet, und dabei wusstest du die ganze Zeit, wo sie waren.«

»Aber du … Du hast mich nie nach ihnen gefragt«, wimmerte Semele, während Kay schon seinen Waffengürtel angelegt hatte. Im Laufschritt verließ er Semeles Haus. Er musste sofort seine Männer zusammenrufen und dann so schnell wie möglich aufbrechen. Zwar hatte er die Söldner aus seinem Dienst entlassen, doch seine Soldaten sollten in der Lage sein, mit ein paar Weibern allein fertigzuwerden.

Themiskyra

Kamara nahm die schlüpfrigen Stufen die Festung hinab mit Leichtigkeit. Während der letzten Mondumläufe war sie die Treppe so oft hinauf- und hinabgestiegen, dass sie sie blind hätte hinunterlaufen können, ohne zu stolpern. Die Beinkleider mit den weichen, wadenhohen Stiefeln ließen ihr zudem wesentlich mehr Bewegungsfreiheit, als ein Chiton es getan hätte, und sie war recht schnell dazu übergegangen, nur noch die Kleidung des Volkes der Großen Mutter zu tragen.

Als Kamara am Fuße der Treppe in eine Pfütze trat, fluchte sie leise. Der Frühling hatte nicht nur Blüten und milde Luft mit sich gebracht, sondern auch einige Regenschauer. Und wie immer hatte Kamara die große Pfütze vergessen.

Doch heute sorgte sie sich wenig um ihre nassen Füße. Denn Hebe hatte nach ihr rufen lassen, weil Nikes Wehen eingesetzt hatten. Nikes Leib war in den letzten Monden so stark angeschwollen, dass Kamara meinte, sie müsse mindestens zwei Kinder darin tragen, und insgeheim hatte sie sich bereits gefragt, ob Nike die Geburt überleben würde.

Nun also war es so weit. Es ging bereits gen Abend, und die Kochfeuer vor den Häusern verbreiteten ein warmes Licht und eine friedliche Stimmung. Auch vor Hebes Hütte brannte das Feuer. Vorsichtig schob Kamara die leichte Schilfmatte zur Seite, die Hebe bei Beginn der Frühlingszeit gegen das schwere Schafsfell getauscht hatte, und trat in den kleinen Raum. Nike hockte gestützt von zwei Frauen auf dem gestampften Boden über einer Decke und wurde von den erfahrenen Müttern angewiesen, zu pressen und dann wieder Luft zu holen. Sie stöhnte vor Anstrengung und Schmerz und bemerkte kaum, dass Kamara in den Raum trat. Nur Hebe nickte ihr kurz zu. Dann konzentrierte sie sich wieder auf Nike, die von einer weiteren Wehe erfasst wurde. »Du musst stärker pressen, Nike«, wies Hebe die Mykenerin an, und Nikes Gesicht lief vor Anstrengung rot an.

Kamara hielt sich im Hintergrund. Sie hatte keine Ahnung von Schwangerschaft und Geburt und befand, dass es besser war, wenn die anderen Frauen Nike zur Seite standen. »Kleite lässt ausrichten, dass wir nach ihr schicken sollen, sollte die Geburt zu schwer werden«, war das einzig Sinnvolle, das Kamara beizusteuern wusste, doch Hebe winkte ab. »Es ist ihr erstes Kind, da dauert es immer etwas länger und ist kräftezehrend für die Mutter.«

Kamara nickte lahm: Sie fühlte sich überflüssig und entschied sich, einfach vor der Hütte zu warten und nach Kleite zu schicken, sobald eine der Frauen sie darum bäte. In der letzten Zeit hatte sich wieder eine Kluft zwischen ihr und Nike gebildet, was auch daran liegen mochte, dass Kamara bei Kleite und den anderen Frauen in der Festung lebte und Nike sich mit Hebe angefreundet hatte, bei der sie geblieben war.

Kamara hockte sich neben das Kochfeuer und hielt ihr Gesicht in die letzten rötlichen Strahlen, die Re an diesem Tag vom Himmel sandte. Von innen erklang weiterhin Nikes Schnaufen und Hecheln.

Dann entdeckte Kamara Glauke und Rebea, die Töchter Hebes. Die Zwillingsschwestern kehrten lachend und schwatzend zu Hebes Hütte zurück und winkten Kamara schon von Weitem zu. Stolz verwiesen sie auf ihr heutiges Jagdglück und zeigten Kamara ihre Beute: drei Hasen, zwei Enten und sogar ein junges Reh. Kamara nickte ihnen anerkennend zu, verzichtete aber nicht darauf, sie doch noch ein wenig zu tadeln. Sie hatte ihnen verboten, im Frühjahr die weiblichen Rehe zu erlegen, da die meisten von ihnen trächtig waren oder gerade ein Kitz geboren hatten, das sie versorgen mussten.

Trotzdem verspürte Kamara so etwas wie Stolz. Im Laufe der letzten Mondumrundungen waren die Zwillinge für sie zu Zöglingen geworden, denen sie alles beibrachte, was ihre Mutter sie selbst einst gelehrt hatte. Ihr Umgang mit dem Bogen hatte sich erheblich verbessert, und Kamara war froh darüber, dass sie es erst mit ihrer Hilfe richtig gelernt hatten. Wären die Mädchen bereits so geschickt gewesen, als sie auf Hori und Nike getroffen waren, würde Hori ohne Zweifel nicht mehr leben. Auch im Umgang mit Schwert und Axt hatte Kamara die Schwestern unterrichtet, und mittlerweile hatten sie sich zu guten Kämpferinnen entwickelt.

Kamara blickte auf die beiden Mädchen mit Wohlwollen, während Glauke und Rebea sie wie eine große Schwester behandelten. Hebe hielt im Gegenzug wenig von Kamaras Bemühungen, obwohl ihre Töchter die Vielfalt und Menge der Speisen auf Hebes Kochfeuer beachtlich erweitert hatten. Meist verschenkten die Mädchen sogar einen Teil ihrer Jagdbeute an andere Frauen, die bei der Jagd weniger geschickt waren, oder sie besuchten Kamara, Kleite und die anderen in der Festung, um abends mit ihnen in der großen Halle beisammen zu sein. Selbst Aete, die Kamara noch immer misstrauisch gegenüberstand, freute sich über die Besuche der Mädchen, die so beflissen dem Geist des Frauenvolkes nacheiferten. Um Hori jedoch sorgte sich Kamara insgeheim. Alle hatten ihren Platz in der Gemeinschaft gefunden: Kamara hatte Kleite, die Frauen und die Mädchen; Nike hatte Hebe und würde mit Hilfe der Großen Mutter bald Mutter sein, doch Hori fand unter den Frauen keinen richtigen Anschluss. Zuerst hatte er in Hebes Hütte gelebt. Und obwohl Kleites Hilfe dafür gesorgt hatte, dass das Fieber zurückging und er sich rasch erholte, blieb seine Schulter noch lange steif und so unbeweglich, dass er auf Hilfe angewiesen war. Immer wenn Kamara zu Hebe gekommen war, um ihn zu besuchen, hatte er sie zur Seite genommen, um über einen Plan nachzusinnen, nach Ägypten zurückzukehren. Kamara hatte ihm erklärt, dass er zuvor vollkommen genesen müsste, hatte ihn immer wieder vertröstet, bis Hori schließlich geschwiegen hatte und sie nicht mehr in seine Pläne miteinbezog.

Tief in ihrem Herzen wusste Kamara, dass sie nicht um Horis willen, sondern wegen ihrer eigenen Zerrissenheit so handelte. Sie liebte es, zwischen den Frauen zu leben, auch wenn diese sie noch immer als Fremde behandelten. Sie verehrte Kleite und mochte die beiden Mädchen, die von Tag zu Tag stärker und mutiger wurden. Andererseits dachte sie oft an ihre Mutter und an ihren Vater. Sie dachte an Paris, ihren ungestümen Hengst, und sogar an Pharao. Wie mochte es ihnen gehen? Litten sie an der Ungewissheit, was mit ihrer Tochter geschehen war?

Manchmal gelang es Kamara, sich aufzuraffen und zu Hori zu gehen, der mittlerweile in einer eigenen Hütte lebte, geduldet, jedoch nicht geliebt. In diesen Augenblicken wollte sie ihm sagen, dass sie nun bereit sei, ihn anzuhören und mit ihm nach Ägypten zurückzukehren. Doch auf halbem Wege kehrte sie um und verdrängte die Erinnerung an ihr früheres Leben. Auch die Stimme in ihrem Kopf, die zufrieden schien und sich nur noch selten meldete, drängte sich immer wieder in ihre Gedanken und hielt sie zurück. *Du bist nicht für ihn verantwortlich! Dein Leben gehört dir! Hätte er dich damals nicht zwingen wollen, ihn zu heiraten, wäre er heute nicht hier. Du trägst keine Schuld daran, also soll er doch allein gehen.*

Kamara schämte sich ob der Worte, die die Stimme ihr so engherzig zuschrie, doch letztlich ließ sie sich jedes Mal von ihr überzeugen.

Während Glauke und Rebea Kamara aufgeregt von ihrer Jagd erzählten, kamen plötzlich freudige Stimmen aus der Hütte hinter ihnen. Kamara und die Mädchen erhoben sich und drängten sich durch die schmale Tür, um zu sehen, was geschehen war. Nike saß völlig entkräftet auf der Decke, und Hebe reichte ihr das Kind, das sie geboren hatte. Es holte Luft und begann, laut zu schreien.

»Es ist ein Mädchen«, verkündete Hebe glücklich, und auch Nike strahlte trotz ihrer Erschöpfung zufrieden. Hätte sie einen Knaben geboren, hätte Nike zwei Möglichkeiten gehabt: Entweder sie hätte das Kind einer der Frauen übergeben, die es ertränkt hätte, oder sie wäre mit dem Kind fortgegangen. Ein Mädchen bedeutete jedoch, dass sie mit ihrem Kind bleiben durfte.

Eine der Frauen durchtrennte die Nabelschnur und nahm Nike das Kind ab, um es zu waschen. Erst als der Trubel sich beruhigt hatte und Nike ihr Mädchen stillte, trat Kamara zu ihr ans Lager. Obwohl sie in den letzten Monden wenig miteinander gesprochen hatten, lächelte Nike ihr zu und zeigte Kamara das kleine Bündel. »Ich werde sie Vianna nennen. Was meinst du, Kamara? Sieht sie mir ähnlich oder ...«, sie unterbrach sich, da sie nicht wagte, Eneas' Namen auszusprechen. Die Väter der Kinder mochten zwar in Themiskyra bedeutungslos sein, doch Kamara spürte, dass die Erinnerung an Eneas Nike noch immer schmerzte.

»Sie sieht euch beiden ähnlich, denn sie ist ein Teil von euch beiden«, gab ihr Kamara deshalb leise zu verstehen.

Nike sah sie dankbar an. »So war sein Tod nicht vergebens, und meine Liebe zu ihm auch nicht.«

»Nein«, bestätigte Kamara. Dieses Mal musste sie nicht lügen. Sie wusste, wie sehr Nike sich ein Kind gewünscht hatte. Wäre Eneas nicht gewesen, hätte Nike ihr Leben lang geglaubt, sie sei unfruchtbar. »Nein!«, sagte Kamara noch einmal, um ihrer Überzeugung Ausdruck zu verleihen. »Weder sein Tod noch deine Gefühle für ihn! Ich freue mich für dich, Nike, und gönne dir dieses Glück von ganzem Herzen.«

Einige Augenblicke später verabschiedete Kamara sich von Nike, damit diese ihr Glück genießen konnte. Sie nickte Hebe kurz zu und wandte sich an Glauke und Rebea. »Morgen früh, wenn noch der frische Tau auf den Gräsern liegt, will ich auf die Jagd gehen, um einen Hirsch zu erlegen. Wir sollten Viannas Geburt mit einem Fest feiern. Wollt ihr mich begleiten?«

Begeistert stimmten die Mädchen zu. Einen Hirsch zu erlegen war etwas Besonderes, und sie verabredeten sich für den nächsten Morgen in aller Frühe. Selbst Hebe hatte keine Einwände, denn die Aussicht auf ein Fest und ein wenig Freude begeisterte auch sie.

Kamara nickte allen noch einmal zum Abschied zu und verließ dann die Hütte. Ihr Herz war erfüllt, da sie sich für Nike freute, und für eine gute Jagd konnte sie sich ebenso wie Glauke und Rebea begeistern. Bester Laune wollte sie so schnell wie möglich in die Festung zurückkehren, um Kleite und den anderen Frauen von Nikes Tochter und dem Fest zu berichten. Da entdeckte sie Hori, der geradewegs auf sie zukam, einen Speer und einen Korb in der Hand. Offensichtlich kam er vom Fluss.

Kamara hätte lieber einen anderen Weg eingeschlagen, doch Hori hatte sie bereits gesehen. Daher ging sie auf ihn zu und hob die Hand zum Gruß. Hori grüßte zurück. Um sich von ihren Schuldgefühlen abzulenken, plapperte Kamara sofort heraus, was sich soeben ereignet hatte. »Nike hat gerade eine Tochter geboren … Vianna … Ich werde morgen reiten, um einen Hirsch zu erlegen. Viel zu lange wurde hier kein Fest mehr gefeiert. Viannas Geburt ist ein guter Anlass dafür, und es wird den Frauen guttun, ihre Sorgen zu vergessen.«

Hori nickte. »Ich habe Fische im Fluss gefangen, aber es sind zu viele für mich allein. Willst du mir heute Abend nicht Gesellschaft leisten?«

Kamara trat verlegen von einem Fuß auf den anderen. »Ich habe Kleite und den anderen versprochen, ihnen von Nike und ihrer Tochter zu erzählen …«, wich sie aus.

»Warum bemühen sie sich nicht selbst zu ihr, wenn es sie sosehr interessiert?«, fragte Hori bissig.

»Hori, ich will jetzt nicht mit dir streiten!«, verschloss Kamara ihr Herz vor seinen berechtigten Einwänden. »Ich werde dich morgen besuchen«, erklärte sie dann, um das unangenehme Gespräch schnell zu beenden.

»Natürlich, Kamara. Das versprichst du bereits seit einigen Monden, doch mittlerweile habe ich erkannt, dass deine Worte keinerlei Bedeutung haben.«

»Morgen komme ich ganz bestimmt … Außerdem werden wir morgen das Fest für Nikes Tochter feiern. Du wirst doch kommen?«

»Es wird doch ohnehin nicht auffallen, ob ich da bin oder

nicht«, antwortete Hori, aber Kamara wandte sich bereits ab. Sie wusste, dass er recht hatte, doch gerade seine Eindringlichkeit trieb sie mehr und mehr in die Flucht.

So war sie fast erleichtert, als sie Kleite und die anderen in der großen Halle antraf.

»Nike hat eine Tochter geboren. Sie hat ihr den Namen Vianna gegeben. Morgen werde ich einen Hirsch erlegen. Ich habe vorgeschlagen, ein Fest zu feiern. Die Frauen würden sich freuen, wenn auch ihr erscheint. Viel zu lange wurde kein Fest mehr in Themiskyra gefeiert«, sprudelten die Neuigkeiten aus Kamara heraus.

»Das ist ein dummer Einfall«, wehrte Aete ab. »Wir haben wenig mit ihnen zu schaffen. Wir dulden sie, doch sie sind uns fremd.«

»Sie fürchten sich vor euch, und ein Fest würde dazu beitragen, die bestehende Kluft zu verkleinern«, wandte Kamara ein.

»Wer sagt, dass wir das wollen?«, fuhr Aete sie an.

Wie so oft war es schließlich Kleite, die eine Entscheidung traf. »Ich finde, wir sollten diese Gelegenheit nutzen. Kamara hat recht. Sie fürchten sich vor uns, weil wir uns von ihnen zurückziehen. All die Jahre haben wir uns in die Festung zurückgezogen, weil wir uns für besser hielten als sie. Doch wer sind wir schon? Sieben Frauen, ein kläglicher Rest des großen Volkes, das wir einst waren. Das Einzige, das wir noch besitzen, ist unser Stolz, ein ungerechtfertigter Stolz. Ich werde zum Fest gehen.«

Nachdem Kleite gesprochen hatte, nickten auch die anderen Frauen. Nur Aete blieb stur. »Ich werde nicht gehen! Mischt euch nur unter die Weiber, die es kaum schaffen, einen Hasen zu erlegen. Ja, ich bin stolz. Ich bin stolz darauf, nicht zu ihnen zu gehören!« Sie erhob sich und baute sich vor Kamara auf wie die Statue einer kriegerischen Göttin. Ihr

Waffengürtel, den sie so gut wie nie ablegte, unterstrich ihre Unnahbarkeit. »Wie oft muss ich euch noch daran erinnern, dass wir es ihrer *Mutter* verdanken, dass nur noch so wenige von uns leben?«

Kamara wagte nicht, ihr zu widersprechen. In jener Nacht, in der sie sich das erste Mal unterhalten hatten, sich gegenseitig all die Fragen beantworteten, die seit Jahren an ihrer beider Herzen gefressen hatten, hatte Kleite ihr die Geschichte erzählt. Selina hatte mit reinem Herzen gehandelt, das stimmte. Es war jedoch auch wahr, dass sie ihr Volk in den Untergang geführt hatte.

Kamara wusste nicht, wie sie mit dieser Wahrheit umgehen sollte. Manchmal fürchtete sie, dass Aetes Zorn auf ihre Mutter sich auch in ihr eigenes Herz fressen könnte. Dieses Gefühl ergriff immer dann von ihr Besitz, wenn sie Aetes Ablehnung zu spüren bekam oder sich vor Augen hielt, was von dem Volk übriggeblieben war, zu dem sie sich zugehörig fühlte. Und dann wiederum vermisste sie ihre Mutter und wusste, dass sie sie liebte, weil Selina sie alles gelehrt hatte, was eine Tochter vom Volk der Großen Mutter wissen musste.

Kamara bewunderte Kleite für ihr ausgeglichenes, freundliches Wesen. Nie hatte sie ein böses Wort über das verloren, was Selina getan hatte. Im Gegenteil: Immer wieder musste Kamara ihr von Selina erzählen, immer wieder sah sie ein Lächeln im Gesicht der Alten, wenn Kamara ihre Mutter erwähnte. So war es auch heute, als Aete wieder einmal wütend aus der Halle lief und die Frauen sich verabschiedeten, um sie zu beruhigen, nicht ohne Kamara freundlich zu erklären, dass sie zum Geburtsfest Viannas erscheinen würden.

Kleite blieb wie so oft bei Kamara, um ihr aufgewühltes Herz zu beruhigen. »Lass dein Herz nicht schwer werden, Kamara. Das Geburtsfest für Nikes Tochter ist eine wundervolle Gelegenheit. Wir haben uns viel zu lange in der Vergangenheit versteckt. Du kennst Aete. Gräme dich nicht ob ihrer Worte. Sie ist kein schlechter Mensch, nur verbittert.«

Kamara seufzte. »Ich fürchte mich vor mir selbst, denn manchmal verstehe ich sie, und es gibt Augenblicke, in denen die gleiche Wut mich zu zerfressen scheint.«

Kleite legte ihr beruhigend die Hand auf den Arm. »Werde nicht wie Aete! Du kennst deine Mutter so gut, wie ich sie kenne. Sie hatte keine Schuld an dem, was damals geschah. Wären wir nicht in den Krieg gezogen, wäre es nur eine Frage der Zeit gewesen, bis uns das Schicksal ereilt hätte. Wir waren zu stolz und zu sehr von uns selbst überzeugt. Die Männer des Festlandes hätten uns in unserer Einfalt niedergeschmettert wie steinerne Bilder – unbeweglich und ahnungslos, wie wir waren. Selina hatte die Welt gesehen. Die Große Mutter hatte ihr dieses Schicksal bestimmt. Sie wollte uns warnen, wollte uns retten, indem sie einer ihrer Töchter alles das zeigte, vor dem wir unsere Augen verschlossen. Es ist nicht Selinas Schuld, dass die Frauen nicht auf sie hörten und ihr ebenso misstrauten, wie sie dir misstrauen. Nachdem sie zurückkehrte, war sie für sie nur eine Fremdländerin. Die Frauen fürchteten deine Mutter, da sie eine Macht des Wissens besaß, die sie nicht kannten. Die Macht, Worte für die Ewigkeit festzuhalten, die Macht fremder Zungen, das Wissen in den Augen, das sie nicht besaßen. Sie hätten ihr zuhören und von ihr lernen sollen, anstatt sie zu bekämpfen. Die Große Mutter bereitete unserem Volk ein Geschenk, indem sie ihrer Tochter dieses Wissen schenkte; die Göttin wusste, dass die Zeiten im Wandel waren. Doch die Frauen verstanden das Geschenk der Mutter nicht. Selbst meine Tochter Penthesilea, die eine weise Königin war, verstand es nicht. Nicht Selina hat sie zu Fall gebracht, ihre eigene Dummheit war es.« Kleite umschloss Kamaras Hand mit den ihren und drückte sie. »Was du tust, ist gut und richtig, Kamara. Du darfst nie Zweifel in dein Herz lassen!«

Kamara lächelte. »Wäre ich doch so sicher und stark wie du, Kleite! Du zweifelst niemals, doch immer wenn ich mir sicher bin, stark zu sein, ist diese Stimme in meinem Kopf und bringt mich zu Fall. So ist es, seit ich Ägypten verlassen habe, und sie will einfach nicht schweigen.«

»Kamara«, sagte Kleite schließlich. »Die fremde Stimme, von der du erzählt hast, ist deine eigene. Was sich dir stets entgegenstellt, ist dein Gefühl. Du versuchst, deine Taten mit deinem Verstand zu lenken … Doch auch das Gefühl will bedacht sein. Wenn du Herz und Verstand in Einklang bringst, wird die Stimme in deinem Kopf endlich Ruhe geben.«

»Du bist weise, Kleite«, sagte Kamara. »Doch ich fühle mich so zerrissen.«

»Es wird der Tag kommen, an dem du deinen Weg klar vor dir sehen kannst. Bedenke, dass nicht nur das Blut der Großen Mutter in deinen Adern fließt. Auch das ägyptische Blut deines Vaters gehört zu dir.« Sie seufzte und erhob sich schwerfälliger als sonst. »Wie geht es dem jungen Ägypter? Sind seine Wunden verheilt?«

Kamara nickte. »Er ist vollkommen genesen.«

»Das ist gut«, nickte Kleite. »Ich denke, dass er hier unglücklich ist, und ich kann es ihm nicht verdenken. Sein Herz sehnt sich nach der Heimat, und er bleibt nur, weil er auf dich wartet. Ich hoffe, du weißt das.«

Kamara zuckte bei Kleites Worten zusammen, als hätte sie sich an einem glühenden Holzscheit verbrannt. »Ich bin noch nicht bereit zurückzukehren. Ich weiß nicht, ob ich es jemals sein werde.«

»Aber du willst auch nicht, dass er geht.«

»Ich habe ihn nicht zurückgehalten«, verteidigte sich Kamara.

»Das brauchst du auch nicht. Du lässt ihn im Unklaren über deine Gefühle. Du liebst ihn, und er weiß das und hofft, dass du zu ihm kommst!«

»Nein! Ich mag ihn, aber es ist keine Liebe.«

Kleite blickte sie durchdringend an. »Ich weiß, wie deine Mutter deinen Vater angesehen hat, und mit dem gleichen Blick siehst du ihn an, wenn du sicher bist, dass er es nicht bemerkt. Aber du weißt, dass er ebenso wenig hier leben kann, wie dein Vater Pairy es konnte. Deine Mutter hat einst eine Entscheidung getroffen, und auch du wirst bald eine Entscheidung treffen müssen.« Sie ließ Kamaras Hand los. »Ich werde nicht mehr lange bei dir sein. Die Große Mutter ruft mich zu sich. Ich freue mich darauf, meine Töchter wiederzusehen, Penthesilea, Hippolyta und Antianeira und all die Frauen, mit denen ich gelebt habe, als ich noch jung war. Wenn du bleibst, darfst du nicht um meinetwillen bleiben, sondern du musst deinen eigenen Platz finden.«

Kamara erschrak. Wie konnte Kleite von ihrem Tod sprechen, wo sie so viele Nilschwemmen gebraucht hatte, um sie zu finden. Seit sie denken konnte, hatte sie geglaubt, ihre Mutter sei die Letzte ihres Volkes gewesen. Selina selbst hatte sie in dem Glauben gelassen – vielleicht aus Scham, vielleicht, um Kamara keinen falschen Hoffnungen auszusetzen. Doch Kamara war es gelungen, sie zu finden; die Große Mutter hatte sie nach Themiskyra geführt. »Du wirst noch lange leben«, versuchte sie, Kleites Worte ungesagt zu machen.

Kleite umarmte sie fest. »Ich freue mich auf das Fest für Nike und Vianna.«

Glauke und Rebea ließen ihre Pferde die Auen des Flusses entlang galoppieren und stachelten sich gegenseitig an, weil jede von ihnen behauptete, die Schnellere zu sein. Kamara ließ sie gewähren. Die Jagd war gut gewesen, sie hatten einen jungen

Hirsch auf einer Lichtung entdeckt, und Glaukes Pfeil hatte ihn schnell und schmerzlos niedergestreckt. Obwohl Rebea enttäuscht gewesen war, dass nicht sie den Hirsch erlegt hatte, gönnte sie ihrer Schwester den Jagderfolg, und so hatte es nicht lange gedauert, bis sich die beiden ausgelassen und lachend ein Wettrennen lieferten.

Kamara achtete darauf, die Schwestern nicht aus den Augen zu verlieren. Sie hatte das Beutetier auf den Rücken ihres Pferdes gebunden, sodass sie nur langsam vorankam. Sie wusste, dass sie und die Mädchen noch einen längeren Weg zurücklegen mussten, denn sie waren weit geritten, bis sie auf Rotwild stießen. »Rebea, Glauke! Gönnt den Pferden etwas Ruhe, sie müssen uns noch nach Themiskyra zurückbringen!«, rief sie den Schwestern zu, die vorgaben, Kamara nicht zu hören.

Kamara seufzte ergeben und beschloss, den Mädchen ihre Freiheit zu lassen und den milden Frühsommertag zu genießen. Es kam nicht oft vor, dass sie reiten konnten. Denn in Themiskyra gab es nur wenig Pferde, und die Tiere, die Hori und sie nach Themiskyra gebracht hatten, waren für die Jagd zu alt. Doch zu ihrer Überraschung hatte Aete Rebea ihr Pferd geliehen, Glauke ritt Ianthes, und Kamara selbst führte Nin am Zügel, eine junge Stute, die Kleite gehörte. Die Frauen pflegten ihre Pferde und ließen sie selten von jemand anders reiten. *Denn ihr seid eins, dein Ross und du,* fuhr es Kamara durch den Kopf.

Während sie darüber nachsann, wie lange sie wohl brauchen würden, bis sie Themiskyra erreichten, und ob dann noch ausreichend Zeit für die Vorbereitungen des Geburtsfestes am Abend wäre, blieb Nin plötzlich stehen und spitzte die Ohren. Kamara zog leicht am Zügel, um die Stute zum Weiterlaufen zu bewegen, doch das Pferd rührte sich nicht und schnaubte nervös. »Was hast du, Nin? Witterst du ein Raubtier in der Nähe?«

Kamara sah sich suchend um und stellte fest, dass Rebea und Glauke aus ihrem Blickfeld verschwunden waren. Sie wollte bereits nach ihnen rufen, doch ein ungutes Gefühl gebot ihr Einhalt. So band Kamara stattdessen Nins Zügel an einer freiliegenden Wurzel fest und ging langsam durch das hohe Gras der Flussaue, das ihr an einigen Stellen bis zur Hüfte reichte. Sie entdeckte Glaukes Fuchsstute und Rebeas gescheckten Hengst friedlich grasend am Ufer des Flusses, die beiden Mädchen waren jedoch nirgends zu sehen. Verärgert hielt Kamara nach ihnen Ausschau. Immer hatten die Mädchen irgendeinen Unsinn im Kopf, obwohl sie bereits die Schwelle zum Erwachsenenalter überschritten hatten! Fünfzehn Sommer waren sie alt, und die einst schmutzigen Mädchengesichter hatten sich inzwischen in reizvolle, aber stets freundlich lachende Frauengesichter verwandelt.

Langsam ging Kamara weiter, wandte sich vom Flussufer ab und lenkte ihre Schritte in Richtung der Waldlichtung. Wären Glauke und Rebea am Fluss gewesen, hätte sie die Mädchen gesehen. Als sie einen Wimpernschlag später eine Bewegung im Gras bemerkte, konnte Kamara sich eines Schmunzelns nicht erwehren. Hatten die Mädchen so wenig von ihr gelernt, dass sie nicht wussten, dass hohes Gras sie verriet? Kamara ging auf die Stelle zu, an der das Gras sich bewegt hatte, und entdeckte Rebea, die sie verschmitzt angrinste. Mit einem Finger vor den Lippen bedeutete das Mädchen ihr, leise zu sein. »Da drüben sind Fremde«, flüsterte sie Kamara zu. »Glauke und ich haben sie entdeckt, als wir einem Fuchs folgten. Sie scheinen dort Rast zu machen, und sie sprechen eine Sprache, die wir nicht verstehen. Ihr Anführer ist recht gut gewachsen.«

Kamara ließ sich neben ihr ins Gras fallen. »Es ist gefährlich, Fremde zu belauschen, Rebea. Ihr Mädchen habt in letzter Zeit nur noch Männer im Kopf.«

»Es gibt in Themiskyra ja keine«, verteidigte sich Rebea. »Gönne uns doch den Spaß, Kamara. Wir haben eine Stelle gefunden, von der aus sie uns nicht sehen können. Komm mit, und sieh sie dir an.«

Kamara hatte wenig Lust, fremde Männer zu beobachten, doch in Anbetracht der Tatsache, dass Glauke allein auf der Lauer lag und vielleicht einen Fehler beging, der sie verriet, folgte sie Rebea durch das dichte Gras. Rasch gelangten sie zu einem Felsvorsprung, der etwa vier Mannshöhen steil abfiel. Glauke kauerte hinter einem großen Stein und beobachtete das Geschehen unter ihr mit regem Interesse. Rebea drängte sich neben sie, um ebenfalls etwas zu sehen. »Mach dich nicht so breit, Glauke«, flüsterte sie ihr zu.

Kamara schob die beiden Mädchen zur Seite und spähte an ihnen vorbei. Als sie die Männer sah, fuhr ihr der Schreck wie ein Dolch durch das Rückgrat. Der Mann, der das Interesse der Mädchen geweckt hatte, war niemand anders als Kay, und die Männer, die bei ihm waren, trugen die Tracht der ägyptischen Soldaten. Mit festem Griff zog sie die Mädchen an den Schultern zurück und gab ihnen mit Gesten zu verstehen, dass sie leise verschwinden mussten. Glauke und Rebea blickten sie verständnislos an, doch Kamara gab ihnen noch einmal das Zeichen, ihr zu folgen.

Als sie außer Hörweite waren, sah Kamara die Mädchen eindringlich an. »Hört mir gut zu! Ich kenne diese Männer. Sie sind nicht zufällig hier. Sie suchen nach mir und Hori. Ich hätte nicht gedacht, dass sie uns hier finden, ja, noch nicht einmal, dass sie uns bis hierhin folgen könnten, doch ich war wohl zu zuversichtlich.« Sie holte Luft. »Sie dürfen auf keinen Fall bis Themiskyra vordringen. Sie werden alle töten, die ihnen in die Hände fallen, und niemanden verschonen. Wir sind zu wenige, um uns zu wehren. Die Frauen sind hilflos. Nur die älteren, Hori und wir drei sind vielleicht in der

Lage, uns eine Weile zu verteidigen. Wie viele von ihnen habt ihr gesehen?«

Glauke und Rebea sahen sich kurz an. »Vielleicht vierzig Männer«, antwortete Rebea außer Atem, doch Glauke verbesserte sie. »Nein, es sind mehr: fünfzig oder sechzig. Als du fort warst, kamen noch welche, aber die sind zurück in den Wald geritten. Wahrscheinlich wollen sie jagen und die Nacht hier verbringen.«

Kamara fühlte, wie ihr schwindelig wurde. Wie sollten zehn Frauen und ein Mann sich gegen sie zur Wehr setzen? *Neun Frauen,* verbesserte sie sich in Gedanken. Kleite war zu alt, um zu kämpfen. Sie überlegte eine Weile und fasste dann einen Entschluss. Eindringlich blickte sie die Mädchen an. »Wie schnell könnt ihr Pfeile nachlegen und gleichzeitig zielsicher treffen?«

»Sehr schnell«, antwortete Rebea, ohne zu zögern. Glauke nickte bestätigend.

Kamara atmete tief durch. »Gut, denn wir müssen sie vertreiben. Wir drei müssen so viele Pfeile vom Bogen lassen, dass sie glauben, hinter den Felsen würde sich ein ganzes Heer verbergen.«

Rebea und Glauke sahen sie an, als hätte sie einen schlechten Scherz gemacht. »Sie werden sich nicht täuschen lassen. Im Gegenteil – sie werden kommen und uns suchen.«

»Das stimmt«, gab Kamara zu. »Aber sie werden nicht sofort kommen. Ich kenne ihre Art zu kämpfen. Ich kenne die Art ihres Anführers. Eigentlich ist er ein Feigling. Sobald er glaubt, dass er auf großen Widerstand stößt, wird er nach Zalpa zurückreiten und Söldner verpflichten. Erst dann wird er zurückkommen und uns suchen. Das verschafft uns etwas Zeit.«

»Bist du von allen Göttern verlassen, Kamara!«, wandte Rebea ein. »Was hilft es uns, wenn er mit noch mehr Männern zurückkehrt? Wie sollen wir sie dann abwehren?«

»Bis dahin müssen die Frauen lernen, sich zu verteidigen.« Sie ballte die Hände zu Fäusten. »Das ist unsere einzige Möglichkeit. Wenn sie weiterziehen, sind sie schon morgen in Themiskyra. Wenn sie zurückreiten, treffen sie frühestens in einem Mondumlauf ein.«

»In nur einem Mondumlauf machst du aus den Frauen keine ernst zu nehmenden Gegner«, wandte Glauke ein.

»Nein, aber sie werden den Willen haben zu kämpfen. Mut und Wille können Berge versetzen. Wenn sie nur wollen, wenn sie nur den Mut finden, können wir es schaffen. Von der Festung aus können wir sie besiegen – ein für alle Mal!«

»Und wenn sie nach Zalpa reiten und anderen von uns erzählen – wenn sie erzählen, dass sie angegriffen wurden? Dann werden andere kommen und nach uns suchen.«

»Dann müssen wir erneut kämpfen, aber immerhin können wir uns dann verteidigen und müssen nicht darauf warten, abgeschlachtet zu werden wie hilfloses Vieh«, flüsterte Kamara ihnen zu.

»Also gut«, gaben die beiden fast gleichzeitig nach. »Wir werden es versuchen!«

Gemeinsam robbten sie zurück zu der Stelle, von der aus sie Kay und seine Männer beobachtet hatten. Leise nahmen sie die Bogen vom Rücken und zählten die Pfeile. Wenn sie schnell hintereinander abgeschossen wurden, würden die Pfeile ausreichen, um Kay und seine Männer zu verunsichern. Kamara war sich nicht sicher, ob ihr Plan wirklich gelingen konnte. Sobald sie keine Pfeile mehr hatten, mussten sie auf jeden Fall schnell zurück zu ihren Pferden.

Die drei Frauen sahen sich noch einmal an, dann legte jede einen Pfeil auf die Bogensehne und visierte ein Ziel an. Kamara nickte den Schwestern zu, und kurz darauf sirrten die Pfeile durch die Luft und trafen ihre Ziele. Drei Männer fielen verwundet zu Boden, und noch bevor sie die Erde erreicht hatten, zerschnitten die nächsten Pfeile die Luft. Innerhalb eines Wimpernschlags war das Lager in Aufruhr, hektisch blickten die Männer um sich, um herauszufinden, wer sie angriff. Kay schrie einen Befehl zum Gegenangriff, doch als fünf weitere seiner Männer zu Boden gingen, gab er den Befehl zur Flucht.

»*Wecha* – Idiot!«, schrie er einen seiner Männer an, der mit gezogenem Schwert um sich schlug, um sich gegen einen Feind zu verteidigen, den er nicht sah. »Wir reiten zurück nach Zalpa und holen mehr Männer. Hier sitzen wir in der Falle!«

Kamara und die Mädchen sahen zu, wie er sich auf sein Pferd schwang und gefolgt von seinen Männern davongaloppierte. Die Verwundeten und Toten ließ er zurück, ohne sich noch einmal nach ihnen umzusehen. Als der letzte Soldat von der Lichtung verschwunden war, atmete Kamara auf. »Er ist tatsächlich fort«, sagte sie.

Glauke wies auf die Verwundeten. »Wir könnten sie mitnehmen und als Geisel austauschen, wenn er zurückkommt.«

»Du bist eine Gans!«, zischte Rebea. »Wenn sie ihm wichtig gewesen wären, hätte er sie nicht einfach hier liegen lassen.«

Kamara nickte. Ein Ägypter, der seine Toten an einem Ort zurückließ, an dem ihr Körper dem Verfall preisgegeben war, hatte alle Grenzen von Ehre und Gewissen hinter sich gelassen. Kays Verbrechen wog nach ägyptischer Sitte umso schwerer, als ihn selbst die Lebenden nicht interessiert hatten. »Wir lassen sie hier«, beschloss Kamara deshalb freudlos. »Sie hätten euch geschändet und getötet. Sie sind ehrlos wie ihr Anführer. Sie sollen ihre Ehre wiedererlangen im Tode.«

Schweigend ritten Kamara, Glauke und Rebea zurück nach Themiskyra. Die Freude des Tages war vergangen, ein dunkler Schatten lastete auf ihren Gemütern. Keine dachte noch an das bevorstehende Fest. Schließlich ergriff Glauke das Wort. »Was werden wir den Frauen sagen? Und wann werden wir es ihnen sagen?«

»Morgen nach dem Fest. Sie sollen einen glücklichen Abend verleben, tanzen und lachen und Freude haben. Vielleicht hilft das Fest, ihren Mut und Zusammenhalt zu stärken.«

»Wenn ich mir Hebe mit einem Schwert oder einer Axt auf einem Pferd vorstelle, fürchte ich um Themiskyra«, sagte Rebea mutlos. »Und die meisten anderen Frauen sind wie unsere Mutter. Sie sind keine Kriegerinnen.«

»Not kann die Angst besiegen«, versuchte Kamara, das Mädchen zu beruhigen. »Irgendetwas ist es ihnen wert, für es zu kämpfen. Sie müssen es nur erkennen.«

Die Frauen hießen Kamara und die Zwillinge lachend und freundlicher als sonst willkommen und freuten sich auch über den erlegten Hirsch, und dennoch mochte auf dem Fest keine gelöste Stimmung aufkommen. Als Kleite und die Frauen von der Burg erschienen waren, hatten sie und die Frauen aus dem Dorf sich zwar freundlich begrüßt und gemeinsam um ein großes Feuer gesetzt, doch begegneten sie einander kühl und abwartend. Obwohl die Frauen der Großen Mutter im Laufe der Nilschwemmen die mykenische Zunge gelernt hatten und einige von ihnen sogar die Zunge der Hatti verstanden, fanden sie kein gemeinsames Gesprächsthema. Aete war dem Fest ganz ferngeblieben.

Der Hirsch brutzelte, gefüllt mit Kräutern, in einem mit Blättern abgedeckten Erdloch und verbreitete den Duft von Thymian. Das Feuer verbreitete eine wohlige Wärme, die Frauen jedoch saßen wie reglose Felsen nebeneinander. Nike bemühte sich, die Stimmung ein wenig zu heben, indem sie Kleite Vianna in die Arme legte. Die Frauen lächelten das schlafende Kind an und liebkosten es, doch wenige Augenblicke später herrschte wieder eine gedrückte Stimmung.

Als Kamara sie verzweifelt ansah, zuckten Rebea und Glauke nur mit den Schultern. Was sollten sie tun? Hier prallten zwei Welten aufeinander.

Schließlich winkte Kleite die Mädchen zu sich heran und flüsterte ihnen etwas zu. Die beiden nickten und verschwanden, um kurze Zeit später mit vier großen Krügen zurückzukehren. »Ich denke, zu einem guten Mahl sollte auch Wein gehören. Dieser hier lagert schon viel zu lange in der Festung.«

»Es ist der Wein der Verräterin Palla«, sagte Ianthe überrascht. »Sie haben ihn zurückgelassen, bevor sie Themiskyra verließen.«

»Dann wird er vollmundig sein. Immerhin lagert er schon lange Jahre. Es ist höchste Zeit, dass wir ihn trinken.« Kleite ließ sich nicht beirren und schickte Rebea und Glauke nochmals, um Becher zu holen.

Einige der Frauen folgten ihrem Beispiel und trugen weitere Trinkbecher aus ihren Hütten zusammen. Viele von ihnen konnten sich nicht erinnern, wann sie zum letzten Mal Wein getrunken hatten, und die Aussicht auf einen leichten Rausch hob ihre Laune. Auch Kamara genoss ihren Becher Wein.

Es dauerte nicht lange, bis die Frauen zu kichern und zu scherzen begannen und Kleite zwei weitere Krüge holen ließ. Als sie die duftenden Stücke des Hirsches verzehrten, war die Stimmung bereits ausgelassen, und als sie schließlich alle satt und zufrieden waren, holten einige Frauen Flöten und Trommeln, um Lieder aus ihrer Heimat zu spielen. Weintrunken sangen die Frauen aus voller Kehle und lagen sich bald lachend in den Armen. Selbst die Frauen der Großen Mutter schienen sich ihrer früheren Feste zu erinnern und stimmten schließlich einige alte Lieder des Volkes an.

Auch Kamara spürte, wie ihr Kopf leicht und frei wurde. Wie die anderen Frauen war sie den Genuss von Wein kaum noch gewohnt. Trotzdem bemerkte sie, dass Ianthe sich zwischen die Frauen des Dorfes gesetzt hatte und sich Arm in Arm mit Hebe und Nike zum Rhythmus der Musik hin- und herwiegte. Die anderen Frauen folgten ihrem Beispiel, und schon bald entstanden die seltsamsten Gespräche.

»Ich sage dir: Die Große Mutter ist viel älter als die Götter der Mykener, und sie ist die Beschützerin der Frauen.«

»Pah, Männer! Ich hatte einst einen Speer, auf dem befanden sich Kerben, so viele, dass du einen ganzen Mondumlauf brauchst, um sie zu zählen, und alle standen für einen gefallenen Feind.«

Eine Dorffrau, die sich Mut angetrunken hatte, fragte Ianthe, ob sie deren Schwert einmal berühren dürfe, und Ianthe gab es ihr voller Stolz und zeigte ihr, wie sie es halten musste.

Zwei Dorffrauen hatten sich um Thais – die mit dreißig Sommern jüngste von Kleites Frauen – geschart und lauschten ihrer Geschichte. Obwohl sie noch sehr jung gewesen war, als sie in Troja gekämpft hatte, meinte sie, die meisten Geschichten über die Stadt zu wissen. »Als wir damals in Troja waren«, sie dachte einen Augenblick nach, um sich zu entsinnen, was sie gerade hatte sagen wollen. »Also, dieser Prinz Paris, ich schwöre euch, der war ein hübscher Knabe, beim Gemächt meines Hengstes! Ich sage euch, den hätte ich damals nicht vom Lager gestoßen, obwohl er ein so verweichlichtes Palastbürschchen war. Bei der Großen Mutter, hätte ich eine schöne Tochter gehabt, wenn ich nur das Lager mit ihm geteilt hätte! Augen wie Apollon …« Thais erhob sich torkelnd und klopfte sich anzüglich auf das Hinterteil. »Wie Ares«, behauptete sie und versicherte sich mit einem Blick der vollen Aufmerksamkeit ihrer Zuhörerinnen. Dann packte sie sich in einer gewichtigen Geste zwischen die Beine: »Wie Zeus!«

Die Frauen kreischten vor Lachen und konnten nicht genug von Thais Geschichten bekommen, obwohl Kamara sich sicher war, dass Thais den Prinzen nicht ein einziges Mal zu Gesicht bekommen hatte und mit höchster Wahrscheinlichkeit nur mit nach Troja gekommen war, um die Pferde zu versorgen – wenn sie denn überhaupt in Troja gewesen war. Doch die Frauen liebten Thais Erzählungen und forderten sie immer wieder auf, weitere Geschichten aus den alten Tagen preiszugeben.

Glauke und Rebea klopften Kamara kräftig auf die Schultern. Auch sie hatten ihre Sorgen beinahe vergessen. »Ein gutes Fest«, sagte Glauke anerkennend und trank den letzten Schluck Wein aus ihrem Becher. »Komm Rebea, wir holen uns noch etwas von dem Wein.«

Als sie Arm in Arm singend in Richtung des Krugs wankten, musste Kamara laut lachen. Dann streckte sie die Arme. Auch ihr war der Wein zu Kopf gestiegen, doch konnte sie ihre Sorgen nicht so einfach verdrängen, wie es Glauke und Rebea gelang. Sie starrte ins Feuer und gab sich ihren Gedanken hin, bis sie eine Bewegung neben sich bemerkte. Als sie sich umdrehte, blickte sie in Kleites ernstes Gesicht. Kamara rückte ein wenig zur Seite, sodass sich Kleite neben sie auf die Schilfmatte setzen konnte. »Die Frauen sind glücklich, der Wein hat geholfen«, sagte die Greisin mit einem Augenzwinkern.

Kamara musste unwillkürlich lachen. »Du bist listig, Kleite.«

Kleite zuckte mit den Schultern. »Ich habe nur etwas nachgeholfen. So hat die verräterische Kriegerkönigin Palla doch noch etwas Gutes zustande gebracht, was immer auch mit ihr geschehen sein mag.«

Kamara sah sie überrascht an. »Heißt das, du weißt nicht, was mit ihr geschehen ist?«

»Ich weiß nur, dass sie nicht nach Troja kam, um an der Seite ihrer Schwestern zu kämpfen.«

Kamara hätte sich am liebsten auf die Zunge gebissen. Sie hatten Palla bisher nie erwähnt, doch Selina hatte ihr von der Frau erzählt, die ihr in der Kindheit eine Schwester und später die größte Feindin gewesen war. Kamara wusste, wie Palla ihr Ende gefunden hatte, und doch wollte sie nicht, dass die Frauen es erfuhren. Dass Palla ihr Volk verraten hatte, war schlimm genug, doch ihr Schicksal war damit noch nicht besiegelt, ihre Geschichte hatte mit dieser Entscheidung erst begonnen.

Kamara versuchte, dem Blick der alten Frau auszuweichen, doch Kleite sah ihr fest in die Augen. »Ich sehe, dass du weißt, was mit ihr geschehen ist«, stellte sie fest. »Ist es so grausam, dass du es mir nicht sagen willst?«

»Das ist es«, bestätigte Kamara und wünschte, sie hätte geschwiegen.

»Sag es mir, ich werde den anderen nichts erzählen, aber ich bin alt genug, um ein Recht darauf zu haben, es zu erfahren.«

Kamara seufzte und gab nach. Sie erzählte Kleite, dass Palla mit dem Prinzen von Hatti nach Ägypten gekommen war, reich geschmückt und gierig auf das Erdmetall und das Gold Ägyptens, das sie zeit ihres Lebens begehrt hatte. Sie erzählte von Pallas List, mit der sie versucht hatte, Ägypten ins Unglück zu stürzen, wie Pharao sie schließlich zum Tode verurteilt und Selina ihr einen ehrenvollen Tod gewährt hatte.

Kleite schwieg eine Weile und nickte dann. »Es ist gut, was deine Mutter getan hat, und es ist gut, dass ich nun endlich die ganze Wahrheit kenne. Die Frauen werden sie nicht erfahren. Es wäre zu beschämend für ihre tapferen Herzen.« Kleite lächelte Kamara zu und tätschelte ihre Hand. »Deine Mutter war eine echte Tochter der Großen Mutter. Ich habe mir gewünscht, sie noch einmal sehen zu können, doch die Große Mutter hat es anders entschieden. Sie gewährte mir jedoch eine große Gunst, als sie dich zu mir schickte. Ich kann beruhigt sein, wenn ich zu ihr zurückkehre.«

»Sprich nicht so«, flehte Kamara. Sie spürte, wie ihr die Tränen in die Augen stiegen. »Du hast in den letzten Tagen so oft von deinem Tod gesprochen, dabei scheint doch gerade alles gut zu werden.«

»Verzeih mir«, sagte Kleite und verwischte mit einem Finger die Tränen in Kamaras Gesicht. Dann erhob sie sich. »Wo ist dein ägyptischer Freund? Ich habe ihn heute noch nicht gesehen. Hast du ihn nicht eingeladen?«

Kamara versuchte, ihre Stimme fest klingen zu lassen. »Doch, ich habe Hori gesagt, dass wir heute ein Geburtsfest für Vianna feiern.«

Kleite schnalzte tadelnd mit der Zunge. »Das ist keine Einladung, Kamara. Geh los, und hole ihn. Es ist nicht recht, dass er nicht hier ist.«

Kamara versuchte einen Einwand hervorzubringen, doch Kleite ließ nicht locker. »Geh, und hole ihn. Niemand sollte allein in seiner Hütte sitzen, wenn es ein Fest gibt.«

Kamara stand langsam auf. Der Boden unter ihr schwankte. Hatte sie wirklich so viel getrunken? Sie überlegte, ob sie sich einfach wieder hinsetzen und Kleite erklären sollte, dass sie zu betrunken sei, um zu ihm zu gehen, doch Kleite schob sie bereits vorwärts. »Nun geh schon, ich will ihn auf dem Fest sehen.«

Kurz darauf torkelte Kamara die schmale Straße zwischen den Hütten entlang. Sie wäre beinahe hingefallen, weil es ohne die Kochfeuer, die wegen des Festes an diesem Abend nicht angeheizt worden waren, sehr dunkel war. Horis Hütte war eine der letzten und stand etwas abseits – ein deutliches Zeichen dafür, dass er in Themiskyra nur geduldet war.

Kamara stolperte über die Stiege, die zu Horis Tür führte und schürfte sich im Fallen das Knie auf. Fluchend rappelte sie sich auf und klopfte an die Tür. »Hori! Bist du da? Ich bin es, Kamara. Das Fest ist im vollen Gange. Wo bist du?« Sie kam sich albern vor, wie sie dastand und gegen seine Tür hämmerte, doch schließlich öffnete er. Kamara wäre fast durch die offene Tür gefallen, da sie sich an dieser abgestützt hatte.

»Du bist betrunken«, sagte er überrascht und belustigt. Er betrachtete ihr aufgeschürftes Knie: »Wie oft bist du auf dem Weg hierher hingefallen?«

»Zu oft«, gab sie bissig zurück und bemühte sich, halbwegs aufrecht an ihm vorbei durch die Tür zu gehen. Dankbar ließ sie sich auf der Kante seines Ruhelagers nieder. Ihr Kopf schwindelte mittlerweile gewaltig. »Komm doch zum Fest«, wagte sie einen halbherzigen Versuch.

Hori verschränkte die Arme vor der Brust. »Ist dir wirklich so viel daran gelegen, Kamara?«

Sie nickte. »Ja, alle fragen, wo du bist.«

»Du musst nicht lügen«, stellte er klar.

»Ich bin müde und habe keine Lust, mit dir zu streiten«, wehrte sie ihn ab, wie sie es immer tat. Dann ließ sie sich auf sein Lager fallen und schloss die Augen. »Alles dreht sich. Ich glaube, ich muss mich noch ein wenig ausruhen, nur ganz kurz.«

Das Schwindelgefühl wurde hinter den geschlossenen Lidern nur noch schlimmer. Nach einer Weile öffnete sie deshalb die Augen und wäre vor Schreck hochgefahren, hätte sich ihr Kopf nicht noch immer gedreht. »Was tust du da?«, fragte sie Hori entgeistert, als sie sah, dass er mit nacktem Oberkörper in der Hütte umherlief.

»Ich ziehe mir ein anderes Hemd an. Wenn sie schon über mich reden, sollen sie nicht sagen können, dass ich stinke.«

Kamara musterte seinen Rücken und stellte überrascht fest,

wie breit er geworden war. »Dreh dich mal um!«, wies sie ihn kichernd an. Mit einem Male belustigte sie die Erinnerung daran, wie Hori einst mit Lederfett im Gesicht vor ihr gestanden und stolz seine Brust gereckt hatte.

Er wandte sich ihr zu, und sie pfiff anerkennend durch die Zähne. »Du bist wirklich stattlich geworden, Hori.«

Hori verzog den Mund zu einem spöttischen Lächeln. »So, gefällt dir das, was du siehst, besser als damals?«

»Viel besser«, gab sie zu und kicherte erneut. Im nächsten Moment biss sie sich auf die Zunge. Was war nur mit ihr los? Was tat sie da? »Lass mich mal anfassen«, hörte sie sich sagen.

Über Horis Gesicht huschte der Anflug eines Lächelns. »Kamara«, sagte er ruhig, »du spielst mit dem Feuer. Überlege dir gut, was du tust.«

»Gar nichts tue ich«, lallte sie und drehte sich langsam auf die Seite, damit sie ihn betrachten konnte.

Auf einmal konnte sie ihren Blick nicht mehr von ihm abwenden. Eine bislang unbekannte Spannung bemächtigte sich ihres Körpers. »Komm zu mir«, flüsterte sie ihm ernst zu.

Hori tat, was sie verlangte. Langsam beugte er sich über sie, und ihre Hände konnten nicht anders, als seine Brust zu betasten, über seine warme Haut zu streifen und schließlich auch sein Gesicht zu berühren. Ohne etwas dagegen tun zu können, glitt sie in einen Strudel der seltsamsten Gefühle. Sie zog an seinen Beinkleidern, und auf einmal schienen seine Hände überall zu sein – unter ihrem Hemd, auf ihrem Bauch, zwischen ihren Schenkeln –, bis sie endlich seine Haut spürte.

Ihr Atmen ging schnell, und seine Lippen berührten die ihren hungrig und voller Gier. Als das Verlangen, ihn ganz in sich zu spüren, unerträglich wurde, öffnete Kamara ihre Schenkel. Hori umfasste ihre Taille und zog sie enger an sich. Sein Begehren war deutlich und fordernd, aber nicht unbeholfen, wie Eneas' Lust gewesen war. Anders als dieser beherrschte Hori Kamaras Körper vollkommen, ließ sie nicht zu Atem kommen, zog sich wieder zurück, wenn sie sich gegen ihn presste, um ihn noch tiefer zu spüren. Als er mitten im Liebesspiel innehielt, um mit der Zunge ihre Brüste zu berühren, meinte sie, aufschreien zu müssen. Einen Wimpernschlag später zog er sie wieder an sich und trieb sie ihrer Lust entgegen, bis sie glaubte, den Verstand zu verlieren, und immer wieder seinen Namen rief.

Als sie schließlich schwer atmend die Augen öffnete und begriff, was sie getan hatte, beugte er sich zu ihr hinunter. »Und nun, Kamara ... Hast du Gefallen an dem schmalbrüstigen Knaben gefunden, mit dem du das Lager teilst?«

Es ging bereits gen Mittag, als Kamara in ihre Beinkleider und ihr Hemd schlüpfte und sich leise aus Horis Hütte schleichen wollte, um ihn nicht zu wecken. Horis Arm hatte sie die ganze Nacht gehalten, warm und weich hatte sich sein Körper an den ihren geschmiegt und sie das Fest vergessen lassen.

»Bist du schon wieder auf der Flucht vor mir?«, hörte sie Horis verschlafene Stimme hinter sich. Kamara wandte sich zu ihm um. »Ich muss darüber nachdenken, was in dieser Nacht geschehen ist. Das alles ist so fremd, ich hätte nicht gedacht ...« Sie hielt stockend inne.

Hori setzte sich auf und streckte sich genüsslich. »Du hättest *was* nicht gedacht? Dass es dir Freude bereiten würde, mit mir das Lager zu teilen?«

»Nein, das ist es nicht«, seufzte Kamara. Sie war verwirrt. Liebend gern wäre sie bei ihm geblieben, hätte sich den ganzen Tag mit ihm der Liebe hingegeben. Doch das Gefühl, nicht genug von ihm zu bekommen, irritierte und erschreckte Kamara gleichermaßen.

»Bleib noch etwas«, bat Hori sie und sah sie mit hungrigen

Augen an. »Die anderen werden noch schlafen. Sicherlich haben sie dem Wein ebenso zugesprochen wie du.«

Kamara fiel es schwer, sich ihm zu entziehen. Doch sie rief sich das Bild vor Augen, das sie am gestrigen Nachmittag auf der Jagd gesehen hatte: Kay und seine Männer. Früher oder später würden sie nach Themiskyra kommen, und sie musste etwas unternehmen. »Hori, ich habe gestern etwas gesehen«, gestand sie schließlich und erzählte von der Jagd und wie sie es geschafft hatte, Kay mit Hilfe von Glauke und Rebea zu vertreiben.

Hori war sofort hellwach, die unbeschwerte Nacht in den Hintergrund gerückt. »Kamara, warum erzählst du mir das erst jetzt? Wir müssen Themiskyra sofort verlassen! Kay sucht nur nach uns. Wenn er uns hier nicht findet, wird er vielleicht einfach weiterreiten.«

»Vielleicht«, sagte Kamara, »vielleicht aber auch nicht!«

»Kamara, bei Amun und allen Göttern, ich flehe dich an. Wie oft sollen wir noch vor ihm fortlaufen? Ich habe lange überlegt, was wir tun können. Wollen wir unser ganzes Leben lang durch die Länder ziehen? Lass uns zurückkehren nach Ägypten, um uns vor dem Einzig Einen zu verantworten. Wenn er unsere Geschichte hört, unser *beider* Geschichte, wird er uns glauben. Pharao Ramses ist kein Dummkopf.«

»Wir können nicht einfach fortgehen«, beharrte Kamara. »Wir haben sie zu den Frauen geführt.«

Hori erhob sich und zog Kamara an sich. »Wir können nichts tun. Diese Frauen sind wehrlos, und vielleicht rettet ihnen genau das das Leben.«

Sie schüttelte den Kopf und löste sich von ihm. »Wenn du gehen willst, Hori, dann tu es. Ich kann es dir nicht verübeln, doch ich werde bleiben und ihnen helfen.«

»*Ya!* Ihr Götter, schenkt ihr Erkenntnis!«, rief er aufgebracht und hob verzweifelt seine Hände in den Himmel.

Dann fragte er: »Bedeutet dir die letzte Nacht nichts, Kamara? Willst du behaupten, dass es nur unsere Körper waren, die sich berührten?«

»Nein«, gab sie leise zu. »Ich empfinde mehr für dich, als ich je hätte zulassen dürfen.«

»Dann komm mit mir zurück nach Ägypten. Ohne dich kann ich nicht zurückkehren. Pharao hat mich verbannt und mir befohlen, erst dann zurückzukehren, wenn ich dich gefunden habe. Als ich ging, wusste ich nicht, ob ich je würde zurückkehren können. Wenn ich dich nicht gefunden hätte ...«

Kamara sah ihn traurig an. »Warum hast du mir das erst jetzt gesagt? Warum, Hori?«

Er zuckte mit den Schultern. »Hätte es irgendetwas geändert? Du warst doch viel zu sehr mit dir selbst beschäftigt – mit der Suche nach deinen Kindheitsträumen, dieser inneren Zerrissenheit, die dich vorangetrieben hat. Ich bin dir gefolgt, immer auf der Flucht vor Kay. Aber die Wahrheit ist, dass ich schon viel früher versucht hätte, nach Ägypten zurückzukehren, wenn du nicht wärest. Ich wollte und will an deiner Seite sein. Ich kann nicht ohne dich gehen. Mein Herz versagt es mir, und Pharao verbietet es.«

»Ich kann diese Frauen nicht einfach ihrem Schicksal überlassen«, gab ihm Kamara leise zu verstehen.

»Wie willst du sie retten?«, fragte er ernst.

»Sie müssen lernen zu kämpfen.«

Hori wandte sich von ihr ab, und Kamara spürte einen Stich in ihrem Herzen. Wieder einmal musste sie Hori zurückweisen, und dieses Mal fiel es Kamara schwerer denn je. Ohne sich noch einmal umzudrehen, verließ sie ihn. Die Tränen in ihren Augen wollten nicht aufhören zu fließen.

Kamara wischte sie weg. Keine der Frauen sollte sehen, dass sie geweint hatte.

Als Kamara an der Festung ankam, sah sie, dass Hori recht gehabt hatte. Tatsächlich schliefen die meisten Frauen noch den Rausch des Festes aus, sodass Kamara die Stufen zur Festung ungesehen hinaufeilen konnte. Jetzt, da sie sich entschieden hatte zu handeln, schien ihr die Zeit davonzulaufen.

In der großen Halle fand sie Ianthe und Thais an dem großen Holztisch sitzend, den Kopf in die Hände gestützt. Anscheinend hatten auch sie noch mit den Folgen des vorigen Abends zu kämpfen. »Thais, Ianthe, es ist gut, dass ich euch hier antreffe, ich muss mit euch sprechen«, platzte Kamara heraus. Als sie jedoch die geschwollenen roten Augen der Frauen sah, krampfte sich ihr Magen zusammen. Offensichtlich hatte nicht der Wein ihre Augen gerötet.

»Was ist geschehen?«, fragte Kamara ängstlich.

»Kleite ist zur Großen Mutter zurückgekehrt«, antwortete Ianthe leise.

»Aber das ist unmöglich! Ich habe doch auf dem Fest noch mit ihr gesprochen, es ging ihr gut«, versuchte Kamara in einem Anflug von Angst, das Gehörte ungeschehen zu machen.

»Sie ging, um zu ruhen, als wir alle noch gefeiert haben. Aete hat sie heute Morgen auf ihrem Ruhelager gefunden. Kleite ist eingeschlafen und nicht mehr aufgewacht.«

Kamara ließ sich langsam auf einen Stuhl sinken. »Kleite!«, krächzte sie erstickt.

»Ohne sie sind wir verloren. Sie war die letzte Königin und hielt uns mit ihrer Weisheit zusammen. Was sollen wir nun tun?«, schluchzte Thais.

»Ich möchte zu ihr«, sagte Kamara leise.

Ianthe erhob sich müde. »Aete ist bei ihr, doch sie wird dir kaum verwehren, Kleite noch einmal zu sehen.« Sie legte eine Hand auf Kamaras Schulter. »Wir wissen, wie sehr du Kleite geliebt hast, und wir wissen auch, wie sehr sie dich geliebt hat. Sie liebte dich, wie sie einst Selina geliebt hat, die ihr wie eine Tochter war.« Ianthe gab Kamara ein Zeichen, ihr zu folgen, und führte sie dann in Kleites Räume.

Aete wachte neben dem einfachen Ruhelager, auf dem Kleite wie eine Königin mit Schild, Schwert und Brustpanzer lag. Ihr Gesicht schien friedlich, und obwohl Waffen und Harnisch viel zu mächtig auf der Brust der alten Frau lagen, konnte Kamara sich vorstellen, wie Kleite einst darin angemutet hatte: mutig und stark, wie eine Königin sein sollte.

Als Aete Kamara erkannte, ließ sie sie wortlos vortreten. Ianthe zog sich zurück, und schließlich standen die beiden Frauen gemeinsam am Lager der Toten, als hätte es nie Zwietracht zwischen ihnen gegeben.

»Sie hatte schon lange beschlossen zu sterben – schon, als wir damals aus Troja zurückkehrten, wo sie ihre drei Töchter sterben sehen musste«, durchschnitt schließlich Aetes Stimme die Stille. »Sie ist nur unseretwegen so lange geblieben.«

Kamara sah Aete fragend an, doch diese sprach bereits weiter. »Sie hat dich geliebt wie deine Mutter. Trotz allem, was Selina getan hat, ist Kleites Liebe zu ihr niemals erkaltet.« Aete hob den Kopf und betrachtete Kamara feindselig. »Warum konnte sie nicht einsehen, dass sie das Gift liebte, das ihr letztlich das Herz gebrochen hat?«

»Aete, ich bin nicht euer Feind«, stellte Kamara klar, »und meine Mutter war es auch nicht. Sie wollte euch helfen, denn sie wusste, dass ihr nicht hättet standhalten können, wenn Troja fällt. Auch wenn es dir schwerfällt, es zu glauben: Selina hat in all den Jahren, die sie schon in Ägypten lebt, ihr Volk nie vergessen, und ihr Herz ist dort nie heimisch geworden. Auch ihr Los war schwer, und auch sie gab sich Schuld an dem, was geschehen ist.«

»Es ist ein geringes Los, wenn man die Schreie verhungernder Kinder nicht hört, das Weinen der Mütter, die ihre Töchter verloren haben. Als wir damals aus Troja nach Lycastia zurückkehrten, waren wir zu wenige, um für alle zu jagen. Die Knechte waren davongelaufen und hatten viele Vorräte mitgenommen, ebenso das Gold, mit dem wir Saatgut und Pferde kauften. Wir hatten vor der Schlacht nur die Kinder und die Alten zurückgelassen, die weder jagen noch arbeiten konnten. Als die Kinder nach unserer Rückkehr dem Hungertod nahe waren, nahmen wir die Schwerter und sandten sie zur Großen Mutter. Sie waren so schwach und kaum noch bei Bewusstsein, dass sie es kaum bemerkt haben dürften. Diejenigen, die zu alt waren, um zu jagen, und noch nicht an Schwäche gestorben waren, holten die Schwerter hervor, die sie seit ihrer Jugend aufbewahrt hatten, um einst mit ihnen zur Großen Mutter in den Schoß der Erde zurückzukehren, und stürzten sich hinein. Sie opferten sich für uns, damit wir leben konnten, um für uns keine Last zu sein. Wir verließen Lycastia, das für uns kein Ort der Freude mehr war. Kleite führte uns nach Themiskyra, und die wenigen, die hier mit mir leben, sind die einzigen Frauen, die unserem Volk geblieben sind. Die Frauen unten im Dorf – irgendwann kamen die ersten, dann die nächsten. Kleite erlaubte ihnen zu bleiben, wenn sie es lernten, sich selbst zu versorgen. Keine von uns wollte je wieder eine andere an Hunger sterben sehen oder sie mit dem Schwert vom Hunger erlösen müssen.« Aete sog scharf die Luft ein. »Und nun sage mir, Kamara, Tochter der Selina, ist es nicht ein vergleichsweise geringes Los, das deine Mutter getroffen hat, nachdem sie so viel Leid über ihr Volk gebracht hat?«

Kamara schluckte. Sie verstand Aetes Groll und Wut, doch sie erinnerte sich an Kleites Worte. »Du hast recht, Aete! Es ist ein vergleichsweise geringes Los. Doch wenn Selina euch nicht nach Troja geführt hätte, wäret ihr ebenfalls nicht verschont geblieben. Vielleicht hättet ihr einige Monde weiterleben können wie zuvor – ohne zu wissen, was um euch herum geschieht. Meine Mutter hatte das erkannt, und sie wollte euch helfen. Es ist ihr nicht gelungen, doch was sie tat, tat sie aus Liebe zu ihrem Volk. Weil Kleite das wusste, nagte an ihrem Herzen kein Groll.«

»Vielleicht ist es so, wie du sagst«, antwortete Aete mit fester Stimme. »Aber ich kann ihr nicht verzeihen, und ich kann die Schreie der hungernden Kinder nicht vergessen.«

Kamara nahm all ihren Mut zusammen. Angesichts dessen, was Aete ihr gerade erzählt hatte, wagte sie kaum, sich ihr anzuvertrauen. Dennoch sollte sie die Erste sein, der Kamara berichten wollte, was geschehen würde. Und so erzählte Kamara schweren Herzens von Kay, der sie und Hori verfolgte; sie erklärte Aete, dass er auf dem Weg nach Themiskyra war und mindestens hundert kampferprobte Männer mit sich führte. »Er ist unseretwegen hier, meinetwegen und wegen Hori«, schloss Kamara ihre Geschichte ab.

»So führst du das zerstörerische Werk deiner Mutter weiter«, antwortete Aete. »Du bist wie sie: Du bringst denjenigen den Tod, die du zu lieben behauptest. Ich werde Hori töten und diesem Kay seine Leiche vor die Füße werfen. Dich werde ich leben lassen. Möge Kay mit dir tun, was ihm beliebt.« Aetes Worte waren leise, doch nicht minder zornig.

»Er ist gekommen, um zu töten, Aete. Er jagt schon viel zu lange gereizt wie ein wildes Tier hinter uns her, als dass er sich mit mir und Hori zufriedengeben würde. Kay wird kommen, um Blut zu vergießen.«

Aete fuhr herum und zog ihr Schwert. »Dann will ich wenigstens dich töten, damit ich dein Blut vergießen kann, elende Verräterin.«

Kamara sprang zurück. Sie trug keine Waffen, nur ihre Worte konnten sie noch retten. Bestimmt fuhr sie Aete an: »Sei nicht dumm! Ich kann kämpfen, und Hori kann kämpfen. Willst du wirklich, dass sich Elend und Leid wiederholen? Lass es nicht wieder geschehen, Aete! Noch ist nicht alles verloren.«

Aete ließ ihr Schwert sinken und begann lauthals zu lachen. Das Lachen einer Verzweifelten. »Wir sind sechs Frauen. Glauke und Rebea können kämpfen, vielleicht auch du und dieser Ägypter. Und du willst, dass wir uns gegen eine Übermacht von hundert Männern oder mehr verteidigen? Große Mutter, du bist ebenso einfältig wie Selina! Warum nur hat Kleite dich nicht fortgeschickt, warum?«

Kamara entspannte sich ein wenig, blieb jedoch auf der Hut, denn sie war sich nicht sicher, ob Aete sich nicht doch noch mit dem Schwert auf sie stürzen würde. »Nein, nicht wir alleine ... Die Frauen aus dem Dorf müssen kämpfen. Es sind über hundert junge Frauen dort unten. Sie sind kräftig genug, um Themiskyra zu verteidigen.«

»Närrin!«, fuhr Aete sie mit vor Zorn funkelnden Augen an. »Dumme Weiber sind es, die nichts anderes gelernt haben als zu weben und zu gebären! Feige und schwach ist ihr Herz. Was sollen sie schon gegen Soldaten ausrichten? Sie werden laufen wie die Hasen, wenn sie den ersten Mann mit erhobenem Schwert auf sich zukommen sehen.«

»Sie können nirgendwohin, deshalb sind sie gekommen. Themiskyra ist ebenso ihre Heimat wie die eure. Sie sind gekommen, um für sich und ihre Kinder ein besseres Leben zu finden«, sagte Kamara eindringlich. »Sie haben ebenso einen Grund zu kämpfen wie du oder ich. Aber wie sollen sie um ihre Kraft wissen, wenn sie in ihrem Leben nur gelernt haben, dass sie nutzlos sind?«

»Selbst wenn du sie überzeugen solltest: Ein Mondumlauf ist zu wenig. Eine Kriegerin wird bereits als Kriegerin geboren.«

»Sie können lernen, den Bogen zu spannen und von der Festung aus auf Kays Männer zu zielen. Es geht darum, dass Kay meint, einer Übermacht gegenüberzustehen. Glauke, Rebea und ich haben ihn das schon einmal glauben lassen. Wir müssen nur Kay in die Hände bekommen. Wenn es uns gelingt, Kay festzusetzen, werden seine Söldner von ihm abfallen, da er sie nicht mehr entlohnen kann. Seine Männer sind leicht zu verunsichern. Bereits in Ephesos habe ich das erlebt. Sie sind schon viel zu lange aus Ägypten fort, um noch Lust zu haben, ihm zu folgen. Wenn wir es geschickt anstellen, können wir es schaffen!«

»Du bist mit Irrsinn geschlagen!«, rief Aete wütend. »Du wirst die Frauen nie von deinem wahnwitzigen Plan überzeugen können. Sie werden sich vor Angst in ihren Hütten verkriechen.«

»Deshalb musst du sie davon überzeugen!«

»Was? Sie ist vollkommen wahnsinnig, Große Mutter!«, schrie Aete.

»Sie werden auf dich hören, weil sie wissen, dass du mir misstraust und mich hasst. Wenn du für mich sprichst und mir dein Vertrauen schenkst, werden sie Mut fassen!«

»Niemals werde ich das tun! Wie kannst du es wagen, Tochter der Verräterin! Meinetwegen sollen sie uns alle abschlachten. Ich und die anderen Töchter des Volkes kehren lieber in Ehre zur Großen Mutter zurück, als uns lächerlich zu machen.« Laut fluchend stürmte Aete hinaus.

Kamara seufzte. Es war dumm gewesen, Aete einzuweihen. Wie hatte sie nur glauben können, dass ausgerechnet Aete ihr helfen würde? Kamara kniete sich vor Kleites Lager und betrachtete das friedliche Gesicht der Frau, die sie in den letzten Monden so liebgewonnen hatte. *Warum musstest du gerade jetzt gehen, Kleite? Ich brauche dich so sehr. In dieser Lage hätten die Frauen deiner Weisheit bedurft. Wie soll ich sie nur überzeugen?*

Dieses Mal hielt Kamara ihre Tränen nicht zurück. Sie weinte um Kleite, deren Verlust sie mehr schmerzte, als sie glaubte ertragen zu können, sie weinte um das Volk, das einst so stark gewesen war, und sie weinte um Hori, dessen Gefühle sie einmal mehr verraten hatte. *Große Mutter, bitte hilf mir! Ich weiß nicht, was ich tun soll!* Sie legte ihren Kopf auf Kleites erkaltete Hand und schluchzte, bis sie meinte, keine Tränen mehr zu haben.

Erst am Abend schaffte es Kamara, sich zu erheben und hinunter ins Dorf zu gehen. Sie wurde von den Frauen freundlich gegrüßt, denn das schöne Fest, das auch Kamaras Werk gewesen war, erfreute noch immer ihre Herzen. Doch Kamaras Herz blieb beschwert, sie mischte sich nicht unter die fröhlichen Frauen, sondern ging zu Hebes Haus und beauftragte Glauke und Rebea, die Frauen zusammenzurufen.

Als sich schließlich alle verwundert um sie drängten, stieg Kamara auf das Gatter der Pferdekoppel, damit sie sie alle sehen konnten. Es waren wohl um die hundertzwanzig Frauen gekommen, doch Kamara blieb keine Zeit, weiter darüber nachzudenken. Keine von ihnen war gekommen, um die schlimme Wahrheit zu erfahren, die Kamara nun in ihre Herzen säen musste. »Hört mich an«, begann sie deshalb ohne Umschweife. »Wir alle sind in Gefahr, Themiskyra ist in Gefahr, denn es werden Männer kommen, um die Stadt anzugreifen.«

Ein ungläubiges Raunen ging durch die Reihen, dann vereinzelt erschreckte Ausrufe.

»Warum kommen sie?«

»Wann werden sie kommen?«

»Was sollen wir tun?«

»Wo sollen wir uns verstecken?«

Kamara atmete tief durch und sprach weiter. »Wir werden uns nicht verstecken, wir werden kämpfen. Wir *müssen* kämpfen, denn sie werden niemanden verschonen.«

Jetzt breiteten sich Angst und Panik unter den Frauen aus. Alle riefen wild durcheinander, bis schließlich eine von ihnen vortrat, um sich als Wortführerin zu betätigen. »Wir können nicht kämpfen, wir sind einfache Frauen. Was sagen die Alten aus der Festung? Weiß die Greisin schon von der Gefahr? Wo ist sie? Sie soll uns raten!«

»Kleite ist in dieser Nacht gestorben«, sagte Kamara ernst. »Wir müssen uns selbst helfen, denn die Alten sind zu wenige, um sich oder euch gegen so viele zu verteidigen.«

»Wir sollten uns in den Wäldern verstecken, bis sie fort sind«, meldete sich die Wortführerin.

»Sie werden in die Wälder reiten und nach uns suchen«, wandte Kamara ein. Wie sollte sie diese ängstlichen Frauen nur dazu bringen zu kämpfen? Aete hatte recht gehabt. Es war ein dummer Gedanke.

»Wir gehen fort aus Themiskyra«, bestimmte die Wortführerin schließlich und erntete zustimmendes Gemurmel.

Kamara wusste nicht mehr, wie sie die Frauen überzeugen sollte. Doch aus den Reihen der Frauen löste sich eine Gestalt. Erstaunt blickte Kamara auf Nike, die ihre Tochter Vianna im Arm hielt.

Nike wandte sich den Frauen zu. »Und wohin sollen wir gehen?«, fragte sie mit klarer Stimme. »Sind wir nicht alle hier, weil wir nicht wissen, wohin wir sonst gehen sollen?« Sie drückte Vianna an sich. »Und haben die meisten von euch nicht Töchter, die hier in Frieden aufwachsen können, obwohl auf dem gesamten Festland Unruhe und Krieg herrschen? Wohin wollt ihr mit ihnen gehen. In ein Hurenhaus? Dort wollen sie keine Frauen mit Kindern! Kein Mann wird euch zur Gemahlin haben wollen, denn ihr seid die Frauen von anderen Männern, und eure Kinder werden sie daran erinnern. Also: Was wollt ihr tun?«

Erneut begann die Wortführerin zu sprechen, dieses Mal wütend. »Alles ist besser, als hier zu sterben!«

Sie erntete zustimmendes Gemurmel. Nike ließ sich nicht beeindrucken. »Tut, was ihr wollt, doch ich werde bleiben, und ich werde versuchen zu kämpfen. Ich habe eine Tochter, und das Leben in Themiskyra gefällt mir. Früher war ich nur eine Frau, die von ihrem Mann verstoßen wurde, weil sie ihm keine Kinder gebar.« Ihre Augen funkelten. »Wie lange habe ich geglaubt, dass es meine Schuld sei, dass mein Schoß leer blieb. Doch seht her!«, sie hob Vianna über ihren Kopf, sodass die Frauen sie sehen konnten. »Es war seine Schuld! Er war derjenige, dessen Stamm keine Früchte trug!«

Zuerst schwiegen die Frauen, dann blickten sie verstohlen auf ihre Kinder, die sie im Arm hielten oder an der Hand führten. Wieder setzte Gemurmel und Getuschel ein, bis schließlich vereinzelte Rufe laut wurden. »Nike hat recht! Wir sollten für unsere Kinder und unser Leben kämpfen. Was erwartet uns, wenn wir fliehen? Ich sterbe lieber hier, als noch einmal gedemütigt und geschlagen zu werden.«

»Ja«, stimmte eine andere zu. »Ich kenne die Hurenhäuser, denn ich war eine Hure! Als ich schwanger wurde und sie das Kind nicht aus meinem Bauch treiben konnten, haben sie mich fortgejagt. Wohin sollte ich gehen? Themiskyra ist meine Heimat geworden.«

Kamara wusste kaum, wie ihr geschah. Von einem Augenblick auf den anderen war die Stimmung unter den Frauen umgeschlagen. Plötzlich hoben alle ihre Arme und wollten kämpfen. »Zeige uns, wie man kämpft!«, forderten sie.

Semele erhob sich langsam und achtete darauf, keinen unnötigen Lärm zu machen.

»Schneller, Weib! Und trödele nicht herum. Ich will mich waschen, bevor Re seine Nachtbarke besteigt!«

Wie von selbst nahmen Semeles Hände den Tonkrug aus der Ecke, in der sie ihn stets aufbewahrte. Dann trat sie über ihre Türschwelle und atmete aus. Obwohl es einem Spießrutenlauf glich, Wasser zu holen, weil die Menschen von Zalpa sie wegen ihres zerschundenen Gesichts schadenfroh angrinsten, war es doch noch besser, als in Kays Nähe zu sein. Alles war besser, als bei Kay zu sein, denn Semele konnte nie wissen, wann seine Laune umschlug und er sie wieder schlug.

Er war vor einigen Tagen zu ihr zurückgekehrt. Sie verfluchte sich dafür, dass sie die Tür geöffnet hatte, ohne zu fragen, wer etwas von ihr wollte. Sie hatte Kay fortschicken wollen, denn ihr Gesicht war endlich wieder makellos, und inzwischen hatte sie sich von dem Schrecklichen erholt, das er ihr angetan hatte.

»Mach mir etwas zu essen«, hatte er gefordert, während er sich an ihr vorbei in ihr Haus drängte. Als sie ihn aufforderte zu gehen, hatte Kay sie so heftig geschlagen, dass sie zwei Schritte rückwärts gestolpert und gegen die Wand geprallt war. Damit hatte für sie eine Zeit von Qualen und Demütigungen begonnen, die Semele nie für möglich gehalten hätte. Sie bereitete sein Essen, wusch seine verstaubte Kleidung, und wenn ihm danach war, warf er sie auf das Lager und nahm sie, als wäre sie nicht mehr als ein Tier. Semele wusste nicht, warum Kay sich so verändert hatte, doch tief in ihrem Innern ahnte sie, dass er schon immer so gewesen war und nun sein wahres Gesicht zum Vorschein kam.

Sie trat auf die Straße und zog den Umhang enger um die

Schultern, damit niemand die blau und grün verfärbten Flecken auf ihren Armen sah. Es herrschte ein rauer Wind, und sie hielt sich die Hand vor die Augen, um sich vor dem aufwirbelnden Sand zu schützen. Immerhin saßen die Menschen von Zalpa bei diesem Wetter nicht vor ihren Häusern, um sich an ihrem Schicksal zu ergötzen.

Der Brunnen lag am anderen Ende der Straße, und Semele genoss jeden Schritt, mit dem sie sich weiter von ihrem Haus und damit von Kay entfernte. Kurz kam es ihr in den Sinn, den Krug fallen zu lassen und fortzulaufen. Aber wohin hätte sie gehen sollen? Niemand in Zalpa würde ihr helfen, keiner würde die Tür für sie öffnen, und außerhalb Zalpas gab es viele, die wie Kay waren.

Sie wusste nicht, weshalb er zurückgekehrt war, doch seine Laune war von Anfang an schlecht gewesen. Ab und zu besuchten ihn Männer, die ihn in einer fremden Zunge ansprachen, Kay unterhielt sich mit ihnen, gab ihnen offenbar Anweisungen, und dann kreuzten die Männer die Hände vor der Brust und verschwanden wieder. Als nach zwei Tagen die ersten Mykener an ihre Tür geklopft hatten, hatte sie den Gesprächen entnehmen können, dass Kay überfallen worden war und nun Söldner anwarb, um erneut aufbrechen zu können.

Semele sehnte den Tag herbei, an dem Kay endlich aus Zalpa verschwinden würde, und sie fürchtete den Tag, an dem er zurückkehren würde.

Müde und mit schmerzenden Gliedern ließ sie am Brunnen den schweren hölzernen Eimer ins Wasser gleiten. Als sie den Schritt eines Pferdes vernahm, hielt sie inne und verharrte furchtsam lauschend in der Dunkelheit des einbrechenden Abends. Dann beschloss sie, sich leise auf den Rückweg zu machen. Denn auch Kays Männer schielten hungrig und gierig in ihre Richtung, wenn sie in ihr Haus kamen, und Semele blickte mit Angst dem Tag entgegen, an dem Kay sie aus einer Laune heraus auffordern würde, sich ihrer zu bedienen und sie zu schänden.

Sie versuchte, den schweren Krug auf ihre Schulter zu stemmen, doch die Angst ließ ihre Kräfte schwinden. Indes kam der Hufschlag des Pferdes immer näher. So blieb Semele einfach stehen und blickte zu Boden. Vielleicht würde der Reiter sie in Ruhe lassen, wenn sie sich unterwürfig und hilflos gab. Doch dann verstummte der Hufschlag, und Semele spürte, wie das Grauen gleich einem eisigen Schauer ihren Nacken entlanglief. Er hatte sie nicht übersehen.

»Gesundheit, Leben und Wohlergehen, Schwester. Willst du, dass ich den Krug für dich trage? Du scheinst erschöpft zu sein.«

Semele blinzelte gegen den Wind und musterte die Frau, die von ihrem Pferd gestiegen war und nun nach dem Krug griff. Vorsichtig wich Semele einen Schritt zurück.

Die andere bemerkte ihre Furcht und lächelte sie an. »Habe keine Angst. Ich will dir nichts Böses.« Sie hielt inne, als sie Semeles zerschundenes Gesicht sah. In ihren Augen spiegelte sich Mitleid. »Wer hat dir das angetan? Wirst du von deinem Mann geschlagen?«

Semele wusste nicht, was sie sagen sollte. Anscheinend hatte die Frau nicht vor, ihr etwas zuleide zu tun, aber auch Kay hatte sie anfangs freundlich behandelt. »Das ist allein meine Sorge«, entgegnete sie deshalb unfreundlicher, als sie wollte. Die Haut der Frau hatte die Sonne honigfarben werden lassen, ihr Haar aber leuchtete hell. Semele wunderte sich über ihre Erscheinung. Die Fremde mit dem Pferd trug Beinkleider und einen Waffengürtel, war gekleidet wie ein Soldat, aber nicht mehr jung. Um ihre Augen und ihren Mund lagen feine Fältchen. »Wer bist du und was willst du hier in Zalpa?«, fragte Semele, die nun doch neugierig geworden war.

»Mein Name ist Selina, und ich komme von weit her, aus Ägypten. Ich suche meine Tochter und einen jungen Mann, der ebenfalls Ägypter ist. Hast du Ägypter bemerkt, die durch Zalpa geritten sind?«

Semele spie vor ihr aus. »Ägypter!«, presste sie zornig hervor. »Ja, hier sind Ägypter. Es ist einer von ihnen, der mir das angetan hat.« Sie wies auf ihr Gesicht.

Selina verzog die Augenbrauen. »Sicherlich waren es nicht diejenigen, die ich suche. Die würden so etwas nicht tun.«

Selina lächelte Semele erneut an, um sie zu beruhigen, und wandte sich wieder zu ihrem Pferd. Offensichtlich war die Frau am Brunnen weder bereit, ihr zu helfen, noch selbst Hilfe anzunehmen. »Diejenigen, die ich suche, heißen Hori und Kamara, und sie sind gute Menschen. Es tut mir leid, dass dir schlimme Dinge widerfahren sind.«

Die Leichtigkeit, mit der sie sich auf ihr Pferd schwang, erstaunte Semele. »Warte!«, rief sie ihr zu. »Ich kenne deine Tochter und auch den Mann, von dem du gesprochen hast. Sie waren vor Mondumläufen in meinem Haus, blieben jedoch nur eine Nacht, um dann weiterzureiten. Ein ansehnlicher junger Mann mit kurzen dunklen Haaren. Die Frau, die sich Kamara nannte, hatte langes dunkles Haar, aber helle funkelnde Augen in den Farben des Bernsteins.«

Selina sprang von Paris' Rücken. »Es sind diejenigen, die ich suche. Weißt du, wohin sie gegangen sind, als sie Zalpa verließen?«

»Ja«, bestätigte Semele. »Ich habe sie selbst dorthin geschickt.«

»Wohin? Wohin sind sie gegangen, ich muss es wissen!«, flehte Selina sie beinahe an. »Sag es mir bitte, Schwester!«

»Ich sage es dir, wenn du mich mit dir kommen lässt«, erklärte Semele.

Selina zog die Augenbrauen hoch und verschränkte die

Hände vor der Brust. Zuerst misstraute diese Frau ihr, und jetzt wollte sie sie begleiten. Sie musste Kamara und Hori schnell finden, und wenn sie die Frau mitnahm, würde sie weitaus langsamer vorankommen, als wenn sie alleine ritt. Selina schüttelte den Kopf. »Das ist unmöglich. Ich kann dich nicht mitnehmen.«

Semele ließ sich nicht abweisen. »Wenn du wissen willst, wohin sie gegangen sind, musst du mich mitnehmen. Ich muss fort aus Zalpa und habe nicht viel Zeit. Wir müssen sofort aufbrechen.«

Selina musterte sie, als sei sie mit der Heiligen Krankheit geschlagen. »Die Nacht bricht bald an, es ist gefährlich, nachts zu reiten.«

»Es ist für mich gefährlich, in mein Haus zurückzukehren«, wehrte Semele die Einwände ab. »Also, was ist nun? Entscheide dich, ich kann nicht länger hierbleiben, sonst wird er mich suchen.«

Notgedrungen gab Selina schließlich nach. »Also gut, ich nehme dich mit. Doch wohin willst du eigentlich?«

Semele entspannte sich. »Zur Quellmündung des Thermodon. Dahin sind auch sie gegangen. Ich erzählte ihnen die Geschichte von einem Frauenvolk, das dort lebt. Ich habe nicht daran geglaubt, doch seit dieser Ägypter kam, der sie verfolgte und zurückkehrte, weil er angegriffen worden war, glaube ich, dass es sie wirklich gibt. Ich will zu ihnen, um dort zu leben. Wohin sonst sollte ich gehen? Kay wird mich totschlagen, wenn ich hierbleibe.«

»Sein Name ist Kay?«, fragte Selina aufgebracht.

»Er ist derjenige, der mich schlägt, und er will aufbrechen, um sie zu suchen, schon in den nächsten Tagen. Doch dieses Mal wird er mehr Soldaten mitnehmen. Vielleicht kann ich sie warnen, wenn wir sie vor ihnen finden.«

Selina rauschte das Blut in den Ohren. Ihr Herz raste vor

Aufregung, ihre Gedanken überschlugen sich. Waren sie noch dort, die Frauen ihres Volkes? Hatte Kamara sie gefunden? War sie bei ihnen? Was würde geschehen, wenn Kay sie aufspürte?

Sie nickte Semele zu und bedeutete ihr mitzukommen. »Wie ist dein Name?«, fragte sie die junge Frau.

»Semele«, antwortete diese. »Man nennt mich Semele, die Hure.«

»Dann lass uns aufbrechen, Semele, bevor Kay beginnt, nach dir zu suchen.«

Selina schwang sich auf Paris' Rücken und reichte Semele die Hand. Erleichtert, dass die Fremde ihr Wort hielt, ließ diese den Tonkrug stehen, wo er war, und schwang sich hinter Selina auf den Rücken des Pferdes. Sollte Kay doch fluchen und toben! Er würde vergeblich auf ihre Rückkehr warten.

Selina gab Paris die Fersen, und dann verließen sie Zalpa unbemerkt und im Schutze der Dunkelheit.

Kay ärgerte sich mehr und mehr über Semeles Faulheit. Hatte er sie noch nicht genug geschlagen? Es war bereits dunkel, und sie war noch immer nicht zurückgekehrt.

Mürrisch erhob er sich vom Lager und trat vor die Tür. Er würde sie suchen, und wenn er sie fand, sollte sie zu ihren Göttern beten, dass sie seinen Zorn heil überstand. Er rief ihren Namen, erhielt aber keine Antwort. Schon nahmen die Strafen, die er ihr zugedacht hatte, in seinem Kopf Gestalt an, als er vom Ende der Straße aus den Tonkrug erkannte, der verlassen neben dem Brunnen stand. Von Semele keine Spur.

Kay nahm den Krug in die Hand und stellte fest, dass er mit Wasser gefüllt war. Wo war die elende Hure? Noch einmal rief er ihren Namen. Er warf einen Blick in den Brunnen, konnte jedoch nichts erkennen. Hatte sie sich in den Brunnen gestürzt? Aber warum hatte sie dann vorab noch den Krug gefüllt?

Ratlos kratzte Kay sich am Kinn. Er würde zurück zu Semeles Haus gehen. Was bedeutete es schon, dass sie fort war? Es war zwar ohne Frage angenehm, sich von ihr umsorgen zu lassen, doch er würde ohnehin in den nächsten Tagen aufbrechen. Dann aber stieß er mit der Zehe an einen spitzen Stein, und als er ihn fluchend forttreten wollte, fiel sein Blick auf die Spuren im Sand. Warum hatte er nicht früher daran gedacht? Die Straße von Zalpa war sandig und weich, und Semeles Füße mussten Spuren hinterlassen haben.

Obwohl starker Wind wehte, hatte Kay keine Mühe, ihre Fußabdrücke zu finden – ein Zeichen dafür, dass Semele noch nicht lange fort war. Anders als erwartet, führten ihre Fußspuren jedoch nicht vom Brunnen fort. Stattdessen fand Kay weitere Spuren im Sand: die Spuren eines Pferdes und seines Reiters.

Ungewöhnlich kleine Füße für einen Mann. Füße, die ungewöhnlich flache Abdrücke hinterlassen haben!, sinnierte er. Dann stieß er einen zornigen Schrei aus. Die Hure hatte ihn verraten! Hatte sie nicht selbst gesagt, dass sie Kamara und Hori von diesem kriegerischen Frauenvolk erzählt hatte? Sie hatte genau gewusst, was ihn erwartete, dass sie ihn angreifen würden, wenn er hinter ihnen her ritt. Und sie hatte nicht damit gerechnet, dass er nach Zalpa zurückkehren würde. Jetzt aber hatte sie es irgendwie geschafft, eine Botschaft aus Zalpa herauszuschmuggeln, und die Frauen waren gekommen und hatten sie geholt. Sie gehörte zu ihnen, war ihr Spitzel! Nur eine Hure konnte derart verschlagen sein!

Kay hätte sich ohrfeigen können. Semele hatte gehört, was er mit den Söldnern gesprochen hatte, die in ihr Haus gekommen waren. Semele wusste, mit wie vielen Männern er aufbrechen würde, und sie wusste, dass er plante, dieses Frauenvolk anzugreifen. Nun wären sie gewarnt.

Er ließ den Krug stehen und machte sich auf, seine Männer zu wecken. Er würde nicht länger warten! Einhundert Männer hatte er bereits an seiner Seite, und auch wenn er nicht wusste, auf wie viele Gegner er treffen würde, musste er sich nicht sorgen – es waren schließlich nur Frauen. Und auch wenn sie kriegerisch und wehrhaft waren, würde er ihnen keine Zeit lassen, sich auf seinen Angriff einzustellen. Dieses Mal würde er vorbereitet sein! Er würde sie alle töten, und mit dem letzten Schlag seines Schwertes würde er auch Kamara ins Jenseits schicken.

Kamara!, dachte er voll Groll. Nie würde ihn sein verstümmeltes Ohr vergessen lassen, wie sehr er sie hasste.

Themiskyra

Der Pfeil flog hoch in die Luft und suchte dann seinen Weg durch ein Gebüsch, während er das anvisierte Ziel, einen mannshohen dicken Baumstamm, um mehr als zehn Schritt verfehlte. Als er schließlich zitternd im weichen Erdboden steckenblieb, seufzte die Frau und übergab den Bogen an die nächste. Rebea warf Kamara einen freudlosen Blick zu, doch diese ließ sich ihre Verzweiflung nicht anmerken. »Das war schon viel besser, Phila. Übe nur weiter, und lasse dich nicht entmutigen.«

Rebea stieß Kamara in die Seite. »Das war doch schon viel besser ...«, spöttelte sie leise. »Ja, wenn man bedenkt, dass sie am gestrigen Tage die Hinterbacke von Thais Hengst getroffen hat, der unglaubliche vierzig Schritt neben dem Holzstamm in seinem Gatter stand.«

Kamaras Blick ließ Rebea verstummen. »Sie sind ohnehin

entmutigt. Ich will nicht, dass sie aufgeben. Sie werden es schon lernen – irgendwie. Auch du und Glauke wart nicht herausragend, als ihr euch damals mit schmutzigen Gesichtern am Thermodon herumgetrieben habt.«

Rebea zuckte beleidigt mit den Schultern. »Auf jeden Fall haben wir es geschafft, Hebes Kochfeuer mit Fleisch zu bereichern. Mir ist jetzt klar, warum es bei den meisten anderen nur Beeren, Wurzeln und Getreide gegeben hat.«

Kamara hatte keine Lust, mit Rebea weiterzudiskutieren. Innerlich musste sie dem Mädchen recht geben, doch was sollte sie tun. Sie hatte diesen Fels ins Rollen gebracht und konnte nicht mehr zurück. Wenn es den Frauen nicht einmal gelang, einen Baumstamm aus dreißig Schritt Entfernung zu treffen, wie sollten sie dann einen Mann niederstrecken, der sich bewegte und zudem noch einen Brustharnisch trug, der ihn schützte? Allein Nike stellte sich zu ihrer Freude recht geschickt an. Sie war bereits nach drei Tagen mit dem Bogen so treffsicher gewesen, als hätte sie zeitlebens nichts anderes getan, als sich darin zu üben. Nike selbst hatte eine so große Freude an ihren Fähigkeiten gefunden, dass sie Kamara am vierten Tag darum bat, sie im Kampf mit der Axt zu unterweisen. Auch Nikes anfängliche Angst vor Pferden war gänzlich verschwunden.

Noch immer schien Kamara die Traurigkeit zu lähmen, wenn sie an Kleite dachte. Es war jetzt zehn Tage her, dass die Greisin einfach nicht mehr aufgewacht war, und Kamara hatte noch nicht einmal Zeit gefunden, angemessen um sie zu trauern. Die Frauen hatten sie nach Sitte der Großen Mutter der Erde zurückgegeben, hatten sie zusammen mit ihren Waffen und ihrem Brustharnisch, mit angezogenen Beinen und über der Brust gekreuzten Armen, aufrecht in ein Erdloch gesetzt und sie dann mit Erde, dem Leib der Großen Mutter, bedeckt.

Auch Kamara hatte Kleite ihre letzte Ehre erwiesen und an ihrem Grab zum ersten Mal wirklich gespürt, dass Kleite fort war und nie wieder zurückkehren würde. An jenem Tag hatte Kamara noch gehofft, dass die Frauen endlich einlenken, dass vielleicht Ianthe oder Thais zu ihr kommen würden, um ihr bei der Unterweisung der Dorffrauen im Kampf mit dem Bogen zu helfen. Wie hatte sie gehofft, dass ihre Worte Aetes Herz erreicht hatten und diese ihr endlich half! Doch die Frauen hatten sich von ihr verabschiedet, ohne den bevorstehenden Kampf auch nur zu erwähnen. Seit Kleite fort war, führte Aete die Frauen an, denn sie war die Älteste von ihnen. Wie sehr hätte Kamara ihrer Hilfe bedurft!

Nun aber lag die Unterweisung der fast hundertfünfzig Frauen des Dorfes allein auf Kamaras, Glaukes und Rebeas Schultern. Hori, der ebenfalls hätte helfen können, hielt sich von allem fern, da er Kamaras Unterfangen für vollkommen wahnsinnig hielt. Dennoch ging Kamara weiterhin am Abend zu ihm. Dass sie sich heimlich in seine Hütte schlich, kommentierte Hori ebenso abschätzig wie ihren Plan, die Frauen kampfestüchtig zu machen. »Bist du auch sicher, dass dich niemand gesehen hat?«, fragte er sie herausfordernd.

Doch trotz der bösen Worte, mit denen sie sich gegenseitig bedachten, traten an jedem Abend das Verlangen und die Glut in ihre Augen, und sie fielen gemeinsam auf Horis Lager und konnten kaum genug voneinander bekommen. Morgens erhob sich Kamara, noch bevor Re von Nut geboren wurde, und schlich sich zurück in Hebes Hütte, in der sie wieder lebte. Die Festung hatte sie seit dem Tag, an dem sie von Kleites Tod erfahren hatte, nicht mehr betreten.

Kamara seufzte, als eine der Frauen endlich den Holzstamm traf und ein hoffnungsvolles Raunen durch die Menge ging. »Übt nur weiter«, zwang sie sich, mit Begeisterung in der Stimme zu rufen. Dann bat sie Rebea, eine Weile allein weiterzumachen. Sie musste ihre Gedanken ordnen und überlegen, was sie tun sollte. Re würde höchstens noch fünfzehnmal in seiner Morgenbarke fahren, bis Kay mit seinen Männern nach Themiskyra gelangen würde.

Lustlos schlenderte Kamara zu der Pferdekoppel, auf der Nin inmitten der anderen Pferde friedlich graste. Nin hatte früher Kleite gehört und war Kamara nach deren Tod von den Frauen geschenkt worden. Als die Stute Kamaras Schritte hörte, hob sie den Kopf, doch dann graste sie friedlich weiter. »Nun, Nin, du bist nicht Targa, und ich bin nicht Selina«, sagte Kamara leise. Dann warf sie einen verstohlenen Blick auf den jungen Hengst, den am Tag zuvor Philas Pfeil getroffen hatte. Die Wunde war nicht tief gewesen und eine Kräuterpaste hatte genügt, sie zu verschließen, doch was war, wenn die Frauen im Kampf so wahllos zielten, dass sie andere Frauen verwundeten oder gar töteten, anstatt Kay und seine Männer zu treffen?

Wieder fiel ihr Blick auf Nin, und dieses Mal rief sie die Stute beim Namen. Nin hob erneut den Kopf und sah sich unschlüssig um. Schließlich setzte sie sich in Bewegung und trottete langsam zu Kamara herüber.

»Nein, du bist nicht Selina!«, hörte Kamara auf einmal Aetes Stimme neben sich. Die Kriegerin war neben sie an das Gatter getreten und gab ein trillerndes Geräusch von sich. Ihre Fuchsstute spitzte die Ohren, wieherte und trabte dann zu ihr.

»Sie liebt dich sehr«, sagte Kamara neidisch.

Aete bot ihrer Stute ein Stück altbackenes Brot an. »Sie weiß, dass ich immer etwas für sie dabeihabe, wenn ich zur Koppel komme«, sagte sie nüchtern und zog ein weiteres Stück Brot aus einem Beutel, um es Kamara zu reichen. Vorsichtig bot Kamara Nin das Brot an, und die Stute nahm es sanft von ihrer Hand auf, um es genüsslich zu kauen.

»Wie gelingt den Frauen das Bogenschießen?«, fragte Aete ohne Überleitung.

»Sie zielen vortrefflich«, antwortete Kamara trotzig und wies auf die verletzte Hinterbacke des Hengstes. Wenn Aete schon gekommen war, sie zu demütigen, konnte sie mit ebenso viel Spott kontern.

Aete mied Kamaras Blick. »Ich habe beschlossen, dir zu helfen.«

»Warum?« Kamara konnte nicht glauben, was Aete gesagt hatte.

Endlich sah diese ihr direkt in die Augen. »Willst du nun unsere Hilfe oder nicht?«

»Natürlich will ich sie, bei der Großen Mutter!«, sagte Kamara. »Doch ich verstehe nicht, warum du dich jetzt dazu entschieden hast.«

»Weil es mir feige vorkommt, einfach in der Festung zu sitzen und nichts zu tun. Weil ich lieber in einem guten Kampf falle, als alt und gebrechlich mit steifen Gliedern zu sterben.« Sie holte tief Luft. »Und weil es vielleicht der letzte Kampf ist, in dem ich einen ehrenvollen Tod finden kann. Es wäre äußerst dumm, diese Gelegenheit verstreichen zu lassen, und die anderen sind derselben Meinung.«

Kamara nickte. Obwohl ihr Aetes Grund zu kämpfen egoistisch erschien, war ihr letztendlich alles recht, was sie schließlich dazu bewegt haben mochte. »Dann sollten wir keine Zeit verlieren.«

Aetes stolzes, ernstes Gesicht leuchtete mit einem Mal vor Vorfreude. »Du solltest die Frauen in kleinere Gruppen einteilen. Jede von uns wird eine der Gruppen unterweisen. Die sich geschickter anstellen und reiten können, sollen den Umgang mit Schwert und Axt lernen. Wir haben nicht mehr viel Zeit, und ich habe nicht vor, mich vor diesen elenden Kerlen oder der Großen Mutter lächerlich zu machen.«

»Das wirst du nicht«, versprach Kamara, die neuen Mut gefasst hatte. »Wir werden sie zerschmettern!«

Als Kamara an diesem Abend zu Hori kam, konnte sie ihm mit aufrichtigem Stolz im Herzen erzählen, dass die Frauen Fortschritte machten. Die kleineren Gruppen schienen schneller voranzukommen, und schon am Abend war die Stimmung besser und zuversichtlicher gewesen. Aetes Frauen und damit erfahrene Kriegerinnen in ihrer Mitte zu haben erfüllte sie mit neuem Mut, und auch Kamara fühlte sich nicht mehr von der Last erdrückt, die wie ein schwerer Stein auf ihrem Gemüt gelegen hatte.

Hori hingegen konnte ihre Begeisterung nicht teilen. »Auch das wird ihnen nicht helfen. Du machst ihnen falsche Hoffnungen. Die Frauen um Aete mögen kämpfen und auch den Tod nicht scheuen, vielleicht kämpfen sie sogar für einen ehrenvollen Tod ... Doch die anderen wollen leben – und ihr schickt sie in den sicheren Tod.«

Kamara wollte seine düsteren Prophezeiungen nicht länger hören. »Wenn es nach dir ginge, wären ihre Gräber bereits ausgehoben.«

Hori sprang von seinem Ruhebett. »Nein, Kamara! Wenn es nach mir ginge, wären wir schon längst fort aus Themiskyra, auf dem Weg nach Ägypten. Du verübelst mir meine Gedanken – ich weiß das. Du fühlst dich für diese Frauen verantwortlich, doch was ist mit mir? Ich habe dich aus Mykene herausgeholt – schuldest du mir nicht auch die Möglichkeit, in meine Heimat zurückzukehren?«

»Ja, das tue ich«, gab Kamara zu, die das Gewissen plagte. »Ich werde mit dir gehen, wenn wir diesen Kampf überleben. Ich schwöre es dir, Hori, bei der Großen Mutter und allen ägyptischen Göttern!«

»Du schwörst es mir bei deiner Ehre, Kamara?«

Sie nickte und fiel in seine Arme. Der Duft seiner Haut ließ ihr Herz schneller schlagen. Sie liebte ihn, und sie liebte ihr Volk, doch weder die eine noch die andere Liebe konnte sie verleugnen.

Die Tage vergingen wie im Fluge, und obwohl die Pfeile der Frauen ihr Ziel immer sicherer trafen und Ianthe und Thais neue Bögen und Pfeile gefertigt hatten, damit jede Frau einen eigenen Bogen hatte, wenn Themiskyra angegriffen wurde, schien Kamara, dass sie noch viel mehr Zeit gebraucht hätten, um sich vorzubereiten. Etwa dreißig Frauen waren gut genug, um außerhalb der Festung zu kämpfen und sich mit dem Schwert zu verteidigen. Doch so weit sollte es nach Kamaras und Aetes Plan nicht kommen.

Aete wäre liebend gerne mit hoch erhobenem Schwert und Schild in einen offenen Kampf geritten, wie es die Frauen des Volkes immer getan hatten. Doch Kamara hatte andere Pläne. »Wir müssen sie täuschen. Sie müssen denken, wir sind viele, und sie müssen glauben, sie hätten es mit wilden, kampferprobten Kriegerinnen zu tun. Unsere einzige Möglichkeit ist, sie so nahe an die Festung heranzutreiben, dass sie in die Reichweite der Bogenschützinnen kommen. Sie müssen annehmen, wir hätten uns in der Festung verschanzt. Dann werden sie versuchen, die Festung zu stürmen. Dabei haben sie keine andere Möglichkeit, als über die schmale Treppe hinaufzugelangen, einer nach dem anderen. Wenn sie aber wie einzelne Wassertropfen hintereinander in die Festung gelangen, werden wir nicht von ihnen übermannt werden, und es wird nicht sonderlich schwer sein, sie zu überwältigen.«

»Und wen sollen wir wo postieren?«, fragte Aete.

»Thais und Ianthe werden den Eingang der Festung verteidigen, um diejenigen abzufangen, die versuchen, auf die Mauern zu gelangen. Wir sollten ihnen noch weitere Frauen zur Seite stellen, die mit dem Schwert umgehen können. Alle diejenigen, die den Umgang mit dem Bogen beherrschen, sollen von den Wehrgängen aus auf Kay und seine Männer zielen.«

»Was ist mit mir? Ich habe nicht vor, mich hinter den Festungsmauern zu verstecken. Ich will kämpfen.«

»Du und ich werden mit den Frauen, die reiten können, dafür sorgen, dass Kay nahe genug an die Festung herankommt. Wir werden sie vor uns hertreiben.«

Aete blickte skeptisch Kamara an. »Du willst, dass wir mit dreißig Frauen eine Gruppe von hundert oder mehr Männern vor uns hertreiben? Sie werden uns auslachen!«

»Nur, wenn wir sie auf offenem Feld angreifen. Sie werden jedoch gar nicht sehen, dass wir nur so wenige sind. Wir halten uns weit hinter ihnen und bleiben hinter den Bäumen am Waldrand. Bedenke: Sie glauben fest daran, dass sie auf kampferprobte Dämonenweiber treffen. Genau das müssen wir ihnen weismachen: blutrünstige Wilde, die sie aus dem Hinterhalt angreifen. Es wird ihren Mut um einiges schmälern.«

»Das ist erbärmlich!«, rief Aete vollkommen entgeistert. »Wir sind Töchter der Großen Mutter, keine dummen Kaskäer!«

»Wir sind eine Handvoll Kriegerinnen und eine Schar Frauen, die erst seit einem Mondumlauf einen Bogen in der Hand halten«, stellte Kamara klar, um Aete von ihren ruhmreichen Träumen zu heilen. »Es ist unsere einzige Möglichkeit.«

»Oh, ich werde voller Scham vor die Große Mutter treten, wenn sie mich ruft«, stöhnte Aete leidvoll.

»Aber du wirst viele Pferde dein Eigen nennen können, wenn es gelingt.«

Schließlich stimmte Aete zu.

»Gut, morgen werden wir die Frauen einteilen, und dann bleibt uns nur noch zu warten!« Kamara erhob sich und verabschiedete sich von Aete.

»Wohin willst du? Es ist bereits später Abend.«

»Ich werde ein Stück den Fluss hinunterreiten.«

»Und wenn sie schon in der Nähe sind?«, entgegnete Aete.

»Eben deshalb. Es ist besser, Augen und Ohren offen zu halten.«

Aete erhob sich ebenfalls. Die Aussicht darauf, in einen Kampf verwickelt zu werden, wollte sie sich nicht entgehen lassen. »Dann reite ich mit dir. Falls eine von uns vom Pfeil einer Vorhut getroffen wird, muss die andere zurückkehren und die Frauen warnen.«

Kamara war wenig begeistert von der Aussicht, Aete an ihrer Seite zu haben. Sie ahnte, dass Aete auf einen offenen Kampf aus war. Schließlich stimmte sie jedoch zu, waren doch Aetes Bedenken nicht unbegründet.

Gemeinsam gingen sie zur Koppel und zäumten ihre Pferde auf. Die Frauen des Dorfes schliefen bereits, und so gelangten Kamara und Aete ungesehen aus Themiskyra hinaus. Die Luft war warm, und es herrschte ein lauer Wind. Schon war der Frühling mit seinen wechselnden Launen von milden Tagen und stürmischen Nächten dem Frühsommer gewichen. Die Wiesen standen in saftigem Grün, und die Blätter der Bäume rauschten in der warmen Sommerluft. Das Wasser des Thermodon war klar und frisch, noch nicht aufgeheizt von der Sonne, sodass es erfrischend war, im Fluss zu baden. In dieser Nacht war der Himmel sternenklar, und der Mond leuchtete so hell, dass die beiden Reiterinnen eine gute Sicht hatten.

Kamara ließ ihre Augen über die Flussauen streifen und atmete die frische Nachtluft mit Genuss ein. Genau dieses Bild hatte sie als Kind vor Augen gehabt, wenn ihre Mutter ihr von ihrer Heimat erzählt hatte. Die Liebe zu diesem Land füllte ihr Herz so aus, dass sie vor Glück und Freude am liebsten geweint hätte, obwohl der Schatten des bevorstehenden Kampfes ihr Gemüt belastete. Erst als Aete sie unsanft am Arm schüttelte, kam Kamara zur Besinnung. »Was ist los mit dir? Träumst du? Schau nach vorne. Dort hinten kommt ein Reiter.«

Mit einem Male war Kamara hellwach. Aete hatte recht: Aus dem Schatten des Waldrandes löste sich eine Gestalt, die direkt auf sie zuritt. Die beiden Frauen wendeten ihre Pferde und führten sie hinter einen Haselnussstrauch, der sie vor dem Blick des Fremden verbarg. Dann nahmen sie ihre Bögen und legten sich im hohen Gras auf die Lauer. Kaum wagten sie, den Kopf zu heben, bis der Hufschlag des Pferdes deutlich zu hören war. Auf ein Handzeichen spannten sie leise die Bogen.

Durch das hohe Gras beobachtete Kamara die Läufe des Pferdes, das immer wieder seinen Kopf senkte, um hier und da ein paar Grashalme zu zupfen. Als es wieder seinen Kopf senkte, gab Aete Kamara ein Zeichen den Pfeil abzuschießen, doch diese hielt sie zurück. *Warte!*, gab sie ihr mit einer Geste zu verstehen.

Kamara wollte ihren Augen nicht trauen. Sie wartete, bis das Pferd erneut zu grasen begann, dann schnalzte sie leise mit der Zunge, so leise, dass nur das Pferd es hören konnte. Sofort spitzte das Tier die Ohren und hob den Kopf. Als es freudig wieherte, rief Kamara seinen Namen. »Paris!«

Vollkommen außer Rand und Band stieg der Hengst und warf seine Reiter ab. Es gab ein dumpfes Geräusch, dann jammerte eine Frauenstimme auf.

Kamara sprang hoch und zog ihr Schwert. Aus den Augenwinkeln erkannte sie eine Gestalt, die am Boden saß und sich über das schmerzende Hinterteil rieb. Darüber übersah sie beinahe die andere Gestalt, die sich von der Seite auf sie stürzte. Erst im letzten Moment sprang Kamara nach rechts.

Von hinten lief Aete auf die Gruppe zu, nun ebenfalls mit gezücktem Schwert. Die Gestalt, die eben noch Kamara angreifen wollte, fuhr herum und ließ sich so fallen, dass sie Aete einen Tritt in den Magen versetzen konnte, als diese sich über sie beugte. Mit einem dumpfen Geräusch fiel Aete auf den Rücken. Sie schnappte nach Luft.

Kamara aber sprang auf die am Boden liegende Frau zu. Ihr Schwert hielt sie bereit zum Stich. Doch noch in der Bewegung erstarrte sie. Sie kannte die Frau, die sich gerade wieder aufrappelte und nach ihrem Schwert langte, um sich zu verteidigen. »Mutter!«, stieß Kamara aufgewühlt hervor. Das konnte nicht sein! Selina war weit fort in Ägypten!

»Kamara?«, fragte eine ihr wohlbekannte Stimme.

Kamara ließ ihr Schwert fallen und fiel vor Selina auf die Knie. »Bei der Großen Mutter, du bist es wirklich.« Sie berührte Selinas Arm, als müsse sie sich davon überzeugen, dass ihr Herz keinem Trugbild aufgesessen war.

Dann fielen sie sich wortlos in die Arme. »Ich habe dich kaum erkannt. Du bist gewachsen, hast dich verändert«, schluchzte Selina aufgelöst.

»Es ist mehr als vier Nilschwemmen her, seit du mich zuletzt gesehen hast«, gab Kamara mit tränenerstickter Stimme zurück.

Hinter ihnen rappelte sich Aete auf die Beine und rief nach Kamara. Kamara und Selina erhoben sich und wandten sich zu Aete um. Diese erkannte Selina sofort. »Du! Du bist es, du wagst dich hierher!«, schrie Aete, bevor Selina ein Wort hatte sagen können. Ihre Hand griff bereits nach ihrer Axt, doch Kamara fuhr sie an, sich zu beherrschen.

»Nicht jetzt, Aete!«, zischte sie. »Was immer dich und Selina entzweit hat – jetzt ist keine Zeit dafür!«

Aetes Augen sprühten vor Hass, doch schließlich gab sie nach. Mit zitterndem Finger wies sie in Selinas Richtung. »Was du getan hast, ist nicht vergessen, nur damit du es weißt. Die Große Mutter wird meine Hand führen, wenn ich dich töte!«

Selina blieb ruhig. »Spare deine Kräfte für den Kampf, Aete! Ihr werdet angegriffen. Ein ägyptischer Feldherr ist mit Soldaten und Söldnern auf dem Weg nach Themiskyra.«

»Das wissen wir bereits«, fauchte Aete sie an. »Wir erwarten ihn!«

Auch Semele war wieder auf die Füße gekommen und versteckte sich in Anbetracht der wütenden Frau hinter Selinas Rücken. »Er wird bald kommen«, flüsterte sie. »Wir haben seine Späher mehr als einmal gesehen.«

»Es ist Zeit, die Frauen zu wecken«, entschied Kamara. »Wir müssen zurück nach Themiskyra.«

Endlich ließ Aete ihre Axt sinken. »Dann lasst uns aufbrechen.« Sie sah Selina hasserfüllt an. »Wenn die Schlacht geschlagen ist, werden wir kämpfen!«

Selina seufzte. »Wenn es dein zorniges Herz besänftigt und dir Frieden gibt, Aete, soll es so sein. Doch bis dahin sollten wir wie früher Seite an Seite kämpfen.«

In Themiskyra blieb den Frauen nicht viel Zeit, um Höflichkeiten auszutauschen, denn Selina und Semele hatten berichtet, dass Kay keinen Tagesmarsch mehr entfernt war. Nach Semeles Schätzung führte er über hundert Mann mit sich, Soldaten und Söldner.

Die Frauen nahmen ihre Bogen und begaben sich auf die Mauern der Festung. Kamara schickte Semele und auch die Kinder zu ihnen, denn dort würde im Zweifelsfall der sicherste Ort sein. Während Thais und Ianthe wie geplant mit zehn weiteren Frauen den Eingang zur Festung verteidigen würden, hatte Selina beschlossen, sich dem gefährlichsten Unterfangen anzuschließen, der Gruppe der Treiberinnen, die dafür zu sorgen hatten, dass Kay und seine Männer nahe genug an die Festung herankamen, um dort von den Bogenschützinnen überrascht zu werden.

Es gab nicht genug Pferde für alle, und Kamara wäre beinahe in Tränen ausgebrochen, als sie sah, wie abgemagert und erschöpft Paris war. Sie hatte seinen Hals getätschelt und es sich trotz der schnell verrinnenden Zeit, die ihr bis zum Eintreffen von Kays Männern blieb, nicht nehmen lassen, ihn wie in alten Zeiten selbst zu füttern und zu versorgen. Von den dreißig Treiberinnen würde nur die Hälfte ein eigenes Pferd reiten können, die anderen mussten versuchen, Kays Männern die Pferde abzunehmen.

Einen großen Eimer mit einer rötlichbraunen Flüssigkeit in der Hand, trat Kamara in die Halle, in der die Frauen bereitstanden. Als sie den Eimer auf den Tisch stellte, verzog Aete angewidert das Gesicht. »Was ist das?«

»Blut von einem Reh, vermischt mit ein wenig Schlamm.«

»Was hast du damit vor?«

»Wir reiben uns Hände, Arme und Gesicht damit ein, und auch die Körper der Pferde.«

»Was?« Aete rümpfte die Nase und warf einen Blick in den Eimer. Auch die anderen Frauen schienen von Kamaras Einfall wenig begeistert.

»Sie erwarten eine Horde kriegerischer Dämonenweiber, also werden sie diese auch bekommen!«

»Niemals!«, rief Aete. »Wir sind Kriegerinnen, keine Tiere.«

Selina ging nicht auf Aetes Weigerung ein, sondern langte in den Eimer und rieb sich das Gesicht mit der Masse ein. Sie musste wahrhaft schrecklich aussehen, denn die Frauen sahen sie an, als wäre sie ein böser Geist aus dem Wald. Kurze Zeit später langte die erste Frau beherzt in die Masse, und nach wenigen Augenblicken die nächste. Als sich schließlich alle Frauen mithilfe der Masse in furchterregende Gestalten verwandelt hatten, langte auch Aete in den Eimer.

»Das ist erbärmlich!«, murmelte sie missmutig, als sie zu ihren Pferden gingen.

Als sie alle aufgesessen waren, kam Rebea auf Kamara zu. »Wo ist Hori?«, fragte sie.

Kamara durchfuhr ein Schreck. »Bei der Großen Mutter! Ich weiß es nicht! Ich habe in all dem Trubel vergessen, ihn zu warnen.«

Sie machte bereits Anstalten, Nin zu wenden, um zu Horis Hütte zu reiten, als Selina sie am Arm festhielt. »Nein, dafür ist es jetzt zu spät. Wir können nicht warten. Hori ist kein Dummkopf. Er hat es von Ägypten bis nach Mykene und von dort aus hierher geschafft. Er wird sich schon zu helfen wissen.«

Kamara wusste, dass ihre Mutter recht hatte, und obwohl es ihr nicht gefiel, ihren Gefährten einfach zurückzulassen, gab sie Nin die Fersen.

Kay sah sich aufmerksam nach allen Seiten um. Das Land bereitete ihm Unbehagen. Überall konnten sich Angreifer verstecken: am nahe gelegenen Waldrand, im hohen Gras der Wiesen und Auen. Wie wilde Tiere auf den Bäumen konnten sie hocken, und sogar im Fluss mochten sie untertauchen, wenn es nötig war. Kay hasste dieses Land am Fluss. Wie angenehm wären das rote Land Seths, die weite Wüste Ägyptens oder das Ödland der Hatti gewesen. Er war es nicht gewohnt, in einem Land wie diesem zu kämpfen, wo man den Gegner überall vermuten musste.

»Vielleicht sind sie geflohen«, flüsterte sein Hauptmann, doch Kay bedeutete ihm zu schweigen.

»Niemals! Ich kenne diese Weiber. Wenn es die sind, von denen diese Fremdländerhure und ihre Tochter Kamara abstammen, werden sie nicht fliehen. Sie erwarten uns, sie lauern irgendwo. Sie wollen uns in eine Falle locken. Halte deine Augen offen, Hauptmann!«

Sie ritten gerade um eine Flussbiegung, als einer der Männer einen erschreckten Ruf ausstieß. Kay war versucht, ihm sein Schwert in den Bauch zu rammen, um diesen elenden *mehesses,* diesen Waschlappen, zum Schweigen zu bringen, doch er brauchte jeden Mann für den Kampf. Missmutig winkte er ihn heran. »Was ist los, Mann? Willst du uns alle verraten?«

Ängstlich wies der Soldat auf den Waldrand. »Kommandant Kay, ich könnte schwören, dass dort am Waldrand eine von ihnen war. Ihr Gesicht, Kommandant, ihr Gesicht war eine Fratze, ein grauenvoll verzerrtes Ding. Vielleicht ... Vielleicht sind es keine Menschen ... Was ist, wenn wir es hier mit *sesu,* mit Dämonenweibern, zu tun haben?«

Die anderen sahen ebenfalls besorgt zum Waldrand, doch Kay stieß ihn mit der flachen Hand vor den Kopf. »Reiß dich zusammen, Mann! Es sind Weiber, wilde, dumme Weiber ohne Verstand. Natürlich sehen sie nicht wie wohlparfümierte Damen aus. Was dachtest du denn?«

»Nein!«, flüsterte der Soldat. »Das ist es nicht – selbst Seth, der Rote, hat im Vergleich mit diesen Kreaturen ein liebliches Gesicht.«

Kay war versucht, ihn an den Schultern zu packen und zu schütteln, als ein weiterer Schrei von einem der anderen Männer ertönte, dieses Mal lauter. »Sieh dich um, Kommandant! Sie kommen. Sieh doch nur, sie sind überall!«

Kay folgte dem Fingerzeig des Mannes und hatte Mühe, seinen Schrecken zu verbergen. Der Soldat hatte recht. Hinter ihnen raschelte das Gras und wogte wie die herannahende Welle einer Sturmflut.

»Bei den Göttern, wie viele mögen es sein?«

Ehe Kay noch etwas sagen konnte, riefen zwei der Männer: »Dort hinten, am Waldrand. Ich habe sie auch gesehen. Ihre hässlichen Fratzen, blutig wie ein gehäutetes Tier!«

Kay brüllte Befehle, wollte seine Männer anweisen, ruhig zu bleiben, doch sie gaben ihren Pferden bereits die Fersen und galoppierten los.

»*Wecha!* Ihr dämlichen Idioten!«, schrie Kay, doch die Söldner trieben ihre Pferde an, und seine Männer taten es ihnen nach und folgten den fliehenden Männern.

Kay sah sich um, die Woge raschelnden Grases war bereits bedrohlich nahe. Er versetzte seinem Pferd einen harten Tritt in die Flanken und folgte seinen Männern.

Kamara hob den Kopf und spähte durch das hohe Gras. »Sie reiten direkt auf Themiskyra zu!«, rief sie.

Die Frauen neben ihr hoben ebenfalls die Köpfe, ließen die Stöcke fallen, mit denen sie das Gras in ein wogendes Meer verwandelt hatten, und liefen zusammen mit Kamara zurück zum Waldrand.

»Wir müssen ihnen in den Rücken fallen, während sie von der Festung aus mit den Pfeilen der Bogenschützinnen angegriffen werden. So sind sie abgelenkt und merken nicht, wie wenige wir wirklich sind. Kommt von allen Seiten, stecht sie nieder, und verschwindet dann! Stürmt nicht gemeinsam auf sie zu, seid wie böse Geister, taucht auf und wieder unter.« Auf Kamaras Zeichen schwangen sie sich immer zu zweit auf ein Pferd.

Kamara wiederholte ihre Anweisungen: »Wenn wir Themiskyra erreichen, werden wir von den Seiten angreifen, und nur diejenigen, die abseits stehen. Begebt euch nicht in ihre Mitte, sonst werden sie euch abschlachten. Nehmt die Pferde der getöteten Männer. Von außen nach innen, denkt immer daran!« Sie nickte Aete, Selina, Glauke und Rebea zu. »Riskiert nichts, auch wenn es euch schwerfällt. Wir müssen sie aufreiben, nicht zerschmettern!« Sie wandte sich an Nike: »Sei vorsichtig, deine Tochter braucht ihre Mutter noch viele Nilschwemmen.«

Nike schluckte. Es war kaum zu übersehen, dass sie Angst hatte, doch Kamara wusste, dass der Gedanke an Vianna ihr Kraft verlieh.

»Und jetzt lasst uns zurück nach Themiskyra reiten.«

Kay zog fest an den Zügeln seines Pferdes. Schnaubend kam das Tier zum Stehen. Vor ihm riefen seine Männer aufgeregt durcheinander. »Die Festung der Weibsdämonen! Nur Dämonenweiber können eine solche Festung erbaut haben. Wir müssen umkehren!«

»Nein!«, schrie Kay ihnen entgegen. »Es sind nur Weiber, bei allen Dämonen des *Duat!* Wenn ihr euch nicht endlich benehmt wie Männer, werde ich eure stinkenden Kadaver dem *wenem huaat* vorwerfen, dem, der das Verfaulte frisst. Ich werde persönlich dafür sorgen, dass ihr alle Dämonen des *Duat* kennenlernt.«

Erleichtert merkte Kay, dass seine Worte zumindest bei seinen eigenen Soldaten Wirkung zeigten. Sie fürchteten die Dämonen der ägyptischen Unterwelt, und sie fürchteten sie mehr als die Dämonen fremder Länder. Bei den Söldnern aber musste Kay zu anderen Mitteln greifen. »Keinen Goldring werdet ihr von mir sehen, wenn ihr nicht kämpft!«, brüllte er sie an.

Endlich kam wieder etwas Ruhe in die Reihen der Männer. Als sie auf die Festung zuritten, hielt Kay nach einem Zugang Ausschau. Er sah jedoch nur eine schmale Steintreppe, die hinaufzuführen schien.

Sie waren bereits nahe an die Festung herangekommen, als

ein Pfeil seinen Hauptmann, der neben ihm ritt, in den Arm traf und ihn mit einem Schlag vom Rücken seines Pferdes riss.

»Sie sind dort oben«, rief Kay seinen Männern zu und wies zur Festung. »Wir müssen hinauf!«

Schon trafen weitere Pfeile ihr Ziel, und einige der Männer fielen getroffen von ihren Pferden. Als die Männer ihre Pferde wenden und fliehen wollten, entstand erneut ein Tumult.

»Die Weibsdämonen«, rief einer von ihnen von Grauen erfasst. »Sie kommen! Ihre Pferde sind getränkt von Blut!«

Unentschlossen blickten die Männer sich um. Wieder fielen einige getroffen von ihren Pferden.

»Hinauf in die Festung!«, schrie Kay erneut. »Wir können nicht hierbleiben, sonst schlachten sie uns ab wie Vieh!«

Einige der Männer folgten Kay, andere wendeten ihre Pferde, um zu fliehen.

»Es geht zu schnell, und es sind zu viele, die die Stufen hinaufstürmen. Thais und Ianthe werden sie nicht zurückdrängen können!« Aete zog ihr Schwert und gab ihrem Pferd die Fersen. Kamara wollte sie zurückhalten, doch Aete ließ sich nicht mehr aufhalten.

Auch Selina zog ihr Schwert. »Sie hat recht, wir müssen ihnen helfen. Die Frauen haben nicht genug von ihnen niedergestreckt.«

Kamara überlegte kurz, dann gab sie das Zeichen zum Angriff. »Kämpft um euer Leben und um das Leben eurer Töchter. Lasst sie nicht in die Festung gelangen!«

Sie gab Nin die Fersen und galoppierte mit den anderen Frauen den fliehenden Männern entgegen. Schon hatte Kamara einen der Männer vom Pferd geholt, schon traf ihr Schwert seinen Hals. Ohne einen Laut sackte er zu Boden und blieb liegen.

Kamara ergriff die Zügel des Pferdes und reichte sie einer der Frauen, die noch ohne Pferd waren. Aus den Augenwinkeln sah sie, wie Rebea sich auf einen ägyptischen Soldaten stürzte und die Axt in seinen Schädel hieb. Triumphierend sprang sie hoch und schwang sich auf ihr Pferd, um sich einem neuen Angreifer zuzuwenden. Selina hingegen hatte ihre Schenkel fest um Paris' Leib gelegt und spannte immer wieder ihren Bogen. Sie wusste, wie sie zielen musste, um ihre Gegner niederzustrecken. Glauke hielt sich nah bei Rebea; die Zwillingsschwestern wichen sich auch im Kampf kaum von der Seite. Auch die anderen Frauen gaben ihr Bestes, obwohl Kamara bereits einige von ihnen reglos am Boden liegen sah.

Nur Aete konnte Kamara nirgends entdecken. Der kurze Moment der Unachtsamkeit reichte einem der Söldner, um Kamaras Arm zu packen und sie von Nins Rücken zu zerren. Kamara fühlte, wie die Luft aus ihren Lungen wich, als sie hart auf dem Boden aufschlug. Panisch suchte sie nach ihrem Schwert, doch der Söldner ließ ihren Arm nicht los, und Kamara erkannte in einem Anflug von Verzweiflung, dass sie ihr Schwert verloren hatte. Es lag nur einige Schritt weit von ihr entfernt, doch sie konnte es nicht erreichen.

Als sie auf einmal mit einem Ruck über den sandigen Boden gezogen wurde, musste Kamara ihren Kopf zur Seite drehen, um nicht von den Hufen des Pferdes zerschmettert zu werden. *Er will mich zu Tode schleifen!*, kreischte ihr aufgewühlter Verstand, während sie verzweifelt versuchte, sich zu befreien. Doch der Griff der Männerhand war hart wie Erdmetall, ein Entkommen unmöglich.

Einen Wimpernschlag später befand sie sich plötzlich zwischen den Hufen zweier nebeneinander galoppierender Pferde. Es kostete sie ihre letzte Kraft, dem Hufschlag beider Tiere auszuweichen, bevor sich endlich der Griff um ihr

Handgelenk lockerte und sie freigab. Das Pferd kam mit einem Ruck zum Stehen.

Kamara schnappte verzweifelt nach Luft. Als sich ihr eine Hand entgegenstreckte, rollte sie sich herum. Ihr schmerzender Körper war nicht schnell genug, um dem anderen auszuweichen.

»Kamara … gib mir deine Hand, du musst aufstehen, schnell!«, vernahm sie eine bekannte Stimme.

Hori beugte sich vom Rücken seines Pferdes hinunter und streckte erneut seinen Arm nach ihr aus. Dankbar griff sie zu und ließ sich von ihm hochziehen, bis sie wankend auf den Beinen stand.

»Kannst du reiten?«, rief er.

Jeder Schritt, jede Bewegung schmerzte Kamara, doch ihr Körper gehorchte ihr nach wie vor. Schließlich nickte sie und ließ sich von Hori auf den Pferderücken ziehen.

Mit einem Blick erfasste sie die Lage: Etwa vierzig Männer lagen tot oder verwundet im Sand, zehn oder fünfzehn kämpften noch um ihr Leben. Die Bogenschützinnen hatten viele von ihnen getroffen, die anderen waren durch Schwert und Axt gefallen. Kamara erblickte Selina, die ihr Schwert gezogen hatte und sicher von Paris' Rücken aus kämpfte. Glauke und Rebea standen Rücken an Rücken und deckten sich gegenseitig. Als sie sah, dass Nike sich verzweifelt gegen einen für sie zu starken Gegner wehrte, gab Kamara Hori ein Zeichen, ihr zu Hilfe zu eilen. Hori durchstieß den Panzer des Soldaten, und Nike sackte vor Erschöpfung zitternd auf die Knie.

Kamara schrie sie an. »Nike, steh auf, du kannst jetzt nicht aufgeben!«

Nike zwang sich auf die Beine. Dann wandte Kamara sich an Hori. »Kay und seine Männer sind hinauf in die Festung gelaufen. Wir müssen hinter ihnen her, die Frauen werden sie nicht aufhalten können. Es sind zu wenige dort oben.«

Sie rief die Frauen zusammen. Von unten drohte ihnen keine Gefahr mehr, da sie inzwischen den letzten Gegner niedergestreckt hatten. »Hinauf in die Festung, beeilt euch!«

Kay stieß den Körper des Soldaten zur Seite, der vor ihm die Stufen hinaufgerannt war. Als er erkannte, dass die Frauen nur darauf gewartet hatten, dass seine Männer sich einzeln durch die schmale Türöffnung schoben, benutzte er den nächsten als Schild. Er würde sich nicht einfach abschlachten lassen!

Mit einem wütenden Schrei schob er die beiden Kämpferinnen zurück, deren Schwerter lediglich den leblosen Körper vor ihm trafen. »Beeilt euch!«, rief er seinen Männern zu.

Schnell waren sie bereits zu dritt, dann zu fünft. Ohne große Mühe gelang es ihnen nun, die Frauen so in Kampfhandlungen zu verwickeln, dass diese den Eingang zur Festung nicht mehr verteidigen konnten. Wie von Sinnen stieß Kay sein Schwert in den Leib einer bis an die Zähne bewaffneten Frau. Als sie niedergestreckt vor ihm auf dem Boden lag, spie er auf sie. »Was habe ich euch gesagt? Es sind Weiber, nur Weiber! Keine Dämonen, keine bösen Geister aus der Unterwelt. Sie bluten, sie schreien, sie sterben! Macht sie nieder!«

Derart von ihrem Kommandanten angestachelt, schöpften die Männer neuen Mut. Es waren tatsächlich nur Weiber, keine roten, leuchtenden Fratzen, nur Frauen mit Brustharnisch und Beinkleidern. Schon erkannten die Frauen, dass sie Kays Übermacht nicht gewachsen waren, und wichen zurück. Es waren nicht mehr als zehn gewesen, und drei von ihnen lagen bereits reglos am Boden.

Mit dem sicheren Instinkt des Heerführers erkannte Kay, dass die Frauen ihre Sippe einen Treppenabsatz höher versteckt hielten, oben auf den Mauern, wo auch ihre Bogenschützen waren. Wäre es anders, hätten die Frauen ohne Zweifel versucht zu fliehen.

Kay wollte bereits den Befehl geben, sie ohne Ausnahme zu erschlagen, als ein Schrei hinter seinem Rücken ertönte. Er fuhr herum und sah, wie gleich drei seiner Männer tödlich getroffen zu Boden gingen.

»Was ist *das?*«, fragte er entgeistert, als er die wilde, mit Schlamm und Blut beschmierte Kreatur erblickte, die sich mit Schwert und Doppelaxt durch die Reihen seiner Männer kämpfte. »Ein wildes Tier, nur ein wildes Tier!«, entfuhr es ihm, und im Gegensatz zu den Soldaten, die sich vollkommen überrumpelt von der ekelerregenden Kreatur niederstechen ließen, zog Kay den Dolch aus dem Waffengürtel und schleuderte ihn gegen das wild gewordene Weib.

Sie verharrte mitten in der Bewegung und starrte auf den Dolch, der ihren Harnisch durchstoßen hatte. »Erdmetall, du elende Hure!«, spie er ihr entgegen.

Die Kreatur jedoch gab noch nicht auf. Statt zu fallen, stürmte sie mit Schwert und Axt auf ihn los, und sie hätte ihm tatsächlich den Schädel gespalten, wäre er nicht schnell genug zur Seite gesprungen. So aber taumelte sie gegen die Wand, wo Kay ihr einen letzten Stoß mit dem Schwert versetzte. Endlich sackte sie zusammen und blieb reglos liegen.

Kay trieb seine Männer erneut an. »Geht schon, macht sie nieder, und dann die Stufen hinauf! Macht sie alle nieder, bis keine von ihnen übrig ist. Die Hure aus Ägypten, die sich Kamara nennt, will ich lebend. Mit ihr werde ich persönlich abrechnen.«

Seine Männer stoben an ihm vorbei und prallten auf die wenigen Frauen, die die Stufen zu den Festungsmauern verteidigten. Noch immer waren Kays Männer in der Überzahl.

Kamara gelangte als Erste durch den Eingang in die Festung. Sie und ihre Begleiter waren über die Körper gefallener Männer gestiegen. Offensichtlich hatten die Frauen oben sich bislang zu verteidigen gewusst. Ein Blick zum Treppenaufgang zeigte ihr jedoch, dass sie unmöglich länger standhalten konnten.

Kamaras Blick fiel auf Kay, der das Geschehen gelassen betrachtete. Er wartete darauf, dass seine Männer den Aufgang freikämpften, und war sich des Sieges bereits sicher. Dann sah sie Aete, die mit geöffneten Augen an der Wand lag. Als Kay sich zu ihr hinunterbückte, um den Dolch aus ihrer Brust zu ziehen, wusste Kamara, dass Aete tot war.

Schon drängte sich Rebea an ihrer Seite voran. Kamara wusste, dass sie handeln musste, denn noch wandte Kay ihr den Rücken zu. Mit drei großen Schritten war sie bei ihm und trat ihm so fest in den Rücken, dass er mit dem Kopf gegen die Wand schlug. Benommen drehte er sich zu ihr um. Seine Hand suchte nach dem Schwert, das ihm entglitten war, doch Kamara stieß es mit dem Fuß fort. »Denke nicht einmal daran, *wecha*, Idiot! Und ruf deine Männer zurück, sonst verlierst du dieses Mal mehr als dein Ohrläppchen. Ich werde dir dein *Min* abschneiden und es der Großen Mutter opfern.«

Kay schrie seinen Männern einen Befehl zu. Überrascht, dass noch mehr Frauen sich die Treppen zur Festung hinauf schoben, wandten sie sich zu ihm um. »Tötet die Hure!«, befahl Kay, doch die Männer bewegten sich nicht. »Bewegt euch endlich, ihr verfluchten Söhne von Schakalen!«

Unschlüssig blickten die Männer zwischen Kay und den Frauen hin und her. Weitere Frauen drängten in die Festung, und da die Soldaten glaubten, die Frauen wären in der Überzahl, verzagten sie schließlich. Was schuldeten sie Kay, der sie gezwungen hatte, Ägypter zu töten und ihr ewiges Leben zu verwirken? Statt ihm zu gehorchen, senkten sie ihre Waffen.

»Wir haben keine Lust mehr, für dich zu sterben, Kommandant«, wagte endlich einer von ihnen zu rufen. An Kamara gewandt sprach er weiter: »Wir haben vergessen, warum wir kämpfen. Meinetwegen könnt ihr ihn haben, wir bitten darum, die Waffen niederlegen zu dürfen, und erbitten eure Gnade. Das hier ist *sein* Krieg, wir sind unserem Kommandanten gefolgt, doch wir wollen nur noch heimkehren!«

»Ammit möge euch verschlingen!«, schrie Kay ihnen entgegen.

Dennoch ließen seine Männer die Schwerter fallen. Als sie Hori entdeckten, der ebenfalls durch die Türöffnung trat, wandten sie sich voll Hoffnung an ihn. »Kommandant Hori, wir kennen dich! Einige von uns haben in Ägypten unter dir gedient. Wir wissen nicht, was dir vorgeworfen wird und weshalb du vor dem Einzig Einen in Ungnade gefallen bist. Doch wir bitten dich: Führe uns zurück nach Ägypten, und ein jeder von uns wird für dich sprechen.«

Den Blick auf Kay gerichtet sagte ein anderer: »Er hat Ägypter getötet, grundlos und grausam hat er ihre Körper ins Große Grün werfen lassen, als noch Leben in ihnen war. Er hat sie um ihr Fortleben nach dem Tod betrogen und damit ein Urteil vollstreckt, das nur der Einzig Eine hätte fällen dürfen. Es ist genug Blut geflossen. Die Strafe, die uns nach unserem Tod in der Halle des Gerichts erwartet, wird uns richten, oder der Herr allen Lebens wird es tun. Doch richte nicht du uns, edler Herr Hori. Bring uns zurück nach Ägypten. Wir wollen nicht hier sterben!«

Nach einem Moment des Schweigens kreuzte Hori die Hände vor der Brust. »Es möge so sein!«

»Legt sie einstweilen in Fesseln, und bewacht sie!«, rief Kamara den Frauen zu. Dann wandte sie sich wieder an Kay. »Was soll mit dir geschehen, elender Verräter, der du die Zunge einer Schlange und das Herz eines Skorpions besitzt?«

Kay grinste boshaft. »Bring es endlich zu Ende, und sprich nicht so viel, elendes Weib!«

Kamara war versucht, seinem Drängen nachzugeben, doch Selina hielt sie zurück. »Lass ihn am Leben, Kamara, auch wenn er den Tod tausendfach verdient hat. Wir brauchen ihn. Hori braucht ihn, denn Kay wird vor den Einzig Einen treten und ihm erklären, dass er es war, der Hori verleumdet hat und in Ungnade fallen ließ.«

Kay spie vor Selina aus. »Und wenn ich in die Tiefen des *Duat* gestoßen würde, ich werde gar nichts tun. Möge Horis Kopf ebenso fallen wie der meine!«

Kamara zitterte. Obwohl sie keine Freude empfand zu töten, hätte es ihr Genuss bereitet, Kay das elende Leben zu nehmen. Wieder jedoch hielt Selina sie zurück. Sie beugte sich zu Kay hinunter und flüsterte ihm Worte in das Ohr, die nur er hören konnte. »Der Weg nach Ägypten ist sehr lang, Kay, und ich verspreche dir, wenn wir in Piramses ankommen, wirst du bereit sein zu sprechen. Wie Lisias mir alles gesagt hat, wirst auch du es tun. Der *Duat* wird dir noch wie der Schöne Westen erscheinen. Was bedeutet einer Frau wie mir, die in weit größeren Schlachten gekämpft hat als du, schon dein armseliges Leben. Ich trenne deine Gliedmaßen von deinem Körper, sodass du wie die Schlange auf dem Bauch durch das ewige Leben wirst kriechen müssen!«

Kay presste die Zähne zusammen. »Das wagst du nicht!«, zischte er zurück.

Ungerührt richtete Selina sich wieder auf. »Fesselt ihn, und sorgt dafür, dass seine Zunge keinen Schaden nimmt. Sie allein muss unversehrt nach Ägypten zurückkehren.«

Kamara und Selina beobachteten, wie die Frauen die Männer fesselten und dann wegbrachten. Als Kay an ihnen vorbeigeführt wurde, fuhr Hori sich erschöpft mit der Hand durch das Gesicht. Auch von den anderen wich die Anspannung des

Tages. Keine von ihnen hatte gemerkt, dass es bereits auf den Abend zuging. Jetzt endlich holten sie die Frauen von den Festungsmauern und ließen die Kinder in die große Halle bringen, wo sie vom Tod, der sie umgab, so wenig wie möglich sahen.

Kamara legte ihren Kopf an Horis Schulter. »Du hast mein Leben gerettet.«

»Wieder einmal«, lächelte er müde. »Hätte ich dich nicht aus dem Haus des Amphion befreit, wären die Waagschalen der Maat im Gleichgewicht, denn du hast mein Leben gerettet, als Kay uns in Ephesos in die Enge getrieben hatte.«

»Eneas konnte ich nicht retten«, gab sie matt zurück. Dann suchten ihre Augen nach Rebea. »Wo ist Glauke?«

Auch Rebea konnte ihre Schwester nirgends sehen. »Sie war direkt hinter mir, als wir zur Festung liefen.«

Eine böse Vorahnung huschte über ihr Gesicht, dann lief Rebea, gefolgt von Kamara, Selina und Hori, die Stufen hinunter. Sie fanden Glauke auf dem Absatz der ersten Stufen. Ihr Hals war eigentümlich verdreht, die Augen waren gen Himmel gerichtet. Rebea stieß einen lauten Schrei aus und warf sich neben ihrer Schwester zu Boden.

Thais war ihnen gefolgt und starrte ungläubig auf die Tote. »Kein Schwert hat sie niedergestreckt. Kein Blut ist an ihrem Körper zu sehen. Sie muss auf den Stufen gestolpert und mit dem Kopf auf den Stein geschlagen sein. Welch ein grausames Schicksal, welch ein unnötiger Tod!«

»Glauke hat tapfer gekämpft. Sie war eine Tochter der Großen Mutter«, sagte Selina in der Hoffnung, Rebea damit zu trösten.

Schließlich zog Kamara Rebea auf die Beine und umarmte sie. »Heute haben wir gekämpft, und wir haben gesiegt, wie wir auch verloren haben. Wir werden uns um die Verletzten kümmern und Themiskyra vom Blut der Gefallenen reinigen.«

Rebea vermochte ihren Kummer nicht zu bezwingen. »Und morgen, Kamara? Was werden wir morgen tun? Was wird sein, wo so viele von uns gestorben sind?«

»Morgen«, antwortete Kamara leise, »morgen werden wir unsere Toten begraben und Lieder zu ihren Ehren singen.«

Die Frauen senkten Aete mit ihrem Harnisch, ihrem Schild und allen ihren Waffen in die Erde, sie sangen Lieder für sie und rühmten ihre Taten. Trotz ihrer Trauer musste Kamara lächeln, denn sie wusste, dass es der stolzen Aete gefallen hatte, so zu sterben, wie sie es immer gewollt hatte.

Glaukes Grablegung war weitaus bedrückender. Denn Glauke hatte erst am Beginn ihrer Jugend gestanden, und ihre Schwester weinte bittere Tränen. Da Glauke zu jung gewesen war, um große Taten vollbracht zu haben, von denen man hätte singen können, und ihr Tod zudem ein tragischer Unfall gewesen war, stimmten die Frauen zu ihrer Ehre das alte Lied des Volkes an.

Flieg, kleine Schwester, flieg, auf dem Rücken deines Pferdes, über die grünen Augen des Thermodon … Jede von ihnen kannte das Lied, selbst diejenigen, die nicht in das Volk der Großen Mutter geboren worden waren, kannten jeden einzelnen Vers. *Weine, meine Tochter, weine, denn das Herz der Mutter ist zerbrochen, ihre Töchter dem schützenden Leib entrissen, von Männern, die nichts wissen und sehen, von den Wundern, welche sie ihren Töchtern gab …*

Selina stockte bei dieser letzten Strophe des Liedes. Um die Trauernden nicht zu stören, zupfte sie Ianthe am Ärmel ihres Hemdes. »Ich kenne diese Strophe des Liedes nicht«, flüsterte sie leise.

Ianthe nickte nur: »Sie wurde von denjenigen ersonnen, die damals aus Troja zurückkehrten.«

Selina spürte, wie ihr Herz schwer wurde. Sie hatte mit den

Frauen gekämpft. Diese hatten sie freundlich behandelt, doch sie gehörte nicht mehr zu ihnen. Aetes wildes Herz hatte nur ausgesprochen, was alle dachten. *Es tut mir leid, dass ich dich um deine Rache gebracht habe, Aete*, dachte sie und fühlte doch keine Reue in ihrem Herzen. Einzig dass sie Kleite nicht mehr hatte sehen können, stimmte sie traurig. Es war ein Zeichen der Großen Mutter, dass es ihr nicht bestimmt war, das Band zu ihrem Volk neu zu knüpfen. Selina musste nach Ägypten zurückkehren und wieder das Leben führen, das sie einst für sich gewählt hatte. Ihr Blick wanderte zu Kamara, die neben Hori stand und den Arm um Rebea gelegt hatte, während Horis Arm Kamaras Taille umschloss.

Selina hatte ihre Wahl getroffen, doch wie würde sich Kamara entscheiden? Schon in drei Tagen wollten sie aufbrechen, und sie würden einen langen Weg zurücklegen müssen. Von Zalpa war es ein weiter und gefährlicher Weg, und sie würden zuverlässige Männer brauchen, die ihnen bei der Überführung der Gefangenen halfen.

Selina hatte entschieden, sich einem Händlertrupp anzuschließen und den Weg zurück über Land zu wählen. Sobald sie Megiddo erreicht hätten, wären sie in Sicherheit. Alles Weitere lag in den Händen Pharaos, und sie hoffte, dass sein Herz weise und gerecht sein würde.

Wieder wanderte ihr Blick zu ihrer Tochter, die zwischen Rebea und Hori stand. Welche Entscheidung Kamara auch treffen würde, Selina hoffte, dass es die richtige war.

Kamara umarmte Nike und strich Vianna über die Stirn. Als sie sich voneinander lösten, kämpfte die einst so kühle Nike mit den Tränen.

»Sorge gut für Nin. Sie gehört nun dir!«, sagte Kamara.

Nike konnte die Tränen nicht mehr zurückhalten. »Es wird ihr an nichts fehlen«, versprach sie.

Dann verabschiedete sich Kamara von Ianthe, Thais und den anderen Frauen. Ihre Umarmungen waren fest und aufrichtig, jedoch spiegelten ihre Züge auch Enttäuschung, denn sie wollten nicht, dass Kamara sie verließ.

Hebe schenkte ihr einen kleinen Beutel mit Heilkräutern, die sie gemeinsam mit Semele gesammelt hatte. »Vielleicht wirst du sie brauchen. Der Weg nach Ägypten ist weit«, sagte sie mit einem tapferen Lächeln, um ihre Trauer zu verbergen.

Kamara umarmte auch sie. »Kümmere dich um Rebea«, flüsterte sie. »Sie wird lange brauchen, um den Verlust Glaukes zu überwinden.« Dann verabschiedete sie sich von Semele, die beschlossen hatte zu bleiben.

»Semele, die Hure, bleibt in Themiskyra«, bemerkte die junge Frau und warf einen verächtlichen Blick auf Kay, der mit gefesselten Händen darauf wartete, Themiskyra zu verlassen. »Der da möge in seiner Heimat den Tod finden!«

»Sein Tod wird ein ewiger sein!«, versprach Kamara und trat schließlich vor Rebea, die auf den Boden starrte und sich nicht recht von Kamara umarmen lassen wollte. Sie verstand Kamaras Entscheidung nicht und hatte bereits vor Stunden ausgesprochen, was alle dachten. »Warum bleibst du nicht bei uns? Du gehörst zu uns, du hast für uns gekämpft, und wir haben für dich gekämpft!«

Als Kamara Rebea jetzt leise ansprach, hob das Mädchen den Kopf. »Ich werde immer bei euch sein, mein Herz wird mit euch sein.«

»Aber alles andere wird bei *ihm* sein.« Sie wies mit einem Nicken auf Hori, der bereits wartete und Paris am Zügel hielt. »Du verlässt uns seinetwegen, genau wie deine Mutter es einst tat.«

»Ein Teil von mir gehört nach Ägypten«, versuchte Kamara, sie zu trösten.

Rebea ließ sich nicht erweichen. »Du gehörst zu *uns*, Kamara! Wir brauchen dich hier, wir brauchen jemanden, der uns führt. Allein sind wir verloren! Einige der Söldner sind entkommen. Sie werden vielleicht zurückkehren und uns angreifen.«

»Ihr werdet sie wieder vertreiben, Rebea. Du musst die Frauen und Mädchen weiter im Waffenhandwerk unterweisen. Ianthe und Thais werden dir helfen.« Kamara zwang sich, ihre Schuldgefühle zu verdrängen, und umarmte Rebea ein letztes Mal. Dann schwang sie sich auf Paris' Rücken und nickte Hori zu. Langsam setzte sich ihr kleiner Zug in Bewegung.

Zalpa

Selina war erleichtert, denn sie hätte kaum damit gerechnet, so schnell auf einen Handelstrupp zu stoßen, der die Handelsstraße in Richtung Megiddo einschlagen würde. Zwar hatte sie harte Verhandlungen führen müssen, damit der Händler ihnen erlaubte, sich ihnen anzuschließen, doch ein glücklicher Zufall hatte dafür gesorgt, dass der Mann Pferde mit dem Brandzeichen ihrer Ställe besaß. Schnell hatte sich herausgestellt, dass er häufig Pferde aus ihren Ställen bezog, und sie waren sich einig geworden, dass Selina die Verpflegung der Gefangenen und den Schutz, den der Trupp ihnen bot, mit guten Pferden vergelten würde, sobald sie zurück in Piramses war.

Jetzt war der Tag des Aufbruchs gekommen. Alles war bereit, der Handelstrupp wartete bereits ungeduldig, doch sie konnten Kamara nirgends finden. Als der Händler sie ungeduldig darauf hingewiesen hatte, dass er nicht länger warten wollte, war Selina zurück nach Zalpa geritten, um ihre Tochter zu suchen.

Nach einer Weile kehrte sie ohne Kamara zurück.

»Hast du sie gefunden?«, rief Hori ihr zu, doch sie machte keinerlei Anstalten zu antworten, bis sie ihn erreicht hatte.

»Sie wartet am Brunnen in Zalpa auf dich«, sagte Selina leise. »Du musst dich beeilen. Der Trupp wird nicht mehr lange auf uns warten. Vielleicht kannst du sie noch umstimmen!«

Hori blickte Selina verständnislos an, doch sie wich seinem Blick aus. Schließlich gab er seinem Pferd die Fersen und ritt zurück in die Stadt. Er fand Kamara wie versprochen am Brunnen, auf dessen Rand sie saß, als bliebe ihr alle Zeit der Welt. Paris stand bereits aufgezäumt neben ihr. Kamaras Haar war zu einem Pferdeschwanz gebunden, und ihre Augen leuchteten wie flüssiges Gold, als ein Sonnenstrahl sich in ihnen fing.

Hori sprang von seinem Pferd und trat zu ihr. »Kamara, wir müssen uns beeilen. Der Trupp will nicht länger warten.«

Endlich erhob sie sich und lächelte ihn traurig an. »Hori, ich werde nicht mit euch kommen. Meine Mutter weiß es bereits. Ich kann nicht. Ich werde nach Themiskyra zurückkehren, denn dorthin gehöre ich.«

Hori konnte nicht glauben, was er gehört hatte. Fieberhaft suchte er nach Worten, mit denen er sie umstimmen konnte. »Kamara, das kannst du nicht tun. Wir gehören zusammen. Du hast es mir versprochen, und du weißt, dass ich nur mit dir nach Ägypten zurückkehren kann.«

Sie schüttelte den Kopf. »Kay wird alle Anschuldigungen von dir nehmen. Seine Männer werden für dich sprechen, du brauchst mich nun nicht mehr.«

Er nahm ihre Hand. »Ich brauche dich, Kamara. Schon als wir Kinder waren, wusste ich, dass wir zusammengehören!«

»Hori«, sagte sie leise, »als wir in Ephesos waren, besuchte ich den Tempel dieser fremden Göttin, und ihre Priesterin warnte mich, dass mein Geliebter die Stadt nicht lebend verlassen würde. Nur deshalb habe ich euch gesucht, nur deshalb habe ich euch in der Gasse gefunden. Ich war davon überzeugt, dass du es warst, der sterben sollte, nicht Eneas.«

»Dann ist doch alles gut«, versuchte er, sie zu überzeugen. »Du hast mir das Leben gerettet, damit wir zusammen sein können.«

»Du verstehst es nicht, Hori, und auch ich habe lange gebraucht, um es zu verstehen. Diese Liebe war uns niemals bestimmt, und die Priesterin sagte mir noch mehr.« Kamara hob den rechten Arm. »Ein Teil von mir ist Ägypten«, sie ließ den Arm sinken und hob den linken, »der andere Teil aber gehört zu einem anderen Volk.«

»Es ist deine Entscheidung, Kamara. Du kannst dich für mich entscheiden, für uns!«

Kamara schüttelte entschlossen den Kopf und umarmte ihn. Aneinandergeschmiegt standen sie da, ein letztes Mal die Nähe des anderen spürend und die Wärme seiner Haut kostend, auf dass die Erinnerung nicht zu schnell verblasse.

Als sich Kamara schließlich von ihm löste, flüsterte Hori: »Warum, Kamara? Warum entscheidest du dich gegen mich, gegen Ägypten, gegen das Land deiner Geburt?«

Kamara blickte ihn ernst an, bevor sie ihm antwortete. »Weil es der linke Arm ist, der zum Herzen führt.«

Epilog

Selina entrollte den rissigen Papyrusbogen, dessen Ecken bereits so zerschlissen waren, dass sie ahnte, wie lang seine Reise gewesen sein musste. Die Tochter des Kaufmanns hatte ihn ihr zugesteckt, als ihr Vater und Pairy nicht hingesehen hatten, ein kleines unscheinbares Mädchen, höchstens zwölf Sommer alt, mit dunkel gebrannter Haut und von der Sonne strohig gewordenem Haar. »Nur für dich allein«, hatte sie in mykenischer Zunge geflüstert, und Selina hatte sie angelächelt, ihr über den Kopf gestrichen und schließlich die rissige Papyrusrolle in den Gürtel ihres Kleides gesteckt. Dort hatte sie sie, abgelenkt durch die vielfältigen Aufgaben des Tages, einfach vergessen. Erst als sie zurück ins Haus ging, um Penu anzuweisen, das Abendmahl für ihre Gäste aufzutragen, war ihre Hand wie zufällig über die rissige Rolle gestreift, und sie hatte sich ihrer erinnert. Sie hatte ihn entrollt, während sie hinauf in ihre Räume gegangen war, um sich vor dem Abendmahl zu erfrischen, und vielleicht die kindliche Zeichnung eines Pferdes oder einer Blume erwartet. Zu ihrer Überraschung aber war der Bogen beschrieben, feine Zeichen von geübter Hand reihten sich dicht aneinander, weil der Schreiber viel zu sagen, jedoch wenig Platz auf dem Bogen gefunden hatte.

Selina überflog die erste Zeile, dann wurden ihre Knie weich, und sie musste sich auf ihr Ruhebett setzen.

Mutter!, war das erste Wort gewesen, das sie gelesen hatte, und nun endlich erkannte sie die feine Handschrift ihrer Tochter.

Mit zitternden Händen strich Selina den verschlissenen Bogen glatt und begann zu lesen.

Mutter! Wir werden fortgehen, Mutter – und ich hoffe, dass dich dieses Sendschreiben erreicht. Ich habe es der Tochter eines Händlers gegeben, als ich hörte, dass er auf dem Weg nach Piramses ist und das Haus von Vater und dir aufsuchen wird.

Viel zu viel ist geschehen in den fünf Nilschwemmen, seit wir Seite an Seite in Themiskyra gekämpft haben. Die Töchter der Frauen lernen das Waffenhandwerk, wie es in alten Zeiten war und wie ich es von dir gelernt habe. Doch sie führen ihre Waffen nicht in der Jagd, wie es junge Mädchen tun sollten. Sie müssen kämpfen und töten, denn immer mehr Männer kommen nach Themiskyra, und wir können ihnen kaum noch standhalten. Vor wenigen Tagen haben mir die Frauen das blaue Band der Königin gebracht und mich gebeten, eine neue Heimat für sie zu finden.

Wenn ich heute an jene Kamara zurückdenke, die mit tapferem Herzen und der Suche nach Ruhm und Abenteuer aus Piramses verschwand, muss ich weinen. Wie dumm und jung ich damals war, wie wenig mein Herz verstanden hat. Erst jetzt habe ich erkannt, wer ich bin! »Kamara, die Grausame«, nennen mich meine Feinde. »Kamara, die Starke«, rufen mich die Frauen; und ich bin wohl beides!

Rebea steht an meiner Rechten, und obwohl sie nie ganz über den Tod ihrer Schwester hinweggekommen ist, ist sie mir im Kampf eine Faust aus Erdmetall, wie mir Nike mit weisen Ratschlägen zur Seite steht. Vianna, ihre kleine Tochter, ist stark, und schon jetzt sehe ich in ihren Augen, dass sie eine mutige Kriegerin sein wird. Ich habe beschlossen, dass sie dereinst das Volk führen soll, denn ich werde keine Töchter haben. Hätte die Große Mutter mir das bestimmt,

hätte ich aus Eneas' oder aus Horis Lenden ein Kind empfangen. Vianna ist die Richtige, sie soll eine Königin sein, wie es einst Kleite und Penthesilea waren: für das Volk geboren, im Geiste der Großen Mutter aufgewachsen.
Wir alle weinen, denn wir müssen alles zurücklassen, was uns noch geblieben ist: die heilige Insel Aretias, auf der unser Tempel stand, die Festung, die uns ein Heim wurde, und den Thermodon mit seinen grünen Auen und Wiesen. Das Land, das wir unsere Heimat nennen, ist für uns verloren, und wir wissen nicht, wohin die Große Mutter uns führen wird und welches Schicksal sie uns bestimmt hat. Bald schon werden wir aufbrechen, und Themiskyra wird die Stadt unserer Erinnerungen sein.
Ich hoffe, dass mein Sendschreiben dich erreicht. Ich habe der Tochter des Händlers aufgetragen, es nur dir zu geben, denn es ist allein für deine Augen bestimmt. Horis Wunden sind zu tief, als dass sie aufgerissen werden dürften, und Vater wird es das Herz schwer machen. Du, die du meine Mutter bist und mich alles gelehrt hast, sollst wissen, dass dein Volk lebt und dass wir um unsere Freiheit kämpfen werden, solange es noch welche von uns gibt. Ich sage dir nun Lebewohl, Mutter. Mögen deine Füße immer festen Tritt finden, und mögest du wissen, dass es immer die gleiche Sonne sein wird, unter der wir reiten!

Selina ließ das Sendschreiben sinken und schluchzte auf. Die Tränen liefen ihr ungehindert über die Wangen. Lange saß sie in ihre Gedanken vertieft in ihren Räumen, bevor sie sich schließlich erhob, das kostbare Sendschreiben ihrer Tochter in eine Truhe legte und sich die Tränen aus dem Gesicht wischte. Dann rief sie nach Penu, um ihr aufzutragen, die Tochter des Händlers zu ihr zu schicken.

Penu sah Selina mit fragenden Augen an. »Herrin? Re ist

bereits von Nut verschlungen worden. Der Händler und seine Tochter sind längst fort. Ich dachte, du würdest ruhen, deshalb habe ich dich nicht gerufen.«

»Natürlich, Penu, ich danke dir, du kannst gehen«, erwiderte Selina und ließ ihren Blick durch die Fensteröffnung schweifen. Wie lange hatte sie hier gesessen? Wie sollte sie Kamara nun antworten?

Schließlich seufzte sie auf, denn sie wusste, dass Kamara Themiskyra längst verlassen hatte. Das Sendschreiben war mindestens eine Nilschwemme in den Händen der Kleinen gewesen, bis es sie erreicht hatte. Trotzdem beschloss sie, ihrer Tochter zu antworten.

Selina nahm einen Papyrusbogen und ihre Schreibpalette und schlug die Beine unter. Sie mischte die Tinte und suchte nach den richtigen Worten. Dann flog der Binsenstängel nur so über den Papyrus.

Tochter! Meine starke, schöne Tochter, du darfst dich nicht grämen. Ich könnte nicht stolzer auf meine Tochter sein, und ich weiß jetzt, dass es nicht falsch war, dich alles zu lehren, was ich weiß. Die Große Mutter führt unsere Hand, sie bestimmt unser Schicksal, und so wie ich einst das meine erfüllte, liegt es nun an dir, das deine zu tragen. Ich weiß, dass alles, was du tust, gut und richtig ist, und mein Herz ist froh darüber wie schon lange nicht mehr.

Was kann ich dir nun berichten aus Ägypten, aus dem Land deiner Geburt? Nach unserer Rückkehr übergaben wir dem Einzig Einen Kay und seine Männer. Und obwohl Kay geschworen hatte, nicht zu sprechen, vergaß er all seine Schwüre unter der Folter, die Pharao ihm zuteilwerden ließ. Er wurde bald schon hingerichtet, und sie warfen seinen Körper in die Wüste, damit er von Schakalen gefressen werde und niemals ein ewiges Leben nach dem Tode fin-

den könnte. Diejenigen, die ihm gefolgt waren, wurden in die Kupferminen geschickt. Keiner von ihnen überlebte länger als eine Nilschwemme. Hori erhielt seine Ehre zurück, und der Kapitän der Sachmets Zorn *wurde aus Ägypten verbannt, nachdem ihm die rechte Hand abgetrennt wurde, was ihn zeit seines Lebens als Dieb zeichnen wird.*
Das traurigste Schicksal hat jedoch die Sklavin Ineksi getroffen, die Hori aus Liebe zu Kay verleumdet hatte, wie sich herausstellte. Sie war nur eine Sklavin, doch ihre Arglosigkeit führte sie ins Verderben. Als Pharao sie zurück nach Nub schicken wollte, damit sie dort als Hure für die Soldaten auf einem ägyptischen Grenzposten zur Verfügung stünde, ging sie in den Nil und ertrank.
Hori wartete noch mehr als zwei Nilschwemmen auf deine Rückkehr, kam oft in unser Haus und hoffte, eine Nachricht oder ein Sendschreiben von dir zu finden. Doch auch der aufrichtigste und treueste Gefährte ist nicht dazu geschaffen, sein Leben allein zu verbringen, und deshalb nahm er im letzten Sommer die Tochter von Pharaos Wedelträger zur Gemahlin, ein ruhiges und freundliches Mädchen, das ihm in diesem Sommer eine Tochter gebar. Seitdem kommt er seltener in unser Haus, und er sucht bei seiner Familie Vergessen.
Doch immer wenn er uns mit seiner Gemahlin und der kleinen Tochter besucht, verspüre ich Neid, und stelle mir vor, dass du es wärst, die an seiner Seite über unsere Türschwelle tritt, und dass das Mädchen in ihrem Arm deine Tochter wäre. Es ist ungerecht, so zu denken, denn was können Kind und Frau für die dummen Gefühle einer alten Frau, die ich nun bin.
Die Große Mutter möge mir verzeihen, dass mein Herz nicht immer aufrichtige Gefühle entgegenbringen kann, wo es Freundlichkeit erfährt, denn Horis Gemahlin liebt uns fast wie eine Tochter.

Dein Vater spricht nicht mehr oft von dir, doch glaube nicht, dass er dich nicht liebt. Die Herzen der Männer verbergen ihre Trauer, während die Herzen der Frauen sie hinausrufen oder, wie ich es nun tue, niederschreiben.
Was mich angeht, so hat die Große Königliche Gemahlin Bentanta nach meiner Rückkehr für mich gesprochen und das Herz des Pharao und vor allem jenes des Oberpriesters Useramun milde gestimmt, da ich es war, die dazu beigetragen hat, die Korruption auf der Sachmets Zorn *und ihre Übeltäter zu überführen. Und dein Vater … Kein Wort des Tadels oder des Zornes bekam ich nach meiner Rückkehr zu hören, stattdessen beschenkte er mich mit Liebe und Zuneigung. Das Alter lässt auch den Stolz eines ägyptischen Adeligen milder werden. Und nun leben wir einfach so dahin, Re wird von Nut geboren und wieder verschlungen, und wir sind glücklich, dass wir noch zusammen sind.*
So viele Menschen, die ich liebte, sind vor mir gegangen, meine Ziehmutter Penthesilea fiel in der großen Schlacht um Troja ebenso wie ihre Schwestern Hippolyta und Antianeira. Kleite ist nicht mehr, und auch Amenirdis, die Schwester Pairys, die mir Halt und Schutz gab, als ich eine Gefangene in Hattusa war, schläft den ewigen Schlaf. Ich schäme mich für die Gebete, in denen ich die Große Mutter darum bitte, mich vor Pairy zu sich zu rufen, denn ich bin es müde, diejenigen gehen lassen zu müssen, die ich liebe.
Ich spüre, dass ich meinen Weg nun bald vollendet habe, und ebenso spüre ich, dass deiner erst begonnen hat. Mögen deine Füße festen Tritt finden, möge Re über dir erstrahlen, und möge die Große Mutter dich beschützen, wo immer dein Weg auch hinführen mag. Mein Herz wird immer an deiner Seite sein, Tochter, und die Große Mutter wird uns führen, bis wir dereinst zu ihr zurückkehren.

Selina wartete, bis die Tinte der letzten Zeichen getrocknet war. Dann erhob sie sich und legte ihre Papyrusrolle neben Kamaras Sendschreiben in die Truhe. Sie betrachtete die beiden Rollen, wie sie dort nebeneinanderlagen, Kamaras alte, zerschlissene und ihre saubere, gerade erst beschriebene. Schließlich nahm sie beide wieder heraus und trug sie zum Feuerbecken, das Penu für sie angeheizt hatte. Langsam senkte sie die Rollen in die Glut und beobachtete, wie die Flammen an den Ecken und Kanten nagten, bis nur noch schwarzer Rauch übrig blieb.

So frei wie dieser Rauch möge dein Herz sein, meine Tochter, nicht gebunden an Schrift und Tinte, denn frei sollen die Herzen der Töchter sein, die der Großen Mutter folgen!

Selina sah, wie der letzte dunkle Rauchfaden aus der Fensteröffnung entwich, und blickte hinauf in den Himmel, wo er sich auflöste und mit den Wolken davonzog, einem friedlichen Abend entgegen.

Nachwort

Amazonen

Die alten griechischen Sagen um das Volk der Amazonen zu entmystifizieren war für mich eine grundlegende Notwendigkeit, um die Amazonen überhaupt in das Genre eines historischen Romans einfügen zu können. Meine Romane versuchen nicht, die Existenz der Amazonen nachzuweisen oder sie in ein wissenschaftlich anerkanntes Zeitkolorit zu pressen, mir ist vielmehr daran gelegen, dass sich der Leser am Ende des Romans vorstellen kann, dass es tatsächlich ein Volk gegeben hat, das lebte wie das hier beschriebene.

Mein zweibändiger Roman um die Amazonen vom Thermodon findet mit dem »Vermächtnis der Amazonen« seinen Abschluss. Wie auch im ersten Roman habe ich versucht, die wenigen, meist im Bereich der Mythen und Sagen angesiedelten Überlieferungen in das Geschehen einfließen zu lassen. So soll beispielsweise der Tempel der Artemis bzw. Kybele auf Ephesos ursprünglich von Amazonen gegründet worden sein, was mich dazu bewegte, ihn in meiner Geschichte mit der Großen Mutter in Verbindung zu bringen, der Göttin, die die Amazonen in meinen Romanen verehren. Klein und unscheinbar habe ich ihn beschrieben, denn der große Artemistempel, der als eines der sieben Weltwunder der Antike gilt, datiert auf etwa 460 oder 350 vor Christus (zwischenzeitlich fiel er einem Brand zum Opfer und wurde wieder aufgebaut). Allerdings finden sich auf dem Areal des Tempels Spuren früherer Bebauung, und Tierknochen belegen, dass dort höchstwahrscheinlich schon früher Opfer dargebracht wurden.

Nach den »Historien« von Herodot wurden die Thermodon-Amazonen nach einer Niederlage gegen die Griechen von diesen gefangen genommen und auf ihre Schiffe gebracht. Es gelang den Amazonen jedoch, sich zu befreien und die Schiffe der Griechen zu übernehmen. Da sie der Seefahrt unkundig waren, ließen sie sich treiben, bis sie an eine fremde Küste gelangten. Von ihr aus drangen sie ins Landesinnere vor, wo sie sich mit Männern vereinigten und schließlich den Stamm der Sauromaten begründeten. Diese Überlieferung habe ich in meinem Roman in einer vereinfachten Form als Grundlage genommen, die Amazonen vom Thermodon wegzuführen und eine neue Heimat suchen zu lassen.

Die Festung von Themiskyra ist nicht wissenschaftlich belegt. Allerdings gibt es auf einem Hügel (Karpu Kale) an der Quelle des Thermodon (Therme Kay) Ruinen einer Festung. Sie bildet den Ausgangspunkt für die Festung meines Romans.

Grundsätzlich war mir wichtig, den Amazonen eine Stimme und eine menschliche und konkrete Gestalt zu verleihen, die sie wirklicher erscheinen lässt als in den Heldenepen und Fantasygeschichten, in denen sie meist erwähnt werden. Dazu war es nötig, ihrer Geschichte einen historischen Rahmen zu verleihen und ihre Art, zu leben, zu denken und zu fühlen, durch Vorstellungskraft auszufüllen.

Mykene (Griechenland)

Als Sinnbild der griechischen Kultur und Geschichte steht in diesem Roman Mykene. Schließlich hat laut Homer erst Großkönig Agamemnon, der König von Mykene, die Stadt- und Inselstaaten vereint.

Hetären waren auch im 13. Jahrhundert vor Christus schon bekannt, wobei die recht pornographischen Darstellungen der Symposien aus späterer Zeit stammen. Ursprünglich hatten die Symposien und auch die Knabenliebe einen ideelleren, religiösen bzw. geistigen Wert, der jedoch mit der Zeit in den Hintergrund rückte. So durften Knaben von ihren Liebhabern eigentlich nur ideelle Geschenke annehmen und sich für die ihnen entgegengebrachte Liebe nicht bezahlen lassen. Eine Liebesbeziehung zwischen einem Knaben und einem älteren Mann sollte vielmehr der Bildung und Erziehung des Jungen dienen, der direkte Beischlaf war ursprünglich weder erwünscht noch erlaubt. Stattdessen wurde die sexuelle Befriedigung des älteren Mannes zumeist dadurch erreicht, dass er den Beischlaf zwischen den Schenkeln des Jungen ausübte.

Obwohl die Knabenliebe als die einzig aufrichtige Liebe bezeichnet wurde, waren homosexuelle Beziehungen zwischen erwachsenen Männern verpönt. Erwünscht war stattdessen die Ehe. Sie diente allein der Fortpflanzung. Die Frau blieb zeit ihres Lebens ein Mündel – entweder des Ehegatten, des Vaters oder des nächsten männlichen Verwandten – und war nahezu rechtelos. Ein Mann, der sich der Ehe verweigerte, machte sich in diesem System sogar strafbar.

Diese sich hier andeutende, doch recht kontrovers und skurril anmutende Gesellschaftsstruktur, deren ideelle Wertvorstellungen nach und nach zerfielen oder bis zur zügellosen Ausschweifung gelockert wurden, diente mir als Basis für eine Charakterisierung des griechischen Reiches.

Die Hetären wiederum dürfen nicht mit Huren, den *Porne*, verwechselt werden. Auch wenn der Wohlstand, den sich Jocasta in meinem Roman erarbeitet hat, nicht jeder Hetäre zufiel, waren diese doch nicht einfache Beischläferinnen, sondern vielmehr Gesellschafterinnen und die einzigen Frauen in Griechenland, die an den Gesellschaften der Männer teilnehmen durften und ein öffentliches Leben führten.

Wissenschaftler gehen heute nicht davon aus, dass Hetären

wie Jocasta ungewöhnlich gebildet und dadurch intelligente Gesprächspartnerinnen für die Männer waren, vielmehr nehmen sie an, dass sie charmant, unterhaltsam und wortgewandt die Symposien bereicherten. Das verschaffte ihnen gegenüber den einfachen Huren den Vorteil, dass die Männer sie auch außerhalb des Bettes gerne um sich hatten. Die Ehefrauen verließen hingegen so gut wie nie das Haus, ihre Welt blieb auf Kinder und Haushalt beschränkt.

Unumstritten ist, dass Mykene im 13. vorchristlichen Jahrhundert sehr erfolgreich Seehandel betrieb. Die großen Byblosfahrer, Einsegler, die zusätzlich mit etwa fünfzig Ruderern besetzt waren, kreuzten in Küstennähe, während die kleineren Inselschiffe zwischen den Inseln Handel trieben.

Der Isthmus von Korinth war in jener Zeit noch nicht wie heute durch einen Kanal durchbrochen. Tatsächlich sollen hier Schiffe über Land geschleppt worden sein.

Die Salbe der Tugend ist jedoch eine Erfindung. Ebenso frei habe ich mich der bekannten griechischen Götterwelt bedient, da ich mich einerseits – bezogen auf die Amazonen – an Überlieferungen der Antike (Ilias) angelehnt habe, andererseits jedoch neuere Forschungen über matrilineare Völker hinzugezogen habe.

Viele der späteren griechischen Götter – so zum Beispiel Zeus, Hera, Athene, Artemis und Dionysos – wurden auch bereits zur Blütezeit Mykenes verehrt. Der Religion und Götterwelt fehlten zu dieser Zeit jedoch noch die feste Struktur und Hierarchie, die sie in der antiken Zeit annahm.

Glossar

Akkadisch	ostsemitische Sprache, Amtssprache und Sprache für Korrespondenzen
Amduat	altägyptisches Totenbuch, auch Unterweltbuch genannt
Amun	altägyptischer Gott, im 13. Jh. v. Chr. als Hauptgott in Ägypten verehrt. Eine Doppelerscheinungsform dieses Gottes ist Amun-Re.
Ammit	altägyptische Seelenverschlingerin beim Totengericht
Anubis	altägyptischer Totengott in der Gestalt des Schakals, Hüter der Jenseitspforte
Aphrodite	griechische Göttin der Schönheit und der Liebe
Apis	altägyptischer heiliger Stier, der vor allem in Memphis große Verehrung erfuhr. Er galt als Verkörperung des Gottes Ptah.
Apollon	griechischer Gott der Künste und der Klarheit. Laut Ilias war er der Schutzgott Trojas.

Ares	griechischer Kriegsgott
Aretias	sagenhafte Insel der Amazonen, der Sage nach gelegen an der Schwarzmeerküste.
Artemis	altgriechische Göttin der Jagd und des Waldes, Hüterin der Frauen und Kinder
Bastet	altägyptische Göttin in Katzengestalt, Göttin der Fruchtbarkeit, der Liebe, des Tanzes und der Feste, Schutzgöttin der Schwangeren. Sie ist die friedliebende Seite der löwengestaltigen Sachmet.
Ba-Vogel	altägyptischer Teil der Seele, dargestellt als kleiner Vogel mit Menschenkopf
Byblosfahrer	antike Bezeichnung für die seetüchtigen Schiffe, die die Küsten entlangfuhren und Handel trieben
Chiton	Bezeichnung für ein langes Gewand (griechisch)
Das Große Grün	das Mittelmeer (übersetzt aus dem Altägyptischen)
Dionysos	altgriechischer Gott des Weines, der Freude, Fruchtbarkeit und Ekstase
Duat	altägyptische Unterwelt, die der Verstorbene durchqueren musste

Ehrengold	wurde vom Pharao für besondere Verdienste verliehen, oft in Form eines Halskragens
Ephebe	altgriechisch für »Mannbarer«: ein Knabe, der die Pubertät hinter sich gebracht hat
Ephesos	eine der bedeutendsten altgriechischen Städte in der heutigen Türkei. In Ephesos stand auch der berühmte Tempel der Artemis.
Fellachen	Bauern
Hades	griechischer Gott der Unterwelt, auch Bezeichnung für die Unterwelt
Hapi	altägyptische Bezeichnung für den Nil, auch Name einer Gottheit, die mit dem Nil in Verbindung gebracht wurde
Harpyie	frauengestaltiges Monster der griechischen Mythologie, ausgestattet mit Flügeln und Greifvogelfüßen
Hathor	altägyptische Göttin der Liebe und Sexualität
Hati-a	altägyptische Bezeichnung für den Bürgermeister
Hatti	Name des Hethiterlandes im heutigen Anatolien
Hattusa	Hauptstadt des Hethiterreichs

Hetären	altgriechische Gesellschafterinnen, die als einzige Frauen im antiken Griechenland ein öffentliches Leben führen durften und bisweilen zu großem Reichtum gelangten, was sie ihren erotischen Künsten, jedoch auch ihrer Unterhaltsamkeit, Gesprächsführung und Bildung zu verdanken hatten
sunu	altägyptischer Arzt
Horus	altägyptischer Gott in Gestalt eines Falken, bisweilen auch mit dem Kopf eines Falken. Als Verkörperung des Horus auf Erden galt der Pharao.
Isis	altägyptische Göttin der Mutterschaft bzw. Familie
Isthmus (von Korinth)	Landenge. Der Isthmus von Korinth verbindet die Halbinsel Peloponnes mit dem griechischen Festland. Er wurde erst im 19. Jahrhundert durch einen Kanal getrennt.
Ka	einer der drei Teile der altägyptischen Seele, zu vergleichen mit der physischen Energie bzw. Hülle
Kaskäer	Nomaden- und Hirtenvolk, mit dem die Amazonen ihre Töchter gezeugt haben sollen
Kline	altgriechische Ruheliege mit aufgebogenem Kopfende

Kottabosspiel	Es gab verschiedene Arten des Spiels. Ihnen gemeinsam ist, dass jeweils ein Schluck Wein verwendet wurde, um ein Ziel zu treffen. Das Kottabosspiel wurde mit Vorliebe während Trinkgelagen gespielt.
Kybele	»Die große Göttermutter vom Berg Ida«, ursprünglich eine phrygische Göttin, die auch mit der vielbrüstigen Artemis von Ephesos in Zusammenhang gebracht wird
Lycastia	eine der nach der griechischen Mythologie von Amazonen erbauten Städte am Thermodon
Maat	altägyptisch für »Göttin der Gerechtigkeit«, ausgestattet mit einer Feder. Der Begriff Maat stand jedoch auch für Weltordnung und Harmonie, wobei der Pharao als Bewahrer der Maat galt. Jeder Verstorbene musste vor dem Totengericht sein Herz gegen die Feder der Maat wiegen lassen. Wog es schwerer, hatte der Verstorbene gesündigt, und das Herz wurde von Ammit, der Seelenverschlingerin, gefressen.
Mäander	Ornament, das sich oft in der antiken griechischen Kunst findet, kästchenartige Schlangenlinie
Mänade	Begleiterin des Weingottes Dionysos. Die Mänaden durchstreifen nachts mit Tierfellen bekleidet die Wälder, tanzen und singen, wo-

	bei sie in Ekstase geraten und Tiere roh verspeisen.
Medjai	nubische Söldner, als Leibwache Pharaos eingesetzt, ab dem neuen Reich auch ein Synonym für Polizei
Megiddo	Festung an der Handelsstraße von Jerusalem, kontrollierte vor allem die Handelswege zwischen Ägypten und Mesopotamien und war wegen der strategisch günstigen Lage im Norden des heutigen Israel oft umkämpft
Min	altägyptischer Gott der Fruchtbarkeit, wurde mit übergroßem erigierten Phallus dargestellt, daher in diesem Roman auch eine Bezeichnung für das männliche Glied
Month	altägyptischer Kriegsgott und Beschützer der Waffen
Mykene	Stadt des antiken Griechenlands am Peloponnes
Nefertem	altägyptischer Gott der Wohlgerüche
Nemes-Tuch	altägyptisches gefaltetes Kopftuch für Männer
Nut	altägyptische Göttin, die das Himmelsgewölbe darstellt. Sie gebärt jeden Morgen Re aus ihrem Schoß und verschlingt ihn am Abend wieder.

Orestes	nach der altgriechischen Mythologie der König, der Agamemnon auf den Thron folgte
Osiris	altägyptischer Gott des Totenreiches. Den Verstorbenen wurde der Titel Osiris unter Hinzufügung ihres Namens verliehen.
Pais	altgriechischer Knabe. Pais durften für die Knabenliebe geworben werden.
Palästra	altgriechischer sandbedeckter und von Säulen umgebener Platz, auf dem Leibesertüchtigung und athletische Übungen betrieben wurden
Per Ao	altägyptisch für »Großes Haus«, Name des Königspalasts
Pharao	altägyptische Bezeichnung für den König, wahrscheinlich abgeleitet von *per ao* (großes Haus). Dieser Titel für den König wurde erst im Neuen Reich gebräuchlich.
Phrygien	antike Bezeichnung einer Region im westlichen Kleinasien
Piramses	unter Pharao Ramses II. Hauptstadt im Delta Ägyptens
Re	altägyptischer Sonnengott
Sachmet	altägyptische Löwengöttin, dunkle, kriegerische Seite der Bastet

Sesu	altägyptisch für »Dämon«
Seth	altägyptischer Gott der Wüste, Schutzgott Ramses' II., verfügte auch über eine furchteinflößende Seite, da er seinen Bruder Osiris ermordete
Sobek	altägyptischer Gott in Krokodilsgestalt oder mit Krokodilskopf, Fruchtbarkeitsgott
Styx	Unterweltfluss der griechischen Mythologie. Ihn müssen die Seelen der Verstorbenen überqueren.
Sykomore	Baum der Maulbeerfeige: Mittlerweile in Ägypten fast ausgestorben, galt er in der Antike als Liebesbaum, weil er mit der Göttin Hathor in Verbindung gebracht wurde.
Symposion	in der griechischen Antike Trinkgelage, auf denen auch Hetären anwesend waren. Allerdings nutzen Männer auch Symposien, um zu diskutieren. In der Spätzeit setzte sich das eher orgiastische Symposion durch, auf dem die Besucher sich vermehrt sexuellen Sinnesfreuden hingaben.
Tefnut	altägyptische Göttin der Feuchtigkeit
Themiskyra	sagenhafte Stadt der Amazonen, der Sage nach gelegen am Thermodon.
Thermodon	sagenhafter Fluss an der Schwarzmeerküste

	(heutiger Name: Therme Kay), an dem die Amazonen gelebt haben sollen
Ugarit	Stadtstaat in Syrien, während der Bronzezeit Anlaufplatz für Handelsschiffe
Ya	altägyptischer Ausruf der Empörung
Zephir	altgriechische Gottheit, Verkörperung des Westwinds
Zeremonien-bart	künstlicher Kinnbart, den der Pharao zu öffentlichen Anlässen trug
Zeus	griechischer Hauptgott, Göttervater